# COMPLICADO DEMAIS

# TRILOGIA ROCK STAR

### LIVRO 1
### INTENSO DEMAIS

### LIVRO 2
### COMPLICADO DEMAIS

### LIVRO 3
### PERIGOSO DEMAIS

# S. C. STEPHENS

## TRILOGIA ROCK STAR LIVRO 2

# COMPLICADO DEMAIS

*Tradução*
Kenya Costa

valentina

Rio de Janeiro, 2016
3ª Edição

Copyright © 2010 by S. C. Stephens
Publicado mediante contrato com Gallery Books, um selo do grupo Simon & Schuster, Inc.

TÍTULO ORIGINAL
*Effortless*

CAPA
Marcela Nogueira

FOTO DE CAPA
Moment/Getty Images

DIAGRAMAÇÃO
editoriarte

Impresso no Brasil
*Printed in Brazil*
2016

CIP-BRASIL. CATALOGAÇÃO NA PUBLICAÇÃO
SINDICATO NACIONAL DOS EDITORES DE LIVROS, RJ

S855c
3. ed.

Stephens, S.C.
　　Complicado demais / S. C. Stephens; tradução Kenya Costa. – 3. ed. – Rio de Janeiro: Valentina, 2016.
　　440p. ; 23 cm. – (Rock Star; 2)

　　Tradução de: Effortless
　　Sequência de: Intenso Demais
　　Continua com: Perigoso Demais

　　ISBN 978-85-65859-38-7

　　1. Romance americano. I. Costa, Kenya. II. Título. III. Série.

14-14207
CDD: 813
CDU: 821.111 (73)-3

Todos os livros da Editora Valentina estão em conformidade com
o novo Acordo Ortográfico da Língua Portuguesa.

*Todos os direitos desta edição reservados à*

EDITORA VALENTINA
Rua Santa Clara 50/1107 – Copacabana
Rio de Janeiro – 22041-012
Tel/Fax: (21) 3208-8777
www.editoravalentina.com.br

Obrigada a todos os fãs que gostaram de Intenso Demais e pediram uma continuação! E um obrigada especial a Monica, Nicky, Becky, Jenny, Natalie e todos os que me ajudaram a publicar este livro!

## Capítulo 1
## MEU NAMORADO, O ROCK STAR

De acordo com o cara da previsão do tempo na tevê, era o verão mais quente já registrado em Seattle. Como fazia pouco mais de um ano que eu estava lá, acreditei na palavra do bom homem. Enquanto levava empurrões e esbarrões, sentia o calor da tarde na pele pegajosa de cada pessoa que encostava em mim. Era nojento ter que aguentar todos aqueles estranhos se esfregando no meu corpo, ainda mais quando alguns achavam que o fato de estarmos espremidos feito sardinhas lhes dava o direito de invadir o meu espaço pessoal. Dei mais tapas em mãos naquela única tarde do que durante todo o tempo em que trabalhei no Pete's.

Rios de suor me escorriam pelas costas da blusa, e por um momento me arrependi de ter escolhido aquele visual. Dando uma olhada no céu turquesa sem nuvens, o sol do meio-dia bateu em cheio nos meus olhos, me cegando. Enrolei as mangas da blusa preta e a suspendi com um nó acima do umbigo, como a Mary Ann em *Gilligan's Island*.

Mas então sorri, lembrando por que a estava usando e o que estava fazendo no meio daquela multidão de corpos suados. Olhando para o palco vazio que se erguia além das filas de gente úmida à minha frente, meus nervos estavam à flor da pele. Hoje era o grande dia de Kellan e sua banda. Eu dava pulinhos de expectativa, esperando que ele entrasse naquele palco. Sabia que ia correr para o microfone a qualquer momento, e a galera que o esperava ia fazer uma gritaria de rachar os tímpanos.

Eu mal podia esperar.

Alguém a meu lado segurou meus braços nus:

— Dá para acreditar, Kiera? Nossos garotos vão tocar no Bumbershoot!

Olhei para Jenny, minha melhor amiga, colega e confidente. O rosto dela não estava coberto de suor como o meu; pelo contrário, sua pele estava fresca como uma rosa. Mas o brilho de excitação no seu olhar era idêntico ao meu: seu namorado também ia tocar no festival de música de Seattle pela primeira vez.

Dando um gritinho em minha ansiedade crescente, apertei os braços dela:

— Pois é! Mal posso acreditar que o Matt descolou um show para os D-Bags aqui. — Balancei a cabeça, impressionada com o fato de que meu namorado iria tocar no mesmo local em que Bob Dylan se apresentaria à noite. Hole e Mary J. Blige se apresentariam nos próximos dois dias.

Jenny olhou para um estranho que tinha esbarrado nela; o cara parecia totalmente bêbado. Ela virou a cabeça para mim, seu rabo de cavalo louro roçando meu rosto, e deu de ombros.

— Evan disse que teve que ralar muito para conseguir um espaço para eles aqui. E no horário nobre! Segunda-feira, uma tarde perfeita de verão, e bem entre dois grandes shows. Não podia ser melhor!

Inclinou a cabeça para o céu. Os raios de sol brilhavam nas letras brancas da sua blusa preta igual à minha, uma blusa que homenageava o nome completo da nossa banda favorita – Douchebags –, embora eles o tivessem abreviado para D-Bags, por uma estratégia de marketing.

Quando ela virou o rosto para mim, concordei:

— Ah, é, o Kellan disse que...

Uma súbita erupção de som interrompeu minha conversa, e meus olhos foram automaticamente para o palco. Com um largo sorriso, fiquei olhando para o que prendia totalmente a atenção da galera barulhenta. Nossos D-Bags tinham finalmente decidido honrar o público com sua presença.

A multidão aglomerada diante do palco ao ar livre começou a pular e gritar quando Matt e Griffin apareceram. Contido como sempre, Matt brindou as fãs com um sorrisinho e um breve aceno, e então caminhou em silêncio até o microfone e ajeitou a guitarra. Gritei seu nome, mas a cacofonia reinante abafou minha voz, impedindo o guitarrista dos D-Bags de me ouvir. Parecia nervoso, seus olhos azul-claros percorrendo a galera, enquanto prendia a guitarra ao ombro.

No extremo oposto da escala, Griffin, o primo de Matt exibicionista e tarado, corria de um lado para o outro do palco, dando *high five* nas mãos do pessoal e desferindo socos no ar. Seus olhos azul-claros deram uma geral na multidão e, embora não fosse seu nome que eu gritasse, ele me ouviu mesmo assim. Localizando a Jenny e a mim a vários metros do palco, apontou para nós. Em seguida, levou os dedos à boca, formando um V, e começou a fazer gestos com a língua que deixaram meu rosto ainda mais quente do que já estava debaixo daquele solão. Na mesma hora, desviei os olhos.

Várias pessoas perto de mim e de Jenny caíram na gargalhada, olhando para nós. O que triplicou a minha vergonha.

– Uhuuu, Griffin! – exclamou Jenny, atrevida, para logo em seguida cair na risada junto com a galera. Balancei a cabeça, desejando que minha irmã, Anna, não estivesse na sessão de fotos para o calendário do Hooters logo hoje, pois assim poderia tentar manter o pseudonamorado na linha.

Evan entrou no meio da exibição e, ao ver Griffin nos assediando sexualmente, olhou na nossa direção. Abriu um sorriso e acenou, soprando um beijo para Jenny. Ela o agarrou no ar e soprou um para ele também. O sorriso dele ficou ainda maior, mas, já tendo nos cumprimentado, virou-se para observar a cena, e seus olhos escuros pareceram espantados com o que viram. Seu olhar me fez sorrir, feliz por ver aquele cara de bom coração parando um momento para curtir seu sucesso.

Em seguida, os gritos se tornaram tão altos que meus ouvidos começaram a zumbir. Cheguei a estremecer de dor. As garotas ao meu lado, todas parecendo ter seus quatorze anos, começaram a apertar os braços umas das outras, exclamando:

– Ai meu Deus, olha ele lá. Ai meu Deus, ele é tão gostoso. Ai meu Deus, ai meu Deus, ai meu Deus!

Abri um sorriso e balancei a cabeça, achando graça de ver como o meu namorado roqueiro tinha o poder de balançar as pessoas. Claro que eu podia entender perfeitamente. Só Deus sabe como ele tinha me balançado no começo. E ainda balançava. Só de vê-lo entrar em passos altivos e confiantes no palco, o palco de que ele tomava posse com cada fibra do seu ser, meu corpo se encheu de desejo por ele.

Kellan caminhou lentamente em direção ao microfone. Ou talvez aquele fosse seu andar normal, e minha cabeça é que estivesse funcionando em câmera lenta. Por algum motivo, ele pareceu demorar uma eternidade para chegar ao seu destino. Levantou uma das mãos, acenando para a galera eletrizada que berrava seu nome, e passou a outra por aqueles cabelos cheios e revoltos de quem acabou de acordar. O calor e o suor arrepiavam a massa louro-escura em mechas ainda mais loucas, de um jeito que dava vontade de devorar Kellan.

Mordi o lábio enquanto ele colocava o microfone no lugar. Deu uma geral na galera enquanto ajustava a altura do suporte. Por experiência, eu soube o que as fãs na primeira fila sentiram quando aqueles olhos azul-escuros quebraram como ondas em cima delas. Kellan tinha um jeito de olhar para a pessoa que fazia com que ela se sentisse como se não houvesse mais ninguém no mundo, mesmo com uma multidão ao redor. Junte-se a isso aquele sorrisinho sensual no rosto, e aí estava um homem capaz de deixar qualquer mulher acesa com um único olhar. Aliás, ele estava me deixando acesa naquele exato momento, e ainda nem tinha me visto.

Quando ele virou o rosto – esperei que procurando por mim no meio da galera –, estudei o contorno do seu queixo – forte, másculo, tão sexy que chegava a dar aflição. Obviamente, as garotas atrás de mim também achavam. Em meio à gritaria, deu para ouvir com a maior clareza: *dou casa, comida e roupa lavada* e *ô lá em casa*. Resisti ao impulso de me virar e avisar a elas que Kellan era meu, em vez disso fixando meu olhar nele. Sabia que não devia ficar enciumada ou irritada com suas fãs, mas os comentários dessas eram muito menos fofos do que os anteriores, das adolescentes.

Quando os olhos de Kellan terminaram de inspecionar a primeira metade do público, eles avançaram na minha direção. Como num passe de mágica, ele nos localizou no mesmo instante. Jenny acenou, e então pôs os dedos na boca e assobiou. Fiquei vermelha e sorri quando aqueles olhos de uma intensidade extraordinária encontraram os meus. Ele acenou com a cabeça e disse por mímica labial: *Eu te amo*.

As garotas idiotas atrás de mim começaram a gemer, como se ele tivesse falado com elas. Mais uma vez, contive o impulso de lhes informar que Kellan era meu. Não mudaria em nada a opinião delas em relação a ele, e só daria margem a perguntas intermináveis sobre nossa vida privada, assuntos que eu não queria discutir com estranhos. Eu já tinha aturado demais esse tipo de coisa na faculdade antes mesmo de Kellan e eu começarmos a namorar.

Em vez disso, respondi discretamente, por mímica labial, que também o amava, e levantei os dois polegares. Ele riu do meu gesto, sacudindo a cabeça, e vi o quanto estava confiante de que iria arrasar naquele palco. E iria mesmo. Era como se Kellan tivesse passado a vida inteira se preparando para esse momento, tocando em barezinhos e clubes de Los Angeles e Seattle.

Passando a guitarra por sobre o ombro, ele envolveu o microfone na mão. Os gritos se intensificaram quando ficou óbvio que ele iria falar. Acima do sistema de som, ouvi sua risada simpática, e então *Olá, Seattle!*. As garotas ao meu redor deram pulinhos, gritando o nome dele. Achando graça, tentei me afastar de algumas das fãs mais excitadas, mas, sem ter para onde ir, acabei por esbarrar em dois sujeitos à minha frente.

Eu já murmurava um pedido de desculpas ao ver o olhar zangado deles para mim, quando ouvi a voz de Kellan de novo:

– Caso vocês não saibam, nós somos os D-Bags... – parou durante outra longa sessão de gritos – ... e temos uma coisa para vocês... se quiserem!

Arqueou uma sobrancelha, lançando para as mulheres na primeira fila um olhar um pouco sensual demais para o meu gosto. Mas eu sabia que era apenas uma encenação. Enquanto seu rosto dizia com a maior clareza *Transa comigo mais tarde*, não era o que estava no seu coração. Era eu que estava no seu coração. Pois se estava até tatuada em cima dele! Quer dizer, meu nome estava, pelo menos. Sorri, curtindo o fato de nem uma única mulher ali presente ter conhecimento da sua obra de arte oculta. Quer dizer, além de Jenny.

Ele levantou um dedo para acalmar os fãs. Por incrível que pareça, eles obedeceram.

— Vocês querem? – perguntou, num tom provocante. Eufórica, a multidão deixou claro que queria. Jenny respondeu gritando entre as mãos em concha, e eu fiz o mesmo.

Notei que Matt balançava a cabeça, sorrindo ao flexionar a mão. Evan agora estava sentado diante da bateria, balançando o corpo ao som de um ritmo que só ele ouvia e girando uma baqueta nas mãos. Enquanto os olhos de Kellan percorriam a galera, vi Griffin tentando convencer algumas garotas a levantar a blusa. Mas não continuei olhando para saber se caíram na sua conversa ou não.

Kellan levou a mão ao ouvido:

— Bem, já que querem, tenho que ouvir vocês pedindo. – A multidão foi ao delírio e gritou, e as garotas atrás de mim fizeram mais comentários obscenos, mas não me importei. Já não estava mais dando a mínima para nenhuma delas, pois Kellan olhava direto para mim, e a pura felicidade que vi estampada em seu rosto foi o bastante para fazer com que aturar todas aquelas mulheres atrevidas, caras indecentes e estranhos suados valesse totalmente a pena.

Foi como se sua alma ganhasse vida quando ele sorriu para mim. Kellan adorava se apresentar. Além de mim, era a única coisa para a qual vivia. Ele agia como se não se importasse, como se fosse algo que fizesse apenas para ocupar as noites, mas, depois de passar tanto tempo com ele, eu começava a entender que esse era apenas um de seus mecanismos de defesa. Uma parte dele temia que a música fosse arrancada de sua vida. Ele não crescera em circunstâncias favoráveis, muito pelo contrário, vivera uma infância horrível que teria feito a maioria das pessoas correr direto para a bebida e as drogas. Mas Kellan tinha encontrado a música, e fora ela, junto com um apetite sexual extremamente saudável, que o salvara de passar a vida inteira se viciando para se anestesiar.

Kellan girou o pulso para trás, e Evan, que já esperava a deixa, imediatamente começou a tocar.

A música era rápida, fácil, e embora eu já a tivesse ouvido milhões de vezes, comecei a pular de excitação. Havia qualquer coisa de eletrizante nos corpos suados que se esfregavam em mim, nas vibrações ensurdecedoras da música amplificada, no sol escaldante que batia em cheio sobre todos nós, e experimentei um pico de adrenalina. Eu bem podia imaginar como Kellan estava se sentindo.

Sua voz entrou na música, perfeitamente no ritmo. Não importava o que estivesse sentindo *fora* do palco, *no* palco Kellan era um profissional. Os ensaios incontáveis e os pequenos shows na área tinham rendido frutos; sua voz estava espetacular. Um grito agudo de mulher se elevou acima da multidão, enquanto a voz dele se espalhava por toda a arena. Estava cantando uma música mais antiga, um clássico dos D-Bags, e várias pessoas ao meu redor o acompanhavam. Para mim, que já vira Kellan escrevendo canções, era mágico presenciar suas letras sendo repetidas de volta para ele, principalmente por um público dessas dimensões.

Ele não cabia em si de contente ao tocar e cantar. Um meio sorriso de uma sensualidade hipnótica se esboçava nos seus lábios. Nunca deixava de me espantar que ele conseguisse cantar e tocar guitarra ao mesmo tempo, quando eu mal conseguia fazer uma coisa ou outra. Jenny acenou com as mãos no alto, gritando para prestigiar o namorado. Fiz o mesmo, feliz por ter podido vir dar uma força para Kellan – para todos eles. Bem, talvez não para Griffin.

A música terminou com uma reação estrondosa do público, o que impressionou até os caras que estavam na minha frente. Fiquei em êxtase por Kellan e os D-Bags. Eles mereciam esse sucesso. Para o número seguinte, Kellan tirou a guitarra e puxou o microfone do suporte. Esse palco era mais amplo que o do Pete's e, com um espaço maior para sua movimentação, Kellan também tinha mais liberdade para paquerar. Começando a próxima canção, seus olhos seduziram as fãs de um jeito que eu só estava habituada a vê-los seduzirem a mim.

Isso me incomodou um pouco, mas deixei pra lá. Ele só estava entusiasmado por participar do festival, e ávido para se apresentar. Tinha retomado a persona sexualmente agressiva que eu vira da primeira vez, o mesmo comportamento erotizado que me parecera excessivo desde meu primeiro olhar para ele, mas a plateia estava adorando. Mãos se estendiam de toda parte na sua direção, mesmo de filas atrás de mim. Eu não entendia muito bem o que essas mulheres esperavam que ele fizesse. Que se atirasse do palco entre elas? Franzi o cenho, torcendo para que ele não chegasse a esse ponto, porque, se o tombo não lhe tirasse um pedaço, as mãos delas certamente se encarregariam de fazer isso.

Quando ele apoiou o pé num alto-falante e se inclinou para segurar a mão de uma fã, fiquei imaginando o que motivara sua escolha. Será que tinha gostado dos cabelos da garota? Será que ela era a mais entusiasmada naquela parte da plateia? Será que tinha os melhores... atributos vocais? Balançando a cabeça diante de minhas inseguranças, tratei de não pensar mais nelas. Ele tinha tantas coisas em que se concentrar no palco, que na certa nem estava pensando, apenas atendendo a uma fã que queria mais atenção. E é claro que elas podiam tocar nele. Eu não era nenhuma megera ciumenta para não poder suportar algumas carícias. Dentro dos limites do razoável, é claro.

E Kellan sabia manter a maior parte das suas paqueras dentro dos limites do palco. Nunca agia daquele jeito no nosso dia a dia. Não dava nem para saber que ele era praticamente um rock star quando não estava se apresentando. Sério, ele podia parecer meio preguiçoso para o observador desavisado, mas eu sabia que sua cabeça estava sempre a mil, mesmo quando ele estava apenas tomando umas cervejas no bar.

À medida que a temperatura subia durante o show, fiquei imaginando se Kellan iria tirar as roupas. Não era uma ideia ridícula; ele já fizera isso uma vez enquanto cantava. Aliás, duas vezes, pelo que eu ouvira falar. Enxugava o suor com a barra da camisa sempre que tinha uma chance, puxando-a de um jeito que revelava aquele abdômen definido maravilhoso. Com a erupção de gritos que se seguiu quando fez isso, tive certeza de que a galera aprovaria se ele decidisse tirar tudo. Ou, pelo menos, o principal.

Mas não sabia se gostava de ver as mulheres devorando meu namorado com os olhos daquele jeito. E nem se gostaria de ver sua tatuagem sendo exposta. Essa ideia quase me incomodava mais ainda. Mas, depois de uma enxugada rápida, ele sempre deixava a camisa branca cobrir a barriga de novo. Eu preferia acreditar que ele queria manter a tatuagem como um segredo precioso, compartilhado apenas por nós dois. E era assim que devia ser. Embora estivesse no seu corpo, era extremamente pessoal para nós, algo que tanto o mantinha ligado a mim quando estávamos separados como contribuía para consolidar nosso vínculo quando nos reencontrávamos.

Quando o prazo para a apresentação acabou, os membros da banda fizeram reverências curtas, e Kellan agradeceu ao público por comparecer. Estava mais feliz do que eu jamais o vira, ao se afastar do palco. Seus olhos procuraram os meus por um momento em meio à multidão. Não, eu estava enganada. O olhar que ele me deu naquele momento, sim, era o mais feliz que eu já vira no seu rosto.

A galera ao nosso redor começou a se remexer, algumas pessoas ficando para assistir ao próximo show, outras indo para algum outro local. O Bumbershoot contava com dezenas de artistas se apresentando a qualquer hora, desde nomes consagrados até grupos locais, como os D-Bags. Depois de assistir ao festival do ano anterior com eles, quando Kellan e eu ainda éramos apenas amigos – quer dizer, tão amigos quanto podíamos ser –, era uma coisa meio louca ver o nome deles no cartaz, junto com os outros artistas anunciados. Eu tinha dado um jeito de filar três dúzias desses cartazes como suvenires.

Aos risos, Jenny me deu o braço e me puxou para a lateral do palco. Os D-Bags se dividiam entre dar atenção às fãs e desligar os instrumentos. Kellan pegou sua amada guitarra e, com um sorriso e um aceno de cabeça para mim, desceu nos fundos do palco. Jenny e eu nos aproximamos de uma cerca de metal que isolava essa área do resto dos espectadores. E, como se a cerca já não fosse um aviso bastante claro, dois seguranças de camisa amarela também estavam lá para enxotar o pessoal.

Esperando no ponto onde sabia que Kellan acabaria aparecendo, por um momento desejei ter coragem de me esgueirar por trás da cerca. Queria encontrar Kellan e lhe dar o abraço apertado de parabéns que quase fazia meu peito estourar de orgulho. Mas aquela zona era proibida para os reles mortais, e eu não queria fazer uma cena sendo expulsa por dois marmanjos truculentos que botavam o segurança do Pete's no chinelo.

Suspirei, vendo Matt e Evan abandonarem o palco, enquanto Griffin se debruçava para dar um chupão numa loura, antes de finalmente desaparecer também. Mais uma vez, desejei que minha irmã estivesse ali. A maioria dos homens achava Anna sexy, e era assim que ela conseguia se enfiar em lugares proibidos para mulheres comuns como eu.

Depois do que pareceu uma eternidade, Kellan saiu, sem a guitarra e acompanhado pelos outros D-Bags. Correndo até mim, saltou por cima da cerca de metal. Os seguranças lançaram um olhar para ele, mas estavam mais interessados em manter pessoas do lado de fora do que do lado de dentro. Uma pequena gritaria irrompeu em meio ao nó de gente que também esperava para ver o seu ídolo do rock, mas ele se dirigiu direto para mim.

Na mesma hora seus braços estavam ao meu redor, me arrebatando num abraço. Diante dessa exuberância, cheguei a achar que seria até capaz de me botar em cima do ombro e rodopiar comigo. Se não tivesse certeza de que ele também me daria algumas palmadas, deixando meu rosto vermelho feito um pimentão, até o deixaria fazer isso. Mas preferia que coisas desse tipo rolassem num ambiente mais íntimo. E Jenny e eu não éramos as únicas garotas à espera da banda atrás do palco.

Aos risos enquanto ele me levantava, tratei de cruzar os braços com força em volta do seu pescoço para que ele não se deixasse levar pela euforia. Seu cheiro invadiu minhas narinas na mesma hora. Aquele aroma inconfundível que era sua mais pura essência. Limpo, másculo, sedutor... um aroma que se impregnava em mim, mesmo nos meus sonhos.

Rindo, Kellan me abraçou com força, comprimindo o ar em meus pulmões até me pôr novamente no chão. Afastando-se, seus olhos de um azul inverossímil brilharam para mim.

— Foi o máximo! Que bom que você está aqui... Gostou do show?

Seus olhos cintilaram sob um raio de sol quando ele me segurou pelos ombros e se inclinou para me olhar. Ri ainda mais ao ouvir sua pergunta. Ele só podia estar brincando. É claro que eu tinha gostado. Tinha adorado vê-lo se apresentar. Sua expressão era tão doce, sua alegria pura como a de uma criança... quase inocente. Segurando seu rosto quente entre as mãos, assenti:

— Adorei. Vocês estavam o máximo! Estou tão orgulhosa de você, Kellan!

Ele abriu um largo sorriso ao ouvir meu elogio, e então pareceu notar algo que lhe escapara antes. As mãos que apertavam meus braços me afastaram um pouco, seus olhos descendo pelo meu peito. Juro que senti o calor aumentar em linha vertical só com esse olhar. Parando no meu umbigo exposto, seus lábios se curvaram num sorriso endiabrado e ele deu uma espiada em mim por baixo dos invejáveis cílios longos. O desejo ardente naquele olhar bastou para me deixar ofegante. Os momentos inocentes de Kellan nunca duravam muito.

— Gostei da sua blusa.

Sua voz era puro sexo derretido. Isso mesmo, sexo... derretido.

Corei até a raiz dos cabelos. Ele ainda era capaz de me fazer sentir como se me olhasse pela primeira vez, não pela milésima. E ainda fazia meu estômago dar voltas de montanha-russa.

Quando eu estava prestes a responder ao seu comentário, Kellan foi atacado. Não literalmente, e sim por mãos femininas que o seguraram pelos braços e o viraram. Rindo de um jeito encantador, ele soltou meus ombros, se deliciando com o carinho das fãs. Algumas me olharam com a sobrancelha arqueada, mas logo me ignoraram. O que, por mim, estava ótimo. Preferia não ser o centro das atenções como ele, se tivesse escolha.

Enquanto Kellan distribuía autógrafos e posava para selfies, eu balançava a cabeça diante daquela situação muito louca. Vivia me esquecendo de que ele era meio famoso. Quer dizer, eu até já estava habituada às garotas no Pete's, mas agora não estávamos lá. Ver que sua popularidade se mantinha mesmo num local público como aquele era uma coisa difícil de assimilar. Enquanto eu assistia, outra garota na multidão que gritava pelas atenções de Kellan abaixou a blusa, expondo as taças do sutiã, e implorou a ele que autografasse seus peitos. Ele me lançou um olhar brevíssimo, mas então concordou... e espaço não faltou para assinar o nome inteiro, se é que você me entende.

Meu rosto ardeu como se pegasse fogo, e senti um nó de tensão no estômago. Eu procurava ficar na minha em relação ao estilo de vida dele, mas ver sua cara enfiada nos peitos da garota enquanto levava toda a vida para assinar o nome com um pilô já era demais. Quando eu pensava em dar um chega pra lá na periguete, uma mão firme pousou no meu ombro:

— Ele te ama, Kiera. Está só representando.

Olhei para trás, e vi Evan. Ele tinha saído de trás da cerca de metal enquanto eu vigiava Kellan, preocupada. Kellan tinha o poder de fazer isso comigo — me tornar alheia ao mundo. Meu hábito de me envolver tão intensamente com sua vida que tudo ao redor ficava em segundo plano era um ponto fraco meu. Mas eu estava trabalhando nisso.

Evan abriu um sorriso para Kellan, passando o braço tatuado pela cintura de Jenny. A lourinha animada lançou um olhar de adoração para ele. Por ser o rosto da banda, e ainda por cima lindo de morrer, Kellan atraía muito mais atenção do que os outros D-Bags, mas Evan certamente também tinha suas seguidoras. Elas estavam atrás dele naquele momento, esperando que o doce urso de pelúcia se afastasse da namorada.

Seus bem-humorados olhos castanhos me observaram, enquanto ele estendia o outro braço tatuado em direção ao meu namorado:

— Faz parte do trabalho dele atiçar o desejo das fãs, entende?

Dei uma olhada em Kellan, agora espremido entre duas garotas que sapecavam beijos no seu rosto, enquanto uma terceira capturava o momento com a câmera. Tive certeza de que a foto estaria na Internet em questão de horas. Suspirei. Pelo menos, selinhos na boca eram o limite estipulado por ele desde que se tornara meu namorado. Antes, esse limite não existia. E sim, essas fotos também estavam na Internet.

Voltando a olhar para Evan, dei de ombros:

— Eu sei... Só preferia que ele não fizesse isso tão bem. — Minha voz saiu um pouco chateada e Evan riu baixinho, pousando a mão no meu ombro, enquanto se virava para dar atenção às fãs.

Sempre com Jenny do lado, Evan distribuiu autógrafos e bateu papo com totais estranhos no maior bom humor. Jenny também. Afastada da muvuca, fiquei impressionada de ver como os dois pareciam estar à vontade. Eu...? Preferia morrer a fazer aquelas mil apresentações uma atrás da outra.

Olhei de relance para as costas largas de Kellan. Uma mulher estava com a mão plantada na maior indecência num ponto muito baixo delas. Na mesma hora, virei a cabeça. Não fazia sentido ficar olhando, dar corda ao ciúme. Em vez disso, olhei para Matt, que tinha se juntado ao buchicho do seu jeito introvertido. Estava com um ar tão pouco à vontade quanto eu me sentia. Ele gostava de tocar, de estar no palco, de criar e fazer música. Essa era a sua paixão, não ficar de conversa mole com as pessoas. Mesmo assim, ele acenava com a cabeça, amável, posando para algumas fotos e autografando uma ou outra camisa.

De braços dados com Matt, estava sua namorada igualmente introvertida, Rachel. Era uma bela mistura de sangue latino e asiático, com pele bronzeada e cabelos castanho-escuros. Segurava a mão do namorado louro, de cabelos espetados, sem parecer enciumada com as atenções que ele recebia, mas também sem parecer nem um pouco a fim de participar da confraternização. Avessa a multidões, Rachel tinha assistido ao show de um gramado próximo. Era uma garota reticente, ainda mais tímida do que eu... o que significava muito. Rachel rachava um apê com Jenny. Ela e Matt tinham começado a namorar na primavera passada, por volta da mesma ocasião em que Kellan e eu oficializáramos nossa relação. O casal discreto ainda estava namorando firme; suas personalidades combinavam às mil maravilhas. Os dois formavam um casal superfofo.

O último D-Bag a se aproximar da galera não era tão fofo assim. Revirei os olhos ao ver Griffin entrar rebolando no meu campo visual, suas mãos tirando casquinhas do que encontravam pelo caminho. Algumas garotas reagiam na base do tapa, outras caíam na risada. Ele sempre voltava às que riam. Seu estilo de dar autógrafos geralmente envolvia a língua. Uma cena que embrulhou meu estômago. Sinceramente, eu não entendia o que minha irmã via naquele cara.

Soltando uma garota em cuja garganta tinha acabado de enfiar a língua, o primo quase idêntico de Matt virou a cabeça, à procura de outras presas. Infelizmente, seus olhos gulosos recaíram sobre mim. Com os lábios finos se curvando num sorrisinho já meu conhecido, ele começou a caminhar na minha direção, e eu, por instinto, recuei.

Griffin era o tipo de pessoa de quem eu preferia manter distância. Suas mãos tinham uma tendência a ser... meio bobas. Afastando para trás das orelhas os cabelos louros que lhe vinham até o queixo, ele estendeu os braços, dando um jeito de roçar os peitos de uma fã ao mesmo tempo.

— Kiera, minha futura amante! Que alegria, ver que você veio me prestigiar! — Levou a mão à bermuda e segurou... os troços. — Gostou do que viu? — perguntou, inclinando a cabeça.

Com vontade de vomitar, dei as costas para me mandar dali. Como eu estava ao seu alcance, ele se aproximou e segurou minha mão. Achei que ia plantá-la nos seus bagulhos, e meus olhos se arregalaram de pavor. De repente, meus dedos foram arrancados dos dele. Interpondo-se entre nós, Kellan deu um empurrão no ombro do amigo.

— Cai fora, Griffin — murmurou, balançando a cabeça e revirando os olhos.

O baixista deu de ombros e arranjou outra garota para passar a mão nele. Dei um suspiro de alívio, me apoiando no corpo de Kellan.

— Obrigada.

Rindo baixinho, Kellan deu um beijo na minha cabeça.

— De nada. Eu sei o quanto você curte conversar com o Griffin. — Estremeci, enquanto Kellan acenava em despedida para algumas fãs que ainda estavam lá, talvez na esperança de que ele ficasse para trás e passasse o dia inteiro batendo papo com elas. Não, se havia alguém com quem eu não suportava conversar, esse alguém era Griffin.

Girando nossos corpos, o braço enlaçando minha cintura com força, Kellan e eu começamos a nos afastar da área privada, de volta à parte principal do parque. De um jeito quase inconsciente, como se o seguissem por toda parte sem nem parar para pensar nisso, os membros da banda começaram a segui-lo. Olhando para trás, vi Matt e Evan caminhando em passos relaxados, os braços em volta das namoradas. Griffin avançava com a mão coçando os troços. De certo modo, eles seguiam Kellan a todos os lugares. Quando os pais tinham morrido, Kellan jogara tudo para o alto a fim de vir morar em Seattle, e eles o seguiram sem hesitar por um segundo. Desde então, moravam todos aqui.

Voltando a prestar atenção no homem ao meu lado, passei o outro braço pela sua cintura, apertando-o com força. Não podia imaginar como aquele dia fora para ele. Era verdade que Kellan tinha boas razões para odiar os pais; ambos haviam sido uns miseráveis com ele, violentos, frios, culpando Kellan por todos os dramas de suas vidas, mas, ainda assim... eram a sua família, os únicos parentes próximos que ele já tivera. E a morte dos dois o deixara profundamente abalado.

Ele só tinha dezenove anos quando os pais morreram. Cansado de sua violência, Kellan fugira para Los Angeles assim que terminara o ensino médio — logo depois da cerimônia de formatura, segundo seu relato. Não lhes disse que ia embora, nem eles se deram ao trabalho de tentar encontrá-lo. Kellan me contara uma vez que, quando finalmente ligou para eles, alguns meses depois de desaparecer, a fim de informar seu paradeiro e mostrar que pelo menos ainda estava vivo, os dois se mostraram totalmente indiferentes. Era como se já tivessem cumprido sua missão, e ele pudesse viver ou morrer por conta própria. Era um milagre que Kellan não fosse uma pessoa altamente perturbada.

Idiotas.

Foi preciso que Griffin se aproximasse e desse um tapa nas costas de Kellan para me arrancar daquelas lembranças sombrias. Com Matt e Rachel atrás dele, apontou para uma banda que tocava a distância. Dava para ouvir a batida de rock pesada em meio ao mormaço.

— Estamos indo dar uma olhada nas outras bandas. Estão a fim de vir?

Kellan olhou para Evan e Jenny, mas os dois trocavam um olhar de felicidade, absortos demais em sua conversa a meia voz para ouvir a discussão em meio ao vaivém de gente ao nosso redor; algumas mulheres que passavam por ali olhavam para os caras como se lhes parecessem familiares, mas nenhuma chegava a parar por mais de alguns segundos.

Olhando para mim, Kellan já ia perguntando o que eu queria fazer, quando meu corpo respondeu por mim: meu estômago roncou tão alto, que até Jenny interrompeu seu momento de ternura para rir. Fechei os olhos por um segundo, sentindo o corpo de Kellan rindo baixinho de mim. Entreabrindo apenas um olho, tentei fazer uma cara brava para ele. Achando isso ainda mais engraçado, Kellan riu mais alto.

Olhando para Griffin, Kellan fez que não com a cabeça:

— Acho que vamos comer alguma coisa primeiro. — Dando um tapa nas costas de Griffin, acrescentou: — A gente te encontra mais tarde.

Após um momento olhando para os primos fisicamente parecidos que se afastavam e misturavam à multidão ao redor, Kellan sorriu para mim:

— Vai uma comidinha aí, Saco Vazio?

Dei um risinho de desdém, revirando os olhos, mas no momento seguinte seus lábios estavam nos meus e eu já não me importava nem um pouco que ele estivesse implicando comigo. Com sua mão roçando meu rosto ao passar os dedos pelos cabelos acima das minhas orelhas, seus lábios quentes guiando os meus com habilidade enquanto forçava um pequeno espaço entre nossas bocas, a ponta de sua língua logo avançando ao encontro da minha, eu já não me importava com mais nada.

Minha mão segurou seus cabelos com força. Tentei virar sua cabeça de tal jeito que sua língua macia e cariciosa cobrisse a minha inteira. Se percorresse o meu corpo inteiro também seria ótimo... Rindo, ele se afastou da minha boca. Aquele breve momento de intimidade foi o bastante para fazer meu coração disparar e o fôlego ficar curto. Com que facilidade ele me excitava...

Com um sorriso maroto, ele inclinou a cabeça.

— Precisa de um minuto? — sussurrou, arqueando uma sobrancelha.

Recobrando os sentidos, dei um tapa no seu peito e já ia me virando para sair dali a passos duros. Eu não tinha pensado, pouco tempo antes, que precisava me esforçar para não deixar que Kellan me absorvesse completamente? Hummm, minha intuição dizia que eu iria passar um bom tempo trabalhando nisso. Ainda me sentindo um pouco atordoada, tratei de me dirigir à praça de alimentação. Rindo um pouco mais alto, Kellan segurou meu cotovelo e me girou em outra direção.

Sorrindo daquele jeito sedutor, diabólico, que só ele sabia fazer, meneou a cabeça em direção a um caminho asfaltado, do outro lado do local para onde eu me dirigia.

— A comida fica daquele lado. — Com o sorriso se alargando, acrescentou: — A menos que você tenha alguma outra coisa em mente...? — Na mesma hora fantasiei que encontrava um cantinho discreto no espaço gigantesco e deixava aquela língua fazer... as coisas mais divinas e maravilhosas comigo. Prendi a respiração.

Procurando afastar aqueles pensamentos tórridos da cabeça, comecei a marchar pelo caminho a fim de satisfazer o único desejo a que estava disposta a ceder ali. Não iria me permitir fazer sexo em público com meu namorado roqueiro. Por mais que ele fosse gostar disso, eu tinha um mínimo de autocontrole.

Ainda aos risos, achando graça de mim, Kellan me alcançou em dois tempos e voltou a passar o braço pela minha cintura. Sorrindo para mim enquanto Evan e Jenny ajustavam o passo atrás de nós, ele murmurou:

— Que gracinha. O que vou fazer com você?

Quando chegamos aos quiosques de pizza, eu já tinha pensado em pelo menos uma meia dúzia de coisas que ele poderia fazer comigo.

Quando todos já estávamos saciados de comida e música, além de lembranças o bastante para gravar aquele dia em nossas memórias para sempre, voltamos a nos encontrar na área atrás do palco, para que a banda pudesse recolher seus instrumentos. Menos Evan. Como a bateria era um elefante branco, todas as bandas usavam a mesma. A única exceção ficava por conta dos artistas famosos, que prefeririam usar suas próprias baterias.

Com os estojos dos instrumentos a tiracolo, os D-Bags chamaram ainda mais atenção do que antes. A despeito de uma saída no parque reservada para os membros das bandas, Griffin, como era de se esperar, fez questão de sair pelo portão principal. De todos, era o que mais curtia ficar no centro das atenções. E já estava vivendo os seus quinze minutos de fama.

Parando para distribuir mais autógrafos e tirar fotos com fãs, levamos uma eternidade para chegar ao estacionamento. Jenny me deu um abraço rápido e disse que me veria no trabalho no dia seguinte. Com um de seus abraços de urso, Evan também disse, brincalhão, que me veria no trabalho no dia seguinte.

Sorrindo para eles, acenei em despedida enquanto se dirigiam para o carro de Jenny, provavelmente a caminho do Pete's, pois Jenny iria trabalhar aquela noite. Eu tinha tirado a noite de folga para poder ficar com Kellan. Por causa do show à tarde no Bumbershoot, ele e os amigos não iriam se apresentar no bar. Não que isso fosse impedir os D-Bags de passar a noite lá do mesmo jeito; eles não conseguiam ficar longe do Pete's por muito tempo.

Dei um meio abraço em Matt, parabenizando-o. Ele não demonstrava seus sentimentos tão abertamente quanto Evan, e eu tentava respeitar o nível de extroversão que o deixava à vontade. Sorrindo com ar tímido para mim, ele me agradeceu por vir, enquanto Rachel apenas sorriu e se despediu com um aceno. Matt guardou seus instrumentos e os de Griffin e entrou na Vanagon do primo.

Griffin, talvez notando que eu estava distribuindo abraços para os D-Bags, decidiu que queria ser um D-Bag também. Checando o próprio hálito na palma da mão, veio avançando a passos largos na minha direção. Estendi a mão para detê-lo, mas acho que foi o pigarro alto de Kellan que funcionou como spray paralisante. Revirando os olhos, Griffin se contentou em acenar.

— Estamos indo para o Pete's. Vemos vocês outra hora.

Kellan riu e deu um tapa nas costas dele antes de se virar e abrir a porta do seu classudo carrão *vintage* — um Chevelle Malibu de 1969, pelo que me dissera várias vezes. De um preto reluzente, coberto de cromo por toda parte, provavelmente era o único bem, além das guitarras, a que Kellan dava valor. Ele o tinha comprado barato em Los Angeles e passado um bom tempo dando uma turbinada no Chevelle, naquele primeiro verão após conquistar sua liberdade.

Sentando no banco de couro, ele olhou para mim quando entrei.

— Sua casa ou a minha? — perguntou, exagerando a sensualidade do tom de voz.

Caí na risada, me inclinando para beijá-lo. Tentando manter nosso relacionamento tranquilo, em vez de mergulhar direto na zona tórrida para onde descambávamos com tanta facilidade, Kellan e eu ainda estávamos vivendo separados, tocando as coisas devagar.

— A minha — respondi com voz arfante, tentando ser tão sensual quanto ele, mas na certa dando o maior vexame. Mesmo assim, ele mordeu o lábio ao olhar para meu rosto. Corando no ato, eu me recostei no assento, afastando uma mecha de cabelo para trás da orelha. — Anna vai chegar tarde, de modo que vamos ter o apê todinho para nós.

Com um sorriso ainda mais largo, ele deu a partida no carro, o motor possante roncando alto, seu rugido de fera tão sexy quanto o sorriso de Kellan. Sentindo o rosto pegar fogo, balancei a cabeça e acrescentei:

— As aulas na faculdade vão recomeçar em breve, de modo que vou ter que meter a cara nos estudos.

Não era nada disso que eu estava a fim de fazer aquela noite, mas o olhar intenso dele incendiava o meu corpo, e eu detestava o poder de mexer comigo que ele tinha. Gostaria de ser mais sutil na sua presença.

Torcendo os lábios, ele pareceu conter uma risada.

– Hum-hum, meter a cara nos estudos. Tudo bem. Sou ótimo em... meter a cara. – Abrindo um súbito sorriso de parar o coração, ele arrancou o carro do local onde tinha bombado aquela tarde.

## PAZ

Vinte minutos depois, estávamos chegando ao estacionamento do prédio onde eu dividia um apê com Anna. Kellan ainda exibia um sorriso deslumbrante nos lábios ao desligar o carro. Eu sabia que ele ainda estava sob o efeito do pico de adrenalina que o palco lhe dava. Enquanto eu não conseguia imaginar tortura pior do que ser o centro das atenções diante de centenas de estranhos, Kellan vivia para isso.

Ele estava sorrindo de orelha a orelha e cantarolando uma de suas músicas, quando veio ao meu encontro do outro lado do carro. Sorrindo para ele, passei o braço pelo seu. Não tinha a menor vontade de levar essa vida, mas desfrutava dos seus efeitos com o maior prazer. O caminho que nos levara um para o outro fora uma experiência traumática; ver a alegria de Kellan agora era algo que me deixava feliz. Eu preferia mil vezes ver um sorriso de encanto no seu rosto a lágrimas em seus olhos.

Depois de escancarar a porta com um gesto teatral, ele me conduziu pelo minúsculo apartamento de dois quartos. Embora fosse um cubículo, oferecia uma vista espetacular do Lago Union. Seguindo-o pela porta, soltei um suspiro cansado e acendi a luz. Retirando a bolsa que usava cruzada na diagonal, coloquei-a numa mesinha enquanto Kellan fechava a porta. Em questão de segundos, meu corpo levava um puxão e era imprensado contra a porta da frente.

Soltei uma exclamação. Kellan pressionava o corpo contra o meu, seus lábios me atacando com voracidade. Sem um único pensamento, meus dedos se emaranharam entre seus cabelos, revirando as longas mechas. Meu coração palpitava com tamanha violência que achei que cairia dura no chão. Mas os braços fortes de Kellan ao meu redor não teriam deixado. Cada centímetro do seu corpo, do peito ao abdômen escultural e os quadris sensuais, estava colado ao meu, me apertando como se quisesse avançar ainda mais dentro de mim.

Gemendo, apertei seus cabelos com mais força e colei os lábios com força aos dele. Um gemido gutural escapou da sua garganta, percorrendo seu corpo como um trovão enquanto nossas bocas se moviam juntas intensamente. Isso fez com que meu sangue já quente chegasse ao ponto de ebulição. Eu precisava dele. De todo ele. Agora.

Arqueando as costas contra a porta, eu me afastei daquela boca maravilhosa.

— Kellan... — gemi, na mesma hora aliviada por lembrar que minha irmã não estava. — ... no quarto...

Seus lábios foram descendo pelo meu pescoço, sua língua lambendo cada zona erógena no percurso. Tornei a gemer, me esfregando contra ele, tentando apaziguar a ânsia. Um riso lhe escapou da boca quando a ponta de sua língua percorreu a pele de meu colo. Ele estava se deliciando com isso, se deliciando com o jeito como me atiçava. Empurrando seus ombros para trás, olhei séria para ele, que arqueou uma sobrancelha para mim, o canto de seus lábios se curvando do mesmo jeito. Foi uma coisa de uma sensualidade enorme, ainda mais com seu olhar ardendo de desejo. Ninguém sabia fazer um olhar de cama feito Kellan.

Então, seu comportamento mudou totalmente. Com um sorriso brincalhão, ele soltou minha perna que rodeava sua cintura. Inclinando a cabeça ao ver que eu tentava respirar como uma pessoa normal, deu um passo para trás.

— Será que algum dia você vai voltar a morar comigo? — perguntou, seu polegar vindo percorrer a mesma trilha por onde antes sua língua deslizara.

Fiquei perplexa com a súbita mudança de rumo, minha cabeça em câmera lenta, enquanto eu lutava contra o desejo de empurrá-lo para a sala e transar com ele naquele sofá laranja de uma feiura monstruosa. Tenho certeza de que ele deixaria. Imaginando se ele tinha mesmo acabado de me perguntar sobre voltarmos a viver juntos, dei um passo para o lado. Foi também um passo em direção ao corredor, em direção ao meu quarto, e com isso seus olhos readquiriram um pouco do calor de antes.

Com um sorriso maroto, ele meneou a cabeça naquela direção.

— Porque eu simplesmente detesto transar naquele futon. — Com uma piscadela, acrescentou: — O que não significa que não vou fazer isso.

Com um sorrisinho altivo, segurei sua mão.

— Foi você quem me botou para fora — observei, conseguindo manter o tom de voz natural, embora a lembrança fosse dolorosa.

Avançando e me fazendo recuar para o corredor, vi a tristeza se estampar no seu rosto por um momento. Mas passou na mesma hora. Dando de ombros, ele riu.

— Bem, na época me pareceu uma boa ideia.

O corredor do meu apartamento era curto. O quarto de Anna, o maior dos dois, ficava no fim dele. Nosso banheiro minúsculo, que abrigava apenas um chuveiro, ficava no meio, seguido pelo meu quarto, que era o mais próximo da porta. A casa de Kellan não era tão mais espaçosa assim, mas, comparada com meu apê, parecia uma mansão.

Parando diante da porta do meu quarto, pousei a outra mão no seu peito.

— Não, foi uma boa ideia, sim. — Minha mão subiu pelo seu pescoço e segurou seu rosto; ele inclinou a cabeça em direção ao meu toque. — Você e eu estávamos precisando de espaço. Colocar as ideias em ordem.

Ele sorriu sem muita vontade, e então suspirou.

— Bem, agora que elas estão em ordem... por que você não volta? — Abaixando a voz, aproximou-se do meu corpo, passando os braços pela minha cintura. — Eu sei que resolvemos levar as coisas devagar, mas ainda quero ir adiante... com você.

Engoli em seco ao sentir o carinho em sua voz, ao ver o amor em seus olhos. Eu também queria a mesma coisa, queria muito, mas estava tentando ser uma pessoa mais forte. Senhora de mim. E sabia que, se voltasse a morar com Kellan, mais uma vez ele se tornaria o meu mundo. Eu me afogaria nele.

Dando-lhe um sorriso encorajador, passei os dedos pelos seus cabelos. Seu olhar sério se abrandou quando o acariciei. Com a voz mais tranquila que pude fazer, sussurrei:

— Acho que seria melhor se a gente continuasse dando um tempo. — Passando o polegar pelo seu rosto, acrescentei: — Eu me emancipei, por assim dizer, quando vim morar com a minha irmã. Não quero voltar a ser uma mulher que precisa de um homem para se sentir... completa.

Mordi o lábio, esperando que ele não se ofendesse. Seus olhos de um azul intenso inspecionaram meu rosto, observando cada traço. Respirando fundo, ele me apertou com um pouco mais de força.

— E se for eu que preciso de você? — Sua expressão era de uma seriedade extrema, comovente. Dando de ombros, seus lábios se curvaram num sorriso: — Detesto dormir sozinho.

Embora tivesse dito que detestava *dormir* sozinho, eu sabia que era mais do que isso. Kellan detestava *ficar* sozinho. Por curioso que fosse, era algo que tínhamos em comum. No entanto, consciente de que precisávamos da separação, abri um largo sorriso.

— Você vai ficar bem. — Seu sorriso se transformou numa expressão de mau humor, e eu dei uma risada. Passando os braços pelo seu pescoço, acrescentei: — De mais a mais, nós sempre acabamos dormindo juntos mesmo...

Fiquei vermelha feito um pimentão ao dizer isso, me dando conta de como tinha soado malicioso. Ele sorriu para mim de um jeito lindo, estendendo o braço para abrir a porta do quarto atrás de mim. Rindo do meu comentário, assentiu.

— Exatamente. — Empurrando a porta, seus olhos voltaram aos meus, agora brincalhões. — Pensa só na economia de gasolina que a gente faria. — Entramos no quarto, eu andando de costas. — E de aluguel também, já que você não teria que me pagar nada, morando comigo. Poderia trabalhar menos, se concentrar mais nos estudos...

Sorriu e deu de ombros, como se fizesse perfeito sentido. E, de um ponto de vista prático, fazia mesmo. Mas, do ponto de vista emocional, minha intuição dizia que estávamos numa boa situação, e que talvez não devêssemos mexer nela. Acendendo a luz do quarto, suspirei.

— Eu gosto da minha vida, Kellan. Finalmente estou me sentindo... por cima.

Fechando a porta com o pé, suas mãos deslizaram até a base das minhas costas. Com um sorriso endiabrado, ele murmurou:

— É, eu sei que você gosta de ficar por cima. — Dei um tapa no ombro dele, que caiu na risada. Então suspirou, puxando meu corpo para junto do seu e me dando um beijo leve. — Tudo bem.

Eu me derreti em seus lábios, degustando seu sabor, totalmente envolta pelo seu cheiro. Afastando-se, ele descalçou os sapatos e os chutou, e então lançou um olhar descontente para o meu futon.

— Esse negócio é uma porcaria. Posso pelo menos comprar uma cama decente para você?

Sorrindo ao descalçar as havaianas, puxei-o pela mão para o futon que detestava. Ele tinha razão, o troço era todo encaroçado, com uma barra pesada no meio que machucava as costas, mas era bem largo e com bastante espaço para... deitar e rolar. Recuando até a beira do colchão, segurei a barra da camisa de Kellan.

— É claro. Você pode até me ajudar a inaugurá-la.

Com seu sorriso sedutor nos lábios, ele ajudou meus dedos a despirem suas roupas.

— Hummm... Me amarrei nessa ideia.

Aos risos, passei as mãos pelas maravilhosas linhas esculpidas do seu peito. Ele prendeu a respiração quando meus dedos percorreram a tinta preta do meu nome que dava voltas sobre seu coração. Nada no mundo era tão lindo aos meus olhos quanto aquela tatuagem, a não ser o homem que a fizera.

— Você se amarra em tudo que termina em sexo — observei, rindo.

Kellan deu um tapinha brincalhão no meu ombro, e eu sentei no futon, que afundou um pouco no "ponto de sentar" de quando o colchão estava dobrado. Chegando o corpo para o centro, a dura barra de apoio se projetando embaixo dele, senti o desejo me percorrer quando Kellan se inclinou sobre a beira do colchão. Seus olhos nos meus, ele murmurou, com voz rouca e sensual:

— É verdade.

Prendi a respiração quando ele rastejou para cima de mim. Debruçando-se sobre meu corpo enquanto meu fôlego se tornava vergonhosamente rápido, seus olhos me percorreram de alto a baixo. Sentindo a pura energia sexual que irradiava dele, engoli em seco. Era assombroso que esse homem fosse meu, a qualquer hora que eu o desejasse. Ainda me parecia um milagre que, dentre todas as mulheres do mundo com quem poderia estar, ele continuasse a me escolher. Ainda não conseguia entender a razão.

Sorrindo, seus lábios se abaixando em direção aos meus, minhas mãos passeando por aquele peito liso e perfeito, sussurrei:

— Seu galinha.

Ele riu, a boca já sobre a minha, seu corpo se estendendo ao lado do meu.

— Sua provocadora.

Comecei a rir ao ouvir os termos usados no passado para magoar um ao outro se transformando em frases afetuosas. Era assim que as coisas eram com Kellan: uma hora frias, no momento seguinte incandescentes. Ir devagar era o jeito como estávamos trabalhando para manter nosso relacionamento estável. Kellan não parecia sentir o menor medo de que nossa chama se apagasse, mas às vezes eu sentia. Afinal, ele podia ter qualquer mulher. Mesmo que estivesse experimentando algo profundo comigo que jamais conhecera antes — um amor verdadeiro e visceral –, meu maior medo era de que, agora que ele se abrira para o amor, pudesse voltar a encontrá-lo com outra pessoa, se quisesse.

Meu Deus, como essa ideia me apavorava.

Afastando minhas dúvidas, procurei me concentrar no que sabia com certeza. Naquele exato momento, Kellan me queria. Naquele exato momento, Kellan me amava, e apenas a mim. E, naquele exato momento, ainda faltavam horas para a minha irmã voltar.

Vestindo apenas as calças jeans detonadas que contornavam suas pernas à perfeição, seu peito escultural debruçado sobre o meu, Kellan pousou a boca com gentileza na minha, os dedos de sua mão livre enrolando uma mecha escura dos meus cabelos.

Meus dedos também estavam ocupados. Eles passeavam por aquela cabeleira revolta, maravilhosa. Era tão delicioso enrolá-la entre os dedos, que não pude resistir a lhe dar um puxãozinho. Ele abriu um sorriso, os lábios ainda nos meus. Então, meus dedos foram descendo pelas suas costas, apreciando os músculos esguios e o leve pulsar das veias sob a pele. A partir daí eles decidiram subir até as espáduas, demorando-se por um momento nos músculos que se retesavam e relaxavam enquanto ele brincava com meus cabelos. O único curso natural que restava depois disso era descer até o fim das costas. Meus dedos vagavam com prazer pela macia e enxuta extensão de pele, descendo até o cós da calça. Naturalmente, no meio do caminho eles decidiram voltar às espáduas e refazer o caminho até a cintura. Mas, dessa vez, passei as unhas de leve por sua pele em vez de usar as pontas dos dedos, que eram mais suaves e macias.

— Não me provoca — murmurou ele, chupando meu lábio inferior.

Dei um risinho ao me lembrar que uma vez já tinha cravado as unhas com ferocidade naquela pele perfeita... e num quiosque de café *espresso*, ainda por cima. O sangue me aflorou ao rosto, fazendo-o arder. Fora um momento um tanto constrangedor para mim. Kellan interrompeu nosso beijo e se afastou para observar minhas feições, provavelmente notando o rubor no meu rosto e compreendendo minha expressão. Seu dedo traçou uma linha na minha face antes de percorrer meus lábios.

— Será que você faz uma ideia do efeito que aquele arranhão surtiu sobre mim?

Seus lábios se curvaram endiabrados ante a lembrança, e meu rubor se acentuou. Sem conseguir emitir uma palavra, eu me limitei a balançar a cabeça. Ele sorriu ainda mais e se inclinou sobre o meu ouvido:

— Acho que foi aquilo que me fez gozar.

Meus olhos se fecharam por um segundo quando o ouvi dizer isso, e ri baixinho, mesmo contra minha vontade.

— Não fazia ideia de que você fosse tão tarado — sussurrei.

Ele soltou uma risada.

— Foi você que cravou as unhas em mim.

Voltei a rir, sentindo o humor dissipar a vergonha.

— E foi você que gostou.

Ele beijou meu queixo de leve antes de se afastar com uma sobrancelha arqueada:

— E você não gostou de fazer, por acaso?

Mordi o lábio, desviando os olhos da expressão vaidosa no seu rosto. É claro que eu tinha gostado. Meu corpo ficara tão satisfeito com a experiência quanto o dele. Mas não pude deixar de sentir uma pontada de culpa. Eu me sentia mal por tê-lo machucado, por tirar sangue. Isso já era passar um pouco dos limites num momento daqueles.

Surpreendendo-o, empurrei seus ombros para trás. Ele soltou um resmungo e disse "Ei!", tentando rastejar de novo para cima de mim. Aos risos, mantive-o a distância com uma das mãos, enquanto me contorcia para livrar a metade do corpo que ainda estava presa entre suas pernas. Antes que ele pudesse se queixar ou me imobilizar na posição anterior, eu montei nos seus quadris.

Como ele estava de lado, começou a se virar de costas. Senti pelo sorriso radiante iluminando seu rosto que Kellan achara que aquilo ia dar em intimidade. A ideia de eu ficar por cima à força o excitava. Mas, também, Kellan estava sempre excitado. Ri ainda mais ao empurrar seus ombros para baixo, mantendo seu peito preso no colchão.

Quando estava firmemente sentada na parte de baixo da sua coluna, ele virou o pescoço para me olhar.

— O que está fazendo?

Minhas mãos passearam um pouco pela extensão de pele perfeita antes de eu responder, com voz um tanto sensual:

— Bem, eu me sinto meio culpada por ter machucado você...

Ele se virou mais um pouco, seus lábios me dando um sorriso:

— Eu disse que aquilo me fez gozar, não disse?

Senti o rubor voltar ao ouvi-lo pronunciar aquela palavra de novo – *gozar*. Não chegava nem mesmo a ser obscena, mas ouvi-la dos seus lábios me fez lembrar aqueles momentos de crispar os músculos, de ferver o sangue, de mudar o destino, momentos do mais puro êxtase. Sorrindo, procurei não reviver aquela sensação... por ora.

– Quero ter certeza de que você não ficou... danificado.

Passei as mãos pelas suas costas, me inclinando sobre ele até meus cabelos roçarem sua pele. Adorei ver que ele se arrepiou quando minhas longas mechas afagaram suas costas. Seus olhos encontraram meu rosto, e sua voz ficou mais baixa:

– Eu só tenho uma cicatriz que possa ser atribuída a você.

Ele manteve os olhos nos meus, e eu prendi a respiração ao ver quanto amor havia neles. Não achava que algum dia me habituaria a ver o quanto ele me adorava. O que tornava irrelevantes as paqueras que eu presenciara horas atrás. Nenhuma daquelas fãs jamais receberia um olhar desses, nem jamais teria esse nível de intimidade com ele. Não mais. Evan tinha razão – Kellan flertava com elas, mas o coração dele era meu.

Assenti, surpresa ao notar que meus olhos começavam a ficar úmidos. Minha memória repassou a cena a que ele se referia, e eu mordi o lábio. Já fazia muito tempo que ele levara uma facada ao tentar defender minha honra. Fora um dos momentos de coragem mais bonitos e apavorantes que alguém já vivera por mim. Eu achava incrível que ele tivesse me defendido, e horrível que tivesse se machucado. Meus dedos foram descendo pelas suas costelas, tocando o colchão quando os curvei em torno do seu corpo. Eu me inclinei e beijei a ponta da cicatriz onde senti uma aspereza marcando aquela pele outrora lisa. Ele ficou ofegante, seu estômago se contraindo ao sentir meus lábios passando sobre a velha ferida.

Sorri, enquanto aplicava beijos pelas suas costas, pensando em outra ferida que lhe fora infligida por minha causa. É verdade que essa não tinha deixado uma cicatriz externa (a fratura consolidara sem cirurgia), mas eu tinha consciência do dano que jazia sob a superfície. Minhas mãos percorreram seus braços, apertando o esquerdo, fraturado muitos meses antes, durante uma briga com meu ex-namorado, Denny.

Eu me inclinei para a frente, beijando aquele braço, e seu olhar se abrandou, ainda fixo em mim. Vi que ele compreendera meu gesto.

– Adoro você por todas as suas cicatrizes – sussurrei, me curvando e beijando de leve seus lábios.

Sua mão segurou minha cabeça, me mantendo presa na doce maciez do seu beijo. Ele o aprofundou, e o fogo da expectativa me correu pelas veias quando sua língua roçou a minha. Minha respiração acelerou e eu me curvei mais em direção ao beijo por um momento, antes de interrompê-lo.

Com jeito, eu me desvencilhei de sua mão, que me prendia à sua boca. Com uma expressão zangada, dei um tapa no seu ombro.

— Para com isso. Ainda não terminei minha inspeção.

Ele suspirou, revirando os olhos.

— Tá, mas será que não dá para andar mais depressa? Para eu poder fazer amor com você e não com esse colchão horrível? — Pressionou os lábios no futon sob o corpo para enfatizar o que dizia, e eu caí na risada. Achando graça também, ele murmurou: — Podemos trocar de posição quando você terminar?

Ignorando o pedido, continuei sentada na base da sua coluna, concentrando toda a minha atenção naquelas costas maravilhosas. Ele parecia estar ótimo. Não havia quaisquer linhas finas de pele enrugada no local dos arranhões que eu lhe dera. Foi só quando me inclinei para beijar sua pele que as notei. Eram cicatrizes muito tênues, tão tênues que não daria para notá-las a menos que se ficasse literalmente a centímetros da sua pele como eu naquele momento, mas estavam lá. Listras brancas e finas riscavam suas costas, no ponto onde eu passara as unhas. Sorri comigo mesma ao ver que uma parte daquela noite tão louca e intensa ainda estava com ele, talvez para sempre. Por mais que detestasse ter lhe causado dor, também estava satisfeita por ver que ele sempre carregaria uma lembrança daquela noite aonde quer que fosse.

— Ah, encontrei o que procurava — murmurei.

Ele já ia perguntando "O quê?", quando, brincalhona, deslizei a ponta da língua pela vaga listra branca. Ele interrompeu o que dizia, um arrepio percorrendo seu corpo. Mais atrevida, deixei a língua seguir numa trilha por entre as espáduas até a nuca. Kellan se contorceu, deixando a testa cair no travesseiro; sua respiração acelerou. Com mais uma velha lembrança tomando conta de mim, mordi sua nuca muito de leve, fazendo-o gemer.

Antes que eu pudesse entender e impedi-lo, ele se virou embaixo de mim, levantando os braços para me deitar no futon. Soltei todo o ar dos pulmões com a força que ele usou para me tirar das costas. Comecei a rir quando se deitou em cima de mim. Seus lábios atacaram os meus, sua língua praticamente procurando minhas amígdalas.

Eu o empurrei. Com o desejo estampado naquele olhar de sexo tórrido, ele rosnou:

— Não me provoca.

Dei um risinho de desdém, passando o dedo pela sua boca entreaberta.

— Revanche. — Arqueei uma sobrancelha para ele. — Pelo menos, eu não fiz isso numa boate lotada de gente.

O rosto dele se sobressaltou. Era quase como se tivesse esquecido aquele momento intenso em que me lambera no meio de uma pista de dança lotada. Denny e Anna estavam em outra parte da boate. Ele franziu o cenho, seu olhar parecendo um tanto arrependido.

— Aquilo não foi muito legal da minha parte, não é?

Passei os braços pelo seu pescoço, negando com a cabeça.

— Não, não foi... mas eu gostei.

Seus olhos culpados recuperaram o bom humor quando ele recordou aquela noite.

— Não pude resistir. — Seus dedos deslizaram pelos meus braços, levantando-os acima da minha cabeça, o que fez com que arrepios deliciosos me percorressem o corpo. — Seus braços estavam levantados assim. — Segurou meus dois braços acima da cabeça pelos pulsos com uma mão só, enquanto seu dedo descia pelo meu nariz até a boca. — Você ficou mordendo o lábio enquanto dançava. — Tornei a morder o lábio ao ver seus olhos gulosos recriarem a imagem de mim mesma que o fizera perder a cabeça. Seu dedo deslizou sobre meu lábio, descendo até entre os seios. Fechei os olhos e ele continuou arrastando o dedo sobre meu umbigo exposto até o short. Brincou com o cós por um momento antes de levar a mão ao osso do quadril. — E esses... esses quadris... — Curvou-se e ficou respirando de leve sobre meu rosto, nossos lábios se roçando. — ... esses quadris que me levaram à loucura.

Levou os lábios aos meus e soltou minhas mãos. Envolvi sua cabeça entre os braços, abraçando-o com força. Quando paramos para recobrar o fôlego, murmurei:

— Você ficou me observando?

Ele passou o nariz pela minha face, vez por outra estendendo a língua para sentir meu gosto.

— O tempo todo. — Seus lábios iam e vinham pelo meu queixo. — Tenho muitas culpas para expiar, e detesto o que aconteceu entre nós depois, mas nunca vou me arrepender por ter sentido o gosto da sua pele aquela noite. — Fiquei ofegante e arqueei as costas ao seu encontro, levantando a cabeça para que seus lábios pudessem tornar a visitar meu pescoço.

Ele fez o que eu queria, toques leves como plumas descendo por minha pele. Sua boca ainda no meu pescoço, seus dedos desfizeram o nó da minha blusa. Com um único gesto, ele retirou o tecido escuro pela minha cabeça. Seus olhos se demoraram sobre meu corpo por um segundo antes de ele abrir o sutiã com dedos afoitos e arrancá-lo. Meu corpo pulsava de ânsia enquanto seus olhos ardentes me acariciavam visualmente.

Com um suspiro, ele deixou a cabeça cair sobre meu estômago.

— Eu preciso dessa carne — murmurou, sua língua subindo pelo meu corpo.

Senti as entranhas se incendiarem com esse contato e me contorci sob seu toque.

— Também preciso de você, Kellan.

Ele passou a língua por entre meus seios.

— Preciso ver seu rosto enquanto faço isso. — Estendeu a língua inteira até o meu pescoço, e eu fechei os olhos, gemendo em resposta. — E preciso ouvir você também. — Levou os lábios, e aquela língua mágica, até meu seio, contornando o mamilo com ela.

Arqueei as costas, enfiando as mãos entre seus cabelos.

— Meu Deus, assim...

Com a respiração pesada, ele levou os lábios à minha orelha.

– Preciso estar dentro de você... tão fundo quanto puder ir. – Meu corpo chegou a doer com essas palavras, meu short de repente tão desconfortável quando o latejar delicioso entre minhas coxas se transformou numa dor violenta. Gemi alto e tentei beijá-lo, mas ele se afastou.

Ficou parado em cima de mim, e eu abri os olhos para contemplar aquele Adônis à minha frente. Sua expressão ardendo de desejo por mim, ele engoliu em seco.

– E preciso ouvir você pedindo também. – Com o rosto suplicando muito mais do que as palavras, acrescentou: – Você me quer?

O latejar se intensificou, o que pensei que fosse impossível, e minha boca encontrou a sua.

– Meu Deus, Kellan... por favor, sim, meu Deus... por favor. Eu quero você... quero tanto você. – E eu também queria dizer mais do que as palavras. Ele me perguntava se era realmente com ele que eu queria estar. E eu lhe dizia, com a máxima clareza possível, que sim.

Murmurei mais súplicas para ele, nossas bocas encenando o que ambos desejávamos. Com arquejos fortes e dedos frenéticos, terminamos de despir o resto de nossas roupas, e ele fez exatamente o que disse que precisava fazer.

Sorrindo ao acordar na manhã seguinte, bocejei e me espreguicei. Meus braços e pernas não esbarraram em outro corpo quente em cima do futon frio, mas isso não me surpreendeu. Kellan quase sempre acordava antes de mim. Não sei ao certo a razão, mas o cara era madrugador, levantando ao amanhecer quase todos os dias. E também era notívago, geralmente ficando acordado até tão tarde quanto eu, mesmo nas noites em que eu fechava o bar. Por fim, a falta de sono acabava por derrubá-lo como um soco e o fazia apagar por doze horas seguidas. Mesmo assim, me espantava ver como ele podia passar dias a fio praticamente sem dormir.

Balançando a cabeça ao pensar nele, farejei fundo, meu sorriso se alargando. Meu cheiro favorito no mundo, além do aroma natural de Kellan, já chegava pelo corredor: café. Ele estava preparando uma jarra na cozinha. Sem sombra de dúvida, essa era uma das vantagens de acordar com ele.

Arriscando abrir um olho, vi que ele tinha deixado a porta do quarto totalmente aberta. Na cozinha, ouvi a jarra borbulhando e o barulho de Kellan pegando as canecas. Estava cantarolando uma música. Voltando a relaxar no travesseiro, fiquei curtindo o som por um momento. Imaginei-o lá, cantando, apenas de cueca samba-canção. Uma imagem deliciosa.

O som de uma chave na fechadura rompeu o silêncio da manhã. Foi seguido imediatamente pelo da porta da rua se entreabrindo. Apoiando-me sobre os cotovelos, franzi o cenho. Será que Anna só estava chegando em casa agora? Sabia que ela pegara o turno da noite na véspera, e ela dissera que depois iria sair com algumas colegas de trabalho, mas isso era tarde demais, até mesmo para os seus padrões. A menos, é claro, que ela tivesse dormido... em algum outro lugar.

Talvez tivesse se encontrado com Griffin, para lhe dar os parabéns pelo grande show. Mas também podia perfeitamente ter sido algum outro sujeito com quem "ficara". Anna e Griffin tinham um relacionamento bizarro. Quando estavam juntos, eram inseparáveis – era um tal de mão pra lá, língua pra cá e – eca – um esfrega-esfrega generalizado. Mas, quando se afastavam um do outro... ninguém jamais desconfiaria do envolvimento dos dois. Eles eram muito abertos em relação a sair com outras pessoas. A situação era estranha para mim, mas parecia funcionar para eles, de modo que eu procurava não tocar no assunto.

Quando ouvi a voz animada de Anna cumprimentando Kellan, na mesma hora esperei que ele não estivesse apenas de cueca. Inspecionei o chão, para ver se suas roupas ainda estavam lá. Felizmente, não estavam. Embora ele e Anna se tratassem com amabilidade, eu não queria saber de minha irmã devorando-o com os olhos mais do que já devorava. Ela procurava não tocar em Kellan desde que ficara sabendo da nossa relação, mas seus olhos se demoravam nele, apreciando a obra-prima à sua frente como apreciariam qualquer outra peça de arte. Eu entendia. Também o apreciava todos os dias.

— Oi, Kellan, bom dia!

— Bom dia, Anna. Está chegando tarde... ou cedo?

Anna suspirou, sua sacola pesada batendo no chão.

— É, eu fui para o Pete's. Encontrei o pessoal lá.

Kellan riu baixinho, na certa pensando o mesmo que eu já adivinhara, que ela fora objeto das atenções de Griffin até altas horas da madrugada. Meu estômago ficou meio embrulhado quando pensei no que deviam ter andado fazendo, por isso, enquanto obrigava meu corpo preguiçoso a levantar, procurei tirar essas imagens da cabeça.

Anna soltou uma de suas risadas roucas, enquanto eu pegava uma calça de moletom na cômoda, vestindo meu corpo nu às pressas.

— Ouvi dizer que vocês bombaram no grande show. — Anna soltou um suspiro triste. — Me desculpe por não ter podido ir.

Sem se alterar, Kellan respondeu:

— Foi só um show, nada que você já não tenha visto antes. Não se preocupe.

Balancei a cabeça, vestindo depressa uma blusinha leve e confortável. Só mais um show? Ele parecia tão indiferente em relação ao que tinha rolado. Mas eu sabia que significara algo para ele. Algo que o empolgara, que o revigorara. Ele deixara isso evidente ao me dar aquela prensa na porta, na noite passada. Mordi o lábio ao relembrar aquele momento e passei as mãos pelos cabelos cheios algumas vezes, ansiosa para rever o meu homem passional.

Saindo pé ante pé do quarto, na mesma hora vi Anna e Kellan na cozinha. Ele estava recostado na bancada, de frente para mim, os braços cruzados enquanto conversava a meia voz com minha irmã. Ela estava de costas, seu cabelos longos com o brilho deslumbrante de sempre, perfeitos demais para aquela hora da manhã.

Vendo-os, não pude deixar de pensar que, se Anna tivesse conseguido o que queria no ano anterior, os dois teriam acabado juntos e eu estaria encontrando um casal na cozinha, em vez de dois amigos. Com os lábios de Kellan curvos num sorrisinho enquanto ele falava em voz baixa – seu cabelo um caos maravilhoso –, não precisei fazer qualquer esforço para imaginar o lindo casal que os dois teriam formado.

Empinando o queixo, respirei bem fundo. Não fora isso que acontecera. Ele nunca tinha chegado a tocar nela. Minha irmã não fazia ideia de como era o toque daqueles lábios, o gosto de sua pele, o calor de seus dedos, os sons que fazia quando transava. Ela nunca o tinha ouvido dizer *Eu te amo*. Mas eu tinha... e muitas vezes.

Confiante, tratei de afastar as resistentes inseguranças ao entrar na cozinha. Os dois se viraram para me olhar quando pisei no pequeno aposento. O sorrisinho de Kellan para Anna se transformou num largo sorriso para mim, seus olhos se iluminando.

Passei os braços pela sua cintura.

– Bom dia, Dorminhoca – cumprimentou ele com voz sensual, dando um beijo na minha testa.

Com um suspiro satisfeito, enterrei a cabeça no seu pescoço.

– Bom dia.

Minha irmã suspirou.

– Vocês são tão fofos. – Dando um tapa no meu braço, revirou os olhos: – Esse grude de vocês é um saco.

Dei uma risada.

– Bom dia, Anna. Virou a noite?

Com um sorriso endiabrado, ela mordeu o lábio vermelho pintado à perfeição e arqueou a sobrancelha de um jeito tão natural quanto Kellan.

– Pode crer. – Enfiou o dedo entre nós dois. – Mas posso te garantir que a minha noite não foi tão fofa quanto a sua.

Fiquei vermelha e abaixei os olhos, o que a fez rir, sua voz rouca e sensual como a minha jamais seria. Kellan riu junto com ela, me abraçando com mais força.

– Eu não diria que a nossa noite foi fofa, Anna.

Dei uma espiadinha nos olhos de Kellan e um tapa no peito dele, meu rosto ficando ainda mais vermelho. Embora nossa vida amorosa pudesse ser mais bem-comportada do que o estilo a que ele estava habituado – e minha irmã também –, ainda assim eu não queria saber dele batendo papo sobre o assunto. Sorrindo para mim, ele não disse mais nada, e eu relaxei. Kellan não era exatamente um livro aberto, e em geral não falava muito sobre a sua vida. O que, felizmente, incluía a nossa vida sexual.

Anna soltou um bufo, e voltei a olhar para ela. Com um sorriso brincalhão no rosto, disse:

— Eu sei. — Deu um cutucada no meu ombro. — Eu sei que vocês dois pegam fogo juntos. — Meu queixo caiu, e fiquei pálida. Ela riu, apontando o polegar para o corredor: — Meu quarto fica ao lado do seu, Kiera. — Levantando as sobrancelhas, inclinou-se para mim e murmurou: - Que tal se vocês dois se lembrassem disso no futuro?

Cobri o rosto com a mão, me enroscando toda contra o corpo de Kellan. Meu Deus, às vezes eu esquecia mesmo. Transar com Kellan podia ser uma coisa tão... envolvente. Rindo baixinho enquanto me abraçava e esfregava minhas costas, Kellan respondeu a ela com naturalidade:

— Vamos tentar nos lembrar, Anna. Obrigado.

Rindo, Anna esfregou meu ombro.

— Estou brincando com você, Kiera. Vai em frente, grita o quanto quiser, eu não ligo. — Ao espiá-la por entre os dedos, vi seus olhos percorrerem o corpo de Kellan de alto a baixo. — Só Deus sabe o quanto eu gritaria — murmurou.

Kellan balançou a cabeça antes de me beijar de novo. Piscando um olho para ele, Anna deu um tapinha no meu braço.

— Bom, vou dormir. Estou pregada.

Afastando-se de nós, saiu rebolando em direção ao quarto. Sua calça justa realçava a curva dos quadris. Anna era mesmo linda e provocante. Às vezes era difícil conviver com sua perfeição, mas ela era minha irmã, e tinha vindo em meu socorro quando eu mais precisava. Tinha me ajudado a me reerguer quando os dois homens da minha vida me deram um fora. Tinha arranjado um lugar para morarmos quando eu não sabia para onde ir. Tinha ajudado a colar os cacos do meu coração quando eu estava convicta de que não conseguiria. Tinha até mesmo ajudado a resgatar minha relação com Kellan. Não, quaisquer que fossem as suas excentricidades, eu a amava.

Estava sorrindo e balançando a cabeça para Anna, quando ela voltou.

— Daqui a alguns segundos vou estar dormindo feito uma pedra, se vocês quiserem não ser fofos de novo.

Suspirei, e Kellan riu. Afastando-me para olhá-lo, dei outro tapa no seu peito.

— Quer fazer o favor de não dar corda para ela? — Ele sorriu, ainda rindo baixinho, e eu tornei a suspirar. — Gostaria que vocês dois arranjassem um hobby melhor do que ficar me matando de vergonha.

Virando meu corpo de frente para si, Kellan deu um beijo carinhoso na minha testa.

— Bem, você não teria que se preocupar com isso se voltasse a morar na minha casa. — Balançando nossos quadris para a frente e para trás, nossos corpos se tocando e afastando de um jeito tentador, ele acrescentou: — Taí, sou capaz de ficar te sacaneando até você voltar a morar comigo.

Arqueando uma sobrancelha, ele sorriu com o canto da boca para mim. Tive vontade de dar mais um tapa nele, mas a danada daquela expressão era sexy demais. Acabei dando um beijo nele, o que, é claro, o fez rir.

Kellan passou a tarde inteira comigo, me ajudando a repassar todo o meu esquema da faculdade. Eu iria começar o último ano em breve. Já estava com tudo pronto — todas as aulas definidas, todos os livros comprados —, mas repassar a programação ajudava a acalmar a ansiedade.

Eu não sabia por que me sentia tão apreensiva em relação ao primeiro dia de aula. Seria de esperar que depois de dezesseis séries já estivesse acostumada, mas não era o caso. A fobia do primeiro dia de aula me fizera adiar a entrada na faculdade ao concluir o ensino médio.

Meus pais ficaram furiosos, mas eu estava transtornada demais para ir em frente. Minha mãe levou um susto com um câncer na época; os médicos detectaram e removeram um tumor maligno no seu seio. Embora os velhos protestassem, aproveitei a oportunidade para ficar em casa com mamãe enquanto se submetia ao tratamento. Ela ficou muito chateada por eu não ir para a faculdade, mas, no fim das contas, foi melhor assim. A ocasião me deu uma chance de proporcionar a ela cuidados de que precisava, e me permitiu empurrar com a barriga uma coisa que me apavorava.

Acho que meu adiamento acabou valendo a pena. Eu não teria conhecido Denny se não tivesse ficado de bobeira aquele ano. E, se nunca tivesse conhecido Denny, também não teria conhecido Kellan. Embora eu detestasse o jeito como nossa relação começara e o quanto eu magoara Denny, ainda me sentia grata pelo fato de o destino ter me trazido para Seattle e para Kellan.

Kellan achava meu nervosismo uma gracinha. Ele parecia não ficar nervoso por coisa alguma. Provavelmente seria capaz de entrar na sala no primeiro dia de aula, nu em pelo e meia hora atrasado, e ainda assim se sentir totalmente à vontade. Sorri comigo mesma ao refletir sobre isso. Talvez as pessoas e os lugares não o afetassem, mas os sentimentos afetavam. Dizer que me amava pela primeira vez fora algo que o assustara muito, provavelmente mais do que todas as crises de pânico que eu já tivera nos primeiros dias de aula.

Era bom saber que ele não tinha nervos de aço.

Minha área de habilitação esse ano seria Língua Inglesa, um fato sobre o qual Kellan não parava de implicar comigo. Pelo visto, achava que eu levava mais jeito para Psicologia. Tenho certeza de que queria que eu me inscrevesse em outra matéria como o curso de Sexualidade Humana que fizera no ano anterior. Ele era incorrigível no que dizia respeito aos instintos básicos. Não que eu tivesse muita moral para falar, pelo menos em relação a ele. Simplesmente não conseguia resistir a Kellan quando estávamos juntos.

Depois de passarmos um dia inteiro organizando tudo, até mesmo a rota mais conveniente para cada sala de aula, finalmente chegou a hora de ir trabalhar.

Sorrindo ao atravessarmos o estacionamento do edifício, tentei tirar as chaves da mão dele.

— Posso dirigir? — perguntei brincando, já caminhando para trás e tentando arrancar as chaves dos dedos que ele contraía com rigidez cadavérica.

Fechando a cara de um jeito lindo, ele balançou a cabeça, afastando a mão.

— Não, não pode.

Parando e pondo as mãos nos quadris enquanto ele passava por mim, estiquei o lábio inferior num beicinho.

— Por que não?

Ele deu mais dois passos, e então parou e voltou até mim. Na mesma hora sua boca estava chupando meu lábio esticado e, na mesma hora, eu parei de esticá-lo. Com aquela boca na minha pele, ele disse, a voz rouca:

— Porque... esse é o meu bebê, e eu não o divido com ninguém.

— Pensei que eu é que fosse seu bebê — respondi com uma vozinha lamuriosa, meu pulso acelerando.

Sorrindo, ele puxou meus quadris para os dele.

— E você é. — Seus lábios voltaram para os meus, seu beijo fundo e possessivo. Senti o fogo já meu conhecido começar a se acender, e tive vontade de arrancar aquela blusa chata e homenagear seu corpo com a minha língua. Nesse momento, ele se afastou de mim e disse, num tom sensual: — E eu também não divido você.

Uma sensação deliciosa, quente e úmida, se espalhou pelo meu corpo; eu poderia ter me derretido bem ali, na calçada. Rindo, ele me puxou para o carro. Feliz da vida, sentei no lado do carona.

Ainda sorrindo por causa de sua possessiva declaração de amor, mal notei quando chegamos ao Pete's — meu segundo lar em Seattle. Quer dizer, o terceiro, na verdade. A casa de Kellan sempre seria como um lar para mim, apesar de todas as más lembranças que ainda trazia.

Estacionando na vaga que o Chevelle ocupava há tanto tempo que chegava a ser informalmente conhecida como "a vaga de Kellan", ele desligou o motor do seu bebê mecânico. Quem dera que pudesse me desligar com a mesma facilidade; eu ainda estava um pouco acesa. Não era a melhor maneira de começar o meu turno, mas provavelmente essa fora a sua verdadeira intenção o tempo todo. Ele me chamara de provocadora, mas o fato é que era aquele cara quem adorava me deixar *naquele* estado.

Saí do carro no momento em que ele dava a volta para abrir minha porta. Franziu o cenho quando viu que eu não tinha esperado e lhe dado a chance de ser um cavalheiro. Ele estendeu a mão para mim. Eu a segurei, e nos dirigimos para o amplo prédio retangular onde Kellan encontrava paz.

Enquanto o Pete's era confortante e familiar para mim, o bar representava um consolo para Kellan. Ele ia para lá a fim de tocar, se socializar e, no passado, apanhar mulheres. Mas, principalmente, acho que o frequentava para fugir da dura realidade da vida, para desligar a cabeça. Durante o tempo em que não soubera a qual homem dar o meu coração, eu perturbara o seu santuário. A provação de enfrentar nosso relacionamento complicado fora uma fase turbulenta para ele, mas agora sua tranquilidade voltara, o que transparecia no sorriso relaxado que curvava seus lábios ao entrarmos no bar.

Empurrando uma das portas duplas para mim, ele me conduziu com cavalheirismo, beijando minha mão. Geralmente ele fazia algum gesto desse tipo quando entrávamos – às vezes um beijinho no rosto, outras vezes um braço passado pela minha cintura, mas sempre havia alguma coisa, algum tipo de anúncio para o estabelecimento – eu era dele.

Fora o que Kellan desejara quando nosso relacionamento ainda era secreto e, agora que deixara de ser, ele demonstrava isso para todo mundo. Inclusive Rita, a mal-humorada bartender que olhava para nós.

Rita já era antiga no Pete's, muito antes de os D-Bags chegarem. Desde o instante em que pusera os olhos em Kellan, ela o perseguira com o maior descaramento, mandando o marido para o inferno. Eu ficava enojada de pensar que conseguira o que queria. A mulher tinha no mínimo o dobro da idade dele, com uma pele encarquilhada e superbronzeada, cabelo oxigenado e um estilo de se vestir que não deixava nada para a imaginação. Nunca fiz perguntas a Kellan sobre o caso dos dois. Para ser honesta, eu não queria saber... jamais.

Os lábios dela se curvaram quando Kellan virou a cabeça para cumprimentá-la. Tudo que ele lhe deu foi um leve aceno de cabeça, mas quem visse a reação dela pensaria que ele fora até lá e lhe dera uma lambida. Com mil sorrisos sensuais e olhares de peixe morto que, com certeza, o despiam mentalmente, ela se inclinou sobre o balcão envelhecido que se estendia ao longo da parede em frente às portas do bar.

Só faltando ronronar, murmurou:

– Olá, Kellan... Kiera. – Meu nome foi acrescentado na última hora.

Com um sorriso desdenhoso para ela, virei o rosto para Kellan.

– Tenho que ir guardar minhas coisas. Vai querer o de sempre?

Inclinei a cabeça e ele passou um dedo por entre meus cabelos, afastando uma mecha para trás da orelha e mordendo o lábio daquele jeito encantador, atraente.

– Vou, obrigado, Kiera.

Sorrindo para ele, eu me inclinei para dar um beijo no seu rosto. Insatisfeito por ganhar apenas um selinho, ele se virou e buscou meus lábios. Senti o rosto arder de vergonha, sabendo que Rita e os fregueses do Pete's estavam olhando, mas me permiti viver aquela pequena demonstração de afeto em público. No entanto, interrompi o momento bruscamente ao sentir a mão livre de Kellan passando para minhas costas, a fim de apertar meu traseiro. As demonstrações de Kellan em público nem sempre eram sutis.

Empurrando seu ombro, apontei o dedo para ele em advertência. Rindo, ele deu de ombros, com um sorriso que dizia *Sou inocente!*. O que era a mais deslavada mentira. Kellan não tinha uma gota de inocência, mas, mesmo assim, sua reação foi uma gracinha, e eu revirei os olhos, rindo, ao me afastar dele.

Enquanto me dirigia para o corredor, passei por umas cinco mesas ocupadas por mulheres que estavam com os olhos colados nele. Seus olhares se alternavam entre mim e Kellan, que se dirigia ao extremo oposto do salão, onde ficava a mesa tradicional dos D-Bags, perto do palco. Eu podia sentir que estava sendo observada a cada passo que dava. Constrangida, mantive a cabeça baixa e caminhei um pouco mais depressa. Que Kellan fosse admirado por tanta gente era uma coisa, que eu fosse julgada quanto a ser digna do seu afeto era outra totalmente diferente. E, pelos olhares de desprezo e as bocas torcidas que recebi, ficou evidente que eu não estava à altura da expectativa geral. Mais uma vez, tentei não deixar que isso me aborrecesse, mas o ego é uma coisa frágil e sensível.

Suspirando de alívio ao deixar as admiradoras de Kellan para trás, eu me dirigi à sala dos fundos, onde ficavam os armários dos funcionários. Jenny e Kate estavam saindo de lá quando me aproximei. Kate, uma garota alta e graciosa com o rabo de cavalo mais bem-feito e balançante do mundo, abriu um sorriso radiante para mim. Eu já a vira emendar dois turnos em noites seguidas, mas mesmo assim seu cabelo sempre parecia perfeito, como se ela o tivesse penteado cinco minutos antes. Não sei que produto usava, mas devia pensar seriamente em se tornar garota-propaganda dele.

— Oi, Kiera! Ouvi dizer que o show de ontem bombou! — Uma longa mecha cor de acaju se enroscou no seu pescoço enquanto ela falava. Seu pescoço era tão fino e elegante que só faltava pedir para ser coberto de diamantes.

Assenti com entusiasmo, passando por elas ao entrar.

— Bombou mesmo! Os garotos estavam incríveis! — Suspirei, relembrando como Kellan estava perfeito no palco. Dizem que algumas pessoas nascem para estar no centro das atenções. Kellan era uma dessas pessoas. Sonhadora, fiquei pensando no que isso queria dizer para nós... a longo prazo.

Jenny inclinou a cabeça e me olhou com ar de curiosidade, a camiseta vermelha do Pete's realçando as curvas que levavam os homens à loucura. Mas ela era a pessoa mais doce do mundo, e totalmente devotada a Evan.

— Você está bem, Kiera? — perguntou.

Assenti com a cabeça.

— Estou, sim, só um pouco nervosa porque as aulas vão começar. — E porque Kellan ia se tornar um verdadeiro astro do rock mundial. Era estranho desejar um futuro para alguém e não desejá-lo desesperadamente ao mesmo tempo. Eu desejava todo o sucesso do mundo para Kellan, mas só se não tivesse que dividi-lo. Mais uma coisa em que eu precisaria trabalhar. Que bom que a universidade era um tempo de autoconhecimento.

Jenny sorriu, dando um tapinha no meu braço.

— Não se preocupe. Você é muito inteligente. Vai se sair bem.

Concordei, me sentindo ridícula por me preocupar com a universidade. Jenny tinha razão. Kellan tinha razão. Eu já conhecia o lugar. Conhecia um monte de gente lá. Conhecia vários professores. E tinha uma bolsa de estudos que cobria as despesas integrais do curso. Eu não tinha nada com que me preocupar. Nada de que ter medo além do próprio medo, certo?

Kate balançou a cabeça como Jenny, seus olhos castanhos, quase tão claros como topázios, parecendo melancólicos.

— É, você é muito mais inteligente do que eu. Desisti depois de um semestre. — Franzi o cenho, compreensiva, mas então ela virou a cabeça para dar uma olhada no corredor. — O Kellan está aqui? Quero perguntar a ele sobre o show.

Abri um sorriso ao imaginar Kellan recostado na sua cadeira, as pessoas olhando enquanto ele esperava que eu lhe levasse "o de sempre".

— Está aqui, sim.

Não pude conter o sorriso bobo no rosto, e as duas riram de mim antes de se afastarem juntas. Fala sério! Meu namorado era um músico supersexy com uma cabeleira maravilhosa, músculos duros feito pedras e meu nome tatuado no peito. Quem não abriria um sorriso no meu lugar?

Guardei minhas coisas no armário e prendi o cabelo às pressas num rabo de cavalo que não chegou nem perto da perfeição do de Kate. Geralmente as noites de domingo tinham pouco movimento, pois a banda não tocava, mas mesmo assim o bar enchia bastante, de modo que era bom não ficar com o cabelo caindo no rosto.

Quando voltei para a parte principal do bar, vi que meu namorado D-Bag não estava mais sozinho. Recostado na sua cadeira, um pé tranquilamente equilibrado no joelho, ele batia o maior papo com Sam, o segurança.

Sam era um cara grandalhão, corpulento e musculoso. Exibia uma cabeça raspada e uma expressão fechada no rosto que o fazia parecer ainda mais ameaçador. Ele e Denny tinham se tornado amigos quando Denny viera para os Estados Unidos como aluno de intercâmbio, a fim de cursar um ano do ensino médio. Fora Sam quem hospedara Denny quando terminamos, e Denny já não podia mais morar sob o mesmo teto que

Kellan. O que era compreensível, dadas as circunstâncias. Pelo que eu ouvira dizer, de vez em quando Sam e Denny ainda se falavam.

Kellan também tinha sido colega de Sam e Denny no colégio. Foi assim que todos eles se conheceram. Embora Kellan fosse alguns anos mais novo, tinha formado vínculos profundos com Sam e meu ex-namorado. E nunca deixava de me surpreender que Kellan também ainda falasse com Denny.

Agora, Kellan e Sam estavam conversando sobre assuntos mais agradáveis do que o drama do ano anterior. Kellan exibia um grande sorriso no rosto, de vez em quando levantando as mãos, gesticulando. Sam ouvia com um discreto sorriso no rosto geralmente intimidante. Deduzi por sua expressão que Kellan estava lhe contando do show.

Balançando a cabeça, fui pegar a cerveja de Kellan. Não conseguia assimilar o fato de meu namorado ter tocado num lugar importante. Mesmo que os D-Bags não se apresentassem em nenhum outro local, seria uma história fantástica para contar aos netos. Meu sorriso ficou ainda maior quando me aproximei de Rita. Kellan com filhos... a simples ideia me dava arrepios.

Algumas horas depois, o resto da banda chegou. Kellan estava na frente do bar quando os caras irromperam porta adentro. Querendo saber mais sobre o evento da véspera, Kate finalmente o escorou. Ouvi Kellan falar do assunto como se não tivesse sido nada de mais, mas Kate não largou o osso e disparou uma pergunta atrás da outra, a maioria do tipo *Você não ficou nervoso?* e *Não sentiu vontade de se mijar nas calças?*. Kellan riu todas as vezes e disse que não, mas acho que ela não caiu nessa resposta.

Depois de ser assediado por ela durante um tempo, Kellan quase pareceu aliviado ao se virar e ver os companheiros de banda entrarem no bar. Assim que o quarteto se reuniu, o bar irrompeu em assobios e aplausos ensurdecedores.

Participei da euforia geral; estava tão orgulhosa deles quanto os frequentadores. Evan sorria ao olhar ao redor, seus olhos bem-humorados deixando transparecer sua gratidão. Matt parecia morto de vergonha; seu rosto ficou vermelho feito um pimentão e ele foi logo olhando para a porta, como se pudesse ir embora. Kellan riu baixinho e balançou a cabeça, levantando a mão para agradecer. Todos pareciam surpresos com aquelas atenções.

Menos Griffin, é claro. Atirava beijos com as duas mãos entre reverências profundas, teatrais. Se Kellan não tivesse dado um tapa nas suas costas para fazê-lo parar, acho que ele teria engrenado um discurso digno de vencedor do Oscar.

Ainda balançando a cabeça, Kellan agradeceu à galera assim que ela se aquietou o bastante para ouvi-lo. Na mesma hora Matt correu para a mesa dos D-Bags, aliviado por desaparecer. Rindo do guitarrista, Evan caminhou até Jenny, levantando-a num abraço de mamute. Kellan empurrou Griffin para a frente, mas não antes de o baixista exclamar em alto e bom tom:

— Meu pau aceita com gratidão todas as formas de homenagens... se alguém quiser me dar os parabéns em particular.

Revirei os olhos, virando o rosto, e Kellan deu um pescotapa em Griffin. Sinceramente, minha irmã devia ter um parafuso frouxo para namorar aquele cara. Se é que o rolo dos dois podia ser considerado como namoro.

Os caras tendo sentado, Pete, o cansado dono de meia-idade do bar, saiu do escritório para lhes dar os parabéns. Com um sorriso fino nos lábios, apertou a mão de cada membro da banda. Se por um lado não parecia nem um pouco chateado por perdê-los, por outro também não parecia eufórico. Kellan me dissera uma vez que Pete não levava o menor jeito para descolar bandas. Essa era a principal razão por que os D-Bags batiam ponto ali. Pete e o sócio, Sal, fizeram um acordo com a banda, dando a ela direitos exclusivos sobre o palco nos fins de semana. Isso proporcionou aos garotos um ponto para tocar, e um lugar seguro para guardar os instrumentos. Quanto a Pete e Sal, o acordo lhes permitiu uma trégua na procura por bandas que atraíssem clientes. Era vantajoso para ambos os lados; os D-Bags chamavam um público enorme.

Pelo cenho ligeiramente franzido de Pete ao apertar a mão do meu namorado, era óbvio que estava começando a crer que o show de Kellan poderia ficar maior do que ele... e que teria de sair em campo outra vez à procura de novos talentos.

Assim que Pete deixou os caras curtindo suas bebidas, dando um tapinha nas costas de Evan ao se afastar, o bar voltou ao normal. A maioria dos frequentadores começou a se envolver nas suas próprias conversas, apenas uns poucos indo parabenizar os D-Bags pessoalmente. Felizmente, não havia entre eles nenhuma mulher parabenizando Griffin do jeito que ele queria.

Algumas fãs, sim, ficaram de olho em Kellan, mas nada além daquele olhar de 'eu quero você" que eu já estava habituada a vê-lo receber. Mesmo assim, nenhuma delas pareceu corajosa – ou bêbada – o bastante para se aproximar da sua mesa, e eu é que não iria me queixar.

A certa altura da noite, os D-Bags finalmente foram embora do bar. Matt já saíra sozinho uma ou duas horas depois de chegar, um sorriso tímido no rosto ao explicar que tinha um compromisso com Rachel. Griffin revirou os olhos quando o primo saiu, fazendo um gesto obsceno, a mão na frente das partes íntimas. Felizmente, ele também foi embora por volta de uma hora depois, com uma loura pendurada no braço. Ela lhe lançava olhares sensuais e sedutores quando saíram, e tive certeza de que lhe prestaria as homenagens que ele pedira horas atrás. Balancei a cabeça, ignorando a vista de Griffin saindo com outra mulher. Isso acontecia o tempo todo. Eu já perguntara a Anna a respeito uma vez, mas ela apenas dera de ombros, dizendo que não se importava, que ele era livre para fazer o que quisesse – e ela também.

Evan ficou até a hora de fechar, acompanhando Jenny quando seu turno acabou. Kellan também ficou. Com os pés apoiados numa cadeira, ficou me observando com um sorriso provocante delicioso enquanto eu passava um pano em algumas mesas próximas. E Rita ficou observando-o com uma expressão igualmente provocante.

Pois é, tudo tinha voltado ao normal.

Recusando-se a passar mais uma noite no meu futon encaroçado, Kellan me levou de carro até sua casa mais tarde. Com um sorrisinho tranquilo nos lábios ao dobrar a esquina de sua rua, não tive certeza se era por estar voltando depois de ter passado alguns dias fora, ou se apenas se sentia feliz por eu ir para casa com ele. Imaginei que fosse um pouco dos dois.

Sua casinha branca de dois andares estava às escuras quando ele desligou o motor do carro. Quando nós três morávamos lá – Kellan, Denny e eu –, a casa era cheia de vida e calor humano. Agora que só restara Kellan, parecia um tanto silenciosa. Quando ele entreabriu a porta, achei que essa talvez fosse a verdadeira razão do seu sorriso. Kellan preferia uma casa cheia de atividade. Eu tinha arrancado esse segredo dele ao lhe perguntar se voltara a alugar o quarto.

Franzindo um pouco o cenho, ele respondera:

– Eu até pensei em fazer isso. Mas sei lá... é como se aquele quarto fosse seu, e eu não quero dá-lo para outra pessoa. – Essas palavras me deixaram encantada, mas, quando lhe perguntei se precisava do dinheiro do aluguel, ele apenas deu de ombros e disse:

– Não, nunca aluguei aquele quarto pelo dinheiro. – Com um suspiro, acrescentou: – Apenas não gosto de ficar lá sozinho.

Às vezes ele dizia umas coisas que me deixavam tão triste...

Entrando no vestíbulo, meus olhos inspecionaram o espaço já meu conhecido. Era uma faca de dois gumes para mim. Eu adorava ficar lá com Kellan. Adorava as lembranças de nós dois aconchegados no sofá e fazendo amor no seu quarto, mas... Denny também morava lá na época.

Seu fantasma ainda parecia assombrar os espaços por onde andara. Recostando-se na bancada da cozinha, bebendo uma caneca de chá. Deitado no sofá, assistindo aos jogos na tevê. Tomando uma chuveirada no banheiro, às vezes comigo. E nosso quarto, o primeiro que tínhamos compartilhado como casal, era o que Kellan se recusara a alugar de novo. Os fantasmas eram mais fortes ali. Tão fortes que me recusei a entrar. Não pude nem olhar para a porta. Notando a porta fechada quando entrei com Kellan no seu quarto, imaginei que provavelmente ele também não tinha mais entrado ali. Como eu disse, era uma faca de dois gumes.

Encostando o estojo da guitarra num canto do quarto, Kellan ficou me olhando enquanto eu sentava na cama. Com um olhar meigo, sua visão passou para a porta fechada do outro lado do curto corredor do andar de cima.

— Você está bem?

Abrindo um sorriso que não podia ser mais radiante, eu me apoiei sobre os cotovelos. O rosto de Kellan pareceu muito aliviado.

— Claro, estou ótima. – Era noventa por cento verdade. Eu estava ótima. Tinha deixado Denny e começado pouco a pouco a me perdoar por ter sido infiel. Mas voltar à sua casa às vezes ainda era difícil, e Kellan sabia disso. Acho que essa era a verdadeira razão por que não me pressionava a vir morar com ele. Eu simplesmente não estava pronta para enfrentar aqueles fantasmas todos os dias.

Sentando ao meu lado, ele pousou a mão na minha coxa, o que na mesma hora me deixou acesa.

— Que bom que você está aqui – sussurrou.

Eu me endireitei, passando os braços pelo seu pescoço.

— Não tive escolha. Você não me deixou dirigir o seu carro, lembra?

Ele riu baixinho e se inclinou para me beijar. Rindo comigo mesma, passei os dedos pelos seus cabelos alvoroçados e me estendi sobre os travesseiros, trazendo-o comigo.

Na mesma hora ele se envolveu, suas mãos percorrendo meu corpo, seu próprio corpo se acomodando ao longo do meu. Enquanto eu pensava em todas as mulheres que tinham dado em cima dele aquele fim de semana, mulheres que ele tinha paquerado apenas por alguns instantes, cumprimentado por educação ou, em alguns casos, ignorado totalmente, meu coração se inundou de felicidade. Ele não queria saber delas. Era a mim que ele queria. Ele me amava. E, meu Deus, o quanto eu o amava também.

## Capítulo 3
### DISTRAÇÕES

O quarto de Kellan ainda estava escuro quando abri os olhos. O luar entrava pela janela, iluminando os objetos que ele colecionara ao longo dos anos. Não eram muitos – alguns livros na estante, alguns CDs espalhados em cima dela, o pôster dos Ramones que eu comprara para ele no verão anterior, quando saíra para fazer compras com Jenny. Além de dinheiro trocado e dois cadernos bastante usados, o único objeto que se via em cima da cômoda era um vidro de loção capilar. Kellan me contara que, quando estava no ensino médio, uma mulher o "iniciara" naquele produto, e desde então ele o vinha usando para "domar a juba". Tive certeza, pelo seu leve sorriso ao dizer isso, que quis literalmente dizer "mulher" e "iniciar". Seus anos de ensino médio me assustavam um pouco.

Além das roupas espalhadas pelo chão, as únicas coisas dignas de registro no quarto eram as guitarras. A principal, ainda guardada no estojo preto, estava encostada na parede ao lado da outra, mais velha e bastante gasta. Como Kellan nunca tocava essa, imaginei que a guardasse por motivos sentimentais. Feia e de aparência barata, ele me dissera que fora sua primeira guitarra, o único pertence que levara para Los Angeles quando fugira. Talvez fosse o único objeto da infância de Kellan que lhe trazia lembranças felizes. E, como seus pais tinham literalmente jogado fora todas as coisas dele ao se mudarem para a casa que ele mais tarde herdaria, também era uma relíquia de juventude. A infância dele também me assustava, mas por uma razão muito diferente.

Passando os dedos pela guitarra de prata no pescoço, uma relíquia simbólica que jamais se afastava do meu corpo, virei a cabeça em direção ao que tinha me despertado.

Com os lençóis revoltos e enrolados no corpo, o peito nu prateado sob o luar fraco que se derramava pela janela, Kellan se remexia inquieto ao meu lado. O cenho franzido, a expressão torturada, ele balançou a cabeça e murmurou algo que não compreendi. Eu me virei para tocar seu rosto, mas ele se retraiu, como se sentisse dor.

— Kellan — sussurrei —, você está sonhando... Acorda.

Seu punho empurrou os lençóis na altura dos quadris. Seu fôlego ficou curto e ele tornou a balançar a cabeça, choramingando. Ajeitando o corpo com cuidado numa posição mais confortável ao seu lado, eu me inclinei e tentei acalmá-lo com palavras carinhosas. Ao estender o braço sobre seu peito, senti como seu coração batia depressa. Sentindo meus olhos se encherem de lágrimas, imaginei o que ele estaria sonhando. Com o histórico que tinha, podia ser uma infinidade de coisas horríveis.

Encostando a cabeça nele, dei um beijo no seu ombro.

— Acorda, amor, é só um sonho.

Ele disse *Não*, e depois *Por favor*. Seu rosto se contraiu, afastando-se do meu. Num reflexo, suas pernas se dobraram em posição fetal. Tornando a beijar seu ombro, dei uma sacudida de leve nele.

— Kellan, acorda.

Falando depressa, com a respiração curta, seu corpo tremia sob meus dedos. Quando eu já pensava em acender o abajur para acordá-lo, ele soltou uma exclamação e arregalou os olhos. Na mesma hora se apoiando sobre os cotovelos, ele se retraiu do meu abraço. Olhando ao redor com uma expressão transtornada, parecia perdido, como se não soubesse onde estava. Com a respiração ainda ofegante e o corpo tremendo, engolia em seco uma vez atrás da outra.

Pousei a mão no seu rosto, fazendo-o olhar para mim. Seus olhos confusos se franziram.

— Kiera?

Assenti, me aproximando dele.

— Hum-hum, sou eu. Você está bem. Foi só um sonho, Kellan.

Ele relaxou, deixando-se cair de novo na cama, e fechou os olhos, com a cabeça baixa.

— Só um sonho — murmurou. A visão de seu rosto me deixou um tanto chocada. Os pesadelos de Kellan não eram apenas sonhos, e sim mais exatamente lembranças. Eu não sabia ao certo qual tormento ele tinha revivido, mas sabia que o deixara aterrorizado.

Ele respirou fundo duas vezes, pausadamente. Quando estava mais calmo, olhou para mim. Passando a mão ainda trêmula pela boca, balançou a cabeça.

— Me desculpe por ter te acordado.

Engolindo em seco para conter a emoção, passei os braços ao seu redor e apertei o corpo nu contra o dele. Seus braços me envolveram sem muita força e eu ainda sentia seu coração disparado, a adrenalina correndo pelas suas veias.

— Não tem problema. — Beijei seu rosto e lhe dei alguns momentos para se recompor. Quando ele voltou a se acomodar nos travesseiros, os dedos esfregando o espaço entre os olhos como se estivesse com dor de cabeça, levantei o rosto que tinha pousado sobre seu peito.

— Quer conversar sobre isso?

Levando as mãos às suas têmporas, pressionei os polegares nos pontos sensíveis, continuando a massagem que ele iniciara para reduzir a dor de cabeça. Ele fechou os olhos e relaxou ao sentir minhas mãos.

— Eu estava em casa, e meu pai... — Calou-se, engolindo em seco. — Não foi nada... Só um sonho.

Mordi o lábio para conter um suspiro. Ele não gostava de falar sobre seu passado. Na verdade, eu tinha certeza de ser a única pessoa no mundo com que ele já se abrira a respeito. Evan estava a par dos abusos físicos que ele sofrera porque Kellan dera com a língua nos dentes durante uma bebedeira, e Denny sabia da situação por tê-la testemunhado em pessoa, mas Kellan jamais revelara a nenhum dos dois que o homem que o criara não era seu pai biológico. Ninguém sabia que sua mãe fora infiel ao marido e engravidara de outro homem. Depois, aquela mulher horrível alegara ter sido estuprada. Em função da mentira, ou talvez da verdade, o homem que criara Kellan o brutalizara durante anos a fio... e sua mãe nada fizera para impedi-lo.

Eu odiava os dois.

— Tem certeza de que não quer conversar? — sussurrei, dando um beijo na sua face.

Ele se remexeu, respirando fundo. Abrindo os olhos, me empurrou de cima dele com delicadeza, fazendo com que eu me virasse de lado. Apertando o corpo contra o meu, segurou meu rosto e inclinou minha cabeça. Encostando os lábios quentes no meu pescoço, murmurou:

— Tenho, estou farto de falar sobre isso.

Meu coração começou a acelerar quando ele tirou a mão esquerda do meu rosto e começou a passá-la pelo contorno do meu corpo. Sabia que estava distraindo a mente com meu corpo. Sabia, mas não consegui impedi-lo. Ele fez com que eu me deitasse de costas, se debruçando sobre mim, seus lábios descendo pelo meu pescoço. Meus dedos automaticamente se enroscaram entre seus cabelos maravilhosos, enquanto eu sentia cada centímetro de pele tocado por ele começar a pegar fogo.

Minha respiração estava ofegante quando sua mão massageou meu quadril em círculos. Ele evitava deliberadamente cada ponto que eu mais queria que tocasse, e isso estava me levando à loucura. Empurrei sua cabeça alguns centímetros para baixo quando ele beijou o alto do meu seio, e ele riu baixinho antes de fazer minha vontade. Todas as lembranças do sofrimento de momentos antes abandonaram nossas mentes quando sua boca se fechou em torno de um mamilo, a língua traçando um círculo ao redor do bico. Cheia de desejo, soltei um gemido, balançando os quadris ao encontro dele.

Com um som profundo de satisfação subindo pela garganta, ele pareceu tão satisfeito por ser aquele que dava prazer quanto eu por recebê-lo. Enquanto seus dentes se arrastavam devagar pela minha pele sensível, seu dedo, com a mesma leveza, penetrou entre minhas coxas. Eu estava pronta para ele; acho que só o fato de estar perto dele já me deixava num estado permanente de semiexcitação. Arqueei as costas, passando as mãos pelo meu rosto, pelos meus cabelos.

— Ah, meu Deus — murmurei, quando o movimento do seu dedo na parte baixa do meu corpo se sincronizou com o da língua na parte alta. As duas zonas erógenas fizeram cada resquício de coerência em mim se dissolver — eu não podia nem me lembrar do meu nome naquele momento.

Novamente rindo baixinho, ele deu uma espiada no meu rosto com um sorriso endiabrado.

— Não, sou eu — sussurrou. A parte de mim que ainda era capaz de sentir vergonha teve vontade de lhe dar um tapa, mas então ele passou para o meu outro seio e eu voltei a afundar a cabeça no travesseiro, fechando os olhos.

— Ah, meu Deus ... Assim...

Também gemendo um pouco, ele deixou meu seio e passou a língua pelo meu pescoço. Seu dedo também mudou de posição, deslizando para dentro de onde eu queria. Chegando perto do meu ouvido, ele fez um som erótico aspirado.

— Adoro quando você diz isso — sussurrou, com voz rouca.

Gemi e encontrei sua boca, nem me importando mais com o fato de não ter escovado os dentes. Ele também não, me beijando com tanta avidez e paixão quanto eu. Um segundo dedo se uniu ao que já se movia com delicadeza dentro de mim, e eu gemi, agarrando seus cabelos. Seu polegar se juntou à ação, girando ao redor da parte mais sensível e íntima do meu corpo. Tornei a gemer, minhas mãos passando para os seus ombros, tentando forçá-lo a vir para cima de mim.

Ele resistia, rindo baixinho e gemendo quase ao mesmo tempo.

— Adoro ver o quanto você me quer — murmurou, sua boca passando para o contorno do meu queixo.

Meu corpo se movendo em perfeita sincronia com sua mão, eu me contorcia e choramingava. Detestava a facilidade com que ele era capaz de me reduzir a uma massa de hormônios implorante e trêmula... e também adorava.

— Quero, eu quero você... agora... por favor.

Senti que ele abriu um sorriso enquanto distribuía beijos por minha pele. Ele adorava me ver implorando. Apertando o corpo contra o meu, senti o quanto me desejava também. Choraminguei quando tirou a mão de mim, mas então ele se acomodou entre as minhas pernas, sua virilidade já rígida pousando a uma distância tentadora, e minha queixa se transformou num gemido. Então, ele... não fez nada, nada além de continuar me beijando.

Era uma tortura. A mais pura e extasiante tortura. Senti-lo tão perto assim fez com que meu desejo chegasse ao paroxismo. Eu estava quase afundando as unhas nas suas costas, me contorcendo debaixo do seu corpo, fazendo tudo que podia para colocá-lo na posição. Mas não conseguia. Ele se mantinha junto a mim, mas totalmente fora de alcance. Estava me levando à loucura.

E minha reação também o levava à loucura. Sua respiração estava rápida, os lábios frenéticos. Ele gemia enquanto seus dedos exploravam meu corpo. Gemeu o meu nome ao pousar a cabeça na curva do meu pescoço. Não podendo aguentar mais nem um minuto, minha mão desceu pelo seu peito, seu abdômen, o V profundo que levava direto ao que eu queria, àquilo de que precisava. Minha mão se curvou ao redor dele, rígido, pronto e pulsante entre meus dedos. Uma leve umidade cobriu meu polegar quando contornei a ponta em círculos, e ele tornou a apertar os lençóis, mas dessa vez de prazer.

— Meu Deus, como preciso de você — sussurrou no meu ouvido. Comecei a achar que ele queria dizer mais do que como uma válvula de escape física, mas ele ajeitou os quadris e mergulhou fundo dentro de mim, e não pensei em mais nada.

Soltei a mão quando ele afundou dentro de mim. Ambos soltamos gemidos igualmente intensos de alívio. Então, começamos a nos mover juntos. Entre arquejos curtos e gemidos de prazer baixos, nossas bocas buscaram uma à outra. Ele logo me deixou à beira do clímax, meus gemidos mais desesperados a cada golpe. Então, quando eu estava prestes a gozar, ele imobilizou meus quadris, parando totalmente de se mover. Foi uma tortura insuportável que me levou a cravar as unhas nas suas costas, tentando fazer com que ele continuasse.

Com a voz tensa, ele sussurrou:

— Espera um pouco, Kiera. — Não achei que ele pudesse. Eu me sentia como se fosse explodir. Quis gemer, quis chorar, mas então ele voltou a se mover.

Santo Deus, o incêndio que se alastrou pelo meu corpo... eu nunca tinha imaginado que algo podia ser tão bom assim.

Ele fez o mesmo mais duas vezes, parando e recomeçando em seguida; cheguei mesmo a lhe pedir para fazer isso da última vez. Então, ele não parou mais. Nem acho que conseguiria, mesmo que eu pedisse. Com a cabeça de novo enterrada no meu ombro, ele gemia de um jeito tão erótico, que na mesma hora cruzei as pernas ao seu redor, finalmente alcançando o prazer que ele me negara por tanto tempo. Foi uma coisa... gloriosa.

Ele gemeu quando minhas pernas o apertaram, e senti que se libertava dentro de mim. Depois de mais alguns golpes, parou de se mover, respirando com força, deitado sobre meu peito. Fiquei um pouco surpresa de ver que ambos estávamos um tanto suados do esforço. Não seria de esperar que sexo fosse uma canseira daquelas, mas, quando é bem-feito...

Com a cabeça aérea, fechei os olhos, passando os braços pelo seu pescoço. Quando nossa respiração se estabilizou e a temperatura de nossos corpos voltou ao normal, olhei para ele, ainda deitado em cima de mim. Não tinha se movido um milímetro. Ainda era... uma parte de mim.

Esperando que não tivesse pegado no sono naquela posição, cutuquei seu ombro:
— Você não vai... sair daí?

Ele soltou um resmungo, e então se espreguiçou, sem arredar o corpo um milímetro.
— Não, estou confortável.

Comecei a rir, passando os dedos pelos seus cabelos.
— Olha só, você não pode ficar aí... — Corei até a raiz dos cabelos, e na mesma hora fiquei aliviada pelo fato de o quarto ainda estar escuro.

Ele deu uma espiada em mim, o luar brilhando nos seus olhos travessos.
— Estou poupando nosso tempo. — Deu um sorrisinho com o canto da boca, mexendo um pouco os quadris. Ainda estava meio excitado, e o movimento fez com que um arrepio me percorresse o corpo. Meus olhos piscaram antes de se fixar na expressão presunçosa que se estampava em seu lindo rosto. Ele arqueou uma sobrancelha. — Para quando você estiver pronta para o segundo round, entendeu?

Revirando os olhos, embora uma parte de mim já estivesse pensando no assunto, empurrei seus ombros. Ele riu com sinceridade, finalmente saindo de cima de mim, se acomodando ao meu lado e beijando meu ombro.

Seus olhos se fecharam, uma expressão de paz se estampando no seu rosto. Suspirando, dei um beijo na sua testa, o que o fez sorrir ainda mais. Me enroscando junto dele, pensei no seu rosto antes da nossa transa. O que ele tinha feito para bloquear a lembrança fora espetacular, mas, agora que tinha acabado, eu voltava a pensar no assunto. Esperava que ele não estivesse mais pensando nisso. Não estava nem um pouco a fim de tocar no assunto, mas queria ter certeza de que ele estava bem.

— Você está bem? — perguntei, passando as mãos pelo seu peito.

Ele soltou um grunhido fundo e satisfeito.

— Cem por cento — murmurou, com um atraente sorriso de canto de boca. Dei um tapa no seu ombro, e ele abriu um olho. Vendo que meu rosto estava sério, o sorriso se desfez. Seu dedo afastou uma mecha úmida dos meus cabelos para trás da orelha. — Estou ótimo, Kiera — disse, num tom mais contido.

Assenti, encostando a cabeça no seu ombro enquanto ele passava o braço por mim.

Fiquei de olho nele durante as noites seguintes, mas, até onde pude perceber, ele dormiu a sono solto, apenas mudando de posição normalmente como todo mundo faz ao dormir, não se debatendo na agitação que os pesadelos provocam. Não passei as noites inteiras com ele, mas dormi ao seu lado na maioria delas.

Era confortante sentir nossos corpos se tocando à medida que eu ia entrando na terra dos sonhos, mas acho que significava muito mais para Kellan. Ele aparecia no meu apartamento ao amanhecer depois dos shows nos outros bares e boates de Seattle, argumentando que não gostava de dormir numa cama fria. OK, confesso, a frase dele foi: "Se é para eu dar com os costados numa cama nas altas da madrugada, quero que seja aquecida por esse seu corpinho sexy nu em pelo."

Mas eu não dormia totalmente nua... não a menos que ele estivesse comigo e me fizesse ir para a cama desse jeito. Dormir de pijama era um hábito que ele não se cansava de tentar me fazer mudar, argumentando: "Para que você precisa de roupas, se eu vou mesmo tirá-las?" Mas a essência do comentário era que ele queria sentir meu calor, não frio e solidão.

Depois de algumas semanas observando-o com atenção enquanto se aninhava a mim, parei de me preocupar com os sonhos que às vezes o atormentavam. Em vez disso, fui ficando cada vez mais ansiosa com minha iminente volta à faculdade. Eu ia ter uma grade puxada esse ano, o que significava que precisaria estudar em praticamente cada momento livre. Embora eu fosse uma dessas nerds que ficam excitadas com o desafio da faculdade, não estava nada ansiosa para vê-la absorver uma parte enorme do meu tempo livre. Mas Kellan era paciente e um ótimo companheiro de estudos... quando não estava tentando me distrair com sexo. E o fato de ele estar livre durante o dia nos permitia passar bastante tempo juntos.

Mas eu tinha falado sério quando lhe dissera que morar com Anna trouxera equilíbrio para a minha vida. Tinha consciência de que precisava passar tempo com outros amigos, além de Kellan. Por isso, quando Jenny convidou a mim e a Kate para fazermos um curso de arte com ela, aceitei. Nós nos encontrávamos às segundas e quartas pela manhã, em geral indo tomar um *espresso* no fim.

A segunda-feira antes da volta à faculdade foi a minha última aula. Se uma nota fosse dada para esse curso... eu teria recebido o primeiro zero da minha vida.

— Bem, Srta. Allen, vejo que fez muito bom uso... da cor.

Nossa professora era uma senhora simpática, professora de arte do ensino médio aposentada, que dava as aulas em sua casa. Com um tapinha nas minhas costas e um sorriso forçado, ela me parabenizou pela única coisa positiva que encontrara para dizer da minha tigela de frutas tropicais digna de uma aluna primária. Embora eu tivesse ralado naquele quadro durante três semanas, parecia desenhado e colorido por uma criança de seis anos em uma única tarde. Eu não era mesmo uma artista.

Dirigindo-se para Kate, a quem elogiou pela perfeita proporção das maçãs, eu me perguntei se a professora de arte aposentada estivera na ativa quando Kellan ainda era garoto, e se fora sua professora. Será que ele havia tido aulas com ela? Talvez ela o tivesse conhecido, até mesmo o elogiado pelo desenho de algum corpo feminino. Na mesma hora, comecei a me perguntar se teria "ensinado" outras coisas a Kellan, e isso bastou para fazer com que eu apertasse os lábios.

Um riso leve rompeu o curso de meus pensamentos, e eu me virei para Jenny, que olhava para mim.

— Não está tão ruim assim, Kiera. — Apontou o lápis para minha patética tentativa de pintar um quadro realista. — Lembra um pouco... Pablo Picasso.

Franzi o cenho, mas então caí na risada junto com ela. Picasso não tinha sido mesmo o meu objetivo, mas, por outro lado, a arte é uma coisa subjetiva, e o que é um lixo para uns pode ser um luxo para outros. Talvez eu tivesse futuro na arte, afinal de contas. No entanto, ao dar uma olhada no desenho de Jenny, reconsiderei essa opinião. Não, dentre nós três, a artista era ela. Já tinha deixado as fruteiras para trás havia muito tempo, e agora desenhava pessoas. O que fora capaz de criar com um lápis me deixou totalmente pasma.

Jenny tinha feito um retrato em close da banda no palco... a nossa banda — Griffin tocando baixo e Matt solando sua guitarra, Evan com um sorriso alegre atrás da bateria e Kellan cantando no microfone. Conseguiu até capturar aquele sorrisinho endiabrado que Kellan dava ao cantar. Estava espetacular, e fez com que eu me envergonhasse do meu triste cachinho de uvas.

Suspirando, apontei para seu desenho:

— Está fantástico, Jenny. Falando sério, você leva o maior jeito.

Com um largo sorriso iluminando seu rosto, ela voltou a olhar para o desenho.

— Obrigada. — Apagando uma linha na guitarra de Matt, olhou de novo para mim. — Estava pensando em pedir ao Pete para pendurá-lo no bar quando ficar pronto. — Deu de ombros. — Tipo assim uma homenagem aos garotos, sabe como?

Deu uma risadinha, e eu assenti.

— Claro, é uma ótima ideia. — Observando-a aperfeiçoar o sombreado no contorno do queixo de Kellan, realçando ainda mais aquele másculo ângulo reto, balancei a cabeça. — Acho que eles adorariam esse desenho, Jenny. — Ela assentiu e voltou a pôr mãos à obra, enquanto eu, pensando no baixista em que sua mão trabalhava, soltei um muxoxo. — Você devia botar uma mulher tirando a blusa para o Griffin no meio da galera.

Ela caiu na gargalhada.

— Com certeza! — Franzindo as sobrancelhas claras, balançou a cabeça. — Aliás, em que pé andam as coisas entre ele e sua irmã? Os dois estão juntos ou não?

Suspirando ao olhar de novo para minhas frutas deformadas, dei de ombros.

— Não faço a menor ideia. Eles não agem como se estivessem juntos e, se estão, certamente não são os únicos parceiros um do outro. — Olhei de novo para ela. — Mas eles, hum, se veem pelo menos algumas vezes por mês.

Jenny assentiu, seus cachos louros balançando ao redor dos ombros.

— Estou sabendo. O Griffin fala quando eles se encontram. — Encolheu um dos ombros. — Eu perguntei uma vez o que eles eram, e ele disse que...

Mordendo o lábio, ela não concluiu a frase. Sem saber se queria mesmo ouvir qualquer coisa que Griffin tivesse dito sobre minha irmã, arqueei uma sobrancelha.

— Disse o quê? – perguntei, ressabiada.

Evitando meus olhos, ela suspirou baixinho e olhou ao redor. Não interpretei isso como um bom sinal. Embora não houvesse ninguém perto o bastante para ouvi-la, ela se inclinou na minha direção mesmo assim:

— Ele a chamou de... *foda amiga*.

Fiquei com o rosto vermelho, e o único som coerente que pude fazer foi de nojo. Vendo minha expressão, Jenny tornou a balançar a cabeça e voltou a desenhar aquele tipo nojento com o lápis.

— Pois é... – Deu um piparote com o lápis na imagem dele no papel. – ... aquele cara é um boçal.

Pousando a borracha do lápis na cintura dele, abriu um sorriso travesso para mim:

— Que tal se eu o castrasse?

Caí na gargalhada, e a sala inteira de alunas iniciantes se virou para me olhar. Meu rosto ficou ainda mais vermelho, e escondi a cabeça nas mãos, deixando os risos tomarem conta de mim. Quem dera que domar Griffin fosse tão fácil assim.

Kellan e eu tiramos a noite de folga, por isso depois da aula de arte fui para sua casa. Durante o percurso de carro até lá, eu me dei conta de como era raro coincidir de nossas folgas caírem no mesmo dia; a menos que pedíssemos, geralmente não acontecia. Tive a leve suspeita de que talvez Kellan tivesse pedido a Matt para deixar a noite livre, sabendo que eu estava uma pilha de nervos antes do primeiro dia de aula na faculdade. Não me surpreenderia que ele tivesse feito mesmo isso.

Jenny e Kate me deram uma carona até a casa dele, e acenaram ao se despedir. Eu ainda estava com o Honda detonado de Denny, mas Anna praticamente se apropriara dele. Ela sempre pedia antes de usá-lo, mas no fundo fiquei meio aliviada por usá-lo tanto. O carro parecia ser mais dela que do meu ex-namorado. Além disso, eu era horrível dirigindo carros manuais.

Kellan ainda estava fora quando cheguei, a porta da casa trancada quando tentei girar a maçaneta. Seu Chevelle ainda estava na entrada para carros, o que indicava que ele devia ter aproveitado a linda tarde de sol para ir dar uma corrida. Tirando o chaveiro da sacola, revirei as chaves até encontrar a da casa dele. Nós tínhamos trocado chaves recentemente – "O Próximo Passo", como Kellan o chamara. Entrando em seu lar, a atmosfera fria do vestíbulo vazio me atingiu. Coloquei a mochila pesada no chão com alívio. Sabendo que provavelmente iria acabar passando a noite ali, eu colocara nela tudo de que precisaria no dia seguinte – roupas, livros, cadernos, canetas e lápis.

Examinando a mochila de livros, fiz uma lista mental pela milésima vez. Quando já ia me perguntando se incluíra o livro de literatura de que iria precisar, a porta da rua se abriu. Olhei depressa para Kellan, depois para a mochila, e então de novo para ele. Devia ter sentido muito calor durante a corrida, pois estava com a camisa jogada sobre o ombro. Seu corpo esguio e malhado estava reluzente de suor quando ele atravessou a porta, enxugando o rosto na barra da camisa. Ainda estava ofegante do esforço, seus abdominais se contraindo e relaxando de um jeito tão tentador que não pude deixar de ficar olhando.

— Você é obsessiva, sabia? — perguntou ele, rindo, enquanto secava as pontas dos cabelos com a camisa. Na mesma hora fiquei vermelha, pensando que ele tinha se referido ao jeito como eu vivia com os olhos colados no seu corpo, mas ele arqueou uma sobrancelha, apontando para minha sacola: — Vai dar tudo certo.

Relaxei, a vergonha finalmente passando. Revirando os olhos, balancei a cabeça.

— Eu sei. Sinceramente, não entendo por que isso deixa meu estômago agitado desse jeito.

Com um largo sorriso, ele se virou e fechou a porta. Meus olhos voaram para suas costas nuas e as calças de corrida largas que ele usava, mas consegui levá-los de volta ao seu rosto quando ele tornou a se virar.

— Eu sei como tirar tudo isso da sua cabeça.

Curtindo seu olhar brincalhão, inclinei a cabeça quando ele se aproximou de mim, passando os braços pela minha cintura.

— Ah, é? — perguntei, pousando os dedos de leve no seu peito úmido, sua pele deliciosamente macia.

Sorrindo com o canto da boca, ele arqueou uma sobrancelha e olhou para o meu corpo.

— Sim, senhora. — Fechei a cara diante da sua expressão divertida. Rindo, ele soltou meu corpo, dando um beijo no meu rosto. — Me deixa só tomar um banho antes.

Vendo-o passar por mim a caminho da escada, assenti, meus lábios ainda torcidos enquanto me perguntava o que ele estaria bolando para me ocupar. Ainda rindo da minha expressão, ele deu um tapa no meu traseiro antes de começar a subir a escada de dois em dois degraus.

Sorrindo por seu bom humor, entrei na sala para não ficar pensando em Kellan no chuveiro. O que foi bastante difícil, assim que ouvi a água começar a correr. Tive que aumentar o volume da tevê e me obrigar a sentir um súbito fascínio por botânica marinha.

Quando eu já estava *mesmo* interessada em ecossistemas estuarinos, até mesmo me inclinando sobre os joelhos em direção à grande tela da tevê de Kellan, ele finalmente desceu. Enrolando uma mecha de cabelos no dedo, totalmente absorta no programa, não o ouvi se aproximar. Não estando habituado a ser ignorado, ele resmungou e se inclinou para dar um beijo no meu pescoço. Levei um susto quando seus lábios roçaram minha pele, e então sorri, fechando os olhos. Virei a cabeça para lhe dar melhor acesso.

— É assim que você vai me distrair? — perguntei em voz baixa, começando a querer que ele me distraísse daquele jeito a tarde inteira.

Uma risada funda vibrando no seu peito, ele me segurou pela cintura e me puxou do sofá com um único gesto ágil e brincalhão.

— Nada disso. — Sorrindo, deu um piparote no meu nariz com o dedo. — Tenho uma ideia melhor.

Observando sua figura com minha camisa azul-rei favorita, uma cor que tornava a beleza de seus olhos ainda mais assombrosa, franzi os lábios.

— Você não está interessado em... brincar comigo? — Eu tinha mesmo pensado que esse era o plano dele.

Seus lábios se curvaram num sorriso que era puro sexo, mas ele balançou a cabeça.

— Ah, eu pretendo brincar com você, sim. — Rindo, segurou minha mão e me levou para a cozinha. Olhando para trás, acrescentou: — Só que não do jeito que você está pensando. — Fazendo com que eu me sentasse à mesa, ele se inclinou às minhas costas e beijou meu pescoço de novo. — Pelo menos, ainda não.

Enquanto eu franzia o cenho e balançava a cabeça, me perguntando que diabos ele estaria fazendo, ele começou a vasculhar as gavetas da cozinha. Cantarolando a meia voz, um sorrisinho no rosto, o cabelo um caos maravilhoso com as pontas ligeiramente úmidas, ele abriu e fechou cada gaveta de miudezas do aposento.

Quando eu já estava prestes a lhe perguntar o que estava procurando, ele finalmente soltou uma exclamação satisfeita e apanhou um objeto que estava no fundo de uma gaveta abarrotada. Com um sorrisinho de canto de boca, olhou para mim, ainda sentada à mesa, e levantou a mão para me mostrar o que encontrara.

— Cartas? — Sorri. — Vamos passar a tarde inteira jogando bridge?

Com uma expressão séria para mim, ele arqueou uma sobrancelha.

— Bridge? Por acaso nós temos sessenta anos? — Seu sorriso voltando, ele abriu o baralho, jogando a embalagem na bancada. Embaralhando as cartas, sentou diante de mim à mesa. — Não, vamos jogar pôquer.

Negando com a cabeça, murmurei:

— Eu não jogo pôquer muito bem.

Seu sorriso se alargou de um jeito lindo.

— Ótimo, vem a calhar, porque nós vamos jogar *strip poker*.

Corando até a raiz dos cabelos, na mesma hora me levantei. Rindo mais alto, ele segurou minha mão.

— Vamos lá, vai ser divertido. — Levantou as sobrancelhas, malicioso: — Prometo.

Sabendo que meu rosto estava vermelho feito um pimentão, voltei a sentar sem muita pressa.

— Kellan... Não sei, não...

Recostando-se na cadeira, seu olhar percorreu a extensão do meu corpo lentamente. Quando chegou ao meu rosto, perguntou:

— Você já jogou?

Suspirei, dando de ombros.

— Não.

Abrindo um sorriso, ele assentiu, ainda embaralhando as cartas.

— Ótimo. Vai ser uma nova experiência para você. — Torceu os lábios... de um jeito lindo. — E eu gosto de te proporcionar novas experiências.

O rubor no meu rosto se espalhou por todo o corpo enquanto ele me observava intensamente. De repente, eu queria jogar mais do que jamais quisera qualquer coisa. Não podia nem me lembrar do que ele estava me distraindo, e imaginei que essa fosse a razão de ser do jogo.

Prendendo os cabelos atrás das orelhas, apontei o polegar para as janelas escancaradas da cozinha.

Ele deu de ombros.

— Que é que tem?

Desviando os olhos do calor do seu olhar, engoli em seco.

— Não quero que fiquem olhando... para mim.

Com um riso sensual, ele se levantou e abaixou as persianas que estavam enroladas no alto das janelas. Uma vez fechadas, voltou a sentar e arqueou uma sobrancelha:

— Melhorou?

Assenti, mal podendo acreditar que estava mesmo cogitando de fazer isso. Sorrindo para mim, ele tornou a rir.

— Faria você se sentir melhor se eu te dissesse que também não jogo muito bem? — Rindo ainda mais, balançou a cabeça: — Geralmente, sou o primeiro a ficar nu.

Meus olhos se arregalaram, e eu dei uma espiada no seu corpo.

— Você já jogou? — perguntou a burra aqui. Afinal, tratava-se de Kellan, o homem que estava habituado a *ménages à trois* como se fossem fatos corriqueiros. É claro que ele já jogara *strip poker*. Na certa já participara até de jogos muito mais intensos, jogos em que eu não queria nem pensar.

Ele apenas sorriu e assentiu à minha pergunta, com uma expressão divertida. Em seguida, começou a dar as cartas e explicar as regras. Suspirei, prestando atenção, e então senti o maior alívio ao lembrar que estava usando várias camadas de roupas.

Ao longo da tarde, perdi os sapatos, as meias, a calça jeans e todas as camisetas, menos uma, de manga curta. Kellan não estava em melhor situação, tendo perdido a camisa na primeira mão e a calça jeans num blefe malsucedido. Graças a Deus que as mulheres geralmente usam mais roupas do que os homens. Mais relaxada do que quando tínhamos começado o joguinho, caí na risada ao vê-lo se curvar para tirar a última meia que restara, quando baixei na mesa um par de damas, vitoriosa.

Balançando a cabeça, ele murmurou:

— Derrotado por uma dama... A história da minha vida.

Aos risos, estalei um beijo no ar e distribuí outra mão. Pegando-a na mesa, ele abriu as cinco cartas em leque, estudando-as. Estávamos jogando o pôquer tradicional, não o estilo *Texas Hold'Em* que faz o maior sucesso na tevê. Como seu carro, Kellan gostava dos clássicos. Ele se recostava na cadeira com uma expressão impassível. Não que eu tenha prestado muita atenção no seu rosto; seu peito nu era tentador demais. Ele parecia estar muito confortável praticamente despido ao lado da geladeira.

Tentei imitar sua naturalidade, já que ainda estava muito mais vestida do que ele, mas era estranho estar sentada à mesa do café da manhã apenas de calcinha e sutiã. Fiquei brincando com o colar no pescoço enquanto estudava minha mão de cartas. Nada mau, um par de cartas baixas, mas também nada de extraordinário; eu teria que pedir três e ficar esperando pelo melhor. Dando uma olhada em Kellan, descobri que ele me observava com um sorrisinho nos lábios. Ele arqueou uma sobrancelha:

— Nervosa?

Seus olhos relancearam meu colar, e na mesma hora parei de brincar com ele. É uma droga o jeito como o comportamento da gente entrega as cartas que tem nas mãos, embora a ideia de tirar a última camiseta estivesse me deixando muito mais nervosa do que a falta de cartas. É claro, se eu vencesse aquela mão, a próxima peça de vestuário de Kellan seria a deliciosa cueca samba-canção preta que ele adorava usar. E eu tinha certeza de que não estava usando duas aquela tarde.

Sorrindo com naturalidade, balancei a cabeça.

— Não. — Dei uma olhada no seu corpo e arqueei uma sobrancelha. — E você?

Ele mordeu o lábio.

— Também não. Aliás, nem preciso de mais cartas. E você?

Eu já ia franzir o cenho, mas me contive. Minha mão não era mesmo das melhores, apenas um par de três. Kellan saberia, se eu pegasse mais cartas. Eu não estava nem um pouco a fim de dar esse gostinho a ele, ainda mais quando seus lábios começaram a se curvar num sorriso tão presunçoso quanto atraente. Empinando o queixo, lembrei a mim mesma que ele era horrível no pôquer e na certa não tinha nada. Com um sorriso tranquilo, balancei a cabeça:

— Não, estou satisfeita.

Ele passou a língua pelo lábio inferior, e então o arrastou por entre os dentes. O gesto foi extremamente sensual, e meu queixo caiu alguns milímetros.

— Sei... — sussurrou, baixando as cartas. Sem pensar, baixei as minhas também.

Ainda encarando sua boca, nem notei nossas cartas. Quando ele riu baixinho, finalmente corei e olhei para a mesa.

— Droga. — Balançando a cabeça, fiquei olhando para o seu parzinho merreca... de quatro. Ele tinha me levado a crer que estava blefando e, infelizmente, eu tinha caído.

Suspirando, dei um olhar triste para ele.
— Sério?
Aos risos, ele se recostou, cruzando os braços.
— Trato é trato, Kiera. — Com o sorriso fixo no rosto, ficou olhando para o meu peito sem o menor pudor.

Tornando a suspirar, levei a mão ao tecido perto da cintura. Ele já tinha me visto nua centenas de vezes, eu ainda estava de sutiã, mas havia qualquer coisa de angustiante em tirar as roupas assim, na maior, em plena luz do dia, com Kellan me devorando com os olhos, mas sem estar perto de mim. Minha respiração acelerou.

— Como foi que você me convenceu a participar disso? — murmurei, levantando a camiseta e tirando-a pela cabeça.

Com meu feio e prático sutiã branco de algodão finalmente exposto, os olhos de Kellan começaram a arder. Passando as mãos pelos braços, resisti ao impulso de me esconder. Ajudou que Kellan estivesse olhando para mim como se eu usasse a lingerie mais sexy do planeta e minhas curvas fossem as mais voluptuosas que ele já vira. Finalmente olhando para o meu rosto, seu sorriso se tornou endiabrado.

— Adoro esse jogo.

Rindo um pouco, atirei a camiseta para ele. No momento em que ele inspirava o cheiro dela, com um sorriso bobo no rosto, a campainha tocou. Na mesma hora tentei tomá-la de volta, mas ele se levantou com ela nas mãos e deu um passo para trás. Seu rosto se animou enquanto ele a colocava na bancada.

— Ah, que bom... nossa comida chegou!

Cruzando os braços e as pernas, na mesma hora me envergonhei da insuficiência de meus trajes. Alto e empertigado, com as mãos nos quadris, Kellan parecia alheio ao fato de que só uma peça de seda preta o escondia do mundo.

— Que comida? Como assim? — perguntei com uma voz meio gritada, sentindo o rosto começar a arder.

Abrindo um sorriso, ele deu de ombros.

— Achei que você podia estar ficando com fome, então pedi uma pizza da última vez que você foi ao banheiro.

Enquanto eu olhava boquiaberta para ele, Kellan deu as costas para sair da cozinha.

— Kellan! — Ele olhou de novo para mim, que estendi a mão em direção ao seu corpo divino, mas, principalmente, nu.

Ele tateou o próprio peito, e então os quadris.

— Ah... tudo bem. — Sorrindo, dirigiu-se à pilha de roupas ao lado da mesa. Esperei que enfiasse as pernas na calça jeans e a puxasse, mas ele apenas revirou as roupas, à procura do bolso da calça. Segundos depois, retirou a carteira.

— Eu preciso pagar ao cara da pizza, não é?

Murmurei algo ininteligível, e ele se inclinou para me dar um beijo rápido. Enquanto minha mão ainda gesticulava diante da extensão de pele lisa e musculosa que ele exibia, ele saiu apressado para ir buscar nossa comida... só de cueca.

Balançando a cabeça, peguei a camiseta, que estava caída aos meus pés, e a segurei sobre o peito. Eu nem mesmo podia ser vista da entrada, mas, se vissem Kellan naqueles trajes, provavelmente deduziriam que ele não estava sozinho. Isso fez com que meu rosto ficasse vermelho, e escondi a cabeça nas mãos. Era nisso que dava namorar um cara que não fazia ideia do que fosse sentir vergonha. Ele sabia que era bonito, e não se importava que os outros ficassem sabendo também. Em algumas ocasiões, eu daria tudo para ter aquele tipo de autoconfiança. Pois é, mais um item na minha lista de coisas a trabalhar.

Ouvi-o abrir a porta e cumprimentar alguém. Então, ouvi um risinho... de mulher. Suspirei. É claro que o entregador da pizzaria tinha que ser uma mulher naquela noite em que Kellan decidira atender a porta em trajes menores. Fiquei imaginando-o encostado no batente da porta, cada um daqueles músculos maravilhosos, distintos e definidos, enquanto a entregadora babava nos nossos pepperoni. Pelo menos meu nome escrito no seu peito ficaria distinto e definido para ela também.

*Sinto muito, minha filha, mas esse cara gostoso que está te dando uma nota de vinte me pertence. Está vendo, é o que está escrito bem no peito dele.* Sorri, revirando os olhos.

Os risinhos incessantes continuaram durante o tempo em que ela esteve ali, e que pareceu uma eternidade para mim que esperava. Quando a porta foi finalmente fechada e Kellan voltou no seu passo gingado para a cozinha, com a caixa de pizza nas mãos, seu sorriso era radiante. Diminuiu um pouco quando ele notou que eu tinha me coberto com a camisa dele durante sua ausência. Ele apontou para mim, uma caixa menor na outra mão.

— Ei, assim não vale! Você tinha que ter continuado do jeito que estava quando eu saí.

Revirei os olhos, jogando sua camisa no chão.

— Mesmo enquanto você paquerava a entregadora?

Colocando a caixa maior na bancada, ele torceu os lábios para mim.

— Eu não estava paquerando.

Decidindo pôr à prova a autoconfiança que ele parecia esbanjar com tanta naturalidade, eu me levantei. Seus olhos percorreram meu corpo de alto a baixo e de volta, seu sorriso se desfazendo.

— Não estava? — Indo me postar na sua frente, eu me inclinei para trás e joguei o peso do corpo sobre um dos quadris, imitando uma pose que todas as modelos de lingerie fazem. Apontando para a caixa menor na mão dele, perguntei: — O que é isso aí?

Dando de ombros, ele mordeu o lábio.

— Ela tinha uma caixa de grissinis com gergelim sobrando. Disse que eu podia ficar com eles, se quisesse.

Balancei a cabeça, e ele riu baixinho. Apressando-se a colocar a caixa na bancada, passou os braços pela minha cintura, me puxando com força para si. Passei os braços pelo seu pescoço, enquanto seus lábios desciam do meu pescoço ao ouvido.

— Não posso impedir a mulheres de acharem certas coisas atraentes. – Sua boca roçou a minha ao falar, macia e leve, enquanto sua mão deslizava para dentro da minha calcinha, segurando meu traseiro. – Mas eu só acho *você* atraente – murmurou.

Ofegante, colei a boca à sua. Ele podia até ter brindado a mulher com uma dança de stripper para ganhar aqueles grissinis, que eu não teria nem ligado. Quer dizer, teria ligado, mas teria deixado pra lá. Ele era objeto dos afetos de muita gente, mas eu era o objeto dos seus afetos.

Quando eu já pensava em tirar sua última peça de roupa, ele me fez rodopiar para longe, e então de volta. Rindo, minha mão tocou no seu peito por um momento antes de eu voltar a ser rodopiada. Seus risos se juntaram aos meus e, tendo apenas os risos da nossa alegria como música, ficamos dançando na cozinha... em trajes íntimos.

Não voltamos ao nosso jogo, apenas devorando as fatias gordurosas entre mergulhos e rodopios. Comendo e rindo, Kellan fez passar qualquer vestígio de nervosismo que eu ainda sentisse com o começo das aulas e, de quebra, ainda conseguiu dar cabo de qualquer vestígio de vergonha. Quando já tínhamos comido algumas fatias de pizza e alguns dos grissinis que ele suara tanto para conseguir, eu já estava sacudindo para ele o traseiro pudicamente coberto. Dei gargalhadas histéricas quando ele imitou meus gestos, e foi bom sentir pelo menos um pouquinho da sua autoconfiança.

E ele era a razão pela qual eu a sentia. Seu olhar, seu toque, seu sorriso, suas risadas, ninguém jamais tinha me feito sentir... idolatrada... como ele. Eu sentia que podia fazer qualquer coisa enquanto dançava na cozinha ao seu lado, tendo certeza absoluta de que estaria ótima no dia seguinte.

## Capítulo 4
## FOFOCAS

Acordei na manhã seguinte muito mais cedo do que tinha pretendido. Uma ligeira sensação de sobe e desce no estômago me avisou que algo potencialmente constrangedor poderia acontecer aquele dia. Tentei reprimir a impressão ao me sentar. Ao contrário do que ocorrera no sonho que acabara de ter, não iria tropeçar na frente da classe logo hoje. Não, o único constrangimento que enfrentaria seria o de atravessar os corredores com um rock star. Eu tinha certeza de que Kellan se sentiria obrigado a me acompanhar à minha primeira aula, como se eu fosse uma criança indo para o jardim de infância pela primeira vez, mas não tinha problema. Tê-lo ao meu lado desviava todas os olhares para ele, e Kellan não se importava de ser o centro das atenções.

Inspecionando seu quarto vazio, eu me perguntei onde estaria o rock star. Vesti minha lingerie e peguei uma camisa dele na gaveta. Senti seu cheiro maravilhoso ao passá-la pela cabeça e, por um momento, cogitei de ir com ela para a faculdade. Minha primeira aula seria de Literatura Inglesa, com ênfase no feminismo da virada do século, mas com certeza aquelas escritoras de ideias avançadas, há tanto falecidas, perceberiam o charme das roupas de Kellan Kyle.

Consciente de ter acordado cedo demais, horas antes de ter que me aprontar, fui para o andar de baixo à sua procura. Como era de esperar, fui encontrá-lo na cozinha, perfeito e casual, usando uma calça jeans rasgada e uma camisa leve. Estava recostado na bancada, enquanto o café fervia. Com o aroma do café se misturando ao seu cheiro maravilhoso, sorri e caminhei até ele, que sorria para mim.

Antes que pudesse dizer qualquer coisa, ele disse uma de minhas palavras favoritas:
— 'dia.
Passando os braços pela sua cintura, eu me aconcheguei no seu peito.
— Bom dia. — Ainda sendo muito cedo, bocejei após o cumprimento.

Rindo baixinho, ele esfregou minhas costas.

— Você não precisa acordar à mesma hora que eu. Pode dormir até a hora da aula.

Apoiando o queixo no seu peito, dei uma olhada nele; seus olhos azul-escuros pareciam totalmente descansados e cheios de uma paixão à espera de ser despertada.

— Se você está acordado, também quero estar acordada. — Franzindo o cenho, acrescentei: — Por que você acorda tão cedo, se não tem nenhum lugar para ir?

Suspirando baixinho, ele desviou os olhos.

— Bem, digamos apenas que minha infância me treinou a acordar com as galinhas. — Voltando a olhar para mim, deu de ombros. — Acho que peguei o hábito. Agora, não consigo mais deixar de acordar cedo.

Eu odiava os abusos que seus pais lhe haviam infligido em tão tenra idade, e o efeito que ainda surtiam sobre ele, mesmo tantos anos depois, a despeito de os perpetradores já terem falecido havia muito tempo. Vendo a melancolia em seus olhos, balancei a cabeça e me obriguei a abrir um sorriso radiante.

— Ora, que bom que você acorda. Essas manhãs tranquilas com você estão entre as minhas melhores lembranças.

Seu sorriso triste deu lugar a um ainda maior de serenidade, enquanto ele passava os dedos pelos meus cabelos.

— E entre as minhas também — sussurrou. — Eu sempre ficava esperando com a maior ansiedade que você descesse para vir me encontrar. — Deu de ombros. — Mesmo que fosse só por pouco tempo, ainda assim me fazia sentir como se estivéssemos... juntos.

Seu sorriso começou a se desfazer, e eu segurei seu rosto.

— E estávamos, Kellan. Estávamos juntos... mesmo que por pouco tempo.

Lembranças de todos os nossos momentos roubados inundaram minha mente enquanto eu segurava seu rosto — os risos, as conversas a meia voz, os abraços dados e recebidos, minha raiva dele, o ciúme enlouquecedor por causa de alguma vadia com quem passara a noite, embora eu não tivesse o direito de senti-lo. Minha paixão por ele... que, em grande parte, começara ali, naquela cozinha, enquanto eu esperava que o café ficasse pronto.

Perdida em lembranças, em meio às profundezas azul-escuras daqueles olhos que estudavam os meus, levei um susto violento quando o telefone começou a tocar. Kellan riu de mim, enquanto meu coração batia a um milhão de quilômetros por hora. Dei um tapa no seu peito, e ele me afastou com delicadeza, caminhando até o monstrengo feio. O tinido estridente parou quando ele levantou o velho fone de fio enrolado.

— Alô? — Recostando-se na bancada, Kellan sorriu para mim, que respirei fundo algumas vezes para me acalmar. Em seguida, seu olhar se dirigiu para a janela, enquanto ele escutava a voz do outro lado da linha. — Oi, Denny! Há quanto tempo que a gente não se fala...

Meus olhos se arregalaram quando ouvi Kellan cumprimentando meu ex-namorado. Era... estranho. Eu sabia que eles ainda se falavam. Eu também falava com Denny, só que isso raramente acontecia quando Kellan e eu estávamos juntos. Começando a me remexer, cogitei de deixar que Kellan conversasse em particular com o homem que ele ainda tinha na conta de um irmão, apesar dos pesares.

Quando eu já ia dando as costas, a voz de Kellan me paralisou:

— Sim... Ela está bem aqui... Só um minuto.

Virei para Kellan, que me estendia o fone do aparelho de plástico verde para mim. Dando de ombros, ele sussurrou:

— Ele ligou para cá procurando você.

Seu rosto e voz pareceram tranquilos quando disse isso, mas tive a impressão de ver um ligeiro vinco na sua testa, e me perguntei como ele realmente se sentia em relação ao fato de eu ainda falar com Denny. Ele não tinha qualquer motivo para se preocupar. Denny e eu havíamos rompido definitivamente, além de estarmos separados por mais de onze mil quilômetros de distância desde que ele voltara para a Austrália. Kellan continuou onde estava, recostado na bancada, sem fazer qualquer menção de me conceder privacidade. O que eu compreendi.

O sobe e desce no estômago ficou mais forte quando levei o fone ao ouvido. Já fazia algum tempo desde que eu falara com Denny pela última vez, na verdade, uns dois meses. Por causa desse período de silêncio, eu me sentia nervosa à ideia de falar com ele. Quer dizer, isso e o fato de Kellan estar parado a alguns passos de mim. Lembrando que Denny ainda era um bom amigo nosso, relaxei ao cumprimentá-lo:

— Bom dia, Denny.

Ele riu, o som na mesma hora me levando de volta a incontáveis tardes preguiçosas que tínhamos passado juntos em Ohio. Senti um pequeno aperto no coração. Mesmo estando tudo acabado, eu ainda sentia saudades dele.

— Na verdade, é de noite aqui. Acordei vocês?

Seu sotaque estava mais forte agora que ele voltara ao seu país natal. Era delicioso de ouvir e eu ri do seu comentário, relembrando a diferença de fuso horário enorme que nos separava.

— Não, Kellan e eu já estamos acordados.

Mordi o lábio, lembrando que ele tinha ligado para a casa de Kellan e perguntado se eu estava acordada, o que significava que deduzira que eu passara a noite lá, e isso, por sua vez, indicava que na certa também devia ter presumido que eu dormira com Kellan, em sentido figurado. E ele tinha razão, se é que pensara mesmo isso. Eu detestava a ideia de ele pensar no assunto, assim como também detestava pensar nele com sua namorada atual, uma menina muito meiga chamada Abby, e que já estava com ele havia algum tempo, aliás, mais tempo do que Kellan e eu estávamos oficialmente juntos.

Denny não reagiu ao fato de eu dormir com o homem que tinha me roubado dele. Kellan, no entanto, abriu um sorriso endiabrado.

— Ah, que bom. Será que eu deixei passar? — perguntou Denny, ansioso.

Franzi o cenho, balançando a cabeça.

— Deixou passar o quê? — Kellan repetiu meu gesto, e eu dei de ombros.

Denny se apressou a explicar:

— Seu primeiro dia na faculdade. É hoje, ou eu deixei passar?

Meu queixo despencou quando entendi a razão de ele estar ligando.

— Você me ligou só para me desejar boa sorte no meu primeiro dia de aula? — Fiquei com os olhos cheios de lágrimas por vê-lo sendo tão bom comigo. Não deveria, depois de tudo que eu fizera com ele. Deveria maldizer meu nome e jurar vingança eterna contra mim. Mas isso... simplesmente não era Denny.

Ouvi-o pigarrear e o imaginei passando a mão pelos cabelos escuros e espetados, um sorriso bobo no seu lindo rosto.

— Bem, liguei, porque sei como você fica nervosa com esse tipo de coisa. — Calou-se por um momento e eu senti a garganta seca, totalmente perplexa com a generosidade do seu perdão. Kellan franziu os olhos ao perceber minha reação, mas não disse uma palavra. Rompendo o silêncio, Denny perguntou:

— Eu não devia ter ligado, Kiera? Pegou mal?

Engolindo em seco várias vezes, neguei com a cabeça.

— Não, não, desculpe. Sim, é claro que você devia ter ligado. Não, você não deixou passar o dia, e sim, eu estou mesmo um pouco nervosa. — Não gostando nada da tensão que tinha se criado, falei tudo isso muito depressa.

Kellan cruzou os braços, mas Denny começou a rir.

— Ah, tudo bem. Enfim, eu só queria te desejar tudo de bom, e dizer que estava... pensando em você hoje.

Denny tornou a pigarrear, e eu a piscar os olhos para conter as lágrimas. Meu Deus, ele era um ser humano boníssimo. Às vezes eu me achava uma idiota por tê-lo magoado. Tá, eu me achava uma idiota o tempo todo por tê-lo magoado.

— Obrigada, Denny... por se lembrar. Foi extremamente gentil da sua parte. — Senti um começo de rubor se insinuar pelo rosto ao dar uma olhada em Kellan. Ele fungou e logo virou o rosto. Senti o milenar sentimento de culpa tomar conta de mim. E justo quando eu pensava que jamais teria que me sentir culpada de novo.

Em voz baixa, Denny respondeu:

— Não há de quê, Kiera. Eu sei que o Kellan... — engoliu em seco após pronunciar o nome — ... deve estar fazendo de tudo para ajudar você hoje, de modo que provavelmente você não precisa ouvir isso de mim, mas, mesmo assim, boa sorte.

Sem saber de que outra maneira responder, apenas sussurrei:

— Obrigada, Denny. — Kellan, que ainda não olhava para mim, deu um passo, se afastando. Na mesma hora segurei seu braço. Ele parou, mas ainda sem olhar para mim.

Denny riu um pouco no fone.

— Ah, e pede desculpas à sua irmã por mim. Eu liguei para lá primeiro, e tenho certeza de que a acordei.

Dei uma risada. Anna não gostava de ser acordada de manhã cedo.

— Tá, pode deixar que eu faço isso. — O braço de Kellan se retesou sob meus dedos, mas ele continuou onde estava, de olhos fixos na cafeteira, como se fosse a coisa mais importante do universo. Eu detestava que isso o estivesse chateando, mas não deveria. Denny e eu não éramos mais nada, e ele sabia disso.

Fiquei alisando seu braço com o polegar para confortá-lo e Denny riu, dizendo:

— Bem, Abby e eu estamos numa festa no trabalho, por isso tenho que desligar. Ela vai me matar se eu passar a noite inteira no telefone.

Com um riso leve, respondi:

— Tudo bem. Dá um beijo na Abby, e divirta-se. — Depois que ele respondeu que faria isso, dei as costas a Kellan, afastando a cabeça dele. — Ah, e muito obrigada por se lembrar, Denny. Significou muito para mim. — Antes que ele pudesse responder, acrescentei: — E lamento muito, Denny, por tudo.

Fungando, ele se calou por um momento, até que disse:

— Sim, eu sei, Kiera. Tenha um ótimo dia na faculdade. Falo com você outra hora, até mais.

Fechando os olhos por um segundo, soltei o ar.

— Até mais.

Desligando o telefone, mantive os olhos fechados ao me virar para Kellan. Quando os abri, ele ainda estava olhando para o café escuro no interior da jarra cheia. Embora seu rosto parecesse sem expressão, um mundo de emoções passava por seus olhos. Ele demorou mais um longo segundo antes de finalmente voltar a olhar para mim.

Sorrindo para animá-lo, afastei uma mecha de cabelos da sua testa.

— Você está bem?

Ele assentiu, um sorriso iluminando seu rosto, embora não os olhos.

— Claro, estou ótimo. Denny ligou para te desejar boa sorte. Foi muito legal da parte dele. — Não havia o menor vestígio de ciúme ou sarcasmo na sua voz, mas eu os percebi mesmo assim.

Suspirando, passei os braços pelo seu pescoço.

— Você sabe que isso não quer dizer nada, não sabe? Sabe que eu te amo, e que agora Denny não é nada mais que um amigo, não sabe? — Observei seus olhos, vendo que seu sorriso oscilava. — Não sabe?

Ele já ia olhar para a jarra de novo, mas segurei seu rosto, fazendo-o olhar para mim. Seu sorriso voltou, totalmente natural.

— Sim, eu sei, Kiera. — Em voz mais baixa, acrescentou: — Eu sei exatamente o que você e Denny são.

Não entendendo direito o que ele quisera dizer com essas palavras, decidi interpretá-las literalmente. Me endireitando, dei um beijinho nele.

— Ótimo, porque, embora ele seja importante para mim, você é mais importante, e eu não quero que fique magoado por eu falar com ele.

Seus olhos se arregalaram quando ele os fixou em mim, como se tivesse ficado muito surpreso por me ouvir dizer isso. Era doloroso para mim que ele ainda não entendesse. Tornando a beijá-lo, sussurrei:

— Eu sei o que você está pensando, e está errado. Você não é o segundo colocado. Eu podia ter ido embora com ele, mas fiquei com você. Não poderia viver sem você. Escolhi você. Eu te amo.

Engolindo em seco, seus olhos úmidos buscando os meus, ele sussurrou:

— Ainda parece... sei lá, uma coisa irreal. Não estou habituado a ser... amado por alguém. Fico esperando a hora em que vou acordar...

Mordendo o lábio, balancei a cabeça:

— Bem, é melhor ir se habituando porque eu não vou a parte alguma, Kellan.

Depois de um café da manhã tomado sem pressa, Kellan me ajudou a me aprontar para ir à faculdade. Tá legal, Kellan ficou deitado na cama olhando enquanto eu me vestia. Eu dissera a ele que não podia me ajudar a tomar banho. Apontando para os travesseiros com um gesto categórico para que continuasse onde estava, comecei a vestir o sutiã por baixo da toalha. Kellan balançou a cabeça para mim, revirando os olhos.

— Eu já vi você nua, lembra?

Corando ao me virar, murmurei:

— Lembro, mas ficar me encarando desse jeito é... diferente.

Ele bufou e eu o espiei por sobre o ombro, enquanto vestia uma calcinha limpa, também por baixo da toalha.

Com um sorrisinho de canto de boca, ele arqueou uma sobrancelha.

— É só pele, Kiera. — Sentando e chegando o corpo para a beira da cama, de onde poderia me alcançar, ele segurou meu joelho, sua mão começando a subir pela minha perna. — E bonita demais para ficar escondida.

Adorando os arrepios que ele estava fazendo percorrerem meu corpo, mas sabendo que não podia passar o dia inteiro na cama ao seu lado — infelizmente —, eu me afastei e tornei a apontar para os travesseiros.

– Não vou fazer um strip tease para te deixar ainda mais excitado do que você já vive se sentindo.

Vestindo a calça jeans com habilidade enquanto a toalha permanecia bem enrolada em volta do peito, fiquei vendo-o rir baixinho e voltar a relaxar o corpo no colchão.

– Tudo bem – murmurou, emburrado. – Vou me lembrar disso da próxima vez que te pegar olhando para o meu corpo.

Eu já estava tirando a camisa da sacola, mas parei e olhei para ele. Sabendo que era verdade que eu o encarava, suspirei, deixando a toalha cair no chão. Ele abriu um sorriso maravilhoso ao observar meu sutiã liso, cor de pele, e eu virei o rosto, envergonhada e um pouco excitada com sua atenção.

Contando depressa até cinco, imaginando que seria tempo bastante para ele ter um retrato mental decente que durasse pelo resto do dia, vesti a camisa social estruturada. Levantando os cabelos compridos das costas, ainda bastante úmidos, revirei os olhos ao ver o desejo no olhar dele, que continuava a encarar meu peito agora coberto. Homens...

Meu pigarro fez com que ele finalmente levantasse o rosto. Nossos olhares se encontrando, ele deu um sorriso endiabrado.

– Bem, agora eu estou excitado, e você não pode ir. Vai ter que ficar aqui comigo hoje.

Rindo, eu me inclinei em direção à cama para beijá-lo. Ele pareceu interpretar o gesto como um sinal verde e enlaçou meu corpo, me puxando para cima dele. Rindo com os lábios próximos aos seus enquanto nos movíamos ligeiramente um contra o outro, fiquei aliviada por ver que seu humor melhorara desde nossa conversa de momentos antes. Não gostava de vê-lo chateado por causa de Denny, até porque não havia motivo para tanto. Mas eu compreendia. Tínha-o magoado muitas vezes enquanto estava com Denny. Tinha magoado a ambos. E não queria nunca mais magoar um homem.

Quando nosso beijo se tornou intenso, o corpo de Kellan começou a me dizer que ele não estava brincando sobre estar a fim. Contra minha vontade, eu me afastei da sua boca.

– Gostaria de poder ficar com você. – Franzindo o cenho, fiquei séria. – Não estou nem um pouco animada em relação às aulas.

Suspirando, ele segurou meu rosto entre as mãos, observando meus olhos.

– Algum dia, vou conseguir fazer com que você seja o tempo todo aquela mulher confiante que ficou saracoteando de lingerie na cozinha ontem à noite. – Passando a mão por meus cabelos, acrescentou: - Você é uma mulher linda e inteligente, com um namorado que te adora. Não tem nada de que ter medo... nunca.

Sorrindo, corei e abaixei os olhos.

– É fácil para você falar, rock star.

E me afastei, levantando e indo pegar o pente. Passando-o pelos cabelos, fiquei vendo-o se levantar, rindo.

— Eu fico nervoso — declarou.

Dei um sorriso irônico para ele, a mão que penteava os cabelos parando no ar. Tá legal... Kellan Kyle nunca ficava nervoso. Não na presença das pessoas. Não em relação ao próprio corpo ou rosto. Ele esbanjava confiança em quase tudo que fazia.

Inclinando a cabeça, ele deu de ombros.

— Sério, é verdade. No começo, me batia o maior nervosismo no palco.

Franzindo o cenho, terminei de desembaraçar os cabelos.

— Me deixa adivinhar... Agora, você imagina que a mulherada está nua?

Aos risos, ele se levantou.

— Não, tive que parar de fazer esse tipo de coisa... Me deixava excitado.

Empurrando seu peito para trás quando ele se aproximou, ri mesmo contra a minha vontade.

— Você é impossível.

Balançando a cabeça, revirei os olhos, e seu sorriso se tornou ainda maior.

— Todos temos as nossas fraquezas — murmurou ele, brincalhão, passando para trás de mim e me abraçando com força. — Você vai se sair superbem, e eu te dou uma carona todos os dias, se quiser. — Rindo, acrescentou: — Talvez até assista a uma ou outra aula.

Ri ao imaginá-lo sentado ao meu lado, morto de tédio.

— Duvido que o professor vá gostar de ouvir seus roncos durante a aula. — Rindo ainda mais, ele deu um beijo no meu pescoço.

Suspirando, encostei a cabeça molhada no seu ombro e fechei os olhos, deixando que a paz inspirada por seu cheiro se espalhasse pelo meu corpo. Tinha decidido não ir para a faculdade com a sua camisa, mas talvez conseguisse fazer com que seu cheiro se impregnasse nas minhas roupas... mantê-lo comigo olfativamente. Meu Deus, o que eu tinha dito sobre não me deixar obcecar por ele? Mas não podia evitar. Ele era simplesmente... obcecante.

Cedo demais para o meu gosto, a hora de ir para a faculdade chegou. Conforme prometido, Kellan me levou de carro até lá. Recostado no assento, seu sorriso era sereno, uma das mãos pousada na minha coxa, a outra controlando o volante sem esforço. Ele parecia alguém voltando de uma atividade favorita após uma longa ausência. Sorri ao observar que ficar me levando de carro a todos os lugares era uma experiência tão agradável para ele. Acho que a maioria dos caras teria se cansado depois de algumas semanas, mas não Kellan. Ele nunca se queixava de todos os lugares a que eu precisava ir. Era uma de suas muitas maneiras de demonstrar afeição. Para um cara que nunca tinha sido namorado de ninguém antes, ele estava se saindo muito bem. Por outro lado, Kellan se saía bem em quase tudo que fazia... menos bilhar... e, como eu tinha descoberto na noite passada, pôquer.

Sorrindo ao me lembrar dele vestindo apenas a cueca samba-canção de seda preta e segurando a caixa de pizza enquanto me rodopiava de um lado para o outro da cozinha, nem mesmo notei quando finalmente paramos. Piscando, olhei em volta, enquanto ele desligava o carro.

Localizada na outra margem do Lago Union, no coração da cidade de Seattle, a Universidade de Washington possuía um campus gigantesco, mais parecendo uma pequena cidade. Várias das lojas que a cercavam sobreviviam exclusivamente do fluxo de alunos que chegavam todos os anos.

Eu já conhecia aquela área bastante bem, depois de minha temporada ali. Não estava nervosa por ter que descobrir onde as aulas seriam. Era a ideia de entrar numa sala cheia de estranhos que me deixava com os nervos à flor da pele. Eu não gostava nada de ser o centro das atenções. O que fazia com que caminhar ao lado de Kellan fosse tanto uma bênção quanto uma maldição.

Era uma bênção porque eu adorava tê-lo perto de mim, e também porque, quando ele estava comigo, as pessoas tendiam a olhar para *ele*. Kellan tinha uma espécie de aura que atraía os outros. O rosto, os cabelos, o corpo, o andar gingado – tudo nele fazia com que fosse notado. E, quanto às mulheres, a intensa inspeção a que o submetiam costumava ser longa e detalhada.

Era uma maldição porque, agora que tínhamos nos tornado um casal, ele era puro carinho comigo. Se antes só dávamos as mãos como amigos, agora trocávamos abraços apaixonados. E, enquanto ele ria de um comentário absurdo que meus pais tinham feito na semana anterior, dizendo que ele precisava arranjar um emprego decente, já que fazer parte de uma banda não era uma escolha profissional viável para o homem que a filha deles estava namorando, notei que vários pares de olhos passaram dele para mim. Exatamente como acontecia o tempo todo no bar, estavam julgando se eu era digna ou não de pertencer ao rock star. E, dando razão a Kellan em relação à minha falta de confiança generalizada, não pude deixar de pensar que eu tinha ficado muito aquém de suas expectativas.

Empinando a cabeça, procurei não pensar assim. O que esses estranhos pensavam do meu relacionamento com ele era irrelevante. E não importava se um monte de gente aleatória me achava indigna de Kellan. Ele me achava digna e, honestamente, essa era a única opinião de que eu precisava, não era?

Rindo junto com ele, quase esbarrei num grupinho que estava parado no corredor.

Kellan me puxou para trás quando eu já ia dar um esbarrão num cara que parecia ter mais de dois metros de altura. O sujeito era um gigante ao lado de Kellan, que devia medir, no mínimo, um metro e oitenta e cinco. Com um vasto sorriso no rosto, o garotão ruivo apontou para Kellan.

— Ei, você não é aquele cara? O cantor daquela banda? Os D-Bags?

A expressão ressabiada no rosto de Kellan deu lugar a um sorriso relaxado, e não pude deixar de me perguntar se ele tinha esperado que o cara fosse comprar briga com ele. Houve uma época em que Kellan não respeitava muito os relacionamentos das pessoas.

— Sou, sim, sou o Kellan... Um dos D-Bags. — Riu um pouco após o comentário, achando graça do nome da banda.

O cara e o grupo de amigos, todos igualmente altos, rodearam Kellan, ansiosos para conversar com a celebridade com que tinham topado. O imponente fã fez questão de apertar a mão de Kellan.

— Vocês arrasaram no Bumbershoot, cara! — Em seguida o grupo deu início aos elogios e perguntas.

Os caras eram incansáveis. Como a rasgação de seda não acabava nunca, comecei a ficar nervosa, com medo de me atrasar, se continuássemos ali. Kellan respondeu a todas as perguntas que fizeram, agradeceu amavelmente pelos elogios e então se livrou habilmente da conversa, acenando em despedida ao se virar comigo para contornar o grupo. Quando finalmente conseguiu se desvencilhar, já tinha recebido convites para três festas, no mínimo.

Balançando a cabeça ao nos aproximarmos da minha sala, comecei a rir. Ele olhou para mim, seu ombro dando uma cutucada no meu.

— Que foi?

Dei um sorrisinho de canto de boca para ele.

— Ora, ora... até que enfim você arranjou alguns fãs homens.

Rindo ao abrir a porta para mim, ele balançou a cabeça.

— Nós sempre tivemos fãs homens, Kiera. — Arqueando uma sobrancelha, acrescentou: — Você é que prefere se fixar nas mulheres.

Roçando em seu corpo ao passar por ele, parei e me inclinei em direção ao seu rosto:

— Mas isso é porque *elas* se fixam em você — sussurrei, deixando a boca quase roçar a dele.

Ele mordeu o lábio, e o ouvi gemer um pouco.

— Ora, ora... você, se tornando uma sedutora — sussurrou.

Fiquei vermelha, na mesma hora me afastando dele.

Ouvi seus risos atrás de mim, mas não me virei para olhar. Lábios macios roçaram meu rosto, e suas mãos pousaram nos meus quadris.

— Divirta-se — sussurrou no meu ouvido.

Tive vontade de soltar um suspiro e me inclinar para ele de novo, mas risinhos femininos me lembraram que eu já não estava mais a sós com ele no seu quarto. Não, estava na frente de uma sala de aula, tomando liberdades um tanto impróprias com meu namorado. Mas não tinha importância; pelo menos, ele conseguira fazer com que meu medo de entrar na sala passasse.

Com o rosto vermelho feito um pimentão, morta de vergonha por saber que nosso momento de intimidade tinha espectadores, dei um selinho rápido nele e garanti que me divertiria. Então, segui em linha reta até uma carteira no meio da sala, longe das mulheres que observavam aos risos o traseiro do meu namorado, enquanto ele acenava e ia embora.

Depois de um debate fascinante sobre o modo como o sexismo influenciou os primeiros textos literários das feministas, voltei a fazer as pazes com a faculdade. Eu sabia que isso aconteceria. Assim que me ambientava, tudo entrava nos eixos. Era só a espera por esse momento que deixava meus nervos em frangalhos. Depois da aula de Literatura, vinha a de Ética. Agora que me sentia à vontade, estava ansiosa para cursar essa matéria, embora tivesse a sensação de que me obrigaria a mergulhar fundo em mim mesma. Não muito tempo antes, eu e a Ética tínhamos cruzado caminhos, e eu não sabia se ficara do lado certo da linha da moralidade. Não, minto... eu tinha certeza absoluta de ter fracassado completamente. Tanto eu quanto Kellan. De repente, escrever um artigo sobre o assunto poderia funcionar como uma catarse para mim.

Entrando na sala de arquitetura bela e funcional, meus olhos depararam com um rosto que eu já não via há algum tempo, alguém que preferia jamais voltar a ver. Parada diante da porta, fiquei olhando para a ruiva já minha conhecida, com seus cachos apertados balançando feito molas, que batia papo com duas amigas. Na hora reconheci as três – Candy e suas minions. Cada uma delas me interrogara sobre Kellan no ano anterior. Principalmente Candy, já que achava que dormir com ele era um passatempo muito agradável.

Bem, essa diversão não estava mais ao seu alcance; teria que ir arranjar alguém em outro lugar. Com um sorrisinho se esboçando em meu rosto, fiquei vendo as três soltarem risadas e atravessarem o corredor alguns passos à minha frente. Suspirei quando entraram na sala em que eu teria minha aula. Já assistira a uma aula com Candy antes, na primavera passada, quando Kellan e eu tínhamos finalmente reatado. E agora estava achando que teria mais uma aula com ela. E, claro, haveria de ser justamente a aula que eu teria todos os dias. E, de quebra, a matéria era Ética. Que maravilha. Aposto que o universo inteiro estava chorando de rir da ironia.

Balançando a cabeça e revirando os olhos, entrei na sala, sentindo um leve sobe e desce no estômago. As três sentaram depressa, assim que os alunos já sentados olharam para elas, logo em seguida abaixando os olhos. Bem, todos, menos três. Candy e as comparsas continuaram me encarando enquanto eu me dirigia à parte mais afastada da sala. Senti seus olhos nas minhas costas enquanto sentava, pegava um caderno e começava a rabiscar feito uma doida.

Eu quase esperava que Candy passasse para a carteira ao meu lado. Tive um sobressalto e dei uma espiada, quando finalmente senti alguém se aproximando. Felizmente, era só um cara com ar de nerd. Ele me deu um olhar que dizia com todas as letras: *Ótimo, essa aí não parece ser do tipo que fala muito, por isso talvez eu consiga ouvir o que o professor diz se sentar perto dela*, e então veio se acomodar ao meu lado. Retomei meus desenhos, aliviada com o fato de que, pelo menos, a ex-amante de Kellan não ia atrapalhar meus estudos.

Pelo contrário, ela me deixou totalmente em paz... até a aula acabar.

Como eu ainda estava absorta na explicação do professor sobre a diferença entre ética e moral, a aproximação de Candy me pegou de surpresa. Antes que pudesse tomar qualquer atitude, ela e as amigas já tinham me cercado. Vendo-as se entreolharem enquanto saíamos da sala, suspirei baixinho e torci para que Kellan estivesse esperando por mim diante do carro, e não na frente da porta do prédio.

Emparelhando comigo, Candy inclinou a cabeça para mim.

— Corre um boato de que você e Kellan Kyle estão juntos. Tipo assim, juntos, no duro.

Dando uma espiada nela, cogitei de parar e estender a mão numa apresentação formal, já que nunca havíamos tido uma, mas não fiz isso. Apenas dei de ombros e murmurei:

— É isso aí.

Ela deu um bufo debochado, as amigas parecendo dois clones aos risos atrás dela.

— Quer dizer que você não se importa com o fato de ele ser um michê?

Parando bruscamente, fuzilei-a com os olhos e fiquei pensando se podia dar uma bolacha numa garota em plena universidade sem me meter numa encrenca. Afinal, estávamos num ambiente acadêmico, não? Por acaso o espírito desse ambiente não era a liberdade de expressão?

— Ele não é um michê. Nunca mais se atreva a falar dele desse jeito. — Senti a raiva no meu tom e fiquei meio orgulhosa de mim mesma pelo fato de minha voz não ter tremido.

Ela pôs as mãos nos quadris, suas puxa-sacos dando a volta para ficar atrás dela, como cantoras de backing vocals.

— Hum... acho que você tem razão. — Inclinou-se para mim, a sobrancelha arqueada: — Os michês cobram. Ele faz por pura curtição.

Tive que segurar o cós da calça para não bater nela. Fala sério! Mas, decidindo que ir para o xadrez não era uma boa maneira de começar o ano letivo, saí pisando duro pelo corredor afora. E, é claro, ela me seguiu.

— Qual é? Não consegue encarar a verdade? Eu só queria que você soubesse que Kellan ainda sai com qualquer mulher que dê mole para ele. — Soltou uma risada sarcástica. — Namorar você não o transformou por milagre num bom menino. Os homens são assim mesmo, e Kellan é viciado em sexo.

Com lágrimas de raiva brotando nos olhos, eu me virei para ela.

— Você não sabe nada sobre ele. Não sabe nada sobre o que ele já sofreu. — Inclinando-me na sua direção, arqueei uma sobrancelha. — Eu sei que você dormiu com ele, mas não confunda sexo com intimidade. — Irritada por permitir que a garota me perturbasse, quando sabia muito bem que só estava tentando me enfurecer, escancarei as portas do prédio. Felizmente, Kellan não estava lá.

Rente nos meus calcanhares, ela disparou:

— Ora, eu estou te fazendo um favor! Você pensa que ele mudou, que de repente virou um homem fiel, de uma mulher só? Tigre não muda as pintas!

Gemendo ao acelerar o passo, respondi, sem me virar:

— Tigre não tem pintas. Vê se aprende o provérbio direito.

Altiva, ela continuou marchando ao meu lado.

— Que seja. O que eu quero dizer é que a Tina... — apontou o polegar para a loura que avançava a passos largos atrás dela — ... viu o Kellan depois de um show na Pioneer Square semana passada. — Com um sorrisinho presunçoso, segurou meu braço para me obrigar a parar. — Ele estava sem camisa e prestes a mandar ver com uma periguete.

Tina concordou com a cabeça, acrescentando:

— E numa despensa, ainda por cima... que romântico.

Fuzilando as duas com os olhos, senti o corpo ficar gelado. Kellan tinha feito mesmo vários shows em locais diferentes durante a semana, e chegado em casa muito tarde depois, já que tivera de ajudar os D-Bags a guardar o equipamento. Ele bem podia ter... Balancei a cabeça. Não, não depois de tudo... Ele não faria isso comigo. Uma vozinha venenosa na minha cabeça acrescentou: *Claro, assim como você não faria isso com Denny, não é?*

Ignorando a voz, franzi os olhos para a fofoqueira:

— Você não viu o que pensa que viu. Eu confio nele. — E, sem mais, arranquei o braço e me afastei, caminhando com altivez.

Passos leves de tênis me seguiram, acompanhados por uma bomba:

— A tatuagem com seu nome em cima do coração não significa que ele não anda emprestando outras partes do corpo, sacou?

De queixo caído, eu me virei para ela. Poucas pessoas sabiam da tatuagem de Kellan. Ele hesitava muito mais em tirar a camisa nos shows agora, como se não quisesse que o mundo visse sua declaração romântica de devoção. Significava muito para mim que ele se sentisse assim. Era uma coisa pessoal, entre nós dois. Como esse grupo de garotas tinha ficado sabendo? Será que Tina o vira mesmo seminu? Eu não queria acreditar, mas minha mente visualizou-o despido com a maior nitidez, arquejando de desejo, com alguma fã piranhuda colada à sua boca. Então, imaginei-o abrindo a porta da despensa e fazendo todos os tipos de indecências com ela.

Senti uma náusea violenta enquanto olhava boquiaberta para as três, que apenas riam de mim, Tina me brindando com um sorrisinho hipócrita como se lamentasse o fato, Candy apenas dando de ombros.

— Cachorros são cachorros, Kiera — concluiu, com ar meigo.

Mordi o lábio e me obriguei a me afastar delas... sem correr. Elas estavam mentindo. Só podia ser.

No estacionamento, avistei o Chevelle preto e reluzente de Kellan na mesma hora. Ao vê-lo, logo compreendi por que ele não tinha se encontrado comigo diante da sala no meu primeiro dia de aula. Um grupo de umas cinco garotas o rodeava. Ele estava tranquilamente recostado no carro, batendo papo com elas. As garotas riam, cochichando como adolescentes de treze anos enquanto ele falava. Apesar da distância que nos separava, dava para ver o sorrisinho bem-humorado no seu rosto. Depois de meu encontro com Candy, isso fez meu sangue ferver.

Fechando as mãos em punhos, caminhei até ele. Procurei me acalmar, mas, em vez disso, foi como se ficasse mais zangada a cada passo. Onde elas teriam visto a droga da tatuagem? Onde ele andava se expondo? Será que eu estava sendo ingênua de achar que o que havia entre nós era tão monumental a ponto de ele não me trair? Será que ainda estava se comportando feito um galinha?

Rindo de alguma coisa que uma das sirigaitas dissera, Kellan virou a cabeça e me viu. Seu sorrisinho se ampliou ao ver que eu me aproximava, mas então encolheu quando notou minha expressão fechada. As tagarelas não fizeram nem menção de se afastar, e eu tive que abrir caminho às cotoveladas para poder chegar até ele.

— Vamos — disparei, não estando a fim mesmo de ficar entre suas fãs por mais um segundo que fosse.

Ele assentiu, seu cenho se franzindo quando abriu a porta do carro. Depois de fechá-la ao meu lado, ouvi-o dizer para o *entourage* de adoradoras:

— Desculpem, mas tenho que ir. Foi um prazer conhecê-las. — Seguiram-se gemidos e resmungos de decepção quando ele caminhou até o outro lado do carro. Revirei os olhos.

Kellan ficou me olhando com curiosidade enquanto dava a partida, o ronco possante do motor combinando com meu péssimo humor. Arqueando uma sobrancelha, deu marcha a ré. Com um olho em mim, o outro observando as garotas com cuidado para não atropelá-las enquanto viam o carro se afastar, ele perguntou:

— Quer me contar o que aconteceu para te deixar uma arara?

Trincando os dentes, fiquei olhando para as vadias que ainda o encaravam. A maioria evitou meu olhar de raiva, mas duas o devolveram.

– Não, não quero – murmurei entre os dentes.

Suspirando, ele pôs a mão na minha coxa. Na mesma hora eu me perguntei por onde mais aquela mão tinha andado nos últimos tempos.

– Mas vai? – perguntou. Olhei de novo para ele, tentando controlar a expressão e o humor. Ele franziu o cenho antes de voltar a olhar para o trânsito. – Foi você mesma que disse que a gente devia falar sem rodeios sobre tudo... e você parece estar precisando falar sem rodeios sobre alguma coisa.

Dando um resmungo, e desejando nunca ter dito aquilo para ele, cruzei os braços.

– Candy e eu temos mais uma matéria em comum este ano. Ela fez questão de vir me cumprimentar depois da aula.

Fiquei observando-o atentamente enquanto ele prestava atenção à rua por onde dirigia. Franziu os olhos e inclinou a cabeça, numa encantadora expressão de incompreensão.

– Candy...?

Revirei os olhos por ele não se lembrar do nome dela na mesma hora. Mas, enfim, quando o caderninho de telefones da pessoa é grosso feito as Páginas Amarelas, acho que demora um pouco para o filtro mental funcionar.

Um segundo depois, quando eu já estava suspirando, seus olhos se arregalaram em reconhecimento, e ele se virou para mim.

– Ah, sim. Candy. – Curvando os lábios, deu de ombros. – Que foi que ela disse?

Olhando para ele com raiva, apertei mais os braços cruzados. Se não fizesse isso, não resistiria a acertar um tapa na sua cara.

– Ela mencionou um show que vocês deram semana passada. Vocês tocaram na Pioneer Square, não foi?

Ele levantou os olhos. Fiquei em dúvida se estava acessando a memória para aquele evento em particular, ou a parte criativa do cérebro que inventa as mentiras rápidas. Olhar para cima e para a esquerda significa uma coisa, para cima e para a direita significa outra. Só que eu nunca lembrava qual era qual.

– Foi, foi, tocamos. – Ele olhou para mim. – Ela estava lá? Se estava, não veio falar comigo. – Acrescentou a última frase depressa, como que para me garantir que não a vira.

Franzi os olhos ainda mais ao estudá-lo. Será que eu tinha feito sexo ainda ontem com um homem que andava transando com um monte de gente? Meu Deus, eu ficava nauseada só de pensar nisso.

– Não, uma amiga dela viu você lá... nos fundos.

Contei isso em tom de suspeita, e ele me lançou um olhar de estranheza antes de voltar a se concentrar na direção. Dando de ombros, disse:

– Hum, sim, certo. – Olhando para mim, arqueou uma sobrancelha. – E por que o fato de uma das amigas dela ter me visto está deixando você com essa cara de quem chupou limão?

Soltando o ar de jeito controlado, resisti ao impulso de enchê-lo de tapas.

– Porque ela disse que viu você fazendo coisas... com alguém que não era eu.

Ele me encarou com os olhos arregalados, e então jogou o carro bruscamente para o outro lado da rua. Tive que me segurar à porta, tão rápida foi a manobra. Subindo um pouco no meio-fio, ele enfiou o carro numa vaga e se virou para me olhar.

Com uma expressão mortalmente séria, ficou me olhando fixamente. Senti os olhos arderem, meus medos vindo à tona.

– Não ando fazendo nada com ninguém que não seja você. O que quer que ela tenha dito, é mentira, Kiera.

Empinei o queixo, mas senti uma lágrima brotar e crescer até escorrer pelo meu rosto.

– Ela sabia da tatuagem, Kellan.

Ele segurou meu rosto, secando a umidade da minha pele.

– Então ela viu em algum outro lugar, ou alguém contou a ela, porque eu não estou transando com ninguém. – Abrindo o cinto de segurança e se aproximando mais de mim, encostou a testa na minha. – Só estou transando com você. Só estou tirando as roupas para você. Só estou fazendo sexo com você. – Afastando-se, ele me olhou fixamente. – Eu escolhi você. Eu te amo. Não estou interessado em mais ninguém, OK?

Fiz que sim com a cabeça, sentindo mais lágrimas me escorrerem pelo rosto. Pude perceber a sinceridade dessa resposta, muito semelhante às palavras de conforto e calma que eu tantas vezes lhe dizia. Senti o maior ódio por aquela cachorra invejosa e ardilosa ter me levado a duvidar dele. Se seu argumento não fosse tão convincente, eu não teria feito isso, mas Kellan tinha um longo e sórdido histórico de decisões erradas em relação às mulheres, e nem sempre eu me sentia especial o bastante para interromper esse padrão de comportamento.

Ele se inclinou para me dar um beijo carinhoso, e eu me senti relaxar quando ele pôs o coração nesse gesto meigo. Sentindo o gosto salgado de minhas lágrimas entre nós, tentei expulsar a dúvida da cabeça. Já tínhamos passado por tanta coisa. Eu vira um lado dele, uma vulnerabilidade, que estava certa de nenhuma outra mulher já ter visto. Estava convicta de ter seu coração, e certamente ele não se arriscaria a perder o coração por um desejo qualquer que o corpo pudesse estar sentindo. Não quando podia satisfazer esse desejo comigo. Não quando eu o levava para a minha cama todas as noites – uma cama nova em folha que ele comprara para mim na véspera, ainda por cima.

Quando nosso beijo começou a pegar fogo, nossos corpos se aproximaram e nossa respiração ficou ofegante, quis lembrar a Kellan o que eu podia ser para ele, e quis que ele me lembrasse exatamente o que tínhamos – um vínculo que nenhuma fã mais atrevida poderia romper. Sabendo que dispunha de duas horas livres antes do trabalho, além de um apartamento vazio, arrastei os lábios até seu ouvido:

— Mostra que me quer, Kellan. Me leva para casa.

Em uma fração de segundo, ele voltou a dar a partida e saiu dirigindo a toda a velocidade pela rua.

## Capítulo 5
## UM SONHO

Nunca deixava de me surpreender a rapidez com que Kellan podia me fazer mudar de humor. Uma hora eu estava certa de que tínhamos cometido um erro e nunca daríamos certo, e no momento seguinte estava languidamente levantando da cama com ele, um sorriso bobo e satisfeito no rosto e a ideia de que tudo era certo e bom no mundo. Pisando em nuvens, dei um último beijo rápido nele antes de me dirigir para o banheiro a fim de me vestir para ir trabalhar. Tirando o BabyLiss da gaveta, abri espaço para ele na pequena bancada já atulhada com os produtos de beleza de Anna. Fiquei ouvindo Kellan cantarolar no quarto. Era um som confortante, e meu sorriso bobo ficou ainda maior no espelho.

Suspirando ao ver o alvoroço do meu cabelo pós sexo, comecei a escovar as mechas com força. Kellan era engraçado. Podia estragar tudo, ou tornar tudo perfeito. Candy só estava tentando interferir no nosso relacionamento porque era a mocreia invejosa que eu tentava não ser. Eu já a ouvira se gabar com outras alunas que transara com um rock star. Embora às vezes eu desejasse que Kellan não fosse uma celebridade, ela adorava o fato de ele gozar de uma certa fama em Seattle. Eu tinha certeza de que o namoraria apenas para unir o nome ao dele. Achava um nojo que algumas pessoas fossem obcecadas desse jeito com seus quinze minutos de fama. Para mim, o status dele só servia para complicar nossa vida. Seria tão mais simples se ninguém soubesse quem ele era.

Quando terminei de retocar a maquiagem e domar a cabeleira, fazendo um rabo de cavalo prático mas bonito, voltei para o quarto. Kellan estava esparramado na cama de tamanho médio que dominava meu quarto minúsculo. Recostado nos travesseiros, esfregava os pés cobertos por um par de meias, feliz da vida. Novamente vestido, estava lendo um dos meus romances de amor com um sorrisinho divertido no rosto.

Dando uma olhada na capa, que exibia um cara bronzeado e musculoso abraçando uma mulher em trajes exíguos contra o peito nu, balancei a cabeça para ele.

— O que está fazendo?

Sem olhar para mim, o sorriso dele aumentou.

— Lendo seu romance pornográfico.

Dando um tapa no pé dele ao passar, protestei:

— Isso não é pornografia. É uma história de amor.

Bufando, Kellan levantou os olhos para mim.

— É mesmo? — Voltando a olhar para o livro, começou a ler um trecho: — "Ela soltou um gemido, sua boca na dele, ao sentir a ereção deslizando na sua pele. Ele gemeu quando o desejo dela tomou conta do seu corpo. Estavam prontos para fazer amor, livres de toda culpa e remorso... finalmente. Suas pernas se cruzaram em volta dele, seus quadris balançando até ajeitá-lo no lugar. Ao sentir a ponta pressionando a entrada dela, ele a ouviu gemer: 'Quero você enterrado dentro de mim. Quero ser consumida por você.'"

Corei até a raiz dos cabelos, lembrando a parte que ele estava lendo. Era uma cena para lá de quente, que costumava me deixar meio excitada. E o jeito como ele a lera fora extremamente sensual. Envergonhada porque ele não deixava de ter razão, arranquei o livro de suas mãos, enfiando-o na gaveta da cômoda. Tinha certeza de que, da próxima vez que o lesse, ouviria a voz sedutora de Kellan na cabeça. Só de pensar nisso, fiquei cheia de desejo.

Kellan me deu um sorriso irônico:

— Viu só? Pornografia. — Inclinou-se para a frente. — E uma pornografia tórrida, ainda por cima. — Apontou para a gaveta onde eu colocara o livro. — Taí, eu não me importaria de experimentar aquele negócio na página...

Interrompi-o, meu rosto tão quente que eu nem podia tocá-lo, puxando Kellan pelo braço para se levantar:

— Calça os sapatos, está na hora de ir andando.

Ele riu de mim, enquanto se equilibrava.

— Tá, tudo bem. Fica para a próxima.

Entrando no Pete's com Kellan algum tempo depois, fui recebida por uma esfuziante Kate. Como era noite de folga de Jenny, ela seria minha comparsa aquela noite.

— Oi, gente!

— Oi, Kate! — Sorri para a garota cheia de vida e tentei me desvencilhar do meu namorado para poder ir guardar a bolsa. Mal nossos dedos se separaram, Kellan segurou meu pulso e me puxou de volta para os seus quadris.

— Vou querer o de sempre — disse no meu ouvido.

Mordi o lábio, sua voz fazendo com que um friozinho me corresse pela espinha. Virei para lhe dar um olhar irritado:

— Eu sei do que você gosta, Kellan.

Ele abriu um sorriso travesso, sua mão contornando minhas costas para se enfiar no bolso traseiro da calça jeans.

— É... sabe mesmo.

Compreendendo como minha resposta tinha soado maliciosa, afastei-o de mim. Às vezes ele tinha uma mente tão suja. Quer dizer, a maior parte do tempo, pelo menos. Ele riu ao me ver corar, e então me deu um beijo no rosto.

— Você é uma fofa. — Inclinando-se, sussurrou: — Alguma vez eu já disse o quanto isso me excita?

Rindo ao me desvencilhar dele, murmurei:

— E o que não te excita, Kellan?

Sorrindo, ele encolheu um ombro e voltou para a mesa. Suspirei, observando os bolsos traseiros de sua calça se afastando de mim. Kate, ao meu lado, suspirou também. Olhei para ela, que disse, com ar sonhador:

— Nossa, o cabelo dele é o máximo. Ele sempre parece ter acabado de levantar da cama. — Seus olhos voltando para os meus, ela franziu o cenho. — Como é que ele faz isso?

Mordendo o lábio e torcendo para que meu rosto não estivesse vermelho feito um pimentão, dei de ombros. Não podia dizer a ela com todas as letras que no momento ele exibia aquela cabeleira maravilhosa de quem fez sexo porque nós tínhamos mesmo acabado de fazer sexo. Isso já seria dar um pouco de confiança demais para uma colega de trabalho. Dando de ombros, ela balançou a cabeça e tirou um punhado de pirulitos do bolso, que me entregou.

— Toma aqui. O Pete mandou fazer para distribuir para os clientes... — Abrindo uma embalagem vermelha com "Pete's Bar" escrito em letras bem destacadas, enfiou um pirulito na boca. — ... mas eu vivo esquecendo de fazer isso. — Sorriu, o pauzinho se projetando por entre os lábios. — Tem sabor de maçã.

Sorri, agradeci a ela e fui guardar minhas coisas. Assim que voltei à minha seção, desembrulhei um também e o enfiei na boca. Cara, como eu adorava sabor de maçã. Era tão mais gostoso que maçã de verdade!

Rita já tinha pegado a cerveja de Kellan antes mesmo de eu ir ao balcão para apanhá-la. Olhando para Kellan do outro lado do salão, entregou a cerveja para mim, com ar emburrado.

— Isso aqui é para o Doce de Coco.

Apanhando a cerveja, murmurei um agradecimento, revirando os olhos ao me afastar. Era tão irritante saber que meu namorado era despido mentalmente o tempo todo. E as pessoas ainda acham que os homens é que têm o facho aceso. Eu estava começando a duvidar disso.

Tirando o pirulito da boca ao me aproximar da mesa de Kellan, entreguei a bebida a ele:

— Aqui está. O de sempre.

Ele sorriu para mim ao aceitar a cerveja, sua mão livre se estendendo para o pirulito que eu segurava. Com os dedos rodeando os meus, levou o doce aos lábios e fechou a boca ao redor dele. Sem tirar os olhos dos meus, ficou chupando o pirulito por um momento, e então o retirou. O gesto foi de um erotismo extremo, e ouvi alguns gemidos vindos de uma mesa de mulheres que o observavam ali perto. Mesmo morta de vontade de me curvar e sentir o gosto de maçã na sua língua, decidi defender os meus direitos.

Dando um empurrão no seu ombro, fechei a cara.

— Poxa, Kellan. Esse pirulito é meu.

A ideia de sua boca tocar ou se aproximar de qualquer coisa minha não me enojava nem um pouco, mas era uma questão de princípios. Ninguém pode chupar o pirulito dos outros sem ser convidado. Sorrindo como se soubesse que eu deixaria seus lábios irem a qualquer lugar, ele perguntou:

— Como é que é...? Quer dizer que eu posso cair de boca na sua...

Tapei sua boca, dando uma espiada rápida nas garotas da mesa próxima, que se inclinavam discretamente em suas cadeiras para ouvi-lo falar.

— Kellan! – sibilei entre os dentes.

Retirando minha mão da boca, ele continuou, imperturbável:

— ... mas não posso chupar o seu pirulito?

Balançando a cabeça para ele, senti um sorriso querendo se esboçar nos lábios. Ele me olhou com uma cara triste e um ar de cachorrinho pidão. E aquilo foi simplesmente irresistível. Desistindo, enfiei o pirulito na sua boca – aquele olhar tinha merecido. Ele sorriu, o pauzinho se projetando da boca, e eu suspirei, aborrecida.

— Você podia pelo menos ter pedido primeiro.

Retirando o pirulito, seus lábios se curvando sedutores ao redor do doce, ele arqueou uma sobrancelha.

— Não achei que precisava pedir para chupar o seu... *candy*.

Fiquei séria.

— Nem pronuncie essa palavra. – Depois da tarde que eu tinha passado, não queria nunca mais ouvi-la.

O sorrisinho presunçoso abandonou seu rosto quando ele compreendeu minha expressão.

— Desculpe – sussurrou.

Balançando a cabeça, eu me inclinei e pressionei os lábios nos dele; o sabor de maçã era mesmo maravilhoso, como eu tinha imaginado.

— Não tem problema. — Ignorando os resmungos mal-humorados da mesa de mulheres à esquerda, dei mais um beijo rápido nele. — Mas, da próxima vez, vê se pede antes, Ladrão de Pirulitos.

Ele estava sorrindo e se deleitando com seu petisco quando me afastei.

Não muito tempo depois, quando eu contava para Kate sobre o meu dia na faculdade — menos, é claro, o fiasco com Candy —, a porta se escancarou bruscamente. Assustada, olhei e vi Matt passando por ela. Com o rosto radiante, ele olhou imediatamente para a mesa dos D-Bags. Ao ver Kellan, seu sorriso ficou ainda maior, e ele praticamente correu para a mesa.

Não estando habituada a ver aquele cara tímido num estado de espírito tão exuberante, olhei para Kate, que deu de ombros. Ambas nos viramos para a porta quando a ouvimos se abrir de novo. Dessa vez, foi Griffin que entrou, com Evan atrás dele. Os dois estavam com sorrisos tão eufóricos quanto Matt ao chegar.

Ambos correram para Matt, que já se aproximava de Kellan, contando-lhe algo em tom empolgado. Kellan ficou sério e olhou para os outros amigos que chegavam à mesa. Franzindo o cenho, tentei descobrir o que estava acontecendo.

— Qual é o babado, Kiera? — perguntou Kate, apontando para Matt, Griffin e Evan que, sentados ao redor de Kellan, se curvavam na sua direção como se falassem todos ao mesmo tempo. A expressão de Kellan era de choque, seu olhar pulando de um D-Bag para o outro. De vez em quando fazia perguntas, quando algum deles parava por tempo bastante para lhe permitir fazê-las.

— Não faço a menor ideia — murmurei, me afastando dela para descobrir.

Os olhos de Kellan pularam para mim quando eu já estava quase perto o bastante para ouvir o que diziam. Parei quando ele se recostou na cadeira, passando a mão pela boca. Seus olhos pareciam preocupados, muito preocupados. De repente, eu me senti como se meus pés fossem de chumbo, e tive medo de me aproximar. Achei que devia ser alguma boa notícia, pela expressão dos outros D-Bags, mas Kellan não tinha o ar de quem acabou de receber uma boa notícia; era como se eles tivessem lhe dito que a vida como ele a conhecia estava chegando ao fim.

Empolgados, todos deram tapinhas no seu ombro. Estavam tentando fazer com que sorrisse, mas Kellan balançou a cabeça e murmurou algo para eles, seu olhar ainda fixo em mim. Por fim, todos se viraram para me olhar. Cheguei mesmo a dar um passo para trás quando seus olhares se fixaram em mim. O de Evan era de simpatia; isso me assustou. O de Matt era analítico; isso me preocupou. O de Griffin era irritado; isso... não era nenhuma novidade.

Inclinando-se para a frente, Kellan voltou a atrair a atenção deles para si. Começou a falar num tom de voz baixo e veemente, mas não pude entender o que dizia. Na mesma hora os amigos começaram a balançar a cabeça e gesticular, irritados. Eu nunca tinha visto o grupo brigar antes, e tive a terrível sensação de que, por algum motivo, o pivô da briga era eu.

Alguém ali perto me chamou, fazendo um pedido, mas não pude me mexer para atender a pessoa. Alguma coisa séria estava acontecendo. Alguma coisa que não estava entusiasmando Kellan. Alguma coisa que me dizia respeito. Senti o sangue me gelar nas veias, enquanto tentava, em vão, juntar as peças do quebra-cabeça.

A voz de Griffin subitamente gritando "Ah, diz que sim, Kellan! Porra!" me fez estremecer. Kellan levantou a mão para acalmar Griffin e, em voz baixa, respondeu algo, fazendo que não com a cabeça. Griffin também fez que não, cruzando os braços. Kellan fechou a cara para ele e Griffin fez o mesmo, enquanto Matt abaixava a cabeça, decepcionado. Evan deu um tapa no ombro de Kellan, inclinando-se em sua direção para lhe dizer algo. A mão de Evan girou na minha direção, os olhos de Kellan seguindo o movimento.

Meu coração disparou quando vi Kellan suspirar e esfregar o rosto. Recostando-se na cadeira, finalmente olhou para os amigos. Assentindo, disse algo, e então se levantou devagar.

Seus olhos encontraram os meus, e ele voltou a suspirar. Senti como se meu coração fosse explodir ao vê-lo pedir licença e caminhar na minha direção. Quase quis fugir, sentindo a tensão de sua mesa segui-lo pelo corredor. Talvez fosse apenas minha imaginação, mas parecia reinar um silêncio sepulcral no bar. Kellan e eu tínhamos um histórico de fazer cenas no Pete's. Eu não sabia se isso ia acontecer, mas os outros frequentadores pareciam achar que sim, esperando ansiosamente que nos encontrássemos.

Com a cabeça baixa, Kellan parou à minha frente. Prendi a respiração.

— Posso dar uma palavra com você... — levantou os olhos, a expressão tensa —... lá fora?

Assenti maquinalmente, querendo fazer tudo, menos sair com ele. Não conseguia mover os pés, mas ele me segurou pela mão e começou a me puxar. A ação fez com que os músculos de meu corpo involuntariamente respondessem, e eu o segui pelas portas duplas.

Um zum-zum de cochichos irrompeu pouco antes de as portas se fecharem. Em seguida, todo o som no bar cessou. Kellan soltou minha mão, passando a dele pelos cabelos. Olhando para os lados o tempo todo, parecia estar se concentrando em tudo, menos em mim. Senti lágrimas brotarem nos olhos, o medo me dando um nó no estômago.

— Kellan? — sussurrei, a voz trêmula.

Ele finalmente olhou para mim ao ouvir meu tom. Suspirando, segurou meu rosto entre as mãos.

— Preciso contar uma coisa para você, e não sei por onde começar. — Mordeu o lábio, enquanto meu coração martelava no peito.

— Fala logo, porque você está começando a me assustar.

Ele engoliu em seco e abaixou os olhos, pousando a mão no meu braço.

— Matt tem feito muito pela banda ultimamente. — Olhou para mim, dando de ombros. — Descolando mais shows, comprando aquele equipamento para a gente poder fazer o isolamento acústico no loft do Evan, arranjando aquela apresentação para a gente no Bumbershoot...

Assenti. Nada disso era novidade para mim. Com o coração em expectativa, esperei pela parte que era. Aproximando-se, Kellan começou a alisar meu braço.

— Uma banda com que ele anda tentando se entrosar viu a gente no Bumbershoot. Ficaram impressionados e... — suspirou, sua outra mão apertando meus dedos — ... querem que a gente participe da turnê deles — sussurrou.

Pisquei os olhos e me afastei dele, o conflito estampado em seu rosto ao luar.

— Vocês foram convidados para participar de uma turnê? Uma turnê de verdade?

Assentindo, ele deu de ombros.

— É uma turnê de bom tamanho, mais umas seis bandas já estão nela, pelo que Matt disse. Como estamos entrando na última hora, nosso nome vai vir no fim do programa, mas, pelo menos, vai estar nele.

Surpresa e morta de orgulho, dei um abraço nele.

— Meu Deus, Kellan! Isso é fantástico!

Ele suspirou enquanto eu o abraçava e me afastava para olhá-lo. Ele se recusava a olhar para mim, e a breve alegria que experimentei se evanesceu. Segurando seu rosto, acariciei a pele com o polegar.

— Você não está eufórico com isso... — Sentindo meu coração pesar feito chumbo, comecei a entender. — Por minha causa, não é?

Seus olhos encontraram os meus, e ele deu de ombros.

— É uma turnê de seis meses, Kiera... pelo país inteiro. — Mordi o lábio. Meus olhos começaram a arder enquanto eu refletia sobre o que isso significava para nós. Ele iria se ausentar por um bom tempo.

Forçando um sorriso, embora quisesse sucumbir à melancolia que já tomava conta dele, balancei a cabeça.

— Não tem problema. Seis meses não é tanto tempo assim. E você vai ter intervalos, não vai? Eu ainda vou ver você?

Ele assentiu, abaixando os olhos.

— Eu não tenho que ir, Kiera. — Voltando a olhar para mim, balançou a cabeça. — Eu posso dizer que não para o pessoal.

Meu queixo despencou quando me dei conta do motivo pelo qual a banda estava brigando. Ele tinha dito a eles que não, porque não queria me deixar. Fiquei olhando para o seu rosto, incrédula.

— Esse é o seu sonho, Kellan, e pode ser a oportunidade da sua vida. Pode ser o seu momento, a sua chance. Não é o que você quer?

Ele deu de ombros, olhando por sobre o meu ombro para o bar.

— Eu estou muito satisfeito com a minha vida do jeito que é, tocando no Pete's... — voltou a olhar para mim — ... e namorando você.

Passando a mão pelos seus cabelos, apertei o corpo contra o dele.

— Mas você sabe que é talentoso demais para ficar fazendo isso eternamente, Kellan. Embora eu goste de ter você só para mim, sei que não posso te esconder do mundo.

— Ele olhou para o chão e eu abaixei a cabeça para encontrar seus olhos. — E esse sonho não é só seu, Kellan. — Voltei a olhar para o bar, e ele seguiu meus olhos. — Você sabe o quanto isso significa para eles. — Voltando a olhar para ele, dei de ombros. — Não pode recusar por minha causa.

— Eu sei. — Ele suspirou. — Eles são a única razão por que estou conversando com você sobre o assunto neste exato momento. — Balançando a cabeça, acrescentou: — Mas você tem mais um ano de faculdade pela frente, Kiera, e não pode vir comigo. Eu não quero deixar você...

Balancei a cabeça, interrompendo-o:

— Não por minha causa, Kellan. — Sentindo as lágrimas voltarem a brotar nos olhos, engoli em seco. Eu iria sentir muitas saudades dele, mas não podia impedir que fosse. Não podia ser essa pessoa... de novo. — Não vou impedir que mais um homem realize o seu sonho — sussurrei.

Ele me abraçou com força, apertando meu corpo contra si como se eu fosse desaparecer. Tive vontade de chorar, mas sabia que não podia, não quando o sentia tremendo nos meus braços. Preocupada, sussurrei no seu ouvido:

— Você está com medo, Kellan. Por quê? Você nunca sente medo.

— Não é verdade. Eu sinto medo o tempo todo. — Eu me afastei, olhando para ele com o cenho franzido, e ele engoliu em seco. — Eu me lembro, Kiera. — Franzi o cenho ainda mais. — Lembro quando Denny te deixou... o estado em que você ficou. — Seus olhos buscando os meus, ele sussurrou: — Eu me lembro de como nós começamos.

O rubor se espalhou pelo meu rosto quando finalmente entendi o que ele estava dizendo. Ele achava que, se viajasse, eu o trairia. Que me sentiria tão sozinha e desesperada sem ele, que pegaria o primeiro homem que encontrasse e faria... exatamente o que fizera com Denny. Sabendo que não podia odiá-lo por esse medo, mas sentindo raiva mesmo assim, empurrei-o para trás.

— Você não quer me deixar porque quando Denny viajou...

— Eu sei que você não gosta de ficar sozinha — murmurou ele.

A raiva apertando meu estômago, disparei:

— Eu não vou entrar em pânico só porque você viajou e trair você. Não sou... Nunca seria capaz de... — gaguejei, tentando dizer alguma coisa que não soasse infantil. — Por que você acha que eu faria uma coisa dessas com você?

— Porque eu estava lá... quando Denny pensou exatamente a mesma coisa, quando também pensou que você nunca o trairia. — Suspirou e tentou me abraçar de novo, mas continuei com os braços estendidos, mantendo-o a distância.

Tentei empinar o queixo, mas senti que estava trêmulo, enquanto minhas emoções corriam soltas.

— Isso não é justo. Eu amadureci, Kellan. E a nossa situação era totalmente diferente. Você não pode jogar isso na minha cara.

Parecendo arrependido, ele assentiu.

— Eu sei, tenho perfeita consciência disso. E também sei que você amadureceu, Kiera, mas, mesmo assim... — Fechando os olhos, abaixou o rosto.

Boquiaberta, só pude balançar a cabeça para ele.

— Você vai passar a vida inteira desconfiando de mim? — sussurrei.

Como eu gostaria que tivéssemos um tipo de relacionamento em que pudéssemos sorrir e parabenizar um ao outro, desejando tudo de bom, sabendo que nada de mau aconteceria. Mas não era o que tínhamos. Nosso relacionamento era repleto de dúvidas e medos, embora às vezes eu tentasse ingenuamente fingir que não.

Dando uma olhada em mim, ele levantou as sobrancelhas.

— Assim como você desconfia de mim? Poucas horas atrás, você achou que eu estava te traindo. Você não vai ter medo quando eu viajar? Quero dizer, se eu ficar na estrada durante meses... com o Griffin... não vai nem passar pela sua cabeça...?

Meus olhos se franziram quando refleti sobre o tipo de encrenca em que Kellan poderia se meter por causa *daquele* D-Bag.

— Bem, agora vai. — Cruzei os braços e lhe dei um olhar duro, até ele abaixar o rosto. Ele suspirou, olhando para o estacionamento. Suspirei também, minha postura relaxando quando os restos de raiva começaram a passar. Não podia ficar zangada com ele por desconfiar de uma coisa de que eu também desconfiava toda hora.

— Acho que nós vamos ter que tentar confiar um no outro.

Quando ele assentiu, sério, seus olhos se abaixando até os nossos pés, olhei ao redor, para onde estávamos — do lado de fora, sozinhos. Novamente, fui atingida por uma súbita compreensão. Segurando seu rosto, fiz com que seus olhos voltassem aos meus.

— Você me contou isso aqui fora porque achou que eu ficaria mal?

Assentindo, ele sussurrou:

— Eu me lembro da noite em que Denny te disse que ia viajar. Lembro que fiquei te abraçando enquanto você chorava... por ele. Vi o seu estado quando o avião decolou.

Você estava arrasada, como se uma parte sua tivesse ido embora junto com ele. Não quero magoar você desse jeito, Kiera.

Seus olhos se entristeceram ao se fixar nos meus... que estavam totalmente secos. Dando um beijo rápido nele, encostei a testa na sua.

— Você se aborreceu por eu não ter ficado mais chateada? Foi um teste?

Suspirando, ele negou com a cabeça.

— Eu não testaria você, Kiera, mas achei, sim, que você pelo menos choraria, que pediria para eu não ir, de repente.

Ele tentou se virar de novo, mas segurei-o à minha frente.

— Vou chorar, sim. Acredite em mim, quando você viajar, eu vou me desidratar de tanto chorar. Mas eu falei sério quando disse que amadureci, Kellan. Aconteceu muita coisa desde que Denny me deixou daquela primeira vez. Eu amadureci bastante. — Relembrando como eu era na época, balancei a cabeça. — Eu tinha muito medo de ficar sozinha. — Dei de ombros, enquanto ele me olhava. — Ainda não gosto, mas acho que me sinto mais segura agora. Os erros do meu passado fizeram com que eu envelhecesse.

Ele esboçou um pequeno sorriso:

— Ah, a velhinha caquética de vinte e dois anos.

Meu sorriso também foi pequeno, mas um pouco da tensão anterior se evaporou com ele.

— Kellan, você pode ter muito mais experiência, mas não aja como se não tivesse a mesma idade que eu. Já vi sua carteira de motorista.

Sorrindo com o canto da boca, ele arqueou uma sobrancelha:

— A verdadeira?

Balançando a cabeça para ele, segurei seu rosto.

— Você acha que eu amava mais Denny, por ter ficado mais chateada quando ele me contou que ia viajar?

Dando de ombros, o sorriso dele se tornou triste.

— Você pode me culpar por achar isso?

Passando os braços pelo seu pescoço, encostei a cabeça no seu ombro.

— Não, acho que não. — Ficamos em silêncio por um momento, embalando um ao outro de leve em nosso abraço. Esperei mais um momento, uma sensação de paz e uma certa tristeza tomando conta de mim. — Eu não amava Denny mais do que amo você, Kellan. — Afastando-me, olhei nos seus olhos. — Eu amo *você* mais. Amo você o bastante para concordar que vá viver o seu sonho. — Dei de ombros. — Você não entende? Eu amo você mais.

Ele esboçou um sorriso, e afastei alguns cabelos da sua testa. Passando as costas dos dedos pelo seu rosto, sussurrei:

— E vou sentir sua falta, sim, mais do que você pode imaginar, mas sei que você tem que fazer isso, Kellan. E você também sabe.

Ele fez que não com a cabeça, teimoso:

— Não, o que eu sei é que tenho que ficar com você. Tudo o mais são apenas detalhes.

Sorri, dando um beijo nele. Meus lábios próximos aos seus, murmurei:

— Mas você precisa se lembrar de que esse sonho não é só seu. — Suspirando, apontei de novo para o bar e as outras pessoas que sua decisão envolvia. — Também é de Evan, Griffin e principalmente Matt, que deu tanto duro para conseguir isso.

Ele ficou olhando para os meus dedos, e então suspirou.

— Eu sei...

Passei os braços pelo seu pescoço.

— E é por essa razão que você vai fazer isso. É o sonho dos outros D-Bags também, e você não pode destruí-lo... por minha causa, por nossa causa.

Encostando a testa na minha, ele fechou os olhos.

— Eu sei. — Ficamos abraçados por uma eternidade, até que Kellan se afastou. — Acho que devo ir dar a boa notícia ao Matt — disse, um pouco aborrecido.

Assenti, mordendo os lábios e contendo as lágrimas que começavam a me brotar nos olhos. Sempre tinha suspeitado que isso aconteceria algum dia, mas não necessariamente hoje.

— Quando é que a turnê começa?

Abaixando os olhos, ele disse num fio de voz:

— Na primeira quinzena de novembro.

Abaixei os olhos também.

— Ah.

Novembro. Estávamos no fim de setembro... Novembro não estava tão longe assim, praticamente só faltava um mês. Ficamos em silêncio por mais um momento, assimilando a separação iminente, quando então Kellan segurou minha mão. Apertando-a enquanto me beijava de leve nos lábios, meneou a cabeça em direção à porta do bar. Respirei fundo, imitando seu meneio. Uma parte de mim não queria mais passar por aquela porta. Minha sensação era de que tudo que eu conhecia mudaria quando eu transpusesse aquela soleira. Uma sensação ridícula, é claro; tudo já tinha mudado.

Me puxando pela mão, Kellan me levou de volta para o bar. Frequentadores curiosos ficaram nos olhando quando entramos, talvez para ver se meu rosto estava vermelho e molhado... ou se Kellan estava com um olho roxo. Como ambos exibíamos a mesma aparência, embora muito mais melancólicos do que antes, eles logo retomaram suas conversas anteriores.

Suspirando, Kellan nos levou de volta à sua mesa. Os D-Bags ainda estavam lá, esperando pela resposta de Kellan. Como ele era o representante da banda, não podiam fazer muito sem ele. Certamente poderiam substituí-lo, se virar sozinhos com outro cantor, mas não seria a mesma coisa sem o talento de Kellan. Eu nem conseguia imaginar a banda sem o seu D-Bag principal. E sabia que a maioria deles também se sentia assim. Evan, principalmente, preferia desfazer a banda a abrir mão de Kellan. Por isso, eles continuavam lá, sentados, esperando que ele lhes dissesse se o seu sonho estava de pé ou não.

De braços cruzados, Griffin me fuzilava com os olhos. Eu me senti como Yoko Ono ao me aproximar da mesa deles, segurando a mão do meu namorado. Matt me observava com ar respeitoso, mas a decepção estampada no rosto; ele queria tanto isso. Evan era o único que parecia dividido. Eu sabia que ele queria o sucesso — que roqueiro no mundo não quer atingir o estrelato? —, mas seu coração estava ancorado em Seattle, com Jenny. Ele teria que se separar dela, como Kellan de mim. Ele me deu um sorriso, compreensivo, quando me aproximei do trio.

Enquanto Kellan pigarreava e passava a mão pelos cabelos, todos os olhos deles se voltaram para mim. Depois de um longo e controlado suspiro, ele levou um momento para se recompor, e então olhou fixamente para Matt.

— Estou dentro — foi tudo que disse ao amigo.

Em êxtase, Matt saltou da mesa, um coro de excitação irrompendo entre os amigos. Passando o braço pelo ombro de Kellan, o rosto magro do louro exibia um sorriso de orelha a orelha.

— Vai ser maravilhoso, Kell, você vai ver. — Ficou balançando a cabeça com entusiasmo, enquanto Evan e Griffin se levantavam e rodeavam Kellan.

Depois disso, começou um verdadeiro festival de empurrões e cutucões em costelas. Evan segurou a cabeça de Kellan e embaralhou seus cabelos, aos risos. Griffin se interpôs entre mim e Kellan, separando-nos ao lhe dar um soco no ombro. Enquanto todos conversavam animadamente sobre a aventura que iria rolar, eu me vi forçada a ficar alguns passos atrás, observando-os a distância.

Kellan olhou para mim por uma fração de segundo, mas sua atenção logo voltou aos amigos. Suspirando, dei meia-volta e os deixei curtindo seu momento de glória. Eu tinha mesmo que voltar ao trabalho.

Enquanto caminhava por entre as mesas para atender a um casal recém-chegado, fiquei ouvindo a banda nos fundos do bar. Suas risadas eram altas, suas vozes, eufóricas. Vários frequentadores me perguntaram o que estava acontecendo e, deprimida, eu lhes contei.

— Eles vão participar de uma turnê. Vão mostrar o seu talento pelo país afora, até alguma gravadora finalmente notar e contratá-los. Então, vão ser tocados nas estações de rádio de cinco em cinco minutos, estrelar uma turnê solo em cada capital do mundo e ser assediados por uma legião de fãs e jornalistas o tempo todo. Vão ser convidados para todos os talk shows, tocar em todas as cerimônias de entregas de prêmios, e Kellan vai acabar na lista dos "Homens Mais Sexy" de todas as revistas. Depois, vai receber convites tanto de tietes quanto de celebridades. Por fim, vai acabar sucumbindo aos encantos de alguma famosa deslumbrante e os dois pombinhos vão ser a sensação de cada tabloide do planeta. E eu vou continuar aqui... servindo suas bebidas e lembrando o rock star que um dia foi meu namorado.

Bem, talvez eu só tenha dito a primeira frase para os clientes, mas o resto do discurso ecoava na minha cabeça numa volta infinita. Kellan e eu até podíamos tentar confiar um no outro, é claro, mas isso só significava que ele não iria me trair pelas minhas costas. Não havia quaisquer garantias de que continuaria comigo depois que fosse exposto a... bem, literalmente, todo mundo.

Os clientes ficaram eufóricos com a notícia. Vários fãs foram até a mesa da banda para parabenizá-los com um tapinha nas costas, enquanto as garotas lhes davam abraços de apreciação. Por incrível que pareça, a única pessoa que parecia tão desanimada com o acontecimento quanto eu era Rita. Estava com a cara tão amarrada quanto a minha, quando me aproximei do balcão para pegar mais uma rodada por conta da casa para o quarteto.

Seus lábios rechonchudos de colágeno se franziram no maior beicinho que ela conseguiu fazer ao servir as bebidas.

— Mal posso acreditar que ele vai embora — murmurou acima do barulho do bar. Franzindo os olhos para mim, perguntou: — Você não vai dar um basta nisso? Não vai bater o pé?

Olhando para Kellan, que sorria e apertava a mão de Sam, finalmente parecendo feliz com a ideia de fazer uma turnê pelo país, suspirei, negando com a cabeça.

— Não, ele merece isso. Não vou tentar impedi-lo de realizar um sonho.

Estendendo a mão sobre o balcão, Rita me deu um tapa no ombro. Olhei com raiva para ela, enquanto ajeitava o decote cavadíssimo que recortara na camiseta do Pete's.

— Então, você é uma idiota. — Apontou para Kellan e os outros D-Bags, verbalizando grosseiramente cada medo que eu tinha. — Ele vai ficar famoso depois dessa turnê. E aí, vai se dar conta de que é famoso e lindo, e que pode transar com praticamente qualquer mulher do mundo. Você acha que ele vai continuar com uma maria-ninguém banal depois disso?

Pegando bruscamente minha bandeja de bebidas, um bom quarto delas entornando por sobre a borda, empinei o queixo para Rita. Com uma confiança que não tinha certeza de estar sentindo, balancei a cabeça.

— Você não conhece Kellan, não como eu. Ele não é assim. Não está interessado na fama, no poder ou nas mulheres. — Abaixando o queixo, dei de ombros. — Ele está interessado em mim.

Rita cruzou os braços, me dando um sorrisinho de pouco caso.

— Tá certo. E ele não se atreveria a te trair, porque... tem um grande senso ético.

Ela me olhou de alto a baixo, e eu corei até a raiz dos cabelos. Pelo tom de sua voz, compreendi que se referia à ocasião em que questionara a moralidade dele. O caso que Kellan e eu tivéramos nunca fora abertamente admitido por ninguém que estivesse sabendo, mas nossas brigas em público, seguidas pela surra que Denny dera nele — e que nós ainda alegávamos ter ocorrido durante um assalto — e sua saída do país permitiram que muitas pessoas percebessem a situação.

Depois de mais duas rodadas gratuitas, os D-Bags finalmente tiveram que ir embora, para fazer um show em outro bar. Kellan continuou lá, mesmo depois que os outros saíram sob uma rajada de vivas e assobios. Antes de sair, Griffin parou na porta, exclamando:

— Obrigado a todos vocês, meus leais súditos. E não se preocupem, jamais me esquecerei de vocês quando ficar famoso... só vou ignorar a sua existência!

A maior parte do bar caiu na gargalhada ao ouvir isso, talvez achando que devia ser uma piada. Sabendo que provavelmente Griffin tinha falado muito sério, revirei os olhos e balancei a cabeça. Palhaço. Algum dia eu ia ter que interceder em favor de Anna. Ela podia arranjar coisa muito melhor. Afinal, não podia arranjar nada pior.

Também revirando os olhos e balançando a cabeça, Kellan caminhou até onde eu estava, ao lado de uma mesa que acabara de vagar. Sorrindo com o canto da boca, apontou com a cabeça para a porta por onde Griffin tinha saído.

— O que você acha que vai acabar com ele primeiro? As drogas, o dinheiro ou as mulheres?

Sorrindo, passei os braços pela sua cintura, arqueando uma sobrancelha.

— Tenho certeza de que vai ser uma combinação dos três.

Kellan riu, também enlaçando minha cintura. Quando ele se inclinou para me beijar, soltei sem querer:

— E você? Qual vai ser a sua ruína?

Ele hesitou antes de nossos lábios se tocarem. Começou a franzir o cenho, mas então sorriu.

— Você acha que eu vou ter uma?

Constrangida por ter perguntado, neguei com a cabeça, e então dei de ombros.

— Já me ocorreu que você está no caminho para a fama, e a fama tem certos... efeitos colaterais. — Suspirando, consciente de que não era uma boa hora para termos essa conversa, olhei para ele. — Você vai ficar cercado de muitas... tentações. — Mordi o lábio. — E eu já assisti ao programa *Behind the Music*. Sei bem o tipo de oferta que os ídolos do rock recebem.

Ele franziu os olhos, mas então começou a rir.

— Espera aí, *Behind the Music*? Você já planejou toda a minha carreira, não planejou? — Com um sorriso endiabrado, abaixou o rosto para me olhar nos olhos. — E então, o que vai ser? Bebida? Jogo? Torrar toda a minha grana em iates?

Torci os lábios em resposta ao seu comentário, dando um tapa no seu peito.

— Não, com você, vão ser as mulheres. — Suspirei, balançando a cabeça. — Sempre as mulheres.

O sorriso no seu rosto se desfez quando ele olhou para mim.

— Você tem que confiar em mim, Kiera. — Seu sorriso voltou um pouco, mas com um toque de tristeza. — Assim como eu tenho que confiar em você. — A súbita seriedade de sua expressão logo deu lugar a um sorriso travesso, e o clima de desolação ao nosso redor se dissipou. — Eu sei que nunca vou encontrar ninguém no mundo que chegue aos seus pés, mas, sinceramente, é bem possível que você perca o interesse em mim quando eu fracassar e começar a beber. Talvez então você decida que pode arranjar coisa melhor, e comece a namorar um dos Jonas Brothers, ou alguém desse gênero.

Rindo, embora meu estômago doesse um pouco por causa de nossa conversa, dei outro tapa no seu peito. Inclinando-me para beijá-lo, murmurei:

— Nunca. Você é meu, fracassado ou não.

Rindo com os lábios perto dos meus, ele murmurou:

— Ótimo, porque nada disso vai acontecer. — Afastando-se, arqueou uma sobrancelha. — É só uma turnê de seis meses com outras bandas, quase todas pequenas e sem contrato, como nós. Quando estivermos todos espremidos num ônibus fedorento, vou desejar estar em casa com você. — Encostou a testa na minha. — E, quando esses seis meses passarem, é exatamente onde você vai me encontrar... na cama, com você.

Assenti, a testa encostada à dele, as lágrimas fazendo meus olhos arderem.

— É o que eu espero — sussurrei.

— É o que eu sei — respondeu ele no mesmo tom, sua voz tão triste quanto a minha. Então, seus lábios se colaram aos meus e minhas mãos se enroscaram possessivas entre os seus cabelos, apertando-o contra mim. Beijando-nos com muito mais agressividade do que costumávamos em público, ignorei a sensação de ser observada e apenas me concentrei no seu toque. Ele era meu; eu era dele. O acontecimento não precisava mudar nossas vidas, se não deixássemos que isso acontecesse. Poderia ser apenas um breve período de separação, enquanto ele fazia algo fantástico que a maioria das pessoas jamais teria a chance de fazer. Ambos permaneceríamos fiéis um ao outro, e então nos reencontraríamos e seríamos ainda mais felizes por isso.

Depois... Bem, eu enfrentaria o problema quando o momento chegasse.

## Capítulo 6
## O TEMPO VOA

Desde o momento em que entra na escola, você ouve que o tempo é uma constante. Nunca muda. É uma dessas coisas fixas na vida que você pode dar por certas, como a morte e os impostos. Sempre vai haver sessenta segundos em um minuto. Sempre vai haver sessenta minutos em uma hora. E sempre vai haver vinte e quatro horas em um dia. O tempo não flutua. Ele se move no mesmo ritmo constante em cada momento da vida.

Essa foi a mentira mais deslavada que me ensinaram na escola.

Porque a verdade é que o tempo flutua, sim. É fácil ver que certas horas ou mesmo dias se passam num piscar de olhos. Outras vezes, é um sacrifício suportar a passagem de uma hora. O tempo avança e recua tão implacavelmente quanto as marés, e com a mesma força. Os momentos que você quer que durem para sempre são os que passam mais depressa, e os que quer que acelerem são os que se arrastam a passo de tartaruga.

Essa era a verdade da questão. E minha vida estava avançando em alta velocidade, sem haver nada que eu pudesse fazer a respeito.

Parecia ter sido ainda ontem que Kellan concordara, meio contra a vontade, em fazer uma turnê pelo país, mas, de repente, só faltavam alguns dias para sua partida. Era segunda de manhã, e ele iria embora na manhã de sábado. E, assim como os últimos dias tinham passado voando, eu sabia que o universo faria cruelmente com que os seis meses seguintes se arrastassem indefinidamente. Sabia que sentiria cada segundo de nossa separação e ia ser um inferno, mas tinha que deixar que acontecesse. Não iria, por egoísmo, fazer com que outro homem se sentisse culpado e obrigado a abrir mão de tudo por minha causa. Nunca mais faria isso com ninguém, não importava o quanto fosse me fazer sofrer.

Ouvindo uma batida na porta do apartamento, despertei dos meus devaneios e abri um sorriso. Kellan também estava sofrendo com nossa separação iminente. Eu não queria torná-la ainda mais difícil deixando que minha desolação transparecesse na sua presença. Ao longo das últimas semanas, eu me aperfeiçoara na arte do falso entusiasmo. Não que eu não me sentisse entusiasmada e extremamente orgulhosa dele, apenas não queria que ele se fosse. Se ele pudesse ter tudo, mas continuando perto de mim, bem, então o meu sorriso forçado seria natural.

Passando pela mesa de jogos dobrável, um troço bambo que minha irmã e eu fingíamos ser uma elegante mesa de jantar, sorri para o presente que estava em cima dela. Quando abri a porta da rua, Kellan estava encostado no batente. Ele sorriu com o canto da boca para mim. Mordi o lábio ao observar seus traços, e então recuei para que ele pudesse entrar.

Entrando na sala, ele murmurou:

— ' dia.

Colando os lábios no meu pescoço, girou meu corpo, puxando meus quadris para os seus. Fechando a porta atrás dele, ri baixinho, pois minha irmã ainda estava dormindo.

— Bom dia para você também.

Suspirando, ele passou os braços pela minha cintura.

— Vou sentir saudades de levar você para a faculdade todos os dias. — Suspirou. Balançando a cabeça, acrescentou: — Você já vai estar quase se formando quando eu voltar.

Aumentando meu sorriso, embora estivesse com o coração em pedaços, inclinei a cabeça para ele, fazendo um carinho no seu rosto.

— Pelo menos, você vai voltar a tempo para a cerimônia. Vai poder me ver atravessar o corredor.

Com um sorriso tranquilo, ele me apertou mais um pouco.

— Eu adoraria ver você atravessar o corredor.

Meu coração acelerando um pouco, de repente me perguntei a que corredor ele se referia[*]. Abri a boca, sem saber o que dizer, mas Kellan olhou para trás e notou a sacola vermelha do presente. Com a expressão sinceramente encantada, olhou de novo para mim.

— O que é aquilo?

Soltando-o, comecei a rir de novo.

— É para você. Um presente de despedida.

Franzindo o cenho, ele balançou a cabeça para mim.

— Eu sei que o seu dinheiro anda curto. Você não precisava comprar nada para mim.

Pressionando o corpo nas suas costas, empurrei seus ombros em direção à mesa.

— Foi uma pechincha. Não custou caro e é um presente para nós dois, num certo sentido.

---

[*] A expressão *to walk down the aisle* é usada como sinônimo de se casar. (N. da T.)

Caminhando devagar em direção ao presente, ele virou a cabeça para mim, com um sorriso maroto:

— São algemas? Você comprou daquelas de pelúcia? Porque dão uma sensação deliciosa quando roçam no...

Dei um tapa nas costas dele e virei sua cabeça para a frente, para que ele não pudesse ver o rubor se espalhando pelo meu rosto.

— Não! — Senti que ele ria baixinho enquanto apanhava o presente, mas minha cabeça estava ocupada imaginando-o algemado à minha cama... nu em pelo. Seria uma maneira de mantê-lo junto a mim. Revirando os olhos, contive um suspiro. E, naturalmente, ele já tivera bastante experiência com algemas para dar preferência a um determinado estilo.

Ainda rindo um pouco, ele retirou o papel de seda da sacola. Quando chegou ao presente propriamente dito, desembrulhou-o e olhou para mim.

— O que é isso?

Agora foi minha vez de rir, ao me virar para ficar ao seu lado.

— Bem, eu sei que você anda meio por fora da época em que vive, mas chamam a isso de "celular". Funciona exatamente como aquele telefone de fio que você tem, só que você pode andar de um lado para o outro com ele. — Inclinando-me em sua direção, sussurrei: — Pode até usá-lo na rua.

Com um olhar irônico para mim, ele balançou a cabeça.

— Eu sei o que é. Mas por que você me deu um?

Sorrindo, puxei um idêntico do bolso da minha jaqueta jogada em cima de uma cadeira.

— Para nós podermos nos manter em contato enquanto você estiver fora. Assim, você sempre vai poder me encontrar, e eu a você. — Dei de ombros, sentindo um aperto na garganta. — Desse jeito, nós podemos tentar nos manter perto um do outro... embora vamos estar muito longe.

Fiquei vendo os olhos dele fixos nos meus, enquanto ele engolia em seco algumas vezes, como se também sentisse um aperto na garganta. Assentindo, ele se inclinou e me deu um beijo.

— Adorei, obrigado.

Fechei os olhos enquanto trocávamos alguns beijos, saboreando cada segundo da sua pele na minha. Afastando-se de mim, a respiração um pouco mais pesada, as pálpebras mais baixas, seu olhar se fixou na minha boca. Tive a nítida impressão de que, se ele não tivesse que me levar para a faculdade em alguns minutos, teria me pegado no colo e me levado para o quarto. E, embora eu soubesse que a faculdade era importante e que eu precisava meter a cara nos estudos por ser o último ano, era o que desejava que ele fizesse.

Seus olhos voltando depressa para os meus, ele me deu um sorriso de tirar o fôlego.

— Posso te mandar algumas mensagens de texto picantes?

Pisquei os olhos ao ouvir essa pergunta, e então senti o rosto ficar vermelho feito um pimentão. Sem lhe dar uma resposta, peguei a jaqueta. Enquanto ele ria, guardando o novo celular no bolso da jaqueta de couro, ouvi a porta de um quarto se abrir. Kellan se virou em direção ao som, pronto para cumprimentar Anna, mas a pessoa que passou pela porta não era a minha irmã... e nem estava vestida.

Coçando os apetrechos masculinos que balançavam livremente, Griffin bocejou, franzindo os olhos para nós.

— Cara, que é que você está fazendo aqui tão cedo?

Na mesma hora, desviei os olhos do homem nu. Kellan deu uma risadinha impaciente, balançando a cabeça.

— São dez e meia da matina, Griffin.

Ouvi Griffin soltar um muxoxo de pouco caso, mas não voltei a olhar para ele.

— Eu sei, cara, é cedo pra caralho, porra. — Kellan olhou para mim, revirando os olhos. Qualquer hora antes das onze era praticamente o raiar do dia para Griffin. Também tive vontade de revirar os olhos, mas ouvi Griffin se aproximar de nós. Fiquei paralisada. Quase gritei para que ele vestisse umas roupas.

Bocejando de novo, Griffin disse, preguiçoso:

— Olha só, Matt me pediu para te dizer que, se você faltar a mais um ensaio, ele vai te expulsar da banda.

Kellan olhou para Griffin com uma sobrancelha arqueada.

— É mesmo? — Rindo um pouco, balançou a cabeça. — Diz a ele que vou estar lá. — Olhando de novo para mim, Kellan deu de ombros. — Acho que a minha cabeça tem andado em outros lugares ultimamente.

Vi quando a mão de Griffin se levantou para dar um empurrão no ombro de Kellan, mas me recusei a olhar para o nudista.

— Bom, então guarda a cabeça de novo nas calças, puxa o zíper e volta para o jogo. A gente precisa de você no time.

Suspirando, Kellan olhou para ele.

— Eu estou no time, Griffin. Vou estar lá, OK?

— Acho bom.

Assim que Griffin já ia se virando para sair, Kellan balançou a cabeça, torcendo os lábios.

— Olha só, Griff... Será que dava para não ficar andando pelado na casa da minha namorada? Eu prefiro que ela só olhe para o meu pau, se você não se importar.

Arregalando os olhos, dei uma espiada involuntária em Griffin. Com um sorriso altivo para mim, ele pegou o troço na mão.

— Cara, se ela quiser olhar para o pau de outro homem, isso é entre vocês dois. — Levantando as sobrancelhas para Kellan, balançou a cabeça loura: — O Incrível Hulk precisa dar uma respirada.

Kellan mordeu os lábios, se contendo para não rir. Já eu não consegui me controlar e tive que pôr a mão na boca. Griffin nos lançou um olhar azedo, e então voltou a passos altivos para o quarto de Anna. Assim que a porta se fechou, Kellan caiu na gargalhada. Eu o imitei, lágrimas me brotando nos olhos, o que foi bom, porque borrou a imagem ainda nítida da virilidade de Griffin enfeitada por um piercing.

Entre uma gargalhada e outra, consegui dizer:

— O Incrível Hulk? Será que fica verde quando cresce?

Segurando o estômago, Kellan negou com a cabeça:

— Ah, meu Deus, espero que não. Vem, vamos dar o fora daqui antes que acabemos descobrindo.

Pegando minha mochila de livros, fugi com Kellan às pressas da sala, de onde podíamos escutar Griffin acordando Anna. No corredor, nossos risos foram morrendo aos poucos. Quando consegui falar sem rir, sorri para Kellan.

— Obrigada por tentar. Ver Griffin em todo o seu esplendor vai ser uma das coisas de que decididamente não vou sentir falta.

Passando o braço pelos meus ombros, Kellan balançou a cabeça. Ainda rindo do companheiro de banda babaca, respondeu:

— Gostaria de poder dizer o mesmo, mas o mutante verde vem comigo.

Rindo um pouco, arqueei uma sobrancelha para ele.

— Você tem algum... apelido?

Kellan me deu um sorrisinho de canto de boca, bem-humorado.

— Nenhum que eu mesmo tenha dado, mas, pelo que ouvi dizerem no meu quarto, é provável que seja algo como "A Supermáquina-Ai-Assim-Ai-Mais-Fundo-Mais-Depressa-Não-Para-Me-Come-Você-É-O-Máximo". — Deu de ombros. — Mas meio que enche a boca.

Fechando a cara, dei uma cotovelada no estômago dele e encolhi os ombros para me livrar do seu braço. Às vezes, ele podia ser tão babaca quanto Griffin. Ou quase tão babaca, pelo menos. Rindo, ele se aproximou por trás de mim e me virou. Enquanto eu gritava em protesto, ele me pôs em cima do ombro e deu uma palmada no meu traseiro.

— Estou brincando. Vamos, vou te levar para a faculdade. — Enquanto eu me contorcia, acrescentou: — Talvez, enquanto você estuda, eu vá comprar umas algemas, e aí você pode me dar um apelido melhor.

Eu me retesei toda nos seus braços, me perguntando se ele estava falando sério, mas sua única resposta foi rir.

Depois de me deixar na faculdade, Kellan foi embora para... fazer o que quer que fizesse quando eu estava lá – pensar em novas maneiras de me matar de vergonha, por exemplo. Eu esperava que ele estivesse apenas brincando em relação às algemas.

Nas últimas semanas, eu tinha conhecido alguns dos alunos que iam se formar em Língua Inglesa, e me reuni com eles antes da aula de Práxis da Crítica. Como era uma matéria complexa, combinamos de nos encontrar mais cedo e estudar uma hora antes da aula. Participar de um grupo de seis ou sete pessoas com a mesma mentalidade que eu, refletindo sobre a importância das práticas interpretativas no estudo da literatura e na cultura, eu me senti mais eu mesma, com minhas próprias esperanças e sonhos, e menos como alguém do *entourage* de Kellan. Fez com que eu me sentisse inteira, plena, tornando o processo de me separar dele um pouco menos estressante... um pouco menos. Eu ainda não estava pronta para que aquele dia chegasse.

A aula de quase duas horas foi de fundir a cuca e, quando acabou, fiquei aliviada porque em seguida vinha a aula de Ética, que era um pouco mais fácil... embora trouxesse Candy, e não do tipo que tem sabor de maçã. Trincando os dentes, fiz o que fazia quase todos os dias ao entrar na sala de aula – ignorei a ela e suas amigas. Foi bastante fácil, já que ela também tinha começado a me ignorar. Depois de sua tentativa fracassada de me fazer romper com Kellan, parecia ter desistido. Ou isso, ou estava ocupada tramando algum plano bem mais maquiavélico do que uma simples fofoca. Mas eu preferia acreditar que ela tinha coisas mais importantes para fazer com o seu tempo.

Logo absorta na aula, eu me esqueci totalmente de Candy, que estava sentada com as amigas algumas fileiras adiante. Quando a aula acabou, peguei minhas coisas e comecei a analisar o artigo que tinha planejado escrever à noite durante o meu turno. O tema era a responsabilidade ética de certos sites da Internet. Eu estava pensando em fazer a minha sobre um site popular de orientação médica, para ilustrar a importância de se fornecerem informações corretas a pacientes em potencial.

Já delineando meu texto na cabeça, topei com Kellan no corredor. Me segurando pelos ombros, ele me manteve parada à sua frente. Ainda perdida em pensamentos, apenas pisquei os olhos feito uma idiota por um segundo, antes de sorrir e envolvê-lo em um abraço.

– Ih, você veio me buscar aqui dentro...

Rindo do meu comentário óbvio, ele passou a mão pelos cabelos, arrepiando-os.

– Pois é, está caindo o maior toró. Pensei em ir nadar em vez de ficar esperando no carro. – Estremeci e me afastei das gotinhas d'água que respingavam em mim, e ele riu mais um pouco.

Passando o braço pelo dele, sorri e me inclinei para o seu lado.

– Bem, eu fico feliz que tenha ido. Posso pesquisar minha ideia para o artigo do seu lado, embora provavelmente você não vá fazer ideia do que estou falando. – Sorri, sabendo que Kellan raramente chegava perto de um computador, que dirá navegar a Internet.

Ele abriu um sorriso, enquanto voltávamos a caminhar.

— Manda.

Quando eu começava a falar, alguém me empurrou com tanta força que cheguei a me afastar um passo de Kellan. Franzindo o cenho, dei uma olhada no grosseirão que se achava o dono do corredor. Logo vi os cachos ruivos da maldosa Candy, quando ela também me encarou com uma expressão de raiva. Suspirando, revirei os olhos e voltei a dar o braço a Kellan. Mas ele não deixou. Franzindo os olhos para a garota, murmurou "Espera aqui um minuto", e então caminhou a passos largos até onde ela olhava para ele com os lábios curvos num sorriso acolhedor.

Irritada, mas também curiosa, fiquei parada onde ele pediu, vendo-o se aproximar dela e das amigas. Tina e Genevieve pareceram prestes a desmaiar quando ele se aproximou. Imaginei que era o mais perto que as duas já tinham chegado dele. Kellan, no entanto, parecia disposto a arrancar a cabeça de alguém. Fuzilando o trio com os olhos, finalmente fixou-os em Candy. Ela deu um passo para trás quando o olhar sombrio dele se fixou nela.

Segurando seu braço, ele a virou para si, sussurrando alguma coisa em tom esquentado. Eu não sabia o que estava dizendo, mas os olhos de Candy se arregalaram. Fazendo que não com a cabeça, ela começou a murmurar algo e apontou para Tina, que levantou as mãos e também começou a gaguejar ao ver que o olhar furioso de Kellan passara para ela. Soltando o braço de Candy, Kellan disse algo para as três que fez com que assentissem depressa e saíssem correndo dali.

Endireitando-se quando elas se afastaram, Kellan se virou para mim com um sorriso perfeitamente normal, como se nada de mais tivesse acontecido. Caminhou de volta para mim e segurou minha mão. Começou a me puxar para a porta, assobiando durante o caminho. Arqueando uma sobrancelha para ele, continuei esperando por uma explicação. Como ele não me deu uma, pigarreei. Olhando para mim, ele deu de ombros.

— Que foi?

Apontando para a porta de que nos aproximávamos, a janela molhada do temporal que ele tinha mencionado, indiquei a direção em que Candy seguira.

— O que foi aquilo?

Com um sorriso bem-humorado, ele deu de ombros.

— Eu só disse que não seria prudente para elas espalhar mais mentiras a meu respeito, e sugeri que deixassem você em paz.

Abrindo um sorriso, abriu a porta para mim e se afastou para que eu pudesse passar. Franzindo os olhos para ele, eu me preparei para ultrapassá-lo e sair direto debaixo da chuva. Elas tinham parecido bastante assustadas com o que ele dissera, de modo que eu já começava a imaginar uma lista de ameaças que poderia ter feito. Já vira a raiva de Kellan em várias ocasiões, por isso sabia o quanto ele podia ser intimidante quando queria. Imaginei que elas realmente me deixariam em paz pelo resto do ano.

Sorrindo, eu me inclinei e dei um beijo nele.

— Por acaso elas contaram como viram a sua tatuagem?

Revirando os olhos ao abrir a porta, ele assentiu.

— Tina me viu malhando no parque aqui perto. Eu estava com calor, e tinha tirado a camisa.

Mordendo o lábio, dei uma olhada no seu corpo... não admirava que tivesse sentido calor; ele era quente demais. Imaginei que isso explicasse a história. Fiquei observando seu rosto por um momento, avaliando a verdade em seus olhos enquanto ele encarava os meus fixamente. Não vendo qualquer falsidade neles, meu sorriso aumentou. Curvando um canto dos lábios, ele indicou o lado de fora.

— Não vai sair? A porta está começando a ficar pesada.

Rindo, dei um beijo rápido nele e então prendi a respiração, me preparando para dar uma corrida. Na metade do lance de escada, eu já me sentia como um rato encharcado. Gemendo, corri até o estacionamento, lamentando não ter trazido um guarda-chuva.

Vindo logo atrás de mim, Kellan deu um tapa no meu traseiro.

— Anda logo, ô lesma, você está ficando ensopada. — Rindo, passou os dedos pelos cabelos. As mechas arrepiadas se curvaram para trás de um jeito que me relembrou um momento bem menos agradável na chuva ao seu lado. Tratei de tirar a lembrança da cabeça e me concentrei no seu corpo, que girava para se desvencilhar de mim e corria a toda velocidade.

Ajeitando minha mochila, gritei para ele:

— Isso não é justo! Você não está carregando nada!

Ele apenas olhou para trás, aos risos. Quando finalmente cheguei ao estacionamento, ele já estava no carro, os pés estendidos sobre o meu lado do banco e as costas apoiadas na porta, com os olhos fechados, como se tivesse pegado no sono enquanto me esperava. Tentei empurrar os sapatos dele enquanto continuava parada na chuva, mas ele ignorou o gesto e continuou ocupando meu lugar. Soltando um palavrão porque estava ficando cada vez mais ensopada, engatinhei sobre suas pernas de qualquer jeito e me deitei em cima dele. Isso chamou sua atenção.

Ele abriu os olhos, com um largo sorriso. Virando o corpo para fechar a porta, tirei a mochila do ombro e a joguei no banco traseiro. Seus braços me buscaram, puxando meu corpo encharcado para o seu. Afastando-se no assento, ele recostou a cabeça no acolchoado e ajeitou minhas pernas de modo a que meus quadris cavalgassem os seus.

— Pronto, assim está melhor — murmurou, levantando a cabeça para me beijar.

Assaltada por mais lembranças dele molhado, eu me afastei. Seus olhos estavam cheios de desejo ao me encarar, sua respiração mais pesada, e não apenas pelo esforço de correr toda aquela distância até o carro. Meus cabelos molhados pendiam ao redor do rosto, os longos fios pingando nas suas roupas. Seu cheiro embaixo de mim se misturava com o cheiro da água limpa, a combinação acendendo algo em mim.

Segurando seu rosto, meu polegar acariciou sua pele, que a chuva parecia ter deixado ainda mais macia. Olhando para seus olhos azul-escuros, as gotas d'água brilhando nos seus cabelos, a carnuda boca entreaberta e o forte contorno do queixo, suspirei.

— Você é tão atraente — sussurrei, minhas palavras estranhamente combinando com a chuva fustigante ao fundo. — Você é o homem mais sexy que já vi.

Me sentindo totalmente a sós com ele, embora estivéssemos no meio da tarde, eu me inclinei para beijá-lo. Seus lábios macios se fundiram com os meus, degustando, explorando. Após um breve momento, ele franziu o cenho, balançando a cabeça.

— Talvez nem sempre eu seja. — Dando de ombros, uma mão apertando e soltando meu quadril enquanto a outra indicava seu rosto, ele acrescentou: — Isso poderia desaparecer da noite para o dia, entende? Eu poderia ser atacado por um urso ao atravessar a rua amanhã mesmo. — Arqueou uma sobrancelha. — Será que então você ainda iria me querer?

Seu comentário me fez sorrir.

— Claro que sim. Seu rosto não é a única coisa que torna você atraente, Kellan. Não é por causa da sua aparência que eu te amo. — Ele sorriu, suas mãos subindo pelas minhas costas e me puxando na sua direção. Antes de nossos lábios voltarem a se encontrar, olhei com ar irritado para ele. — Um urso? Fala sério!

Aos risos, ele me puxou para si. Quando nossos quadris se encontraram, balançando levemente um contra o outro, o para-brisas logo ficou embaçado. Eu ouvia os corpos apressados passando pelo carro, mas, com o barulho da chuva e as vidraças cobertas de umidade, estava me sentindo como se fôssemos as duas únicas pessoas no local. Quando nossa respiração e nosso beijo se intensificaram, Kellan murmurou:

— Meu Deus, agora vou ter que fazer uma coisa que nunca pensei que faria.

Dando um beijo no seu rosto, pressionei os quadris contra os dele.

— O quê? — gemi, a ponta de minha língua contornando a borda de sua orelha.

Ele inspirou depressa, seus quadris embaixo de mim se alteando do banco.

— Vou ter que transar com você neste carro — murmurou, a voz baixa, rouca e sensual.

De repente, ele começou a se mover embaixo de mim, tentando fazer com que trocássemos de posição, para poder ficar por cima. Na mesma hora eu me sentei, antes que ele conseguisse. Embora me sentisse a sós com ele, eu sabia que não estávamos, e não queria anunciar o que fazíamos balançando o seu carro. Ele se apoiou sobre os cotovelos. Espalmando as mãos, franziu o cenho.

– Por que parou?

Mordendo o lábio e desmontando com cuidado dos seus quadris, empurrei seus pés do banco para poder me sentar com mais conforto. Apontando para ele do jeito mais ameaçador que pude, disse, em tom severo:

– Porque você tem um ensaio para ir e, se der um bolo neles de novo, Matt vai te expulsar da banda.

Sentando-se, ele passou os braços por mim.

– A banda é *minha*. Eles não podem me expulsar.

E começou a beijar meu pescoço, mas tentei não me inclinar na sua direção, tentei não começar a ofegar de desejo e cravar as unhas nas suas roupas. Empurrando-o para trás, afundei o dedo no seu peito.

– Não vou transar com você no estacionamento da minha faculdade.

Ele olhou em volta, com um olhar bem-humorado.

– Você já transou num carro?

Ficando vermelha feito um pimentão, afastei os cabelos para trás das orelhas.

– Já, Denny e eu...

Nem terminei de falar, e o sorriso de Kellan se desfez. Na mesma hora me soltando, ele passou para o seu lado do banco e assentiu.

– Ah, sim... a viagem de carro para cá. – Suspirando, enfiou a mão no bolso e tirou as chaves.

Inclinei a cabeça para observar seu rosto melhor e ver se tinha ficado chateado ou não, mas, daquele ângulo, não dava para notar.

– Você está bem?

Sorrindo, ele olhou para mim quando o motor do carro começou a roncar.

– Estou. – Deu de ombros, e então abriu um sorriso. – Só queria te proporcionar outra primeira vez. – Fiquei vendo seu sorriso oscilar quando ele desviou o rosto. – Mas, pelo visto, perdi a vez.

Colocando a mão na sua coxa, sussurrei:

– Vai haver outras primeiras vezes que você vai poder me proporcionar, Kellan.

Olhando para mim enquanto dava marcha a ré no carro, ele assentiu.

– Eu sei, Kiera.

Desejando poder voltar no tempo e não mencionar para meu namorado atual aquele momento íntimo vivido com meu ex, fiquei olhando pela janela durante nosso trajeto para o ensaio da banda. Geralmente, os D-Bags se reuniam uma vez por dia para compor novas músicas ou resolver problemas nas mais antigas. Como era assim que eles ganhavam a vida, eram todos extremamente dedicados. Quer dizer, menos nos últimos tempos, em que Kellan vinha faltando aos ensaios para passar mais tempo comigo. Matt estava muito chateado com isso. Embora teoricamente a banda fosse de Kellan, já que ele a tinha criado, era Matt quem a dirigia. Ele descolava os shows, se encarregava da publicidade, organizava os ensaios e exigia profissionalismo do quarteto de dispersivos garotões na faixa dos vinte anos. A banda era a menina dos olhos de Matt.

Dirigindo pela ponte que ligava o bairro universitário ao coração de Seattle, fiquei vendo o Obelisco Espacial ocupar minha janela. Era lindo, emblemático e tinha um significado especial para mim, pois fora lá que Kellan se abrira comigo, revelando segredos sobre si mesmo que jamais revelara a ninguém antes. Fiquei extremamente triste ao pensar que sua vida poderia ter sido muito diferente se ele tivesse contado a alguém sobre os abusos. Talvez então o Juizado de Menores tivesse intervindo para colocá-lo num lar adotivo amoroso. Qualquer coisa teria sido preferível àquele pesadelo.

Olhando para ele, pousei a mão no seu joelho. Ele sorriu quando o toquei, me dando uma olhada rápida antes de voltar a atenção para o trânsito. Uma pequena parte sombria de mim se perguntou se Kellan só se sentira atraído por mim, ficara comigo e se apaixonara por mim porque sua psique complicada queria a dor que eu lhe causara. Talvez ele tivesse um veio masoquista. Se era o caso, eu certamente o atiçara... várias vezes. Era mesmo um milagre que ele tivesse me aceitado de volta.

Suspirando, encostei a cabeça no seu ombro. Ele relaxou a cabeça contra a minha, sua mão vindo pousar na minha coxa. Quando o Obelisco saiu do meu campo visual, seguido por altos arranha-céus abrigando milhares de homens e mulheres de negócios, nós nos aproximamos do bairro industrial. Era ali que ficava o loft de Evan. Era o lugar perfeito para os ensaios, pois ele não vivia numa área residencial como Kellan e os outros. Os poucos vizinhos que tinha pareciam não se importar com o barulho, desde que eles não tocassem até muito tarde da noite.

Após passar pelos dois estádios esportivos, Kellan chegou ao prédio de Evan. Desligou o motor, abriu a porta e pegou a guitarra no banco traseiro. Eu saí e fiquei esperando por ele na frente do carro. Felizmente, o temporal tinha passado, e apenas algumas gotas leves ainda caíam nos nossos corpos úmidos. Quando Kellan chegou ao meu lado, seu cabelo ainda supersexy, todo aplastado para trás pela chuva, ele sorriu e meneou a cabeça, indicando as escadas que levavam ao loft.

Evan morava em cima de uma oficina de autopeças. Os mecânicos adoravam quando os D-Bags ensaiavam durante o seu trabalho. Às vezes até mesmo pediam para eles deixarem a porta aberta, para que a música pudesse chegar ao andar de baixo. Um dos mecânicos uma vez me contou que ouvir a banda tocar fazia com que ele trabalhasse se sentindo como se estivesse num concerto de rock. Compreendi a sensação; eles sempre me faziam sentir do mesmo jeito no Pete's.

Uma das portas da garagem se abriu quando passamos. Um cara estava dirigindo o carro que saía de ré da garagem, para que o motorista não passasse por cima do buraco do mecânico por acidente. Quando o carro ficou livre, o cara sorriu e acenou para Kellan.

– Por onde é que você andou, cara? Matt vai te expulsar da banda!

Kellan revirou os olhos, assentindo.

– Pois é, foi o que ouvi dizer.

O cara riu, enquanto uma mulher suja de graxa saía do carro que tinha acabado de estacionar no meio-fio. Ela caminhou até Kellan e o cumprimentou com um soco no ombro.

– Manda ver na turnê, Kell. – Deu um suspiro dramático, e eu levantei os olhos para a chuva que caía em cima de nós. Será que ela não podia paquerar o meu namorado do lado de dentro... onde estava mais seco? Balançando a cabeleira escura e desgrenhada, ela franziu o cenho. – Vamos sentir sua falta por aqui. Não vai ser a mesma coisa quando a casa de Evan ficar vazia.

Kellan retribuiu o sorriso dela, e não gostei nada da simpatia que vi se estampar no seu rosto. Sabia que Kellan tinha amigas – Jenny era uma delas –, mas na mesma hora me perguntei quão amiga do meu namorado aquela mecânica tinha sido. Apertei a mão dele com mais força, inconscientemente me encostando no seu corpo quando ele disse:

– Duvido, Rox. Provavelmente, vocês não vão nem saber quando a gente viajar. – Arqueando uma sobrancelha, Kellan se inclinou para ela: – Além disso, finalmente vai fazer silêncio o bastante por aqui para você poder trabalhar naquele livro.

Ela riu, seu rosto se iluminando, e eu fiquei com mais raiva ainda de eles não apenas serem amigos, como também saberem coisas um do outro. Até abreviavam os respectivos nomes. Essa familiaridade me incomodou, e um ímpeto de ciúme ameaçou tomar conta de mim. Tive que me conter para não dar um empurrão nela, ficar na frente de Kellan e rosnar, possessiva. Nunca chegaria a fazer isso, mas que pensei em fazer, pensei.

Um assobio vindo de dentro da garagem obrigou os dois mecânicos que conversavam conosco a voltarem, muito de má vontade, para o trabalho. Kellan se despediu com um aceno. Rox, Roxie ou Roxanne, fosse lá qual fosse seu nome inteiro, se virou e olhou para Kellan antes de entrar. Tinha a mesma expressão de interesse que eu já vira em tantas ocasiões. Nem uma única vez durante o diálogo dos dois ela se dignou a reconhecer minha presença, como se eu fosse irrelevante. Tive vontade de rir de desprezo ao vê-la se afastando, talvez até mesmo espichar a língua e dizer "Na-na-ni-na-não!", mas não iria me rebaixar a ponto de me comportar como uma menina de cinco anos. Pelo menos, ainda não.

Tentando não pensar no desejo de mais uma mulher por ele, segui-o pelas escadas em direção ao apartamento de Evan. Kellan foi logo entrando sem bater, tratando o lugar como se fosse seu. Os olhos de Matt se fixaram em nós no instante em que cruzamos a porta.

— Já não era sem tempo! — Olhou zangado para Kellan, e Rachel se inclinou para ele, cochichando algo no seu ouvido. Suas feições se acalmaram e ele relaxou um pouco, sorrindo para ela.

Acenei para Rachel, a tímida e exótica beldade, e para Jenny, que estava atrás dela, no colo de Matt, sentado atrás de sua bateria. Os dois estavam batucando, Jenny rindo enquanto Evan dava uma cheirada no seu cangote.

Fechando a porta atrás de nós, Kellan fez uma careta ao olhar para Matt.

— Desculpe. Tem rolado uns probleminhas aí...

Kellan nos conduziu para a sala. O loft de Evan era como uma versão menor do Pete's. Tinha uma cozinha minúscula, uma sala com um sofá diante de uma tevê e uma cama desarrumada no outro extremo, com uma mesa de cabeceira do lado e uma cômoda. O resto do apartamento era um palco. Os D-Bags guardavam os instrumentos ali entre os shows, menos o equipamento que ficava direto no Pete's. Era sabido no bar que mexer no equipamento deles no palco resultava em imediata expulsão do recinto.

Ali na casa de Evan ficavam o equipamento de som, a bateria sobressalente de Evan, o baixo de Griffin e a guitarra de Matt. Kellan preferia guardar sua guitarra em casa, carregando-a de um lado para o outro. Com todos os instrumentos à espera deles ao lado dos microfones já plugados, eles só precisariam de alguns refletores e dois seguranças para poderem fazer uma apresentação profissional ali mesmo. Estavam até trabalhando na construção de um estúdio com isolamento acústico, para poderem fazer suas próprias gravações. Já tinham levantado as paredes, só faltando montá-las; os materiais estavam encostados na parede atrás da bateria de Evan. Eu sabia que Matt queria muito terminar o projeto, mas o Bumbershoot, e agora a turnê, o haviam posto em banho-maria. Mesmo assim, eu tinha certeza de que, quando eles voltassem, teria prioridade máxima.

Kellan colocou o estojo da guitarra na bancada da cozinha e o abriu. Sorri, imaginando nós dois juntinhos, enfiados dentro do forro. Quando ele retirou o bem mais valioso que possuía, além do Chevelle, Griffin se aproximou e lhe deu um tapinha nas costas.

— Hum-hum, estou a par do que tem... rolado.

Virando-se para mim, os olhos de Griffin se fixaram nos meus quadris. Foi horrível ter que aguentá-lo me encarando daquele jeito, sabendo que, na sua cabeça, naquele momento, estávamos transando. Com as mãos, escondi o máximo do corpo que pude, o que fez o sorriso dele aumentar ainda mais.

Finalmente notando que Griffin estava me estuprando mentalmente, Kellan fechou a cara e tascou-lhe um pescotapa.

— Para de devorar minha namorada com os olhos, Griffin.

Fungando de desdém, Griffin deu de ombros.

— Que é que tem? Será que a gente não pode mais sonhar? — Kellan revirou os olhos e se afastou. Griffin se virou de novo para mim, com um sorriso endiabrado ao apontar para a cabeça e sussurrar: — Mais tarde.

Senti vontade de tomar um banho.

Dando-lhe as costas depressa, caminhei até onde Rachel e Jenny tinham se reunido. Formando uma espécie de clube de esposas da banda, sentamos de joelhos no sofá e nos recostamos para prestigiar nossos homens, da primeira fila do nosso concerto privativo. Vendo Kellan conversar com Matt e Evan, enquanto Griffin apanhava a guitarra de Matt e começava a solar como se fosse o Slash do Guns 'n' Roses, suspirei baixinho. Eu iria sentir saudades disso quando eles viajassem.

Rachel e Jenny suspiraram também, logo depois de mim. Observei as duas garotas olhando para os namorados, seus amores. Jenny ficou com os olhos cheios de lágrimas quando a banda anunciou que eles iriam fazer uma turnê. Estava empolgada por Evan, mas não queria se separar dele. Assim como eu não queria me separar de Kellan. Mas ela não estava com medo de que Evan tivesse um caso. Sua confiança inabalável na fidelidade dele era inspiradora. Gostaria de também ter aquela certeza. Era algo que eu tivera com Denny — uma fé quase inabalável de que ele jamais me trairia. Era um conforto que eu tinha posto a perder ao traí-lo. Agora, minha sensação era de que qualquer pessoa podia fazer qualquer coisa com qualquer outra. Era uma sensação terrível de se experimentar.

Rachel olhou para mim, sua pele superbronzeada parecendo um tanto pálida.

— Mal posso acreditar que eles vão viajar no sábado. — Balançou a cabeça, dando de ombros. — Como o tempo foi passar tão depressa?

Suspirei de novo, já tendo experimentado os mesmos sentimentos antes.

— Pois é... — Voltei a olhar para eles. Kellan tinha pendurado a guitarra no peito e balançava a cabeça para Matt, que fazia a mímica de acordes no ar. Evan observava a conversa dos dois, concordando de vez em quando. Balançando a cabeça, murmurei: — Parece que foi ontem que nós os vimos tocar no Bumbershoot.

Jenny suspirou, sentando-se sobre os joelhos.

— Matt vai dar uma reunião de despedida na casa dele depois do show, sexta à noite. — Suspirou de novo, abatida. — Vai ser o último show deles.

Engoli em seco, olhando para ela. Seus olhos estavam tão úmidos quanto os meus. Era tão difícil deixar as pessoas seguirem seus sonhos, principalmente quando esses sonhos as levavam para lugares a milhares de quilômetros de distância. Assentindo, eu me inclinei e abracei Jenny, que estava fungando um pouco. Os braços de Rachel rodearam a nós duas, e demos início à nossa deprê coletiva de namoradas deixadas para trás. Fomos interrompidas pelo som de risos abafados à nossa frente.

Quando nos separamos, olhamos para Kellan, que sorria, parado à nossa frente.

— Sexo grupal, e eu não sou convidado? — perguntou, arqueando uma sobrancelha, malicioso.

Jenny e Rachel caíram na gargalhada, e eu dei um tapa no estômago dele. Rindo ainda mais, ele segurou minha mão e me puxou do sofá. Comecei a gritar, mas seus lábios encontraram os meus e na mesma hora parei. Esquecendo que todo mundo estava ao meu redor, fechei os olhos e emaranhei os dedos nos seus cabelos que ainda não tinham secado.

Perdida naquele momento, soltei um gemido quando sua língua roçou a minha. Risadinhas nervosas chegaram aos meus ouvidos, mas não me importei. Só fui despertar quando ouvi alguém gritar: "E aí? Vamos tocar ou comer as garotas?"

Kellan e eu nos separamos e olhamos para Griffin, que sorria com ar travesso. Apertando a calça, Griffin balançou a cabeça.

— Por mim, tanto faz. Só preciso saber qual dos dois instrumentos botar para fora.

Kellan ficou sério e se endireitou. Corei até a raiz dos cabelos, escondendo a cabeça no assento do sofá. Jenny e Rachel começaram a rir, a mão de Jenny dando um tapinha nas minhas costas para me confortar. Acima, ouvi Griffin levando um tapa feio. Sorrindo, levantei a cabeça para dar uma espiada e vi Griffin empurrando Kellan com uma das mãos, enquanto massageava o braço com a outra. Kellan conteve um sorriso ao ocupar seu posto atrás do microfone. Olhando fixamente para mim, ficou esperando, enquanto Evan batia as baquetas numa introdução.

Matt e Evan começaram a música à perfeição, seus instrumentos enchendo o espaço ao nosso redor. A sala vibrava de potência e energia, e eu ri, adorando. Kellan sorriu ao me ver apreciar o seu talento. Griffin entrou alguns compassos depois, Kellan sendo o último a se juntar ao barulho. Com todos os sons se misturando e fluindo à perfeição, Kellan começou a cantar.

Ele estava perfeito. Alongava as palavras e frases sem fazer o menor esforço. Dava umas aspiradinhas como se prendesse o fôlego de repente, de um jeito supersexy. Sua voz era clara, forte, afinadíssima... incrível. Eu poderia ouvi-lo cantar o dia inteiro. Se tivesse suas músicas num iPod, ficariam no repeat direto. Essa era uma música nova que eles ainda estavam preparando; Matt queria incluí-la na turnê. A primeira apresentação dela seria na noite de sexta, numa espécie de agradecimento aos fãs de carteirinha que tinham dado força para a banda desde o começo.

Matt organizava os ensaios para que pudesse conciliar os horários de todos, de modo que às vezes eles tocavam até tarde da noite, quando eu estava no trabalho. Mesmo assim, eu fazia um esforço para dar um pulo nos ensaios antes de ir para o Pete's. Adorava o processo criativo. Tinha visto Kellan escrever a letra na cozinha enquanto tomava café, e Evan e Matt repassarem a melodia no bar. Era incrível ver uma ideia na cabeça de alguém desabrochar em uma canção poderosa sobre uma encruzilhada pessoal da qual a pessoa sai mais forte. Uma linda música. Eu gostava de pensar que, de algum modo, falava sobre nós.

Quando chegaram ao refrão, Kellan franziu o cenho e parou bruscamente de cantar no meio de um verso. Olhou para Matt e, finalmente, os outros instrumentos se silenciaram, Griffin parando por último. Matt ficou sério, e Kellan apontou para a guitarra.

– O que vocês estão fazendo? Essa é a ponte, não o refrão.

Matt suspirou, levantando a mão.

– Cara, é o que eu vivo dizendo. Você anda com a cabeça nas nuvens ultimamente. – Apontou para Evan. – Desde que você começou a faltar aos ensaios, deixando a gente sem um vocalista, Evan e eu começamos a retocar a música. Nós cortamos as duas seções, e ficou mil vezes melhor. – Franzindo o cenho, pôs a mão no quadril, balançando a cabeça de cabelos louros espetados. – E você saberia disso, se desse as caras por aqui com mais frequência.

Levantando as mãos num gesto de rendição, Kellan cedeu:

– Tudo bem, que droga, só perguntei! – Olhando para Evan e Matt, ele suspirou. Deu uma rápida olhada em mim, antes de se virar novamente para Matt. – OK, desculpe, mas agora eu estou aqui e totalmente empenhado, então... me avisa, OK?

Matt franziu os lábios, mas assentiu.

– Mais alguma mudança de que eu deva tomar conhecimento? – perguntou Kellan.

Matt já ia negar com a cabeça, mas então a inclinou de lado.

– Ah, sim, nós acrescentamos um solo para mim antes do último refrão. – Esboçou um sorriso, arqueando uma sobrancelha clara para Kellan.

Kellan abaixou os olhos, um sorrisinho nos lábios.

– Acho que é nisso que dá viver com a cabeça no mundo da lua. – Pousando os olhos em mim, seu sorriso aumentou um pouco mais. – Mas vale a pena – murmurou para mim, e então, mais alto para os amigos: – OK, vamos voltar ao ponto em que paramos.

Eles concluíram a música sem mais interrupções de Kellan, e Matt deitou e rolou com seu novo minissolo, enquanto Kellan só balançava a cabeça, achando graça. No fim, tive que concordar com Matt: as mudanças podiam ser pequenas, mas, no geral, a música tinha mesmo ficado melhor. Eles iam arrasar na sexta.

Quando os D-Bags deram o ensaio do dia por terminado, chegou a hora de Jenny e eu pegarmos no batente. Eles nos seguiram até o Pete's, ansiosos para relaxar com uma cerveja depois do seu dia "estressante" no trabalho. Não pude deixar de revirar os olhos ao servi-los. Às vezes, o estilo de vida fácil deles me deixava com inveja – beber, cair na balada e tocar a noite inteira, sendo assediados e bajulados por mil mulheres –, mas eu via como eles o levavam a sério e trabalhavam duro por trás dos bastidores para manter o sucesso que faziam.

Na verdade, o emprego deles devia ser tão desgastante quanto o meu. Pelo menos, minhas horas de trabalho eram finitas; já, eles, trabalhavam vinte e quatro horas por dia, sete dias por semana. Isso se confirmou para mim quando duas universitárias tomaram coragem para se aproximar da mesa deles mais tarde aquela noite, e eles, muito simpáticos, bateram papo com elas. Com toda educação, Kellan dispensou as atenções da loura e fez que não com a cabeça quando ela indicou a porta da frente, levantando as sobrancelhas de um jeito claramente sexual.

Franzi o cenho com ar de censura ao observar a exibição, louca de vontade de deixar minha bandeja cair em cima dela "sem querer". Não, havia aspectos do emprego deles que eram intermináveis... infelizmente.

## Capítulo 7
## LIÇÕES DE HISTÓRIA

Depois de levar aquela bronca de Matt por faltar aos ensaios, Kellan passou a se esforçar para que isso não voltasse a acontecer. Infelizmente, as circunstâncias não me permitiram ir a mais nenhum ensaio, de modo que o vi menos vezes aquela semana do que em todas as semanas anteriores. Tínhamos passado muito tempo juntos ultimamente, dando bolo nos amigos e faltando a compromissos menos urgentes, para podermos rolar na cama de Kellan por algumas horas. Era imperdoável da nossa parte, já que o ensaio dele era importante, e as poucas aulas que eu matara também. Mas nós precisávamos desse tempo juntos, pois cada dia que passava trazia a nossa separação para o primeiro plano.

Por isso, o fato de Kellan ter rompido o ciclo de irresponsabilidade e passado a ralar mais, foi uma luta para mim. Mas eu me adaptei, me dedicando ao trabalho, à faculdade e aos amigos. E Kellan tornou o tempo que passávamos separados uma experiência interessante, estreando o seu novo celular. Ele me interrompeu algumas vezes durante a aula para me mandar mensagens altamente indecentes. A maioria delas me deixou com o rosto vermelho feito um pimentão. Sinceramente, ele era sedutor demais, mesmo por trás de uma tela de celular.

Mas, por fim, a sexta-feira chegou.

Quando despertei na minha nova e espaçosa cama, havia uma sensação de despedida no ar. Acordei com os braços de Kellan ao meu redor, meu rosto pousado no seu peito. Ele estava afagando os meus cabelos num gesto suave e repetitivo, seus dedos afastando os fios com delicadeza para trás da orelha, por isso eu soube que estava acordado.

Me espreguiçando, levantei a cabeça e olhei para ele. Seus olhos azul-escuros, mais profundos e belos do que o mais escuro dos oceanos, se fixaram em mim. Sorrindo, ele passou as costas do dedo pelo meu rosto.

— ' dia — sussurrou.

Sorrindo, eu me estiquei para roçar os lábios de leve nos dele.

— Bom dia.

Não dissemos mais nada, e eu voltei a encostar a cabeça no seu peito e abraçá-lo por mais uma hora, no mínimo. Ele me apertava com tanta força quanto eu a ele, de vez em quando beijando meus cabelos. Era uma das experiências mais confortantes que eu já vivera, e eu sabia que uma parte de mim se lembraria dessa manhã para sempre, guardando a lembrança para recordá-la mais adiante, quando estivesse sentindo falta dele a ponto de sofrer fisicamente.

Depois do que pareceu uma verdadeira eternidade de êxtase, chegou a hora de eu me vestir para ir à faculdade. Sem a menor vontade, eu me afastei de Kellan, mas ele veio comigo, um sorriso brincalhão no rosto. O sorriso travesso me seguiu até o banheiro, aliás, até o chuveiro. Observando o jato d'água escorrer sobre os músculos esguios do seu corpo, deixei que ele me mimasse e acariciasse. Ele me cobriu de espuma e carinho, tocando em cada parte do meu corpo, mas se contendo para não transformar o momento em sexo. Apenas me lavou, e depois eu o lavei. Foi confortante também.

Quando a água sobre nós começou a esfriar, ele se enrolou numa toalha e saiu para preparar o café. Sorri ao ver a toalha de algodão enrolada nos seus quadris, e me vesti às pressas para poder ir ao encontro daquele corpo seminu.

Depois de vestir uma calça jeans e algumas camisetas superpostas, abri a porta do quarto no instante em que minha irmã abria a dela. Piscando os olhos com cara de sono, embora já passasse das onze, ela coçou a cabeleira maravilhosa de quem acabou de acordar.

— Oi, mana. Vai para a faculdade?

Assenti, esperando que Anna não decidisse entrar na cozinha por qualquer razão, já que Kellan só vestia uma toalha enrolada como uma saia, e avancei para encobrir seu campo visual.

— Vou, daqui a pouquinho. Kellan vai me levar, de modo que você pode ficar com o carro hoje.

Anna assentiu, bocejando. Ela ficava mesmo com o carro quase todos os dias, por isso a informação não foi nenhuma novidade para ela. Espreguiçando-se, a camiseta apertada com que tinha dormido subindo até os quadris e revelando seu fio-dental, ela meneou a cabeça em direção à cozinha.

— Ele está lá? Tenho que desejar a ele sucesso no show de hoje à noite.

Ouvindo Kellan cantarolar, tentei bloquear a visão de Anna ainda mais. Ela podia não se importar que eu visse o namorado dela em todo o seu esplendor, mas eu não queria saber dela secando o esplendor do meu. Esse era *meu* privilégio.

— Hum-hum, ele está fazendo café. — Quando ela sorriu e deu um passo na minha direção, segurei seu ombro. Dando uma olhada no seu corpo coberto por aqueles trajes exíguos, arqueei uma sobrancelha. — Será que você se importa de pôr umas roupas antes de entrar na cozinha?

Cobrindo um bocejo, ela balançou a cabeça.

— Ele não está nem aí, Kiera. Eu sou como uma irmã para ele.

Suspirando diante da beleza absurda da sex symbol à minha frente, implorei:

— Por favor...

Talvez por perceber minha expressão melancólica quando olhei para suas curvas, ela finalmente assentiu:

— Tudo bem.

Quando ela voltou para o quarto, corri para o meu e peguei as roupas de Kellan. Abraçando a pilha contra o peito, disparei pelo curto corredor e entrei na cozinha. Kellan estava recostado com as mãos para trás na bancada, seu peito maravilhoso bem à vista. Parei por um momento para encará-lo sem o menor pudor.

Seu cabelo estava um caos, revolto e úmido, gotas d'água pingando aqui e ali sobre seu ombro. Uma gota seguiu a curva da clavícula antes de percorrer a caligrafia elegante do meu nome sobre o seu coração. A partir dali, a caprichosa gotinha rolou pelos músculos do seu peito, sobre suas costelas, indo direto até o V profundo na parte inferior do seu abdômen. Percorreu aquela linha por uma boa distância antes de finalmente chegar à toalha felpuda enrolada nos quadris. Era a gota d'água mais sortuda de todo o planeta Terra.

— Kiera?

A voz divertida de Kellan trouxe meus olhos de volta aos seus, cheios de humor. Sorrindo com o canto da boca, ele arqueou uma sobrancelha.

— Está vendo alguma coisa que te agrada?

Corando, atirei as roupas para ele, que se encolheu diante do gesto brusco, mas conseguiu apanhá-las.

— Anna acordou e está se vestindo para vir para cá. Será que você podia se vestir, por favor?

A última frase foi dita num tom desolado, enquanto eu olhava novamente para o seu corpo. Rindo baixinho, ele colocou as roupas na bancada e ficou me vendo observá-lo. Mordi o lábio quando mais uma gota desceu pelas suas costas largas.

— Faz muita questão? — perguntou, ainda divertido.

Suspirando, dei uma olhada rápida no quarto de Anna. Felizmente, a porta ainda estava fechada.

— Faço.

Quando voltei a olhar para ele, Kellan deu de ombros e desenrolou a toalha da cintura. No meio da minha cozinha minúscula, deixou o tecido cair no chão. Meus olhos se arregalaram à vista dele completamente nu. Kellan não precisava... hum, glorificar a sua virilidade com acessórios, como Griffin. Era absolutamente perfeito no seu estado natural. Com o rosto pegando fogo, fiquei vendo-o balançar a cabeça para mim e, sem a menor pressa, pegar a cueca na pilha. Eu queria dizer para ele andar logo, e ao mesmo tempo queria que fosse mais devagar. Sorrindo, soube que essa imagem mental também me voltaria quando estivesse com saudades dele.

Quando a última peça de vestuário já estava no seu corpo, dei um suspiro triste e fui passar os braços pelo seu pescoço.

Ele sorriu, passando os dele pela minha cintura.

— Vou sentir sua falta — murmurei.

Estávamos dando um beijo leve quando minha irmã entrou na cozinha.

— Droga, ele estava enrolado numa toalha?

Olhei para Anna com uma expressão de zanga brincalhona, apontando para a evidência caída no chão. Sorrindo, encostei a cabeça no peito dele.

— Estava... sinto muito, mas você perdeu o *peep show*.

Com um suspiro teatral, ela apanhou algumas canecas de café no armário ao meu lado.

Rindo e balançando a cabeça, Kellan me soltou para poder servir café para todos da jarra que tinha acabado de ficar pronta. Quando entregou uma caneca cheia para Anna, ela agradeceu, educada. Dando um pequeno gole, levantou as sobrancelhas para ele.

— Boa sorte com o show, Kellan. Vou sair do trabalho um pouco mais cedo para poder pegar o finzinho.

Kellan assentiu, sorrindo, e me entregou uma caneca com espaço para o creme. Eu não suportava café preto, ao contrário dele e de minha irmã.

— Obrigado, Anna. Que bom que você vai poder assistir a esse. — Sorrindo para mim, ele finalmente serviu uma caneca para si mesmo. — Espero que o show seja bom. — Deu de ombros, com toda a naturalidade, como se fosse apenas mais uma apresentação e não seu show de despedida.

Mordi o lábio para aliviar a sensação de ardência que já sentia nos olhos ao despejar uma boa quantidade de creme na caneca. Não queria me emocionar ainda; tinha certeza de que haveria mais tempo para as lágrimas depois. Anna suspirou, o som espelhando meu estado de espírito.

— Eu não o perderia por nada no mundo, Kellan.

Deu um tapinha no ombro dele para confortá-lo, e então nos deixou a sós para que pudéssemos passar uma última manhã tranquila, juntos, com nossas canecas de café. E foi a manhã mais confortante de todas.

Depois de me levar de carro para a faculdade, Kellan passou o braço pelo meu ombro e me acompanhou até a sala de aula. Os alunos tinham finalmente se acostumado a vê-lo atravessando o corredor, pois ele me acompanhava até a sala quase todos os dias, mas as garotas ainda o devoravam com os olhos. Eu tinha cogitado de matar aula aquele dia, para podermos ter todo o tempo do mundo juntos, mas Kellan me dera um redondo "não". A faculdade era importante, argumentou, e eu já perdera aulas demais. Sabendo que ele tinha razão, concordei, mesmo a contragosto.

Para minha surpresa, Kellan entrou comigo na sala de aula. Quando me levou até uma fileira com duas carteiras vagas, revirei os olhos para ele.

— Isso eu sei fazer sozinha. Pode ir... Vai tirar um cochilo, ou fazer alguma outra coisa.

Com uma risada deliciosa, ele balançou a cabeça e, me segurando pela mão, começou a andar de costas pelo corredor, me puxando.

— Eu não estou te acompanhando até a carteira. — Esgueirando-se para contornar duas garotas que o encaravam de olhos arregalados, sentou e fez um gesto para que eu sentasse ao lado. — Vou ficar com você — explicou, com um sorriso radiante, cruzando os braços.

Fiquei olhando para ele, boquiaberta. Uma vez ele tinha até dito, brincando, que iria assistir a uma aula, mas não pensei que chegaria a fazer isso. Kellan não era burro nem nada, mas também não fazia exatamente o tipo acadêmico. Ele morreria de tédio ali comigo enquanto o professor soltasse o verbo sobre cláusulas de moralidade em contratos. Assentindo, sentei ao seu lado.

— Tudo bem.

Rindo baixinho, ele passou o braço pelo meu ombro. Olhando para ele, arqueei uma sobrancelha.

— Mas não vai pegar no sono. — Ele riu um pouco, alisando meu braço com o polegar. Sorrindo, acrescentei: — E nada de gracinhas. Eu preciso mesmo aprender esse negócio.

Kellan revirou os olhos e jurou, fazendo uma cruz com o dedo sobre o coração.

— Vou ser um aluno perfeito. — Olhando para a frente, sussurrou: — E, se não for, pode me castigar depois. — Seu sorriso foi de uma sensualidade tão diabólica que fui obrigada a desviar os olhos. Infelizmente, olhei direto para Candy, do outro lado da sala.

Ela estava sentada com as capangas, a cabeça totalmente virada, encarando o rock star presente na sala. Sua expressão de surpresa era quase igual ao que a minha tinha sido. Quando me inclinei para ele, encostando a cabeça no seu ombro, a expressão dela relaxou, tornando-se neutra. Revirando os olhos e murmurando um "Dane-se" com a maior clareza, virou-se bruscamente para a frente da sala.

Abrindo um largo sorriso, fiquei esperando que meu namorado tivesse sua primeira aula numa universidade, e torcendo para que gostasse.

De um jeito que me surpreendeu, Kellan se comportou *mesmo* como um aluno perfeito. Inclinou-se para a frente e ficou prestando atenção, fascinado. Na hora da discussão, até mesmo formulou duas perguntas muito bem pensadas. Sorri quando ele se envolveu num debate com um cara sentado algumas fileiras adiante. O argumento de Kellan era muito mais persuasivo, e o aluno lhe deu razão no fim. O professor elogiou os pontos de vista de Kellan, e então inclinou a cabeça, como se tentasse lembrar quem ele era, e se era de fato um aluno. Por fim, desistiu de tentar descobrir e deu a aula por encerrada.

Eu estava morta de orgulho do meu namorado quando saímos da sala. Em outra vida, provavelmente ele teria sido um universitário brilhante.

Kellan sorria de orelha a orelha e eu apertava sua mão, eufórica por ele ter gostado tanto. Tudo estava indo às mil maravilhas, até ele passar por um grupo de garotas aos risinhos. Sentindo-se corajosas, elas vieram ficar bem na nossa frente, bloqueando nossa saída. Ainda pisando em nuvens, Kellan sorriu para o grupo.

– Senhoritas? – perguntou, amável.

Elas riram ainda mais quando ele lhes dirigiu a palavra. Tive vontade de suspirar de exaspero. Havia algo nele que transformava mulheres maduras, cultas e esclarecidas em adolescentes de quinze anos. Eu já tinha visto isso acontecer n vezes.

A mais ousada do grupo deu um passo à frente.

– Você é Kellan, não é? Nós adoramos a sua banda.

Assentindo com toda a educação, uma expressão estranha passou pelo rosto de Kellan ao estudar o grupo de mulheres reunidas à sua frente. Foi uma coisa que, sei lá, de repente elas nem notaram, mas eu notei – quase como se ele estivesse tentando associar um lugar a um rosto. Abrindo um sorriso totalmente natural, ele respondeu, descontraído:

– Que bom que vocês gostam de nós. Nosso último show é hoje à noite, no Pete's. – Inclinando-se para elas, acrescentou, em voz baixa e sensual: – Espero que possam ir. – Seu tom foi tão carregado que cheguei a arquear uma sobrancelha. Estava acostumada a ver Kellan paquerando as fãs, mas isso já era passar dos limites.

E, é claro, elas só faltaram babar. Kellan sorria, passando os olhos pelo grupo. Não parava de olhar para a garota no fundo e, curiosa, comecei a observá-la também. Ela estava mordendo o lábio e encarando-o de um jeito íntimo, um jeito que deixava muito claro que se considerava superior às outras fãs que o bajulavam. Era um olhar que eu já tinha visto nas mulheres que o abordavam ou, às vezes, até mesmo apareciam na sua casa. Era o olhar de uma mulher que compartilhara uma cama com ele e gostaria de repetir a dose.

Enquanto os olhos de Kellan não paravam de ir para os da garota, finalmente decifrei a expressão que via no seu rosto. Era uma expressão de *Eu te conheço... mas de onde?*. Irritada com a situação, comecei a me afastar discretamente. Talvez percebendo, ele pediu licença às garotas que o encaravam.

— Foi um prazer conhecer vocês. A gente se vê no show. — Gemi um pouco ao ouvir a última frase. Agora, elas iam levar o que ele dissera ao pé da letra, achando que prometera passar algum tempo com elas depois do show daquela noite. E, sem dúvida, a Srta. Já-Dormi-Com-Você estava esperando uma atenção especial.

Quando saímos do prédio, eu estava com a cara fechada. Ele notou.

— Qual é o problema?

Olhando furiosa para ele, revirei os olhos.

— "Espero que vocês possam ir. A gente se vê lá, senhoritas" — imitei-o, mesmo sem querer.

Ele parou, olhando para mim.

— Eu só estava sendo simpático com algumas fãs, Kiera. Não quer dizer o que você pensa que quer dizer.

Parei, pondo as mãos nos quadris. Eu não me importava com as fãs, sinceramente, mas aquela garota no fim do grupo tinha me deixado pê da vida. Era tão estranho, ter que aguentar uma multidão de mulheres que sabiam como era estar com ele... naquele sentido. E elas não paravam de aparecer em todos os lugares. Essa garota, Candy, Rita e, com certeza, aquela mecânica de automóveis também, e isso só no pequeno círculo que eu via com mais frequência. Sabia que a lista era muito, muito mais longa do que isso.

Apontando para o prédio, disparei:

— Você transou com aquela garota!

Ele ficou me olhando ao ouvir meu tom e minhas palavras, e então sua expressão se enfureceu.

— E daí?

Fiquei pasma de ver que ele nem tentou negar.

— E daí que... daí que... — Não tendo um argumento, suspirei, abaixando a cabeça: — ... daí que eu estou cansada de esbarrar em mulheres que sabem como é fazer amor com você!

Ele suspirou e se aproximou de mim, segurando meu rosto. Com a expressão e a voz mais brandas, negou com a cabeça.

— Ninguém além de você sabe como é fazer amor comigo. — Levantando as sobrancelhas, encostou a testa na minha. — Nem *eu mesmo* sabia como era fazer amor até conhecer você.

Afastando-se, apontou para o prédio.

— O que rolou com aquela garota foi só sexo. Um ato insignificante, meramente físico, sem qualquer sentido ou sentimento. Foi só prazer, e eu já nem lembro direito como foi.

Abaixando a cabeça, seus olhos encontraram os meus.

— Eu me lembro de cada vez com você. Mesmo antes de estarmos juntos, vivia sonhando que estava com você. Não conseguia te tirar da cabeça, mesmo quando queria... — Seus polegares deslizaram por meu rosto quando senti as lágrimas escorrendo. — Você me marcou. Isso é que é fazer amor. Nenhuma delas leva essa vantagem sobre você. Você é... inesquecível... e eu te amo.

Fungando, engoli em seco algumas vezes antes de poder finalmente dizer:

— Também te amo.

Então, ele me beijou, e eu senti a paixão e a verdade de suas palavras. Elas podiam tê-lo tido, mas não como eu. Por algum motivo, eu era diferente para ele, e lhe seria eternamente grata por isso. Mesmo assim, continuei pensando em todas as conquistas dele durante o percurso até sua casa. Sentindo uma pontada de melancolia, sentei no sofá quando entramos. Ele sentou ao meu lado, um pouco ressabiado.

— Kiera? Você não está mais zangada, está?

Olhei para ele, balançando a cabeça.

— Não, não estou zangada, estou só...

Suspirei, mordendo o lábio. Parecendo nervoso, ele deu de ombros.

— Está só o quê?

Sabendo que, mais cedo ou mais tarde, acabaríamos tendo essa conversa, trinquei os dentes e respirei fundo. Soltando o ar, respondi calmamente:

— Estou só curiosa... em relação às mulheres.

Virando o rosto, Kellan suspirou, como se já soubesse que o assunto viria à baila.

— Kiera, você já sabe por que eu costumava...

Calou-se, olhando para o chão. Segurando seu rosto, fiz com que olhasse para mim.

— Sei, sim, Kellan. Conheço a razão, só não sei quantas foram.

Ele se afastou dos meus dedos, seu cenho se franzindo.

— Quantas? Por que você...? O que isso...? — Voltou a dar de ombros. — Que diferença isso faz, Kiera?

Foi minha vez de olhar para o chão, suspirando.

— Não sei, Kellan. Acho que eu só quero saber em quantas... outras... ainda posso vir a esbarrar. — Dei uma breve espiada nele; seu cenho ainda estava franzido. — Você sabe quantas foram?

Ele engoliu em seco, seus olhos evitando os meus.

— Kiera, eu não me sinto nem um pouco à vontade com... — Suspirou, finalmente olhando para mim. — Dá para a gente não entrar nesse assunto, por favor? Não hoje, na véspera da minha viagem.

Hesitei, desejando poder apenas ignorar o assunto novamente. Mas eu já fizera isso vezes demais, e essa era, sem dúvida, a ocasião perfeita para discuti-lo.

— Nós precisamos ter essa conversa, Kellan. Já deveríamos ter tido, mas você e eu tivemos... problemas diferentes nos adaptando um ao outro, de modo que essa questão acabou ficando em segundo plano. Mas é importante. Nós precisamos conversar a respeito.

Ele suspirou.

— Mas por quê? É um passado morto e enterrado. Não sou mais aquele cara, Kiera. Nem vou voltar a ser. Será que não dava para a gente pôr uma pedra nesse assunto?

Acariciando seu rosto, fiz que não com a cabeça.

— Não dá para ignorar as coisas e ter um relacionamento sólido. E não é um passado morto e enterrado, Kellan. Aquela mulher hoje foi uma prova de que ainda é relevante. Nós vamos continuar esbarrando nessas pessoas uma vez atrás da outra, e eu preciso... — Suspirei. — Só preciso saber que tipo de surpresa me aguarda, Kellan.

Abaixando a cabeça, ele murmurou:

— Nenhuma surpresa aguarda você, Kiera. — Não respondi e ele olhou para mim, seu olhar mostrando a esperança de que eu desistisse. Como não fiz isso, apenas continuando em silêncio e esperando que ele respondesse, com o coração na boca, ele soltou um suspiro resignado. — Desculpe, Kiera, mas não sei quantas foram.

Olhando para a sala, curvou-se para a frente, apoiando os cotovelos no joelho.

— Acho que se a gente for fazer as contas... — Olhou para as mãos. — Eu transo há uma década, com duas ou três garotas diferentes por semana... — deu uma olhada em mim, a culpa estampada no rosto — ... em média. — Voltou a olhar para as mãos. — Deve dar...

Prendi o fôlego, já tendo calculado a resposta. Ele voltou a olhar para mim com uma expressão pasma depois de fazer as contas.

— Minha nossa. São mais de mil e quinhentas mulheres. — Voltando a olhar para as mãos, murmurou: — Essa conta não pode estar certa.

Suspirei, sabendo que estava. Mesmo que ele só tivesse transado duas vezes por semana com uma mulher diferente de cada vez, ainda assim seriam mais de cem por ano. Como ele começara muito cedo, e já vinha nesse ritmo por mais de dez anos... bem, eram quase mil mulheres. E isso no barato. Eu tinha a impressão de que em alguns anos a média fora muito mais alta do que duas ou três por semana; tinha havido ocasiões em que ele saíra com duas ou três por dia.

Ele pareceu um pouco enojado ao refletir sobre o assunto, sentado no sofá. Obviamente, nunca fizera isso antes.

— Santo Deus — murmurou. — Eu sou mesmo um galinha.

Morta de pena dele, pus a mão no seu joelho.

— Bem, posso ver por que você não se lembra de todas — sussurrei.

Ele olhou para mim, horrorizado.

— Me perdoe, Kiera. Eu nunca tinha me dado conta...

Balançou a cabeça, e eu imitei seu gesto.

— Não tive a intenção de fazer com que você se sentisse culpado, Kellan, eu só... Nós tínhamos que ter uma conversa franca sobre isso, sinceramente.

Suspirando, ele voltou a se recostar no sofá. Assentindo, estendeu os dedos para mim.

— O que você quer saber?

— Eu sei que você não lembra os nomes de todas elas, mas será que lembra os rostos? Será que reconheceria todas, se esbarrássemos nelas? — Estremeci, pensando no encontro daquela tarde.

Ele mordeu o lábio, pensativo.

— Talvez as mulheres dos últimos anos, mas antes disso não, desculpe, os rostos se confundem, entende, e nem sempre eu perguntava ... — abaixou os olhos — ... os nomes delas.

Dei um apertãozinho no seu joelho e fiz a pergunta a que mais precisava que ele respondesse, a que parecia mais relevante e que me assustava um pouco:

— Você tomou precauções... com todas?

Meu coração palpitava no peito. É verdade que as doenças sexualmente transmissíveis eram uma de minhas maiores preocupações, mas o que mais me apavorava era a ideia de que alguma mulher tivesse tido um filho dele depois de uma única noitada. Eu tinha verdadeiro pavor de que alguma delas viesse bater à sua porta acompanhada por uma criança de dois anos... com olhos azul-escuros.

Os olhos dele voaram para os meus.

— Tomei — sussurrou, seu tom de voz parecendo convicto.

Suspirando, voltei a afundar no sofá.

— Kellan, você não precisa mentir para eu me sentir melhor; seja honesto.

A mão dele segurou meu rosto.

— Eu estou sendo honesto. Desde a primeira vez, nós usamos preservativos. Desse dia em diante, passei a sempre levar alguns comigo. Não queria... — suspirou, balançando a cabeça — ... não queria que alguma mulher tivesse outro *eu*.

Fiquei olhando para ele, pasma de ver que as circunstâncias de sua concepção o tinham apavorado tanto, por assim dizer, até mesmo na tenra idade de doze anos. Sem pensar no que dizia, murmurei:

— Como você pode ter certeza... se não se lembra de todas?

— Porque era a minha regra, e eu nunca a quebrei. Era a única coisa em que eu era bom.

Franzindo o cenho, tirei sua mão do meu rosto.

— Não comigo. Você nunca sequer pensou nisso comigo.

Meu tom de voz saiu um tanto irritado, quando relembrei todos os momentos em que nossas peles tinham se tocado totalmente nuas. Ele abaixou a cabeça, seus olhos indo e vindo para o meu rosto.

— Isso foi porque... — deu uma espiada em mim — ... era você. — Franzi ainda mais o cenho, sem compreender. Ele suspirou, levando os dedos ao meu rosto novamente. — Eu te queria tanto... e, num certo sentido, nunca tinha querido nenhuma mulher antes. — Encostou a testa na minha, soltando o ar sem muita força. — Eu já te amava... mesmo daquela primeira vez. Não queria que houvesse nada entre nós. Queria...

Afastando-se de mim, virou a cabeça. Segurando seu rosto, fiz com que olhasse para mim.

— Queria o quê?

Novamente parecendo se sentir culpado, ele deu de ombros.

— Queria possuir você. Queria sentir uma parte de mim em você. — Estremeceu. — Queria marcar você, fazer você minha. — Suspirando, balançou a cabeça. — Porque eu sabia que, na realidade, você não era, mas pensar que sim era uma coisa que me fazia sentir... mais perto de você.

Abaixou os olhos, e os meus começaram a ficar úmidos.

— Desculpe. Eu não devia ter feito isso.

Engolindo em seco, puxei sua boca ao encontro da minha.

— Também te amo — murmurei entre nossos lábios.

Segurando sua cabeça, voltei a afastá-lo e me deitei no sofá. Com toda a liberdade, ele se estendeu por cima de mim, nossas bocas se movendo em perfeita sincronia. Com a respiração mais forte, nosso beijo se tornou mais intenso e meu corpo começou a derreter sob o dele, pronto para que ele me reivindicasse mais uma vez. Mas, quando emaranhei os dedos nos seus cabelos revoltos, afagando de leve seu couro cabeludo, ele se afastou de mim.

Com os olhos nos meus, fez que não com a cabeça.

— Não me leve a mal, mas será que você se importaria de não transar agora? Será que a gente podia só... se aconchegar... até a hora de você ir para o trabalho? Só quero ficar perto de você por um tempo.

Meus dedos afastando alguns fios soltos da sua testa, observei seus olhos.

— Claro.

Ele esboçou um sorriso e me beijou uma última vez antes de trocar de posição, deitando-se ao meu lado. Com a cabeça no meu ombro, passou a perna por cima da minha e entrelaçou nossos dedos. Beijando as costas da minha mão, suspirou baixinho.

— Eu te amo, Kiera — sussurrou.

Dando um beijo na sua testa, encostei o rosto na sua cabeça e fiquei degustando a sensação do seu corpo esparramado em cima do meu. Eu estava enganada; *esse*, sim, é que foi o momento mais confortante da minha vida.

Ficamos desse jeito, aconchegados, confortando um ao outro em silêncio, até a hora de eu ir trabalhar. Assim que entramos no bar, Sam entregou a Kellan uma dose de bebida. Com um largo sorriso no rosto imponente, o segurança grandalhão deu um tapa no ombro do amigo.

— Toma aqui, cara, é a sua noite... Manda ver!

Kellan virou o copo sem hesitar.

— Valeu, Sam. — Riu um pouco ao lhe devolver o copo vazio. — Nunca pensei que logo você algum dia me ofereceria uma bebida alcoólica.

Kellan riu mais um pouco, e Sam revirou os olhos, seu sorriso se desfazendo.

— Bem, como você não vai acabar na minha porta no fim da noite, eu dou a minha permissão.

Olhei para Kellan com a expressão séria, relembrando sua confissão de ter tomado um porre homérico na porta de Sam, por minha causa. Tive que aturar o idiota bêbado aquela noite, sem fazer a menor ideia do que o levara a encher a cara daquele jeito. Era meio surpreendente que ele agora até conseguisse fazer piada com aquela noite, mas Kellan era assim mesmo — maleável. Acho que, com a vida que levara, ele tivera que desenvolver a habilidade de dar a volta por cima.

Sam balançou a cabeça e então riu, dando outro tapa no ombro de Kellan.

— Vamos sentir sua falta, Kell. — Ao se afastar do amigo, ouvi Sam murmurar: — Idiota bêbado.

Ignorando a última parte, Kellan gritou:

— Valeu!

Tentei acompanhar Kellan até sua mesa, mas, a cada passo que dávamos, alguém o parava, lhe oferecia uma bebida e erguia um brinde aos D-Bags. Ele aceitava todas de boa vontade, virando o copo e agradecendo à pessoa que o oferecera. Depois da quarta abordagem desse tipo, desisti de acompanhá-lo, dei um beijo no seu rosto e expliquei que precisava ir trabalhar. Ele assentiu, entornando mais uma dose. Balançando a cabeça, torci para que desse uma maneirada, a fim de poder fazer sua última apresentação aquela noite. Seria uma decepção enorme para seus fãs se eu tivesse que levar o idiota bêbado para casa uma hora depois.

Quando finalmente meu turno começou, Kellan já estava cercado por uma multidão barulhenta. Todo mundo queria passar um tempo com ele antes de viajar no dia seguinte. Fiquei feliz por já termos tido nosso momento de ternura em casa, mas também me sentia meio triste com o fato de nossa privacidade ter acabado. De agora em diante, eu teria que dividir meu namorado.

Mais ou menos uma hora depois de o turno começar, o resto da banda chegou. O bar irrompeu em gritos e assobios quando o grupo inteiro se reuniu; a barulheira que fizeram deve ter sido umas dez vezes maior até do que os D-Bags receberam no Bumbershoot. Todos estavam orgulhosos dos seus meninos e queriam lhes desejar boa sorte. Tinha gente saindo pelo ladrão no bar, e olha que ainda faltavam algumas horas para o início oficial do show.

Ao ouvir a gritaria, Pete saiu do escritório. Deu um suspiro desolado ao ver a grande atração do bar prestes a alçar novos voos, e então balançou a cabeça e levantou as mãos. O lugar se aquietou, todos se virando para ele. Kellan abriu caminho por entre a multidão para ficar ao lado dos companheiros de banda, seus olhos se fixando em Pete.

Sorrindo para o cantor, Pete disse:

— Kellan... rapazes... vocês fizeram maravilhas pelo meu barzinho, e eu nunca vou me esquecer disso. Se, e quando, vocês voltarem, sempre vão ter um lugar aqui. — Kellan sorriu, olhando para o chão. Os outros D-Bags ficaram radiantes, sorrindo uns para os outros. Fungando de um jeito obviamente emocionado, Pete balançou a cabeça. — Enfim... uma rodada para todo mundo, por conta da casa!

O bar irrompeu em gritos, e meus olhos se arregalaram. Tinha um mundo de gente ali. Quando Pete foi conversar com o pessoal da banda, Jenny, Kate e eu ficamos ocupadas distribuindo as cervejas gratuitas para a multidão alvoroçada. Demoramos séculos para saciar a galera, mas, por fim, com a ajuda de Rita e de Troy, o bartender do turno da manhã, demos conta do recado. Quando um murmúrio de contentamento se espalhou pelo bar, eu me recostei no balcão e suspirei, exausta.

Kate e Jenny também se recostaram ao meu lado. Kate soprou uma mecha de cabelos que lhe caíra sobre os olhos, a primeira que eu já vira se soltar dos seus cabelos.

— Vou sentir saudade desses caras, mas, ufa, hoje este lugar vai ser fogo!

Rita apareceu às nossas costas, servindo bebidas para nós.

— Uma rodada para as damas! — Troy veio ficar ao seu lado, e Rita o brindou com um sorriso sensual antes de lhe servir uma dose. — E para você também, por que não? — Escondi meu sorriso dela, sem me dar ao trabalho de lhe explicar que Troy nunca se sentiria interessado do jeito que seu sorriso insinuava. Tinha certeza de que o interesse dele estava em outra parte... como, por exemplo, no meu namorado.

Tocando nossos copos, viramos as bebidas depressa. Na hora queimou feito fogo, mas depois ficou só um calorzinho gostoso que me acalmou e ajudou a suportar o caos daquela noite. Quando Rita e Troy se afastaram a fim de preparar a rodada seguinte para o pessoal, Jenny suspirou, encostando a cabeça no meu braço.

— Vou sentir saudades de Evan... e dos outros. O Pete's não vai ser a mesma coisa.

Assenti, encostando a cabeça nela.

— Eu sei... Aliás, nada vai ser a mesma coisa.

Kate suspirou, e ambas olhamos para ela.

— Eu tenho lembranças maravilhosas desses caras. — Aos risos, ficou revirando uma mecha de cabelos entre os dedos. — Uns dois anos atrás, eles me raptaram no dia do meu aniversário. — Sorriu para Jenny. — Evan me obrigou a botar aquele chapeuzinho de papel ridículo, lembra?

Jenny retribuiu seu sorriso, concordando.

— Lembro, foi superdivertido. — Melancólica, olhou para os D-Bags. — Ainda lembro quando eles fizeram aquele show no leste do estado. Nós fizemos um grupo e atravessamos os desfiladeiros de carro, junto com eles. Ficamos todos presos na metade do caminho quando a van do Griffin quebrou. Tivemos que acampar numa parada. — Jenny começou a rir, Kate e eu imitando-a. — Matt nunca mais marcou um show nas montanhas depois disso.

Jenny enxugou os olhos, revivendo as lembranças daquela viagem. Suspirei, lamentando não trabalhar no Pete's na época, para viver aqueles momentos felizes. Kate deu um tapinha no ombro de Jenny:

— Lembra daquele vexame no tobogã do parque aquático?

— Lembro! Até hoje Griffin está proibido de entrar lá.

As duas caíram na gargalhada, e eu franzi o cenho, me perguntando o que o cretino teria feito. Com lágrimas escorrendo pelo rosto, Jenny perguntou, aos risos:

— E lembra daquela festa num telhado? Matt morre de medo de lugares altos, e passou a noite inteira sentado bem no centro. — Secando os olhos, contou, ainda rindo: — Kellan teve que botá-lo em cima do ombro para conseguir tirá-lo de lá!

Ri junto com elas, imaginando a cena, e então suspirei. Tinha perdido tantas lembranças felizes. Rindo sem parar, Kate acrescentou:

— Lembra quando você me flagrou com Kellan na noite do réveillon?

Na mesma hora parei de rir, virando a cabeça para Kate. Ela também parou de rir, lembrando quem eu era.

— Você e Kellan? — Olhei-a de alta a baixo, com os olhos franzidos, como se tivesse acabado de acontecer. — Fazendo o quê?

Meu tom era ríspido, e Jenny pôs a mão no meu ombro. Kate ficou branca feito papel, balançando a cabeça:

— Nós não transamos... Não chegou a esse ponto. — Apontou para Jenny. — Ela... — Mordeu o lábio, dando de ombros, com ar arrependido.

Meus olhos se franzindo ainda mais, botei as mãos nos quadris.
— Por que você nunca me contou isso?
Kate estremeceu um pouco.
— E o que eu iria dizer? "Olha só, eu quase transei com o cara que você está namorando"? Seria o fim da picada. — Deu de ombros. — Além disso, já faz algum tempo, e nós estávamos muito, muito bêbados. Acho que ele nem... — Olhou ao redor, envergonhada, dando de ombros novamente. — Tenho que voltar ao trabalho.
Sentindo o rosto pegar fogo, não respondi, e ela se apressou a dar as costas e fugir. Santo Deus! Kellan já tinha traçado Rita, convidado Jenny para sair, e agora eu ficava sabendo que tinha dado o maior amasso em Kate. Será que havia alguém no Pete's com quem Kellan não tinha uma história?
Vendo que eu estava fumegando, Jenny ficou na minha frente, pondo as mãos nos meus ombros.
— Ele agora é outro homem, Kiera. — Olhando para o ponto onde Kate desaparecera, balançou a cabeça. — E não fique com raiva dela por não resistir a ele. — Voltando a olhar para mim, arqueou uma sobrancelha, com ar cúmplice: — Você sabe como Kellan é persuasivo.
Corei por outro motivo, voltando a me recostar no balcão.
— Eu sei... Só queria que nem todas as mulheres do mundo tivessem uma história sexual com o homem por quem estou apaixonada.
Rindo baixinho, Jenny abaixou a cabeça para me olhar nos olhos.
— Eu sei que são muitas, Kiera, mas tenho certeza de que não são todas as mulheres do mundo. — Balançando a cabeça, sorriu, bem-humorada: — Eu, por exemplo, não tenho uma história com ele. Nunca nem o beijei. — Na mesma hora ficou séria e se afastou, os olhos profundamente pensativos. — Hummm...
Meu queixo caiu quando os vincos em sua testa se tornaram ainda mais fundos. Dei um tapa no seu ombro:
— Beijou sim, não beijou?
Olhando de novo para mim com uma careta, ela deu de ombros.
— Foi só uma vez, quando ele me deu uma carona para casa depois do trabalho. — Minha boca se abriu ainda mais, e eu soltei um rosnado nada feminino. Ela torceu os lábios, balançando a cabeça. — Desculpe, eu tinha me esquecido. Foi pouco depois que comecei a trabalhar aqui. Ele estava parecendo triste e sozinho, aí me ofereceu uma carona e eu aceitei. Quando a gente estava batendo papo na entrada de carros da minha casa, ele se aproximou e me deu um beijo. — Sacudiu a linda cabeleira loura. — Mas eu o empurrei e disse que não queria. — Revirando os olhos, acrescentou: — Acho que foi isso que fez com que ele ficasse atrás de mim para que a gente saísse, até eu finalmente dar um fora nele.

Deu de ombros, olhando para mim, como se não fosse nada de mais. Fechando os olhos, saí do bar a passos duros. Precisava ir para algum lugar onde não houvesse nenhuma mulher com quem Kellan já tivesse tido um envolvimento romântico. O que, no momento, queria dizer que eu precisava ficar sozinha.

## Capítulo 8
## A PRIMEIRA DESPEDIDA

Deixar para trás o barulho e o caos do bar me acalmou um pouco. A culpa não era das minhas amigas. Eu não devia ficar zangada com elas, nem mesmo chateada. E nem com Kellan. Na época, ele andava à procura de algo. Sem saber, buscava um vínculo de amor autêntico com alguém. Só que tinha metido os pés pelas mãos, mergulhando no aspecto físico de um relacionamento sem trabalhar a parte emocional. Não admira que seus sentimentos não durassem muito depois do sexo, nem que paquerasse uma mulher atrás da outra, desesperado e infeliz.

E, além disso, seu passado estava morto e enterrado. Ele descobrira o que faltava. A única pessoa com quem estava fazendo sexo abertamente era eu... e era assim que devia ser.

Rindo um pouco ao arrumar prateleiras de produtos que não precisavam ser arrumadas, tentei imaginar as histórias engraçadas que as meninas tinham contado sobre a banda. Eu bem podia imaginá-los tomando café requentado em alguma lanchonete onde Judas perdeu as botas, reclamando da van ordinária de Griffin.

Sorrindo ao imaginar Kellan de calção molhado no parque aquático, voltei a dobrar a pilha de camisetas do Pete's pela terceira vez. Por fim, eu precisaria voltar lá para fora. Vagamente, ouvi o som da porta se abrindo e fechando, e o barulho do bar aumentando e diminuindo. Suspirando ao imaginar que algum funcionário tivesse vindo perturbar minha paz, na certa para me esfolar viva por me esconder durante a noite mais movimentada na história do Pete's, continuei de costas, tentando parecer muito ocupada em minha procura por... sei lá o quê.

Mas então, senti um corpo se aproximar de mim, avançando demais no meu espaço vital. Assustada, comecei a me virar. Mãos fortes se apoiaram nas prateleiras à minha esquerda e à direita, enquanto um corpo firme e rijo pressionava minhas costas.

Uma boca se aproximou da minha orelha:
— Não se vire.
Meu coração disparou, o sangue correndo nas veias e latejando nos ouvidos. Uma lista de imagens trágicas e brutais me passou pela cabeça. Será que eu estava sendo atacada? Prestes a ser estuprada? Será que alguém me ouviria gritar ali, na sala dos fundos? Será que viriam me socorrer depressa? Onde estava Kellan?

Totalmente em pânico e fora de mim, na mesma hora eu me virei. Ou, pelo menos, tentei. As mãos fortes obrigaram minha cabeça a permanecer reta, e o corpo atrás do meu me imprensou contra as prateleiras, a excitação do sujeito óbvia na parte de baixo das minhas costas. Ah, meu Deus, então ia *mesmo* ser um estupro? Comecei a tremer, e a voz, grossa e arrastada, falou no meu ouvido:
— Já disse para não se virar.

Quando eu já começava a me perguntar qual parte do seu corpo deveria acertar primeiro, meu agressor começou a rir. Meu medo passou quando, na mesma hora, reconheci a risada brincalhona. Revirando os olhos, o medo dando lugar à raiva, eu me virei para ele.
— Kellan! Você quase me matou de susto! — Dei um tapa no seu peito, e mais outro por desencargo de consciência.

Ele deu um passo para trás, e então puxou meu corpo para si. Ainda rindo, balançou a cabeça.
— Você está me desobedecendo... — Com um sorriso endiabrado, encostou o rosto no meu, me imprensando contra as prateleiras. Senti o cheiro de álcool no seu hálito. — Talvez eu tenha que te castigar desta vez — sussurrou.

Foi uma coisa tão erótica, que na mesma hora eu me enchi de desejo por ele, e então fiquei com raiva por meu corpo traiçoeiro se render tão depressa. Mas era difícil raciocinar com o prazer palpável dele colado bem ali, onde eu precisava. Segurando minha perna, ele a levantou até o quadril, pressionando ainda mais aquela rigidez maravilhosa contra mim. Gemi baixinho, fechando os olhos e passando os braços por ele.
— Não... Estou zangada com você.

Um rosnado gutural escapou da sua garganta quando ele colou a boca no meu pescoço.
— Ver você zangada me dá o maior tesão — murmurou, arrastando a ponta da língua do meu pescoço à orelha. Soltei uma exclamação, minha cabeça descaindo na prateleira atrás de mim, enquanto seu corpo já pronto se esfregava no meu.

Ah, que droga.

Seus dedos retiraram com habilidade minha camiseta do Pete's, uma das mãos passando por baixo da malha e segurando um seio. Seus dentes mordiscaram de leve o lóbulo da minha orelha antes de seus lábios quentes o envolverem. Ele deu um gemido baixo e sensual, pressionando o corpo contra o meu e, quando dei por mim, já estava quase arquejando, implorando em silêncio para que ele fizesse amor comigo.

Sibilando entre os dentes, ele murmurou:

— Meu Deus, como eu te quero... Você me quer?

Uma de suas mãos ainda me acariciando, a outra deslizou para dentro da minha calça jeans, avançando pelo interior da calcinha. Soltei o ar depressa, meus olhos se abrindo de estalo.

— Não, Kellan, não faz isso. — Segurei sua mão direita antes que seus dedos pudessem me alcançar. Santo Deus, se ele chegasse a me tocar... em um segundo, estaríamos nus e colados um no outro. E eu sabia, por experiência, que aquela sala não era exatamente um lugar seguro.

Ficando sério, ele se afastou para me olhar. Ou, pelo menos, tentou me olhar, seus olhos entrando e saindo de foco.

— Por que você me interrompeu? — perguntou com a voz um pouco arrastada, piscando os olhos devagar.

Suspirando, tentei tirar sua mão de dentro da minha calça; ele dera um jeito de enfiá-la ainda mais baixo.

— Você está bêbado? — sussurrei, abaixando a outra mão para tentar puxar a dele.

Ele esboçou um riso, sua mão, mais forte que a minha, sem arredar um milímetro, apesar de todos os meus esforços. Santo Deus, como eu torcia para que ninguém nos flagrasse naquelas condições.

— É bem provável — respondeu, aos risos —, e eu quero transar agora.

Balançando a cabeça, apertei os lábios em linha reta:

— Não, não vou transar com você aqui, na sala dos fundos.

Franzindo o cenho, ele trouxe os lábios aos meus. Resisti, mas ele me provocou com lambidas leves na pele, e não tive escolha senão deixar sua língua entrar. Meus dedos, que apertavam sua mão, relaxaram um pouco também.

— Por que não? — murmurou. — Eu pedi ao Pete para consertar a porta... Está trancada, se é isso que te preocupa. — Sua mão desceu mais alguns centímetros, e eu deixei. — Além disso, é a *minha* grande noite.

Recorrendo a toda a minha força de vontade, eu me afastei da sua boca.

— Por que você pediu ao Pete para consertar a porta?

Ele deu de ombros, voltando aos meus lábios.

— Eu gosto desta sala. Ela... me traz lembranças felizes.

Evitando-o, arqueei uma sobrancelha.

— Felizes? Nós dois aos berros um com o outro é uma lembrança feliz para você? — A referência à noite em que finalmente explodimos um com o outro me fez estremecer. Fora a pior discussão que eu já tivera, e esperava jamais vir a ter.

Ele abriu um sorriso preguiçoso, o álcool que lhe corria pelas veias se estampando no rosto.

— Lembra que eu disse que ver você zangada me dá o maior tesão? — A ponta de seu dedo roçou uma mecha de meus pelos íntimos, e eu inspirei pela boca, puxando sua mão, mas só um pouquinho. — Eu disse que te amo nesta sala. — Ele sorriu ainda mais, e então soltou o ar baixinho. — Deveria ter dito antes.

Vendo o amor em seu olhar bêbado, abri um sorriso, minha mão soltando um de seus braços para ir acariciar seu rosto.

— É, deveria mesmo. — Suspirei, balançando a cabeça: — E eu deveria ter dito que sentia o mesmo.

Sua expressão ficou séria por um momento e ele abaixou a cabeça, encostando-a na minha, fechando os olhos de um azul profundo.

— É, deveria, sim. — Rindo, acrescentou: — Mas você sempre foi teimosa feito uma mula. Demorou séculos para admitir que sentia alguma coisa por mim.

Me afastando dele, franzi o cenho o máximo que me permitia sua mão ainda enfiada na minha calcinha. Ele riu ainda mais, se inclinando para me beijar.

— Que foi? Você sabe que eu tenho razão. — Sua língua roçou a minha, e eu gemi. Pensei em deixá-lo fazer o que quisesse comigo. Afinal, ele tinha mandado consertar a porta...

Talvez intuindo onde minha cabeça estava, ou talvez bêbado demais para se importar, sua mão desceu e envolveu meu corpo. Gemi, desesperada de desejo para que ele levantasse um dedo e me tocasse. Mas ele não fez isso, apenas mantendo a mão onde estava e me beijando apaixonadamente. Sua respiração ficou mais forte e, quando meus dedos desceram para tentar tocar sua excitação, senti que também estava mais rígida.

Quando eu já estava quase gritando, "OK, OK, vamos transar!", de repente me lembrei do caos que tínhamos deixado no bar. Tirando minha mão de cima dele, empurrei seu ombro para trás.

— Você tem que ir tocar, Kellan! — Franzindo os olhos, ignorei o latejar no meu corpo e olhei para o rosto meio vidrado dele. — Será que você está em condições de fazer isso?

Rindo, ele assentiu.

— Tem um monte de coisas que eu consigo fazer mesmo bêbado. — Tornou a cair na risada e eu franzi o cenho, lembrando as revelações que minhas colegas de trabalho tinham feito.

— É, ouvi dizer que você dá uma prensa nas garçonetes do Pete's quando está de cara cheia na noite de réveillon.

Ele olhou para mim sem entender, um sorriso idiota e satisfeito no rosto, e então franziu o cenho:

— Como é que é...?

Revirando os olhos, arranquei sua mão que, ainda feliz e contente, estava pousada nas minhas partes íntimas.

— Kate, seu palhaço. Você nunca me contou que quase transou com ela... e com Jenny também.

Ele revirou os olhos e disse, em sua dicção arrastada:

— Eu não cheguei nem perto de transar com a Jenny. Ela me deu o maior fora. E a Kate... não conta.

Franzi os olhos, meu rosto cercando o seu. Ele piscou, reajustando a visão para me olhar.

— Como assim, não conta?

Ele deu de ombros num gesto preguiçoso:

— Quase não conta.

Resmungando, finalmente consegui arrancar sua mão livre da minha calça jeans. Ele armou um senhor beicinho quando lhe devolvi a própria mão; até fez cara de cachorrinho pidão. Sorrindo apesar de minhas objeções ao seu comentário, balancei a cabeça.

— O que vou fazer com você?

Seu sorriso se tornou safado, seus olhos se fixando na minha calça.

— Eu poderia pensar em algumas coisas.

Rindo, fiz com que ele se virasse. Torci para que sua... situação... não ficasse aparente demais para os frequentadores do bar quando eu o empurrasse de volta para lá. Poderia ser um tanto constrangedor para ele. Por outro lado, talvez não. Kellan não ficava constrangido com coisas que matariam os outros de vergonha. Provavelmente, apenas daria de ombros e tomaria outra cerveja.

Ele soltou um longo suspiro preguiçoso quando o empurrei para trás. Comecei a rir novamente, me dando conta de uma coisa. Ele voltou a olhar para mim, quando chegamos à porta. Franzindo o cenho, murmurou:

— Qual é a graça?

Sorrindo ao ver a expressão insolente no seu rosto, abri um sorriso, e então caí na risada outra vez.

— Bem, Casanova... já que você está mandando ver na sua noite de glória, adivinha quem eu vou pegar mais tarde?

Ele voltou a sorrir, virando o corpo ainda excitado para apertá-lo contra o meu. Infelizmente, eu também ainda estava excitada, e foi uma coisa de louco quando nossos corpos se pressionaram. Eu já ia fechando os olhos, mas os reabri quando ele murmurou:

— Eu?

Empurrando-o para trás, levantei um dedo em sinal de advertência:

— Não... — Com um sorriso inocente, estendi a mão para abrir a porta. — Seu bebê! Finalmente vou ter uma chance de dirigir o Chevelle de novo.

Ele franziu o cenho e na mesma hora começou a protestar, mas empurrei seu traseiro bêbado pela porta afora. Nem que ele me implorasse eu iria deixá-lo dirigir depois da festa.

Quando ele já ia saindo de costas no corredor, protestando de um jeito fofo que estava em perfeitas condições de dirigir, seu corpo começou a tocar. Quer dizer, o celular no bolso da sua calça começou a tocar, mas, como Kellan não estava habituado a carregar um, ficou olhando em volta como se não tivesse a menor ideia do que estivesse fazendo aquele barulho. Começou a apalpar o corpo, procurando a fonte do som. Rindo, aquietei suas mãos, pondo uma delas no pequeno volume do celular.

Rindo consigo mesmo enquanto as pessoas que passavam por nós lhe dirigiam olhares de espanto, ele murmurou:

— Ah, graças a Deus que é o celular. Por um momento, achei que era o meu pau que estava tocando.

Meu rosto ficou vermelho e eu dei um tapa na sua boca. Kellan tirou o celular do bolso e atendeu. Ao ouvir sua saudação, na mesma hora me perguntei se ele devia estar falando ao telefone naquelas condições, e também quem poderia estar ligando. A maioria de nós já estava no bar, ou a caminho.

— Oi, fala comigo! — soltou animado, jogando o peso do corpo sobre um dos quadris. Balançando a cabeça para ele, revirei os olhos. Que Deus ajudasse quem quer que estivesse do outro lado da linha. Fui descobrir quem era um momento depois. Com o rosto se abaixando de surpresa, Kellan exclamou em voz alta: — Cara! Denny! Putz, você tem um timing do cacete. Hoje é o meu último show, e a Kiera e eu estávamos justamente...

Meus olhos se arregalaram, e na mesma hora tentei tirar o telefone da mão dele. De todas as pessoas com quem Kellan poderia conversar bêbado, Denny era a pior. Havia muitos assuntos delicados em que ele poderia tocar por descuido.

Com um olhar irritado para mim, Kellan se contorceu, pondo-se fora do meu alcance, e deu um passo trôpego para trás.

— Calma, Kiera, eu não ia contar para ele que você engasgou. — Meu queixo despencou; ele tinha dito isso diretamente no telefone, e soou muito, muito mal. Sua mente embotada percebendo o que fizera, Kellan piscou os olhos e rapidamente se corrigiu: — Ah, Denny, eu não quis dizer que ela engasgou, ela não fez isso, ela não gosta muito de ir lá pra baixo, se é que você me entende – parou para rir –, e acho que entende, né?

Tentando arrancar o celular de sua mão antes que o idiota dissesse a Denny tudo que ele não precisava ouvir, fiquei vendo Kellan franzir o cenho, enquanto me enxotava.

– Desculpa, cara, você deve ter mais o que fazer do que ficar ouvindo esse tipo de merda. – Kellan ficou em silêncio enquanto Denny falava, e então caiu na gargalhada. – Pois é, bom, pelo menos não posso dizer que você pegou a gente no meio de uma transa... Isso teria sido constrangedor.

Fechei os olhos, sacudindo a cabeça. Idiota. Mesmo que estivesse brincando, Denny não precisava visualizar Kellan e eu juntos. Quando os dois ficaram em silêncio, arrisquei abrir um olho e dar uma espiada em Kellan; ele estava com a expressão séria.

– Denny? Você ainda está aí? – Um segundo depois, sua expressão se tranquilizou e ele abriu um sorriso grogue. – Não, a turnê só começa amanhã. Estamos comemorando a nossa última noite em Seattle.

Suspirando, fiz uma careta. Não sabia que Kellan tinha contado a Denny que ia passar alguns meses fora. Só podia imaginar o que Denny estava achando disso. Provavelmente não chegaria a fazer qualquer comentário, mas eu tinha certeza de que, no íntimo, estava comparando a situação à época em que me deixara.

Pensando em como impedir Kellan de dizer alguma besteira para o amigo, talvez estragando de vez o relacionamento já precário dos dois, tentei pegar o telefone de novo. Kellan estendeu o braço para me manter a distância, enquanto continuava tagarelando:

– Pois é, justamente. Seis meses, Denny. Dentro de um ônibus, cara! Uma turnê de ônibus, no duro, dá para acreditar nessa merda? – Kellan se calou, e então inclinou a cabeça. – Ih, eu estou tontão... por que será?

Aproveitando seu breve momento de confusão, arranquei o celular da sua mão. Denny estava rindo quando o levei ao ouvido.

– Oi, Denny, sou eu. Me desculpe. Ele estava... comemorando.

Ainda rindo, Denny murmurou:

– Dá pra notar. E aí, como é que você está?

Sabia que ele se referia à partida iminente de Kellan, mas respondi como se ignorasse a razão da pergunta:

– Ah, estou ótima. Me matando de trabalhar e estudando feito uma doida, mas vou indo.

Houve uma pausa, e aproveitei para observar Kellan. Ele tinha cruzado os braços e batia com o pé no chão feito uma garota adolescente petulante. Mordi o lábio para não rir. Depois do silêncio, Denny disse, em tom sério:

– Não, Kiera. Eu quis dizer em relação à viagem de Kellan.

Suspirando, fechei os olhos e me concentrei no telefonema.

— Sim, eu sei que foi o que você quis dizer. Estou ótima. Sinceramente. — Abrindo os olhos, sorri para Kellan, que retribuiu o sorriso, suas pernas cambaleando um pouco. — Este é um momento muito importante para ele. Não vou estragá-lo... — Mordi o lábio, não querendo dizer isso para Denny.

Suspirando, ele completou a frase:

— ... terminando com ele para obrigá-lo a abrir mão de tudo e voltar correndo para você, embora seja tarde demais.

Engolindo em seco, fiquei de costas para Kellan.

— Denny...

Pigarreando, Denny fungou no telefone.

— Me perdoe. Não tive a intenção de dizer isso. Não tive mesmo, Kiera. — Parecendo constrangido, pigarreou de novo. — Olha só, eu ligo mais tarde, quando ele estiver sóbrio. Só queria desejar boa sorte para ele na turnê. — Riu baixinho. — Não que ele vá precisar.

Esbocei um sorriso, olhando para Kellan, que estava encostado na parede mais afastada, observando a placa que indicava a saída no fim do corredor.

— Tudo bem... Eu falo para ele depois. Obrigada por ligar, Denny. Tenho certeza de que significa muito para Kellan.

Um breve silêncio, e então:

— OK... Boa noite, Kiera.

— Tchau, Denny.

Encerrando a chamada, fiquei segurando o celular por um momento antes de devolvê-lo a Kellan. Ela estava olhando para mim de novo, piscando devagar. Quando me aproximei e lhe estendi o celular, ele o apanhou num gesto embotado, ainda sem expressão. Enfiando-o no bolso, finalmente fez uma careta.

— Estou com fome. Quer rachar um prato de batatas fritas comigo?

Soltando um longo suspiro de alívio, feliz por ver que ele não ia começar uma discussão bêbada por eu ter batido um papo com meu ex-namorado, assenti.

— Ótima ideia. Vou mandar fritarem uma porção para você.

Ele assentiu com um sorriso radiante, e então me deu um beijo rápido no rosto. Em seguida, saiu cambaleando em passos trôpegos pelo corredor afora, distraindo-se com cada pessoa que lhe dirigia a palavra no caminho. Balançando a cabeça devagar, torci para que ele não vomitasse antes do fim da noite.

Por volta de uma hora depois, ele subiu ao palco esbanjando confiança. A gritaria foi ensurdecedora quando os D-Bags ocuparam seus lugares para a última apresentação oficial da banda em Seattle. Kellan estava com uma expressão tão linda no rosto. Era um misto de prazer, contentamento e entusiasmo, com uma pontada de melancolia e uma boa dose de álcool. Ele tinha melhorado um pouco depois que eu o fizera bater um bom prato de comida, mas eu tinha certeza de que ainda estava fora do ar.

Passando a guitarra pelo corpo e segurando o microfone, ele ergueu a mão para a galera gigantesca que comparecera; ainda tinha gente do lado de fora, o bar cheio demais para que pudessem entrar. Enquanto os outros D-Bags ajustavam os instrumentos, os olhos de Kellan percorreram a multidão de fãs que tinham vindo lhe desejar boa sorte. Juro que vi aquelas profundezas azuis ficarem úmidas quando ele balançou a cabeça, seu rosto incrédulo.

— Uau... Tem um bocado de gente aqui hoje. — Abriu um sorriso radiante após falar, e a galera irrompeu numa gritaria estridente de aprovação. O som me fez estremecer; o sorriso de Kellan se tornou ainda maior.

Tirando o microfone do suporte, ele caminhou até a beira do palco; rezei para que não despencasse dele.

— Quero agradecer a todos vocês por virem aqui hoje, e por darem a maior força para a gente há tanto tempo. — Calou-se, esperando que a súbita gritaria amainasse. A tristeza dominou sua expressão quando seus olhos encontraram os de alguns fãs que estavam bem na sua frente. Suspirando, ele balançou a cabeça.

— Vou sentir saudades disso...

Levantou os olhos e encontrou os meus. Demorou um segundo para que eu entrasse em foco, mas, quando isso aconteceu, todo o seu rosto voltou a se iluminar. Rindo, ele murmurou:

— Estou bêbado feito um gambá.

A multidão foi ao delírio, e eu revirei os olhos. Torci para que ainda estivesse em condições de tocar. Eu morreria de pena que seu último show fosse um vexame. A melancolia por ser sua última apresentação tentou tomar conta de mim, mas tratei de reprimi-la; haveria tempo para sofrer depois. Por ora, enquanto estivesse rolando, eu queria curtir. Sorrindo para ele, balancei a cabeça e voltei às minhas obrigações. Ouvi quando ele riu de novo, e então Evan deu início à sua introdução.

Eles tocaram a nova música primeiro, e fiquei prestando atenção para ver se Kellan desafinava. Mas não desafinou. Ele cantou no tom sem errar uma nota, e até seu acompanhamento na guitarra saiu perfeito. Quem o ouvisse se apresentar, jamais adivinharia que ele não estava podendo caminhar em linha reta. Memória muscular... sem dúvida, uma das maravilhas do universo.

Depois da nova música, a banda sacudiu o bar com os seus maiores sucessos. Eu dava uma olhada sempre que tinha uma chance. Kellan sorria e esbanjava charme, parecendo totalmente à vontade no pequeno palco. Não havia nada mais natural para mim do que vê-lo cantando com os amigos, a parede preta ao fundo, decorada com vários estilos de guitarras, fazendo as vezes de cenário. Embora estivesse entusiasmada com a possibilidade de Kellan vir a ter um futuro brilhante, ia sentir saudades disso.

No meio da apresentação, Kellan tocou a minha música. Parei de trabalhar, já que podia ter um intervalo, para poder ouvir. Era a música que ele estava cantando na noite em que tínhamos voltado. A música que ele escrevera sobre nós, depois que eu dera um fora nele. Eu a detestava... e adorava.

Esgueirando-me por entre o mar de fãs, consegui me espremer na primeira fila. Alguém me abraçou, e fiquei espantada de ver que era minha irmã. Ela tinha dado um pulo no Pete's depois de sair do Hooters, e se misturara à multidão. Sorri para ela, e então voltei toda a atenção para o meu namorado. Ele tinha me visto abrir caminho por entre o formigueiro humano e seu olhar penetrante se fixava em mim, enquanto ele cantava sua melancólica ode à dor de cotovelo... que ainda me deixava com os olhos cheios de lágrimas.

Ele caminhou até a beira do palco. As fãs foram à loucura ao vê-lo assim tão perto, suas mãos se estendendo para tocá-lo. Ignorando-as por um momento, ele se ajoelhou sobre uma das pernas, bem na minha frente. Alheio ao mundo, alheio às fãs que passavam as mãos na bainha da sua calça jeans, ele manteve os olhos fixos em mim e cantou com todo o coração. Quando terminou, lágrimas me escorriam pelo rosto.

Sorrindo, ainda ajoelhado sobre uma das pernas, ele sinalizou com o dedo para que eu me aproximasse e se inclinou para a frente. Esquecendo que ele estava no meio de um show, sequei as lágrimas e me inclinei para beijá-lo. Os gritos e uivos que irromperam quando nossos lábios se roçaram me relembrou que não estávamos mais a sós na sala dos fundos. Na mesma hora tentei me afastar, constrangida, mas a mão dele segurou minha cabeça. Rindo com os lábios próximos aos meus, ele me manteve abraçada contra o corpo, aprofundando nosso beijo.

Corei até a raiz dos cabelos, sentindo cada par de olhos no bar em cima de mim. Quando ele finalmente me soltou, estava com um sorriso endiabrado. Ele sabia o quanto as demonstrações desse gênero me incomodavam. Eu preferia me esconder no fundo da galera e passar despercebida do que aguentar cada mulher olhando boquiaberta para mim. Dando um tapa no seu braço, lancei para ele meu melhor olhar no estilo *A gente conversa sobre isso mais tarde*. Rindo, ele se levantou.

Enquanto as fãs me empurravam, algumas fazendo perguntas, outras tentando tomar meu lugar e se inclinar para darem um jeito de colar os lábios nele, eu me contorci, deixando para trás minha irmã e a horda de gente que agora observava cada gesto meu. Embora morta de vergonha, meus lábios ainda ardiam de um jeito delicioso do beijo que ele me dera.

Quando a longa apresentação da banda finalmente terminou, a multidão irrompeu em aplausos e assobios. Kellan exibia um largo sorriso ao observá-la, parecendo um pouco mais sóbrio depois daquelas duas horas passadas no palco. Evan estava com um sorriso radiante quando bateu as baquetas uma na outra. Matt olhava para o chão ao tirar a guitarra do pescoço, e Griffin empinou o queixo e passou os olhos pelo seu reino com o ar de alguém que se sente no direito de fazer isso.

Segurando a guitarra pelo braço, Kellan levantou a mão, pedindo silêncio. O público se calou quase imediatamente, e por um momento as portas do bar se abrindo e fechando foram o único som que se ouviu. Com um sorriso simpático, ele disse:

— A banda e eu gostaríamos de agradecer a todos vocês mais uma vez. Vocês são os melhores fãs que poderíamos desejar, e vamos sentir a maior saudade de tocar para vocês nos fins de semana...

Calou-se, absorvendo a vista de cada fã fascinada, e então, com um sorriso maroto, apontou para Matt:

— Agora, vamos todos para a casa do Matt tomar um porre federal!

Houve uma gritaria ensurdecedora de assentimento do público, enquanto Matt franzia o cenho para Kellan. Griffin deu um tapinha nas suas costas, enquanto o grupo descia do palco. Kellan guardou a guitarra no estojo e o pendurou no ombro; era o único que não deixava seu instrumento no bar. Achei que talvez Matt e Griffin também levariam os instrumentos dessa vez, já que não voltariam ao Pete's tão cedo. Mas então lembrei que minhas amigas e eu estávamos planejando embalar as coisas deles — a bateria de Evan, as guitarras e todo o equipamento de som. Íamos fechar o bar para eles mais tarde, para que ficassem livres e pudessem relaxar e curtir sua última noite em Seattle.

Enquanto eu pensava nisso, Kellan abriu caminho entre as pessoas até mim. Foi um sufoco; a cada passo que dava, as fãs o paravam para tirar suas casquinhas. Mas ele passou até mesmo pela Srta. Dormi-Com-Você, em quem tínhamos esbarrado na faculdade horas antes. Ela e as amigas tinham aceitado o convite dele para assistir ao show. Olhando para mim, ele foi logo tratando de se livrar dela. Não pude impedir que um sorrisinho aparecesse no meu rosto ao ver a decepção se estampar no da garota.

Quando ele finalmente chegou até mim, passou o braço pelos meus ombros. Suspirando no meu ouvido ao me abraçar, murmurou:

— Não consigo acreditar que esse foi o nosso último show aqui. — Afastando-se, deu de ombros. — O Pete's é como se fosse a minha própria casa.

Balançando a cabeça, passei as costas do dedo no seu rosto.

— Você vai voltar — falei com toda a naturalidade, e Kellan ergueu o canto dos lábios. Mas, na realidade, não sabíamos se a banda iria mesmo voltar. A turnê abriria um novo leque de possibilidades, todas elas muito mais grandiosas do que tocar no mesmo barzinho todo fim de semana.

Recusando-me a pensar no assunto, apontei para sua guitarra.

— Por que não deixa isso no seu carro e vai com o Matt para a casa dele? — Suspirando, balancei a cabeça. — Tenho certeza de que você está louco para ir para a sua festa. — Notando minha irmã atrás dele, acenei brevemente para ela, que já saía as pressas do bar com Griffin.

Sorrindo, Kellan abaixou o braço que envolvia meus ombros até a cintura.

— Não, prefiro ajudar você com a limpeza aqui antes de nós sairmos... juntos.

Extremamente comovida, franzi o cenho.

— Mas é a sua festa... Você não quer ir? — Olhei ao redor para a legião de frequentadores saindo do bar, e a sujeirada que estavam deixando para trás. — Posso ter que passar mais uma hora aqui.

Rindo, Kellan voltou a olhar para mim.

— Não se eu ficar para te ajudar. — Sorrindo, balançou a cabeça. — Além disso, quero passar a minha noite com você... e não com uma cambada de bêbados que nem conheço.

Sorrindo, eu me inclinei para dar um beijo nele.

— Tudo bem, combinado. Volta aqui depois de guardar a guitarra. — Ele assentiu, seus lábios ainda nos meus e, rindo um pouco, acrescentei: — E não se esquece de me dar as chaves.

Afastando-se, ele arqueou uma sobrancelha para mim.

— Eu fiquei sóbrio no palco. Estou em perfeitas condições de dirigir.

Fiquei séria, franzindo os olhos.

— Lembra de ter dito a Denny horas atrás que eu não gosto de "ir lá pra baixo"?

Os olhos de Kellan se arregalaram quando ele se lembrou da conversa vergonhosa que, bêbado, tivera horas antes. Mordendo o lábio ao se afastar de mim, como se estivesse com medo de levar um tapa como no passado, murmurou:

— Ah, sim... Tudo bem, vou deixar as chaves com você.

Com um sorrisinho esperto, assenti. Sim, deixar que eu levasse seu traseiro bêbado para casa era o mínimo que ele podia fazer por mim depois daquele comentário.

Kellan acabou ficando de papo com um dos antigos frequentadores em vez de me ajudar, mas não me importei. Pelo menos ainda estava comigo, sorrindo sempre que olhava para mim. Isso era preferível a vê-lo numa festa com um bando de periguetes que adorariam ter uma chance de lhe dar um presente de despedida íntimo. E, na certa, elas não teriam qualquer pudor de "ir lá pra baixo".

Quando o último cliente finalmente foi embora e o bar já estava limpo o bastante para o pessoal do turno do dia não nos xingar demais, Kellan e eu finalmente saímos e fomos para o seu carro. Kate, Jenny e até Rita nos seguiram, eu dirigindo à frente, rumo à casa de Matt e Griffin. Emburrado durante o percurso por ser eu quem estava dirigindo, Kellan me orientou a ir para a periferia da cidade. Por estranho que parecesse, Matt e Griffin dividiam uma casinha convencional num subúrbio. Era o tipo de cenário estranho para Griffin. Para ser honesta, eu sempre o tinha imaginado morando em cima de um bordel, ou coisa parecida. E acho que moraria mesmo, se os bordéis fossem permitidos por ali.

Estacionando a uns quinhentos metros da casa, nosso grupo se dirigiu para a festa. Enquanto Kate e Jenny compartilhavam lembranças engraçadas com Rita, fazendo-a rir, fiquei olhando para as dezenas de casas da vizinhança, e me perguntei quando os moradores chamariam a polícia para silenciar os roqueiros barulhentos que viviam entre eles.

Kellan abriu a porta da sala e entrou – outro "segundo lar" para ele. A barulheira da aparelhagem de som foi o que me chegou primeiro, a marcação possante da batida techno, e então a movimentação e o vozerio de dezenas e mais dezenas de corpos me encheram os ouvidos. O som apenas se ampliou quando Rita bateu a porta. Kellan sorriu para mim, meneando a cabeça na direção que queria que seguíssemos. Depois de demorar um segundo para guardar a bolsa e a jaqueta no armário de casacos já abarrotado, segurei sua mão.

Ele começou a abrir caminho por entre a multidão de gente que lotava a sala. A casa de Matt e Griffin era espaçosa comparada com a de Kellan. A planta aberta do salão deixava bastante espaço para se dançar no centro. Um grupo de convidados obviamente bêbados já fazia exatamente isso. Um cara gordo abria os braços numa espécie de *shimmy* sensual, sacudindo a barriga de cerveja para um grupo de garotas que choravam de rir. Kellan riu dele quando passamos, batendo no seu ombro para nos dar espaço. As garotas na mesma hora cravaram os olhos em Kellan, ignorando o dançarino metido a engraçado.

Apertei a mão de Kellan com força, e finalmente conseguimos atravessar o mar de gente que sacudia o esqueleto até a sala de jantar, onde outro grupo de pessoas se sentava a uma mesa de jantar de quase dois metros de comprimento. O móvel já tinha visto dias melhores, a madeira maciça arranhada e lascada, mas os bebuns presentes estavam ocupados demais com seus jogos etílicos para se importar. Kellan parou diante da mesa, observando o caos por alguns segundos, com um sorriso divertido no rosto.

Enquanto uma loura fazendo beicinho se queixava de ter sido obrigada a virar sua cerveja quase inteira, Matt se aproximou, dando um tapa no ombro de Kellan:

– Oi, você chegou! O pessoal está perguntando por você.

Sorri para Matt, cujo rosto corado estava uma gracinha. Seu olhar parecia meio fora de foco. Imaginei que já devesse ter tomado umas e outras na sua festa de despedida. Atrás dele, Rachel pousou o queixo no seu ombro, sorrindo para mim. Seus olhos estavam claros e brilhantes. Se Matt estava mandando ver, ela não estava. Sorri e acenei para ela, aliviada por encontrar pelo menos uma pessoa na festa que estava sóbria e se comportando de maneira responsável.

Sorrindo para mim, Matt levantou as sobrancelhas:

– Oi, Kiera. A gente tem de tudo em matéria de bebida. O que vai querer?

Dando uma olhada na cozinha atrás dele, notei que todos os tipos possíveis e imagináveis de cerveja e outras bebidas alcóolicas atulhavam as longas bancadas. Eles pareciam mais bem abastecidos do que o próprio Pete's. Rindo ao ver Rita, que tinha entrado na sala pelo outro lado e agora servia bebidas como fazia no bar, balancei a cabeça para Matt:

— Não, para mim nada, obrigada.

Matt assentiu e deixou por isso mesmo, mas Kellan se virou e franziu o cenho para mim.

— Hum... Você precisa de uma bebida.

Torcendo a boca para ele, arqueei uma sobrancelha.

— Vai me pressionar para beber, feito um adolescente?

Ele sorriu, revirando os olhos. Inclinando-se para mim, encostou os lábios no meu ouvido. Tive que parar de respirar por um segundo quando seu hálito se espalhou pelo meu pescoço, fazendo meu corpo pegar fogo.

— Não quero que você passe a noite inteira pensando na minha turnê.

Suas palavras foram um balde de água fria no meu momento de desejo por ele, e eu me afastei para poder olhá-lo. Franzindo o cenho, ele acrescentou:

— Não quero que passe a última noite pensando nisso... mas vai passar, não vai? — Suspirando, assenti, relutante. Era verdade; sua partida iminente era tudo em que eu conseguia pensar. Mesmo as inúmeras distrações da festa não conseguiam afastar o assunto da minha cabeça por muito tempo.

Também suspirando, ele passou os braços pela minha cintura e deu um beijo na minha testa.

— Quero que você relaxe e se divirta um pouco comigo. — Abaixando a cabeça até os olhos ficarem na altura dos meus, arqueou uma sobrancelha: — Acha que consegue fazer isso?

Soltando o ar, demorei um minuto memorizando suas feições. Virando-me para Matt, que tinha passado nossa breve discussão dando um chupão no pescoço de Rachel, enquanto ela tentava fazer com que ele parasse, dei um tapinha no seu ombro. Quando ele olhou para mim sem entender, apontei para a sala, onde o álcool corria solto:

— Vou querer alguma coisa... doce.

Matt se animou e se me deu um abraço. Como eu não estava habituada a essas demonstrações de afeto da parte dele, comecei a rir, dando tapinhas nas suas costas.

— Vou caprichar, Kiera! — exclamou ele, apressando-se a cumprir sua missão como se eu fosse uma princesa debutante que ele tivesse a obrigação de paparicar.

Kellan riu do amigo, dando um beijo no meu pescoço.

— Obrigado — murmurou no meu ouvido.

Eu já ia dizer a ele que não me agradeceria mais tarde quando eu ficasse de pileque e vomitasse no seu carro, mas, nesse exato momento, um grito se elevou acima da música no salão. Kellan e eu recuamos um pouco para podermos dar uma espiada no amplo aposento. Na mesma hora, comecei a rir: Evan tinha encontrado Jenny e jogado a namorada mignon sobre o ombro. Brincando com ela, dava palmadas brincalhonas no seu traseiro, e ela gritava.

Enquanto Kate tentava ajudá-la a descer, Jenny ria e se agarrava ao urso de pelúcia que era seu namorado. Ao me ver, ela levantou a mão:

— Kiera, socorro!

Evan se virou para nos olhar e, ao fazê-lo, virou Jenny também. Ela esperneava, mas Evan a segurava com força. Sorrindo para mim e Kellan, ele nos deu um breve aceno. Kellan acenou também, aos risos. Sorrindo para mim, um brilhozinho maroto apareceu nos olhos de Kellan.

Arregalando os meus, dei um passo para trás.

— Nem pense nisso, Kyle. — Pondo o dedo no seu peito quando o sorriso maroto se tornou endiabrado, recuei, esbarrando numa cadeira da sala de jantar. A garota bêbada que estava sentada lá se levantou, cambaleando, e me segurou pelos ombros.

— Chega, já enchi. Joga você. — E me sentou à força na cadeira; afundei em alta velocidade.

Assim que meu traseiro se chapou no assento, Matt apareceu ao meu lado, me estendendo um copo alto, cheio de uma bebida num tom de rosa alaranjado.

— Aqui está, Kiera. Uma bebida doce... — riu, endireitando-se — ... como você.

Sorri para Matt e agradeci, no exato momento em que alguém colocava um par de dados na minha frente. Franzindo o cenho para a morena que os entregara, balancei a cabeça, pois não tinha a menor intenção de jogar. Revirando os olhos, ela colocou os dados na palma da minha mão e fez com que eu os lançasse.

A mesa inteira fingiu se lamentar quando olhei para o par de dados, ambos exibindo o número um. Todos pareciam saber o que significava... mas eu não fazia a menor ideia. Kellan começou a rir e eu olhei para ele, irritada. Enquanto Matt dava tapinhas no meu ombro para me consolar, murmurando "Eu preparo outro para você, Kiera" ou algo parecido, Kellan apontou para o meu copo.

— Olhos de cobra significa que você tem que virar a bebida de um gole só. — Meu queixo despencou, e fiquei olhando para a cara dele. Rita lhe entregou uma cerveja, pousando a mão no seu ombro com um pouquinho de confiança demais. Kellan levantou a cerveja para mim:

— Vira, vira, vira, amor!

Com um sorrisinho de pouco caso, fiz que não com a cabeça:

— Eu não estava jogando...

A mesa inteira começou a vaiar e protestar; alguém até atirou uma tampinha de garrafa em mim. Kellan riu, dando de ombros, e eu finalmente peguei a bebida. Sabendo que ele queria que eu relaxasse e me divertisse um pouco, e pensando que essa era uma maneira de fazer isso tão válida como outra qualquer, virei o drinque pela goela abaixo, me obrigando a engolir o mais depressa que pude.

O negócio queimava que era uma barbaridade.

Qualquer que fosse a bomba que Matt tinha preparado para mim, o troço era forte. Quando esvaziei o copo, estava tossindo, e meus olhos lacrimejavam. Uma quentura agradável se espalhou pelas minhas entranhas, e minha cabeça ficou meio zonza. Abri um sorriso para Kellan, a mesa irrompendo em vivas. Caramba, pelo nível de aprovação, qualquer um imaginaria que beber era um esporte, e eu tinha acabado de marcar o ponto decisivo da partida.

Quando Matt me entregou outra bebida com uma cor de pêssego linda, alguém comentou com Kellan: "Cara, a sua namorada engole direitinho, hein? Que filho da mãe de sorte."

Kellan começou a rir, mas parou assim que viu meu olhar furioso. Puxando o autor do comentário pelo paletó, Kellan o guindou da cadeira.

— Minha vez — participou ao cara, sentando no seu lugar. Sorri quando os dados lhe chegaram às mãos. Bobalhão. Torci para que também tirasse olhos de cobra.

À medida que a noite foi avançando, minha sorte no jogo não melhorou nada. Juro por Deus, cada vez que alguém fazia qualquer coisa, era eu quem pagava o pato. O copo nunca se afastava de meus lábios por muito tempo, e minha cabeça ia ficando cada vez mais zonza quanto mais tempo eu passava sentada àquela mesa. Mas a bebida ia descendo cada vez mais redonda. A certa altura, era quase como beber um doce líquido.

A cachorra morena à minha direita, que tinha me obrigado a pagar esse mico, riu e me deu cinco bebidas... sem maiores explicações. Enquanto eu xingava e começava a bebê-las, ela inclinou a cabeça com um arzinho fofo para Kellan:

— Desculpe, Kellan. Juro que não estou tentando embebedar a sua namorada.

Tive vontade de dar um olhar debochado para ela e resmungar "Está sim senhora", mas ainda não tinha terminado de virar as bebidas que ela me impusera.

Kellan sorriu para a fofa ao meu lado, mas, antes que o meu ciúme pudesse pôr as unhas de fora, os lindos olhos azuis dele se viraram para os meus. Mesmo lenta, minha cabeça ainda era capaz de apreciar a beleza intensa daquelas profundezas escuras. Sem tirar os olhos de mim, ele respondeu:

— Não, manda ver, pode embebedar. — Com um sorriso endiabrado, acrescentou: — Minhas chances de ter sorte mais tarde só vão aumentar se você fizer isso.

Normalmente eu teria ficado vermelha de vergonha, mas, àquela altura do campeonato, já tinha entornado demais. Entre uma golada e outra, comecei a rir e disparei: "E desde quando a sua sorte precisa de ajuda?" Por incrível que pareça, até que minha voz não saiu muito pastosa.

Kellan arqueou uma sobrancelha para mim de um jeito encantador, enquanto o pessoal ao redor da mesa caía na gargalhada. Ele tinha melhorado um pouco no palco, mas, como fazia horas que estava participando do jogo comigo, só podia estar tão chumbado quanto eu. Sorrindo com o canto da boca, ele se debruçou sobre a mesa.

– É verdade... – murmurou com voz arrastada.

Estava sentado do outro lado da mesa quilométrica, na diagonal, mas nossos pés se tocavam por baixo. Mesmo com a mesa lotada, a sala apinhada de gente nos observando, Kellan mantendo os olhos ardentes fixos em mim e meu corpo se incendiando em resposta, era como se estivéssemos a sós.

Ele arrastou o lábio inferior pelos dentes, num gesto tão sensual que cheguei a morder o meu, e então sua voz caiu para um tom que eu só ouvia quando estávamos a sós, nos braços um do outro:

– Mas talvez eu consiga te convencer a fazer aquele negócio com a sua...

Lembrando de repente que não estávamos a sós e nos braços um do outro, levantei o corpo alguns centímetros, interrompendo-o:

– Kellan Kyle! Cala essa boca!

Ele caiu na gargalhada, recostando-se na cadeira. Algumas pessoas na sala riram com ele, e eu finalmente senti o rubor se espalhando pelo meu rosto. Ele deu de ombros, balançando a cabeça.

– Foi só um comentário... – Quando franzi os olhos para ele, fazendo a sala rir mais ainda, ele ficou me olhando de um jeito inconfundivelmente carinhoso. – Você de pileque fica uma graça, Kiera.

Abrindo um sorriso, meu humor nas nuvens de novo, levantei. Ele ficou me olhando com ar curioso quando me debrucei sobre a mesa, interrompendo o jogo etílico sob os olhares de todos os presentes. Pela primeira vez na vida, não me importei que nos observassem. Só pensava em Kellan, querendo que ele me beijasse... mesmo que eu tivesse que engatinhar por cima da mesa para chegar até ele.

Sorrindo da imagem na minha cabeça, fiz um sinal com o dedo para que se aproximasse. Um canto de seu lábio se curvando de um jeito tão atraente que era um verdadeiro perigo, ele também ergueu o corpo e se debruçou sobre a mesa. Nossos lábios se encontraram no meio, minha boca se entreabrindo e sua língua lambendo a minha de leve. Minha cabeça embotada ouviu algumas risadas e assobios, mas a pele macia de Kellan ocupava toda a minha atenção. Eu quase chegava ao ponto de querer que ele me deitasse naquele tampo todo arranhado e coberto de marcas de cerveja.

Quando já pensava em puxá-lo para a mesa para que seu corpo inteiro pudesse ficar em cima do meu, uma voz em particular se fez ouvir acima do caos reinante:

– Muito bem! Estamos jogando *verdade ou consequência*?

Kellan e eu nos separamos na mesma hora, olhando furiosos para o chato que tinha acabado de nos interromper. Ao ver Griffin avançando a passos largos para a mesa, contive um suspiro. Bem, eu já sabia que ele estava ali; era só uma questão de tempo até que desse o ar da sua graça. Espiando atrás dele, notei minha irmã encostada em uma parede, com uma expressão satisfeita que eu conhecia muito bem. Nem quis saber onde os dois tinham se escondido até então.

Quando Griffin parou ao lado de Kellan, chapando a mão nas suas costas, Kellan terminou de se levantar e balançou a cabeça:

— Não, não estamos, Griffin.

Ignorando-o, Griffin começou a remexer as garrafas em cima da mesa até encontrar uma de cerveja vazia, que deitou de lado, fazendo-a girar. Na mesma hora o pessoal sentado à mesa começou a rir da novidade introduzida no jogo.

Com todo mundo aos risos ao nosso redor, eu me recostei na cadeira, corando. Não jogava *verdade ou consequência?* desde a oitava série, e nem em um milhão de anos iria querer jogar com Griffin. Até meu cérebro intoxicado sabia disso. A morena ao meu lado mordeu o lábio e ficou olhando para Kellan; eu sabia exatamente o resultado que ela estava esperando quando sua vez chegasse. Mas eu não tinha a menor intenção de deixar que seu desejo se realizasse. Mesmo que isso violasse a etiqueta de uma festa, ninguém ali, além de mim, iria beijar Kellan.

Griffin ficou com uma expressão ansiosa quando viu a garrafa começando a girar mais devagar. A sala inteira fazendo silêncio, em suspense, dei uma olhada em Kellan, que ainda estava diante de sua cadeira, os braços cruzados, olhando para Griffin com ar de pouco caso. Fiquei pensando se era tão avesso à ideia de alguém me beijar quanto eu à de que alguém o beijasse. O que ele iria fazer se a garrafa apontasse para mim? Ou pior – o que *eu* iria fazer se a garrafa apontasse para mim? Griffin não aceitaria uma simples recusa. Mesmo que tivesse que me perseguir pela casa, não iria sossegar até ganhar o seu beijo.

Quando eu já fazia um esforço para que meus sentidos lentos me permitissem dar uma corrida até a porta da cozinha, a garrafa parou de girar, e a sala irrompeu em gargalhadas... histéricas. Não entendi a razão até olhar para a garrafa, e então comecei a soltar gargalhadas histéricas também. Ela tinha parado de girar com o gargalo apontando direitinho para... Kellan.

Kellan torceu os lábios numa expressão contrariada ao ver o resultado, e então olhou bruscamente para Griffin, que ainda encarava a garrafa, talvez pensando que fosse continuar girando. Griffin olhou para Kellan, que balançou a cabeça, irredutível:

— Nem pensar. — O pessoal à mesa riu ainda mais alto e eu também, meus olhos começando a lacrimejar enquanto eu apertava o estômago.

Matt e Evan se aproximaram para saber a razão daquele auê, enquanto Griffin, ainda de cara amarrada, dava de ombros:

— Sinto muito, cara. São as regras do jogo, você faz o que a garrafa manda.

Kellan tornou a negar com a cabeça, enquanto Evan e Matt se juntavam à risadaria que ecoava entre as paredes da sala.

— Griff, nós não estamos jogando...

Kellan não pôde concluir a frase. Griffin segurou sua cabeça e o puxou para um beijo... que ia muito além de um selinho. Kellan lutou por um segundo, e então conseguiu se desvencilhar. Deu um passo para trás com a mão levantada em sinal de advertência para Griffin. Várias pessoas ao redor da mesa tiveram que secar as lágrimas de humor que lhes escorriam dos olhos, inclusive eu. Pois é, eu tinha me enganado ao achar que ninguém beijaria Kellan além de mim aquela noite.

— Porra, cara! Qual é...?!

Kellan olhava com ar de fera para Griffin, que recuou um passo e ficou olhando para ele com uma expressão perplexa:

— Hum! — Inclinando a cabeça ao olhar para Kellan de alto a baixo, deu de ombros. — Não sei por que esse faniquito... já beijei coisa muito melhor. — Fez um gesto de desprezo com a mão, enquanto Kellan continuava de cara feia para ele, voltando a cruzar os braços. — De repente, se você fizesse aquela firula com a língua...

Evan e Matt chegavam a se dobrar em dois, de tanto que riam. Enfiando as cabeças na sala para dar uma espiada, Jenny e Kate engrossaram o coro das gargalhadas. Minha irmã quase passava mal de tanto rir, encostada à parede, e até a tímida Rachel soltava suas risadinhas. Os poucos presentes que tiveram a temeridade de dar um gole nas suas bebidas faziam um esforço desesperado para não cuspi-las. Eu não queria rir de um cara beijando o meu namorado... ainda mais dizendo que ele fazia isso mal, mas era engraçado demais, e eu estava de porre. Ria tanto quanto os outros, talvez até mais, já que não podia imaginar nada pior do que levar um beijo na boca de Griffin.

Kellan deu um tapa no peito de Griffin pelo comentário, e então soltou um risinho e o empurrou da frente com o ombro.

— Cai fora daqui, Griffin.

Com um ar ofendido, Griffin se afastou da mesa.

— Tudo bem, cara. Foi só uma sugestão. É pegar ou largar. — Abraçando minha irmã pela cintura, ele a puxou para um beijo profundo. Fiquei me contorcendo de nojo até eles se afastarem. Sorrindo ao olhar para o rosto ofegante de Anna, Griffin deu um risinho altivo. — Vou poupar meus talentos para quem os aprecia. — Anna riu e ele levou os lábios aos dela de novo, o que fez Kellan revirar os olhos.

Matt deu um tapa nas costas de Griffin, e os dois saíram da sala com Anna e Rachel. Matt apertava o estômago de tanto rir. Kellan fechou os olhos, balançando a cabeça devagar. Reabrindo-os, virou-se e olhou para mim, que ainda estava às gargalhadas. Ele sorriu ao me ver achando tanta graça da situação, e então balançou a cabeça para mim.

Ele olhou para os presentes ao redor, que ainda riam de sua falta de sorte. Por fim, rindo também, pegou sua cerveja na mesa e apontou-a para o jogo agora esquecido:

— Bem, acho que não preciso nem dizer que... pra mim já chega.

## Capítulo 9
## UMA NOITE MEMORÁVEL

O jogo de dados recomeçou, quando os últimos risos se silenciaram com a saída de Griffin. Pisquei os olhos, vendo a cadeira vaga de Kellan ser rapidamente ocupada por um rapaz com uma cara muito lisinha, parecendo jovem demais para beber. Caminhando até onde eu estava sentada e dando um gole despreocupado no meu coquetel de frutas, Kellan estendeu a mão para mim.

— Dança comigo, moça bonita? — Arqueou uma sobrancelha ao fazer o convite, e juro que ouvi alguém suspirar... ou talvez tenha sido eu mesma. Meu cérebro embotado já não percebia mais nada.

Assentindo, dei a mão a ele e deixei que me levantasse. O álcool que circulava por meu organismo me subiu à cabeça no instante em que troquei de posição. Eu já estava me sentindo bastante zonza sentada, mas agora, ao me levantar bruscamente, tive uma vertigem violenta.

Comecei a rir, trocando as pernas, enquanto Kellan passava os braços por mim. Também trôpego, ele perguntou:

— Você está bem?

Ainda aos risos, tornei a assentir, enquanto ele me ajudava a dar alguns passos para longe da gritaria da mesa. O pobre garoto de cara lisa tinha tirado o temível par de olhos de cobra, e tremeu nas bases ao ver a quantidade de bebida que ainda restava no seu copo plástico. Na mesma hora senti pena dele, já que aquele fora o lance que acabara comigo. Por estranho que parecesse, tive vontade de ir lá lhe dar um abraço apertado e dizer que tudo ficaria bem. Cheguei mesmo a dar um passo trôpego em sua direção, mas Kellan puxou meu braço para o lado oposto.

— Por aqui, amor.

Deixando o jovem entregue ao destino que escolhera, eu me virei para Kellan. Rindo, cruzei os braços pela sua cintura. Com passos trôpegos, incertos, chegamos ao centro do salão superlotado. Toda vez que alguém esbarrava em Kellan, aproveitava para lhe desejar boa sorte, mas os olhos dele em nenhum momento se afastavam de mim, mesmo enquanto falava com a pessoa. Era como se estivéssemos a sós nesse salão lotado de estranhos.

Com a batida techno pesada marcando um ritmo sensual, as mãos de Kellan deslizaram pelas minhas costas, e então desceram pelos meus quadris. Meu corpo hipersensível sentia cada centímetro que ele tocava. Era como se ele estivesse passando uma leve corrente elétrica por mim; a sensação de formigamento continuava muito depois de seus dedos se afastarem. Quando ele pôs uma das pernas entre as minhas, forçando nossos corpos a se encaixarem, soltei uma exclamação, o formigamento se transformando num incêndio.

Nossos quadris se moviam juntos na cadência da batida, de um jeito íntimo que devia ter me matado de vergonha. Essa é uma das maravilhas das substâncias que alteram a consciência... pequenas chatices, como as inibições, saem pela janela assim que o álcool entra pela boca. Enquanto as mãos de Kellan continuavam a acariciar meu corpo, a palma de sua mão subindo pela minha camiseta vermelha do Pete's, ele encostou a testa na minha. Foi enlouquecedor, e o resto do mundo se tornou invisível.

Quando ele pousou a mão no meu seio sem o menor pudor, seu polegar indo e vindo pelo ponto perigosamente sensível, comecei a gemer. Ele sorriu ao ouvir, mesmo com a música no máximo volume. Embotada e excitada em último grau, enterrei os dedos nos seus cabelos cheios, zerando a distância entre nós ao puxar sua cabeça em minha direção.

Não podia entender mesmo do que Griffin tinha se queixado – Kellan era um virtuose com a língua. Seus lábios se fundindo aos meus, nossa respiração leve se transformou em arquejos frenéticos. Ele apertou meu mamilo entre o polegar e o dedo, me fazendo gemer... alto. Ele prendeu a respiração, fazendo um som aspirado com a boca, sua mão livre se esgueirando pela minha calcinha até envolver meu traseiro coberto de lycra.

Eu queria sentir sua mão do outro lado. Queria sentir todo o seu corpo do outro lado. Puxando sua cabeça para baixo, para poder gemer no seu ouvido, sussurrei: "Eu quero você... Agora." Quer dizer, *acho* que foi um sussurro.

Kellan afastou a cabeça e olhou para mim. O desejo nos seus olhos era maravilhoso. Aquele olhar de "quero-transar-com-você-agora" tinha o dom de transformar minhas entranhas em melado, uma gosma quente... deliciosa. Seus olhos percorreram depressa meu corpo, enquanto ajustava o jeito como nossos quadris se alinhavam. Não precisou dar uma palavra; eu podia sentir o volume rijo na sua calça jeans deixando claro para mim que ele também me queria... naquele exato instante.

Lambendo os lábios, ele deu uma olhada no lugar em que estávamos – o centro do salão de Matt, cercados por um bando de bêbados dançando. Trazendo os olhos de volta para mim, ele tirou minhas mãos dos seus cabelos. Entrelaçando nossos dedos, meneou a cabeça em direção ao corredor.

Inclinando-se sobre o meu corpo, rosnou no meu ouvido:

– Vem comigo.

Cara, eu quase gozei.

Segurando a mão dele com minhas duas mãos, mordi o lábio e assenti, ansiosa. Não fazia ideia de onde ele pretendia me levar, nem mesmo o que exatamente iríamos fazer ao chegarmos lá, nem me importava. Só queria ficar a sós com ele.

Aos risos, apertei o corpo contra suas costas enquanto ele abria caminho por entre o formigueiro humano. A maioria das pessoas batia no seu ombro enquanto ele passava, e as garotas que tinham coragem corriam o dedo pelo seu braço, insinuantes. Quando vi um trio de mulheres secarem seu traseiro sem o menor pudor, por pouco não gritei: "Podem olhar o quanto quiserem, porque é comigo que ele vai trepar!"

Felizmente, Kellan me empurrou para a frente quando eu estava prestes a fazer isso. Como cambaleei um pouco, acabei esquecendo. Sorrindo para mim quando recuperei o equilíbrio, ele riu quando finalmente conseguimos chegar ao corredor. Virando-se para mim, levou a mão livre ao meu rosto. Puxando minha cabeça para si, voltou a buscar meus lábios. Gemi ao sentir a doçura do seu hálito. Geralmente eu não gostava do cheiro da cerveja, mas Kellan conseguia tornar qualquer coisa sexy.

Ele foi me empurrando de costas pelo corredor enquanto continuávamos nos beijando, fazendo com que esbarrássemos em alguns convidados que não tiveram o reflexo de sair da frente. Parou ao lado de uma porta fechada. Não sei de quem era aquela porta nem aonde levava, mas, com a sua língua lambendo a minha, não me importava mesmo, desde que ele a abrisse logo.

Não encontrando a maçaneta da primeira vez, Kellan tentou de novo. Finalmente abriu a porta na terceira tentativa, e nos apressamos a entrar. Ele fechou as portas sem olhar, pressionando o interruptor em seguida. Quando trancou a porta, dei uma olhada rápida no aposento em que estávamos. Minha cabeça aérea esperou que não fosse o quarto de Griffin. Felizmente, não era... estávamos num banheiro.

Franzindo o cenho, olhei para Kellan.

– Isto é um banheiro.

Ele assentiu, a boca entreaberta, os olhos fixos nos meus lábios.

— É, eu sei.

Eu queria protestar, dizer alguma coisa, mas sua boca voltou à minha e o único som que produzi foi um gemido de prazer. Tão cheia de desejo por ele que chegava a sentir dor, voltei a enfiar as mãos nos seus cabelos e a apertar o corpo contra o dele. Nossos lábios pareciam desesperados, a paixão dentro de nós chegando ao ponto de ebulição.

Tomada de desejo, falei, com voz rouca:

— Você sempre me faz sentir tão bem... Vou te fazer sentir assim também, Kellan. Eu te desejo tanto.

Ele quase arquejou quando meus lábios desceram para o seu pescoço. Fechou os olhos, jogando a cabeça para trás.

— Ah, meu Deus... Adoro quando você fica assim.

Com a respiração ofegante, dei uma olhada nele.

— Assim como... bêbada? — Comecei a rir, mas sua pele me chamava e, em vez disso, passei a ponta da língua pela sua garganta.

Ele sibilou ao aspirar pela boca, e então engoliu em seco.

— Não — disse, arquejando. — Confiante... como se finalmente entendesse.

Eu me afastei para olhá-lo, e ele abaixou a cabeça para que nossos olhos se encontrassem.

— Entendesse o quê? — sussurrei, lambendo a borda de seu lábio e pressionando meu corpo cheio de desejo no seu já rígido.

Suas pálpebras tremeram por um segundo antes de seus olhos voltarem a se fixar em mim.

— Que eu sou seu... que você pode transar comigo... em qualquer lugar, a qualquer hora, de qualquer maneira. Que você é dona de cada pedaço de mim.

O cio e o desejo me inundavam.

— Se eu sou sua dona, então quero transar com você... aqui... e agora. Quero fazer você gozar — murmurei, para minha surpresa.

Quando ele sorriu com o canto da boca, empurrei-o contra a bancada da pia, esfregando os quadris nos seus e puxando sua cabeça de volta para mim. Eu o desejava tanto que nem me importava mais que estivéssemos em um banheiro minúsculo, prestes a transar no meio de uma festa barulhenta. Gemi, minha boca na dele, arquejando de desejo enquanto sua língua lambia a minha. Sua respiração estava tão rápida quanto a minha, suas mãos apertando meu traseiro, me puxando com mais força para o seu corpo já pronto para mim.

— Meu Deus... assim. Eu preciso de você, Kiera — arquejou ele na minha boca. — Está sentindo o quanto preciso de você? — Só pude gemer em resposta, meus dedos deslizando pelo seu peito e tentando abrir, sem forças, a casa do único botão que fechava sua calça jeans.

Algumas pessoas batiam à porta, outras a esmurravam, mas nós as ignorávamos e, por fim, elas iam embora, resmungando algo que minha mente entorpecida não conseguia entender, com a música alta que chegava do salão. Respiração e corações disparados, nossas bocas atacavam uma a outra. Enquanto meus dedos dormentes tentavam, em vão, abrir sua calça jeans, os dele subiram pelas minhas costelas, levando a camiseta junto. Desistindo do botão, pois meus dedos bêbados jamais conseguiriam abri-lo, ajudei-o a puxar minha camiseta pela cabeça.

Minhas mãos desceram para a sua camisa, ao som violento da batida techno que atravessava a porta. Em segundos, seu peito nu estava diante de mim, e eu pressionava nossos peitos, me deliciando com o calor que igualava nossas peles. Seus dedos tatearam o meu colar, sentindo a representação simbólica dele sobre a minha pele. Então se esgueiraram por uma taça do sutiã, beliscando um mamilo. Soltei um gemido alto, o som ecoando pelo aposento minúsculo.

— Hum, Kellan? Você está aí?

Uma voz por trás da porta atravessou nossos gemidos crescentes de paixão, mas eu estava bêbada demais para me importar. Ignorei a pessoa irritada, e Kellan também. Sua boca se separou da minha, empurrando a taça do sutiã para o lado, fechando-se ao redor de um mamilo, sua língua dando voltas sobre o bico rígido. Gemendo, segurei sua cabeça junto a mim e apertei os quadris nos dele, precisando sentir aquela rigidez maravilhosa, aquela conexão cheia de promessas eróticas.

— Kellan, eu sei que você e a Kiera estão aí dentro... o pessoal viu vocês vindo para cá. Abre a porta.

Soltando um palavrão, Kellan se separou de mim. Na mesma hora busquei sua boca, mas ele me afastou um pouco e destrancou a porta do banheiro ao nosso lado. Entreabrindo-a, olhou com uma cara furiosa para a pessoa do outro lado.

— Matt?

Encostei a cabeça no peito de Kellan e fiquei olhando perplexa para Matt, que nos espiava pela fresta da porta. Não parecia nada satisfeito.

— Você está pretendendo transar no meu banheiro?

Sem titubear, Kellan respondeu que sim e fez menção de fechar a porta. Minha mente embotada achou isso engraçado, e eu comecei a rir.

Matt segurou a porta:

— Kell, a gente só tem um banheiro. Não quero saber do pessoal fazendo xixi na pia da cozinha.

Suspirando de irritação, Kellan abriu um pouco mais a porta e olhou com ar enfezado para o amigo. Matt olhou para o peito nu de Kellan e meus seios quase descobertos, e então de novo para Kellan, que balançou a cabeça e deu de ombros.

— Quarto ou banheiro — foi tudo que disse.

Matt franziu o cenho e Kellan repetiu suas palavras, levantando as sobrancelhas.
— Quarto ou banheiro? Você escolhe, Matt.
Suspirando, Matt revirou os olhos.
— Tudo bem, mas não demora.
Sorrindo, Kellan bateu a porta e tornou a trancá-la. Caí na risada, minha cabeça dando voltas. Do outro lado, ouvi Matt gritar, com a voz arrastada:
— E trata de deixar tudo limpo quando acabar, que droga!
Já o ignorando, Kellan e eu voltamos a nos atacar. Meu corpo, que estava a mil, respondia na mesma hora em cada parte que ele tocava. Eu pegava fogo enquanto seus dedos contornavam minhas costas para abrir o fecho do sutiã. Gemi "assim" quando sua boca me envolveu. Empurrando-o, tentei abrir sua calça de novo. Ele riu ao ver que eu ainda não conseguia.
— Você nunca consegue tirar minhas roupas quando está bêbada — murmurou, abrindo o botão e abaixando a calça jeans.
Sem responder, minha mão deslizou direto para o interior da sua cueca samba-canção. Segurando o volume grosso que eu desejava mais do que tudo, apertei a base. Ele soltou um gemido como se chorasse e me empurrou contra a parede. Minha cabeça deu um baque quando bateu nela. Ouvi minha voz murmurar "assim" de novo, mas era quase como se fosse de outra pessoa. Ofegando no meu ouvido, os dedos dele começaram a tirar o resto das minhas roupas. Enquanto minha mão deslizava para cima e para baixo do seu volume rígido, ele arrancou minha calça jeans, puxando-a com força pelos meus quadris.
Afastando-se de mim, ele empurrou minha mão para poder tirar meus sapatos e deslizar o jeans e a calcinha pelas pernas. Totalmente nua diante dele, mas bêbada e com tesão demais para me importar, passei os dedos pelo seu corpo. Soltando um palavrão baixinho, ele descalçou os sapatos, e então o resto das roupas. Lambendo meus lábios enquanto o observava, disse gemendo que o queria dentro de mim. Minha voz ecoou entre as paredes, e eu sorri.
Com um sorriso endiabrado para mim, seus olhos ainda desfocados, ele balançou a cabeça:
— Ainda não.
Franzi o cenho ao me recostar na parede, vendo-o parado diante de mim, mas longe demais para o que eu precisava. Então, ele se ajoelhou à minha frente. Minha cabeça lenta não entendeu o que ele estava fazendo, ainda mais quando pegou minha perna e a colocou sobre o ombro. Só percebi em que altura estava a sua cabeça quando ele levou a boca à minha intimidade inchada de desejo.
Gemendo, voltei a bater com a cabeça na parede. O que ele estava fazendo era maravilhoso, e enquanto ele chupava, lambia em círculos e acariciava minha parte mais

sensível, eu deixava escapar sons que me fariam esconder o rosto de vergonha mesmo num dia confiante.

Quando eu ainda gemia seu nome, balançando os quadris ao encontro da sua boca, ele se separou de mim. Dando um passo para trás, levou os lábios aos meus novamente e enfiou a língua na minha boca. Enrosquei os dedos nos seus cabelos, puxando-o contra o meu corpo.

Reinava um silêncio sepulcral na casa. Eu nem ouvia mais a batida da música, mas não dava a mínima; precisava demais dele. Gemendo, segurei seu volume latejante e tentei levá-lo para onde eu precisava. Teimoso, ele tirou minha mão. Provocador...

— Quero você dentro de mim... agora — implorei, arquejando.

Me puxando da parede, ele deu um passo para trás. Quando seu dedo desceu e deslizou por minha carne molhada, exclamei:

— Ah, meu Deus, por favor... me come, Kellan.

Murmurando "sim" para si mesmo, seus beijos foram descendo pelo meu pescoço, minhas clavículas, de novo pelos meus seios. Girei ao encontro dos seus quadris, desesperada por mais. Já estava à beira de gozar, só da antecipação.

Caminhando para trás, ele esbarrou em alguma coisa e sentou. Olhou em volta, surpreso, e então riu ao perceber que estava sentado no vaso fechado. Com um sorriso, olhou para mim, mas eu não podia mais sorrir. Tinha uma necessidade que precisava que ele terminasse de satisfazer.

Minhas pernas rodeando seus quadris, abaixei o corpo ao encontro do seu. Kellan parou de sorrir ao me penetrar. Fechando os olhos, aspirou depressa por entre os dentes e deixou descair a cabeça para trás, numa pilha de toalhas.

— Ah, meu Deus, Kiera... assim.

Olhando fixamente para ele, balancei os quadris. A sensação de senti-lo dentro de mim era a coisa mais prazerosa que meu corpo bêbado já tinha experimentado. Ele estremeceu, em êxtase, mordendo o lábio. Sorri, adorando ver o efeito que surtia sobre ele, e ele sobre mim. Ele abriu os olhos, fixando-os nos meus.

— Você é linda — murmurou, acariciando meus seios, meus quadris.

Mordi o lábio em reação às suas palavras, voltando a me balançar contra ele. A sensação incendiou minhas entranhas e logo senti o desejo se elevando a um nível quase doloroso. Jogando a cabeça para trás, eu gritava sem parar num ritmo crescente. Não podia me segurar... era tão bom. Eu estava tão perto.

— Porra — murmurou ele, sentando de novo para chupar meu seio.

Gemi de prazer ao ouvir o som delicioso dessa palavra, investindo contra ele com mais força para que fosse ainda mais fundo dentro de mim. Levantando um pouco, usei todo o meu peso para surrar seu corpo com o meu. Um movimento duro, fundo, intenso.

Ele estremeceu e arquejou, segurando meus quadris para me encorajar.

— Desculpe... me desculpe... mas, por favor, não para. — Puxou meu corpo contra os quadris num ritmo mais rápido do que eu estava me movendo, e eu o acompanhei.

Me sentindo alucinada e desinibida como nunca, eu investia contra ele, surrando seu corpo com o meu. Ele gemia tão forte quanto eu, enquanto eu sentia o clímax se aproximando. Pela expressão no seu rosto, soube que ele estava no mesmo ponto, e lhe implorei com intensidade que gozasse junto comigo.

Ele abriu a boca, seu fôlego travando quando senti que começava a explodir. Ele soltou um gemido baixo e intenso logo em seguida, mas o som se perdeu diante do grito que soltei. Apertei sua cabeça contra mim ao atingir o clímax. Juro que minha visão acendia e apagava, e não por causa do meu estado de intoxicação. Cada fibra do meu corpo vibrava de prazer, começando no meu ventre e se alastrando a partir dali. Meus dedos dos pés chegaram a se crispar enquanto eu degustava a sensação que percorria meu corpo, ao som de um coro que cantava "Assim, assim... Kellan... Meu Deus... assim".

Enquanto arquejávamos um contra o outro, nos apertando com força, tive a impressão de ouvir um estranho coro de aplausos e risos vindo do corredor, mas estava bêbada demais para me importar.

— Eu te amo — murmurei, enterrando minha cabeça no seu ombro.

Com um suspiro satisfeito debaixo de mim, ele encostou a cabeça na curva do meu pescoço.

— Também te amo.

Continuamos assim por mais um minuto, até eu começar a sentir frio, e as pessoas a baterem de novo na porta. Afobados e às pressas, conseguimos tornar a vestir todas as roupas que estávamos usando ao entrar no banheiro. Pelo menos, foi o que esperei. Teria ficado furiosa se Griffin encontrasse qualquer coisa que eu pudesse ter esquecido lá.

Quando Kellan abriu a porta e saímos, todos os olhos se colaram em nós. Pisquei os meus, minha cabeça dando voltas, me perguntando por que todo mundo estava me encarando. Em seguida os assobios recomeçaram, e o pessoal que estava mais perto deu tapas nas costas de Kellan. Achando que ainda o estavam parabenizando pela turnê, dei de ombros, sorrindo. As pessoas riram ainda mais da minha reação.

Mordendo os lábios para conter um sorriso, Kellan me levou para o salão. Quando chegamos ao centro, Griffin se aproximou de nós. Por instinto, dei um passo para trás, mas, com um largo sorriso, ele avançou na minha direção, me entregando uma garrafa de cerveja.

— Kiera, acho que estou apaixonado por você – derramou-se. Estremecendo, peguei a cerveja e comecei a beber, para fazê-lo se afastar.

Aos risos, Griffin deu um tapa no peito de Kellan:

— Você é filho da mãe mais sortudo do planeta Terra. — Entregando a Kellan uma cerveja com a outra mão, Griffin fingiu fechar a cara: — Quer dizer, eu já não gostava de você antes, mas agora simplesmente te odeio.

Kellan assentiu e empurrou o ombro de Griffin, lançando olhares preocupados para mim, como se achasse que eu poderia ter um troço. Minha mente embriagada estava confusa demais para entender a razão. Balançando a cabeça ao ouvir os comentários estranhos de Griffin, voltei a beber minha cerveja. Mal o álcool tocou meus lábios, Griffin disse:

— Aquilo foi superquente... aliás, foi um verdadeiro incêndio. Vocês dois deviam fazer um filme pornô... eu compraria sem pensar duas vezes!

As pessoas ao nosso redor começaram a rir do comentário, e eu me engasguei com a cerveja que tinha acabado de engolir. Espera aí – do que é que o Griffin estava falando? Ele tinha dito "pornô"? Meu rosto bêbado ficou vermelho só de pensar nisso.

Enquanto a ficha ia caindo em câmera lenta e eu entendia os comentários, olhares e risos da galera, Kellan empurrou Griffin da nossa frente e se dirigiu à aparelhagem de som. Aumentando o volume de novo, pulou em cima de uma mesa de centro. Com Kellan dançando em cima dela como se estivesse em uma boate no centro da cidade, desisti de tentar decifrar o mistério que era Griffin. Não queria mesmo pensar nele e nos seus comentários grosseiros.

Kellan estendeu a mão para mim, e um grupo de garotas imediatamente começou a se formar ao redor da mesa. Rindo, fui lhe fazer companhia no móvel pesado de Matt e Griffin. Aos risos, Kellan e eu arrematamos nossas cervejas enquanto dançávamos. Kellan cantou todos os clássicos mais animados da banda para a legião de convidados, incitando-os a agitar mais ainda, mas cantou as músicas mais românticas diretamente para mim, movendo nossos corpos juntos em um ritmo tão belo quanto erótico. O jeito como ele me olhava, se movia comigo e cantava para mim finalmente fez com que eu me sentisse à altura de todas as mulheres bonitas no salão. Durante longas e maravilhosas horas de embotamento, conseguimos esquecer totalmente os momentos dolorosos que se aproximavam com o amanhecer, quando os D-Bags iriam embora, e dançamos até a noite acabar... e mesmo depois disso.

Era como se houvesse alguém tocando um gongo na minha cabeça quando acordei no dia seguinte, totalmente grogue. E com a boca seca também. Tão seca que chegava a doer. Queria beber água, mas estava com medo de me mover. Não queria que minha cabeça latejante se transformasse num estômago embrulhado.

Experimentando abrir um olho, arrisquei uma espiada ao meu redor. Não vi nada, além de um corpo achatado embaixo do meu. Uma camisa ocupava quase todo o meu campo visual e eu fiquei imóvel, tentando me lembrar como e quando tinha pegado no sono. As lembranças do que rolara na noite anterior estavam tão embaçadas que eu nem sabia onde tinha dormido.

Desejando, mas sem grandes esperanças, que o corpo deitado embaixo do meu fosse o de Kellan, tentei levantar a cabeça. O gongo aumentou de volume; minha visão se apagou e acendeu. Finalmente, consegui focalizar um par de lábios carnudos e perfeitos. Suspirando de alívio ao reconhecer o rosto de Kellan, observei o resto do corpo.

Sensível e um pouco dolorida, eu estava deitada em cima dele, nossos corpos colados quase da cabeça aos pés. Estávamos aconchegados num sofá comprido e estreito, Kellan deitado a centímetros da beira. Não era o meu sofá de mau gosto, nem o encaroçado de Kellan. Meus braços se estendiam pesados sobre ele. Minhas pernas enroscadas entre as suas pareciam de chumbo. Até minhas partes íntimas pareciam cansadas... embora eu ignorasse a razão.

Tive certeza de que pagaria pelo excesso da noite passada durante os próximos três dias. Gemendo baixinho, senti os braços quentes enrolados em volta da minha cintura se estreitarem mais.

— 'dia.

Estremecendo um pouco apesar do tom suave em que ele pronunciou a palavra, fechei os olhos. Abrindo um só, olhei para ele.

— Estou aqui, não precisa gritar tanto — sussurrei.

Rindo ao se espreguiçar embaixo de mim, ele abriu os olhos para me observar. Passando um dedo pelos meus cabelos, sussurrou num fio de voz:

— Como está se sentindo?

Estremecendo, aproximei a cabeça de sua mão e ele entendeu, apoiando-a. Senti um alívio enorme, pois não tinha mais forças para mantê-la erguida.

— Como se uma banda militar tivesse se instalado no meu crânio — respondi.

Ele sorriu, parecendo cansado, mas em muito melhor estado do que eu. Seus olhos deram uma espiada no meu corpo.

— Como está o seu estômago?

— Ótimo... por enquanto. — Fazendo uma careta e tentando engolir com minha garganta ressecada, acrescentei: — Estou morta de sede.

Kellan assentiu, como se já esperasse por isso.

— Matt ainda não acordou, mas tenho certeza de que não se importaria se você pegasse uma água na geladeira. — Esboçando um sorrisinho safado, acrescentou: — A menos que prefira a água do banheiro.

Arregalei os olhos ao ouvir que ainda estávamos na casa de Matt. Mas então pensei que isso era até bom, já que nenhum de nós dois estava em condições de dirigir na noite anterior. Devíamos ter dançado até literalmente cair. Em algum momento devíamos ter sentado, e então deitado, e por fim ferrado no sono.

Afastando a cabeça de sua mão, observei sua expressão brincalhona. Sacudindo a cabeça com todo o cuidado, pois ainda latejava, franzi o cenho.

— Por que você está com essa cara de quem... — Meus pensamentos dispararam assim que ouvi o comentário dele. O banheiro... Lembranças ainda mais vagas de um lugar minúsculo, fechado, com sons intensos de sexo ecoando pelas paredes encheram meu cérebro.

Esquecendo minha cabeça e a ressaca, eu me endireitei no seu colo. Ele gemeu um pouco ao sentir o peso do meu corpo sobre as partes íntimas. Com os olhos arregalados, perguntei em alto e bom tom:

— Nós transamos no banheiro?

A pergunta fez com que ambos estremecêssemos, e eu reconsiderei minha opinião sobre o bom estado de Kellan. Abrindo um olho para mim, ele riu baixinho. Meu rosto ficou em brasa, e esperei desesperadamente que ninguém tivesse me ouvido dizer isso. Kellan murmurou com voz lenta e sensual:

— Ah... e como.

Meus olhos se arregalaram e esperei que ninguém na festa tivesse ficado sabendo daquele momento. Enquanto Kellan sorria para mim, uma expressão satisfeita tomando o lugar da dor momentânea, lembranças lutavam para chegar à superfície. Lembranças de gente batendo palmas... assobiando... gritando... Griffin...

Minhas mãos voaram para a boca, e eu comecei a balançar a cabeça.

— Ah, meu Deus. — Abaixando os dedos devagar, de repente minha cabeça pareceu ótima em comparação com o terror nas minhas veias. Sussurrei: — Todo mundo ouviu a gente?

Olhando para todas as direções, menos a minha, Kellan mordeu o lábio.

— Bem... nós não estávamos sendo exatamente discretos, e o banheiro é minúsculo... então...

Gemendo de novo, escondi a cabeça no seu peito.

— Ah, meu Deus — murmurei, morta de vergonha.

Rindo debaixo de mim, Kellan esfregou minhas costas.

— Não esquenta com isso, Kiera. Pelo que me disseram, todo mundo achou que você deu um show de sensualidade.

Levantei a cabeça de estalo, logo me arrependendo do movimento brusco, mas precisando olhar com uma expressão séria para ele:

— Todo mundo?

Torcendo os lábios, ele deu de ombros.

— Só os poucos com quem falei depois que você apagou.

Abaixando a cabeça até seu peito, choraminguei. Santo Deus, todo mundo na festa tinha me ouvido transar. E aos poucos eu ia me lembrando de cada vez mais, agora que falávamos sobre isso. Tinha sido sexo bem feito. Muito bem feito. Ensurdecedoramente bem feito! Nunca mais eu poderia mostrar meu rosto em público, que dirá voltar ao Pete's.

— Ah, meu Deus...

Ainda rindo baixinho debaixo de mim, Kellan deu um beijo na minha testa.

— Você estava se libertando, Kiera... e eu adorei. — Enquanto eu remoía minha vergonha, a dor psíquica se misturando à física, Kellan sussurrou: — Foi a sua primeira vez num banheiro no meio de uma festa?

Arqueei uma sobrancelha, franzindo os lábios.

— A primeiríssima.

Com um largo sorriso, ele cruzou os braços pelas minhas costas, puxando o resto do meu corpo para si.

— Ótimo — disse, altivo. Quando franzi o cenho, ele deu de ombros, acrescentando: — Eu gosto de ser o primeiro a fazer as coisas com você, lembra?

Sem poder me conter, balancei a cabeça e sorri para ele. Então, lembrando outra coisa, fiquei séria.

— Griffin disse mesmo que nós devíamos fazer um filme pornô? — Kellan torceu os lábios, assentindo. Gemi, voltando a esconder a cabeça no seu peito. — Ah, porque ele nos ouviu... me ouviu. Bela porcaria.

Rindo da minha economia de palavrões, Kellan esfregou meu braço, carinhoso.

— Você vai sobreviver, Kiera. E, olhando pelo lado positivo, essa foi uma noite que provavelmente você nunca vai esquecer. — Demorei um segundo até ter coragem de dar uma espiada nele e sorrir, logo voltando a esconder a cabeça no seu peito. Ele tinha toda a razão de achar que... eu nunca me esqueceria de Griffin dizendo que compraria o vídeo da nossa transa. — E nem precisa ficar com vergonha... Eu não estou.

Levantei a cabeça de novo, e ele balançou a dele, bem-humorado:

— Você deu um show de sensualidade, e todos os caras na festa queriam estar no meu lugar naquele banheiro. Não dou a mínima se estavam com inveja... — segurou meus quadris, me puxando para si — ... desde que você seja só minha.

— Eu sou — respondi, sorrindo.

Levantando a cabeça para me dar um beijo, ele abriu um sorriso.

— Ótimo.

Novamente me aconchegando junto dele, tentei esquecer a noite de embriaguez, para poder me concentrar nesse momento. Eu só tinha mais algumas horas com o homem que era dono do meu coração, o homem que me tirava o fôlego. Haveria tempo depois para eu me mortificar pela situação vergonhosa em que me metera numa megafesta de despedida.

    Suspirando, continuei com a cabeça encostada no seu peito e tentei não pensar na viagem. Ainda não conseguia; era doloroso demais. Em vez disso, me concentrei no que meu corpo pedia – um copo d'água... e uma aspirina. Enquanto ele esfregava minhas costas e beijava minha cabeça, murmurei:

— Quer que eu pegue uma água para você?

Espreguiçando-se de novo debaixo de mim, ele soltou um longo suspiro.

— Não, mas eu tomaria um café... Vou com você.

Concordei, preparando o corpo para se mexer. Mas estava tão confortável deitada em cima de Kellan, que meu corpo se rebelou, ficando exatamente onde estava. Alguns momentos depois, como eu ainda não tinha levantado um dedo, Kellan começou a rir.

— Precisa de ajuda? – sussurrou.

Sorri, minha cabeça ainda encostada no seu peito, quase em cima da tatuagem do meu nome. Seus braços me mantendo junto ao corpo, ele sentou. Senti seus músculos se flexionando debaixo das minhas roupas, e não pude deixar de imaginar aquele corpo rijo no seu estado natural, totalmente nu.

Dei uma risadinha quando ele levantou junto comigo, e então gemi quando minha cabeça doeu, reclamando do novo ângulo. Mordi o lábio, e minhas pernas vacilaram um pouco. As mãos de Kellan vieram massagear minhas têmporas, e eu sorri para ele, agradecida; era maravilhoso sentir seus dedos no meu crânio latejante. O rosto dele estava cansado, mas, ainda assim, perfeito. Não parecia um homem que tinha passado a noite inteira entornando feio. Com o cabelo no maior alvoroço por ter dormido no sofá e uma barba por fazer cobrindo o contorno do queixo, ele estava... gostoso demais.

Parei de olhar para sua perfeição, sabendo que minha aparência não era tão... atraente. Seus lábios quentes se demoraram na minha testa por um segundo, e então ele me puxou para a cozinha. Contornamos pé ante pé várias pessoas deitadas no chão. Pelo visto, não éramos os únicos a passar a noite ali. Na cozinha, um casal estava sentado à mesa jogando pôquer, pelo que pude perceber. Felizmente, não era *strip poker*, já que o rapaz e a moça ainda estavam vestidos.

Kellan meneou a cabeça indicando os dois, que piscavam, olhando em volta, como se só agora tivessem notado que já era de manhã e a festa tinha acabado. Seria de esperar que a pessoa soltando altos roncos na cabeceira da mesa seria uma indicação clara desse fato para eles.

Enquanto eu continuava com a cabeça exausta encostada nas costas de Kellan, ele foi preparar uma jarra de café. Sabia exatamente onde ficava tudo na casa de Matt. Quando a água na jarra começou a ferver, pegou um copo no armário para mim e o encheu de água. Cheguei a beber a água pelo nariz ao virar o copo, de tanta sede que estava sentindo.

Ele sorriu para mim, beijando minha cabeça, quando cuspi uma parte do líquido que tinha descido pelas vias erradas. Enquanto tentava tossir discretamente, Matt entrou na cozinha, em passos sonolentos. Bocejando e coçando o peito, meneou a cabeça para nós. Lembrando que ele tinha me visto seminua na noite passada, tratei de esconder o rosto vermelho feito um pimentão.

– Oi, gente... bom dia – murmurou. Cautelosa, dei uma espiada nele. Matt estava no maior porre na noite anterior; de repente, não se lembrava de nada.

Recostando-se na bancada com os braços ao meu redor, Kellan o cumprimentou com a cabeça.

– ' dia. Como está se sentindo?

Matt passou uma das mãos pelos cabelos desgrenhados, e então massageou as têmporas; imaginei que sua cabeça também latejasse.

– Novo em folha – murmurou, mal-humorado, abrindo um armário para pegar um copo.

Kellan riu baixinho, ainda me abraçando com força, enfiando os polegares nas passadeiras do meu cinto. Matt olhou para o amigo, enquanto despejava água no copo; o som da torneira aberta foi como uma furadeira abrindo um buraco na minha cabeça dolorida. Tornei a encostá-la no ombro de Kellan, desejando poder dar um fast forward nessa parte excruciante da minha recuperação.

– Cara, é um saco o jeito como você acorda de bom humor – resmungou Matt, dando um longo gole de água. Kellan apenas sorriu mais, me embalando de leve nos braços. Matt se calou, e então acrescentou: – Espero que você não seja assim quando estivermos na estrada. Isso me daria nos nervos.

Kellan riu e eu fiquei séria, não querendo pensar nessa parte. Matt piorou ainda mais as coisas, acrescentando:

– O ônibus sai daqui a algumas horas, de modo que é melhor começar a acordar o pessoal... principalmente o Griffin.

Kellan suspirou, concordando. Mordi o lábio. Eu ainda não queria *mesmo* pensar nisso. Terminando de beber o copo d'água, Matt olhou sério para mim:

– Você está bem, Kiera? – Procurando suavizar minha expressão, dei um pequeno meneio de cabeça. Ele sorriu, simpático, e então seus lábios se torceram. – Você, hum... se divertiu ontem à noite?

Ele fez a pergunta com toda a inocência, mas seu rosto corou um pouco, e compreendi que se lembrava do que acontecera. Com vontade de enterrar a cabeça na areia e não tirá-la mais de lá, dei um sorrisinho amarelo para ele e soltei, com voz estridente:

– Muito... Obrigada por... deixar a gente gozar...

Minha voz foi morrendo quando me dei conta do verbo que tinha escolhido para começar a frase. A pele clara de Matt ficou tão vermelha quanto a minha. Como não dava mais para voltar atrás, fui em frente, corajosa:

— ... da sua hospitalidade. Obrigada por deixar a gente gozar da sua hospitalidade — concluí, mas era tarde demais... eu já tinha dado a gafe constrangedora. Matt murmurou algo sobre precisar ir se vestir, e fugiu às pressas do aposento.

Kellan se segurava para não rir, mas, assim que os jogadores de pôquer caíram na risada, ele desistiu de tentar se conter. Me virando para ele, dei vários tapas no seu peito, o que só fez com que ele risse mais ainda. Secando os olhos, ele balançou a cabeça para mim:

— Meu Deus, Kiera, você é fofa demais.

Cruzei os braços e tentei me afastar, mas ele me segurou com força, puxando meu corpo de volta. Me virando para si, passou os braços pela minha cintura, me mantendo no lugar. Suspirando ao ver a expressão de extrema vergonha no meu rosto, ele balançou a cabeça.

— Vou sentir falta desse seu jeito gauche adorável. — Soltou outro suspiro, mais triste dessa vez. — Tanta falta — sussurrou.

Mordi o lábio, observando seu rosto, sentindo a iminente despedida no ar. Não estava pronta para ela. Não queria dizer adeus. Cruzando os braços pelo seu pescoço, abracei-o com tanta força quanto pude. Poderia ter ficado abraçando-o por toda a eternidade se houvesse um jeito, mas sabia que não havia. Tinha que soltá-lo. Tinha que deixá-lo ir viver o seu sonho, não importava o quanto doesse.

Por fim, os outros convidados acordaram e foram embora, desejando a Kellan e Matt tudo de bom na sua aventura. Enquanto os jogadores de pôquer piscavam ao sol, parados à porta, Evan e Jenny entraram. Me sentindo suja e cansada, acenei para Jenny, que estava com uma cara totalmente descansada. Era óbvio que ela e Evan não tinham pegado tão pesado na festa quanto eu.

Vendo meu rosto abatido, ela se aproximou do sofá para me dar um abraço, enquanto Evan batia entusiasmado nas costas de Kellan.

— Você está bem, Kiera? — perguntou Jenny, rindo.

Gemendo, voltei a recostar a cabeça no sofá.

— Estou. — Olhando para ela, franzi o cenho. — Não me lembro de você e Evan indo embora ontem.

Ela corou um pouco ao dar uma olhada nos caras, que estavam parados a alguns metros de nós.

— Pois é, você estava meio... ocupada na hora. — Kellan deu uma olhada em Jenny no meio da conversa, e ela riu para ele.

Cobri o rosto com as mãos. Meu Deus, essa humilhação ia durar o dia inteiro. Rindo mais um pouco, Jenny abaixou minhas mãos e me deu um sorriso carinhoso.

— Foi bom você ter se divertido, Kiera. — Balançando a cabeça, acrescentou: — Evan e eu estávamos com medo de que você passasse a noite na fossa.

Sorri e olhei para Evan, o roqueiro cheio de tatuagens, cabelos supercurtos e um coração tão grande quanto o de Jenny. Seus olhos encontrando os meus, ele acenou com a cabeça, simpático, e eu resolvi jogar a vergonha para escanteio. Essas pessoas me amavam; não iriam fazer com que eu me arrependesse de um momento de descontração com meu namorado. Principalmente porque eu estava precisando muito dele, à luz de nossa iminente e dolorosa separação.

Em silêncio, Rachel se juntou a nós no sofá, enquanto Matt ia tomar banho. Fiquei ouvindo a água correr, desejando poder tomar um logo em seguida. Um banho poderia me ajudar a acabar com o latejar incessante na cabeça. E também, é claro, ouvir Matt no banheiro me fez relembrar os momentos passados ali. Meu rosto voltando a ficar vermelho, vi Kellan, que conversava com Evan, se virar para me dar um sorriso, como se soubesse exatamente o que eu estava pensando. Mordendo o lábio, abaixei os olhos.

— Kiera, quando o Matt acabar, o que me diz de você e eu tomarmos um banhinho juntos?

Franzindo o cenho, olhei para o último membro da banda a entrar na sala. Griffin estava sorrindo para mim de um jeito que não me agradou nem um pouco, seu olhar me imaginando em uma cena sexual. Estalando um beijo no ar para mim, acrescentou:

— Quero ouvir você gemer o meu nome como ficou gemendo o do Kellan.

Quando eu já estava prestes a ir até lá e enfiar um soco no infeliz, ele foi atingido por quatro pessoas diferentes: minha irmã, aparecendo com ar de sono às suas costas, lhe deu um tapa na cabeça; Jenny, a meu lado, atirou uma almofada do sofá em cima dele; e até Rachel se meteu no rolo, acertando o controle remoto na sua barriga. Mas foi Kellan quem o assustou mais.

Cruzando a passos largos a pouca distância que os separava, ele agarrou uma mecha grossa dos cabelos compridos de Griffin, puxando o rosto dele para o seu:

— Para com isso agora, se não quiser que eu te obrigue. — Com os olhos azuis sombrios e gelados, Kellan ficou encarando Griffin. Pela gelidez de sua voz, eu soube que não estava brincando. Tinha finalmente ficado farto da implicância de Griffin comigo, me assediando sexualmente com seus comentários.

A tensão aumentando no salão, Evan pôs a mão no ombro de Kellan, procurando acalmá-lo. Anna tentou empurrar Kellan para trás, mas ele não se moveu, mantendo o rosto de pedra a centímetros do de Griffin. Os olhos azuis de Griffin pareceram assustados por um momento... em seguida, ele começou a rir.

— Queria outro beijo, mano? Ora, era só pedir.

Exasperado, Kellan finalmente soltou o idiota. A tensão na sala imediatamente se desfez, Griffin se dobrando em dois de tanto rir.

— Mano, você precisava ter visto a sua cara! Irado! Cheguei a achar que você ia mesmo bater em mim. — Kellan soltou um resmungo e se afastou, enquanto Griffin se endireitava e passava o braço pelo pescoço de Anna. Apontando para as costas de Kellan, que já entrava na cozinha, Griffin gritou, aos risos: — Diz de novo, Kell! — Imitou a voz grossa de Kellan: — "Para com isso agora, se não quiser que eu te obrigue."

Anna deu um tapa no peito dele, mas também soltou suas risadas. Suspirando, Griffin balançou a cabeça:

— Essa foi clássica.

# Capítulo 10
## ISSO NÃO É ADEUS

Quando os D-Bags já tinham tomado banho e acabado de arrumar suas coisas, chegou a hora de sair. Kellan já fizera sua mala e a guardara no porta-malas, provavelmente achando que a festa iria varar a madrugada. Eu não tinha imaginado isso, e ainda estava vestindo meu uniforme do Pete's sob a jaqueta quando entrei no Chevelle ao lado de Kellan.

Odiei o percurso até lá. Estava me sentindo como a esposa de um soldado ao levar o marido para a guerra. Tudo bem, retiro o que disse, a situação não era nada parecida. Essas mulheres convivem com a consciência de que talvez nunca voltem a ver os maridos. A turnê de Kellan não chegava a ser um risco tão grande assim. Mas... a sensação ainda era a mesma. E, sinceramente, a possibilidade de eu nunca mais voltar a vê-lo existia. Não porque ele podia ser morto numa batalha, mas porque podia ser arrebatado pela fama.

Ou ser descoberto pelo figurão de alguma gravadora, receber uma proposta milionária e então ser despachado para lugares desconhecidos e transformado em mais um dente na engrenagem da indústria do entretenimento. Se isso acontecesse, ele não teria mais tempo para mim. E, se passasse a viver cercado por starlets paparicando-o... talvez não quisesse mais me ver também.

Revirando os olhos, tendo à frente as luzes traseiras da van de Griffin e do carro de Evan, lembrei a mim mesma que Kellan não queria saber de mulheres que só estavam interessadas na sua fama, e não nele como pessoa. Ele já tivera isso... durante anos... e agora queria mais. Ele queria a mim. Mesmo que essa fosse a sua grande chance, ele não abriria mão do nosso relacionamento. Eu só precisava continuar acreditando nisso.

Pousando a mão na minha coxa, Kellan olhou para mim:

— Isso não vai acontecer.

Olhei para ele, perplexa, me perguntando como podia saber o que eu estava pensando. Sorrindo, ele balançou a cabeça e apontou para mim.

— Qualquer que seja o cenário ruim que você criou na sua cabeça, onde eu viro um babaca rico e famoso e te deixo na rua da amargura... não é o que vai acontecer.

Franzindo o cenho, inclinei a cabeça para ele:

— Achei que você tinha dito que não lê pensamentos.

Rindo, ele voltou a prestar atenção no trânsito.

— E não leio mesmo... Eu apenas sei como você pensa, só isso. — Olhando para mim, acrescentou: — Você acha que não basta para mim. Acha que eu vou cair de boca em cima de mulheres deslumbrantes, sem pensar duas vezes. Acha que vou te trair... porque não vou conseguir me controlar.

Ficou sério, e eu suspirei. Balançando a cabeça, respondi:

— E você acha que eu vou me sentir tão sozinha e deprimida, te imaginando cercado por todas as starlets do mundo, que vou procurar consolo nos braços de outro homem. Acha que vou te trair... porque vou dar como certo que você está me traindo.

Soltando o ar, ele murmurou:

— Casalzinho complicado, hein?

Encostando a cabeça no seu ombro, sussurrei:

— Eu não vou fazer isso, Kellan. Mesmo que chegue a pensar isso de você, e não estou dizendo que vou, mas... enfim, não vou te trair... porque sou sua.

Ele encostou a testa na minha.

— E nem eu vou te trair... porque sempre fui só seu.

Fechei os olhos, querendo desesperadamente acreditar nele. Momentos depois, chegamos ao nosso destino. Kellan estacionou numa vaga perto de Evan e desligou o carro. Continuamos sentados em silêncio por um momento enquanto Evan abria sua porta ao nosso lado. Então deu uma batidinha na nossa janela, com um largo sorriso no rosto. Jenny saiu do carro e veio ficar ao seu lado, acenando na nossa direção. Enquanto o par se encontrava com Matt, Griffin, Rachel e Anna, Kellan e eu continuamos no carro, curtindo os últimos momentos de tranquilidade antes de ele ter que ir embora.

Havia uma movimentação intensa algumas fileiras atrás de nós. Vários caras, que imaginei serem membros de outras bandas, estavam andando com ar ocupado em volta de três ônibus compridos. Motoristas uniformizados conversavam com alguns deles. Havia um monte de homens ali, garotas paparicando-os ao se despedir deles. Com um número muito maior de passageiros do que os ônibus comuns, imaginei que Kellan estivesse certo em relação a viajar todo espremido. Ele podia ainda não conhecer os membros das outras bandas, mas certamente os conheceria até o final da turnê. Pelo menos, com aquela quantidade de gente já a bordo, não sobraria muito espaço para mulheres. Se bem que... nada as impediria de seguir os três ônibus numa caravana, parando nas diferentes cidades ao longo do caminho. Foi um pensamento desanimador, que na mesma hora tratei de tirar da cabeça.

Olhando para a aglomeração de gente no começo do mega-estacionamento do shopping, Kellan tirou as chaves da ignição e as entregou para mim. Olhei para elas, sem entender.

– Toma conta dele para mim, OK? – Seus olhos intensos pareceram hesitantes quando ele soltou as chaves e meus dedos as apertaram.

– Você está me dando o seu carro? – perguntei, arregalando os olhos.

Franzindo um pouco o cenho, ele negou com a cabeça:

– Não, só emprestando. – Arqueou uma sobrancelha: – Vou querer de volta. – Esbocei um sorriso ao me imaginar passeando pela cidade no seu potente Chevelle, e ele franziu ainda mais o cenho. – Não se esquece de trocar o óleo e encher o tanque com premium... e não dirige nas montanhas se nevar, nem sai por aí passeando com ele... – Refletindo por um momento, acrescentou depressa: – Nem deixa Anna pôr as mãos nele. – Revirando os olhos, murmurou: – Eu vi o que ela fez com o carro do Denny.

Sorri, meus dedos apertando as chaves com mais força. Não, eu não deixaria Anna transformar outro carro de um namorado meu num armário pessoal portátil.

– Pode deixar – sussurrei. – Vou manter seu bebê em excelente estado, Kellan.

Ele sorriu porque eu tinha personificado seu carro, e então suspirou.

– É uma pena deixá-lo parado na garagem, enquanto você e Anna disputam o Honda. – Passando os dedos pelos meus cabelos, balançou a cabeça. – Quero que você vá... aonde precisar ir enquanto eu estiver fora.

Engolindo em seco, assenti. De algum modo, Kellan me dando plenos poderes sobre o seu bebê pareceu uma coisa mais definitiva do que a vista do ônibus que seria seu futuro lar pelos próximos seis meses do outro lado do estacionamento. Com os olhos úmidos, enfiei as chaves no bolso. Os olhos de Kellan as seguiram por um segundo antes de ele finalmente entreabrir a porta. Mesmo sem a menor vontade, fiz o mesmo.

Um vozerio excitado enchia o espaço enquanto os homens embarcavam os equipamentos pesados das bandas, prendendo-os em dois caminhões que seguiriam os ônibus. Por toda parte, rapazes de seus vinte e poucos anos enfiavam malas e instrumentos no interior dos ônibus, dando socos e implicando uns com os outros, ou beijando as poucas mulheres presentes.

Matt e Evan foram falar com dois caras que reconheci. Membros de uma banda bem maior, já tinham emplacado alguns sucessos no top 10 das emissoras de rádio. Eu adorava suas músicas e cantava junto, animada, sempre que alguma delas tocava. Kellan disse que eles seriam a principal atração da turnê, mas foi muito louco ficar cara a cara com eles, e vê-los conversando com meus amigos.

Pegando a guitarra no banco traseiro, Kellan a pendurou no ombro. Depois de tirar a mala do porta-malas, segurou minha mão e me puxou em direção às celebridades. Fiquei paralisada, sem querer me aproximar.

Kellan olhou para mim, franzindo o cenho. Cochichando, perguntei:
— Você não sabe quem eles são?
Ele sorriu, assentindo.
— Claro que sei, pois se são a razão de estarmos nessa turnê. Eu ia lá cumprimentar e agradecer a eles. — Ao ver meu horror à ideia de ir falar com os caras, ele argumentou: — Eu já vi você cantando várias músicas deles. Não quer ir lá conhecê-los?

Fiz que não com mais veemência. Não, geralmente eu me comportava feito uma idiota ao conhecer pessoas. E ser apresentada a gente que eu admirava ia ser... um constrangimento inimaginável. Rindo da minha relutância, Kellan me puxou pelo braço com mais força.

— Eles são gente como nós, Kiera. Começaram como ilustres desconhecidos — riu ainda mais —, exatamente como eu. — Arqueando a sobrancelha com ar malicioso, puxou meu corpo contra si: — E você não sente nenhuma vergonha de falar comigo.

Ri mesmo contra minha vontade e, relutante, deixei que Kellan me levasse até eles. Estava tremendo de vergonha quando nos aproximamos dos ídolos do rock autênticos. Antes de Kellan se dirigir a eles, sussurrou no meu ouvido:

— Você está tremendo feito algumas das minhas fãs... estou com um pouco de ciúme. Vou tentar não ficar ofendido por não fazer você... tremer.

Caí na gargalhada, no exato momento em que os caras se viraram para nós. Meu rosto ficou vermelho feito um pimentão, e os dois franziram o cenho, como se eu fosse uma doente mental. Santo Deus, eu dava cada vexame pior que o outro quando era apresentada a alguém.

Rindo um pouco também, Kellan soltou a mala no chão e estendeu a mão para os caras; apertei a esquerda como um afogado agarrando uma tábua.

— Kellan Kyle, D-Bag. Queria agradecer a você por nos convidar.

Justin, o louro que era o vocalista espetacular da banda, apertou a mão de Kellan.

— É uma honra ter vocês na turnê, cara. Vocês bombaram no festival.

Kellan abriu um sorriso radiante.

— Obrigado. — Olhando para mim, que estava escondida às suas costas, encarando sem a menor cerimônia a tatuagem entre as clavículas de Justin, Kellan me cutucou com o ombro:

— Essa é a minha namorada, Kiera. — Lancei um olhar daqueles para Kellan, com vontade de mandá-lo calar a boca. Rindo, ele acrescentou: — Ela é sua fã número um... acho até que mais do que minha.

Justin olhou para mim, e tive vontade de me enfiar num buraco. Seus olhos claros exibiam a mesma expressão de Kellan ao esbarrar em fãs tímidas e trêmulas. Abrindo um sorriso profissional, Justin estendeu a mão para mim. Tive certeza de que a minha devia estar toda suada, e eu não queria enojá-lo ao segurar a dele, mas não tinha escolha se não quisesse ofendê-lo, por isso, mesmo contra a minha vontade, apertei-a.

Inclinando a cabeleira maravilhosa, toda cortada em camadas, Justin disse, com naturalidade:

— É sempre um prazer conhecer uma fã. Qual é a sua música favorita?

Quando sua pele tocou a minha, todos os pensamentos coerentes saíram voando da minha cabeça. Não consegui me lembrar do título de nenhuma de suas músicas, nem umazinha sequer. Comecei a gaguejar e a me enrolar toda, meu rosto pegando fogo de um jeito quase insuportável, até que, por fim, disparei:

— Eu gosto de todas...

Kellan riu baixinho, quando então percebi que já estava apertando a mão do ídolo do rock há muito mais tempo do que seria normal. Soltando-a, voltei a me enroscar do lado de Kellan, com vontade de desaparecer. Justin e o amigo olharam para Kellan, Justin dando um tapa no ombro dele:

— Bem, estamos quase prontos para cair na estrada. A gente se vê mais adiante.

Kellan assentiu e os dois se afastaram, indo subir no primeiro ônibus da fila. A cena fora tão vergonhosa quanto eu tinha imaginado que seria. Eu queria morrer. Quando eles entraram, Kellan olhou para mim com uma sobrancelha arqueada:

— Você não conseguiu se lembrar de uma única música, não é? — Suspirei, dando de ombros, e Kellan revirou os olhos. — Não sei se gosto de ver outro homem te deixando tão nervosa assim. — Passando o braço pela minha cintura, sorriu: — Quero ser eu a te fazer suar frio.

Esfregando as mãos na calça jeans, arregalei os olhos.

— Ah, meu Deus, eu estava suando frio?

Kellan se inclinou até a altura dos meus olhos, os lábios franzidos. Rindo da expressão no seu rosto, respirei para me acalmar e passei os braços pelo seu pescoço.

— Sou sua fã número um, Kellan Kyle. — Dei um beijo nele. — E não se esqueça disso.

Retribuindo meu beijo com languidez, ele murmurou:

— Bem, eu faço de tudo para agradar às fãs. — Enfiou a língua na minha boca, mas dei um tapa no seu ombro, por princípio. Ele riu, puxando meu corpo contra o seu, e eu derreti, deixando sua paixão me contagiar. Minhas mãos se enrolando entre aqueles cabelos maravilhosamente revoltos, eu me perdi no momento, no seu corpo. Quando nosso beijo começava a se intensificar, e eu a ter esperanças de que ele me empurrasse para dentro do ônibus e transasse comigo, alguém bateu no ombro de Kellan:

— Hum, está na hora, cara.

Nós nos afastamos e olhamos para Evan com Jenny abraçada ao lado, os olhos dela úmidos de lágrimas. Atrás deles, Matt se despedia baixinho de Rachel, os dois trocando beijos leves entre palavras que não consegui ouvir. Griffin e Anna davam o maior amasso encostados no ônibus.

Kellan assentiu, e Evan se abaixou para pegar sua mala, nos dando mais alguns momentos. Evan me deu um breve abraço de despedida, e então ele e Jenny se dirigiram à porta do terceiro ônibus. Sem poder assistir à dolorosa despedida dos dois, por estar vivendo a minha, virei a cabeça de novo para Kellan. Ele engoliu em seco, olhando para mim. Segurando meu rosto, ficou me observando, memorizando cada traço.

— Isso não é adeus, OK? Não existe adeus... entre nós. — Sussurrando intensamente, ele abaixou a testa até tocar na minha. Seu cheiro me inebriou e eu o inspirei, degustando-o. Lágrimas já brotavam nos meus olhos, quando ele continuou: — Essa turnê é como se eu só estivesse indo fazer mais um show... um show muito longo. Mas, quando acabar, vou voltar para você e deitar na sua cama quente e convidativa, como sempre faço...

Assenti, sem encontrar palavras.

Ele engoliu em seco, fechando os olhos.

— Ainda vou passar todas as noites com você, Kiera. Todas as noites, não importa onde eu esteja, vou deitar na cama ao seu lado. Nossa cama vai ser muito maior, com quilômetros de largura, mas ainda vamos ser nós dois em cima dela... certo?

Tornei a assentir, e ele sussurrou:

— Essa turnê não tem que mudar nada... se nós não deixarmos. — Engolindo em seco, concluiu, com voz trêmula: — Então não vamos deixar, está bem?

Com lágrimas escorrendo pelo rosto, respondi, a voz presa na garganta:

— Está...

Afastando-se de mim, os olhos também úmidos, ele voltou a observar meu rosto.

— Você está bem?

Já sentindo o peso esmagador da sua ausência em cima de mim, contive um soluço. Com ódio de mim mesma, mas sem conseguir impedir que as palavras se formassem, balancei a cabeça entre as mãos dele.

— Não, não estou. Mudei de ideia. Não quero que você vá. Não quero isso. Não quero que você viaje. Quero que fique aqui comigo. Quero que desista de tudo e fique aqui comigo... por favor.

Com o rosto lavado de lágrimas, comecei a soluçar. Detestava ver meus sentimentos se manifestando desse jeito. Não queria em hipótese alguma que ele desistisse dos seus sonhos... só não queria que viajasse. Eu o amava demais.

Para minha surpresa, ele soltou um suspiro de alívio. Esboçando um sorriso, secou as lágrimas no meu rosto.

— Que bom, fico feliz de te ouvir dizer isso. Achei que você não estava dando a mínima. — Ele me beijou algumas vezes, e então se afastou e ficou olhando para mim.

Meus soluços foram parando diante daquele olhar. — Eu também te amo, Kiera... tanto. — Balançando a cabeça, seus olhos voltando a ficar úmidos, acrescentou: — Vou sentir sua falta... a cada segundo.

Assenti e engoli em seco, tentando frear meus sentimentos explosivos. Sentia que ia ter uma crise histérica a qualquer momento, e não queria que nosso último momento fosse assim. Mesmo que ver meu sofrimento selasse uma convicção para ele, não queria afogá-lo em lágrimas. A turnê seria uma coisa boa para Kellan, uma coisa empolgante. Queria que ele viajasse se sentindo feliz, sabendo que eu estaria aqui quando voltasse. E, como Jenny sempre me dizia, eu tinha que ter fé que ele *voltaria*.

Fechando os olhos, tentei imaginar o oposto desse momento, seis meses depois, quando ele voltasse. Nós nos abraçaríamos. Daríamos um banho de carinho um no outro. Então eu deixaria de lado a relutância em voltar a morar com ele, e iríamos para casa juntos. Faríamos amor por horas. Só nós dois, enrolados nos lençóis, gemendo de paixão. Só de pensar nisso, já fiquei um pouco acesa. Só precisávamos passar esse inverno, e então nos encontraríamos na primavera... como no ano anterior.

Meus olhos se abriram de estalo quando pensei no inverno.

— Você não vai estar comigo — sussurrei.

Ele franziu a testa, sem entender minhas palavras vagas. Balançando a cabeça, esclareci:

— Esse seria o nosso primeiro Natal... juntos... e você... não vai estar comigo. — A tristeza ameaçou me mergulhar no desespero novamente, mas ele sorriu.

— Eu não vou trabalhar no fim do ano. Vou ter um intervalo.

Suspirei.

— Mas quem sabe onde você vai estar? Você não teria como atravessar o país num avião só para passar dois dias comigo.

Franzindo o cenho, ele deu de ombros.

— Por que não? As pessoas fazem isso o tempo todo.

Dei de ombros, achando que era abusar demais dele pedir que entrasse num avião, não uma, mas duas vezes, durante a época do ano mais caótica para se viajar. Inclinando a cabeça para mim, ele torceu os lábios.

— Onde você vai passar o Natal?

Voltei a dar de ombros.

— Acho que em Ohio, com a minha família. Provavelmente vou passar o feriadão de fim de ano lá.

Ele assentiu, seu sorriso se alargando.

— Então, eu te vejo lá... em Ohio.

Arqueei uma sobrancelha para ele.

— Kellan...

Ele me interrompeu com um beijo leve:

— Sério, eu sempre quis conhecer seus pais e ver a cidade em que você nasceu. — Afastando-se com uma expressão entusiasmada, seu sorriso era largo. — Quando tiver minha folga, vou ver você. — Balançou a cabeça, seus olhos brilhando. — Vamos passar o Natal com a sua família. Vai ser maravilhoso, Kiera.

Suspirando, imaginei-o sentado no sofá dos meus pais, bebendo *eggnog*, e assenti, mordendo o lábio.

— Tudo bem... está combinado.

Agora que nos sentíamos melhor, voltamos a nos beijar por longos segundos. Membros da banda passaram por nós, enquanto dizíamos adeus sem palavras, mas nós os ignoramos. Consegui até ignorar Griffin apertando meu traseiro e murmurando no meu ouvido "Assim, Kellan... Ai meu Deus, assim". Então, quando ficamos sozinhos, o motorista do ônibus ordenou a Kellan que subisse, ou o deixaria plantado onde estava.

Suspirando, nos afastamos... pela última vez. Eu não queria pensar desse jeito, mas o fato é que aquele fora o último beijo que daríamos por um espaço de tempo que me pareceria uma eternidade. Engoli em seco quando Kellan acenou com a cabeça para mim, dando um passo para trás. Nossas mãos deslizaram pelos braços um do outro, e tive que recorrer a toda a minha força de vontade para não segurar seus dedos quando nossas mãos se separaram.

Eu não queria, mas um soluço me escapou quando sua pele deixou de tocar a minha. Embora tivéssemos feito planos para nos reencontrarmos, minha sensação era de que as coisas estavam mudando irrevogavelmente. Nós nunca voltaríamos a ser Kiera e Kellan... pelo menos, não como tínhamos sido até então. Eu esperava que a nova Kiera e o novo Kellan fossem mais fortes e confiassem mais um no outro... mas não tinha certeza de onde a nossa relação acabaria. E o desconhecido é uma coisa apavorante.

Kellan ajustou a guitarra cruzada às costas, e então entrou no ônibus, e não o vi mais. Jenny, Rachel e Anna vieram ficar ao meu redor. Janelas se abriram na lateral do ônibus, e caras que nunca tínhamos visto se debruçaram nelas, acenando para garotas que também não conhecíamos. Então, os nossos D-Bags apareceram, quase no fim do ônibus. Kellan se debruçou na janela, levantando a mão em um pequeno aceno. Com lágrimas nos olhos, acenei de volta.

Entre soluços, ouvimos, desoladas, o motor do ônibus roncar. Abraçando Anna e Jenny, em quem Rachel se apoiava, ficamos chorando baixinho enquanto nossos homens partiam para a guerra com a fama. Mesmo apesar de toda a minha dor, desejei boa sorte para eles.

Quando o ônibus começou a se afastar, os D-Bags voltaram a entrar, fechando as janelas. Menos Kellan. Ele continuou debruçado na janela, me vendo mergulhar nas brumas do esquecimento enquanto se afastava cada vez mais depressa. A cena era uma metáfora tão perfeita, um exemplo físico tão exato de tudo que eu temia que nosso relacionamento se tornasse, que não pude deixar de ficar olhando. Quando ele já estava longe o bastante para não poder notar, fechei os olhos. Infelizmente, isso também pareceu metafórico.

Quando voltei a abrir os olhos, os ônibus já tinham desaparecido de vista, rumo ao desconhecido. As garotas que vagavam pelo estacionamento trocaram algumas palavras, divididas em grupos, antes de se dirigirem para seus respectivos carros. A maioria delas estava ótima, como se ver os namorados desaparecendo pelo caminho da fama e da fortuna não fosse nada de mais. Balançando a cabeça para as mais animadas de todas, tive vontade de correr até elas e perguntar: "Por que essa alegria toda? Não sabem que provavelmente vão ser substituídas assim que eles se tornarem um sucesso nacional?" Mas, como estava tentando manter uma atitude positiva, não fiz isso.

Fungando para conter as lágrimas, de repente senti a maior vontade de ir para casa e chorar até esvaziar uma caixa de lenços de papel. Mas minhas amigas tinham outros planos. Jenny veio ficar na minha frente, segurando meu rosto. Seus traços se embaçaram na minha visão úmida quando a encarei. Balançando os cachos louros, ela disse:

— Kellan me deu instruções para não te deixar cair na fossa quando ele viajasse, portanto para de imaginar todas as coisas ruins que está imaginando e abre um sorriso, para eu poder dizer a ele que cumpri minha missão.

Sorriu depois de dizer isso, e eu a olhei, sem entender.

— Ele... te deu instruções sobre como lidar comigo?

Jenny deu de ombros, suas mãos deixando meu rosto e vindo segurar as minhas. Anna começou a rir, pousando o queixo no meu ombro.

— Hum-hum, ele também falou comigo... disse que eu devia conversar bastante com você, garantir que você se divertisse e não ficasse curtindo dor de cotovelo. — Olhei para minha irmã e ela começou a rir, revirando os olhos. — Pelo visto, ele te conhece direitinho.

A tímida Rachel pôs a mão no meu braço, e eu olhei para sua beleza morena.

— Ele gosta muito de você, Kiera. Quer que você fique bem durante a turnê.

Olhando para ela sem entender, balancei a cabeça.

— Ele falou com todas vocês? — Elas deram de ombros, sorrindo, e eu balancei a cabeça. — Não posso acreditar que meu namorado incumbiu minhas amigas de tomarem conta de mim... como se eu fosse me encher de Prozac e caminhar pela mureta de uma ponte quando ele viajasse. — Dei uma risada. — Aquele bobalhão.

Elas riram comigo, e fiquei olhando para o rosto de cada uma por um momento. Mesmo sorrindo, pude ver uma ponta de tristeza em cada rosto e engoli em seco, lembrando que não era a única que estava sofrendo. Passando o braço pelo ombro de Rachel, disse:

— Eu sei que não sou a única passando por isso. Como vocês estão?

Rachel deu de ombros, a pele bronzeadíssima ficando vermelha.

— Acho que estou bem. Matt diz que me ama e que não quer saber de mais ninguém. O único interesse dele é a música... então, acho que vamos ficar bem.

Dei um breve abraço nela, concordando. Matt não era do tipo que vai atrás de uma mulher quando tem outra esperando em casa. Mesmo antes de começar a namorar Rachel... ele já não fazia esse gênero. À minha frente, Jenny suspirou, triste.

— Já estou com saudades do Evan, mas sei que ele vai voltar para mim. — Balançou a cabeça. — Nós somos amigos há tanto tempo... Não consigo imaginá-lo fazendo... — mordeu o lábio, dando uma olhada em Anna — ... nenhuma burrice.

Anna bufou, e todas nos viramos para ela.

— Bem, Griffin e eu não somos exatamente um par de pombinhos como vocês, de modo que estou ótima. — Sorrindo, deu de ombros. — Ele me dá o que preciso quando está aqui e, quando não está... — seu sorriso se alargou — ... há muitos outros para fazerem isso.

Piscou o olho para nós, e eu ri, balançando a cabeça. Pelo menos, Anna não estava perdidamente apaixonada por Griffin e não ficaria magoada com suas... travessuras. Eu tinha certeza absoluta de que ele nem mesmo tentaria ser fiel e dedicado a ela durante a turnê. Pois se não era fiel e dedicado nem quando estava em Seattle! Se bem que ela também não era fiel a ele, e os dois pareciam não se importar com a situação.

Jenny sorriu e balançou a cabeça, enquanto Rachel ficava séria. Como namorada de Matt, era a que mais via Griffin, já que os primos que pareciam gêmeos eram inseparáveis, e, se ela fosse como eu, provavelmente o achava nojento. Anna suspirou, encostando a cabeça no meu ombro.

— Mas que eu vou sentir falta dos meus orgasmos múltiplos, ah, isso vou. — Suspirou, com ar desolado. — Ninguém sabe me levar à loucura como aquele garoto.

Jenny começou a rir, enquanto Rachel ficava ainda mais vermelha. Dei um tapa no ombro da minha irmã, afastando-a de mim.

— Argh, Anna, que falta de discrição... francamente.

Ela riu, enquanto eu balançava a cabeça, enojada. Agora, teria que ir para casa tomar um banho. Se só o comentário já tinha me feito sentir suja, que dirá a imagem que ela tinha posto na minha cabeça. Anna riu baixinho, seu dedo enrolando uma mecha sedosa e perfeita de cabelo ao levantar as sobrancelhas, maliciosa. Eu ainda estava balançando a cabeça para ela quando meu bolso começou a vibrar.

Um pouco assustada, tirei o celular da jaqueta. As palavras mais maravilhosas que se possam imaginar apareceram na tela: "Chamada de Kellan Kyle." Apertei o botão de "atender" e levei o celular ao ouvido.

— Alô?

Uma voz rouca e sensual me saudou, junto com uma barulheira ao fundo, caras alvoroçados rindo e falando.

— E aí, é cedo demais para sentir saudades?

Rindo um pouco sob os olhares de Jenny e das outras garotas, respondi:

— Não, nunca é cedo demais para isso. Também estou sentindo saudades, Kellan.

Anna revirou os olhos, enquanto Jenny e Rachel sorriam. Kellan riu no meu ouvido, o som na mesma hora me deixando feliz.

— Que bom. E é cedo demais para a gente fazer sexo por telefone?

Aprumando a coluna, senti o rosto ficar vermelho.

— Kellan! — Ele riu ainda mais alto no meu ouvido, e Anna parou de sorrir, arqueando uma sobrancelha. Só pude balançar a cabeça para ela, ocupada demais imaginando o que exatamente era sexo por telefone, já que nunca tinha feito. Não podia imaginar nada mais apavorante, se bem que... a ideia de Kellan ofegando no meu ouvido, tocando em si mesmo, gemendo meu nome, pensando em mim... fez com que uma onda de calor percorresse o meu corpo.

Mas eu não ia nem sequer considerar a hipótese na companhia em que estava agora.

Gaguejei, procurando alguma coisa para dizer, e ele riu.

— Estou brincando, Kiera. Fico feliz por você estar bem. Achei que podia estar tendo uma crise de choro.

Relaxando um pouco ao ver que Anna, Jenny e Rachel começavam a conversar para que eu e Kellan pudéssemos ter um pouco de privacidade, torci os lábios.

— Suas recrutas fizeram um bom trabalho. — Minha voz saiu um pouco irônica, e ele voltou a rir.

— Ótimo, então a primeira a parte do meu plano foi realizada com sucesso.

Pisquei os olhos, sem entender.

— Primeira parte? Como assim... que plano?

Vagamente, comecei a ouvir as meninas fazendo seus próprios planos, principalmente de ir para o Pete's, a fim de desmontar o equipamento dos D-Bags e levá-lo para a casa de Evan, já que Jenny tinha ficado com as chaves do seu loft. Mas eu estava prestando mais atenção em Kellan... e no tal plano misterioso que ele tinha.

Rindo um pouco, ele murmurou:

— É só uma coisinha para te manter ocupada enquanto eu estiver fora.

Sorri, imaginando o que ele teria em mente.

— Hummm, entendi. — Jenny bateu no meu ombro, dizendo por mímica labial que elas estavam indo para o Pete's, e eu assenti.

Enquanto caminhávamos para nossos carros, quer dizer, os carros que nossos namorados nos deixariam usar durante a sua ausência, Kellan suspirou no meu ouvido.

— Estou gostando dessa ideia do celular que você teve. É legal poder falar com você sempre que tenho vontade.

Acenei para Jenny, que abria a porta do carro de Evan, entrando nele com Rachel. Anna soprou um beijo para mim enquanto abria a porta da van de Griffin e entrava. Sorrindo do comentário de Kellan, abri a porta do Chevelle e entrei. Mas, com a voz dele no meu ouvido e vestígios do seu cheiro no carro, era quase como se ele estivesse ali, sentado ao meu lado. Sorri ao responder:

— Viu só? Eu sabia que você ia gostar mais dele do que de um par de algemas.

— Ei, calma lá... Eu não cheguei a sugerir isso. — Riu baixinho, e eu mordi o lábio. Tirando as chaves do bolso, girei a do carro na ignição e o possante motor despertou, roncando.

Kellan suspirou.

— Você acabou de dar a partida no meu bebê?

Comecei a rir, enquanto esperava que Jenny e Anna tirassem seus carros das respectivas vagas.

— Bem, eu tenho que levar a criança para casa, portanto... a resposta é sim.

Fiquei séria, desejando que pudéssemos passar toda a turnê conectados pelo telefone. Mas sabia que isso era inviável.

— Tudo bem... Eu te amo.

Ele soltou um suspiro satisfeito.

— Também te amo. Te ligo hoje à noite.

Balancei a cabeça, mas então lembrei que ele não podia me ver.

— Tudo bem... Tchau.

— Tchau. — Ele desligou e a risadaria barulhenta ao fundo desapareceu. Suspirei, e então sorri. Pelo menos, poderia falar bastante com ele enquanto estivesse fora. E, de repente, se conseguisse tomar coragem algum dia, poderíamos experimentar aquele lance do sexo por telefone. Eu estava morta de curiosidade para ouvir a voz que ele faria ao transar a distância... e, fosse como fosse, eu sempre poderia fingir a minha parte.

Suspirando, voltei a guardar o telefone na jaqueta. Me sentindo melhor por ter uma conexão com Kellan no bolso, sorri e apertei os dedos em torno do volante. O poder do carro me relembrou o do homem que o possuía. Elegante e sexy, forte e duro, combinava à perfeição com Kellan, e eu sabia que pensaria nele sempre que o dirigisse.

Em um estado de espírito muito melhor do que tinha achado possível, fui para o Pete's Bar, a fim de retirar todos os vestígios do meu namorado de lá. Uma perspectiva que fez com que meu bom humor diminuísse um pouco.

Estacionando na vaga tradicional de Kellan, desliguei o motor. Continuando sentada em contemplativo silêncio, imaginei seu meio sorriso sexy. Uma batidinha na janela me trouxe bruscamente de volta à realidade. Anna sorriu para mim, fazendo sinais para que eu saísse do carro. Inspirando o aroma de Kellan que impregnava o interior do Chevelle, compreendi que precisava controlar minhas emoções tumultuadas ao abrir a porta pesada.

Anna passou o braço pelo meu ombro, enquanto Jenny e Rachel saíam do carro de Evan, rindo de alguma história que tinham contado durante o percurso. Sorrindo para minhas amigas e família, senti meu astral levantar. Quase nosso próprio quarteto, as D-Baguettes, passamos pelas portas duplas. Meio que esperando a mesma reação que Kellan e os amigos costumavam receber quando entravam, fiquei um pouco decepcionada ao ver que nenhum dos frequentadores que almoçavam olhou para nós.

Troy, que tinha voltado a assumir como barman do turno da manhã, acenou para nós. Seu rosto estava abatido, como se também sentisse saudades de Kellan. Quase tive vontade de ir até lá e abraçá-lo, conversar com ele sobre o homem por quem ambos éramos apaixonados, mas, considerando que eu tinha o coração de Kellan e o pobre Troy jamais teria... achei que isso seria cruel. Era melhor deixar o cara curtir sua dor de cotovelo em paz.

Dirigindo-nos para o palco, Jenny acenou para as garçonetes mais velhas que trabalhavam no bar desde a inauguração, ou assim parecia. A parede preta coberta de guitarras por trás do equipamento que estávamos desmontando parecia um pouco lúgubre hoje, ou talvez fosse apenas o meu estado de espírito. Subindo nas tábuas de carvalho gastas pelo uso, caminhei até o microfone de Kellan, que se erguia solitário no centro. Passando a mão pelo suporte, imaginei os dedos de Kellan fazendo o mesmo.

Virando o rosto para os frequentadores que, na maioria, nos ignoravam, imaginei como seria estar lá no palco. Olhando para a pista de dança, aquela hora vazia, imaginei-a lotada de gente, como costumava ficar quando os D-Bags tocavam. Essa ideia bastou para me dar uma sensação de sobe e desce no estômago. Como Kellan fazia isso? E agora, ia tocar em lugares ainda maiores. Isso dava um nó na minha cabeça.

Segurando o microfone no alto do suporte, o equipamento de som alto demais para eu alcançar, visualizei meu namorado, o rock star.

– Quer cantar alguma coisa antes de a gente desmontar tudo? – Olhei para Jenny. Estava me observando, girando as baquetas de Evan nas mãos. Sorrindo ao ir sentar atrás da bateria do namorado, apontou para o microfone de Kellan. – A gente poderia tocar alguma música deles... – deu uma risada – ... de repente, ser a banda cover deles.

Empalideci ao ouvir essa ideia, mas Anna achou que era ótima e na mesma hora pendurou o baixo de Griffin no ombro. Rindo baixinho, Rachel tirou a guitarra de Matt do suporte e passou a alça pelo pescoço. Em seguida, todas ficaram olhando para mim com ar de expectativa, como se eu realmente fosse a líder da banda de mentirinha.

Sacudi a cabeça, mas Jenny começou a marcar um ritmo com as baquetas. Em seguida, todas começaram a tocar. Eu ria tanto, que nem me ocorria sentir vergonha. Havia um pré-requisito para que uma banda cover fizesse sucesso – os participantes precisavam saber tocar, coisa que nenhuma de nós sabia. Enquanto Jenny ia batendo em partes aleatórias da bateria, Anna ia tirando as notas que lhe passavam pela cabeça no baixo não plugado, e Rachel dedilhava a guitarra como um ukulele. Eu ria de chorar.

Alguns frequentadores olharam para nós, mas, como os instrumentos não estavam ligados aos amplificadores, e Jenny tocava o mais baixo que podia, não estávamos fazendo muito barulho, de modo que todos voltaram às suas refeições e conversas. Ainda curiosa em relação a ser um rock star, fechei os olhos e comecei a cantar uma das músicas de Kellan. Bem, "cantar" era exagero. Eu estava murmurando, minha voz quase se perdendo no caos ao meu redor.

Ao ouvir os risos de minhas companheiras de banda, abri os olhos. Todas sorriam para mim, mandando ver nos seus instrumentos emprestados. Sorrindo também, minha coragem aumentando a cada segundo que passava entre elas, tirei o microfone do suporte e elevei a voz... um pouquinho.

Imitando os gestos que tinha visto Kellan fazer um milhão de vezes, comecei a fingir que era ele. Meus olhos percorreram o espaço vazio onde o público costumava ficar, e imaginei que estava ali presente, me aclamando. Até imaginei Kellan no meio, com seu sorrisinho de canto de boca, balançando a cabeça para mim. Concentrei a atenção na imagem mental que tinha dele, tentando ser tão sexy para ele quanto ele era para mim.

Minha versão imaginária de Kellan sorriu mais e mordeu o lábio. Ouvi um assobio de incentivo atrás de mim, e a imagem dele desapareceu da minha cabeça. Olhei para Anna, rindo, e ela balançou a cabeça para mim, enquanto fingia tocar um clássico dos D-Bags. Com o rosto ardendo de vergonha, olhei para Rachel, que arranhava as cordas na maior animação, como se estivéssemos nos apresentando em um acampamento de verão. Às minhas costas, Jenny começou a tocar sua versão desconjuntada de um solo, e eu me interrompi no meio de um verso para rir da bagunça musical que estávamos fazendo.

Quando a música acabou, fiz uma pequena reverência, as meninas me imitando. Do outro lado do bar, ouvi aplausos isolados. Ao levantar os olhos, vi Troy batendo palmas, sorrindo de orelha a orelha para nós. Comecei a rir, morta de vergonha, mas me contive para não deixar que esse lampejo de orgulho me absorvesse totalmente. Eu tinha conseguido. Tinha cantado no palco. É verdade que não estava plugada e ninguém além de Troy tinha prestado atenção, mas, mesmo assim, eu sentia que agora já podia riscar uma apresentação em público da lista de coisas para fazer antes de morrer.

Kellan ficaria tão orgulhoso. Eu mal podia esperar para contar a ele.

## Capítulo 11
### AUSENTE, MAS NÃO ESQUECIDO

Depois da nossa *jam session*, as meninas e eu finalmente conseguimos enfiar todo o equipamento na van de Griffin. Suspirei quando olhamos para o palco vazio à nossa frente. Estava escuro e deserto, seus donos viajando cada vez para mais longe. Matt tinha nos dado a programação da turnê, e o primeiro show da banda seria naquele mesmo dia, em Spokane, no leste de Washington. Provavelmente, a essa altura eles deviam estar chegando aos desfiladeiros. As mesmas montanhas que me trouxeram para esse lugar onde um amor tinha superado outro, agora levavam esse amor embora.

É interessante como a vida tem o dom de formar um círculo completo.

A meu lado, Jenny suspirou, sua melancolia espelhando a minha. Endireitando-se bruscamente, virou-se e saiu correndo pelas portas da frente. Ficamos só olhando, curiosas com o inesperado do gesto. Ela voltou alguns minutos depois, com um sorriso radiante, carregando um pôster emoldurado debaixo do braço.

Sorri quando se aproximou.

— Quase esqueci que tinha trazido isso. — Virando o pôster para que pudéssemos vê-lo, exibiu o trabalho, finalmente pronto, que tinha feito no curso — um desenho da banda. Fiquei com os olhos cheios de lágrimas ao ver sua perfeita recriação de Kellan. Indicando o palco com a cabeça, ela sorriu.

— Não seria certo deixar aquele palco sem alguma coisa deles, não é?

Dei toda a razão a ela e ajudei-a a reorganizar algumas das guitarras decorativas penduradas na parede preta, a fim de abrir espaço para o desenho. Depois de pendurá-lo no centro, demos um passo para trás e ficamos admirando sua obra. Ela transformara um simples esboço em lápis num desenho em preto e branco notável. Estava fantástico. Ela realmente tinha talento.

Quase com vontade de sapecar um beijo na imagem realista de meu namorado, passei o braço pelos ombros de Jenny.

— Acho que os D-Bags não vão ser os únicos neste bar a ficarem famosos.

Ela corou e riu, abaixando os olhos.

— Eu diria que ficou razoável. — Observando o desenho com ar impressionado, Anna e Rachel garantiram a ela que estava muito mais do que razoável.

Antes de sairmos, nos despedimos do pessoal da equipe que não víamos com muita frequência — Sal, o sócio do Pete; Fofinha e Gracinha, as antigas garçonetes; e, por fim, Troy. Ele parecia mais animado depois que Jenny tinha pendurado o desenho na parede dos fundos; pelo menos, nós o tínhamos feito se sentir melhor.

Voltando para nossos carros, fomos para a casa de Evan. A garota que trabalhava na oficina estava atravessando o estacionamento quando cheguei no carro de Kellan. Seus olhos na mesma hora se desviaram para o Chevelle. Ela pareceu extremamente decepcionada ao me ver sair do carro, e não seu ex... fosse lá o que Kellan tivesse sido. Acenou para mim, e então entrou na oficina. Talvez estivesse indo trabalhar no seu livro: *Amor de Tiete 101*.

Suspirando, revirei os olhos. Pegando os instrumentos na van de Griffin, segui Jenny e Rachel até o loft, Anna logo atrás de nós. Sabia que estava sendo muito dura com aquela mecânica, ainda mais quando eu nem mesmo tinha certeza se ela fora amante de Kellan. E, mesmo que tivesse sido, isso estava no passado dele e não devia mais importar. Meu ciúme não tinha qualquer justificativa... e eu precisava dar um basta nele, se Kellan e eu quiséssemos dar certo como casal.

O loft de Evan estava estranhamente vazio quando entramos; os caras tinham levado seus instrumentos de viagem para a estrada, e apenas a bateria de Evan permanecera lá. Como os vários grupos da turnê tinham decidido compartilhar uma bateria, Evan deixara a sua em Seattle. Acostumado a tocar no equipamento de outros músicos, ele não se importava com a combinação. Sorri ao me lembrar de Kellan guardando a guitarra no ônibus. Ele jamais aceitaria tocar o instrumento de outra pessoa.

Quando coloquei o baixo de Griffin no chão, notei um bilhete colado no verso. Normalmente, eu não tocaria em nada de Griffin — até manusear seu instrumento já me parecia duvidoso —, mas o bilhete estava no meu nome. Vencida pela curiosidade, destaquei o papel, que estava bem preso. Ao desdobrá-lo, já fui logo me preparando para algum comentário horrível do baixista vulgar. Qual não foi minha surpresa com o que encontrei em vez disso...

*Eu sei que você detesta tocar nas coisas do Griffin, por isso tive a ideia de tornar a experiência um pouco mais suportável. Obrigado por fazer isso. Te amo, Kellan.*

Sorrindo feito uma idiota, enfiei o bilhete no bolso. Minha alegria foi imensa, tanto pelo fato de ele saber tão bem como eu me sentia em relação a Griffin, como por ter pensado em mim com tanta antecedência, a ponto de ter a ideia de deixar o bilhete. Ele devia ter feito isso antes do show. Mordendo o lábio, eu me perguntei se o gesto também fazia parte do tal plano. E fiquei imaginando que outras coisas poderia encontrar, escondidinhas aqui e ali, esperando para serem descobertas por mim.

Por fim, terminamos de trazer todos os instrumentos e equipamentos. Depois de Jenny remontar a segunda bateria de Evan ao lado da primeira, suspirou e veio encostar a cabeça no meu ombro. Colocando a mão na cabeça da lourinha geralmente tão animada, ofereci a ela todo o conforto que pude. Por mais que Kellan e os outros D-Bags sentissem saudades de nós, ser deixado para trás era muito pior do que partir. Eu sabia que iríamos ficar revirando nossa bagagem emocional por algum tempo, encontrando um novo estado de espírito de dez em dez minutos. Jenny confirmou isso para mim ao levantar a cabeça, animada:

— Ah, a gente precisa lembrar de pagar aos vizinhos!

Fiquei olhando para ela, sem fazer a menor ideia do que estava falando. Aluguel? Alguma conta? Notando minha expressão confusa, ela fez que não com a cabeça:

— Os vizinhos de Matt e Griffin, entende? — Ainda confusa, continuei negando com a cabeça. Ela inclinou a dela. — Kellan não contou a você o que fez?

Franzindo os olhos, fiquei imaginando o que ele teria aprontado.

— Não...

Rindo um pouco do meu tom mal-humorado, ela apontou para a janela, indicando a utopia suburbana de Matt e Griffin.

— Ele molhou a mão dos vizinhos para não chamarem a polícia se a festa ficasse meio... barulhenta.

Meu queixo despencou.

— Ele molhou a mão dos... como é que é?

Jenny deu de ombros.

— Bem, como ele sabia que a festa já ia começar tarde, deve ter imaginado que iria até de manhã. Como o bairro é residencial, a maioria dos moradores não gosta de barulho, de modo que ele ofereceu uma graninha para eles, a fim de convencê-los a se fazerem de surdos por uma noite. — Voltou a dar de ombros. — Também disse a eles que, se fizessem isso, ele dobraria a quantia. E agora a gente tem que entregar o pagamento.

Balancei a cabeça, imaginando o quanto isso devia ter custado a ele. E tudo para poder proporcionar às pessoas uma boa diversão na última noite da banda em Seattle. Olhei pela janela.

— Isso deve ter custado uma fortuna a ele. — Voltei a olhar para Jenny. — Não é ilegal fazer isso?

— Sei lá — Jenny deu de ombros —, mas eu disse a ele que cuidaria disso. Ele deixou o dinheiro aqui... em algum lugar.

Enquanto Jenny começava a procurar o envelope recheado com a grana do suborno, franzi o cenho, pondo as mãos nos quadris.

— Por que ele não pediu a mim para fazer isso? — reclamei.

Anna, que estava deitada no sofá com os pés para cima, me ouviu.

— Provavelmente porque sabia que você ia fazer essa cara e acusá-lo de estar jogando dinheiro fora.

Deu um sorrisinho esperto ao dizer isso, e eu olhei irritada para ela. Tinha toda a razão de achar que eu não aprovaria. Mesmo assim... a namorada dele era eu, não Jenny. Eu é que devia ter sido encarregada de enfiar os envelopes de dinheiro debaixo da porta dos vizinhos. Risos fizeram com que eu me virasse. Jenny e Rachel estavam no canto do salão que fazia as vezes de cozinha, olhando para uma lata de café, às gargalhadas.

Curiosa, caminhei até elas. Jenny balançou a cabeça, puxando um grosso envelope do interior da lata.

— Kellan e seu café — murmurou.

Fiquei vermelha, minhas lembranças de Kellan, café e o quiosque de *espresso* que eu nunca esqueceria se misturando eroticamente na minha cabeça. Sem notar minha expressão, Jenny abriu o envelope e contou as notas depressa. Quando chegou ao fim do maço, tirou um pedaço de papel. Ao ver meu nome do lado de fora, olhou para mim, entregando-o.

— Toma, é para você.

Sorri ao segurá-lo. E ainda mais ao lê-lo.

*Não fique zangada. Pedi a Jenny para cuidar do assunto porque sabia que você ficaria chateada comigo por gastar tanto. Mas eu tinha que fazer isso. Tinha que te proporcionar uma noite inesquecível e, de preferência, que não terminasse com todos nós na cadeia... se bem que, ver você algemada...*

*Enfim, por favor, não se aborreça. Fiz isso por você. Você merecia uma noite de felicidade. Você merece tudo.*

*Te amo, e estou com saudades.*
*Kellan.*

Olhando com ar de burra para sua letra no papel, não notei que alguém lia o bilhete por cima do meu ombro. Só notei quando ela me deu um empurrão:

— Caramba, o cara é muito fofo. Eu não teria mesmo esperado isso dele.

Dobrando o bilhete, olhei para Anna. Ela riu, me abraçando. Dando um beijo na minha testa, acrescentou:

— Você é uma mulher de muita, muita sorte, mana. Espero que tenha consciência disso.

Sorrindo, levantei um pouco o queixo:
— Eu tenho.
Apertando meus ombros, Anna riu mais um pouco.
— E eu também sou uma mulher de sorte. Vou ter o cunhado mais sexy do planeta!
Dei um empurrãozinho brincalhão nela.
— Nós não vamos... Ele não vai...
Abraçando Jenny pelo ombro, Anna continuou, sem se perturbar:
— Já imaginou como meus sobrinhos e sobrinhas vão ser? — Jenny riu, e Anna suspirou. — Aqueles olhos azul-escuros, aquele queixo, aqueles lábios...
— Aqueles cabelos — acrescentou Rachel baixinho.
Ficando vermelha, dei um tapa no braço de minha irmã por começar aquela conversa constrangedora. Como sua parenta, eu tinha o direito, aliás, o dever, de repreendê-la; tenho certeza de que aquele assunto fora dado na minha aula de Ética.
Afastando-se de mim, Anna se inclinou para Rachel:
— E, como você sabe, eu vou ter uma legião de sobrinhos, porque os pais não conseguem tirar as mãos um do outro. — Cobri o rosto com as mãos, balançando a cabeça, e Anna tornou a suspirar. — Vou ter que arranjar um apartamento maior, para que todos os lindos bebezinhos possam me visitar.
Tirando as mãos do rosto, revirei os olhos, mas Anna apenas deu de ombros:
— Foi só um comentário. — Já tendo terminado de alojar o equipamento e os instrumentos, dei meia-volta para ir embora do loft, quando ouvi minha irmã murmurar para as outras meninas: — Mal posso esperar para ver a cara do nosso pai quando descobrir que a filha está grávida de um roqueiro. Vai ser um momento histórico.
Estavam todas rindo quando saí do salão, minhas entranhas em fogo só de me imaginar grávida de um filho de Kellan algum dia. Era uma ideia maravilhosa. Fiquei me perguntando o que ele pensaria de ter filhos... Hummm, talvez eu devesse me perguntar o que ele pensava de se casar. Sem pôr o carro adiante dos bois.
Sorri ao abrir a porta do seu Chevelle. Nunca tinha chegado a pensar em me casar com Denny. Talvez por sermos muito jovens, talvez porque eu soubesse que ele jamais concordaria até se firmar na carreira. Com ele, tinha parecido um objetivo distante que realizaríamos algum dia, e eu não sentira a menor necessidade de fazer esse dia chegar mais depressa do que o necessário. Mas com Kellan... meu pulso disparava só de pensar em usar uma aliança com seu nome no dedo. E, além da honra de ser sua mulher, uma aliança no dedo *dele* poderia servir para manter a mulherada a distância.

Parei ao enfiar a chave na ignição. Não tinha gostado dessa ideia. Não queria me casar com ele só para "tirá-lo de circulação". Queria me casar com ele porque ele era o meu mundo. Era mesmo... mas havia um motivo velado para ser sua mulher que não combinava comigo. Talvez eu ainda não estivesse pronta. Antes de mais nada, tinha que parar de ser tão possessiva com ele. Tinha que ficar à vontade o bastante em nosso relacionamento a ponto de nenhuma outra mulher importar.

Tinha que aprender a confiar nele.

Nós dois tínhamos que aprender a confiar um no outro... e essa turnê era exatamente do que estávamos precisando, por nos dar a oportunidade de testarmos a nossa fidelidade. Eu sabia que não o trairia, e torcia para que ele também não, mas, fosse como fosse, só saberíamos mesmo quando acabasse.

Anna tinha que ir trabalhar, por isso foi para casa, enquanto Jenny, Rachel e eu concluíamos a missão de Kellan. Aos risos, enfiamos envelopes com bilhetes de agradecimento debaixo das portas dos vizinhos. Nenhuma de nós queria bater para entregar o dinheiro pessoalmente, já que não sabíamos se era ou não ilegal fazer isso. Estávamos nos sentindo meio como espiãs ao deslizar a grana do pagamento pelas frestas, e comecei a pensar que era mais uma coisa que eu podia riscar da minha lista de coisas para fazer antes de morrer. Nesse ritmo, riscaria todos os itens antes mesmo de Kellan voltar. Quer dizer, menos a parte de envelhecer ao lado de alguém que amava... para essa, eu precisaria dele.

Felizmente, havia um longo gramado atrás da casa de Matt e Griffin, de modo que só precisamos nos preocupar com os vizinhos do lado e da frente. Terminamos o trabalho dentro do prazo. A última porta era de uma senhora de idade muito gentil. Quando Jenny estava tentando enfiar o envelope no batente da porta, ela se abriu sem mais nem menos.

Uma senhorinha enrugada sorriu para nós, simpática, e então Jenny lhe entregou o envelope com o maço de notas. Segurando-o, a senhora curvada tentou se endireitar de novo e olhar para nós. Rachel logo se abaixou atrás de mim, tentando se esconder da idosa que, com certeza, não enxergava além de alguns centímetros à frente.

— Aquele rapaz bonito está com vocês?

Balançando a cabeça, murmurei:

— Não, senhora. — Um pouco triste, acrescentei: — Ele teve que sair da cidade por um tempo.

A vovó deu um tapinha no meu braço para me consolar:

— Ora, que pena. — Inclinou-se para cochichar: — Ele é um colírio para os olhos da gente. — Ri, enquanto ela se inclinava para trás. Sim, Kellan era um colírio... fazia bem à vista de qualquer mulher. Encolhendo os ombros flácidos, ela acrescentou: — E também tem um traseiro muito bem-feitinho.

Jenny começou a rir mas, infantil, tapou a boca. Rachel enfiou a cabeça acima do meu ombro e riu da audaciosa anciã.

Sua mão deformada pela artrite apontou para onde a festa tinha corrido solta até as primeiras horas da manhã.

— Vocês deram um senhor arrasta-pé. — Seus olhos se vidraram, nostálgicos. — Eu também costumava tomar as minhas biritas quando era jovem. — Sacudindo a cabeça, abriu um sorriso. — Era ilegal na época, de modo que a gente se encontrava às escondidas, em lugares secretos. — Levantou o envelope. — E também tinha que pagar às pessoas para não chamarem a Dona Justa.

Balançando a cabeça para ela, sorri ainda mais. Caramba, a mulher era ainda mais idosa do que eu tinha imaginado. Tomara que eu chegasse aos noventa anos com uma aparência tão boa. Olhando para nossos rostos cansados, ela franziu os olhos que as cataratas começavam a nublar:

— Vocês todas parecem estar amargando uma bela ressaca. Por que não entram? Tenho um remédio perfeito.

Jenny e eu nos entreolhamos, e então demos de ombros. Minha dor de cabeça tinha melhorado bastante desde cedo, mas ainda doía e latejava, principalmente quando eu virava a cabeça depressa. E eu também não tinha comido nada ainda, de modo que meu estômago estava meio embrulhado. Não queria abusar, mas talvez a antiga melindrosa conhecesse um remédio que fosse tiro e queda. Não dizem que a gente deve ouvir os mais velhos? Obviamente, isso inclui conselhos sobre como lidar com a ressaca.

Assim, nós três passamos uma boa parte da tarde tomando xícaras de um chá horrível, em companhia de uma velha senhora extremamente interessante. Eu teria que contar a Kellan tudo sobre ela quando ele voltasse. Ele gostaria dela. Mas, provavelmente, eu não contaria que ela tinha gostado do traseiro dele.

Depois disso, fui para casa, a fim de me aprontar para o trabalho. Anna já tinha saído há muito tempo, e o apartamento estava vazio. Passando a mão pelo encosto da poltrona favorita de Kellan, a poltrona que ele me dera quando me pedira para ir embora da sua casa, fiquei pensando onde ele estaria naquele momento. Provavelmente, em algum fim de mundo, com o celular fora de área.

Suspirando, procurei não pensar nisso e fui tomar um banho quente e relaxante. Depois de passar a noite inteira agitando, estava me sentindo absolutamente imunda. O remédio milagroso da velha senhora fez efeito assim que me senti limpa e fresquinha, e, para minha surpresa, estava cem por cento melhor ao sair do chuveiro. Melhor... e morta de fome.

Já com minhas roupas de trabalho, os cabelos ondulados presos de qualquer jeito num rabo de cavalo, preparei uma refeição digna de uma rainha. Tudo bem, foi só um prato de espaguete, mas eu estava com tanta fome que me senti como se fosse um verdadeiro banquete.

Sentindo-me satisfeita e contente, tirei o celular da jaqueta e fiquei olhando para ele por um momento. Passando o polegar na tela, pensei em ligar para Kellan. Talvez ele estivesse perto de alguma cidade maior, que pudesse receber um sinal. Pensando bem, as torres das operadoras de telefonia móvel estão em quase todas as estradas do mundo hoje em dia. Talvez eu tivesse me enganado ao imaginar que ele estava em algum fim de mundo. Os fins de mundo não existem mais no nosso mundo. Com a tecnologia moderna, a pessoa pode ser encontrada praticamente em qualquer lugar aonde vá.

Mas nós tínhamos nos falado pela manhã, e ele tinha prometido me ligar à noite. Eu não queria ser "aquela mulher", a namorada obsessiva que ficava ligando de hora em hora. Queria viver minha vida plenamente – com ou sem ele. Esse tinha sido o erro que eu cometera com Denny – permitir que minha felicidade girasse em torno dele por tanto tempo.

Quando Denny viajara para Tucson, deixara um vazio no meu coração, uma lacuna que Kellan logo preenchera. Eu não queria que essa situação se repetisse. Não queria que ninguém tomasse o lugar de Kellan, agora que tinha sido ele a viajar. Por isso, precisava preencher sua dolorosa ausência com alguma coisa saudável, alguma coisa só minha. Ainda não sabia exatamente o que, mas tinha certeza de que seria capaz. Perder Denny daquele jeito, fazendo o que eu fizera com ele, me forçara a amadurecer bastante.

Sentindo a culpa e o arrependimento tomarem conta de mim, digitei um número para o qual já não ligava havia algum tempo, coisa que devia fazer com mais frequência. Levando o celular que tocava ao ouvido, fiquei mordendo o lábio enquanto esperava que atendessem. O que aconteceu no terceiro toque.

– Alô? – disse uma voz familiar, bem-humorada, que, pelo visto, estava rindo antes de atender.

– Hum, oi... sou eu. – Revirei os olhos, achando minha introdução o fim da picada. Depois de tudo que tinha acontecido, não devia haver esse tipo de constrangimento entre nós.

– Ah, oi, Kiera.

Quando o sotaque de Denny envolveu meu nome, abri um sorriso, mil lembranças aflorando. Ao fundo, ouvi uma voz de mulher perguntando alguma coisa a ele. Na mesma hora calculei a diferença de fuso horário, e fiquei morta de vergonha. Era sábado de tardinha nos Estados Unidos, de modo que devia ser domingo de manhã na Austrália. Provavelmente ele estava tomando um café da manhã descontraído com a namorada, Abby.

Sendo o homem honesto que eu sabia que ele era, Denny respondeu à pergunta dela com toda a sinceridade:

– É a Kiera. Não vou demorar, Abby, já te mostro como fazer as panquecas sem queimar. – Ao fundo, ouvi a resposta: "Eu não tive culpa! Você me distraiu completamente!"

Denny riu dela, e na mesma hora me senti uma idiota por ter ligado. Ele tinha sua própria vida; não precisava que eu me intrometesse. Enquanto eu pensava que devia dizer a ele que ligaria mais tarde, sua voz voltou ao telefone:

— E aí, o que me conta? Está tudo bem?

Suspirei, tentando tirar da cabeça a imagem dele com outra mulher. Denny estava feliz, e isso era tudo que eu sempre desejara para ele.

— Hum-hum, está tudo bem, Denny. É que a gente não... — Suspirei de novo, sem saber exatamente como expressar meus sentimentos. Eu realmente precisava trabalhar nisso, já que iria me formar em Língua Inglesa. — É que... a gente já não se fala tanto quanto antes e, da última vez que isso aconteceu, o clima ficou meio... pesado. Eu queria ter certeza de que você está... bem.

Mordi o lábio, irritada por ter mencionado aquela conversa. Kellan, em sua embriaguez, falara sobre nossa vida sexual com Denny. Era uma coisa que Kellan sempre tinha o maior cuidado de não fazer, desde a noite em que nosso comportamento levara Denny a fraturar o braço de Kellan e quase rachar o meu crânio.

Denny suspirou.

— Sei... Eu recebi um telefonema de Kellan hoje de manhã, Kiera. Vocês não precisam se preocupar comigo. Não têm que ficar pisando em ovos, nem me tratando com luvas de pelica. Vocês estão juntos. Eu sei o que... isso implica. E não me importo, Kiera. Eu deixei você. Rompi com você... mas nunca quis que você acabasse sozinha, am...

Ele se interrompeu, e eu arregalei os olhos. Por pouco ele não me chamara de "amor" bem na frente da namorada. Fechei os olhos ao ouvi-lo suspirar novamente.

— Eu sei — sussurrei. — Mas, mesmo assim... nós não queremos te magoar. Você é... um amigo... para nós dois. Um amigo íntimo? — acrescentei, meu tom saindo como uma pergunta em vez de uma afirmação.

Denny riu baixinho.

— Vocês certamente são meus amigos íntimos também. Então, vamos deixar essa cerimônia de lado...

— Mas...

— Kiera, você quer saber se eu sofro? — sussurrou, a emoção crescente tornando seu sotaque mais forte. — Sim, às vezes eu sofro. Quer dizer, é horrível ser traído pela namorada, sim... — Abaixei a cabeça, e ele interrompeu a frase com um longo suspiro. — Não, não é porque você me traiu, Kiera. É porque você se apaixonou. Se você tivesse só sido infiel algumas vezes... eu teria... talvez tivesse deixado passar. Mas não foi o que aconteceu. Você se apaixonou. Portanto, sim, isso dói, entende?

Funguei, pensando que nunca deveria ter ligado para ele.

— Eu lamento tanto...

Um longo momento de silêncio foi tudo que recebi em resposta, e então, em voz baixa:

— Eu sei, Kiera. Não precisa ficar repetindo isso. A pessoa não pode... não pode impedir uma paixão. Não é uma reação que se possa controlar. Eu entendo, sinceramente. Então, por favor... pare de ficar se desculpando. Não quero mais ouvir isso.

Engoli em seco, sussurrando:

— Tudo bem. — Em pensamento, me desculpei mais uma vez. Provavelmente, sempre me desculparia com ele.

Imaginei seus olhos castanhos fixos em mim, sua mão passando por entre os cabelos escuros, espetados. Depois de mais um momento de silêncio, ele finalmente voltou a falar:

— O que você pretende fazer, agora que Kellan vai passar tanto tempo fora? — Quase como se não quisesse que eu o levasse a mal, acrescentou: — Quer dizer, o que pretende fazer para se ocupar?

Dei uma risada, sem estar achando graça.

— Você quer saber se eu vou trair Kellan? — Ele não disse nada, e eu suspirei. — Não, eu nunca magoaria alguém daquele jeito de novo. Não é a pessoa que eu quero ser. — Suspirando baixinho, disse: — Uma vez, tive um namorado que foi a melhor pessoa que já conheci. Honesto, carinhoso, doce... um pote de mel. É ele que eu aspiro a ser algum dia.

Denny riu.

— Bem, pelo visto você foi uma idiota por perder um cara desses.

Abri um sorriso, balançando a cabeça.

— Fui, sim, e acho que isso é ponto pacífico.

Denny riu com sinceridade, e eu me deliciei com o som, minha mente imaginando o sorriso bobo que ele sempre exibia, o carinho no seu olhar intenso. Quando o momento de leveza passou, ele perguntou:

— E Kellan? Você acha que ele vai ser... honesto?

Hesitei diante dessa maneira indireta de perguntar se Kellan também me trairia. Como se ele também questionasse a solidez do nosso relacionamento.

— Hum, acho que vai, sim... — Mordi o lábio, irritada por não poder dar a Denny um categórico e sonoro "É claro que vai, não seja ridículo!". Esse tipo de semostração era inútil com Denny. Ambos conhecíamos o passado de Kellan, e sabíamos como meu relacionamento com ele tinha começado. Kellan era capaz de estar com alguém em situações imorais; nosso relacionamento era uma prova disso.

Denny suspirou, compreensivo.

— Tenho certeza de que ele vai se comportar, Kiera. — Calou-se por um momento, enquanto refletíamos sobre essa afirmação. Com voz suave, ele acrescentou: — Seria um idiota se não se comportasse.

Sorri e suspirei, me sentindo estranhamente reconfortada e um pouco triste. Eu não tinha trocado um mau relacionamento por um bom; tinha trocado um bom relacionamento por um diferente. Seria tudo muito mais fácil se eu pudesse pintar Denny como um idiota violento e castrador. Mas ele não era assim. Era o mais perto que um homem podia chegar de um namorado ideal. Sinceramente, o hábito de se envolver demais no trabalho era o seu único defeito. E isso era um detalhe insignificante, comparado com as histórias horríveis que eu já ouvira por aí.

Balançando a cabeça, murmurei:

— Abby tem muita sorte, Denny. Você é... um cara maravilhoso.

Ele deu uma risada.

— Pois é, eu bem que tentei te mostrar isso...

Também dei uma risada.

— Eu sei... sinto sua falta. — Como ele não respondesse, me apressei a acrescentar: — Vou deixar você voltar para o seu café da manhã. Pelo visto, você tem coisas para cozinhar. — Eu sentia mesmo falta dele, da sua amizade, doçura, lealdade... mas era inútil e enganoso lhe dizer coisas desse tipo. Kellan tinha todo o meu coração.

Denny começou a rir, e senti a alegria voltando à sua voz.

— Pois é, Abby pode ser muitas coisas, mas uma boa cozinheira não está entre elas. Nem sei como uma pessoa consegue queimar uma panqueca. É o tipo da coisa... à prova de erros. — Sorri, porque também não sabia fazer uma panqueca direito. Abby e eu tínhamos pelo menos uma coisa em comum. Quer dizer, duas, na verdade. Ambas gostávamos muito de Denny, só que de maneiras diferentes.

— Tchau, Denny.

— Tchau, Kiera. Vai dar tudo certo, prometo.

Eu já ia responder, mas ele cortou a ligação.

— Espero que sim — respondi assim mesmo, tendo apenas as teias de aranha ao meu redor para ouvir.

Ao chegar ao Pete's algum tempo depois, não pude deixar de olhar para o palco vazio. O belo desenho de Jenny ocupava uma posição de destaque na parede preta, e ver os nossos D-Bags imortalizados ajudou a aliviar o sofrimento. Se bem que eu teria preferido me deparar com o próprio quarteto degustando suas lourinhas geladas. Essa era um das principais razões pelas quais eu gostava de trabalhar no Pete's — servir a banda. Até Griffin, por mais estranho e inexplicável que possa parecer.

Era uma noite de pouco movimento. Com a banda em turnê, apenas alguns poucos frequentadores tinham aparecido. Pete deixou Jenny ir para casa mais cedo, mas Kate e eu ficamos até o fim do turno. À meia-noite, Kate me entregou um bilhete, com um sorriso animado no rosto. Franzi o cenho, me perguntando o que ela estaria aprontando.

— Kellan me fez prometer que te entregaria isso à meia-noite em ponto. — Seus olhos cor de topázio se iluminaram, e ela suspirou. — Ele pediu de um jeitinho tão meigo. Ai, ai... Preciso arranjar outro namorado. — Torceu os lábios, se afastando, e eu fiquei quebrando a cabeça sobre o que Kellan lhe dissera. Ele tinha falado com todo mundo. Devia ter ficado superocupado antes de viajar.

Meu coração começou a bater um pouco mais forte enquanto eu segurava o bilhete e me recostava no balcão do bar. Rita, que olhava com ar emburrado para o palco vazio e o bar quase deserto, me ignorou. Mordendo o lábio, desdobrei o papel. Não estava selado de nenhum modo, por isso tive certeza de que Kate já o lera, mas, ao ver a letra de Kellan, não me importei. Estava feliz demais por ele ter deixado mais uma surpresa para mim.

*É só para dizer que, se por acaso o palhaço aqui ainda não tiver te ligado, não é por não estar com saudades... porque eu estou, sim. Meu atraso deve ter algo a ver com o Griffin... Tenho certeza de que o babaca vai ficar me enchendo o saco na estrada. Bem, pelo menos ele não vai poder ficar te despindo mentalmente durante um tempo... esse privilégio é meu. E, caso eu nunca tenha te dito antes... eu faço isso o tempo todo. Quando você passa por mim, fico imaginando esses quadris esguios nas minhas mãos. Quando se inclina para me entregar uma cerveja, fico imaginando esses seios firmes, esses mamilos rígidos implorando pela minha boca.*

Com o rosto ficando vermelho, parei de ler e dei uma espiada em Kate, que estava do outro lado do salão. Ah, meu Deus, ela tinha lido isso? Notando que eu a olhava, papel na mão, ela começou a rir, e eu deduzi o óbvio. Bem, pelo menos fora para ela que Kellan o entregara, e não Rita... eu nunca me recuperaria se ele tivesse feito isso. Com o rosto corando ainda mais, pensei em ler o resto em alguma outra parte, algum cantinho discreto. Mas a curiosidade falou mais alto e, escondendo o papel o melhor que pude, continuei a ler a erótica mensagem de amor de Kellan.

*Você pergunta por que vivo excitado, e acho que esta carta é a resposta. Seu corpo me deixa aceso. Seus dedos passando por minha pele me incendeiam. Sua respiração se espalhando por meu corpo me inflama. Tudo em você é sensual, e você não faz ideia... nenhuma ideia. Quando você olha para mim com esse olhar sedutor, me deixando nu como eu te deixo nua, todo o meu sangue desce, e eu te desejo... tanto. Tenho certeza de que, onde quer que eu me encontre neste momento, estou sentindo um desejo brutal, quase doloroso... porque estou pensando em você.*

Tive que parar de ler novamente, quando o desejo brutal de Kellan começou a crescer em mim. Santo Deus, se apenas ler as palavras dele já provocava isso em mim, na certa ouvi-lo dizer essas coisas me faria ter um troço. Corrigindo minha postura, dei uma olhada no salão, e então voltei à escandalosa carta.

*Meu dia não está completo até eu ir fundo dentro de você. Seu corpo envolvendo o meu é a única coisa que me faz sentir inteiro. Mas não pense que é apenas sexo, apenas uma reação física que estou sentindo. Não... é muito mais. Você me abriu de um jeito que me deixa sangrando, vulnerável. Estar com você, fazer amor com você apenas consolida o que sinto. Sei que me tornei um daqueles idiotas apaixonados que falam demais, mas tudo se resume a três palavras que nem chegam perto de expressar a verdade... Eu te amo.*

Fechei os olhos, enviando em silêncio minha declaração de amor para o éter, esperando que de algum modo ele a ouvisse. Reabrindo os olhos, li as últimas linhas.

*Enfim, só queria me desculpar por ainda não ter tido uma chance de te ligar... e, se já tiver ligado hoje à noite... bem, nesse caso, desconsidere esta carta. Kellan.*

Esse fecho me fez rir, e balancei a cabeça. Levantando os olhos, notei que Kate ainda me observava, com um sorriso triste. Ela lia um monte de romances água com açúcar nas horas vagas, e eu tinha certeza de que adorara o estilo do romantismo de Kellan: sensual e picante, mas também romântico... exatamente como ele.

Soltando um longo e trêmulo suspiro, enfiei a carta no bolso do avental e retirei um pirulito de maçã. As guloseimas eram reservadas para os clientes, mas, de repente, senti uma súbita necessidade de ter alguma coisa na boca para chupar...

Três horas mais tarde, quando já estava me deitando, podre de cansada, o celular tocou, e o homem que tinha ocupado meu dia finalmente voltou a falar comigo. Parecendo cem por cento desperto e cheio de energia, ele murmurou no meu ouvido:

— Oi, linda. Te acordei, ou você está deitando agora?

Sorrindo de orelha a orelha, eu me espreguicei sob as cobertas.

— Acabei de deitar na minha cama grande e fria.

Kellan suspirou, a voz rouca e sensual.

— Ah... Meu Deus, parece uma delícia. Gostaria de estar aí com você.

Suspirando, pousei a mão no lugar em que seu corpo estaria.

— Mas você está, lembra? Nossa cama é grande demais para eu te sentir, e ponto.

Ele riu, achando graça.

— É, tem razão. Bem, eu poria a minha perna em cima da sua e encostaria a cabeça no seu pescoço, se estivesse mais perto... — Suspirou. — Sinto falta do seu cheiro...

Mordi o lábio, imaginando sua ossatura perfeita na minha frente.

— Eu ia dizer exatamente a mesma coisa.

Ele riu baixinho.

— E aí, recebeu algum dos meus bilhetes?

Voltando a sorrir feito uma idiota, deitei de costas.

— Recebi, sim. — Comecei a rir. — Quando foi que você encontrou tempo para escrever tudo aquilo?

— O que você achou que eu ficava fazendo quando você ia para a faculdade? – perguntou, aos risos.

Dei de ombros, embora ele não pudesse me ver.

— Dormindo seria o meu palpite.

Kellan suspirou, o som cheio de amor.

— Não esta semana... tinha coisas muito mais importantes para fazer.

Soltei um suspiro idêntico ao seu.

— Bem, eu adorei todos eles... Foi quase como se você ainda estivesse aqui.

— Que bom, porque a intenção foi mesmo essa. Kate te entregou o que deixei com ela? – A maneira como ele fez a pergunta soou estranha, como se não soubesse ao certo de que forma eu reagiria àquele texto sensual.

Mesmo no escuro do quarto fiquei vermelha, relembrando as coisas tórridas que ele tinha escrito. Caramba, ele se expressava muito bem por escrito.

— Hum, entregou, sim – sussurrei, morta de vergonha, apesar de estar sozinha.

— E... você gostou? – sussurrou, a voz rouca e sensual de novo.

Só consegui responder que sim.

— Ótimo... porque eu quis dizer cada palavra. O jeito como você mexe comigo, como me faz sentir... Eu sei que você não se acha nada de especial, e imagino que às vezes pense que eu não te acho atraente, mas você é, sim. Meu corpo arde por você... não posso negar isso... nunca pude.

— Comigo é a mesma coisa, Kellan... cada palavra que você disse. O jeito como você me faz sentir, o quanto eu te amo... tudo.

Ele suspirou, parecendo totalmente satisfeito.

— Que bom que nos sentimos do mesmo jeito. Me faz acreditar que tudo vai dar certo.

Mais uma vez, ouvi as palavras que quase dissera a Denny ecoando na cabeça – *espero que sim*. Mas não tive coragem de repeti-las para Kellan. Em vez disso, perguntei onde ele estava no momento e o que tinha feito aquele dia. Ele descreveu todas as entrevistas em emissoras de rádio que fora obrigado a dar assim que chegara. Comecei a entender um pouco melhor as restrições de tempo que lhe estavam sendo impostas, e por que não pudera me ligar. Não que eu estivesse esperando que ligasse; sabia que estava ocupado, e que poderia falar com ele quando ficasse livre.

Quando ele terminou de contar seu dia, fiz um resumo do meu. Quando lhe contei sobre a *jam session* que tínhamos feito, ele ficou tão surpreso e orgulhoso quanto eu esperara. E a vizinha de Matt o fascinou tanto, que ele chegou a sugerir que a visitássemos quando voltasse da turnê.

Omiti o telefonema para Denny. Não que estivesse escondendo o fato, mas por que tocar num assunto que poderia dar margem a inseguranças em Kellan? Eu queria que ele se sentisse tranquilo no nosso relacionamento, que soubesse que Denny não representava mais uma ameaça para ele. Que o romance estava morto e enterrado, e que, embora lembrá-lo às vezes reacendesse aquele restinho de sentimento que sobrevive ao fim de qualquer namoro, era só isso, um restinho – mais uma boa lembrança do que algo relevante para o meu atual estado emocional. Mas não sabia se conseguiria expressar isso com clareza para Kellan, portanto não toquei no assunto. Além disso, ele não fez qualquer menção à conversa que tivera com Denny pela manhã. Havia coisas sobre as quais Kellan e eu não precisávamos conversar.

## Capítulo 12
## AMOR A DISTÂNCIA

Tive que fazer um esforço para abrir os olhos pela manhã. Estava sem dormir direito desde que Kellan e os D-Bags tinham viajado. Havia uma infinidade de coisas que me obrigavam a ficar acordada até tarde: ter que fechar o bar, estudar para a faculdade, Anna querendo conversar sobre as mensagens que andava recebendo de Griffin, Kellan me ligando tarde da noite, me pondo para dormir com sua voz...

Com os olhos inchados de sono, imaginei se ele também estaria se ressentindo dos efeitos de ficar acordado até tarde no palco e na estrada. Será que estava respeitando seu padrão normal de acordar cedo? Seus companheiros de turnê não iriam gostar nada de vê-lo sendo fiel à sua natureza. Pelo menos, não tanto quanto eu gostava. Eu já vinha tendo que preparar o café por dias a fio... mais dias do que podia me lembrar.

Suspirando, estiquei os dedos dos pés para sentir a metade vazia da cama ao meu lado. Para minha estranheza, não estava vazia. Virei a cabeça bruscamente. Kellan estava deitado lá, de bruços, com a cabeça virada para mim. Um largo sorriso se abriu em meu rosto quando me apoiei sobre o cotovelo para olhá-lo.

Claro, como eu podia ter me esquecido, a turnê tinha acabado... e ele estava em casa. Não podia me lembrar do tempo passando. O que era meio estranho, considerando o quanto passara depressa, mas, de algum modo, eu sabia que acontecera. Os seis meses tinham passado voando, e Kellan estava em casa... na sua cama. Quando olhei ao redor, meus pensamentos se confirmaram. Estávamos no quarto dele. Seu pôster dos Ramones ainda estava pendurado na parede, com o cartaz do Bumbershoot bem ao lado.

Estranho. Eu tinha achado que o tempo ia se arrastar.

Sem me preocupar mais em saber como esse lapso de tempo ocorrera, eu me debrucei sobre ele e passei as costas do dedo por seu rosto. Ele virou um pouco a cabeça, mas não acordou, seus olhos continuando fechados. Com um suspiro satisfeito, deixei que meu dedo percorresse seu pescoço e clavícula. Em algum momento da noite eu bancara a ladra de cobertas e deixara Kellan apenas com o lençol. Em seu sono agitado, ele torcera o tecido de um jeito que só um canto dele cobria seu traseiro exposto.

As costas de meu dedo continuaram deslizando por suas costelas, a longa cicatriz no seu tronco sendo a única marca na pele lisa e perfeita. Mordi o lábio ao passar o dedo por ela, curtindo o detalhe pessoal sobre Kellan que apenas meia dúzia de pessoas conheciam.

Ele soltou o ar de um jeito semelhante a um suspiro, mas, dando uma olhada nele, vi que ainda parecia dormir a sono solto. A turnê devia tê-lo deixado exausto. Era incomum que eu acordasse antes dele, e inédito que um toque meu não o despertasse. A menos que ele estivesse tendo um pesadelo, até a mais leve carícia fazia seus olhos se entreabrirem. Ele tinha um sono muito leve.

Curiosa, virei a mão do outro lado, para que minha palma pousasse na base da sua coluna. Ainda assim, não houve qualquer reação. Com meu corpo plenamente desperto agora, comecei a deslizar a mão para baixo. Quando ela se enfiou entre o lençol que separava sua pele do ar da primavera, deslizei meus dedos para tocar o osso do seu quadril.

Mordendo o lábio com tanta força que cheguei a ter medo de me cortar, deslizei a lateral da mão pelo contorno do seu quadril. Havia algo de extremamente erótico nesse movimento, e eu estava respirando com um pouco mais de força quando cheguei à sua coxa. Adorando o efeito que o pequeno gesto surtiu sobre mim, levei a mão de volta ao quadril. Dessa vez, empurrei o lençol de lado, para poder ver sua pele; isso me excitou ainda mais.

Dei uma olhada nele, mas, obviamente, ainda dormia. Franzi o cenho, irritada por não estarmos na mesma onda. Eu estava ficando toda excitada e ele com a cabeça ainda encostada no braço, num estado de feliz inconsciência.

Seu joelho estava ligeiramente dobrado em relação ao corpo, de modo que havia um pequeno espaço provocante sob o quadril. Contendo um gemido, enfiei os dedos nesse espaço. Talvez pudesse acordá-lo de algum outro jeito. Ele podia ter continuado dormindo enquanto eu acariciava seu corpo, mas tocar *naquela* parte certamente provocaria... alguma reação.

Quando meus dedos já contornavam o osso do quadril, ouvi uma voz rouca e baixa dizer:

— Cuidado... você está prestes a me fazer muito feliz.

Sorrindo, olhei para ele. Seus olhos de um azul intenso se fixaram em mim. Um canto da boca se curvando num sorriso diabólico, ele murmurou:

— Estava precisando de alguma coisa?

Apertando meu corpo contra o dele, assenti.

— Hum-hum, acho que sim.

Seu sorriso se alargando, ele respirou fundo e se deitou de costas. O exíguo lençol que cobria seu corpo não resistiu quando ele se virou, caindo no meio do gesto. Colocando o outro braço debaixo da cabeça, ele empinou o queixo e fechou os olhos.

— Muito bem, então vai em frente.

Nesse momento, meus olhos se abriram de verdade.

Dessa vez eu soube que tinha mesmo acordado porque minha cama estava totalmente vazia, dolorosamente vazia, e eu me lembrei de cada longo segundo que se passara desde a partida de Kellan um mês e meio antes. Não há como apagar períodos de tempo na realidade. Cada momento é catalogado pelo cérebro, por isso cada momento é conhecido. Ninguém se esquece, sem mais nem menos, da passagem de um período de seis meses. Infelizmente.

Sentando na cama, maldisse o sonho erótico. Era muito injusto acordar bem na hora em que Kellan começava a tirar as roupas para mim, sem que eu pudesse dar nem uma olhadinha.

Suspirando, afastei as cobertas. O sonho me deixara num estado que exigia as atenções de Kellan. Irritada, decidi me vestir para ir à faculdade. Pelo menos, estudar um pouco ajudaria a apagar o fogo nas minhas entranhas.

Quando entrei no chuveiro, abri a torneira até o fim, para a água sair gelada. Não apagou totalmente o incêndio causado pelo sonho, mas os calafrios e tremores ajudaram. Quando saí, tive que dar uns pulos para que a circulação se refizesse.

Com os dentes batendo, sorri para o Post-it colado no espelho enquanto passava um pente nos cabelos. Encontrara-o no dia seguinte ao da viagem de Kellan. Sonolenta e um tanto deprimida, fui topar com ele dentro do armário, esperando por mim atrás do bastão de desodorante. Com a letra certinha de Kellan, dizia: *Lembre-se de que você é linda, e que estou pensando em você*. Depois que o colei no espelho, minha irmã chapou um bilhete do lado, dizendo: *Estou com inveja e te odeio... mas você é mesmo linda*.

Balancei a cabeça, olhando para os textos dos dois. Ainda me surpreendia ver quanta consideração Kellan tivera para comigo antes de viajar. Fui descobrir outros bilhetes escondidos por todo o apartamento. Um na jarra de café informava quantas medidas eram necessárias para se atingir o ponto perfeito. Um no carro dele me relembrou que devia dirigir devagar. Um enfiado no fundo do meu armário no Pete's perguntava se eu já estava com saudades. Outro na sua casa dizia que eu podia usar sua cama se quisesse; a insinuação nas entrelinhas era de que eu devia me divertir e, se sentisse vontade, podia lhe mandar fotos.

Depois de encontrar a maioria dos bilhetes durante as duas primeiras semanas, presumi que tinham chegado ao fim. Mas, pouco a pouco, como uma caça infinita a ovos de Páscoa, fui descobrindo outros que haviam sido cuidadosamente escondidos. Nas horas vagas, eu procurava por eles. Foi assim que encontrei meu mais valioso prêmio.

Kellan o escondera com tanta discrição que foi por pura sorte que topei com ele. Quando nossa relação se intensificara e ele começara a passar as noites no meu apê, eu lhe dera uma gaveta da minha cômoda para guardar suas coisas. E, porque eu o amava, a gaveta escolhida fora a de cima. Imaginando onde o espertinho iria esconder um bilhete no apartamento, vasculhei suas camisas e jeans. Depois de checar os bolsos de todas as calças, comecei a procurar nas outras gavetas. Esperando que ele deixasse alguma coisa picante na de lingerie, fiquei surpresa ao ver que estava intacta. Mas, ao fechá-la, ouvi um estranho barulhinho de papel deslizando pela madeira.

Retirando a gaveta, virei-a de cabeça para baixo e encontrei meu prêmio colado no fundo. Mal podendo respirar, fiquei olhando para ele durante uns cinco minutos. Não era um bilhete que Kellan deixara ali... era uma fotografia. De uma beleza artística, o retrato em preto e branco mostrava seu corpo... recém-saído do chuveiro.

Eu não sabia como ele capturara a imagem, mas começava na altura do seu queixo e se interrompia a apenas centímetros das... partes íntimas. Tudo entre esses dois pontos estava coberto de gotas de suor, rios escorrendo pelas curvas e linhas do seu físico definido. Era a coisa mais erótica que eu já vira, e ficava vermelha toda vez que a olhava. O que significa que eu ficava vermelha várias vezes ao longo do dia.

Passei a carregá-la comigo, levando-a para todos os lugares aonde ia. De tempos em tempos tirava-a da bolsa e lia a dedicatória no verso. Ele tinha escrito em tinta vermelha: *Sei que você gosta de olhar para mim, e não quero privá-la de nada que lhe dê prazer.* Geralmente, eu me abanava com a foto em seguida.

Quando Kellan e eu falávamos pelo celular, eu sempre mencionava o que encontrara naquele dia. Ele achava graça de mim, curtindo o fato de ter conseguido me divertir, mesmo a distância. Suspeitei que fosse apenas uma das razões de ser do seu gesto. Primeiro como jogo, e em segundo como uma maneira de me manter pensando nele. Como se em algum momento eu parasse de pensar nele. Na noite em que lhe disse que tinha encontrado seu nu artístico, ele soltou um gemido sensual, e então perguntou: "Qual deles?"

Não consegui nem responder, e passei um minuto rindo. Não sabia se havia mais fotos dele nu espalhadas por ali, mas estava determinada a descobri-las.

Tornando a suspirar, procurei não pensar mais em Kellan. Precisava me concentrar em outras coisas além da saudade que sentia dele. Precisava parar de pensar em como ele estaria passando e o que estaria fazendo. Precisava parar de me preocupar com o motivo de sempre ouvir uma mulher rindo ao fundo, toda vez que ele ligava. Não, essas coisas podiam esperar até mais adiante. Agora eu precisava me concentrar na minha prova final, antes do feriadão de fim de ano.

Depois disso, eu poderia pensar em Kellan, em finalmente voltar a vê-lo. Em uma semana nos encontraríamos na casa de meus pais para o Natal. Eu estava tentando não deixar a excitação passar dos limites, mas era tarde demais, já tinha passado. Por outro lado, meus pais... não estavam tão satisfeitos assim. Convencê-los a deixar Kellan participar de nossas festas tinha sido um tanto trabalhoso. Não que eles não gostassem dele, apenas ainda não o conheciam. Tudo que sabiam era sua profissão, o que, para meu pai, bastava. Embora ele não chegasse a dizer com todas as letras, imaginei que estava esperando encontrar um cafajeste desbocado, viciado em crack e portador de várias doenças venéreas. Papai sempre fora meio superprotetor.

Vestindo uma calça jeans confortável e meu suéter mais quente, eu me agasalhei com uma jaqueta grossa, peguei a bolsa e me dirigi ao segundo bebê de Kellan. Eu apelidara seu carro de Babe-ette. Kellan perguntava sobre o bem-estar dele quase tanto quanto o meu. Dando a partida no carrão, deixei o som do motor me levar até ele com um sorriso. Mal podia esperar para vê-lo de novo.

Na faculdade, sentei numa cadeira e tirei as anotações da bolsa. Como ainda tinha tempo, dei uma revisada rápida nos meus escritos antes da prova final de Ética. Acenei para alguns colegas de quem ficara amiga durante aquela aula. Depois de ver Kellan fazer isso parecer tão fácil e natural, comecei a participar das discussões de grupo. Para minha surpresa, as pessoas prestavam atenção e concordavam comigo. Foi uma sensação maravilhosa, e, quando dei por mim, eu estava opinando cada vez com mais frequência. Em consequência disso, as colegas que costumavam ficar de olho no meu namorado todas as manhãs enquanto se perguntavam quem eu seria, agora me cumprimentavam com um sorriso simpático. Algumas até perguntavam por Kellan. Como a que estava sentada à minha direita, Cheyenne.

Loura e exuberante, ela era o tipo de mulher que os homens notam. Apesar de sua beleza, tinha um jeito de falar que fazia a pessoa gostar dela. Quase todas as garotas na sala eram suas amigas, mas ela sempre tentava sentar do meu lado. Dizia que só ficar perto de mim já melhorava muito suas notas.

— Oi, Kiera. Acha que vai tirar essa prova de letra? — Cheyenne tinha um ligeiro sotaque sulista que tornava sua voz ainda mais encantadora.

Sorrindo do jeito confiante que tantas vezes vira Kellan sorrir, dei de ombros.

— Claro, tranquilo. — Então, fiz uma careta. — Assim espero.

Ela sorriu, tirando suas anotações da mochila.

— Tenho certeza de que sua nota vai ser muito melhor do que a minha. — Dando uma olhada nos rabiscos que cobriam meus papéis, perguntou: — Tem tido notícias de Kellan? Como vai ele?

Suspirei, tentando não pensar demais naqueles olhos azul-escuros de que sentia tantas saudades, a cabeleira revolta incrivelmente sexy.

— Tenho, ele ligou ontem à noite. Eles estão indo bem, indo para a costa leste. Estão em algum lugar da Pennsylvania, acho.

Os olhos dela se arregalaram, e ela balançou a cabeça.

— Pennsylvania? Sempre tive vontade de conhecer essa cidade, visitar os pontos históricos... — Recostando-se na cadeira, seus olhos adquiriram uma expressão sonhadora. — Cara de sorte, vai ver o mundo.

Batendo com a caneta no caderno, assenti.

— É... ele é, sim. — Rindo baixinho, acrescentei: — Bem, vai conhecer o país, pelo menos.

Ao nosso redor, os outros alunos continuavam chegando, enquanto Cheyenne e eu estudávamos perguntas que poderiam cair na prova. Candy e as amigas entraram e foram sentar o mais longe possível de mim. Eu não fazia ideia do que Kellan lhes dissera, mas as três certamente deram para trás depois da sua sugestão. Eu sabia que Kellan às vezes tinha gênio; eu mesma fora alvo dele em algumas ocasiões. Talvez Candy nunca tivesse levado uma bronca antes.

Enquanto eu pensava nisso, Candy se virou na cadeira. Ao me ver, fechou a cara, e então deu um risinho debochado. Virando-se de novo para Tina, disse algo que fez com que todas rissem, e então Tina se virou para me olhar. Imaginei que não tivesse voltado atrás do jeito que eu imaginara. Talvez tivesse recuperado a confiança durante a longa ausência de Kellan. Ah, não tinha importância. Quer Candy gostasse ou desgostasse de mim, fazia pouca diferença para meu namoro com Kellan.

Notando o olhar da outra, Cheyenne comentou:

— Candy te deu um olhar fulminante. O que foi que você fez com ela? — Inclinando-se para mim, sorriu. — Você é doce demais para alguém não gostar de você.

Dei um sorriso carinhoso para Cheyenne, pensando que ela devia ter me visto no ano anterior. Eu fora tudo menos doce, sempre traindo Denny e magoando Kellan. Procurando tirar as lembranças sombrias da cabeça, respondi:

— Ela queria ser a namorada do rock star. — Olhando para Candy, sorri ainda mais. — Mas o rock star preferiu me namorar. — Desejando que o sonho daquela manhã tivesse sido real, suspirei.

Cheyenne riu, murmurando algo sobre Candy estar precisando se emendar. Um cara corpulento veio avançando pelo corredor à nossa frente. Sentou numa carteira bem diante de mim, fazendo com que o móvel rangesse um pouco. Ao trocar de posição, notei uma tira de papel estranhamente enfiada na borda da carteira, quase imperceptível.

Sorrindo, eu me perguntei se Kellan a enfiara ali, um último bilhetinho impossível para eu descobrir. Por puro capricho, eu me inclinei e puxei o papel. Demorei um segundo para retirá-lo, e Cheyenne ficou me observando com ar curioso. Quando finalmente consegui, ela apontou para o bilhete:

— O que é isso?

— Provavelmente, nada. — Provavelmente, apenas minha imaginação fértil...

Desdobrando o papel, caí na gargalhada. Tive que tapar a boca para não fazer uma cena no meio da sala, que começava a ficar em silêncio. Era *mesmo* de Kellan. No pedacinho minúsculo de papel, ele escrevera: *Para de pensar em mim pelado e vê se estuda: é a coisa ética a fazer.*

Ainda rindo, sacudi a cabeça. Como ele sabia que eu andava tendo sonhos eróticos com ele? Tirando a mão da boca, passei o dedo pelas palavras que ele escrevera. Com um suspiro, imaginei se ele também andava tendo sonhos eróticos comigo. Esperava que sim.

Ao meu lado, Cheyenne riu.

– É de Kellan? Ele é muito engraçado. – Sacudiu a cabeça. – Bonito e engraçado. Não admira que Candy te odeie.

Rindo do seu comentário, meus olhos percorreram mais algumas carteiras. Como ele sabia que eu escolheria esta carteira específica? Eu tivera uma sorte enorme de encontrar esse bilhete. Quando comecei a perceber pontinhas de papel se projetando das outras carteiras, reconsiderei. Não fora uma questão de sorte... Kellan espalhara seus bilhetes em tudo quanto era parte. Meu Deus, isso devia ter tomado um tempo enorme. Como diabos ele fizera isso? E o que diziam os outros bilhetes? Como o professor já tinha começado a aula, não pude recolhê-los. Teria que esperar até que a aula terminasse. Não consegui deixar de sorrir durante toda a prova... Era bem possível que eu fosse a pessoa mais feliz a fazê-la.

Cheyenne se despediu com um aceno depois da aula e me desejou boa sorte com a nota. Sorrindo para ela, eu me demorei ao máximo arrumando minhas coisas. Quando a sala já estava quase vazia, dei início à minha busca. Demorei um tempo, mas, por fim, consegui recolher cada tira de papel que Kellan enfiara nas carteiras. Quando não faltava mais nenhuma, eu devia estar com uns cem bilhetinhos nas mãos. Fui para casa imediatamente para lê-los na privacidade do meu quarto. Alguns eram tórridos, outros meigos, mas todos foram uma agradável surpresa. Ele tinha cortado um dobrado para garantir que eu não o esquecesse, quase como se tivesse medo de que isso acontecesse. Segurando o colar ao redor do pescoço, balancei a cabeça. Lágrimas brotaram em meus olhos. Como se eu algum dia pudesse esquecê-lo.

Enfiando no bolso um bilhete que dizia apenas *Eu te amo*, comecei a me vestir para ir trabalhar. Como aquele era o último dia de aula, estávamos esperando que a noite no Pete's fosse supermovimentada, até porque nossa nova banda estava começando a ter os seus fãs.

A ideia de ver outra pessoa se apresentando no palco de Kellan não me agradava muito, mas até eu tive que admitir que a banda era boa. Evan e Kellan a contrataram para o Pete antes de viajarem. A cena musical de Seattle era um pequeno círculo em que todos os músicos se conheciam. Kellan achou que aquele pessoal seria o mais adequado para o bar.

Quando digo "pessoal", preciso esclarecer... que me refiro a garotas. Pois é, Kellan contratara uma banda de mulheres. Não me entenda mal, elas eram tão boas quanto qualquer banda masculina do planeta, mas não pude deixar de sorrir ao vê-las pela primeira vez. Tive a clara impressão de que Kellan escolhera uma banda feminina de caso pensado. Não queria saber de mim babando o ovo de algum outro roqueiro temperamental.

Quando eu guardava minhas coisas na sala dos fundos, fui abordada pela minha melhor amiga, sempre bem-humorada. Passando os braços pelos meus ombros, Jenny deu um beijo no meu rosto.

— Oi, Kiera. Como foi sua última aula?

Sorri feito uma idiota drogada, pensando nas dúzias de bilhetes de amor agora espalhados em cima da minha cama.

— Maravilhosa... — Suspirei, com ar um tanto sonhador. Jenny olhou para mim como se eu estivesse louca. Acho que meu suspiro apaixonado foi uma espécie de reação à prova final. Rindo um pouco, dei de ombros. — O que posso dizer? Eu adoro a faculdade.

Sorrindo com o canto da boca, ela balançou os cachos dourados.

— Você é tão esquisita.

Dei um tapinha brincalhão no seu braço, e então saímos da sala para darmos início ao nosso turno. No corredor, alguém que saía do banheiro nos parou.

— Ah, oi, Kiera, Jenny.

Olhando para a porta, contive um suspiro. Um membro da banda de garotas que ia tocar aquela noite sorriu para mim. O nome da banda era Poetic Bliss,[*] e a garota que se dirigira a mim era a vocalista principal. Ela se chamava Rain,[**] mas eu tinha certeza de que esse não era o nome que constava da sua certidão de nascimento. Certeza absoluta, aliás, já que os nomes dos outros membros da banda eram Blessing, Meadow, Sunshine e... Tuesday.[***]

Tive bastante trabalho para dizer aquele último nome com a cara séria. Não sabia se elas tinham trocado de nome ao entrar na banda, ou se aquelas quatro mulheres com nomes únicos tinham se conhecido por acaso. Eu me inclinava mais para a mudança de nome. A única coisa de que tinha certeza era de que Rain conhecia o meu namorado do mesmo jeito que a maioria das mulheres por ali parecia conhecê-lo... intimamente. Essa era a razão pela qual eu suspirava toda vez que ela conversava comigo. Esse era um sério efeito colateral de namorar um cara que já tinha sido um tremendo galinha.

---

[*] Êxtase Poético. (N. da T.)
[**] Chuva. (N. da T.)
[***] Bênção, Pradaria, Luz do Sol e Terça-Feira. (N. da T.)

Enquanto ela caminhava altiva até mim, tentei não visualizá-la num amasso com Kellan. Mas foi difícil. Ela era atirada e cheia de energia, uma dessas pessoas que estão sempre de um lado para o outro. Eu não parava de imaginar que ela devia ser, tipo assim... selvagem... entre quatro paredes. Consciente de não ser nada de extraordinário nesse sentido, na mesma hora me senti inferiorizada. Mas amor e luxúria são coisas diferentes e, apesar do seu jeito descontraído, Kellan não se apaixonara por ela, portanto eu devia estar fazendo o meu dever de casa direitinho. Além disso... Kellan nunca se queixara de nossa vida sexual.

Rain se aproximou e me deu um abraço rápido.

— Olha só, agradece ao Kellan de novo por descolar esse show para mim. Este bar é maneiro. Adoro o Pete's! — A garota mignon devia ser um palmo mais baixa do que eu, mas compensava a estatura usando botas pesadas, com saltos plataforma de vinte centímetros. Com os cabelos superpretos num corte radical de mechas arrepiadas e os olhos escuros realçados em tons dramáticos de cinza e rosa-choque, ela era o estereótipo da roqueira durona. A blusa justa e decotada e a minissaia preguada minúscula completavam o visual. Quer dizer, isso e a gargantilha de tachas em volta do pescoço.

— Pode deixar que eu falo com ele — murmurei, desejando poder voltar no tempo e dizer ao Kellan mais jovem que "não" era uma resposta perfeitamente aceitável para cantadas, e que sexo não era o mesmo que amor. Mas tive certeza de que o jovem Kellan não teria me dado ouvidos. Ele tivera que chegar àquela conclusão por conta própria.

Enfiando a mão no bolso para sentir seu bilhete, acrescentei:

— Espero que o seu show faça o maior sucesso. O som de vocês é o máximo.

Nas pontas dos pés, ela deu uns pulinhos.

— Obrigada! Estou superanimada para tocar aqui. Mal podia esperar para chegar. — Olhou para o corredor quase deserto ao seu redor. — Mas, enfim, quando é que os caras bonitos começam a pintar por aqui?

Contive um sorriso. Bem, geralmente eles costumavam aparecer horas antes de elas tocarem. Dando de ombros, eu me limitei a dizer:

— O movimento começa dentro de mais ou menos uma hora.

Ela assentiu, rindo.

— Vou jogar uma partidinha de bilhar, então. Te vejo mais tarde! — E, com essa, deu meia-volta e saiu correndo pelo corredor, as pregas da saia revelando muito mais das suas pernas nuas do que eu jamais ousaria exibir em público.

Jenny passou o braço pelo meu.

— Pare com isso imediatamente.

Olhei para ela, franzindo o cenho.

— Parar com o quê?

— De ficar se comparando. — Meneou a cabeça em direção ao corredor onde a roqueira animada tinha desaparecido. — Sei que você ouviu quando ela e Rita trocaram figurinhas sobre os casos que tiveram com Kellan, e vi sua cara quando descreveram as transas. – Franziu o cenho. – Quer dizer, antes de você fugir... e não te culpo por isso.

Estremeci, relembrando o momento em que flagrara a conversa que teria preferido não ouvir... jamais. Pelo visto, a transa de Rita e Kellan tinha rolado bem ali, no bar, depois de o Pete's fechar uma noite. E, quando digo "bar", estou me referindo ao balcão onde ela trabalhava... ele a levara até perto da máquina de refrigerantes. Saí correndo para não ouvir a conversa no momento em que Rain explicava que os dois tinham feito o carro balançar tanto que ela chegara a ter medo de que o Chevelle virasse. Não fiquei nada satisfeita ante a perspectiva de ter essa imagem na cabeça toda vez que fosse no seu... bebê... a algum lugar.

Suspirei, começando a atravessar o corredor.

– Não importa. Esse é o passado dele – esbocei um sorriso –, e eu sou o seu futuro. – Se Deus quisesse.

Jenny deu um tapinha nas minhas costas, com um sorriso animado.

– Assim é que se fala. Mas, da próxima vez que disser isso, diga sem ser com essa cara de alguém cujo cachorro morreu.

Ri do seu comentário, me sentindo sinceramente melhor. Mas continuei segurando o bilhete de Kellan durante todo o resto da noite, principalmente quando o Poetic Bliss subiu ao palco.

Quando cheguei em casa de madrugada e fiquei olhando para todas as provas do afeto de Kellan espalhadas pelo meu quarto – bilhetes, letras de música, fotos –, tirei uma mala do armário e comecei a guardar minhas roupas. Na segunda-feira, minha irmã e eu iríamos para Ohio, a fim de passar o feriadão de fim de ano. Quando esse dia chegasse na semana seguinte, Kellan e eu nos reencontraríamos. Essa ideia foi o bastante para que eu pusesse mãos à obra. Precisava fazer alguma coisa, e arrumar as malas me parecia uma distração tão boa quanto qualquer outra.

Cantarolando uma das músicas do Poetic Bliss, tirei um dos meus suéteres mais quentes do armário. Fiz questão de levar um verde, feio, que me fazia sentir como uma dona de casa cafona. Eu o ganhara dos meus pais no ano anterior, e sabia que minha mãe perguntaria por ele, se eu não o usasse. Como eu convidara Kellan para aparecer no meio da reunião, queria que eles estivessem no melhor estado de espírito possível.

Enfiando algumas meias na lateral da mala, levei um susto quando o celular começou a tocar. Ao ver quem estava ligando, meu astral levantou na mesma hora.

– Oi, amor. – Suspirei. – Senti sua falta o dia inteiro.

Kellan riu no meu ouvido, o som fazendo com que um arrepio me percorresse a espinha.

– Também senti sua falta. Aconteceu alguma coisa *digna de nota* hoje?

Enfatizou as palavras e eu ri, sentando em cima da pilha de bilhetes.

— Ah, sim, com certeza. Os faxineiros da faculdade têm relaxado ultimamente. Encontrei pelo menos umas cem tirinhas de papel que os zeladores não notaram.

— Hummm... Só cem? Acho que suas colegas andaram afanando alguns. — Riu de novo. — Espero que tenham encontrado os mais pervertidos.

Fiquei vermelha, imaginando o que ele queria dizer com "pervertidos". Sorri, passando a mão pelos cabelos.

— Estou fazendo as malas... mal posso esperar para te ver semana que vem. — Olhei pela janela para o leste, na direção de onde ele estava, a milhares de quilômetros de mim. — Tem alguma coisa da sua casa de que esteja precisando? Posso pegar para você.

— Mal posso esperar para te ver também. Aliás, eu comprei um conjunto de lingerie para você antes de viajar, e o deixei guardado para quando voltasse... Você poderia levá-lo.

Fui logo me endireitando, meu rosto ficando ainda mais vermelho. Não sabia se ele estava brincando ou não.

— Hum, eu não... hum...

Ele riu no meu ouvido, enquanto eu gaguejava a resposta. Só a ideia de usar alguma coisa sensual e sentir aquele olhar de cama em cima de mim... fez a minha pele formigar.

— Estou brincando, Kiera. Você não tem que se vestir de um jeito sexy para mim... você já é sexy.

Sorrindo, olhei para a regata banal e a calça de moletom que tinha vestido. Sim, essa era eu... sexy à beça. Suspirei, e ele ouviu.

— Você está bem?

Não querendo dizer nada, disparei:

— Rain me pediu para te agradecer... mais uma vez.

— Ah. — A voz dele pareceu surpresa. Provavelmente tinha esperado que algo muito diferente saísse da minha boca. — Bem, diga a ela que não fiz nada de mais. A banda é ótima, merecia essa oportunidade.

— Pois é — murmurei. — E Rain não é do tipo que deixa passar uma oportunidade. — Estremeci, irritada por ter dito isso. Detestava parecer ciumenta e mesquinha.

Mas, naturalmente, Kellan percebeu o meu tom, e o decifrou. Com a voz um pouco tensa, disse baixinho:

— Ela contou a você, não foi?

Soltei o ar de uma só vez, sem a menor vontade de conversar sobre o assunto, mas consciente de que, agora que tinha cutucado a casa de marimbondos, Kellan não ia descansar até que todos tivessem voltado para dentro.

— Não, eu ouvi Rita comparando notas com ela. — Pronunciei o nome de Rita com uma certa rispidez, e tratei de calar a boca. Meu Deus, a megera estava pondo as unhas de fora em mim aquele dia.

Kellan suspirou.

— Ah... Você já estava sabendo de Rita? — sussurrou, a voz extremamente insegura.

— Estava. — A palavra saiu curta e rasteira, e eu me obriguei a relaxar. Passado... futuro. Eu precisava me lembrar desse mantra.

Kellan ficou em silêncio por um segundo, e eu quase tive vontade de me desculpar por tocar no assunto, mas ele falou antes que eu pudesse:

— Me perdoe, Kiera. Nunca quis que você fosse obrigada a ficar sabendo... sobre elas. Se pudesse impedir as fofocas, você sabe que eu impediria.

Cansada, eu me recostei na cama e apoiei os pés para cima.

— Você não tem que se perdoar, Kellan. São... águas passadas, sinceramente. — Balançando a cabeça, tentei mudar de assunto. — E você, o que tem feito?

Ele ficou em silêncio por um momento, e então murmurou:

— Só shows e viagens. Me desculpe por ainda não ter tido uma chance de voltar para casa. Com a gente tendo que pegar a estrada entre os shows, não tenho tido tempo de voltar para te ver.

Soltei um suspiro, o som melancólico aos meus ouvidos.

— Eu sei. Estou com saudades... muitas saudades. — Fechei os olhos.

Ele riu, sua voz rouca.

— Também estou com saudades. Tenho os sonhos mais intensos com você. Você nem imagina as ereções com que acordo.

Meus olhos se abriram de estalo quando ouvi seus risos. Meu corpo se incendiou com essas palavras. Pensei com meus botões que ele reagia aos seus sonhos do mesmo jeito que eu aos meus. Fiquei feliz por saber que tanto ele como eu andávamos acordando... insatisfeitos.

— Eu também — sussurrei, meu rosto ficando ainda mais quente do que o corpo. Ele riu mais um pouco, e eu cobri os olhos com a mão. — Quer dizer, não que eu tenha uma ereção, mas... — Dei um gemido, irritada com as palavras que às vezes saíam da minha boca.

Numa voz baixa e sedutora, ele murmurou:

— Eu entendi o que você quis dizer. Gostaria de estar aí, para te tocar quando você acorda se sentindo assim. Gostaria de poder sentir o quanto você sente minha falta.

Mordi o lábio, passando os dedos pela boca. Minha voz pouco mais alta que um sussurro, disse:

— Também gostaria que você estivesse aqui...

Ele soltou o ar num rosnado.

– Meu Deus, sua voz... Estou com tesão, Kiera. Gostaria que você pudesse me tocar.

Minha respiração começando a ficar ofegante, eu me ouvi murmurar:

– Eu quero... – Não sabia ao certo se pretendia dizer que queria tocá-lo ou continuar no rumo que achava que a conversa poderia estar tomando.

Ele se calou por um segundo. Quando voltou a falar, o calor na sua voz me deixou tão quente e mole, que cheguei a me contorcer.

– Ah, Kiera... Eu te quero tanto... O que você quer que eu faça?

Cobrindo os olhos, mordi o lábio. Ah, meu Deus, eu não podia fazer isso. Me sentindo uma perfeita imbecil, sussurrei:

– Põe a mão nele. Finge que sou eu. – Argh, eu queria rastejar para um buraco e nunca mais sair dele.

Estava esperando que Kellan risse, mas não foi essa a sua reação. Em vez disso, ouvi um som de tecido sendo puxado e – juro – um zíper sendo aberto. Ah, que droga...

Ele sibilou ao inspirar pela boca, soltando o ar com um gemido.

– Ah, eu estou tão duro... é tão bom. E agora?

Sem poder acreditar no que estava acontecendo, engoli em seco.

– Passa a mão nele. – Eu não tinha mesmo dito isso... tinha?

Ele gemeu no meu ouvido, a respiração mais rápida.

– Kiera... meu Deus... que delícia... mas gostaria que estivesse molhado, como quando estou dentro de você.

Gemi, mordendo o nó do dedo. Caramba, será que ele estava mesmo...? Extremamente aliviada por minha irmã estar dormindo, sussurrei:

– Você tem alguma coisa que possa...?

Com uma voz tensa, o fôlego curto, ele soltou entre arquejos:

– Tenho... Espera aí. – Ouvi com nitidez algo sendo apertado, e me perguntei que tipo de lubrificante Kellan teria à mão... e por quê. Mas, quando ele voltou a falar, não dei a mínima. – Ah... Meu Deus... é quente, sim... como você. Você é tão gostosa, com suas pernas em volta de mim...

Agora começando a sentir dor, gemi um pouco. Já que ele estava fingindo, será que eu deveria fazer o mesmo?

– Você quer me tocar, Kellan?

– Ah, meu Deus, quero, por favor. Preciso sentir aquela pele quente e molhada... Preciso estar dentro de você...

Minha... nossa. Passei a mão pelo estômago, mas não consegui me obrigar a ir em frente. Estava me sentindo morta de vergonha, mesmo estando sozinha. Mas Kellan não sabia disso.

– É gostoso? – gemeu.

— É — sussurrei. Todo o meu corpo formigava de prazer, de modo que não chegava a ser uma mentira.

A respiração dele ficou mais ofegante.

— Ah, meu Deus... preciso ir com mais força... mais depressa...

— Isso — sussurrei. — Faz isso, vai mais depressa... — Eu tinha que mexer as pernas sem parar de tanto desejo que sentia, mas ainda hesitava em fazer a minha parte.

Kellan, no entanto, não mostrava a menor hesitação.

— Ah, meu Deus, isso... não para... é tão bom, por favor, não para...

Voltei a gemer e a morder o nó do dedo, agora com tanta força que achei que iria cortar a pele. Ele soltou um gemido profundo, sua respiração um arquejo.

— Quero gozar... Kiera... Goza comigo...

Passei a mão pelos cabelos. Ah, meu Deus... ele estava mesmo...

— Tudo bem — sussurrei, a voz rouca. — Mais forte, Kellan, preciso de você mais fundo dentro de mim — murmurei, minha mão deslizando pela barriga.

Isso o motivou.

— Assim... Meu Deus, Kiera, você é tão sexy, tão gostosa. Estou dentro de você... neste exato momento... está sentindo? Está sentindo como estou indo até o fundo?

Gemi mais alto do que antes, e minha mão desceu até a beira da calcinha.

— Meu Deus, Kellan, você é perfeito... tão perfeito. — Minha voz ganhava força à medida que minhas inibições me abandonavam. Eu o queria. E queria fazer isso. Queria que terminássemos isso... juntos. — Isso, isso, me come...

— Ah, meu Deus, Kiera, estou quase lá... goza comigo...

— Isso, Kellan, faz isso... goza por mim... — Sem acreditar que tinha dito essas palavras, finalmente enfiei o dedo dentro da calcinha.

Foi então que ouvi algo que foi um pequeno balde de água fria no meu momento tórrido. Kellan parou de arquejar, e o telefone foi abafado. Com a voz mais baixa do que estava falando até então, mas ainda perfeitamente audível, ouvi-o dizer:

— Vou querer uma omelete com champignons e queijo... obrigado.

Sentei na cama e me cobri com as mãos como se tivéssemos acabado de ser pegos em flagrante. Antes que ele voltasse a falar comigo, soltei, ríspida:

— Kellan Kyle! Você está num restaurante?

— Bem, eu não chamaria a isto exatamente de restaurante... um pé-sujo, talvez. — Sua respiração ainda estava um tanto rápida, mas bem mais calma do que antes.

Fechei os olhos, passando a mão pelo rosto.

— Por favor, me diga que você não está prestes a ser preso por atentado violento ao pudor.

Ele deu uma risada.

— Não, não estou.

Deixei a mão cair no joelho, pasma.

— Você fingiu tudo aquilo? Por que fez isso comigo? — Puxei os joelhos até o peito, me sentindo meio estranha. Ele já tinha me dito, ao simular um ato sexual, que não era a primeira vez que fazia isso, mas, que droga...

Kellan suspirou.

— Eu não estava esperando que você me acompanhasse, mas, como acompanhou... enfim, eu não ia te impedir de ter o seu momento. — Em um sussurro, acrescentou: — Mesmo que eu não possa gozar onde estou... quero que você goze.

Mordi o lábio, sentindo a consciência um tanto pesada. Eu também tinha fingido.

— Eu posso ter exagerado um pouco a minha parte... mas estava pensando a respeito.

Kellan começou a rir.

— Bem, vamos chamar a isso de ensaio, então. Da próxima vez... vou estar em algum lugar com mais privacidade, e aí você vai realmente tocar em si mesma. Combinado?

Fiquei vermelha, sentindo a vergonha voltar.

— Combinado — murmurei.

Ouvi uma voz ao fundo que me soou vagamente familiar. Na mesma hora me empertigando, sussurrei:

— Ah, meu Deus, por favor me diga que você está sozinho.

Kellan fez uma pausa. Eu quase podia ouvi-lo pensando se devia ou não me responder.

— Hum, na verdade, não... os caras estão aqui... e Justin também. Aliás, ele está mandando um abraço para você.

— Ah, meu Deus! — exclamei, desligando o celular, morta de vergonha. Não apenas ele tinha fingido aquele pequeno momento, como fizera isso na frente dos amigos e da celebridade que agora eu tinha certeza de que nunca mais poderia encarar de novo. Santo Deus... Homens...

## Capítulo 13
## PASSANDO O FIM DE ANO EM CASA

Uma semana depois, eu estava na casa de meus pais, olhando para a árvore de Natal, contando os minutos mentalmente. Desde que chegara à minha cidade natal no começo da semana, estava torcendo para que a turnê de Kellan terminasse antes do previsto e ele pudesse vir ao meu encontro. Obviamente, eu teria que passar uma conversa muito boa no meu pai para que ele deixasse Kellan dormir na casa, mas, mesmo que ele tivesse que se hospedar em algum hotel na vizinhança, pelo menos estaria comigo, e não... Deus sabe onde.

No entanto, a agenda lotada dos D-Bags os manteve ocupados até a véspera de Natal. Ainda na noite anterior eles tinham feito um show em Nova York. Fora o maior show deles até então, e Kellan estava eufórico quando finalmente ligou... às quatro da manhã. Agora que nossos fusos horários estavam mais próximos, ele me ligava quando eu já estava no sétimo sono. Mas não me importava, murmurando sonolenta algum tipo de resposta às suas histórias.

Minha irmã saiu do quarto e veio sentar comigo no sofá de nossa mãe, coberto por uma capa de plástico. Fazia um pouco de barulho quando a gente sentava. Passando o braço pelos meus ombros, ela me entregou uma caneca de café temperado com canela. Eu a aceitei, sorrindo ao observar o pisca-pisca da árvore de Natal refletido na louça branca. O cheiro de canela trazia mil recordações – os doces da estação feitos com minha mãe, as velas que minha avó acendia uma atrás da outra e, naturalmente, Kellan. Tudo que tivesse a ver com café sempre me lembrava de Kellan.

Depois de brindarmos com nossas canecas, Anna abriu um sorriso radiante:
– Feliz Natal, Kiera.
Inclinei a cabeça para ela, dando um gole no café.
– Feliz Natal, Anna.

Olhando para os leves flocos de neve que começavam a cair, Anna tiritou de frio.

— Está entusiasmada porque finalmente vai ver Kellan? Faz quanto tempo... quase dois meses?

Suspirando, eu me recostei no sofá.

— Exatamente. — Na verdade, o tempo tinha passado mais depressa do que eu esperava. Os telefonemas de Kellan, os textos regulares e o "esconde-esconde" tinham amenizado a passagem do tempo. O mínimo que se podia dizer era que Kellan era ótimo em se manter em contato. Foi uma coisa que me tranquilizou muito, porque confirmou o quanto ele sentia minha falta.

Anna suspirou, recostando-se também.

— Pois é, estou com saudade daqueles caras. — Franziu o cenho depois de dizer isso, e eu me inclinei em sua direção. Além de uns poucos telefonemas e uma ou outra foto dos troços de Griffin, Anna não recebera muito do pseudonamorado. Ele nem mesmo viria passar o Natal com ela, o que, num certo sentido, eu achava ótimo. Ele e Matt iam visitar suas respectivas famílias na Califórnia, enquanto Evan ia para Seattle a fim de ver Jenny. Rachel ia visitar Matt em Los Angeles, mas Anna não demonstrara qualquer interesse em tomar um avião para ir se encontrar com Griffin. E eu tinha certeza absoluta de que nem ele a convidara.

— Tenho certeza de que Griffin sente sua falta, Anna. Ele não te mandaria aquelas mensagens se não sentisse. — Esperei que essas palavras soassem encorajadoras, mas, na verdade, o relacionamento dos dois me deixava perplexa.

Anna revirou os olhos e riu, debochada, pondo os pés no sofá que nossa mãe era obsessiva em manter limpo.

— Tudo bem... Quando a gente se encontrar, se encontrou. — Sua voz estava um pouco tensa, e tive a impressão de que seus olhos pareciam à beira das lágrimas... mas não pude ter certeza.

Balançando a cabeça, ela olhou para mim.

— Quando é que Kellan vai aparecer?

Dei uma olhada na porta em arco que separava a sala da cozinha, para ver se algum de nossos pais estava ouvindo. Mamãe destrinchava um peru, o som da faca elétrica enchendo o espaço. De vez em quanto eu ouvia sua voz ríspida mandando papai ficar longe das azeitonas. Sorrindo, imaginei que estivessem absortos demais em suas atividades para me ouvir. Não queria falar mais do que o necessário sobre a chegada de Kellan.

— Não sei. — Levantei o celular que segurava com a outra mão. — Ele vai ligar quando souber com certeza. — Como se tivéssemos combinado, o celular vibrou na palma da minha mão. Fiquei olhando com ar apatetado para ele, e Anna começou a rir.

Impressionada com o timing de Kellan, li a mensagem de texto na tela. *Mal posso esperar para te ver hoje à noite. Vou estar aí por volta das nove. Devo te encontrar na casa dos seus pais?*

Rindo porque isso ia realmente acontecer, digitei uma resposta que não era nada prática. *Não, toma um táxi e vai para...*

Digitei o endereço do meu parque favorito. Sabia que era uma ideia romântica e brega, nos encontrarmos num local isolado em vez de convidá-lo para vir à minha casa, mas fazia uma eternidade que ele estava fora, e eu queria lhe dar um banho de amor antes de apresentá-lo aos meus pais. Além disso, ele tinha dito que queria ver todos os lugares que eu amava.

*Tudo bem, está marcado. Te amo.*

Digitei que também o amava, e então apertei o celular contra o peito, com um suspiro contente. Meu Deus, como eu sentia sua falta. Anna ficou só olhando para mim com uma sobrancelha arqueada.

— Hum — murmurou.

Ajeitando minha postura para não parecer infantil demais, balancei a cabeça.

— Hum o quê?

Ela sorriu, e então deu um beijo na minha testa.

— Nada... você está de quatro por esse cara, Kiera. — Franziu o cenho, mas só um pouco. — Espero que... consiga o que quer.

Eu já começava a perguntar a Anna o que quisera dizer, mas ela se levantou e saiu da sala. Talvez estivesse apenas se sentindo conflitada em relação aos seus sentimentos por Griffin, e transferindo essa dúvida para o meu namoro com Kellan. Se estivesse sabendo de alguma coisa... eu tinha certeza de que me contaria imediatamente. Código de irmãs, sabe como é.

O resto do dia se arrastou tão devagar que tive a sensação de que mais dois meses tinham se passado. Meu reencontro com Kellan, ainda que por apenas uma noite, seria o melhor presente de Natal que eu poderia ter pedido. Melhor do que qualquer bem material no mundo.

A família inteira fez questão de se produzir para o jantar da véspera de Natal. Éramos só nós quatro, mas sempre fazíamos um banquete elaborado, digno de reis; mamãe até tirava a melhor louça do armário. Papai vestiu seu colete-suéter favorito, parecendo muito acadêmico e distinto, só faltando sentar numa poltrona de couro, fumando um cachimbo e discutindo Thoreau. Mamãe pôs o colar de pérolas, seu vestido perfeitamente passado a vapor. Anna nos desbancou com um elegante tubinho vermelho justo, que mais expunha do que cobria seu corpo.

Dando uma olhada no relógio de parede depois de arrumar a mesa, as travessas dispostas com tanta elegância que até a maior das sumidades em gastronomia teria aprovado, mamãe perguntou:

— Devemos esperar por Kellan, querida?

Meu pai franziu os lábios, nem um pouco satisfeito com o fato de um roqueiro vagabundo e drogado estar prestes a estragar suas tradições natalinas. Mas não me dei ao trabalho de repetir para ele que Kellan não era assim.

— Não, ele ainda vai demorar mais duas horas. Eu deixo um prato feito para quando ele chegar.

Mamãe assentiu e começou a servir as fatias de peru. Papai arqueou uma sobrancelha para mim.

— Nós não chegamos a discutir onde ele vai ficar, Kiera. Com você é que não há de ser!

Suspirando, abaixei os olhos.

— Eu sei, pai... nada de garotos em casa. — Santo Deus, do jeito que ele falava, era como se eu ainda fosse uma garota de quinze anos.

Anna cruzou os braços.

— Não seja ridículo, pai. Onde exatamente você espera que ele fique? — Apontou o dedo para a janela, em direção à cidade de Athens, a distância. — Não havia quartos na pousada de Belém na véspera de Natal, lembra?

— Anna... — advertiu mamãe, com uma expressão de censura à analogia de minha irmã.

Anna suspirou, dando de ombros.

— Foi só um comentário. Todos os hotéis vão ficar lotados. Você não pode simplesmente expulsá-lo se ele não tem nenhum lugar para ficar. Isso não é lá muito natalino.

— Sorri, adorando que Anna estivesse defendendo Kellan. Ficando quieta, pois Anna às vezes conseguia dobrar nossos pais com mais facilidade do que eu, vi meu pai franzir o cenho, e então refletir.

Esfregando o lábio, ele ponderou por um momento. Finalmente, levantou as sobrancelhas para mim:

— Ele pode dormir na barraca de camping no quintal. Eu a monto depois do jantar.

— Numa barraca? Papai! — finalmente exclamei. — Está nevando! Ele vai morrer congelado! — Cruzando os braços, acrescentei: — Você ia deixar Denny ficar comigo no ano passado... no meu quarto.

Papai soltou um suspiro pesado, como se reconhecesse uma grande derrota. Não podia argumentar comigo em relação a esse ponto. Meus pais tinham se precipitado no ano anterior, numa tentativa de me atrair de volta à sua casa quando pensaram que eu decidira ir para a Austrália com Denny. As coisas não saíram conforme o esperado, mas, ainda assim, a oferta fora feita. Eles deviam honrá-la, não importava com quem eu estivesse.

Negando com a cabeça, papai murmurou:

— Aquilo foi diferente. Nós conhecíamos Denny... e ele era um bom rapaz. Tomou algumas decisões erradas, deixou você sozinha quando não deveria ter feito isso, mas... era um bom rapaz, na minha opinião.

Suspirei, enquanto mamãe fazia meu prato em silêncio.

— Sim, Denny é um bom rapaz... e Kellan também. — Olhando para os dois, dei de ombros. — Vocês só precisam dar uma chance a ele. — Papai tornou a suspirar, e eu acrescentei: — Por favor... eu o amo muito.

Mamãe fez uma pausa, pondo uma das mãos no meu ombro e olhando para papai. Ele levantou os olhos para ela, suspirando mais uma vez e, por fim, murmurou:

— Tudo bem, ele pode ficar na casa... — apontou para mim — ... mas não sobe para o seu quarto em hipótese alguma, e dorme no sofá!

Revirei os olhos, mas não abusei da minha sorte. Só o fato de papai deixar Kellan ficar na casa já era uma vitória enorme. Anna sorriu para mim, enfiando uma garfada de peru na boca. Arqueou uma sobrancelha, insinuante, e eu soube exatamente o que estava pensando: *Não se preocupe, eu cuido da fera.*

Depois de um jantar agradável e uma boa fatia de torta de pecã, finalmente chegou a hora de ir encontrar Kellan no meu parque favorito. Eu estava eufórica, imaginando nosso momento romântico. Depois de vestir às pressas algumas roupas quentes para o encontro, papai a contragosto me deu as chaves do seu carro, reclamando que, se Kellan fosse um cavalheiro, teria se encontrado comigo ali em casa. Em defesa de meu namorado, expliquei que a ideia de nos encontrarmos no parque fora minha, pois queria mostrar a ele um pouco da Universidade de Ohio.

Sendo muito orgulhoso da sua Alma Mater, isso animou papai um pouco. Mas ele ficou me olhando com um ar cabreiro quando peguei as chaves, deixando claro que ficaria de ouvido na minha chegada mais tarde. A parte privada do nosso reencontro seria curta. Entrando no Volvo de papai, dei início ao trajeto.

As ruas estavam bastante limpas, de modo que não tive muita dificuldade para atravessar a neve que caía. Em poucos minutos cheguei ao ponto de encontro. Olhando ao redor, não fiquei surpresa de ver que o estacionamento estava quase vazio. Era a noite do dia 24, e a maioria das pessoas já estava aconchegada na cama, esperando a manhã de Natal, não tendo um encontro romântico num local público. Sentindo a excitação tomar conta de mim, comecei a atravessar o parque.

A neve que não parava de cair acrescentava uma camada macia aos poucos centímetros que já cobriam o chão. Minha vontade era correr até o ponto em que sabia que Kellan estaria, mas resisti à tentação. Olhando ao redor do parque, esperei que as indicações que mandara para ele fossem específicas o bastante para lhe permitir encontrar o local exato. Cruzando o gramado coberto de neve, minhas botas abrindo uma trilha em meio à brancura perfeita, cheguei a um banco que ficava diante de um lago com patos.

Embora já tivesse passado incontáveis horas naquele parque quando frequentava a universidade, esse lugar estranhamente me lembrava o parque em Seattle que Kellan e eu considerávamos como nosso. Estranho como eu já considerava Seattle como meu "lar", e minha cidade natal era agora a cidade que eu visitava.

Espanando a neve do banco em ferro trabalhado, olhei para a noite palidamente enluarada enquanto sentava. Não havia pegadas recentes na neve. O chão estava lindo, impecável. Tirando o celular da bolsa pendurada no ombro, dei uma olhada na hora. Nove e meia. O aeroporto local não ficava longe. Presumindo que seu voo estivesse no horário, ele tivera tempo de sobra para ir do aeroporto até ali. No entanto, ao olhar para os declives cobertos de neve ao redor, só vi minhas próprias pegadas, que levavam até onde eu me sentara. Kellan ainda não estava ali.

Procurei esperar pacientemente, mas fazia tanto tempo que não o via, que estava com os nervos à flor da pele. A ansiedade tomava conta de mim, meus pés batendo e levantando do caminho de concreto forrado pela neve. Flocos leves ainda caíam, acumulando-se nos meus cabelos e cílios, derretendo juntos, e então salpicando e rolando pelo casaco grosso. Quanto mais tempo passava sentada, mais frio sentia. Fungando um pouco, de repente maldisse meu cenário romântico. Deveria ter dito a ele que fosse para a casa dos meus pais; desse jeito, haveria menos chances de se perder no caminho. Além disso, um parque não era exatamente o melhor lugar para se ficar esperando no meio da noite... mesmo na véspera de Natal.

Esse pensamento me fez perguntar o que ou quem poderia estar no parque além de mim. Levei um susto quando o celular vibrou nas minhas mãos. O toque baixinho que acompanhou a trepidação pareceu extremamente alto na noite silenciosa, e eu soltei um palavrão. Abaixando os olhos, vi que uma baforada de ar quente saíra da minha boca, embaçando a tela. Franzi o cenho, limpei o vapor... e então sorri.

Nova mensagem de texto de Kellan Kyle.

Essas palavras do celular estavam entre as minhas favoritas. Quer dizer, logo depois de "chamada de Kellan Kyle". Pressionando o ícone de "Ver Agora", esperei para saber o que meu namorado tinha a dizer em sua defesa; afinal, ele já estava quase quarenta e cinco minutos atrasado. Senti uma decepção enorme na mesma hora.

*Me perdoe... Não vai ser possível.*

Não permiti que a decepção me dominasse. O que foi bem difícil, pois ela bateu em mim como as tempestades que atingiam a costa leste. Teria sido essa a razão de ele não poder vir? Será que tinha ficado preso em algum lugar por causa da neve?

Com os dedos pesados, digitei:

*Sério? Mas é Natal...*

Torci para que ele não achasse que eu estava me lamuriando. Sabia que sua agenda era apertada. Sabia que estava fazendo um esforço extraordinário para me ver. Secando uma lágrima que teimou em escorrer do olho, funguei de novo, mas por um motivo diferente. Eu queria tanto apresentá-lo à minha família, passar o feriado com ele, simplesmente... vê-lo.

Sua resposta chegou quando eu estava secando o nariz com as costas da manga. *É, eu sei. Eu tentei... desculpe mesmo.* Enquanto eu tentava pensar em alguma coisa que soasse encorajadora e simpática, não ríspida e infantil, meu celular vibrou, tocando de novo. *Você está bem? Não está chorando, está?*

Novamente fungando e secando o nariz, franzi o cenho por ele achar que eu romperia em lágrimas tão depressa. É verdade, meu estômago estava dando voltas e as lágrimas escorriam livremente por meu rosto, mas eu não queria que ele soubesse disso. *Não... Estou ótima. Eu sei que você tentou. Estou bem... sinceramente.*

Quando lembrei que não fazia a menor ideia de quando voltaria a vê-lo, um soluço teimou em escapar do meu peito. O celular tocou logo em seguida. Tive que passar os dedos debaixo dos olhos para poder ler a mensagem.

*Você está mentindo.*

Fungando enquanto, para minha vergonha, mais lágrimas me escorriam pelo rosto, balancei a cabeça para a tela.

— Não estou, não senhor... — Minha voz saiu um pouco petulante quando respondi à maquininha que nem podia me ouvir ou entender.

Quando meus polegares desceram para digitar uma mensagem reiterando que eu estava perfeitamente bem, mesmo não estando, o celular tocou. Piscando os olhos, abri a mensagem.

*Está, sim.*

Fiquei olhando para o celular como se tivesse surgido uma boca nele e falado comigo. Eu tinha soltado aquele comentário atrevido em voz alta, não tinha? Será que num gesto inconsciente eu o digitara também? Meus olhos se arregalaram mais ainda. Outra mensagem chegara enquanto eu lia aquela, e na mesma hora a abri. *Eu também menti... olha para trás.*

Com o coração na boca, fiz o que o telefone me ordenava. Foi como emergir de um sonho ou, talvez, mergulhar em um. Saindo da sombra de um carvalho próximo à base de um declive, a apenas alguns passos de mim, Kellan caminhou para o luar, guardando o celular no bolso da jaqueta de couro. Levantei do banco quando ele apareceu.

Meu Deus, ele era lindo.

Meu queixo despencou, novas lágrimas brotando nos meus olhos, mas agora de felicidade. Com alguns flocos de neve se acumulando nos cabelos cheios e revoltos, seus lábios se curvaram num sorriso endiabrado, seus olhos fixos em mim.

— Kellan — sussurrei, ofegante.

No momento seguinte disparei, correndo para ele antes mesmo que minha cabeça registrasse o movimento. Seu rosto se abrindo num sorriso feliz, ele começou a caminhar na minha direção. Mas caminhar não bastava para mim. Eu voei para ele. Fazia semanas que não sentia seus braços ao redor do meu corpo, que não tinha mais do que sua voz no meu ouvido. Precisava de muito mais agora.

Pulei nos seus braços quando finalmente escorreguei e terminei deslizando pelo resto do caminho que faltava até ele. Kellan riu quando meus braços envolveram seu pescoço. O calor do reencontro derreteu toda a gelidez do meu corpo. Eu nunca sentira uma paz tão completa. Ele me levantou bem alto do chão, rodando comigo em um círculo. Eu estava rindo quando ele voltou a me pôr no chão, meu desespero tendo passado totalmente.

Quando seus lábios avançaram ao encontro dos meus, empurrei seus ombros para trás. Meu desespero podia ter se evaporado, mas a brincadeira tinha sido de mau gosto.

— Que gracinha foi essa? Você é um idiota.

Rindo, seus olhos ainda mais azuis ao luar que as árvores filtravam, ele arqueou uma sobrancelha.

— Pensei que eu era um babaca.

Balançando a cabeça, segurei seu rosto entre as mãos, puxando-o em direção ao meu. Podíamos discutir a semântica da sua babaquice mais tarde. No momento, eu precisava de mais do que palavras. Os braços de Kellan envolveram minha cintura enquanto nossos lábios se fundiam. Quentes e frias ao mesmo tempo, nossas bocas se moveram macias uma contra a outra. Com o vapor de nossa respiração entre nós, ele murmurou:

— Desculpe pelo atraso.

Minhas mãos subiram para apertar suas mechas de cabelos, os longos fios no alto úmidos da neve derretida.

— Estou tão feliz por você estar aqui.

Nosso beijo suave mas intenso se interrompeu, e Kellan encostou a testa na minha. Seus olhos percorreram meu rosto, me estudando, talvez vendo se eu mudara durante as últimas semanas.

— Senti saudades... tantas saudades.

Abrindo um sorriso, voltei a pressionar os lábios nos seus.

— Também senti saudades.

Tornamos a nos beijar sob os flocos leves que caíam, a alguns passos do lago onde os estudantes às vezes patinavam quando congelava. Continuamos nos beijando até meus dedos ficarem tão dormentes que eu já não sentia mais os fios grossos dos seus cabelos enrolados neles. Mas nem isso me deteve. Eu precisava dos lábios dele nos meus. Precisava do seu corpo apertado contra o meu. Não me importaria nem um pouco se me transformasse numa estátua de gelo e me tornasse uma obra de arte viva no parque... contanto que ele estivesse comigo.

Mas ele me afastou quando voltei a buscar sua boca.

— É melhor irmos embora. Você está congelando.

Seus olhos percorreram meu corpo, e na mesma hora senti o frio se derreter.

— Estou ótima — gaguejei, meu corpo na verdade muito mais frio do que minha mente supunha estar.

Ele riu, uma nuvem de umidade escapando da sua boca.

— Seus dentes estão batendo.

Fiquei na ponta dos pés, tentando obrigar meus dedos enregelados a puxar a cabeça dele de volta para mim.

— Não me importo...

Rindo ainda mais, suas mãos seguraram minha cintura e me viraram. Puxando meus quadris para o seu corpo e cruzando os braços sobre meu peito, ele murmurou no meu ouvido:

— Mas eu me importo. — Fechei os olhos e me recostei no seu abraço. Tinha sentido tanta falta dele. Seu hálito quente no meu pescoço, ele acrescentou: — Além disso, não posso fazer amor com você aqui...

Meus olhos se abriram de estalo, e dei um passo à frente. Segurando sua mão, comecei a afastá-lo do meu lago favorito.

— Tem razão... a temperatura está caindo muito.

Ele abaixou os olhos, balançando a cabeça. Pequenas gotas de neve derretida caíram dos seus cabelos no chão, seu sorriso divertido se alargando. Quando ele voltou a olhar para mim, uma gota aterrissou na sua face, de onde deslizou até o pescoço... gota de sorte.

Seu sorriso ficando maroto enquanto eu o puxava, ele disse:

— Eu sei que o meu golpe foi meio cruel, mas pelo menos provou uma coisa muito importante.

Me virando para caminhar ao seu lado, passei o braço pelo dele e o olhei.

— Além do fato de que você não mudou... e ainda é um babaca?

Ele riu, assentindo.

— É, além disso. — Enquanto eu olhava para ele com um sorrisinho, seus olhos buscaram os meus e ele balançou a cabeça. — Você sentiu mesmo saudades de mim — sussurrou, seus olhos parecendo quase... surpresos com a constatação.

Parei de caminhar bruscamente, olhando para ele, que sustentou meu olhar, e então engoliu em seco. Balançando a cabeça, pus a mão no seu rosto.

— Claro que senti saudades de você. A cada dia, a cada hora... praticamente a cada segundo.

Ele sorriu na mesma hora e então desviou os olhos, como se sentisse vergonha de ter tocado no assunto.

— É, eu vi. — Balançou a cabeça, ainda sem olhar para mim. — Eu só... Ninguém jamais sentiu saudades de mim antes...

Mal ouvi sua voz, mas senti a emoção por trás dela com a maior clareza. Levando a mão ao seu queixo, forcei-o a olhar de novo para mim.

– Eu sinto sua falta quando você não está. Me sinto como se não pudesse respirar quando você está longe. Penso tanto em você, que chega às raias da obsessão. – Passei os dedos gelados pela sua face. – Eu te amo... tanto.

Ele engoliu em seco e sorriu, seu queixo tremendo. Sem conseguir responder, apenas assentiu.

Depois de pegar sua sacola, que ficara ao lado do carvalho, caminhamos até o carro de meu pai. Com o aquecedor ligado no máximo, fomos para minha casa. Recostando a cabeça no assento, Kellan exibia um sorriso tranquilo enquanto segurava minha mão. Saber que eu tinha lhe dado uma razão para sorrir me aquecia mais do que o aquecedor do carro. Ele finalmente compreendia como era ser amado, apreciado e digno de saudades. As coisas simples a que não damos valor... e ele estava desfrutando cada um daqueles momentos, porque jamais os vivera.

Era mais tarde do que eu previra quando estacionei na entrada para carros. Examinando a modesta casa de dois andares onde eu crescera, olhei para as janelas do quarto onde meus pais dormiam. Todas as luzes estavam apagadas – um bom sinal. Provavelmente meu pai tinha decidido passar a noite inteira acordado esperando que eu voltasse, mas minha mãe devia ter dado um basta na vigília. Ou Anna. Ela não se deixava intimidar por eles, e dizia a papai com todas as letras como estava sendo bobo quando a situação exigia. Eu não duvidava nada de que fosse mesmo capaz de levá-lo para o quarto e mandá-lo ficar lá, como se ele fosse a criança e ela o adulto.

Anna... era o máximo.

Desligando o carro, comecei a rir ao me virar para Kellan. Ele levantou a cabeça, olhando para a casa, e então para mim.

– Quer ver meu quarto? – Fiquei vermelha, me sentindo como se fosse uma adolescente de dezesseis anos de novo... embora nunca tivesse levado um cara escondido para o meu quarto antes.

Kellan inclinou a cabeça, sorrindo.

– Eu adoraria.

Pegou a sacola no porta-malas, e então entramos em silêncio na casa de aparência deserta. Avisei Kellan para não fazer barulho. Ele sorriu, contendo o riso e balançando a cabeça. Podia estar achando engraçado que sua primeira visita ao lar da minha família exigisse toda essa furtividade como se fôssemos dois assaltantes, mas na certa compreenderia a razão, se por acidente acordássemos meu pai. Se isso acontecesse, Kellan seria submetido a um interrogatório que duraria até o amanhecer.

Felizmente, no entanto, meus pais eram daquele tipo de gente que se deita com as galinhas e se levanta com o galo. Quando parei, prestando atenção, ouvi com a maior nitidez os roncos de lenhador do meu pai ecoando no andar de cima. Imaginei-o adormecido na poltrona em que costumava ler, o livro na mão enquanto pegava no sono, à minha espera. Pobre homem. Provavelmente ia ficar furioso consigo mesmo por dormir em serviço. Sorrindo, fiquei imaginando se Anna entrara pé ante pé no quarto e apagara a luz quando ele finalmente ferrara no sono como um sinal, para que eu soubesse que ele estava dormindo e que era seguro... me reunir... com meu namorado.

Apontando para o sofá, cochichei com Kellan que podia deixar a sacola ali, pois era o lugar onde dormiria. Ele arqueou uma sobrancelha para mim, franzindo o cenho, obviamente insatisfeito com qualquer plano que envolvesse dormir tão longe de mim. Sorrindo, dei um beijo rápido nele antes de ajeitar o travesseiro e o cobertor que minha mãe deixara para ele. Kellan balançou a cabeça ao encarar o móvel coberto pela capa de plástico, e descalçou os sapatos. Tirando a jaqueta, pareceu prestes a se deitar onde meus pais esperavam que ele dormisse.

Quando ele já começava a sentar, puxei-o de pé novamente.

— Você não vai dormir aí realmente, seu bobo — cochichei no seu ouvido.

Ele me deu um sorriso endiabrado, lançando um olhar para o andar de cima.

— Tem certeza? Não quero criar problemas para você.

Assenti, me afastando de sua cama de fachada.

— Tenho... Você está comigo.

Ele sorriu ainda mais, avançando em minha direção para envolver meu rosto entre as mãos, me puxando para um beijo intenso.

Tropecei quando meu salto bateu nos degraus. Quase caí, mas Kellan me segurou e me ajudou a me equilibrar. Deu uma risada, enquanto eu me apoiava a ele.

— Shhhhh — sussurrou.

Balancei a cabeça, rindo um pouco, e então tornei a encontrar seus lábios. De algum modo, conseguimos subir a escada sem acordar ninguém... ou todo mundo. Nossa respiração estava ofegante entre nossos lábios que mal se separavam. Eu sentia cada curva da sua boca, o calor da sua língua... Tinha me imaginado beijando-o durante semanas, mas não era nada — *nada* — comparado ao beijo real. Se havia algo de positivo no fato de Kellan ter sido tão promíscuo na juventude... era o fato de ser muito bom no que fazia. Minto: ele era fantástico no que fazia. Não havia um centímetro do meu corpo que já não estivesse pegando fogo quando abri a porta do quarto.

Tendo tirado meu casaco enquanto subia a escada, Kellan o jogou num canto qualquer, sem nem olhar. Fechei a porta em silêncio, demorando um momento para lhe dar uma prensa. Ele inspirou depressa pela boca, meu corpo comprimindo o seu.

— Senti sua falta — sussurrou.

Gemi uma resposta qualquer, meus dedos se emaranhando naqueles cabelos cheios. Suas mãos percorreram minhas costas, pousando no meu traseiro. Abaixando-se um pouco, ele segurou minhas coxas e me levantou, afastando-se um passo da porta.

Sem que nossas bocas se afastassem por um segundo, ele me levou para a cama. O nervosismo e a excitação tomavam conta de mim. Nunca tinha desafiado meu pai de maneira tão direta. Ele ficaria uma fera se soubesse que Kellan estava ali comigo, prestes a... bem, me fazer mulher, já que aos olhos do meu pai provavelmente eu ainda era virgem.

Quando as pernas de Kellan encostaram na cama, ele se inclinou e me depositou nela. Segurando sua cabeça perto da minha, eu me afastei sobre o colchão para dar espaço a ele. Pondo-se de quatro, ele me seguiu, até ficarmos bem no centro. Então, com um gemido baixo de prazer, ele se deitou em cima de mim. Na mesma hora prendemos a respiração e nos afastamos.

Franzindo o cenho, Kellan olhou para a minha cama. Levantando-se de modo a concentrar a maior parte do peso nas mãos, ele pressionou o colchão. As molas soltaram um rangido... alto. Mordi o lábio. Eu nunca tinha notado que minha cama fazia isso. Claro, jamais recebera um homem nela enquanto meu pai dormia no quarto ao lado. Com o cenho ainda franzido, Kellan repetiu o movimento. O barulho varou a madrugada... um som inconfundível. Era quase como se gritássemos: *Ei, ouve só a gente, estamos transando!*

Olhando para mim, Kellan arqueou uma sobrancelha.

— Seu pai comprou para você a cama mais barulhenta do mundo de propósito?

Morta de vergonha, suspirei.

— Provavelmente. — Droga de pai superprotetor. Quando não conseguia cortar o barato da filha ficando de olho nela, dava um jeito de fazer isso através de tecnologia ultrapassada.

Eu me contorci sob os quadris de Kellan, desejando poder fazer mais do que isso, mas até esse movimento mínimo provocou um som agudo. Agora que minha mente estava mais atilada, até quando subimos na cama ela fizera barulho. Na mesma hora parei de me mexer, com medo de que já tivéssemos acordado meu pai.

Kellan balançou a cabeça, seu lábio se curvando num sorriso tão delicioso que chegou a me dar aflição.

— É óbvio que o seu pai não me conhece muito bem, se pensa que isso é o bastante para me impedir.

Saindo de cima de mim, a cama guinchando em protesto, ele se pôs de pé diante dela. Com um dedo, fez sinal para que eu me levantasse. Obedeci, curiosa. Já de pé, ele pegou todas as cobertas e as estendeu no chão, do outro lado da cama. Em seguida, fez o mesmo com alguns travesseiros, para que pudéssemos ficar confortáveis. Dando um passo para trás, ele sorriu, abrindo os braços.

— Seu ninho de amor a aguarda.

Achando graça, cruzei os braços. Kellan veio até mim, segurou minha mão e me levou até o nosso ninho. Meu coração acelerava a cada passo dado em direção ao cantinho que ele preparara para nós.

Me puxando contra o corpo quando estávamos diante das cobertas, ele murmurou:
— Kiera? — E se inclinou para dar um beijo no meu pescoço, logo abaixo da orelha. Não pude dar qualquer resposta, começando a tremer. Dando um beijo leve como uma pluma no ponto abaixo do primeiro, perguntou: — Você quer... — Fez uma pausa para beijar mais abaixo do meu pescoço. Inclinei a cabeça e fechei os olhos, me sentindo atordoada, como se minha cabeça girasse. Ele deu um beijo no ponto elétrico bem ao lado da clavícula, e então passou o nariz do pescoço à orelha. Ao chegar lá, concluiu a pergunta: — ... fazer amor comigo?

Acho que devo ter derretido.

Eu o beijei com paixão, meu fôlego novamente ofegante. Depressa, mas em silêncio, tiramos as múltiplas camadas de roupas que nos separavam. Quando ficamos nus, seus dedos queimando minha pele, nós nos deitamos sobre a colcha estampada de margaridas. Puxando o edredom pesado até nos cobrir completamente, nós nos fundimos.

Sua pele, quente contra a minha, fazia com que meu corpo parecesse de cetim enquanto nos entrelaçávamos naturalmente. Seus lábios deixavam trilhas quentes e molhadas pela minha pele sedosa, e eu me sentia sensual, sedutora e idolatrada. Ele soltou um gemido baixo no meu ouvido, meus dedos passeando pela parte mais sensível e íntima do seu corpo. O desejo tomou conta de mim, misturando-se ao amor e aos restos da solidão causada por nossa separação forçada.

Tomando cuidado para fazermos o mínimo de barulho possível, puxei seus quadris, incitando-o a me possuir. Seus olhos se fixaram nos meus, sua respiração rápida pela boca entreaberta. Aproximei a cabeça para chupar um dos seus lábios, e seus olhos se fecharam, as pálpebras trêmulas. Quando nos separamos, balancei a cabeça, contorcendo os quadris debaixo dos dele. Eu queria isso.

Seus olhos, escuros no quarto sem luz, observavam meus traços, enquanto a mão percorria meu corpo até o joelho. Levantando ligeiramente minha perna até se encaixar no seu quadril, ele se acomodou em cima de mim. Meu coração disparou de expectativa. Encostando a testa na minha, ficou respirando levemente sobre meu rosto por um momento, pressionando meu corpo, mas ainda sem me penetrar. Estando assim tão perto, seu cheiro me entontecia, me deixando ainda mais pronta para ele, para nós, para o sexo.

Com o fôlego quente mas doce, ele soltou um suspiro erótico.
— Nada... se compara a isso...

Passei os dedos pela sua face. Fiquei pensando no que quisera dizer, mas ele fechou os olhos, me penetrando, e qualquer tentativa de falar me falhou. Apertei seus ombros, fechando os olhos e engolindo em seco várias vezes, qualquer coisa para me impedir de gritar com a maravilhosa intensidade do momento. Ouvi-o conter um gemido também, soltando a cabeça no meu ombro.

Me contorcendo com a restrição, inspirando pela boca em haustos curtos, começamos a nos mover juntos. Foi muito intenso – as semanas de espera, as provocações por telefone, a expectativa que eu tinha sentido o dia inteiro –, e meu corpo ficou à beira do clímax mais depressa do que eu jamais teria imaginado ser possível. Lutei contra a pressão crescente, querendo que a sentíssemos juntos. Ele segurou meu rosto, seu ritmo se mantendo lento e regular. Fazendo com que eu olhasse para ele enquanto eu lutava por me controlar, ele balançou a cabeça:

– Não faça isso... Se solte...

Balancei a minha também, e ele se inclinou até meu ouvido:

– Não se preocupe comigo... Me deixe dar isso para você...

Investiu com um pouco mais de força e eu perdi de vez o pouco controle que ainda tinha. A euforia irrompeu pelo meu corpo e eu arqueei as costas, ofegante, lutando para conter a parte vocal do prazer. Meu corpo tremia da explosão contida, e eu cravei os dedos nos ombros de Kellan. Com meus olhos se revirando, pensei que jamais experimentara algo de uma perfeição tão maravilhosa.

Passei a mão pelo rosto, voltando do meu clímax. Me observando com atenção, ainda investindo suavemente contra o meu corpo, o rosto de Kellan era o retrato do amor e do desejo. Parecia assombrado, fascinado, ao me ver experimentar a satisfação que fora capaz de me proporcionar. Seus lábios desceram até os meus, leves e macios. Eu me sentia como um caramelo derretido.

– Nossa, Kiera... Nossa... Isso foi...

Ele investiu um pouco mais fundo, e eu fechei os olhos. Para minha surpresa, o fogo começou a se reacender. Busquei sua boca, imaginando se poderia ter aquela sensação com ele de novo, mas juntos dessa vez. Com nossos lábios contendo os gemidos baixos que soltávamos, encorajei-o a mover o corpo numa velocidade que o satisfizesse. Ele gemeu ao atingir o ponto certo e eu gemi baixinho, precisando dele ainda mais do que antes.

Sua boca se abrindo, ele começou a abaixar a cabeça. Levei a mão ao seu rosto, para fazer com que me olhasse. Sua mão apertou a minha, e ele fechou os olhos. Fiquei vendo a euforia inundar suas feições. No momento em que seus quadris pararam, ele estremeceu, parecendo quase sentir dor. Mas na mesma hora passou, um gemido baixo mas profundo escapando da sua garganta. Ele mordeu o lábio para contê-lo, mas o som, misturado com a expressão de puro prazer no seu rosto escultural, fez com que eu despencasse no abismo mais uma vez.

Mantendo os olhos abertos para poder observar cada segundo do seu êxtase, senti o clímax me inundar novamente. Não foi tão intenso quanto o primeiro, e sim mais tranquilo, mais perfeito. Enquanto seu corpo tornava a descair sobre o meu, finalmente fechei os olhos, deixando que o momento de êxtase compartilhado tomasse conta de mim.

## Capítulo 14
### FELIZ NATAL

Acordei na manhã seguinte me sentindo maravilhosamente dolorida. Ao espreguiçar os músculos rígidos, meu quadril doeu um pouco da noite passada no chão duro. Meu braço estava quase totalmente dormente por eu ter deitado em cima dele. Minhas partes íntimas também pareciam sentir um desconforto difuso, ainda mais acentuado pelas semanas de abstinência e o intenso reencontro da noite anterior. Mas nada disso realmente me incomodava, porque um braço quente se estendia sobre o meu estômago.

Virei a cabeça e me aconcheguei no calor do pescoço de Kellan, matando as saudades de acordar ao seu lado. Seu braço apertou mais a minha cintura, e as palavras de que eu sentira ainda mais saudades entraram no meu ouvido:

— 'dia.

Ele respirou fundo e espreguiçou os músculos. Só pude imaginar que devia estar tão dolorido quanto eu, embora suas partes íntimas provavelmente não estivessem. Esse era apenas um efeito colateral de ser mulher... Mas era bom. Um lembrete.

Eu me inclinei para beijar seu pescoço.

— Bom dia para você também. — Abrindo bem os olhos, me apoiei sobre o cotovelo. Sorrindo para o homem semiadormecido ao meu lado, sussurrei: — Feliz Natal, Kellan.

Ele abriu os olhos, segurando meu rosto.

— Feliz Natal, Kiera. — Sua mão atravessou meus cabelos e se curvou ao redor do meu pescoço. Quando ele começava a me puxar para os seus lábios, a porta do quarto se abriu. Fiquei paralisada, de olhos arregalados, subitamente me lembrando de onde estava.

— Kiera? Onde você está?

Ouvindo a voz baixa de minha irmã, levantei a cabeça. Com o cabelo deslumbrante preso num rabo de cavalo fofo no alto da cabeça, Anna riu ao ver onde eu me escondia. Vestindo um pijama com estampa de camuflagem em verde e rosa, ela riu ao se deitar no meu colchão barulhento. Apoiando o rosto nas mãos e batendo os saltos dos chinelos, ficou olhando da beira da cama para o nosso ninho de amor no chão.

Sorrindo para nós enquanto eu voltava a me deitar entre os braços de Kellan, ela disse, aos risos:

— Bem, eu tinha vindo te desejar um feliz Natal e perguntar se você queria descer comigo, mas, pelo visto, você já abriu o seu presente. — Sorriu para Kellan, que a olhava com um sorriso divertido. — Oi, Kellan! Que bom que você finalmente pôde vir.

Ele riu, me abraçando com força.

— Oi, Anna. Obrigado.

Puxando as cobertas sobre o peito de Kellan para esconder tanto a tatuagem quanto os peitorais maravilhosos, já que Anna estava claramente curtindo o visual que tinha flagrado, suspirei para minha irmã.

— Que horas são?

Anna fixou os olhos, duas esmeraldas perfeitas, em mim.

— Hora do café da manhã... Mamãe está preparando os ovos.

Tratei de me sentar direito, segurando o lençol ao peito, com o que uma parte destapou o de Kellan.

— Café da manhã... Papai já acordou?

Anna voltou a bater os saltos, com um sorrisinho malvado:

— Já. — Apontou para Kellan. — E é melhor ele dar o fora daqui antes que papai descubra que ele não está no sofá.

Tratei de entrar em ação às pressas, empurrando Kellan para fora das cobertas. Ele se contorceu e relutou, obviamente querendo ficar onde estava.

— Relaxa, Kiera.

Balançando a cabeça, empurrei-o com mais força:

— Não, Anna tem razão, ele vai te matar se você continuar aqui.

Torcendo os lábios para mim, Kellan arqueou uma sobrancelha.

— Mas o que ele vai fazer, afinal? Botar você de castigo?

Empurrando seu ombro, assenti.

— Exatamente, mas só depois de castrar você.

Suspirando, Kellan se levantou... sem se dar ao trabalho de se cobrir. Minha irmã abriu um sorriso à vista da sua nudez, e eu plantei a mão sobre os olhos dela. Franzindo os meus para Kellan enquanto tentava impedir que Anna espiasse por entre meus dedos, fiquei vigiando enquanto ele se vestia. Sorrindo para mim, ele murmurou:

— Tudo bem, eu entro de fininho no corredor, e aí ele vai pensar que eu estava no banheiro.

— Não, é pela janela que você tem que sair de fininho. Assim, ele vai pensar que você foi dar uma volta, ou coisa parecida.

Puxando o zíper da calça jeans, Kellan ficou boquiaberto. Como já estava quase vestido, parei de lutar com Anna para que deixasse minha mão sobre seus olhos; ela fechou a cara quando notou que Kellan já não estava mais nu em pelo, mas então sorriu ao ver que estava sem camisa. Segurando-a nas mãos, ele apontou para a janela com o polegar.

— Estamos no segundo andar, Kiera.

Enrolando um lençol no corpo, balancei a cabeça.

— Por favor. Ele não vai acreditar que você só estava no banheiro. — Apontei para a janela. — Tem uma loja a uma quadra daqui que ainda deve estar aberta. Você podia ir comprar leite... Minha mãe vai te adorar se você fizer isso.

Ele fez que não, pondo as mãos nos quadris.

— Meus sapatos e minha jaqueta estão lá embaixo, na sala.

Anna interveio, animada:

— Não estão, não. Eu os tirei de lá quando acordei.

Olhei para ela, surpresa. Anna deu de ombros, rindo.

— Não é a primeira vez que eu tenho que esconder um cara, Kiera. — Piscou o olho para mim, e eu balancei a cabeça para a minha aventureira irmã.

Kellan gemeu, vestindo a camisa. Franzindo o cenho, murmurou:

— Droga, eu não fujo por uma janela desde que tinha quinze anos.

Revirei os olhos para ele, mas Anna riu.

— Kellan, acho que você e eu precisamos seriamente trocar umas figurinhas qualquer dia desses. — Ele olhou para Anna, sorrindo com o canto da boca, e ela piscou em resposta. Fiquei observando o par aventureiro com uma expressão de incredulidade. Levantando, empurrei-o em direção à janela.

Lamentando abertamente, ele deu uma olhada na paisagem de inverno à sua frente, a cerca de treliça congelada por onde teria que descer. Olhou de novo para mim com uma expressão contrariada.

— Você é uma adulta, Kiera. Provavelmente ele superaria mais depressa do que você pensa.

Eu não tinha contado a Kellan como fora difícil fazer com que meu pai o deixasse dormir no sofá, debaixo do mesmo teto que eu.

— Ele estava pretendendo te obrigar a dormir numa barraca de camping, Kellan... no quintal. — Arqueei uma sobrancelha para ele, minha expressão extremamente séria.

Ele começou a rir, até se dar conta de que eu não estava brincando.

— Tudo bem — inclinou-se para me dar um beijo no rosto —, mas você vai ficar me devendo esse favorzão.

Caí na risada, e ele beliscou meu traseiro. Anna também riu. Prestando continência para nós duas, ele bateu dois dedos acima da sobrancelha e saiu pela janela. Prendi a respiração ao observá-lo, torcendo para que não caísse. Quando estava no beiral do telhado, sussurrei: *Cuidado*.

Ele olhou para mim, uma baforada de ar saindo da boca, enquanto tiritava na sua camisa de manga comprida. Anna veio ficar ao meu lado enquanto eu olhava pela janela e Kellan sorria para nós duas. Torcendo os lábios num sorriso endiabrado, ele murmurou:

— Sorte a sua que a noite passada fez com que isso valesse a pena...

Fiquei vermelha, e Anna soltou uma risada rouca. Enquanto Kellan começava a descer, chamei seu nome baixinho. Quando ele olhou para mim, flocos leves caindo nas suas faces rosadas, sorri e disse:

— Compra uma garrafa de *eggnog* também.

Ele fechou os olhos e balançou a cabeça, incrédulo, continuando sua fuga do meu quarto. Rindo da expressão no seu rosto, fechei a janela em silêncio. Me desvencilhando do lençol enrolado no corpo, vesti um pijama para dar a impressão de que tinha acabado de acordar. Anna me ajudou a pôr todas as cobertas no lugar. Estávamos sentadas na beira da cama, rindo da cara emburrada de Kellan, quando a porta se abriu. Prendendo o cabelo num rabo de cavalo, sorri ao ver papai enfiar a cabeça no quarto.

Com um olhar carinhoso para ele, fiquei vendo seus olhos castanho-escuros vistoriarem o aposento, à procura de estranhos. O cabelo que já começava a rarear na sua cabeça estava entremeado de fios grisalhos, e, ao vê-lo franzir o cenho para mim, para o quarto vazio e então para minha irmã, tive certeza de que éramos as culpadas pela mudança na cor do seu cabelo.

— Feliz Natal, papai! — falei, animada, levantando depressa para ir lhe dar um abraço.

Vendo que não havia qualquer vestígio da presença de um homem no meu quarto, ele relaxou, retribuindo meu abraço.

— Feliz Natal, querida. — Afastando-se de mim, fez o possível para conter um sorriso. — Aquele camarada, o Kellan, decidiu não ficar aqui? Notei que ele não está lá embaixo.

Franzi o cenho do jeito mais sincero que pude e olhei para Anna, ainda sentada no meu colchão barulhento.

— Não está? Mas estava, na noite passada, quando vim dormir. — Olhei de novo para papai, mantendo a voz o mais natural possível. Felizmente, ou infelizmente, o ano anterior tinha feito de mim uma mentirosa melhor do que eu jamais desejara ser.

Papai franziu o cenho, mas Anna se levantou e se aproximou de nós diante da porta.

— Eu esbarrei nele agora de manhã. Ele disse que ia dar um pulo no mercado para comprar leite para mamãe, já que o nosso está no fim. — Inclinou a cabeça para papai. — Não foi gentil da parte dele, pai?

Papai torceu os lábios, mas não encontrou qualquer argumento para refutar o comentário de Anna. Dando de ombros, resmungou:

— É, acho que sim...

Sorrindo uma para a outra, Anna e eu conduzimos nosso inocente pai para o andar de baixo. Agradeci a ela discretamente quando chegamos. Ela sussurrou no meu ouvido:

— Eu ouvi vocês dois ontem à noite... Não precisa me agradecer... Vocês estavam precisando disso.

Fiquei vermelha quando entramos na cozinha.

Mamãe estava lá, batendo uma tigela de ovos, a gosma amarela e espumante combinando com o roupão de babadinhos que usava por cima do pijama de flanela. Misturado com o cheiro do bacon gorduroso que chiava na fritura, senti o aroma inconfundível dos rolinhos de canela, que me deu água na boca. Enquanto mamãe preparava o café da manhã, fui até o seu lado e pousei a cabeça no seu ombro. Os cheiros e sons confortantes na mesma hora me levaram de volta a cada manhã de Natal que eu já passara com minha família.

O cabelo de mamãe ainda estava da mesma cor do meu e da minha irmã. Mas não era por causa de bons genes que o processo de envelhecimento ainda não começara para ela. Não, sua arma secreta era um produto cujo slogan era *Entre Na Boa Briga*. Eu sempre ria ao ver a caixa de tintura no banheiro. O slogan parecia coisa saída da cabeça de Denny. Estranhamente, parei por um momento para me perguntar se ele estaria curtindo sua manhã de Natal ao lado de Abby.

Apertando minha cintura, mamãe olhou por sobre o ombro para papai. Ele estava sentado à mesa lendo jornal, enquanto Anna tagarelava sobre como estava ansiosa para que abríssemos nossos presentes; ela tinha escolhido o mesmo para todos os membros da família. Enquanto papai balançava a cabeça distraído para Anna, mamãe voltou a olhar para mim. Seus olhos verdes, um atributo que passara para Anna, brilharam ao encontrar os meus.

— Teve uma boa noite? — perguntou. Corei um pouco, me perguntando se ela estava sabendo do que acontecera. Tinha acordado antes de papai...

Brincando com a ponta do meu rabo de cavalo, dei de ombros, tentando parecer natural.

— Tive, foi bom ver Kellan de novo. Estava com saudades dele.

Mamãe sorriu, voltando ao trabalho. Com um sorriso cúmplice, assentiu. Mordendo o lábio e implorando a Deus para que ela não tivesse nos ouvido, dei as costas para sair da cozinha.

Mamãe olhou de novo para mim antes que eu me virasse por completo. Franzindo um pouco o cenho, balançou a cabeça.

— Tenho certeza de que ele é um bom rapaz, Kiera, e também que você está profundamente apaixonada por ele, mas... aqui em casa não, está bem?

Tendo que bloquear a súbita imagem de minha mãe me explicando como os bebês são feitos quando eu tinha treze anos, fechei os olhos por um segundo. Sem poder responder, apenas assenti, voltando depressa para o lado da minha irmã.

Anna sorriu, passando o braço pelo meu ombro. Mudando de assunto, começou a falar de um carinha bonito que frequentava seu trabalho. Tive vontade de franzir o cenho para ela, mas não fiz isso. Ela e Griffin não tinham uma relação exclusiva e podiam namorar quem bem entendessem. Mas, sinceramente, eu só podia ficar desconfiada em relação a um cara que batesse ponto no Hooters. Vá lá que não fosse nenhuma boate de *striptease* nem nada, mas os caras solteiros só pintavam ali por um único motivo... e não eram as asas de frango. Anna merecia coisa melhor do que um tarado daqueles.

Balançando a cabeça, revirei os olhos. Anna já estava envolvida com um tarado. Bem, pelo menos eu conhecia aquele tarado em particular, e era bastante inofensivo. Quer dizer, não era nenhum *stalker* patológico, nem era violento. Comparado com os estupradores em potencial com que Anna podia estar envolvida, Griffin, apesar do seu comportamento vulgar e boçal, era, na verdade, preferível. Minha nossa, eu tinha acabado de defender Griffin?

Uma batida à porta me distraiu de meus pensamentos. Anna me deu um sorrisinho, e então se levantou:

— Eu atendo.

Papai apontou o dedo para ela, voltando a franzir o cenho:

— Senta aí. Deixa que eu abro.

Fiquei ansiosa, torcendo para que ele pegasse leve com Kellan. Afinal, era *Natal* e, mesmo que o tivéssemos despachado para a rua como desculpa, ele tivera mesmo a gentileza de ir ao mercado comprar leite para a família... e, se Deus quisesse, uma garrafa de *eggnog* também.

Anna e eu seguimos papai em direção à porta da rua. Ajustando o paletó de pijama abotoado que vestia e tentando parecer o mais alto possível, ele se preparou para abrir a porta. Não pude deixar de sorrir diante dessa demonstração; papai regulava em altura com Denny, e Kellan ainda ia parecer um gigante ao seu lado. Se estava pretendendo intimidá-lo pelo tamanho, não ia funcionar.

Enquanto papai abria lentamente a porta, mamãe apareceu atrás de nós, querendo se juntar ao grupo de boas-vindas a Kellan. A feérica paisagem de inverno atrás de Kellan constituía o cenário perfeito quando a porta se abriu totalmente. Sua jaqueta de couro preta combinava com a camisa da mesma cor, e o contraste com o cenário tornou-o impossível de não se notar. A beleza de astro do cinema também não atrapalhou nem um pouco.

Às minhas costas, ouvi minha mãe murmurar baixinho: *Minha nossa!*

Fiquei vermelha, mas Anna começou a rir. Mamãe já tinha visto retratos de Kellan, é claro (eu mandara para casa uma boa quantidade de caixas com presentes), mas vê-lo em pessoa era outra coisa. Papai, que obviamente não ouvira o comentário da esposa sobre o meu namorado, mediu Kellan com um olhar de alto a baixo. Abrindo um sorriso, Kellan estendeu a mão, enquanto a outra segurava a sacola de plástico do mercado.

— Sr. Allen, é um prazer finalmente conhecê-lo. Sou Kellan Kyle.

Papai fungou por um momento antes de aceitar a mão do rapaz bonito. Ficou sacudindo-a por muito tempo, enquanto avaliava em silêncio se Kellan era digno de mim. Eu sabia por experiência própria que Kellan não passaria no seu teste no mesmo dia. Tinham sido necessários três meses de interação quase diária até papai parar de pronunciar o nome de Denny em tom de desprezo. E, até o dia em que Denny me raptara para Seattle, papai tinha sido muito amigo dele.

— Hum-hum — foi sua resposta à apresentação de Kellan.

Mamãe soltou um suspiro irritado, passando à nossa frente. Talvez sentindo que o marido não estava sendo tão hospitaleiro quanto deveria numa manhã de Natal, ela caminhou até a porta. Pousando a mão no ombro de papai, dirigiu-se a Kellan:

— Prazer em conhecê-lo, Kellan. — Indicando com um gesto o calor da casa, acrescentou: — Por favor, entre, está fazendo um frio de rachar.

Kellan sorriu para ela, que forçou papai a se afastar para o lado a fim de que ele pudesse entrar. Com um breve olhar para mim e um sorriso maroto nos lábios por um momento, Kellan murmurou:

— Eu sei.

Desviei os olhos antes de começar a rir. Quando voltei a olhar, Kellan estava estendendo a sacola para mamãe, e papai com as mãos nos quadris, nem um pouco satisfeito com a presença de outro homem no seu território, tentando roubar a sua filhinha. Não me dei ao trabalho de dizer a ele que eu já tinha sido roubada há muito tempo...

— Sra. Allen, eu notei que vocês estavam quase sem leite em casa, então comprei uma lata. — Mamãe sorriu ao pegar a sacola e Kellan olhou de novo para mim, sorrindo.

— Também comprei uma garrafa de *eggnog*, para o caso de alguém querer. — Sorriu para mim, logo voltando a olhar para minha mãe.

Um floco de neve se derreteu nos seus cabelos, caindo-lhe no rosto e escorrendo por sua pele. Todas as mulheres da casa ficaram observando a trilha que o floco seguiu. Saindo do transe primeiro, mamãe sorriu, segurando a sacola.

— Obrigada, Kellan. Foi muito gentil da sua parte.

Dando de ombros, Kellan olhou para o chão com um pequeno sorriso nos lábios.

— Era o mínimo que eu podia fazer, já que vocês vão me deixar ficar por alguns dias.

Papai tirou as mãos dos quadris, estendendo os braços ao longo do corpo, e virou a cabeça para me olhar.

— Alguns dias...?

Eu tinha deixado de mencionar isso ao pedir permissão para Kellan ficar conosco. Sinceramente, não sabia ao certo por quanto tempo o teria. Com as entranhas se contorcendo ao relembrar todo o tempo que teríamos juntos, franzi o cenho para meu pai.

— Papai!

Ele soltou um resmungo, balançando a cabeça, mas não se queixou mais. Eu tinha certeza de que o sermão continuaria mais tarde, mas, por ora, ele estava sendo gentil o bastante para não dizer nada na presença de Kellan. Minha mãe assistiu ao duelo entre mim e papai com curiosidade, e então autorizou Kellan a tirar a jaqueta e ficar à vontade. Eu a pendurei no cabideiro para ele, dando uns pulinhos ao segurar sua mão. Era tão bom tê-lo perto de mim novamente. Sabia que a próxima separação seria excruciante... mas lidaria com ela quando o momento chegasse.

Kellan sorriu ao sentir o cheiro misturado de café, canela e bacon. Parecendo totalmente à vontade com minha família, sentou à mesa diante de papai. Enquanto eu servia uma xícara de café para Kellan, papai ficou encarando-o como se fosse perder a cabeça a qualquer momento e sacar no mínimo uma bomba atômica do bolso. Kellan apenas sorriu para ele, perguntando se torcia pelo Cincinnati Reds ou pelo Cleveland Indians. Papai se animou, mas então se controlou. Dando de ombros, disse que não desgostava dos Reds.

Mamãe e eu nos entreolhamos, e então reviramos os olhos. Papai *adorava* o Cincinnati Reds; ficava colado na televisão sempre que o seu time de beisebol favorito estava no ar. Era fato notório na casa que, se alguém quisesse alguma coisa dele, devia esperar até que o Reds estivesse vencendo para lhe pedir... mas nem precisava se dar ao trabalho de fazer isso se estivesse perdendo.

Voltei à mesa no momento em que Kellan começava a entrar em detalhes sobre o jogo. Fascinada, fiquei ouvindo sua voz grossa. Ele sabia mais do que eu tinha me dado conta. Nunca pensara em Kellan como um tipo atlético; Denny, sim, sempre assistia às atrações dos esportes. Ele e papai tinham ficado amigos enquanto assistiam a alguns jogos incríveis. Mas Kellan conhecia o bastante para não fazer feio numa conversa, e envolveu papai num diálogo que durou até mamãe e eu colocarmos os pratos de comida na mesa.

Servindo um copo enorme de *eggnog* para mim mesma, sentei ao lado de Kellan. Ele deu uma olhada no meu copo e sorriu consigo mesmo. Apertei sua coxa debaixo da mesa, agradecendo a ele pela bebida que comprara só para mim. Enquanto ficamos trocando um olhar por um momento, tive que resistir com firmeza ao ímpeto de me inclinar e dar um beijo nele. Meu pai pigarreou.

Kellan olhou para ele, enquanto Anna lhe passava o prato de bacon. Enquanto Kellan se servia, meu pai apontou para ele com a colher de servir:

— A Kiera nos disse que você é membro de uma... banda?

Pela sua entonação, era como se "banda" fosse uma palavra estrangeira que ele não soubesse como pronunciar direito. Seu rosto exibia uma expressão igualmente confusa. Para papai, uma banda era algo de que a pessoa participava na adolescência; homem que era homem ia para a universidade, se formava e metia cara no mercado de trabalho, "como mandava o figurino". Ele não podia entender as escolhas de vida de Kellan. Franzindo o cenho, olhei para ele do outro lado da mesa. Ele entenderia melhor se conhecesse a história de Kellan, se soubesse o que a música o ajudara a enfrentar, mas a história não era minha para contar. E nem Kellan tinha o hábito de compartilhá-la em público.

Passando o prato de bacon para mim, Kellan me deu um sorriso carinhoso.

— Sim, senhor. Estamos fazendo uma turnê no momento. Nosso próximo show vai ser no réveillon, em Washington D.C.

Meus ombros se curvaram um pouco diante da notícia. Ter uma data de partida definida era péssimo. Mas papai se animou um pouco. Colocando uma colherada de ovos mexidos no prato, disse, como quem não quer nada:

— Ah, então você vai passar bastante tempo fora... nessa tal de turnê?

Recebendo o prato de rolinhos de canela das mãos de Anna, que dava um olhar aborrecido para papai, Kellan respondeu em voz baixa:

— Vou... — Pegou um rolinho e passou o prato para mim. Nossos dedos se tocaram por baixo da porcelana, e Kellan acariciou meu polegar com o dele. Era como se seu olhar gritasse um pedido de perdão – por ir embora em breve, por ficar tanto tempo fora, por nos separarmos novamente. Engolindo em seco, balancei a cabeça para ele, em sinal de encorajamento.

Cravando o garfo no prato de bacon, papai sorriu.

— Bem, o que importa é que você está fazendo sucesso. — Kellan assentiu, pegando o prato de ovos que circulava pela mesa. Enchendo o garfo de comida, papai perguntou:

— Mas, enfim, como é o nome da sua banda?

Estremeci, sabendo que ele não iria gostar nada da resposta. Anna riu, mas Kellan abaixou os olhos, sem saber se deveria dizer o nome da sua banda para o homem que estava tentando impressionar. Talvez entendendo que mentir não ajudaria naquele momento, Kellan pegou seu garfo e murmurou:

— D-Bags.

Papai cuspiu a comida que tentava engolir. Tossindo um pouco, debruçou-se por cima do prato:

— Perdão, como disse?

Pigarreando, Kellan olhou para ele.

— Hum, a banda... se chama... Douchebags. — Deu de ombros. — É tipo assim... para ser engraçado. — Enquanto papai franzia os olhos, deixando claro que não achava a menor graça, Kellan murmurou: — Talvez nós mudemos o nome... se ficarmos famosos.

Anna olhou para um, depois para o outro, e riu. Balançando a cabeça sem a menor timidez, seu rabo de cavalo alto roçando o rosto, disse a Kellan:

— É melhor não mudarem. Adoro que vocês sejam Douchebags.

Kellan mordeu o lábio para conter o riso, mas minha mãe exclamou:

— Anna!

Dando uma cutucada brincalhona no ombro de Kellan, Anna tornou a rir, e então atacou sua comida. Papai franziu o cenho para minha irmã, mas não fez qualquer comentário sobre o nome da banda. Continuamos a tomar nosso café da manhã na mais santa paz. A comida de mamãe era maravilhosa, e eu só faltei gemer ao colocar um pedaço molhadinho do rolinho de canela na boca. Kellan ficou me vendo comê-lo, com um olhar ligeiramente atrevido. Dei um tapa na sua perna debaixo da mesa, advertindo-o da maneira mais discreta possível para que se comportasse.

Quando ele abriu um sorriso brincalhão para mim, enfiando um pedaço de rolinho na boca, eu me obriguei a desviar os olhos. De repente, eu me imaginei lambendo açúcar e canela na sua pele, um pensamento que certamente não deveria estar tendo na manhã de Natal... à mesa dos meus pais. Enquanto Kellan ria baixinho, meus olhos encontraram os de meu pai, que nos observava com uma expressão séria. Seus olhos me deixaram por um segundo, indo para a sala de estar, e eu prendi a respiração, torcendo para que ele não somasse dois e dois.

O que ele disse, no entanto, fez com que meu sangue gelasse nas veias. Naquele momento, eu até teria preferido que ele perguntasse sobre a noite anterior.

— Kellan... é verdade o que dizem sobre os cantores de rock?

Kellan terminou de comer seu rolinho e correu os olhos pela mesa. Franzindo o cenho sem entender, balançou a cabeça.

— Como assim?

Papai fez uma pausa para dar uma mordida no seu bacon, e fiquei tensa. Havia muitos caminhos para onde ele poderia levar essa conversa, e todos eram ruins.

— Você sabe, sobre aquelas mulheres que seguem as bandas, tentando... conhecer os rapazes.

Anna largou o garfo e encarou papai, enquanto mamãe exclamava com vivacidade:

— Alguém quer mais ovos?

Kellan ignorou sua pergunta, mantendo os olhos fixos em papai.

— Algumas mulheres são assim, realmente, mas muito menos do que o senhor provavelmente imagina...

Papai o interrompeu, gesticulando com a fatia de bacon no ar:

— Mas então é verdade. Há mesmo mulheres ao seu redor tentando seduzi-lo? E afastá-lo da minha filha?

Fiquei morta de irritação. Detestava ver nossa vida sendo discutida assim, na frente de todo mundo.

— Papai!

Ele me ignorou, concentrando-se totalmente em Kellan. Enquanto Kellan enfrentava os olhos dele sem abaixar os seus, de repente compreendi o verdadeiro medo do meu pai por eu namorar um roqueiro. Não era que ele considerasse o emprego frívolo, ou que se preocupasse com o abuso de drogas e álcool no meio artístico. O problema era que meu pai não achava que Kellan me seria fiel. Eram meus próprios medos voltando para mim, o que, de algum modo, parecia torná-los ainda mais prováveis.

Ao meu lado, Kellan sussurrou:

— Há, sim.

Pisquei e olhei para ele, não esperando que respondesse com tanta honestidade. Também foi doloroso saber que andava recebendo ofertas. Mesmo que as estivesse rejeitando, ainda doía saber que as mulheres continuavam a rondá-lo. Meus olhos começaram a lacrimejar, e notei que Kellan evitava deliberadamente olhar para mim.

Papai se inclinou para a frente em sua cadeira e eu olhei de novo para ele, implorando aos meus olhos para que não ficassem úmidos. Não queria chorar na frente dos meus pais. Eles jamais confiariam em Kellan, se eu mesma não confiasse. Enquanto Anna afirmava que nada disso era da conta de papai, ele apontou sua última fatia de bacon para Kellan:

— Nesse caso, você não acha que seria melhor para a Kiera se vocês dessem um tempo nesse namoro enquanto você estiver fora... para que ela não seja magoada pelas suas... admiradoras?

Kellan balançou a cabeça.

— Eu nunca... Eu não... — Fechou os olhos, demorando um minuto para se recompor. Quando eu já sentia os meus começando a transbordar, Kellan abriu os dele e olhou para mim. — Eu amo a sua filha, e nunca faria nada para magoá-la.

Minha mãe se levantou, recolhendo os pratos.

— É claro que não, querido. Martin está sendo um babaca.

Papai franziu o cenho para mamãe, e eu pisquei, olhando para ela. Mamãe nunca usava palavras fortes desse tipo, nem mesmo as mais brandas. Quando papai já parecia prestes a objetar, ela lhe deu um olhar *daqueles*. Era um olhar direto, que dizia muito. Uma frase completa em apenas um segundo. Ela poderia ter gritado: *Você já falou demais, e, se tornar a abrir a boca, vai comer o pão que o diabo amassou durante os próximos seis meses! É manhã de Natal, e eu não vou deixar você fazer a minha caçulinha chorar enquanto ela está nos visitando, o que talvez não volte a acontecer até o próximo inverno, fazendo-a desconfiar do homem por quem está perdidamente apaixonada!*

Papai teve a sensatez de não dizer nada.

Quando um silêncio tenso se fez ao redor da mesa, mamãe olhou para nós.

— Que tal se abríssemos os presentes?

Kellan deu um sorriso tranquilo enquanto se levantava.

— É uma excelente ideia, Sra. Allen.

Mamãe sorriu para ele, as mãos cheias de pratos.

— Caroline, querido.

Kellan meneou a cabeça para ela.

— Caroline, obrigado pelo café da manhã. Estava delicioso. — Indicou a casa com um gesto. — Tem um banheiro...?

— Ah, claro. — Mamãe apontou para o andar de cima com o dedo mindinho, o único que estava livre.

Kellan sorriu e correu os olhos pelo aposento, pedindo licença. Parecia alegre e tranquilo, mas vi seus dedos apertarem o espaço entre os olhos quando ele contornou a parede para subir a escada. Eu o conhecia bastante bem para saber que a conversa o aborrecera. Estava precisando de um minuto.

Meus olhos voltaram para papai quando Kellan já não podia mais nos ouvir.

— Papai! Que espetáculo foi esse?

Anna cruzou os braços e olhou para ele, zangada. Ele olhou para cada uma de nós. Pela primeira vez na vida, sua expressão parecia quase envergonhada.

— Desculpe se passei dos limites, Kiera. — Inclinou-se para a frente e apontou o dedo para o andar de cima, onde se podia ouvir a água correndo. — Mas essas são perguntas que você precisa se fazer, se pretende ter um relacionamento sério com ele. Será que ele tem as mesmas intenções? Será que te ama realmente? Será que é capaz de recusar uma mulher atrás da outra? Se você levar o namoro para o próximo nível, será que ele não vai desonrar o seu leito conjugal?

Fiquei vermelha e abaixei os olhos, envergonhada demais para dizer qualquer coisa. Diante de meu silêncio, Anna tomou a palavra:

— Ele é um cara legal, pai. Você nem o conhece.

Com as mãos livres agora, mamãe veio pousá-las nos meus ombros.

— Esse assunto podia ter sido tratado com mais discrição, Martin.

Papai olhou para ela.

— Só estou tentando proteger a nossa filha.

Dei um breve olhar para ele.

— Eu posso me proteger, pai. — Dando uma espiada rapidíssima por cima do ombro, eu me inclinei e sussurrei: — Confesso que já tive todas as dúvidas que você tem. Eu penso no assunto. E me preocupo. — Balancei a cabeça. — Mas eu o amo. Será que não deveria dar a ele uma chance de errar antes de condená-lo?

Os olhos de papai se arregalaram, e ele se recostou na cadeira. Esfregou o queixo, esboçando um sorriso para mim. Com uma expressão de orgulho paternal se estampando no rosto, ele balançou a cabeça:

— Você sempre foi inteligente demais para o seu próprio bem.

Relaxei, recostando o corpo contra mamãe, que estava atrás de mim, e balancei a cabeça.

— Não mesmo... mas estou tentando ser mais inteligente. — Mordi o lábio, não querendo deixar escapar verdades demais sobre meus tremendos fracassos. Meus pais ainda não sabiam da verdadeira razão pela qual eu e Denny tínhamos terminado. Imaginaram que ele saíra do país por causa de um emprego, e eu preferia deixar que acreditassem nisso. — Estou apaixonada por ele, pai. Dar um tempo... não é uma opção para mim.

Ouvindo alguém fungar perto da porta, eu me virei e vi Kellan parado lá, ouvindo, com a cabeça baixa. Ele observou meus olhos, um sorriso sincero e tranquilo no rosto. Meu pai suspirou, talvez finalmente vendo que perdera mesmo a sua filhinha. Levantei e caminhei até Kellan. Segurando seu rosto, que estava ligeiramente úmido, como se tivesse jogado água nele, observei seus olhos únicos.

— Não ser sua não é mais uma opção — sussurrei.

Ele assentiu e se inclinou para me beijar. Eu deixei; papai que se danasse.

Vinte minutos depois, ninguém imaginaria que aquela conversa chegara a acontecer. Kellan se comportava como se tivesse entrado por um ouvido e saído pelo outro, e papai parecia um pouco chateado por ter chegado a tocar no assunto. Até mesmo deixou de ficar lançando olhares de desaprovação para Kellan. Não começou a tratá-lo com simpatia de uma hora para outra, mas pelo menos parou de bancar o pai grosseiro e superprotetor.

Anna esqueceu o incidente no momento em que nos aproximamos da árvore. Tomar o café da manhã primeiro foi a parte mais difícil do Natal para ela. Fazia apenas dois anos que vínhamos fazendo isso, quando a entrega dos presentes começara a perder terreno para a interação familiar nas nossas tradições natalinas. Mas ela ainda se comportava como uma garotinha eufórica quando chegava a hora de rasgar papéis de presente.

Kellan sentou ao meu lado no sofá, enquanto Anna começava a distribuir os presentes. Entregou a cada um de nós uma caixa quadrada e chata, embrulhada com o mesmo papel, e pediu que as abríssemos juntos. Kellan riu ao nos observar enquanto abríamos os presentes de Anna, e eu ri ao ver o que era: agora, éramos os orgulhosos donos do calendário do Hooters do próximo ano. Pisquei, observando as três beldades vestidas de branco e laranja na capa.

Boquiaberta, olhei para Anna.

— Você descolou a foto da capa?

Anna bateu palmas, rindo, chegando a bater com os pés no chão de entusiasmo:

— Descolei! Estava torcendo para que vocês não vissem o calendário nas lojas. Queria fazer uma surpresa.

Levantei e dei um abraço nela, mamãe, papai e Kellan logo me imitando. Sabia que ela tinha feito a foto que ilustraria o mês de abril, mas a capa era uma grande realização. Voltando a sentar, folheei até sua página. Nossa, ela estava linda. Na mesma hora fechei o calendário. Kellan pôs o dele de lado e segurou minha mão, se inclinando para mim. Sorrindo porque ele não tinha dado nem uma espiada na foto de Anna, dei um beijo no rosto dele.

Os presentes típicos circularam pela sala — roupas, livros, CDs, DVDs e games. A alegria no ar era palpável enquanto todos ríamos, curtindo a companhia uns dos outros. Kellan assistia a tudo em silêncio, seus olhos tranquilos e curiosos. Quando chegou perto do fim da pilha debaixo da árvore, Anna entregou a ele um presente dos meus pais. Ele piscou ao vê-lo, surpreso, como se não estivesse esperando receber nada. Para ser sincera, eu mesma fiquei surpresa.

Meu pai manuseava distraído um novo gadget sofisticado, mas minha mãe ficou observando Kellan, que virava e revirava o presente entre as mãos. Dei uma cutucadinha leve nele:

— Abre.

Ele olhou para mim, e então para minha mãe.

— Vocês não precisavam... — Deu de ombros, e mamãe sorriu.

— Eu sei.

Engolindo em seco, Kellan desembrulhou o presente. Dentro de uma caixa branca simples, estava um pequeno álbum de recortes. Kellan sorriu, começando a folhear as páginas. Pisquei os olhos, espiando por sobre seu ombro. Era um álbum sobre nós dois, sobre nossa vida juntos. Havia retratos apenas de mim, alguns tirados quando eu era bem jovem; outros eram de Seattle — a casa dele, o bar, o Obelisco Espacial; e, por fim, havia os retratos de nós dois.

Quase todas as fotos eram singelas, tiradas sem o nosso conhecimento. Havia uma feita no Pete's em que ele me olhava. Eu estava de costas para ele, servindo um cliente, e a expressão no rosto de Kellan beirava a reverência enquanto, em segredo, me observava. Havia outras em que estávamos sorrindo um para o outro, ou rindo de algum momento privado. Algumas eram de nós trocando selinhos. E a última era um close dos dois aconchegados, dormindo no meu feio sofá laranja. Mesmo adormecido, Kellan exibia um meio sorriso tranquilo no rosto.

Anna deu uma risadinha, e olhei para ela e mamãe. Enquanto Kellan balançava a cabeça, incrédulo, mamãe disse em voz baixa:

— Anna me ajudou a montar esse álbum para você, Kellan. Para que possa levar um pedaço de casa com você na estrada.

Kellan olhou para ela, os olhos um pouco brilhantes.

— Muito obrigado... de coração.

Mamãe assentiu para ele. Fungando um pouco, ele se animou, pegando sua sacola atrás do sofá, e começou a vasculhá-la.

— Também tenho presentes.

Sorri, inclinando a cabeça para ele. Abrindo um sorriso, ele entregou um presente para Anna, um para mamãe e papai, e outro para mim. Sorrindo também, apontei para trás da árvore de Natal, onde escondera o dele:

— Não esquece o seu.

Ele sorriu para mim, foi buscá-lo e então sentou de novo ao meu lado. Enquanto minha família abria os presentes, risos e agradecimentos ecoando pela sala, Kellan e eu nos entreolhamos.

— Juntos? — sussurrou ele, levantando o presente que estava em minhas mãos.

Assenti e, quando começamos a rasgar os papéis que envolviam nossos respectivos presentes ao mesmo tempo, fiquei vendo-o mais do que abria o meu, e então ri ao notar que ele fazia o mesmo. Balançando a cabeça, parei e apontei para o presente que, sem muita vontade, ele abria:

— Você primeiro.

Ele franziu o cenho, mas então riu. Alguns minutos depois, estava segurando o que eu tinha comprado para ele. Era difícil escolher algo para Kellan; não havia nada em especial de que ele precisasse, ou que desejasse ter. Mas havia algumas coisas de que gostava, e eu me concentrei nelas quando comecei a procurar presentes. Primeiro, ele gostava de escrever. Estava sempre anotando letras de músicas em cadernos de espiral que enfiava nas gavetas de sua cômoda. Então, comprei alguns diários elegantes, talvez para as letras que valessem a pena ser registradas. Ele também estava tentando se dedicar mais a escrever as músicas, por isso um dos diários tinha páginas pautadas.

Em segundo, Kellan gostava de clássicos. Preso num ônibus com caras barulhentos, achei que talvez gostasse de ter uma trégua, por isso encontrei um Discman que estava numa superpromoção, e gravei todos os seus clássicos do rock favoritos num CD. Era uma tecnologia que ficara defasada com o advento dos downloads digitais, mas, considerando que Kellan ainda tinha um toca-fitas no carro, achei que era o mais longe onde poderia levá-lo nesse terreno.

Em terceiro, Kellan gostava de sexo. Não querendo dar a ele uma coisa que o constrangesse na frente da minha família, eu tinha tirado uma foto de um conjuntinho razoavelmente sexy que estava esperando por ele quando voltasse para casa. Eu o comprara bem antes da sua turnê, depois que ele, brincando, falara em comprar algo para mim. Por algum motivo, eu sabia que nossos estilos seriam totalmente diferentes e, se era para eu vestir algo... desse tipo... preferia ser eu mesma a escolher.

Encontrando a foto enfiada em um dos diários, ele olhou para mim com uma sobrancelha arqueada. Quando apontei para as algemas no canto superior da foto, o sorriso dele se tornou sensual. Corei, sabendo que eu teria que ficar muito, muito bêbada para usá-las, mas a expressão no rosto dele valeu a pena.

O último presente que eu tinha posto na caixa fora escolhido num impulso. Era um carrinho Hot Wheels. Mas não um modelo qualquer, e sim um *muscle car* clássico. Não sabia ao certo se era um Chevelle, mas chegava perto, e era de um preto reluzente. O carro de Kellan era a última coisa com que ele realmente se importava, e eu comprara o brinquedo como uma forma de lhe dizer que estava tomando conta do seu bebê.

Quando Kellan pôs os olhos nele, tirou-o da caixa e ficou olhando para mim. Seu queixo caiu, e ele pareceu totalmente pasmo. Franzi o cenho ao ver seus olhos se encherem de lágrimas. Ele balançou a cabeça e murmurou algo semelhante a *Como você sabia?*.

Abri a boca para lhe perguntar o que tinha dito, mas ele me deu um abraço apertado.

— Obrigado, Kiera... Você não faz ideia do quanto adorei tudo isso. — Afastou-se para me olhar, com o coração nos olhos. — O quanto eu te amo.

Engoli em seco, assentindo. Fechando os dedos em torno do carrinho, apontou para a caixa nas minhas mãos:

— Sua vez.

Soltando o ar depressa, eu me concentrei na caixa sob meus dedos. Mordendo o lábio, eu me perguntei o que ele poderia ter comprado para mim, enquanto terminava de desembrulhar o presente já parcialmente aberto. Quando vi o formato da caixa, meu coração começou a palpitar. Era uma caixa de anel. Hesitei, sem saber se deveria abri-la. Será que ele estava me pedindo em casamento? E o que eu diria, se estivesse? Sinceramente, uma parte de mim se sentia encantada com a ideia de ser mulher dele, mas o argumento de meu pai fazia sentido. Kellan e eu ainda tínhamos problemas a resolver antes de podermos pensar em ir por esse caminho. Quero dizer, ainda não tínhamos nem chegado ao ponto de podermos voltar a viver juntos. Esse passo parecia grande demais.

Sabendo que ele me olhava intensamente, e não querendo que pensasse que eu duvidava dele sob qualquer aspecto, retirei a caixa e levantei a tampa. Dentro estavam duas alianças de prata, uma delas masculina, a outra feminina e elegante, cravejada de pequenos brilhantes. Confusa, franzi o cenho e olhei para ele, que sorriu, retribuindo meu olhar.

Pegando a aliança masculina na caixa, ele sussurrou:

— São alianças de compromisso. — Em seguida, pegando a feminina, levantou minha mão direita. Deslizando-a pelo meu dedo, disse baixinho: — Você usa uma... — deslizou a masculina no dedo anular da sua mão direita — ... e eu uso a outra. — Com um sorriso satisfeito, balançou a cabeça. — E nós prometemos que ninguém vai nos separar. Que... pertencemos um ao outro, e apenas um ao outro.

Enquanto eu o encarava, atônita e comovida, uma lágrima escorreu pelo meu rosto.

— Adorei — disse num sussurro, me inclinando para beijá-lo.

Trocamos um beijo carinhoso no sofá por um longo momento. Provavelmente teríamos nos beijado por mais tempo, mas uma bolinha de papel de presente bateu no meu rosto. Franzi o cenho, virei a cabeça e dei um olhar zangado para minha irmã. Ela abriu um sorriso, rindo e exibindo a caixa do seu perfume caríssimo... o tipo favorito de Anna.

— Obrigada, Kellan, adorei!

Ele assentiu, rindo, enquanto se aninhava ao meu corpo. No outro sofá, meu pai pigarreou, indicando o que Kellan comprara para eles.

— Sim, obrigado... Kellan.

Mamãe abriu um sorriso, abraçando o que pareciam ser passagens de avião. Enquanto eu quebrava a cabeça, tentando entender para onde eles iriam, Kellan se inclinou para o meu ouvido:

— Eu comprei passagens para Seattle, para eles poderem assistir à sua formatura em junho.

Meu queixo despencou e eu olhei para ele, que riu da minha expressão.

— Kellan... Não precisava...

Ele deu de ombros.

— Eu sei, mas seus pais precisam ver o seu esforço sendo recompensado, e passagens de avião são caras, então... — Deu de ombros novamente.

Enquanto a atmosfera tranquila de uma manhã de Natal feliz reinava na sala, eu me recostei no corpo de Kellan. Entrelaçando nossos dedos, olhei para as alianças alinhadas e sorri. Suspirando ao ver a representação material do nosso compromisso mútuo, notei que Kellan ainda manuseava o carro de brinquedo com a outra mão.

Eu me afastei, olhando para ele.

— Quando eu te dei o carrinho, você disse alguma coisa. O que foi?

Kellan olhou para nossas mãos, sorrindo consigo mesmo. Fazendo que não com a cabeça, murmurou:

— Nada de importante.

Dei um beijo no seu rosto.

— Me conta mesmo assim.

Ele olhou para mim e então para a sala, ocupada pela família que eu amava. Anna estava aconchegada com mamãe, agradecendo a ela pelo twin set de cashmere que devia ter custado uma fortuna. Papai folheava o calendário de Anna, dizendo que ela estava muito... bonita.

Apreciando o clima na sala, Kellan balançou a cabeça.

— Esse clima é tão bom... tão tranquilo. Tipo assim, idílico. — Com a voz baixa, quase inaudível, sussurrou: — Eu estou sempre esperando que a gritaria comece. — Deu uma olhada em mim, e então voltou a observar nossas mãos. — Significa tanto que você tenha me deixado... fazer parte disso. — Voltou a olhar para mim, com uma expressão contente. — Acho que esta é a minha nova manhã de Natal favorita.

Sorri, dando um soquinho nas suas costelas.

— Mesmo que você tenha tido que descer por uma treliça? — sussurrei, tomando cuidado para papai não me ouvir. — E até mesmo ser... interrogado? — acrescentei, em tom mais sério.

Ele sorriu para mim, assentindo.

— Hum-hum... ainda é a melhor.

Sabendo que sua infância não devia ter tido muitos pontos altos, especulei qual lembrança teria sido a sua favorita até então. Quando fiz a pergunta, ele virou a cabeça, seu olhar parecendo distante enquanto recordava.

— Eu tinha cinco anos. Era véspera de Natal. Meu pai ficou zangado por causa de... alguma coisa... não lembro o que, e então me atirou na parede, quebrando o meu braço.

Meus olhos se arregalaram, e o sorriso contente de Kellan aumentou. Isso era uma boa lembrança?

Sem reagir à minha expressão, ele olhou para o braço com que me envolvia e passou nossos dedos entrelaçados por cima de um osso sob a camisa.

— Quebrou aqui. — Para meu horror, me dei conta de que era exatamente o mesmo ponto onde Denny fraturara o braço de Kellan.

Ele deu de ombros, seu rosto ainda sereno.

— Eles me levaram para a emergência do hospital, minha mãe se queixando o tempo todo de que eles se atrasariam para sei lá que festa. Não sei por que me lembro dela dizendo isso... — Olhando para a árvore de Natal, balançou a cabeça. — Enfim, eles me hospitalizaram, e então foram embora. Não voltei a vê-los até a noite de Natal.

Recostando-se no sofá, o sorriso de Kellan se alargava à medida que sua história ia se tornando cada vez mais horrível.

— Tinha uma enfermeira lá, e acho que ela deve ter ficado com pena de mim, por eu estar totalmente sozinho na manhã de Natal. — Olhou para o carrinho de brinquedo na mão, levantando-o para examiná-lo mais de perto. — Ela me deu um conjunto de três Hot Wheels: um carro de bombeiros, um carro da polícia e... um *muscle car*. — Sorriu, seus olhos encontrando os meus. — Exatamente como este.

Balançando a cabeça, riu um pouco.

— Eu brinquei com aqueles carrinhos o dia inteiro... — Deslizando o brinquedo pelo meu braço, murmurou: — Mas este era o meu favorito. Foi a única coisa que eu gostaria de ter me lembrado de levar para Los Angeles quando saí de casa. Mas esqueci, e meus pais... o jogaram fora.

Seus olhos voltaram a se fixar nos meus.

— Aquele Natal foi o melhor que eu já tinha tido, porque não estava em casa. Aqueles brinquedos foram os melhores que recebi, melhores até do que a minha guitarra, porque a guitarra era mais uma estratégia dos meus pais para se livrarem de mim... — Tornou a levantar o carrinho. — Isto aqui... foi puro.

Engoliu em seco, buscando meus olhos.

— Achei que nunca mais veria nada parecido com aquele carrinho de novo... De onde você tirou a ideia de me dar um?

Balancei a cabeça, lágrimas brotando nos meus olhos.

— Foi porque... parecia com você.

Kellan franziu o cenho ao ver meus olhos ficarem rasos d'água.

— Ei, eu não te contei isso para fazer com que você ficasse com pena de mim. — Segurou meu rosto. — Estou bem, Kiera. — Assenti sob as pontas de seus dedos, mas uma lágrima escapou mesmo assim. Secando-a com o polegar, ele sorriu para mim. — Só queria que você soubesse o que significou para mim, e... te agradecer por me deixar ter essa experiência com você e sua família. Significa mais do que você jamais vai entender.

Discordei com a cabeça.

— Não, eu acho que entendo.

Dei um beijo leve nele, mas meus lábios estavam trêmulos. Sabendo que iria começar a chorar por ele se não mudasse o curso dos meus pensamentos, balancei a cabeça e respirei fundo.

— Estou precisando de um copo de *eggnog*. E você?
Kellan sorriu tranquilamente, mas recusou:
— Não, não quero nada.
Assenti, dei um beijo na sua testa e saí às pressas da sala. Ele não queria nem precisava da minha compaixão. Já tinha enfrentado o passado muito tempo atrás.
Passando os dedos embaixo dos olhos, esbarrei em minha mãe na cozinha. Ela sorriu, enquanto preparava outra jarra de café.
— Kellan parece estar se divertindo.
Sim, mais do que ela poderia se dar conta. Assenti, me forçando a abrir o sorriso natural que Kellan sempre exibia.
— É, sim. Muito obrigada por convencer papai a deixá-lo vir. Eu sei que foi por sua causa, e fico profundamente... — engoli em seco, a história emocional dele ainda comigo — ... profundamente agradecida.
Mamãe franziu o cenho, e então veio me dar um abraço.
— Ei, está tudo bem. Não precisa chorar por causa disso.
Suspirei, impaciente comigo mesma, e a abracei.
— Eu sei. — Soltando-a, encostei a cabeça no seu ombro. Ela deu um tapinha no meu braço, e então olhou para a aliança de compromisso. Ficou séria por um momento, e então voltou a olhar para Kellan na sala.
Olhando também, vi que Anna tinha sentado ao lado dele no sofá, e agora os dois folheavam o calendário juntos. Estavam observando algo com atenção, Kellan rindo um pouco e balançando a cabeça. Vendo o par naturalmente belo, suspirei. Em seguida, esfreguei a aliança com o polegar e sorri. Era a mim que ele tinha escolhido.
— Você a ganhou de Kellan? — perguntou mamãe em voz baixa.
Olhei para ela, assentindo.
— Ganhei, ele comprou um par de alianças de compromisso para nós. Fofo, não?
Ela hesitou antes de responder.
— Querida, eu posso discordar da maneira como seu pai abordou o assunto, mas não discordo dele totalmente em relação a Kellan. — Olhou para Kellan e Anna, que começavam uma guerra de bolas de papel de presente. — Ele é muito... bonito, Kiera, mais ainda pessoalmente do que nas fotos. — Voltando a olhar para mim, ela franziu o cenho. — As mulheres notam esse tipo de coisa, por isso nem sempre os homens bonitos conseguem ter... um relacionamento só. E, mesmo que ele não seja infiel, é preciso ser uma pessoa especial para conseguir lidar com toda a atenção que ele vai receber. Você tem certeza de que é essa mulher? Tem certeza de que quer namorá-lo?
Voltou a olhar para Kellan e minha irmã, e, de repente, tive a sensação de que o que mamãe estava realmente querendo dizer era que Anna, minha linda, provocante, espontânea e encantadora irmã, seria mais adequada para ele. Franzindo o cenho, cruzei os braços.

— Absoluta. Sei muito bem o que todos vocês pensam de mim, mas Kellan enxerga mais. Ele me ama.

Mamãe deu um passo para trás, franzindo os olhos para mim.

— Do que você está falando, Kiera?

Eu me retesei, sem a menor vontade de conversar sobre as referências constantes que tinha ouvido, e as diferenças enormes entre mim e Anna que me haviam sido mostradas durante toda a minha infância. Como não respondi, mamãe apertou meu ombro. Quando ela repetiu a pergunta, suspirei, murmurando:

— Você sabe. Que Anna é a bonita, e eu sou... a inteligente.

Mamãe suspirou, me abraçando com força.

— Ah, Kiera, minha querida. Espero que nunca tenhamos feito com que você se sentisse desse jeito... Jamais foi a nossa intenção. — Afastando-se, ela me olhou nos olhos. — Não é o que pensamos. Estamos sempre falando com as pessoas sobre as duas filhas lindas que temos, e elas sempre concordam. Você é tão bonita quanto sua irmã, Kiera. Acho que é a única que não vê isso.

Voltando a olhar para a sala, ela balançou a cabeça.

— Mas Anna... baseia a sua existência na beleza. Passou a ser aquilo que a define. Às vezes tenho medo de que a beleza seja a única coisa que ela jamais terá, e quando, com o tempo, isso passar...

Sorrindo, olhou para mim e alisou meus cabelos para trás.

— Mas você é linda e inteligente, e vai ter sucesso no que quer que a vida ponha no seu caminho. — Inclinou-se para dar um beijo na minha testa. — Seu pai e eu estamos muito orgulhosos da mulher que você está se tornando. — Suspirou, balançando a cabeça. — Você é a nossa caçulinha... Não queremos que seja magoada, só isso.

Sorri, voltando a olhar para Kellan. Anna estava admirando a aliança dele. Kellan sorriu para ela, e então olhou para mim. Notando que eu o observava, balançou um pouco a cabeça, como se me dissesse que tudo ficaria bem. Enquanto mamãe dava um beijo na minha testa e saía da sala, ouvi o celular tocar no bolso da jaqueta de Kellan. Achando que talvez fossem os D-Bags para lhe desejar feliz Natal, caminhei até ela e tirei o celular. Era uma mensagem, enviada de um número que não reconheci; o nome apenas dizia "privado". Já estava prestes a apertar o botão de ler, quando o celular foi tirado das minhas mãos.

Surpresa, olhei para Kellan, que estava ao meu lado. Sorrindo, ele deu uma olhada na tela, apertou um botão e guardou o celular no bolso. O sangue me gelou nas veias; ele nem mesmo olhara a mensagem, como se pretendesse fazer isso quando estivesse sozinho. Essa desvantagem de ter dado um celular para ele me ocorreu enquanto minha curiosidade aumentava.

Ignorando a expressão no meu rosto, ele apontou para Anna.

— Que tal um joguinho? Anna acha que pode me vencer no Banco Imobiliário. — Riu um pouco, balançando a cabeça. Fiquei séria. Não, eu não estava a fim de jogar nada, só queria saber quem tinha acabado de lhe mandar uma mensagem.
— Claro — murmurei. Quando ele começava a me conduzir, imaginei se meus pais seriam mais lúcidos do que eu queria acreditar. Antes que pudesse me conter, perguntei:
— De quem era a mensagem?
Kellan abriu um sorriso natural, balançando a cabeça.
— Era do Griffin. — Inclinou-se na minha direção, rindo. — Confia em mim, pelas coisas que ele tem me mandado ultimamente, você não ia mesmo querer ver.
Franzi o cenho, mas assenti. Era uma justificativa perfeitamente plausível, e ele acabara de nos dar um par de alianças de compromisso – algo que não faria se não estivesse cumprindo sua parte da promessa... certo?

## Capítulo 15
### INESPERADO

Kellan passou mais cinco dias comigo. Pareceram cinco meses, considerando quanto tempo ficamos juntos. Mostrei a ele tudo que minha cidade natal tinha a oferecer durante a sua estadia: minha antiga escola, a rua onde todas as crianças da vizinhança costumavam brincar, o café onde eu almoçara todos os dias durante o terceiro ano do ensino médio. Kellan agia como se eu estivesse lhe mostrando a Disney, sinceramente interessado em ver onde eu tinha crescido.

No entanto, não tive coragem de lhe mostrar os lugares onde Denny e eu tínhamos estado juntos, os lugares que haviam sido importantes para o nosso namoro. O restaurante onde tivéramos nosso primeiro encontro, um certo quiosque de *espresso* onde batíamos ponto todas as manhãs antes da aula, a livraria que frequentávamos nas preguiçosas manhãs de domingo.

Embora eu evitasse chamar a atenção de Kellan para o fato, havia tanto de Denny nessa cidade que às vezes chegava a ser quase atordoante. Nós nos tornáramos adultos juntos ali. De um certo modo, tínhamos crescido juntos ali. Passear por entre tantas lembranças trouxe Denny para o primeiro plano da minha mente, mas tratei de não pensar mais nele.

Podia falar com meu velho amigo mais tarde. Meu namorado, o homem que dias atrás me dera seu coração numa aliança de prata, era meu foco principal. Ainda mais porque eu não sabia quando o veria outra vez, passados aqueles cinco dias.

E, quando os cinco dias finalmente passaram, a sensação já não foi mais de que tinham sido cinco meses. De repente, era como se tivessem sido apenas cinco segundos. Acompanhando-o o mais longe que pude no aeroporto, sentia o peso da separação no coração. Pelo menos sob um aspecto, minha mãe estava certa sobre o nosso namoro – era difícil. A partida dele, pegar a estrada para lugares desconhecidos, com pessoas desconhecidas, tudo isso era exaustivo. Era preciso ser uma pessoa especial para suportar o peso do estresse. Eu queria ser essa pessoa, queria desesperadamente. Mas sempre tinha dado valor à constância, e a vida de Kellan já não era mais previsível. Agora ele era fluido, abrindo um caminho que estava sempre em mutação, como o tempo. O que dava um nó no meu estômago.

Com a sacola pendurada no ombro, Kellan se virou para mim quando chegou a hora de nos separarmos. Com o coração nos olhos, ele encostou a testa na minha.

— Nada de despedidas — sussurrou.

Assenti, mordendo o lábio, os olhos teimando em lacrimejar.

— Vou sentir saudades.

Ele também assentiu, sua testa ainda encostada na minha, suspirando baixinho.

— E eu vou sentir mais saudades ainda.

Sorri um pouco, negando com a cabeça.

— Não, não é assim que funciona. É sempre mais difícil para a pessoa que está sendo deixada do que para aquela que a está deixando... Isso é um fato.

Afastando-se, ele segurou meu rosto.

— Eu não estou te deixando. E nunca vou deixar.

Engoli em seco, pondo a mão no rosto dele.

— Eu sei — sussurrei, esperando que o que ele dissera também fosse um fato.

Ele observou meus olhos por longos segundos, e então se inclinou para me beijar. Foi o mais macio, doce e terno ato físico que jamais havíamos compartilhado. Não queria que jamais terminasse. De repente, desejei que fôssemos participantes de um concurso de beijos, em pleno aeroporto, daquele tipo em que o casal que ficar agarrado por mais tempo ganha algum prêmio bizarro, pois assim o momento teria que se prolongar por dias.

Mas não era o que estava acontecendo e, algum tempo depois, o momento chegou ao fim. Ele se afastou, devagar, relutante. Mordendo o lábio, suspirou, secando as lágrimas do meu rosto; só então me dei conta de que estava chorando. Envolvendo-me em um abraço quente, ele sussurrou no meu ouvido:

— Eu te amo, e mais ninguém... juro.

Sorri quando nos afastamos, estendendo a mão para sentir seu rosto sob meus dedos.

— Eu também juro — sussurrei.

Ele me deu um sorriso de tirar o fôlego, e então caminhou para trás. Segurando minha mão, beijou as costas dela. Em seguida ele teve que ir, e eu tive que deixar. Senti um aperto no coração ao ver sua figura se afastando. Mas então meus olhos percorreram seu corpo, e as palavras da vizinha de Matt me vieram à mente. Sorri, balançando a cabeça. Aquela senhorinha atrevida tinha razão... O traseiro dele era mesmo muito bem-feito.

Anna e eu passamos o réveillon em Ohio. Ela saiu com um grupo de velhos amigos, e eu fiquei em casa com meus pais. Jogamos um jogo de tabuleiro enquanto eu pensava em Kellan cantando de corpo e alma em algum palco, em algum lugar. Fazia uma eternidade que eu não o ouvia cantar... e sentia falta.

No dia de ano-novo, Anna e eu tomamos um avião de volta para casa. Mamãe e papai se despediram de nós no portão de embarque, ela soluçando enquanto abraçava as filhas, ele nos dizendo que seríamos bem-vindas a hora que quiséssemos voltar, para passar o tempo que quiséssemos. Até disse que Kellan poderia visitá-los de novo qualquer dia desses, desde que se comportasse com decência e obedecesse às regras da casa.

Não lhe contei que Kellan e eu já tínhamos infringido as regras da casa logo na primeira noite passada lá. Também não mencionei que, todas as noites depois daquela, eu tinha descido pé ante pé para me aconchegar com ele no sofá forrado com a capa de plástico. Mas, teoricamente, isso não chegara a constituir uma infração, já que a única condição imposta por papai fora que Kellan não subisse ao meu quarto; ele não dissera nada sobre eu descer até a sala.

Também não mencionei o fato para mamãe, já que Kellan e eu tínhamos caído em tentação uma ou duas vezes no seu sofá, e ela me pedira com todas as letras que tal coisa não acontecesse na sua casa. Mas não pude me conter. Às vezes, o meu juízo saía voando pela janela quando Kellan me tocava. Tudo bem, a maior parte do tempo.

Quando nosso avião aterrissou na costa oeste, senti um certo desânimo. Pelo menos em Ohio eu estava mais perto de Kellan, enquanto a sua turnê seguia pela costa leste. Agora que estava de volta a Washington, o país parecia tão grande. Maldisse essa vastidão.

Ao entrar no Pete's aquela noite, pois minha licença de fim de ano acabara, uma loura bonita e animada me deu um súbito abraço.

— Kiera! Você voltou! — Afastando-se, Jenny sorriu para mim. — Sentimos tanto a sua falta!

Ri enquanto a abraçava, feliz com a sua calorosa recepção.

— Também senti falta de todos vocês. — Quando nos separamos, um brilho fugaz no pescoço dela chamou minha atenção. Passando o dedo pelo pingente que pendia do seu pescoço, um coração de ouro com um diamante suspenso no centro, sorri. — Que lindo! Foi Evan que te deu?

Jenny o segurou, rindo.

— Foi. — Apontou para o colar com a guitarra de prata que eu sempre usava sob a roupa. — Agora estamos combinando, não é?

Sorri, assentindo, passando os dedos de leve pelo volume da guitarra sob a blusa. Jenny tocou a aliança que eu inconscientemente exibia para ela. Com um sorriso esperto no rosto, perguntou:

— Presente de Kellan?

Obviamente ela já sabia que era, de modo que apenas olhei para a aliança e assenti. Ela puxou minha mão para examiná-la. Balançando a cabeça, disse:

— É, Evan me falou delas. Estava com Kellan quando ele as escolheu. — Olhou para mim, os olhos azuis muito brilhantes. — Kellan também está usando uma, não é?

Voltei a assentir, tateando a elegante aliança ao redor do dedo.

— Está. A dele é toda de prata. É bem simples; combina com ele... Bonita mesmo.

Minha voz adquiriu um tom sonhador e Jenny sorriu, soltando minha mão.

— Aquele cara está sempre me surpreendendo — murmurou. — Honestamente, eu não achava que ele fosse capaz de assumir um compromisso com uma mulher. — Deu de ombros, tornando a me abraçar. — Bem, fico feliz que tenha sido por você que ele se apaixonou. — Começando a se afastar, ela balançou a cabeça, parecendo aliviada. — Se eu tivesse que esbarrar toda hora em certas mulheres com quem ele saiu, acho que daria um tiro na cabeça. — Sorriu, mas então se deu conta do que acabara de dizer e parou de andar. — Ah, não tive a intenção de tocar no assunto... Você sabe... Ele... Houve umas que...

Suspirou, dando de ombros, parecendo extremamente constrangida. Eu me forcei a rir, dando de ombros também.

— Eu sei disso. Sei como ele era. Está tudo bem, Jenny. Não se preocupe com isso.

Ela relaxou um pouco, gaguejando desculpas antes de sair correndo para ir trabalhar. Respirei fundo e ignorei o comentário. As ex-amantes de Kellan não eram nenhum grande segredo. Dava quase a impressão de que havia um grupo delas que se reunia semanalmente para comparar anotações. *Ah, ele fez isso com você também? Que coincidência incrível!*

Sorri comigo mesma, imaginando Rita como presidente do clube, Candy como vice-presidente e Rain como tesoureira... A que era mecânica de carros seria a secretária. Revirando os olhos, fui para a sala dos fundos a fim de me aprontar para o trabalho. Preencher os cargos daquele clube imaginário fora facílimo.

Quando dei por mim, já tinha voltado à minha velha rotina. As aulas na faculdade recomeçaram, e eu me inscrevi em todas as novas disciplinas da minha grade curricular. Como ainda estava decidida a me formar em Língua Inglesa, a grade tinha uma carga pesada de literatura... e deveres de casa. Também me inscrevi numa matéria que certamente se revelaria tão desafiadora quanto o curso de Crítica — Estudos em Escrita Expositiva. A conselho da minha orientadora, também me inscrevi numa disciplina chamada Teoria e Prática de Ensino da Escrita. A filosofia da orientadora era de que ensinar aos outros constituía, em si, um grande instrumento de aprendizagem. Concordei com o conceito, mas só a ideia de ficar na frente de uma plateia dando aulas já me dava vontade de fazer xixi na calça. Mas eu conseguiria fazer isso, se não tivesse escolha. Se Kellan tinha sobrevivido aos desafios da sua vida, eu certamente poderia enfrentar os obstáculos da minha, muito mais triviais.

Pelo lado positivo, agora eu tinha as tardes de sexta livres. É verdade, passaria quase todo o tempo estudando, mas um lado positivo ainda era um lado positivo. Além disso, a aula de Ética tinha acabado, e não ter mais essa matéria significava não ver mais Candy. Como a sua área de formação não era Língua Inglesa, nós não frequentávamos mais as mesmas aulas.

Mas Cheyenne, sim. A garota extrovertida passou o braço pelos meus ombros quando apareceu na minha aula de Poesia. Fez uma breve pergunta sobre meu namorado roqueiro, e então começou a falar pelos cotovelos sobre as suas férias de inverno. Ouvi com a maior atenção, agradecida pelo fato de ter uma vida e amizades além de Kellan; pelo fato de, pela primeira vez, ele não ser a única coisa que eu tinha. Como minha mãe temia em relação a Anna, eu não queria depender exclusivamente de uma determinada coisa para ser feliz. Isso não significava que Kellan não me proporcionasse a maior alegria – proporcionava, sim, mas havia outras fontes de satisfação de que eu também extraía forças.

Talvez o novo bimestre na faculdade fosse o melhor que eu já cursara até então e, possivelmente, o mais desafiador. Numa tarde gelada de fevereiro, após a aula de Poesia, Cheyenne e eu decidimos dar um descanso à cabeça indo tomar uma merecida xícara de café. O professor estava explicando como interpretações diferentes podem alterar totalmente o significado de um poema. Quebrei a cabeça tentando decifrar aquela linguagem poética e floreada, mas Cheyenne tinha uma intuição incrível nesse sentido.

Enquanto caminhávamos, fiquei fascinada ouvindo-a explicar nosso último trabalho. Finalmente me senti como se tivesse entendido o poema. Totalmente encantada, esbarrei em outra pessoa. Nunca tinha dado um esbarrão de frente daqueles em ninguém, e meu rosto corou cinco tons de vermelho. Enquanto Cheyenne ria da minha falta de jeito, eu me apressei a pedir desculpas ao estranho que quase tinha atropelado.

Ele deu um passo para trás, se equilibrando, e nossos olhos se buscaram ao mesmo tempo, cada um de nós gaguejando desculpas. Mas não pude terminar a minha quando encarei aqueles afetuosos olhos castanho-escuros. Olhos castanho-escuros que eu estava certa de que jamais voltaria a ver. Sentindo todo o sangue me fugir do rosto, sussurrei:

– Denny?

Ele respirou fundo, prendendo o ar por um momento antes de soltá-lo depressa. Esboçando um sorriso, falou em voz baixa:

– Oi, Kiera.

Ouvir meu nome pronunciado com aquele sotaque ali, bem na minha frente, fez com que meu estômago doesse. Fiquei olhando para ele, chocada. Denny Harris. Ele estava igual à última vez que eu o vira, mais de um ano atrás. Igual, mas também diferente. Seu cabelo escuro estava um pouco mais comprido do que antes e penteado para trás de um jeito que o fazia parecer mais velho. A barba rala que cobria seu queixo também estava mais cheia. Não chegava a ser propriamente uma barba, mas estava mais cerrada do que ele costumava mantê-la. E o envelhecia. Na verdade, tudo nele parecia mais velho, desde as roupas que usava, obviamente mais caras, até o jeito como se comportava, com um pouco mais de confiança. Era quase como se ele tivesse ido embora de Seattle um menino e voltado um homem.

— Você está ótimo — finalmente sussurrei, minha garganta totalmente seca.

Ele esboçou um sorriso inseguro, seus olhos percorrendo meu corpo por um segundo.

— Você também.

A tensão crescia entre nós enquanto nos encarávamos. O que deve ter feito com que Cheyenne se sentisse desconfortável; com certeza estava fazendo com que eu me sentisse assim. Eu nunca tinha esperado dar um esbarrão literal no meu ex-namorado daquele jeito, no meio da rua.

Colocando a mão no meu ombro, ela murmurou:

— Preciso ir andando... Te vejo outra hora, Kiera.

Assenti, sem em nenhum momento tirar os olhos de Denny. Pessoas passavam afobadas por nós na calçada fria, mas eu as ignorava. Denny não podia estar mesmo parado na minha frente, podia? Depois de mais um longo momento, quando ele começou a olhar em volta, como se não soubesse o que dizer, disparei:

— Você voltou... para Seattle?

Ele olhou para mim, sorrindo, e eu me senti a mulher mais burra do mundo. É claro que tinha voltado... eu estava olhando para ele. Confusa, acrescentei:

— Quer dizer, por que você voltou? — Fechando os olhos, sabendo que estava soando grosseira e agitada, respirei fundo antes de voltar a falar. Reabrindo os olhos, disse calmamente a ele: - Quer dizer... é bom ver você.

Ele passou a mão pelos cabelos, refletindo antes de responder.

— É bom ver você também.

Balançando a cabeça diante da possibilidade de ele estar ali, um único pensamento martelava sem parar na minha mente. Quer dizer, um segundo pensamento, na verdade, bem atrás do primeiro que eu já tinha expressado tão grosseiramente. Achando que esse não era tão grosseiro, eu me permiti formulá-lo:

— Por que você não me avisou que vinha? — Afinal, enfrentar um voo de dezesseis horas não é o tipo de decisão que alguém tome na última hora, e Denny e eu ainda conversávamos de vez em quando, embora não desde que Kellan viajara em novembro.

Denny olhou ao redor, e então para a cafeteria para onde Cheyenne e eu estávamos nos dirigindo. Ele a indicou com um gesto.

— Quer entrar? Conversar em um lugar... quentinho. — Tiritou de frio, e eu sorri; ele estava habituado a um clima mais quente, ainda mais nessa época do ano.

Quando concordei com a cabeça, nós nos dirigimos em silêncio para o estabelecimento. Caminhando ao seu lado, uma pequena parte de mim teve vontade de segurar sua mão. Era estranho me sentir daquele jeito depois de tanto tempo separados, mas era algo que ainda estava em mim, em algum lugar. Mas não fiz isso. Tinha prometido ser fiel a Kellan, uma promessa que rodeava o meu dedo. E eu não iria rompê-la.

Denny parou diante da porta, abrindo-a para mim como o cavalheiro que era. Sorri, agradecendo, e ele desviou os olhos, o rubor colorindo levemente seu rosto bronzeado. Pelo visto, eu não era a única ali que ainda sentia um restinho de atração. Mas sabia que, como eu, Denny não faria nada a respeito. Era leal à mulher com quem estava. E, agora, essa mulher era Abby. Quando fomos pedir nossas bebidas, eu me perguntei se ela estaria em Seattle com ele.

Pedi um café, e Denny quis um chá. Sorri diante da extrema familiaridade da situação. Sentados num reservado tranquilo, ficamos dando goles em nossas canecas fumegantes em silêncio. Fui eu que tomei a iniciativa de rompê-lo:

— E aí, está precisando do carro de volta?

Estremeci, morta de vergonha por fazer a pergunta à queima-roupa, e também pelo fato de Anna ter "feminilizado" o carro de tal jeito, que provavelmente ele não o quereria mais. Denny sorriu, balançando a cabeça.

— Não, a empresa alugou um para mim. Pode ficar com ele. — Inclinou a cabeça e me deu um sorriso simpático antes de levar a caneca de novo aos lábios.

Pigarreei, afastando os cabelos para trás das orelhas.

— A empresa? Quer dizer que você está aqui a trabalho?

Denny assentiu, sem olhar para mim.

— Exatamente. Eles estão se expandindo, abrindo filiais nos Estados Unidos, em Seattle. — Deu de ombros. — Como conheço a área e tenho vários contatos aqui, eles me escolheram. — Voltou a olhar para mim. — Vou dirigir o escritório daqui.

Um tênue sorriso se esboçou nos seus lábios, e meu queixo despencou. Ele era tão jovem, ainda nem tinha trinta anos, e já era diretor? Eu sempre soubera que ele era brilhante, mas... uau!

— Nossa, Denny, isso é... incrível. Parabéns.

O sorriso dele se alargou.

— Obrigado.

Balançando a cabeça, ainda pasma, murmurei:

— Abby deve estar muito orgulhosa de você. Ela está aqui? — Olhei ao redor como se a mulher fosse se materializar do nada ao lado de uma das mesas.

Denny suspirou baixinho, e eu voltei a encará-lo. Olhando com ar triste para sua caneca, ele balançou a cabeça.

— Não... ela ainda está na Austrália.

Reconhecendo a tristeza no seu rosto, pousei a mão no seu braço. Embora não quisesse sentir, houve algo entre nós durante essa breve conexão. Algo caloroso e familiar, algo que me relembrou a sensação de ser abraçada, de ser amada. Afastei os dedos quando seus olhos se ergueram para os meus, refletindo a mesma lembrança que eu experimentava. Num sussurro, disse a ele:

— Lamento que o namoro de vocês não tenha dado certo.

Ele franziu o cenho, balançando a cabeça.

— Não, nós ainda estamos juntos. Ela apenas... ainda não pôde vir. — Franziu o cenho, olhando para as portas. — Nós trabalhamos para a mesma empresa, e eles não a liberaram da incumbência atual. Ela precisa terminar com o cliente antes de poder vir para cá. É um longo trabalho... Ela pode demorar meses para ficar livre. — Olhou novamente para mim. — Por que você achou que nós tínhamos terminado?

Fiquei paralisada, sem saber ao certo como responder a isso. Apenas tinha presumido que ele fora forçado a escolher entre uma mulher e o emprego dos seus sonhos, e que, mais uma vez, escolhera o emprego em vez da mulher. Enquanto ele estudava meu rosto, sua boca se entreabriu um pouco.

— Pelo fato de eu ter aceitado o emprego em Tucson, não é isso?

Dei de ombros, ainda me recusando a responder. Ele suspirou e estendeu a mão sobre a mesa, segurando a minha.

— Você sabe que eu lamento por aquilo, Kiera. Acho que... essa é realmente a única coisa que lamento em relação a você. — Levantei os olhos de nossas mãos unidas para olhá-lo fixamente. Ele sorriu um pouco. — Bem, isso e... — Fez um gesto indicando minha cabeça e eu estremeci, não querendo me lembrar do episódio. Cheio de remorsos, ele balançou a cabeça. — Mas quanto a Tucson... eu deveria ter ligado para você. Deveria ter conversado com você primeiro, antes de... aceitar.

Mordi o lábio, não querendo começar a chorar. Já tinha chorado o bastante por nós dois. Seu polegar acariciava distraído o meu enquanto ele observava meu rosto, seus olhos fundos parecendo sinceramente arrependidos. Consciente de que eu tinha muito mais motivos para me desculpar do que ele, sorri para tranquilizá-lo.

— Está tudo bem agora, Denny. Não precisa mais se sentir mal em relação àquilo.

Ele assentiu, nem por isso parecendo menos arrependido. Observando seus olhos, voltei a refletir sobre como era estranho encontrá-lo ali, na minha cidade, praticamente na porta da minha casa. Balançando a cabeça, voltei a lhe perguntar:

— Por que você não me avisou que vinha para cá?

Denny desviou os olhos, sem responder. Vendo que o contorno de seu queixo se retesava sob a barba mais grossa, deduzi o que ele não queria dizer:

— Você estava torcendo para não esbarrar comigo. Contando com o fato de a cidade ser grande o bastante para permitir que nossos caminhos nunca mais se cruzassem. — Ele me olhou novamente, com uma expressão cansada. Balancei a cabeça. — Estou certa, não estou?

Dando de ombros, ele olhou para nossas mãos. Em algum momento, enquanto eu fazia aquelas perguntas, tinha entrelaçado nossos dedos, e agora estávamos de mãos dadas sobre a mesa. Não tirei a minha da dele, nem ele a sua da minha. Em vez disso, ele balançou a cabeça e murmurou:

— Falar com você no telefone é uma coisa, mas eu não estava... não sabia se conseguiria suportar... ver você. — Olhou para mim, seus olhos úmidos. — Você é tão... — Seus olhos percorreram meu rosto, e ele não concluiu a frase.

Engolindo em seco, voltou a olhar para nossas mãos.

— Eu estava esperando que pudesse voltar em segredo, e nós ainda teríamos nossa amizade a distância. Queria evitar essa... confusão.

Ele suspirou, e finalmente soltei sua mão. Dando um tapinha nas costas dela, eu a empurrei na sua direção.

— Não há qualquer confusão, Denny. — Ele olhou para mim, e eu sorri para ele. — Você está com Abby e se sente feliz com ela, não? — Esboçando um sorriso, Denny assentiu. Imitei o gesto, ignorando a levíssima pontada de dor que senti. — E eu me sinto feliz com Kellan.

Seu rosto se contraiu quase imperceptivelmente, e foi tão rápido que eu teria perdido a expressão se não estivesse olhando para ele. Não me permitindo dar corda ao sentimento de culpa que já começava a aumentar, sorri, balançando a cabeça.

— Então, se ambos estamos felizes, não há nenhum motivo para temermos ficar na presença um do outro. — Com os olhos úmidos, disse a ele, em tom triste: — Eu senti falta da nossa amizade... muita falta.

Com os olhos ainda mais úmidos, ele pôs a mão sobre a minha de novo.

— Eu também, Kiera.

Voltando a afastar a mão, riu um pouco e a passou pelos cabelos. Também ri um pouco, liberando a emoção. Tínhamos sido amigos por tempo demais para permitir que aquele mal-estar afetasse nossa relação de modo permanente. Se ele ia passar algum tempo em Seattle, nós encontraríamos um jeito de superá-lo.

Sorrindo, peguei a caneca de café e dei um longo gole. Ele fez o mesmo com a de chá, seus olhos relanceando a aliança no meu dedo. Não esboçou qualquer reação à sua vista, por isso fiquei sem saber se entendera o que significava. As pessoas usam anéis na mão direita, sem que haja necessariamente um sentido simbólico neles. Nem eu tinha a intenção de lhe explicar o que significava. Provavelmente ele acharia morbidamente engraçado que Kellan tivesse nos brindado com um lembrete material de que devíamos ser fiéis um ao outro. Considerando meu presente de Natal do ângulo de Denny, a troca de alianças entre nós pareceu um pouco... triste.

Um pensamento me ocorreu que me fez ficar séria. Não havia a menor possibilidade de eu contar a Kellan que Denny estava em Seattle, não com Kellan a milhares de quilômetros de distância. Ele entraria em parafuso. Largaria tudo e voltaria para casa. Era amigo de Denny, considerava-o como um irmão, mas havia incertezas demais entre nós... Nossas alianças eram uma prova disso. E Denny era a única pessoa no mundo com quem eu tinha *de fato* traído Kellan.

Quer dizer, não fora exatamente o que acontecera; teoricamente, eu estava sendo infiel a Denny, e não a Kellan. Mas tinha feito amor com Kellan, dito a ele que era sua... e então dormido com Denny uma última vez. Kellan ficou sabendo... e isso o arrasou. Denny era a única pessoa em cuja companhia Kellan jamais confiaria que eu ficasse. E eu não podia correr o risco de levá-lo a abrir mão do seu sonho em função de um medo infundado. Nunca mais voltaria a magoá-lo desse jeito. Nunca mais. Nem que Kellan me traísse e eu ficasse com ódio dele. Terminaria com ele antes de tocar em outro homem. Não seria uma "puta" de novo. Não poderia suportar as consequências.

De mais a mais, isso não iria acontecer. Denny e eu não estávamos mais apaixonados, por isso Kellan não tinha nada com que se preocupar. Mas eu jamais conseguiria convencê-lo. Ele ficaria me vigiando de um jeito possessivo, como um animal demarcando seu território, mantendo os outros machos a distância. Kellan não sabia dividir... Ele já me dissera isso.

Talvez notando meu olhar, Denny perguntou em voz baixa:

— Está tudo bem?

Procurei amenizar a expressão.

— Está, só estou aqui pensando... — Mordi o lábio, imaginando se devia ou não confessar meus medos para Denny. Mais uma vez, era provável que ele fosse achá-los morbidamente engraçados. Decidindo formular a ideia de outra maneira, dei de ombros e perguntei: — Abby não vai ficar chateada por você estar aqui... comigo?

Na mesma hora Denny negou com a cabeça, abaixando a caneca da boca.

— Eu não estou aqui com você.

Fiquei vermelha e desviei os olhos. Não tinha esperado que palavras de uma honestidade tão brutal saíssem de sua boca. Estava habituada a flores e poemas. A comentários melosos sobre eu ser o coração dele. Denny suspirou.

— Não tive a intenção de dizer isso. O que eu quis dizer... foi que vim para cá a trabalho. — Voltei a levantar os olhos para ele, que deu de ombros. — Abby sabe o que aconteceu entre mim e você. E sabe que eu jamais voltaria para você, Kiera.

Sustentou meu olhar, sem retirar a declaração friamente honesta. Senti meu lábio começar a tremer, inundada por um mundo de emoções que não conseguia distinguir. Mas não foi nenhum grande choque; ele expressara, com uma franqueza brutal, exatamente o que eu estava pensando, mas, ainda assim... ouvir a coisa em termos tão crus... sim, doeu.

Franzindo o cenho, ele balançou a cabeça.

— Me desculpe se isso soou... frio. — Finalmente desviou os olhos de mim, fixando-os na caneca que esfriava entre suas mãos. — Às vezes, a verdade é fria. — Deu uma olhada no meu rosto e, quando voltou a falar, seu sotaque estava ainda mais carregado por causa da emoção. – Mas eu ainda quero a sua amizade. Você ainda é importante para mim.

Assenti, secando uma teimosa lágrima no olho.

– Está tudo bem, você pode ser honesto comigo, Denny. – Suspirei, rindo um pouco. – Eu estava pensando a mesma coisa. – Seus olhos escuros se franziram, e eu voltei a rir. – Que Kellan não tem com o que se preocupar porque você e eu jamais... tomaríamos esse rumo novamente.

Denny riu. Erguendo sua caneca, ele a estendeu para mim.

– Um brinde a nunca mais dormirmos juntos? – brincou, com um olhar bem-humorado.

Vendo meu sorriso bobo favorito de volta ao seu rosto, sorri e bati a caneca na dele.

– A nunca mais transarmos. – Ele arqueou uma sobrancelha, e eu me apressei a acrescentar: – Quer dizer, um com o outro.

Rindo com vontade, ele deu um gole no seu chá, enquanto eu bebia meu café. Santo Deus, eu era uma idiota. Ainda aos risos, ele tornou a se recostar na cadeira. Sorri por ver que os restos de tensão estavam finalmente se dissolvendo. Eu não achava que seria capaz de voltar a ser amiga de Kellan de novo – pois se não conseguíamos ser amigos nem quando éramos amigos! –, mas, com Denny... o conforto tornava fácil reassumir esses papéis em relação um ao outro.

Enquanto Denny sorria consigo mesmo, eu mordia o lábio, voltando a pensar em Kellan. Colocando a caneca na mesa, pigarreei, e Denny olhou para mim.

– Hum, isso vai soar estranho, mas, se por acaso você falar com Kellan nos próximos dias... será que dá para não dizer a ele que você voltou?

Denny suspirou, seus ombros se curvando.

– Kiera...

Eu me apressei a interromper seu protesto:

– Por favor! Só... esquece de mencionar.

Suspirando, Denny se debruçou sobre a mesa na minha direção.

– Kiera, não quero dizer a você como conduzir sua relação com Kellan, mas... não vai durar se você começar a mentir para ele.

Balancei a cabeça, também me debruçando na sua direção.

– E nem eu vou mentir... Só não quero contar a ele ainda.

Denny me lançou um olhar irônico, como se não visse de que modo isso fazia diferença. Para ser honesta, eu sabia que estava esticando a verdade, mas Kellan não reagiria bem se soubesse que Denny e eu andávamos tão próximos durante a sua ausência. Era muito semelhante ao modo como tínhamos ficado juntos.

Pondo a mão sobre a de Denny, voltei a balançar a cabeça.

— Eu sei que isso é importante, e eu vou contar a ele — insisti, suplicante. — Só preciso pensar num jeito de fazer isso sem... magoá-lo.

Denny ficou me encarando por um momento, e então sua expressão se abrandou, compreensiva.

— Tudo bem, não vou contar a ele... mas também não vou mentir. Se ele me perguntar, vou dizer a verdade. — Concordei na mesma hora, e Denny levantou as sobrancelhas. — Vou contar tudo a ele, Kiera... inclusive sobre esta conversa.

Engoli em seco, e então assenti.

— Tudo bem... mas não vai ser preciso. Eu vou contar a ele primeiro.

Resignado, ele olhou para a rua através da vitrine.

— É melhor... Não preciso de Kellan descontando suas frustrações em mim.

Mordeu o lábio, e se calou. Estremeci. Fora exatamente isso que Denny fizera com Kellan, na noite em que lhe dera uma surra violenta. Segurando sua mão entre as minhas, sussurrei:

— Obrigada, Denny.

Ele assentiu, voltando a olhar para mim. Mudando de assunto, comecei a falar sobre seu novo emprego. Ele se animou na mesma hora, e então foi como se tivéssemos voltado à época em que ele me contava sobre coisas que o estivessem entusiasmando muito. Estava em Seattle havia um mês, desde o começo do ano, morando em um hotel quatro estrelas até encontrar uma casa para alugar.

— Por que você não fica com Kellan? — perguntei, sem refletir sobre o que dizia.

Ele me deu um olhar de estranheza, e então negou com a cabeça.

— Não, não acho que seria uma boa ideia.

Estremeci, concordando. Não, provavelmente não era mesmo. Os fantasmas estavam lá, à minha espreita. E de Denny também, que, quando menos esperava, vira uma verdadeira tragédia estourar na sua vida... esses fantasmas seriam ainda mais difíceis de enfrentar. Eu não o culparia se jamais quisesse voltar a pôr os pés na casa de Kellan. Tinha sido meio estúpido da minha parte até perguntar. Eu só estava tentando ser prática, como Denny sempre era, e a casa de Kellan estava vazia no momento. Deserta, pacientemente esperando que o dono voltasse, como eu.

Quando ele já tinha descrito mais algumas campanhas em que trabalhara, incluindo uma para um produto de higiene feminina de que mal conseguiu falar sem rir, finalmente notei a hora no relógio de parede atrás dele.

— Ah, que droga, vou me atrasar. — Denny deu uma olhada no relógio que eu observava e contraiu o rosto. Foi uma expressão fofa, e eu ri antes de me lembrar por que precisava ir. Levantando, peguei a jaqueta e a mochila de livros. — Estamos conversando há mais tempo do que nos demos conta. Vou chegar atrasada no trabalho.

Denny assentiu, também levantando e pegando o paletó.

Fazendo uma pausa enquanto vestia a jaqueta, meneei a cabeça em direção à porta.

— Quer vir comigo? — Dando de ombros, acrescentei: — Você poderia jantar lá... como nos velhos tempos.

Ele abaixou os olhos, esboçando um sorriso.

— Como nos velhos tempos. — Quando olhou novamente para mim, deu de ombros, seu sorriso bobo voltando. — Claro... por que não?

Denny me seguiu até o Pete's no caro e elegante carro preto da sua empresa. Ver que ele estava indo tão bem me fez sorrir. Eu sempre soubera que Denny teria sucesso em qualquer coisa que fizesse. Isso era algo com que eu jamais me preocupara. E chegar a um cargo de chefia na sua idade... pelo visto, ele já estava indo longe.

Entrando na vaga extraoficialmente reservada para Kellan, fiquei vendo Denny estacionar o carro. Ele olhava para o Chevelle com o cenho franzido, talvez imaginando onde estaria o seu Honda. Provavelmente eu teria que lhe contar em algum momento que Anna praticamente confiscara o veículo. Torci para que ele não ficasse muito chateado com a notícia.

Mas ele não mencionou nada, parado ao lado do seu carro esporte, esperando por mim. Era tão estranho vê-lo ali, como se ele tivesse caído em algum buraco de minhoca no cosmo e sido tragado para o passado. As coisas tinham mudado, mas ainda eram as mesmas. Caminhei até ele, e nos dirigimos para as portas do bar. Por uma fração de segundo, o fato de ele não segurar minha mão me entristeceu. Não porque quisesse ou sentisse necessidade desse gesto, e sim por ter contado com ele.

Quando você namora uma pessoa por muito tempo, aprende a prever o seu comportamento e, no passado, Denny sempre sorria e estendia a mão quando caminhávamos juntos. Era um pouco perturbador que ele não fizesse isso agora, e na mesma hora deixei de me sentir como se estivesse revivendo o passado.

A falha no meu plano improvisado se tornou óbvia quando atravessamos as portas juntos — todo mundo ficou de queixo caído, nos encarando. Rita, Kate, todos os frequentadores... até Jenny pareceu atônita. Poucos chegavam a estar por dentro do meu triângulo com Denny e Kellan, mas sabiam que Denny era meu ex e Kellan, o namorado atual.

O fato de Denny ter voltado à cidade justamente enquanto Kellan estava numa turnê foi o bastante para provocar uma onda de cochichos. Pela expressão no rosto dos presentes, o fato de Denny e eu estarmos subitamente aparecendo juntos no bar era ainda mais escandaloso. Provavelmente eu teria que fazer o discurso "não conte para o Kellan" com alguns amigos também. Pelo menos, por ora. Precisava ganhar tempo, bolar um plano para impedir que Kellan fizesse uma tempestade em copo d'água.

Inclinando-se um pouco para mim, Denny murmurou:

— É impressão minha ou está todo mundo olhando para nós?

Suspirei, revirando os olhos.

— Não, não é impressão sua... acho que foi uma semana fraca em termos de notícias. — Dei uma risada. — No momento, somos a fofoca mais quente do bar.

Ele sorriu para mim.

— Ah, antes assim, eu estava com medo de que isso fosse ser constrangedor.

Ri mais um pouco e fiz um gesto para que ele sentasse onde quisesse. Para minha surpresa, ou talvez apenas por um hábito inconsciente, já que ele sempre sentava lá, Denny escolheu a mesa da banda.

Fiquei observando-o por um momento antes de ir guardar minhas coisas na sala dos fundos. A caminho de lá, quase dei a segunda trombada do dia quando Jenny apareceu na minha frente. Conseguindo me desviar bem na hora, senti um tranco no coração. Eu detestava esbarrar nas pessoas.

Jenny franziu o cenho, dando uma olhada em Denny. Inclinou-se para mim e, falando em voz baixa, como se temesse que Denny pudesse ouvir nossa conversa do outro lado do salão, sussurrou:

— O que está fazendo, Kiera?

Olhei para o seu rosto, uma chama de irritação começando a tremeluzir em mim. Será que todo mundo achava que eu era incapaz de ser apenas amiga de um homem?

— Bem, eu estava pensando em começar a trabalhar, já que estou alguns minutos atrasada.

Tentei continuar andando até a sala, mas Jenny segurou meu braço.

— Não, eu quis dizer em relação a Denny. O que está fazendo aqui com ele?

Olhei para Denny. Inclinado para a frente, com os cotovelos fincados na mesa, ele dava uma geral no bar, observando o ambiente. Talvez tivesse sentido falta do Pete's. Vendo que o amigo voltara à cidade, Sam se dirigiu para ele. Ouvi seu vozeirão cumprimentando-o ao me virar para Jenny.

— Eu esbarrei num velho amigo que voltou à cidade e o convidei para jantar aqui, porque senti falta da sua companhia. — Retirando com delicadeza os dedos dela que se curvavam em torno do meu braço, perguntei: — Qual é o problema?

Eu sabia muito bem a resposta... e Jenny também. Balançando a cabeça, ela murmurou:

— Ele não é apenas um amigo, Kiera, ele é o seu ex, o ex que você e Kellan...

Suspirou, e mordi o lábio para conter meu comentário. Sim, eu sabia exatamente o que Kellan e eu tínhamos feito com ele. Não precisava que ela me dissesse com todas as letras. Dando uma olhada na minha aliança, ela mudou o que estava prestes a dizer.

— Kellan sabe que ele está aqui? Você vai... continuar se encontrando com ele... enquanto Kellan estiver fora?

Inclinei a cabeça, em dúvida se ela tinha mesmo acabado de perguntar se eu ia voltar a namorar dois homens ao mesmo tempo. Negando com a cabeça de modo um pouco mais impaciente do que o necessário, soltei, ríspida:

— Não! — Ela estremeceu um pouco diante da minha reação e, suspirando, eu me forcei a relaxar. Passei o braço pelo dela, levando-a comigo para a sala dos fundos.

Ela relaxou enquanto caminhávamos e, num tom de voz mais controlado, eu lhe disse:

— Sim, provavelmente eu vou me encontrar com ele algumas vezes enquanto ele estiver na cidade. — Ela ergueu as sobrancelhas para mim, e eu me apressei a acrescentar: — Não, não vou "sair com ele". — Olhei para a aliança ao redor do meu dedo, sorrindo. — Eu sou de Kellan... e isso não vai mudar, mas Denny é meu amigo, e eu não vou simplesmente ignorar o fato de ele estar em Seattle.

Chegamos ao corredor e Jenny assentiu, parecendo pensativa. Balançando a cabeça, acrescentei:

— Não vou voltar a seguir um caminho que terminou... tão mal como aquele. Eu aprendi a lição, Jenny. Não sou mais aquela pessoa.

Ela deu um tapinha nas minhas costas quando paramos na frente da sala dos fundos.

— Eu sei, Kiera. Só não queria ver você estragar uma coisa boa. E sua relação com Kellan é uma coisa boa.

Sorri, concordando. Depois de me dar um abraço rápido, ela já se preparava para ir embora, quando segurei seu braço.

— Será que dá para... Quando você falar com o Evan, será que dá para não mencionar que Denny está aqui?

Com os ombros se curvando, ela me deu exatamente o mesmo olhar que Denny tinha dado horas antes.

— Kiera...

— Kellan não vai entender. Não vai acreditar que nada de mais está acontecendo. Vai abandonar a turnê e voltar para Seattle. Vai ficar do meu lado até eu me formar ou Denny ir embora, o que vier primeiro. — Balancei a cabeça devagar. — Ele vai jogar tudo fora, Jenny. Os sonhos dele... e de Evan.

Jenny suspirou, sem tirar os olhos dos meus.

— Então você vai contar a ele?

— Vou... assim que descobrir um jeito de fazer isso.

Fechando os olhos, ela balançou a cabeça. Ao reabri-los, sua expressão pareceu resignada... e irritada.

— Eu detesto mentir, Kiera, principalmente para o Evan.

Soltando seu braço, abaixei os olhos. Eu também detestava mentir, mas às vezes é necessário arredondar um pouco as coisas para proteger as pessoas. Como Denny dissera, às vezes a verdade é fria. Por que infligir um sofrimento desnecessário a alguém?

— Eu sei, Jenny. — Olhei-a de novo. — Apenas não toque no assunto, se puder evitar.

Ela franziu os lábios, e então assentiu. Balançando um pouco a cabeça, ela se afastou. Disse *obrigada* às suas costas, mas ela não se virou. Suspirei, detestando essa pequena farsa. Mas era necessária, ao menos por ora.

## Capítulo 16
### DÚVIDA

Quando voltei para o bar, Denny ainda estava batendo papo com Sam, só que agora Kate e alguns frequentadores estavam com ele. Todos riam, conversando ao redor da mesa, e por um momento apenas sorri, tentando assimilar o fato de ele ter voltado. Observar seu sorriso bobo e ouvi-lo rir trouxe de volta todas as boas sensações de quando estávamos juntos, e fez com que eu me desse conta do quanto sentira saudades suas durante o ano anterior. Seria difícil para mim quando ele fosse embora. E já fora bastante difícil da primeira vez.

Enquanto Kate apertava os ombros dele num abraço, ele olhou para mim, que ainda estava parada, observando-o. Seu sorriso bobo se transformou num sorriso carinhoso e ele balançou um pouco a cabeça para mim. Com o rosto corando um milhão de graus, parei de recordar o passado e me dirigi ao balcão a fim de pegar uma bebida para ele.

Rita ficou me olhando com ar curioso enquanto enchia um copo de cerveja para Denny. Numa voz alta o bastante para eu ouvir, murmurou:

— "Quando o gato sai de casa..."

Trinquei os dentes. Perder a paciência com Rita não melhoraria em nada as coisas. Ela tinha mesmo essa mania de achar que todo mundo estava de caso com todo mundo. Via sordidez em praticamente tudo. Tinha até me dito uma vez que *A Pequena Sereia* beirava o pornográfico. Eu ainda não fazia a menor ideia da razão...

Fingindo que não a ouvira, e que não podia ver com a maior clareza a parte de cima do seu sutiã sob o cavadíssimo decote em V, peguei a cerveja de Denny e me dirigi à mesa da banda... quer dizer, à mesa que costumava ser da banda.

As portas da frente se abriram com um rangido no momento em que eu passava, e dei uma olhada, sem muito interesse. Ao ver uma pessoa que geralmente não vinha ao bar, parei. Os olhos de Rachel encontraram os meus na mesma hora. Sua pele bronzeada parecia reluzir, e seus olhos amendoados brilhavam. Quando foi puxar o notebook que carregava debaixo do braço, sua longa cortina de cabelos muito negros quase o engoliu, o que a fez sorrir mais ainda.

– Ah, oi, Kiera! Que bom que você está aqui. Queria mostrar uma coisa para você e Jenny.

Vendo sua roommate entrar, Jenny se aproximou de nós, curiosa.

– Conseguiu consertar o note? – perguntou, apontando o dedo para o laptop que Rachel desemaranhava dos cabelos.

Assentindo, ela se dirigiu para a mesa de Denny. Natural, pensei, já que seu namorado geralmente sentava na mesma cadeira agora ocupada por Denny. Imaginando sobre o que estariam conversando, fiquei vendo com o cenho franzido Rachel colocar o notebook na frente de Denny.

Enquanto Sam e os frequentadores deixavam Denny e voltavam às próprias ocupações, Denny inclinou a cabeça para a recém-chegada à sua mesa.

– Olá – disse, educado, sem saber quem era Rachel.

Nervosa, ela afastou os cabelos para trás das orelhas. Sem coragem de encará-lo, ligou o notebook.

– Oi – respondeu com voz estridente. – Espero que você não se importe se eu usar sua mesa por um segundo.

Denny achou graça da timidez dela e me deu um sorrisinho maroto, como se Rachel o lembrasse de mim.

– Nem um pouco.

Abaixando os olhos, estendi a mão entre Rachel e Denny.

– Denny, essa é a Rachel... Rachel, esse é o Denny. – Os dois se entreolharam por um momento, e Rachel o cumprimentou com um breve aceno de cabeça. Com vontade de rir porque Denny tinha razão, acrescentei: – Rachel é roommate da Jenny e namorada do Matt. – Olhando de novo para Denny, franzi o cenho. – Denny é meu... ex-namorado. – Dei de ombros.

Os olhos de Rachel voaram para Denny.

– Você é que é o ex? *Aquele* ex?

Na mesma hora ficou vermelha e olhou para o notebook. Denny também ficou vermelho, desviando os olhos. Mordi o lábio... Imaginei que Matt ou Jenny tivessem posto Rachel a par de todo o drama de meu caso com Kellan pelas costas de Denny. Que ótimo. Agora teria que ter o papo do "não conte para o seu namorado, para ele não contar para o Kellan" com ela também.

Mais por sentir necessidade de ter alguma coisa para fazer com as mãos do que por qualquer outro motivo, entreguei a cerveja a Denny. Ele na mesma hora deu um gole. Como estava me sentindo culpada, também lhe ofereci um pirulito de maçã. Ele torceu os lábios e balançou a cabeça, rindo ao aceitá-lo. Fiquei tentando entender a razão, até me dar conta de que tinha lhe entregado... um *sucker*.* E justamente quando ele devia estar se sentindo o maior *sucker* do mundo.

Suspirando um pouco, pensei em perguntar a ele o que queria comer, mas Rachel voltou a falar antes que eu pudesse dizer qualquer coisa. Entrando na Internet, digitou uma frase.

— Matt me pediu para montar isso, então eu resolvi trabalhar enquanto os D-Bags estão viajando. — Balançou a cabeça, seu sorriso voltando. — Nós entramos na rede uma hora atrás, e o pessoal já me mandou um monte de coisas para postar.

Enquanto a página que ela buscara carregava, meu queixo despencou. Era o site dos D-Bags. Fiquei balançando a cabeça, enquanto ela ia rolando as diversas páginas. Estava tudo ali – fotos deles, uma lista de todas as suas músicas, a programação da turnê, uma curta biografia de cada membro da banda e o feedback dos fãs.

Franzi o cenho quando ela clicou na biografia de Kellan. No fim da descrição, havia uma foto dele no palco... sem camisa. Era uma foto mais antiga; não pude ver nem sinal da tatuagem, apenas músculos esguios, sarados, definidos. Era uma foto incrivelmente sexy. Quem quer que a houvesse tirado, capturara Kellan passando as mãos pelos cabelos, enquanto se virava na direção da câmera. Sua cabeça estava baixa, mas os olhos encaravam a fotógrafa de frente... com um olhar que prometia um mundo de prazer, e um sorrisinho suave e sedutor se esboçando nos lábios. Achei muito provável que a pessoa que tivesse capturado aquele momento tivesse sido brindada com uma apresentação privê mais tarde.

Imaginando se essas seriam as fotos pessoais de Rachel, cruzei os braços.

— Por que Kellan é o único que está seminu? — Dando uma olhada nas fotos dos outros caras, todos vestidos normalmente, franzi ainda mais o cenho.

Rachel olhou para mim, as faces corando.

— Matt me deu essas fotos. Há anos que ele vem colecionando o material que as fãs dão para eles. — Apontou para o corpo de Kellan, e então clicou para voltar à homepage, quando finalmente notei que sua imagem quase totalmente despida também se fundira sem cortes com uma boa parte do papel de parede. Rachel balançou a cabeça, seus olhos passando da tela para mim, e explicou em voz baixa: — Matt me disse para trabalhar com o que eles têm... para dar destaque aos pontos altos da banda. — Evitando meu olhar, murmurou, encabulada: — E o corpo de Kellan... é um dos pontos altos da banda. Até eu tenho que admitir isso.

Suspirando, balancei a cabeça e revirei os olhos. Denny se levantou e veio dar uma olhada na tela. Rindo um pouco, concordou:

---

* A palavra tanto pode significar "pirulito" quanto "otário". (N. da T.)

— Ela tem razão. — Olhando para mim, arqueou uma sobrancelha. — Do ponto de vista publicitário, é uma estratégia sólida... sexo vende.

Irritada porque o "sexo" em questão se referia ao meu namorado, e também porque era meu ex quem estava defendendo a estratégia, disparei para Rachel:

— Você disse que as pessoas estão te mandando coisas? Que coisas?

Ela se endireitou, batendo as mãos.

— Ah, eu estou louca para te mostrar essa parte! — Rindo, talvez feliz porque eu não ia brigar com ela, Rachel moveu o cursor para uma seção intitulada Vídeos. Fiquei confusa. A banda não tinha nenhum vídeo. Pelo menos, não que eu tivesse visto.

Passando por alguns, ela parou numa miniatura da imagem dos D-Bags no palco. Quando começou a passar o vídeo, ri um pouco. Decididamente, não era um vídeo editado por um profissional. Era um clipe amadorístico, o tipo da coisa feita por alguma fã com o celular. A imagem estava trêmula, e praticamente só se ouviam os gritos ao redor. Parecia ter sido feito num show recente, e Rachel confirmou que a filmagem fora feita duas semanas antes.

Jenny riu, inclinando-se para olhar, seus olhos fixos no namorado que mandava ver na batera. Rachel sorria, feliz, vendo Matt solar sua guitarra tão depressa que mal dava para perceber os movimentos dos dedos. Meus olhos continuavam colados em Kellan. Parecia uma eternidade desde que eu o vira se apresentar num palco. Só fazia três meses, a metade do prazo previsto de nossa separação, mas parecia muito mais.

Inclinando-me sobre um quadril, suspirei de novo, mas dessa vez de contentamento. Do mesmo jeito como fazia quando tocava no Pete's, Kellan comandava o palco com a sua presença. Parecia totalmente à vontade, totalmente em casa. Ainda parecia uma coisa mágica para mim.

Num gesto inconsciente, eu me inclinei para o lado de Denny. Ele se endireitou, afastando-se meio passo. Murmurei um pedido de desculpas, mas Denny não estava olhando para mim. Seus olhos também permaneciam colados em Kellan. Eu não fazia ideia de como ele se sentia ao ver o homem para quem me perdera fazendo sucesso na sua carreira.

Procurando não pensar nisso, voltei a prestar atenção em Kellan, que atravessava o palco em passos confiantes, cantando uma música e interagindo com o público. Ele estendia a mão para as fãs, levava a mão de brincadeira ao ouvido e as brindava com sorrisos sedutores. Juro que até piscou para algumas. Tentei ignorar a pontada no estômago.

Quando a música terminou, tive vontade de aplaudir junto com o público. Todos eles tinham feito um excelente trabalho. Não que eu estivesse com medo de que não fizessem — os D-Bags sempre mandavam muito —, mas era gostoso ver que as constantes viagens e o cansativo estilo de vida nômade não tinham afetado em nada o seu talento.

Quando eu estava prestes a perguntar a Rachel quantos vídeos mais ainda havia, e se podia pegar o notebook emprestado no meu horário de jantar, o celular focou em

Kellan. Eu me interrompi no meio da frase para olhar sua imagem, tão próxima, e ainda assim tão distante. Sorrindo para o público, ele agradeceu, curvou-se e atirou um beijo. Deu meia-volta para sair do palco. A pessoa que fizera o vídeo acompanhou a sua saída. Pelo visto, a fã achara Kellan o mais atraente do grupo.

Quando Kellan já ia contornar uma parede em direção aos bastidores, uma mulher saiu correndo de trás antes dele.

Ela me deu um susto, aparecendo na tela assim, sem mais nem menos, mas Kellan não teve a mesma reação ao vê-la. Como se já soubesse que ela estaria lá. Apenas abriu um sorriso de tirar o fôlego. Eu me sentia como se todo o sangue tivesse se esvaído do meu corpo, vendo-o segurar os dois braços da mulher, sem a menor cerimônia. Balançando a cabeça, seu rosto não exibindo nada além de alegria, ele disse algo a ela em tom animado.

A mulher escultural retribuiu seu sorriso, assentindo, a expressão igualmente eufórica. Ela não se parecia em nada com a imagem que eu tinha de uma *groupie* seguindo uma banda. Seu tipo era de uma mulher de alta classe, fina e elegante, com cabelos negros presos num coque frouxo e roupas de grife que deviam ter custado uma fortuna. Sua pele morena, cor de café com leite, recobria uma ossatura perfeita, e seus lábios eram cheios e lisos. Ela era... linda. Como uma modelo. Como uma celebridade. Como Halle Berry. Prestando mais atenção, considerei por um segundo a hipótese de ser realmente Halle Berry. Não seria uma tremenda falta de sorte se ele já tivesse engrenado com uma atriz do primeiro time?

No momento em que ela virou a cabeça e eu vi o bastante para saber que não era a atriz, Kellan se inclinou para o ouvido dela. Eu não fazia ideia se estava lhe dizendo algo ou mordiscando sua orelha. E nem havia mais nada para ver, porque o vídeo acabou abruptamente. Pisquei os olhos enquanto a tela voltava à miniatura da banda. Será que eu tinha mesmo acabado de ver o que achava que vira? Não queria acreditar, mas parecia... suspeito. E também tinha havido aquela mensagem estranha no Natal, que ele não me permitira ler, alegando que era de Griffin. Mas será que era mesmo?

Com o estômago doendo de raiva, apontei para o computador.

— Será que dava para... passar aquela última parte de novo, por favor? — pedi, minha voz curta e tensa.

Rachel afastou os cabelos para trás das orelhas várias vezes.

— Kiera, me desculpe. Esse vídeo acabou de chegar... Eu estava tão ansiosa para mostrar a vocês, que nem terminei de assistir.

Olhando irritada para ela, mesmo sem ter a intenção, disparei:

— Passa de novo, Rachel. — Procurando me acalmar, já que não sabia de fato o que estava vendo, acrescentei: — Por favor.

Senti a mão de Denny no meu ombro, mas não pude olhar para ele. Tinha certeza de que ele não ia tripudiar do meu sofrimento, mas também não ia se mostrar surpreso. Talvez a ideia de ter uma relação monogâmica com Kellan tivesse sido apenas um sonho. Talvez isso simplesmente não fosse possível. Fechando os olhos com força, fiz que não com a cabeça. Não, eu não tiraria conclusões precipitadas antes de falar com ele. Não poderia condená-lo sem lhe permitir falhar primeiro. Não era disso que eu tinha convencido meu pai?

Sentindo outra mão me tocar, abri os olhos e vi Jenny. Mordendo o lábio, ela balançou a cabeça.

— Tenho certeza de que há uma explicação perfeitamente lógica, Kiera. Tenho certeza de que não foi nada... sinceramente.

Sentindo os olhos ficarem úmidos, assenti. Claro, talvez não fosse nada, nós não sabíamos com certeza. Mas era o bastante para cada um dos meus amigos especular a respeito. O que fez com que meu estômago começasse a se embrulhar.

Jenny voltou ao trabalho, contando a Kate, toda animada, sobre a apresentação de Evan, enquanto eu voltava a assistir ao clipe. Denny permaneceu do meu lado, sem dizer nada, mas sem fazer qualquer menção de se afastar. Balancei a cabeça enquanto observava Kellan se inclinar para a beldade novamente. Ver aquela cena estava deixando meu estômago agitado demais. Eu precisava parar com aquilo. Não devia mesmo assistir. Mas me sentia paralisada na cadeira, encarando a tela por sobre o ombro de Rachel.

Depois de passar o clipe outra vez, Rachel tentou ir para uma seção diferente do site, talvez para me distrair, mas eu estava no auge de uma crise de ciúmes, e não podia tirar aquilo da cabeça. Minha paciência estava acabando e, embora eu tivesse amadurecido no ano anterior, ainda tinha muito que amadurecer. Tirando o mouse da mão dela, cliquei no vídeo de novo.

Suspirando, ela se levantou e passou por entre mim e Denny.

— Vou... dar um tempinho para vocês — murmurou, afastando-se da mesa.

Roendo as unhas, eu assistia ao clipe uma vez atrás da outra, refletindo obsessivamente sobre o que aquilo queria dizer. Ele parecia muito à vontade com uma mulher que eu não conhecia. Uma mulher que eu certamente jamais o ouvira mencionar em nenhuma de nossas conversas telefônicas. Quando eu já repassava o momento em que Kellan se inclinava para ela por volta da vigésima vez, o notebook se fechou bruscamente à minha frente.

Piscando, olhei para Denny. Ainda de pé ao meu lado, ele cruzou os braços.

— Você vai acabar fazendo uma úlcera, se continuar se preocupando com uma coisa sem ter quaisquer provas para se basear. — Ergueu as sobrancelhas. — Confia em mim... eu sei.

Fiquei vermelha e desviei os olhos, mas Denny logo acrescentou:

— E, além disso, você me prometeu um jantar, e eu estou morto de fome. — Olhando para ele, consegui sorrir um pouco. Vendo meu astral levantar, ele balançou a cabeça.

— Será que você descolaria para mim um daqueles hambúrgueres mundialmente famosos do Pete's?

Mordendo o lábio, dei uma olhada no notebook fechado. Queria assistir ao clipe de novo, mas Denny estava certo, eu não tinha provas de que Kellan estivesse fazendo qualquer coisa de errado. Não iria fazer nada além de alimentar minha própria raiva ficar assistindo a um breve momento que provavelmente estava fora de contexto... se Deus quisesse. Teria que esperar e perguntar a Kellan depois, e teria que fazer isso de uma maneira indireta, que não soasse como uma acusação de que ele estava tendo um caso com a mulher. Teria que tocar no assunto com muita sutileza... e a sutileza não era o meu forte.

Deixando o vídeo de lado por ora, levantei, pondo a mão no ombro de Denny.

— É claro. — Suspirei. — Desculpe por ter demorado tanto.

Denny deu uma olhada no notebook em cima da mesa.

— Não tem problema, Kiera... eu entendo — sussurrou.

Gostaria de dizer que deixei o vídeo de lado depois daquele momento. Gostaria de dizer, mas não seria verdade. Afanei o notebook de Rachel, dizendo que o devolveria no dia seguinte. Denny ficou balançando a cabeça para mim enquanto jantava, mas seu sorriso de empatia deixava claro que me compreendia. Quando levantou para ir embora, prometeu ligar no dia seguinte para ver como eu estava passando. Fiquei espantada de ver como ele ainda cuidava de mim, apesar de tudo, apesar de estar fisicamente separado de mim havia um ano. Dei um abraço rápido nele, um abraço que provocou uma onda de cochichos pelo bar afora. Disse a ele que desse um beijo em Abby. O sorriso no seu rosto foi o maior que eu vira a noite inteira, e notei quando tirou o celular do bolso ao se dirigir para o estacionamento; fiquei pensando se iria ligar para ela ali mesmo.

Depois do meu turno, fui para casa e assisti a cada um dos vídeos disponíveis no site da banda. Embora gostasse de rever Kellan em ação, também vi aquela mulher mais duas vezes. Pelo que pude perceber pelo cenário ao fundo, ela aparecia em três locações e ocasiões diferentes, como se realmente estivesse seguindo a banda de cidade em cidade.

Meu sangue fervendo, o sono fugiu aquela noite. Fiquei assistindo aos vídeos uma vez atrás da outra, celular em punho, à beira de ligar para Kellan e exigir uma resposta. Minha irmã entrou em passos pesados no quarto quando já era quase de manhã, se atirando na cama ao meu lado. Como Denny, fechou o notebook com um gesto categórico, soltando um resmungo irritado.

Suspirei, me recostando nos travesseiros, minha mão apertando o celular com força.

— O que está fazendo acordada? — murmurei.

Ela tirou o notebook do meu colo e pousou a cabeça no seu lugar, olhando para mim com uma expressão aborrecida.

— Dava praticamente para ouvir você fumegando pela parede. O que é que está havendo?

— Nada. — Só podia não ser nada... ele tinha prometido.

Vendo meu rosto, ela se endireitou.

— Não, não é... O que aconteceu? — Deu uma olhada no notebook, e então o pegou e abriu. — Alguma coisa aqui? — perguntou, suas mechas sedosas caindo sobre os ombros.

Mordi o lábio, assentindo, e então balancei a cabeça.

— É uma mulher que fica aparecendo em vídeos da banda feitos pelas fãs. — Suspirei enquanto Anna ia até a página que eu tinha passado a noite inteira encarando. — E eu... não sei o que isso significa.

Quando Anna olhou para mim com o cenho franzido, suspirei e mostrei a ela qual vídeo devia executar. Ela o assistiu em silêncio, e então olhou para mim, balançando a cabeça.

— Não sei não, Kiera. — Espiando o celular na minha mão, deu de ombros. — Por que não liga para ele e pergunta?

Soltei um gemido infeliz enquanto ela olhava para o celular.

— Quem dera que eu pudesse... mas não quero ser *aquele tipo* de mulher. — Sentando, abracei as pernas. — De mais a mais, o que eu diria? "Eu vi você segurando os braços de uma mulher num vídeo... Quer fazer o favor de explicar?"

Abaixando os olhos, relembrei as palavras de Denny.

— Não tenho provas de que ele esteja me traindo, só um curto momento de... intimidade... com uma mulher que não conheço. Isso não é o bastante para eu começar a encurralá-lo com perguntas. — Olhei de novo para ela, com um sorriso triste. — Não quero ser a garota ciumenta que ficou em casa e não consegue administrar a fama do namorado. É assim que casais como nós acabam rompendo.

Suspirando, Anna afastou uma mecha do meu cabelo para trás da orelha.

— É, acho que sim. — Animando-se, seu rosto exibindo uma perfeição espantosa para aquela hora da madrugada, ela exclamou: — E se eu perguntasse ao Griffin? Tenho certeza de que ele sabe quem é aquela mulher. — Franziu o cenho logo depois de dizer isso, como se pensasse que, se Griffin a conhecesse, devia ser intimamente.

Mordendo o lábio, neguei com a cabeça.

— Não, qualquer resposta tem que vir direto de Kellan. Também não posso ser daquele tipo que usa os amigos para espionar o namorado. — Fechando os olhos, afastei o notebook para longe de nós duas. — Não... eu tenho que deixar isso de lado. Preciso confiar nele. — Abrindo os olhos, dei de ombros. — É só desse jeito que vamos dar certo, se começarmos a confiar um no outro... e, seja como for, provavelmente não é nada de mais.

Ela assentiu, concordando comigo.

— É, tenho certeza disso. Ele está apaixonado demais por você para fazer a burrice de te trair.

Assenti, esboçando um sorriso. Enquanto Anna me dava um abraço, uma ideia aleatória me passou pela cabeça e, num impulso, perguntei a ela:

— Hum... qual é o número do celular do Griffin?

Ela ficou me olhando, seus lindos olhos cor de esmeralda parecendo um pouco surpresos por eu querer saber; Griffin e eu praticamente não tínhamos diálogo. Em geral, eu evitava qualquer conversa com ele. Apenas não conseguia tirar aquela estranha mensagem da cabeça, ainda mais com essa nova informação que chegara ao meu conhecimento.

— É que... Eu preciso... Kellan recebeu uma... — Suspirei. — Qual é o número dele?

Ela o soltou na mesma hora, e eu fechei os olhos. O número no celular de Kellan tinha se gravado a fogo no meu cérebro... e não era o que Anna acabara de me dar. A mensagem não era de Griffin. Kellan tinha mentido.

Quando finalmente desmaiei de exaustão, tive um pesadelo horrível. Sonhei que esbarrava o tempo todo em mulheres que usavam exatamente a mesma aliança de compromisso que Kellan me dera. Que não parava de encontrar bilhetes espalhados pela casa, escritos para outras mulheres. Até sonhei que ele se declarava para a sósia de Halle Berry em cadeia nacional na tevê. E Denny estava lá, me dando olhares compreensivos, como se conhecesse a minha dor, o que me fazia sentir ainda pior. Quando acordei com um sobressalto, estava me sentindo como se não tivesse dormido nada.

Irritada comigo mesma por fazer aquela tempestade em copo d'água — um mais um nem sempre é igual a dois —, eu me obriguei a tomar banho e me vestir. Na mesma hora me senti aliviada por lembrar que a faculdade era só à tarde; eu teria dormido durante a aula inteira se não fosse. Deixando o cabelo úmido e gotejante, eu me arrastei até a sala, onde vi Anna assistindo a desenhos animados na tevê e comendo uma tigela de cereal.

Procurando tirar todas as dúvidas da cabeça, sentei ao seu lado, pousando a cabeça molhada no seu ombro. Ela olhou para mim entre duas colheradas, e então disse, com toda a naturalidade:

— Lembra aquele dia em que cheguei em casa e você e o Kellan estavam no maior amasso no sofá?

Eu me endireitei, arregalando os olhos para ela.

— Lembro... — Como poderia ter me esquecido? Eu ficara morta de vergonha.

O "incidente" ocorrera durante o nosso período de abstinência. Nós ainda não estávamos transando, mas íamos cada vez mais longe. Ele estava sem camisa, com a calça jeans desabotoada. Eu vestia uma regata clara, mas ele a enrolara acima do meu estômago. A lembrança dos seus lábios na minha barriga me assaltou quando voltei àquela noite.

As mãos dele nos meus quadris, puxando o tecido do meu short, como se quisesse rasgá-lo. Meus dedos se emaranhando entre seus cabelos, enquanto eu puxava sua boca de volta para a minha. Os gemidos que eu dava enquanto seu corpo esguio pressionava cada centímetro do meu. Nossa respiração rápida, enquanto pensávamos em até onde permitir que aquele momento fosse. Até então tínhamos ido devagar, juntos por mais de dois meses, mas ainda estávamos nos contendo, querendo que o momento fosse perfeito. E me segurar com Kellan era uma dureza.

Como o corpo dele, que pressionava os quadris num movimento rítmico ao encontro dos meus. Lembrei que, por um momento, eu perdera o controle e segurara sua mão. Precisava que ele me tocasse de novo. Puxei seus dedos pela minha coxa, querendo que ele sentisse aquela dor latejante que eu sentia por ele, querendo que soubesse o quanto eu precisava dele. Foi a primeira vez que ele tocou naquela parte do meu corpo depois do nosso caso.

Compreendendo minha intenção, a mão dele logo invadiu minhas roupas. Com seu polegar traçando círculos na minha carne molhada, ambos inspiramos pela boca, gemendo. Ainda me lembrava claramente dele soltando a cabeça sobre o meu ombro, e me dizendo em voz rouca que sentia falta disso... que sentia falta de mim.

Sabendo a intensidade certa de pressão a usar, sabendo que padrão perfeito seguir, ele me deixou à beira de gozar. Querendo lhe dar prazer também, enfiei a mão na sua calça aberta.

E, é claro, foi então que minha irmã chegou sem mais nem menos. Foi o mais perto que eu já chegara de ser apanhada em flagrante. E também foi a última vez que Kellan e eu deixamos que as coisas fossem tão longe num lugar frequentado por outras pessoas.

Corando até a raiz dos cabelos, desviei os olhos para a tevê. Anna soltou uma de suas risadas roucas, enfiando outra colherada das doces rodelinhas verdes na boca.

– Nossa, aquilo foi quente. Mas eu me senti superculpada por estragar o clímax de vocês. – Dei um olhar irritado para ela, que tornou a rir. – Lembra? Eu disse a você que ficaria no quarto por alguns minutos, se vocês quisessem terminar.

Continuou rindo, e eu corei mais ainda. Quando finalmente notei que Anna estava em casa, empurrei Kellan de cima de mim às pressas e me vesti. Ele riu baixinho, nem um pouco constrangido, e até quis aceitar a extravagante oferta de Anna. Mas eu o obriguei a ir dar uma volta comigo – qualquer coisa para apagar o incêndio na metade inferior do meu corpo.

Segurei a cabeça entre as mãos, balançando-a.

– Por que você está relembrando isso? – Olhei para ela com raiva novamente. – Só para me humilhar?

Ela riu da minha expressão.

– Não. – Largando a colher na tigela, recostou-se no feio sofá onde o amasso tinha rolado. – Você se lembra do que Kellan disse?

Franzi o cenho, tentando me lembrar de qualquer coisa além do constrangimento. Vendo que eu não conseguia, Anna sorriu.

— Ele disse: "Não esquenta, Kiera. Quando nós formos velhinhos, de cabelos brancos, você vai se lembrar desse momento e chorar de rir. Nós vamos contar aos nossos netos... e eles vão morrer de nojo."

Abaixei os olhos, finalmente me lembrando das suas palavras. Anna segurou meu queixo, fazendo com que eu tornasse a olhar para ela. Meus olhos estavam úmidos quando a encarei.

— Eu só toquei no assunto para te lembrar que Kellan está pensando em você a longo prazo. Você não é só uma mulher com quem ele sai. Você é *a* mulher. É assim que ele te vê. Percebo isso nos olhos dele quando olha para você. — Suspirou, melancólica. — Ele está completamente, loucamente, profundamente apaixonado por você, e quer passar a vida inteira ao seu lado... por isso, pare de se estressar.

Aliviada, senti um peso enorme saindo de cima de mim. Ela tinha razão. Eu estava com medo do medo... tudo estava bem. Balançando a cabeça para ela, já pensava em ligar para Kellan só para lhe dizer que o amava, quando ouvi uma batida na porta da sala.

Anna fez uma festinha nos meus cabelos e voltou a prestar atenção na tevê, enquanto eu me levantava para ver quem chegara.

Abrindo a porta, fui saudada pelo sorriso carinhoso de Denny. Foi uma surpresa tão grande para mim quanto esbarrar nele no dia anterior. Passar algumas horas com ele no bar era uma coisa, vê-lo aparecendo na minha casa sem mais nem menos era outra. Imaginei que sentisse tanta falta da nossa amizade quanto eu.

— Oi, Kiera. Eu ia te ligar, mas preferi dar um pulo aqui, já que estava por perto. Está tudo bem com você? — Inclinou a cabeça, seus olhos escuros analisando meu rosto.

Como me sentia melhor por ter conversado com Anna, assenti, rindo um pouco.

— Claro, estou ótima. Eu fiz uma tempestade em copo d'água ontem à noite. — Estendi a mão em direção ao notebook responsável; certamente iria devolvê-lo mais tarde. — Entrei em parafuso à toa. — Ele assentiu, sorrindo, e pousei a mão no seu braço. — Obrigada por ser... um bom amigo. Não consigo me lembrar de muitos caras que teriam sido tão... compreensivos naquela situação.

Ele olhou para minha mão no seu braço, e então deu de ombros.

— Você e eu passamos por muita coisa, Kiera, e a maior parte foi boa. — Seus olhos voltaram depressa para os meus. — Não quero te ver sofrendo. Não guardo... rancor de você. — Em um sussurro que por pouco não ouvi, acrescentou: — Você ainda é a minha melhor amiga, e eu faria qualquer coisa por você, Kiera.

Engoli em seco, detestando e adorando o que ele acabara de dizer. Sabendo que não deveria, eu lhe dei um abraço do jeito mais amigável e casto que podia. Ele retribuiu o abraço, de um jeito igualmente casto, com um amplo espaço entre nossos corpos.

– Você também é o meu melhor amigo, Denny. Eu sei que às vezes pode não parecer... mas você é.

Quando eu já começava a pensar que talvez esse tivesse sido nosso problema o tempo todo, sermos amigos mais do que amantes, uma exclamação se fez ouvir no sofá.

Denny e eu nos afastamos e viramos para Anna. Boquiaberta, ela encarava Denny na soleira da porta. Com tudo que tinha acontecido, eu me esquecera de dizer a ela que ele voltara à cidade. Ela olhava para ele como se ele tivesse se materializado na sala num passe de mágica.

Eu me afastei, fazendo um gesto para que ele entrasse, enquanto ela disparava:

– Denny? Que diabos...?! Será que eu acordei três anos atrás? – Olhou para a janela com vista para o Lago Union. – Ah, meu Deus, nós não estamos de volta a Ohio, estamos? – Franziu o cenho, esticando o lábio num beicinho fofo. – Porque eu não aguentaria morar com papai e mamãe de novo, Kiera.

Denny começou a rir, e eu lhe dei um olhar irônico.

– Não, Anna, você não viajou no tempo enquanto dormia. Denny voltou para Seattle a trabalho.

Franzindo o cenho, ela o observou com um ar desconfiado e descontente. Denny se tornara persona non grata para Anna desde que dera uma surra violenta em Kellan e quase fraturara meu crânio. Não achei que ela jamais o perdoaria por me chutar, mesmo tendo sido um acidente. Fora eu quem cometera a estupidez de usar o corpo para proteger Kellan, e Denny não estava exatamente no seu estado normal naquele momento. Mas Anna não conseguia superar o fato de que ele ferira pessoas que ela amava... mesmo que, até certo ponto, nós tivéssemos merecido.

– E aí, Denny... há quanto tempo que não nos vemos – disse ela com uma ligeira inflexão, como se preferisse a parte do "não nos vemos".

Denny desviou os olhos, o sentimento de culpa se estampando em seu rosto. Sabia como Anna se sentia em relação a ele; ela o levara para um canto sem a menor cerimônia e dissera. Minha irmã não mandava pelo bispo; quando tinha um problema com alguém, a pessoa logo ficava sabendo.

– Oi, Anna.

Desconfortável com a tensão crescente, eu me virei para Denny.

– E aí, você não deveria estar no trabalho? – Dei uma olhada na camisa social combinando com a calça que ele usava. Parecia ter saído direto das páginas da revista *GQ*.

– É meu horário de almoço. – Suas mãos enfiadas com naturalidade nos bolsos, ele meneou a cabeça em direção à porta. – Gostariam de me acompanhar?

Como dispunha de bastante tempo para almoçar antes de ir para a faculdade, assenti e peguei a bolsa em cima da mesa. Anna me deu um olhar azedo, mas não disse nada na frente de Denny. Teria que me lembrar de pedir a ela mais tarde para não mencionar nada disso com Griffin. Não sabia com que frequência os dois se comunicavam, mas não precisava daquele D-Bag específico dando todo o serviço sobre Denny para Kellan. Eu ligaria para Kellan quando o momento certo chegasse, e de um jeito que não fosse muito contundente para ele. Tinha certeza de que Griffin não seria tão diplomático.

Pensar em Griffin me fez lembrar da estranha mensagem de Kellan, uma mensagem que ele afirmara ser de Griffin, mas procurei não pensar mais nisso enquanto Denny me acompanhava até o carro da sua empresa. Kellan podia ou não ter mentido. Talvez Griffin tivesse um novo número que Anna desconhecesse, ou talvez estivesse mandando fotos nojentas do celular de Matt. Isso parecia plausível.

Quando eu começava a me sentir melhor em relação à estranha mensagem, Denny e eu paramos na frente do seu elegante carro esporte de duas portas. Parecia um daqueles carros que sempre aparecem dando um cavalo de pau revolucionário nos comerciais, como se as pessoas dirigissem daquele jeito na vida real.

Soltei um assovio baixinho quando Denny abriu a porta para mim.

— Agora vejo por que você não precisa do velho Honda de volta — murmurei, sentando no banco de couro marrom.

Denny riu, ocupando o lado do motorista.

— É, não é nada mau. — Deu a partida no carro, despertando o motor. Sorrindo com o canto da boca para mim, deu de ombros. — Um cargo de chefia tem as suas vantagens.

Ri da expressão no seu rosto enquanto ele nos conduzia pelas colinas íngremes como trilhos de montanha-russa, feliz por ver que estava fazendo sucesso. Pelo menos eu não prejudicara tão gravemente os homens da minha vida a ponto de não conseguirem se reerguer.

O celular tocou enquanto nos dirigíamos à cafeteria que Denny frequentava. Tirei-o da bolsa, achando que devia ser Anna para me dar uma bronca por ter saído com ele. Fiquei olhando para a tela e hesitei, mas apenas por um segundo. Denny me olhou com curiosidade quando atendi.

— Alô?

— Oi, linda... Adivinha onde acordei hoje?

Sorri quando a voz sensual de Kellan encheu meu ouvido.

— Não faço a menor ideia. — E não fazia mesmo, pois já tinha perdido a noção de qual fosse o seu exato paradeiro havia muito tempo.

Kellan riu, e eu dei uma olhada em Denny, cujos olhos tinham voltado ao trânsito. Experimentei um estranho sentimento de culpa por me ver novamente numa situação que apresentava uma sinistra semelhança com a do ano anterior. Mas também era diferente, já que Denny e eu não estávamos fazendo nada de impróprio.

— No Kansas... Sabe o que tem no Kansas?

Eu me recostei no assento, balançando a cabeça.

— Não.

— Nada — respondeu ele, irônico. — Milhas e milhas de nada. — Ri da resposta, e ele suspirou. — Meu Deus, como senti falta do seu riso. Não é a mesma coisa pelo telefone, entende...

Fechando os olhos, enrolei uma mecha de cabelo no dedo, imaginando que era o cabelo dele.

— Eu sei... Também senti sua falta. — Ouvi Denny se remexer ao meu lado, mas mantive os olhos fechados, mordendo o lábio, o sentimento de culpa aumentando um pouquinho.

Quando eu pensava em mil maneiras de lhe contar que Denny voltara, Kellan perguntou:

— E aí, o que tem feito ultimamente?

Abri os olhos, tensa, imaginando se alguém já contara a ele.

— Hum... só trabalho e estudo. Já te contei que comecei meu novo bimestre no mês passado? Estou tendo aulas de poesia agora.

Revirei os olhos, irritada por ter escolhido logo o fato mais trivial para contar a ele. No entanto, por sua resposta, qualquer um pensaria que eu contara ter acertado na loteria:

— É mesmo? Eu gosto de poesia... O processo é muito parecido com o de escrever letras de música. Só que com menos palavrões.

E tornou a rir, o que fez com que eu relaxasse. Se estivesse sabendo de Denny, provavelmente não estaria fazendo piadas. Dei uma olhada em Denny, que concentrava a atenção nas ruas de modo estudado. Talvez se sentisse desconfortável. Talvez estivesse apenas me dando privacidade. Eu não sabia. Continuei observando-o, e Kellan perguntou:

— E aí, o que vai fazer hoje?

Fiquei vermelha, não querendo mentir, mas não me sentindo pronta para lhe contar a verdade.

— Nada de especial...

Ele suspirou baixinho.

— Bem, eu tenho horas intermináveis de estrada pela frente... por favor, me diga que a sua vida tem sido mais interessante do que isso. Um de nós precisa de uma boa história para contar.

Sorri, sabendo que a vida dele já era mais interessante e excitante do que a da maioria das pessoas, mesmo envolvendo viagens infindáveis. Mordendo o lábio, observei Denny novamente.

— Bem... estou indo almoçar com uma pessoa amiga.

Denny olhou para mim, arqueando uma sobrancelha escura e franzindo ligeiramente o cenho. Era óbvio que queria que eu me estendesse sobre os detalhes com Kellan, mas eu não podia. Ainda não. Não pelo telefone. Nós precisávamos ter essa conversa pessoalmente.

Animado, Kellan disse:

— Ótimo. É bom que você esteja saindo, levando uma vida normal.

Olhei direto para a frente, torcendo os lábios.

— É claro que eu levo uma vida normal. Você acha que o meu mundo gira em torno de você?

Eu estava implicando com ele, obviamente, mas Kellan fez uma pausa antes de responder:

— Não, não, não acho isso em absoluto. — Sua voz soou reservada, introspectiva, e eu voltei a me perguntar se ele estava sabendo de alguma coisa. Talvez devesse contar a ele, mesmo sendo pelo celular...

— Você está bem? — perguntei em voz baixa.

Ele respirou fundo, fazendo uma pausa muito longa antes de afirmar:

— Estou, estou ótimo. — Sua voz deixava claro que havia muito que ele não estava me dizendo. Embora Kellan fosse bom nisso, eu sabia que estava mentindo para mim.

— Kellan... tem alguma coisa que você queira me dizer? — Meu coração começou a palpitar, o aperto no estômago tão doloroso que quase me dobrei em duas. O rosto daquela mulher se acendeu na minha mente, logo acompanhado pela expressão de Kellan ao sussurrar algo no seu ouvido. O número daquela mensagem misteriosa dava voltas e mais voltas na minha cabeça...

Ele fungou, novamente se calando por um longo momento.

— Não é nada, Kiera... só o estresse da viagem. Tenho certeza de que você pode imaginar como é a vida num ônibus com Griffin. — Deu uma risada, sua voz voltando a soar leve e bem-humorada, mas não acreditei em uma palavra.

Mordi o lábio, olhando para Denny, que agora me lançava olhares preocupados de soslaio. Kellan estava escondendo algo de mim, isso eu sabia. Não fazia ideia do que fosse ou da razão, mas não podia me abrir com ele sobre Denny naquele momento. Simplesmente não podia.

— OK. Enfim... se alguma coisa estivesse acontecendo, você sabe que poderia me contar... não sabe?

Ele suspirou baixinho.

— Sei, sim... — Sua voz se silenciou, e então se animou: — Mas, sinceramente, não tem nada acontecendo, fora o fato de que eu sinto uma saudade louca de você.

Um sorriso triste se esboçou nos meus lábios.

— Hum-hum, eu também. — Enquanto o carro entrava no estacionamento da cafeteria, suspirei. — Olha só, acabei de chegar ao restaurante... tenho que ir. Te ligo mais tarde, OK?

— OK. — Com uma risada sem humor, ele acrescentou: — Vou estar aqui na estrada, neste fim de mundo, torcendo para que Griffin não resolva deixar o Incrível Hulk respirar toda hora.

Caí na gargalhada, a leveza aliviando o nó no meu estômago.

— Eu te amo, Kellan.

— Também te amo, Kiera — respondeu ele na mesma hora, sem qualquer hesitação ou vestígio de falsidade. No mínimo, seu amor por mim era sincero nos momentos em que o declarava.

Desliguei o celular, enquanto Denny desligava o carro. Virando-se para mim, ele balançou a cabeça.

— Você não contou a ele que estou aqui. — Fora uma constatação, não uma pergunta.

Suspirei, passando os dedos pelo celular na minha mão.

— Ainda não, achei que não era um bom momento. — Dei uma olhada nele. — Mas vou fazer isso... em breve. Prometo.

Ele voltou a balançar a cabeça, mas não fez mais qualquer comentário. No momento em que começava a abrir a porta do carro, seu celular tocou. Ele olhou para mim, um sorrisinho nos lábios.

— Ora, ora, não é que nós estamos populares? — Sorri ao ouvir seu comentário e fiquei vendo-o checar a tela. O tímido sorriso no seu rosto se tornou um milhão de vezes mais radiante. Ele me lançou um olhar brevíssimo. — É a Abby. Eu tenho que atender. — Assenti, enquanto ele fazia isso. — Oi, amor. — Abrindo a porta, saiu no estacionamento. Antes de fechá-la, ouvi-o dizer: — Não, você me pegou indo almoçar com a Kiera...

Fechou a porta e não pude ouvir mais do que isso, mas fiquei pasma ao vê-lo confessar abertamente que estava comigo. Imaginei que os dois não tivessem os mesmos problemas de confiança que atormentavam a mim e a Kellan. É nisso que dá quando o seu relacionamento começa com uma traição — um poço sem fundo de dúvida. Se somos capazes de trair alguém, então alguém também é capaz de nos trair.

Dando a Denny um momento de privacidade para pôr as notícias em dia com a namorada, que estava tão longe, passei os dedos pelos cabelos, agora já praticamente secos, e fiquei olhando para o meu celular. Queria que alguma explicação aparecesse num passe de mágica na tela, mas isso não aconteceu. Suspirando, digitei uma mensagem e a enviei.

Fiquei olhando para Denny pela janela enquanto esperava uma resposta. Ele estava recostado no capô do carro, rindo do que quer que conversasse com Abby. Parecia sinceramente feliz, seus olhos só faltando brilhar enquanto falava com ela. E eu me perguntei se era assim que ele ficava ao conversar comigo tanto tempo atrás. Se teria feito amor ternamente com Abby antes de deixá-la. Tinha certeza de que sim... e provavelmente fora uma coisa muito mais romântica do que encher a cara e fazer sexo num banheiro no meio de uma festa.

Enquanto via Denny passar a mão pelo cabelo num gesto encantador que eu conhecia tão bem, o celular vibrou na minha mão. Pressionando a tela, li a mensagem de Kellan. *Eu te amo... mais do que qualquer coisa. Mal posso esperar para te ver de novo... em breve, se Deus quiser.*

Eu me sentia do mesmo modo. Abrindo a porta do carro, fui ao encontro de Denny, já que sua conversa parecia ter terminado. Com um suspiro tranquilo, ele meneou a cabeça em direção às portas da cafeteria.

— Desculpe pela interrupção, ela estava se vestindo para ir trabalhar, e eu não quis que nos desencontrássemos. — Abaixando os olhos, chutou uma pedra enquanto caminhávamos. — Faço questão de falar com ela sempre que posso...

Olhou para mim com o canto dos olhos, e senti uma pontada de culpa. Eu era a razão pela qual ele se mantinha sempre em contato. Meus episódios de traição com Kellan tinham começado durante uma viagem de Denny. A experiência o tornara muito mais atento em relação à namorada atual. Concluí que nosso complicado relacionamento tivera pelo menos uma consequência positiva.

Sem fazer comentários, apenas concordei enquanto entrávamos. Sentando, tentei manter o leve sorriso no meu rosto.

— Mas e aí... como é a Abby?

Ele olhou para mim, sem entender, antes de pegar o menu.

— Você não quer realmente conversar sobre isso, quer?

Observando-o folhear as páginas com ar distraído, assenti.

— Quero, sim. — Quando ele me olhou, dei de ombros. — Nós somos amigos, lembra? Isso significa compartilharmos nossas vidas. Obviamente, ela é uma parte importante da sua. Vi seu rosto enquanto falava com ela...

Com um sorriso enternecido ao se recordar, ele olhou por sobre o meu ombro.

— Ela... é encantadora. Meiga, doce... carinhosa...

Ficou olhando para a mesa, um leve rubor colorindo suas faces. Senti o mesmo vago constrangimento, mas fiz o possível para ignorá-lo. Nós deveríamos poder conversar sobre as pessoas significativas em nossas vidas. Seus dedos virando as páginas do menu, ele suspirou baixinho.

— Eu estava totalmente... arrasado quando voltei para casa. Ela me ajudou a enfrentar tudo aquilo, e me fez sorrir de novo.

Seus afetuosos olhos castanhos se fixaram em mim, e eu apertei o estômago, desejando que meus olhos não lacrimejassem. Eu era a responsável. Eu o arrasara. Esboçando um sorriso, ele balançou a cabeça.

– Acho que a amo, Kiera... que realmente a amo. Acho que ela é a mulher da minha vida – sussurrou.

Nesse momento meus olhos lacrimejaram, e eu não tive como conter a reação. Assenti, passando os dedos por baixo deles.

– Que bom... fico feliz, Denny.

Estava mesmo feliz... e devastadoramente triste também. É difícil ver alguém que um dia você amou amando outra pessoa, e mais do que amou você. Mas, na verdade, fora exatamente essa a situação em que eu pusera Denny ao me apaixonar por Kellan.

A mão de Denny se estendeu sobre a mesa, pousando no meu braço.

– Lamento que isso te faça sofrer. Só queria ser *honesto* com você – disse, frisando o adjetivo.

Enquanto eu refletia sobre a infinidade de coisas em relação às quais não fora honesta na minha vida, Denny apertou meu braço, perguntando:

– E quanto a você e Kellan? Vocês estão mesmo bem? Você está feliz, Kiera?

Sabendo que estava me preocupando em relação a Kellan prematuramente, abri o sorriso mais natural possível:

– Estou, sim – assenti, relembrando todos os bons momentos que Kellan e eu compartilháramos. – Quer dizer, nossa relação tem seus desafios... mas... nós estamos bem.

Distraída, alisei a aliança no dedo, e os olhos de Denny se fixaram nela. Com os olhos escuros mais úmidos, ele voltou a me olhar, mas também sorriu com naturalidade:

– Que bom. Fico feliz, Kiera... muito feliz.

## Capítulo 17
## BOISE

Um mês se passou e pouca coisa mudou na minha vida, mesmo após a volta de Denny. Eu ia para a faculdade, ia para o trabalho, tomava café com Cheyenne enquanto ela tentava me explicar poesia, que ainda não fazia muito sentido para mim. Falava com Kellan três ou quatro vezes por dia, até mais nos dias em que ele estava viajando. Às vezes os telefonemas eram breves, outras vezes duravam horas; os do Dia dos Namorados tinham sido extremamente longos. Denny aparecia no Pete's para jantar quase todas as noites, e aproveitávamos para pôr em dia as notícias do ano que tínhamos passado separados.

Também concordei em me inscrever num curso de arte avançada com Jenny e Kate nas manhãs de domingo... embora eu fosse um horror, e a professora tentasse me animar com cada comentário que fazia. Resolvi me proibir de fazer outro curso de seis semanas com Jenny; o talento dela estava muito além das minhas habilidades.

No entanto, do mesmo modo como as boas coisas continuaram as mesmas, as questionáveis também não mudaram. Eu evitava os computadores, tentada demais a jogar o nome de Kellan no Google e morta de medo do que poderia descobrir. E, decididamente, não queria mais ver qualquer vídeo dele com a sósia de Halle Berry. Não aguentaria assistir àquilo de novo.

Não, jamais cheguei a lhe fazer perguntas a respeito quando nos falamos. Nem contei a ele sobre a volta de Denny para Seattle. Minha boca se trancava quando eu tentava. A mera ideia de Kellan me traindo me apavorava... tanto que eu não queria que ele sentisse o mesmo medo. Ainda mais porque era infundado. Denny e eu éramos apenas amigos. Sinceramente, apenas amigos.

Portanto, as dúvidas persistentes continuaram entre nós, e eu deixei que isso acontecesse, por não me sentir pronta para confessar o que sabia, morta de medo de ouvir o que Kellan sabia...

Chegando em casa numa tarde ventosa de quinta-feira, despenquei ao lado de minha irmã no sofá, agradecida pelas horinhas de descanso. Não teria que trabalhar até a noite do dia seguinte, e não teria aulas até a segunda-feira, de modo que estava livre para passar o tempo que quisesse no sofá.

Anna suspirou, irritada, batendo com o pé no chão, enquanto zapeava os canais da tevê. Tentei ignorar sua agitação. Ela estava cada vez mais inquieta desde o fim do ano anterior. Suspeitei que estivesse chateada porque Griffin não pedira para vê-la no feriadão. Isso a aborrecera mais do que ela queria demonstrar. Suspeitei que sentisse saudades dele. Como eles não haviam tido nenhum encontro romântico, ela não o via desde a noite da festa de despedida. E Anna, por algum motivo que só Deus conhecia, gostava de estar com ele.

Atirando o controle remoto no chão, ela recostou a cabeça na monstruosidade cor de laranja em que estávamos sentadas.

— Cara, eu estou morta de tédio. — Levantando a cabeça, inclinou-se para a frente, excitada: — Vamos para Boise!

Olhei para ela, sem entender.

— O quê...?

Assentindo, ela se inclinou ainda mais, seu suéter decotado revelando atributos que eu jamais teria.

— Vamos para Boise! Os garotos vão dar um show lá hoje à noite, e é o mais perto que vão estar de nós até o fim da turnê. Por isso, vamos vê-los se apresentar!

Apelando para minha simpatia, fez olhos de cachorrinho pidão, esticando o lábio inferior num beicinho. Fiz que não com a cabeça.

— Idaho? Hoje à noite? Já são quase cinco horas... não dá tempo de chegar de carro até lá, Anna.

Ela sentou sobre os joelhos, agora muito excitada:

— A gente pega um avião. Deve ser mais ou menos uma hora de voo até lá.

Arqueei uma sobrancelha, desaprovadora.

— A gente não pode simplesmente "pegar um avião" só para ir assistir a um show, Anna.

Imitando minha expressão, ela respondeu:

— A gente pode fazer o que quiser, Kiera. Vamos lá, vive um pouco!

Pressentindo a vitória, ela começou a me arrastar do sofá.

— Você é focada demais, estruturada demais. Precisa se soltar de vez em quando. De mais a mais, você não quer ver Kellan?

Mordendo o lábio, contive um suspiro. É claro que queria vê-lo, mais do que qualquer outra coisa, mas... nós tínhamos que conversar sobre certos assuntos, e eu ainda não estava pronta para ter essas conversas. Mesmo assim, estava com uma saudade desesperada dele... e já fazia algum tempo que não descobria qualquer bilhetinho fofo para ajudar a espantar a solidão...

Talvez percebendo que começava a me convencer da ideia, Anna me arrastou até o quarto e começou a arrumar minha sacola. Estremeci quando ela encontrou a lingerie de renda que fazia parte do presente de Natal de Kellan. E estremeci ainda mais quando a enfiou na sacola. Como se eu fosse vestir aquilo num ônibus de turnê! Sentada na cama enquanto ela puxava o zíper, murmurei:

— Não quero que ele pense que estou indo lá para dar uma incerta nele.

Ela parou por um momento. Sabia que eu ainda tinha dúvidas sobre o vídeo.

— Você vai poder finalmente perguntar a ele sobre aquela mulher. — Fiz que não com a cabeça e ela torceu os lábios, dando de ombros. — Bem, ele vai estar ocupado demais te dando uma trepada histórica para se importar mesmo.

Fiz uma expressão debochada, atirando um travesseiro nela, que caiu na risada. Então, seu rosto ficou sério.

— Eu quero ver o Griffin, Kiera. Acho que... estou com saudades dele. — Deu uma risada sarcástica, como se achasse a ideia estranha. Também parecia meio estranha para mim, mas, fosse como fosse, a relação dos dois era estranha mesmo.

Cedendo, soltei um suspiro exagerado.

— Tudo bem, a que horas é o voo?

Anna deu um gritinho e bateu palmas antes de sair correndo para o seu quarto.

— Você não vai se arrepender, Kiera! Nós vamos nos divertir pra caramba!

Torcendo para que ela tivesse razão, apanhei minha sacola.

Enquanto atravessar Washington de carro até os confins do Idaho levava aproximadamente oito horas, um voo até lá levava menos de uma hora. Pegamos um avião no começo da noite e aterrissamos em Boise com tempo de sobra. Detestei gastar com a passagem todo o suado dinheirinho que ganhara com gorjetas, mas, quando pisei no aeroporto e respirei o mesmo ar que Kellan respirava, senti que valera cada centavo.

Querendo fazer uma surpresa para os caras, não ligamos para eles a caminho do show. Na verdade, nós não ligamos para ninguém. Foi a coisa mais impulsiva que eu já fizera na vida. Quer dizer, isso se uma transa inesperada num quiosque de *espresso* não contasse como uma coisa impulsiva. Eu tendia a pensar em outros adjetivos quando recordava aquela noite.

Tomar um avião às pressas para vir me encontrar com Kellan sem ele saber era uma coisa superexcitante, e meu coração estava disparado quando chamamos um táxi. Ligando para Rachel a fim de saber onde os D-Bags iriam tocar, na mesma hora me senti mal por não termos dado tempo para Rachel e Jenny virem conosco. Elas também iriam querer ver os namorados. Mas, sinceramente, mesmo sendo apenas eu e Anna, quase não conseguimos pegar o avião, por causa do rigor atual das normas de segurança nos aeroportos;

e a interessante coleção de "brinquedos" que ela colocou na bagagem de mão também não ajudou em nada.

Quando finalmente encontramos o lugar, já estava quase na hora de o show começar. Eu não fazia a menor ideia de como iríamos entrar para assistir a um concerto cujos ingressos estavam esgotados. Embora me sentisse eufórica por ver que a turnê estava indo bem, isso tornava tudo muito mais difícil. Eu nunca tinha precisado de um ingresso para ver Kellan tocar. Estava acostumada a chegar ao trabalho e vê-lo lá, cantando apenas para mim. Ou, às vezes, assim parecia.

Esperando encontrar alguns cambistas, descemos do táxi diante do que parecia ser um velho teatro. Mas o prédio era enorme, e havia uma multidão de gente do lado de fora, fumando ou batendo papo no celular. Painéis luminosos ao longo da entrada exibiam os pôsteres da turnê, com o nome da nossa banda favorita por último na lista dos grupos mais quentes que iriam se apresentar aquela noite.

Sobre a marquise, no entanto, os D-Bags estavam bem debaixo da atração principal. Isso era o mais perto do estrelato que uma banda pequena e relativamente desconhecida podia chegar. Impressionada com o cartaz, meu coração se encheu de orgulho por Kellan. Ele estava mesmo chegando lá. Estava mesmo se tornando um rock star, bem diante dos meus olhos. Isso deu um nó na minha cabeça.

Quando eu me dirigia para um grupo de gente, me sentindo uma perfeita idiota com aquele sacolão a tiracolo, Anna segurou meu braço e me puxou bruscamente para um beco. Dei um gritinho, assustada, e então olhei ao redor da área escura para onde ela me levava. Não querendo ser assaltada, puxei-a pelo braço.

— Aonde estamos indo?

Inclinando a cabeça para mim, o cabelo preso à perfeição num rabo de cavalo frouxo, ela indicou um beco onde tive certeza absoluta de que Jack, o Estripador estava escondido.

— A entrada dos fundos deve ser por aqui. Nós vamos entrar.

Dei um olhar irônico para ela.

— Eles não vão nos deixar entrar pelos fundos, assim, na maior, Anna. Nós vamos ter que comprar ingressos, como todo mundo.

Revirando os olhos, ela ajeitou a blusa justíssima que vestira antes de sair de casa.

— Kiera, eu jamais comprei um ingresso para um show na vida, e não vou começar agora. — Sorrindo daquele jeito sedutor que ela e Kellan tinham transformado numa verdadeira ciência, tornou a se dirigir para o beco. A sacola pendurada a tiracolo com elegância mais parecia uma bolsa extragrande do que a mochilona pesada que a minha lembrava.

Rezando para sobreviver a isso, soltei um breve suspiro e me apressei a alcançá-la. Se íamos morrer, queria que estivéssemos juntas.

Rebolando confiante pela rua escura, Anna parecia totalmente à vontade com a situação. Desejando ter sua coragem, tentei pelo menos agir como se tivesse. Conforme ela esperava, fomos topar com uma porta bloqueada por um sujeito que poderia ser o irmão gêmeo separado de Sam ao nascer. Todo músculos e truculência, ele franziu os olhos ao ver que nos aproximávamos.

— Continuem andando — murmurou, quando já estávamos perto o bastante para ouvi-lo.

Anna passou o dedo pelo decote em V profundo da blusa.

— Mas nós queremos falar com você.

O cara franziu o cenho para ela, e então para mim.

— Eu acabei de me livrar da última leva de tietes. Será que vocês não têm nada melhor para fazer do que ficar tentando trepar com roqueiros?

Fiquei furiosa ao ouvir essas palavras, tanto por não ser em absoluto o que estávamos fazendo lá, quanto pelo fato de haver um grupo constante de mulheres lá fora tentando fazer exatamente o que ele dizia. Empinando o queixo, participei, em tom desafiador:

— Nós só queremos ver os nossos namorados, que, por acaso, são membros de uma das bandas. Se você pudesse nos deixar entrar, nós ficaríamos muito gratas.

O cara deu um sorrisinho desdenhoso para mim.

— Uau, essa eu nunca tinha ouvido. — Revirando os olhos, acrescentou: — Quando é que vocês vão aprender que as namoradas autênticas ganham passes livres para o show? Elas não vêm aqui para os fundos para me ver. — Com um sorriso altivo, continuou: — Não que as namoradas autênticas deem as caras por aqui com muita frequência... se é que vocês me entendem.

Olhou para mim e Anna de alto a baixo, nos despindo mentalmente sem o menor pudor, e meus olhos se franziram ao entender o que ele estava insinuando — que as piranhas davam de dez nas namoradas. Tentando ignorar o calor no estômago, balancei a cabeça.

— Nossos namorados não sabem que estamos aqui... É uma surpresa.

Ele sorriu com o canto da boca, sem afastar os bíceps volumosos da frente do peito.

— Claro, e quando eles virem vocês aqui fora depois do show, vão ter a maior surpresa.

Meu queixo despencou de frustração, mas Anna me lançou um olhar para ficar quieta. Indo até o homem, passou o dedo pelo braço dele. Lambendo o lábio com a lentidão sedutora de que era capaz, murmurou, com voz rouca e sensual:

— Tem que haver algum jeito de a gente poder passar por este... — apertou o braço do sujeito, a mão indo em seguida para o seu tronco — ... corpo impressionante no nosso caminho.

Sorrindo para Anna, seus olhos desceram até os seios dela, e lá ficaram. Ela endireitou os ombros sutilmente, proporcionando a ele a melhor vista possível do decote.

Descruzando um dos braços, o sujeito estendeu a mão sem o menor pudor, segurando um dos seios. Tive vontade de meter a mão naquela cara presunçosa, mas Anna manteve um dedo de advertência às costas, me proibindo de fazer isso.

Como ela não estava usando um sutiã, o cara pôde dar uma boa esfregada no seu mamilo. Fiquei morta de nojo, mas Anna sorria, como se ele apenas estivesse elogiando seus cabelos. Sorrindo por ver que ela não se movia, ele abaixou a mão e fez um gesto indicando sua blusa.

— Me mostra, e eu te deixo entrar.

Soltei mil exclamações furiosas, mas Anna apenas deu de ombros e levantou a blusa para ele. Quando finalmente voltou a abaixar o tecido, pude ver que o segurança estava... satisfeito. Se o sorriso vidrado no seu rosto já não fosse um indício bastante claro, o volume na calça jeans não deixava quaisquer dúvidas.

Torci os lábios, desviando os olhos.

— Cachorro — murmurei. Tinha certeza absoluta de que Sam jamais teria feito uma canalhice daquelas.

Voltando a prestar atenção em Anna, vi quando passou os dedos de leve no rosto do cara.

— Satisfeito? — ronronou, mordendo o lábio e dando uma olhada na prova da sua excitação.

— Com certeza — respondeu o outro, com voz grossa. — Quem quer que seja o cara que você descolar lá dentro, é um filho da mãe de sorte.

Anna sorriu, enquanto ele se afastava da porta. Revirando os olhos, eu já ia atrás dela, mas o babaca ficou no meu caminho.

— Nada disso, benzinho, sinto muito. — Olhando para o meu peito com um sorriso lascivo, balançou a cabeça: — Você não pagou o preço de admissão.

Soltando a sacola, na mesma hora cruzei os braços, cobrindo o corpo já coberto.

— Eu não vou levantar a blusa para você!

Ele deu de ombros, imperturbável:

— Então, não vai entrar.

Meu queixo despencou, e eu dei um tapa no peito do brutamontes. Ele franziu os olhos para mim, e na mesma hora parei, lembrando que não era com um segurança do Pete's que eu estava comprando briga. Empinando o queixo, soltei:

— Você é um porco!

Com um sorriso presunçoso, ele piscou para mim.

— Sou, e você continua não podendo entrar até eu ver as suas bibicas.

Com as faces ardendo tanto que chegavam a doer, fiz que não com a cabeça, indignada.

— Vai chamar o Kellan Kyle! Ele é o vocalista dos D-Bags. Ele vai confirmar o que estou dizendo, que sou namorada dele... e aí você vai ter que me deixar entrar!

O sujeito soltou um bocejo, entediado.

— Escuta aqui, benzinho. Os músicos e eu temos um acordo. Eu não incomodo os caras, e eles me deixam ficar com uma ou duas tietes. Esse esquema funciona muito bem, e eu não vou pôr isso em risco por sua causa.

Sentindo lágrimas me brotarem nos olhos, olhei com raiva para minha irmã.

— Eu vou matar você por isso, Anna. — Antes que ela pudesse responder, virei para o homem e decretei, furiosa: — O sutiã fica!

Ele deu de ombros, revirando os olhos, e eu fechei os meus. Desejando poder desaparecer, lutei contra cada instinto do meu corpo e levantei a blusa para o tipo asqueroso à minha frente. Ouvi-o rir baixinho e murmurar:

— Ah, cotton branco com uma florzinha fofa no meio. Você não é uma gracinha?

Quando seus dedos se aproximaram para me tocar, dei um tapa na mão dele e abaixei a blusa, segurando-a com força contra o corpo. Parecendo satisfeito por eu ter cedido, ele gesticulou em direção à porta, onde Anna ainda estava parada. Fuzilando-o com os olhos, apanhei a sacola e passei por ele com a coluna empertigada.

Segurando meu braço, o sujeito se inclinou para mim:

— Adoro as inocentes... são as mais quentes de todas. — Meneou a cabeça em direção à porta fechada. — Vou estar por aqui, quando você tiver acabado com esse tal de Kellan, se quiser experimentar um homem de verdade. — Esfregou o corpo ainda excitado na minha perna, e eu me contive para não estapeá-lo.

Afastando-me, eu me endireitei e murmurei:

— Não, obrigada. — Em seguida empurrei as costas de Anna para que ela abrisse logo a porta e nos tirasse daquela porcaria de beco. — Você está morta, Anna — murmurei de novo quando ela finalmente abriu a pesada porta de aço. Felizmente, as risadas do segurança foram abafadas pela cacofonia que nos chegava do interior do teatro.

Anna estava achando tudo aquilo muito divertido. Enquanto atravessávamos o corredor, ela passou o braço pelos meus ombros e disse, aos risos:

— Cara, eu estava crente que você ia virar a mão na lata daquele sujeito! — Mordendo o lábio, fuzilei-a com os olhos. O que a levou a rir mais ainda e me apertar com mais força. Encostando a cabeça na minha, exclamou, bem-humorada: — Ah, relaxa, Kiera, nenhum mal foi feito, e agora você está um passo mais perto de Kellan. — Piscou para mim, mas eu a afastei. — Ainda vou te transformar numa mulher fatal, irmã! — Caiu na gargalhada. Revirei os olhos para ela, mas esbocei um sorriso. Bem, Kellan queria que eu tivesse uma boa história para contar a ele e, pelo visto, agora eu tinha.

A música da banda no palco chegava até nós enquanto avançávamos às cegas por corredores e espaços abertos. Havia um monte de gente por toda parte. Alguns trabalhavam no local, perambulando com headphones e pranchetas, outros pareciam seguranças — que tomamos o cuidado de evitar, já que, teoricamente, não deveríamos estar ali –, alguns eram de uma emissora de rádio local, e alguns obviamente membros de bandas. Mas a maioria eram mesmo mulheres, como nós. O que ajudou a nos misturarmos, mas mesmo assim não fiquei nada satisfeita com a proporção de rabos de saia que estava vendo.

Sem saber em que ponto na ordem de apresentação vinham os nossos D-Bags, ou onde poderiam estar até ser sua vez, apenas continuamos procurando. Anna foi ao delírio quando avistou Justin e sua banda – ela adorava o som deles tanto quanto eu. Já ia se dirigindo para os roqueiros, mas segurei seu braço:

– Não, Anna.

Ela olhou para mim, irritada:

– Você não sabe quem é aquele cara?

Revirei os olhos, assentindo.

– Sei, nós nos conhecemos no dia em que os garotos viajaram.

Anna passou o braço pelos meus ombros, me arrastando adiante.

– Ótimo, então ele vai te dizer onde o Kellan está.

A ardência no meu rosto era tamanha que quase chegava a doer. Nossa apresentação não tinha sido exatamente tranquila... e... Justin estava no restaurante quando Kellan fizera aquela pequena encenação erótica. Ah, meu Deus, eu não poderia encarar o sujeito depois daquilo!

– Ele não vai se lembrar de mim, Anna. – Ah, meu Deus, sim, agora era mais do que provável que ele se lembrasse...

Anna riu no meu ouvido ao nos aproximarmos de Justin, que exibia um largo sorriso enquanto conversava com outros dois caras.

– Quem poderia se esquecer de você, Kiera?

Revirei os olhos para ela e quis continuar protestando, mas Justin tinha virado a cabeça, e nos notou. Seus olhos azul-claros se arregalaram e ele apontou o dedo para mim. Pude ver uma centelha de reconhecimento naquelas profundezas claras. Ele se lembrava de mim, o que significava que provavelmente também se lembrava de ter presenciado o episódio de sexo por telefone. Droga. *Agora é que eu te odeio mesmo, Kellan Kyle.*

Inclinando a cabeça loura, ele sorriu com o canto da boca, soltando uma risada curta.

– Ei, você não é... a namorada do Kellan Kyle?

Mordendo o lábio, avancei até ele. Meus joelhos estavam trêmulos, mas me obriguei a dizer:

– Sou, minha irmã e eu viemos aqui para vê-lo... fazer uma surpresa para ele. – Sem conseguir enfrentar os olhos de Justin, fiquei olhando para os dizeres na sua camisa; não pude lê-los, mas as linhas me proporcionaram uma abstração bem-vinda em meio ao meu constrangimento.

Anna resolveu encobrir minha inépcia. Estendendo a mão e se aproximando o quanto a etiqueta permitia, disse, com voz sensual:

— Anna Allen, grande fã de vocês. *Kick Me When I'm Down* é a música que eu mais adoro no mundo.

Olhei para ela, franzindo o cenho. É claro que ela tinha que se lembrar do título de uma música. Justin pareceu tão satisfeito com a lembrança quanto com o fato de ela não estar usando sutiã. Seus olhos deram uma geral rapidíssima nos seios dela, não encarando abertamente como o segurança tinha feito, mas ainda assim ele olhou, enquanto apertava sua mão.

— Prazer em conhecê-la, Anna.

Seus olhos pareceram um pouco acesos enquanto ele a observava, e cheguei a achar que minha irmã seria capaz de ter um amasso com ele. O que não seria nada surpreendente. Anna podia ter praticamente qualquer cara, e geralmente ganhava todos em que punha os olhos. Menos Kellan.

Mas Anna não parecia estar interessada em Justin. Em vez disso, ela gesticulou em direção aos gigantescos bastidores.

— Estamos procurando os D-Bags. Por acaso você viu Kellan e Griffin?

Justin apertou os lábios. Pareceu decepcionado por Anna não querer ficar com ele.

— Griffin? – Pelo jeito como seus lábios se torceram ainda mais, achei que Justin também já conhecera o Incrível Hulk. Apontando para trás com o polegar, deu de ombros. — A última vez que o vi, eles estavam bebendo com umas garotas lá atrás.

Meu estômago deu um nó quando ouvi essas palavras. Bebendo com umas garotas? Mas tentei não deixar que o nó crescesse. Beber com garotas não significava dormir com garotas. Pelo menos, não no caso de Kellan.

Animando-se, Anna agradeceu a ele. Em seguida nos despedimos, e Justin pareceu um pouco triste quando viu Anna se afastar. Olhei para trás quando contornávamos uma parede em direção a outro corredor, e por acaso nossos olhos se encontraram. De repente, ele pareceu achar graça de alguma coisa. Riu baixinho e se inclinou para um amigo, tornando a apontar para mim. O amigo também ficou me olhando, rindo do mesmo jeito. Sabendo que eles estavam falando da noite em que Kellan fingira se masturbar à mesa do restaurante, fechei as mãos em punhos e apertei o passo atrás de Anna, que abria caminho por entre um grupo de pessoas. Não era daquele jeito que eu queria que uma celebridade se lembrasse de mim. Na verdade, preferia que não se lembrasse.

Quando chegamos a um amplo salão lotado, eu me senti como se tivéssemos acabado de entrar no Pete's. O local era menor do que o bar, mas a bebida corria solta, mulheres riam e a música do palco jorrava dos alto-falantes, enchendo o espaço de barulho. De repente, eu me senti como se devesse estar carregando uma bandeja e um saco cheio de pirulitos.

Fiquei olhando para os grupos de pessoas, mas não vi o meu D-Bag em parte alguma. Poltronas e sofás se espalhavam de tantos em tantos metros pelo espaço, com pequenas mesas contendo pilhas de copos vazios. Eu não imaginava quanto tempo fazia que o show começara, mas essa festa já parecia estar a pleno vapor.

Mulheres gritavam por caras que eu não conhecia; imaginei que deviam ser membros das outras bandas. Ao ver uma delas ficar nas pontas dos pés e chupar o lóbulo da orelha de um deles, imaginei se alguns teriam namoradas à sua espera em casa. Esse pensamento bastou para me deixar nauseada. Anna segurou minha mão, me conduzindo por entre o formigueiro humano, meu estômago mais embrulhado a cada passo.

Talvez ter vindo tivesse sido uma má ideia. Se eu pegasse Kellan em flagrante com outra mulher... meu coração seria capaz de explodir ali mesmo. Não achava que fosse suportar. Embora sempre houvesse me sentido culpada por Denny ter me flagrado com Kellan, eu acabava de adquirir uma nova compreensão do seu sofrimento. Não era de admirar que ele tivesse perdido a cabeça. Eu já estava quase perdendo a minha, só de ver os caras paquerando aquelas biscates na maior... e ainda nem tinha encontrado Kellan.

Fui encontrá-lo momentos depois. Ele estava de costas para mim, felizmente sem nenhuma garota por perto, rindo de alguma coisa à sua frente. Mulheres ao meu redor faziam a mímica de beliscões no seu traseiro, às gargalhadas. Outras pareciam prestes a passar os braços bêbados pelo seu pescoço e beijá-lo. Ignorando-as, eu me concentrei na cabeleira alvoroçada de cabelos castanho-claros de que sentira tantas saudades. Quando ele se inclinou, aos risos, para cochichar algo no ouvido do cara ao lado – que finalmente percebi ser Griffin –, meus olhos se fixaram no forte contorno do seu queixo, nos lábios cheios que pronunciavam palavras em meio a um sorriso.

Ele era de uma beleza tão extrema, que quase chegava a ser injusto. Mas não era só isso que ele era, e o amor que eu sentia por ele encheu meu coração, um amor que só crescia desde que tínhamos sido forçados a nos separar.

Então, notei o que prendia a atenção dele e de Griffin.

Quando Anna e eu contornamos um grupo de mulheres por onde não conseguimos passar, pude ver com clareza para o que Kellan e Griffin estavam olhando que os fazia rir tanto. Uma loura com um busto enorme se esparramava em cima de um bar improvisado que alguém montara ali. Usando um short minúsculo e apenas um sutiã como top, estava cercada por outras garotas igualmente despudoradas que entornavam doses de bebida pelo seu corpo, para chupá-las em seguida. Uma delas até derramou um pouco na boca da loura, logo se abaixando para recuperar o líquido.

Fiquei assistindo àquilo por um segundo, enojada com o óbvio ardil para chamar a atenção dos roqueiros, e então virei a cabeça para Kellan. Ele ainda as observava, mordendo o lábio inferior e girando uma garrafa de cerveja nas mãos. Franzindo os olhos, observei sua calça jeans. Sabia que era errado da minha parte, um cara não podia deixar de ficar excitado ao ver garotas bonitas agindo de uma maneira abertamente sexual, mas eu precisava saber se ele estava ficando excitado com isso. Mas não vi quaisquer sinais reveladores... pelo menos, por ora.

Ainda estava olhando para a calça jeans de Kellan quando Anna finalmente conseguiu nos puxar até perto o bastante para ele e Griffin nos notarem. Quando a visão dos seus quadris passou de lateral para frontal, meu coração começou a bater dez vezes mais rápido, e eu olhei para o seu rosto. Constrangida por ele ter me flagrado encarando as suas partes íntimas, fiquei vermelha.

Mas ele não pareceu nem um pouco constrangido, e nem jamais se sentiria assim por me ver encarando seu corpo. Em vez disso, pareceu totalmente pasmo. Com a boca escancarada, ele olhava para mim como se tivesse acabado de me fazer existir só por desejar. Ao seu lado, Griffin parecia igualmente chocado, encarando Anna.

Para minha surpresa, foi Griffin quem saiu do torpor primeiro.

— Yesss! — exclamou, empurrando Kellan e indo levantar a risonha Anna do chão num abraço. Em segundos, sua língua estava no fundo da garganta dela. Um momento depois, as pernas dela estavam ao redor da sua cintura, e ele saía do salão com ela no colo, empurrando do caminho qualquer um que não se afastasse depressa o bastante.

Fiquei pasma de ver o jeito como os dois tinham ido direto ao assunto, e então me virei novamente para Kellan. Recobrando-se devagar, ele balançou a cabeça, um sorriso tomando o lugar de sua expressão chocada.

— Você está aqui? — perguntou, avançando na minha direção.

Assenti, também exibindo um sorriso nos lábios. Sem querer, dei uma olhada na suruba das universitárias, e Kellan seguiu meus olhos. Franzindo o cenho, voltou a olhar para mim, dando de ombros. Parecendo meio sem graça, segurou minha mão e me puxou para si.

— Me desculpe por isso. — Passando a outra mão pelos meus cabelos, seus olhos percorreram o meu rosto, carinhosos. — Algumas mulheres fazem de tudo para serem notadas.

Sentindo a tensão no estômago se desfazer enquanto aqueles olhos de cor índigo me observavam, assenti. Não comentei que elas tinham conseguido chamar a atenção dele. Ele estava totalmente absorto até eu chegar. Mas os homens são assim mesmo... não se pode esperar que não olhem para coisas desse tipo. Até Denny teria olhado.

Sorrindo para mim, carinhoso, ele segurou meu rosto, o calor de sua mão se espalhando para o sul do meu corpo.

— Não posso acreditar que você está aqui. — Deu uma olhada ao redor. — Como você chegou até aqui?

Suspirei, contrariada.

— Você nem acreditaria no que tive que fazer. — Arqueei uma sobrancelha. — Não se esqueça de dizer adeus a Anna... porque eu vou matá-la quando chegarmos em casa.

Ele achou graça de mim, abrindo um sorriso maravilhoso.

— Ah, mal posso esperar para ouvir essa história.

Mordendo o lábio, eu me aproximei mais ainda do seu corpo.

— Dá para esperar um pouquinho? — sussurrei, meus olhos se fixando na sua boca.

Compreendendo do que eu precisava, no mesmo instante seus lábios se colaram aos meus. Quis gemer e apertá-lo contra mim. Estávamos na primeira quinzena de março. Fazia mais de dois meses que tínhamos nos beijado, em dezembro... e eu sentira tanta falta. Os braços de Kellan se cruzaram ao meu redor, a mão que segurava meu rosto indo envolver meu pescoço. Meus braços subiram pelo seu peito, uma das mãos continuando até se emaranhar nos seus cabelos. Sua língua deslizou ao encontro da minha, me saboreando, me provocando. O caos do mundo desapareceu enquanto nos fundíamos, e por longos segundos fomos apenas nós dois naquele salão lotado.

Mas então alguém bateu no ombro de Kellan e, sem a menor vontade, ele se afastou de mim. Escondendo minha cara amarrada, olhei para a pessoa que não podia esperar alguns momentos para ter sua atenção. Pensando que talvez a loura peituda do balcão fosse tentar algo um pouco mais agressivo, estava crente que iria vê-la. Mas, quando os olhos da sósia de Halle Berry encontraram os meus, desejei de coração que tivesse sido a loura.

A sósia da atriz deu uma olhada em mim, e então se concentrou em Kellan.

— Kellan, estou pronta para você.

Meu queixo despencou tanto quanto o de Kellan despencara ao ver que eu estava lá. Ela tinha mesmo feito uma proposta para ele bem na minha frente? Quem diabos era essa guria?

Esperando que Kellan gaguejasse e ficasse catando alguma desculpa que fizesse sentido, fiquei um pouco surpresa quando ele apenas concordou, dizendo:

— Tudo bem. Mas vou precisar de um minuto.

A beldade escultural me deu um olhar de alto a baixo, balançou um pouco a cabeça e então voltou a sorrir para Kellan. Pousando a mão no ombro dele, inclinou-se para que ele pudesse ouvi-la apesar da música e do vozerio no ambiente:

— Na sala de conferências do segundo andar... quando estiver pronto.

Kellan assentiu, ainda sorrindo simpático para ela. Tive vontade de dar um soco na cara do palhaço. Ela sorriu para mim, e então deu as costas e se afastou. E eu lá parada, meus braços soltando Kellan e pendendo inertes ao longo do corpo. Isso não tinha realmente acabado de acontecer, tinha? Cravei as unhas nas palmas das mãos, tentando me despertar. Eu estava sonhando. Isso era apenas mais um pesadelo com aquela mulher... só isso.

Mas não despertei, e Kellan se virou para me olhar. Não parecia nem um pouco aborrecido por ter sido flagrado. É claro, não sabia que eu tinha descoberto que ela vivia atrás dele. Nem que tinha assistido aos vídeos, que a vira neles, que sabia que ele a conhecia. Enquanto ele observava minha expressão apática, mordeu o lábio, finalmente parecendo nervoso.

— Preciso te contar uma coisa... Podemos conversar?

Fechei os olhos por um segundo ao ouvir essas palavras tão temidas, e então assenti, dando as costas. Caminhei sem pensar em direção ao corredor por onde Anna e Griffin tinham desaparecido, sem saber de fato aonde estava indo, apenas esperando que houvesse bastante privacidade nos fundos para que eu pudesse assassiná-lo sem chamar muita atenção.

Quando chegamos a um ponto onde a multidão começava a diminuir, Kellan me segurou pelo braço, interrompendo meus passos. Quis me desvencilhar. Quis continuar caminhando. Se fizesse isso, não teria que ouvi-lo dizer que se apaixonara por outra mulher... e que estava prestes a transar com ela numa sala de conferências. Santo Deus, que constrangimento.

Franzindo o cenho ao sentir que eu me retesava nos seus braços, ele perguntou:

— Espera aí, você está... zangada comigo?

Me enfurecendo, empinei o queixo e joguei a sacola no chão.

— Não, por que deveria estar zangada? — Ele balançou a cabeça e já ia responder, mas a idiota aqui respondeu por ele: — Você só está prestes a me dar um fora para ficar com a sósia sexy de uma celebridade que está atrás de você há semanas. Você só está prestes a transar com ela na mesa de um escritório. Você só está prestes a me partir em mil pedaços, e logo hoje, que eu tive que mostrar os peitos a um cretino para poder ver você!

Ele piscou e ficou me olhando de queixo caído, enquanto eu começava a ofegar. Não tivera a menor intenção de dizer nada daquilo. Queria que ele fosse para o inferno.

— Espera aí, você está achando...? — Interrompeu-se, inclinando a cabeça. — Você fez *o que* para poder me ver...?

Irritada, empurrei seu peito e comecei a me afastar em passos duros... em direção a qualquer lugar. Suspirando, ele me segurou pelos ombros e me encurralou contra uma parede, olhando para mim com uma expressão séria.

— Eu não vou dar um fora em você. Não estou prestes a transar com ela. E não vou partir você em mil pedaços.

Ele me deu um minuto para eu me acalmar. Quando eu estava respirando normalmente, olhei para o seu rosto.

— Mas então... o que está acontecendo?

Soltando meus ombros, ele balançou a cabeça.

— Bem, o que eu ia te contar, antes de você tirar aquela conclusão doida, é que... — mordeu o lábio, seu rosto radiante apesar disso — ... nós fechamos contrato. — Meneou a cabeça em direção ao segundo andar. – Aquela é Lana. Ela é representante de uma gravadora. Está seguindo a turnê, examinando as bandas... e quer que nós lancemos um disco pelo seu selo. – Riu um pouco, balançando a cabeça. – Nós vamos gravar um disco, Kiera, um disco de verdade, profissional... Dá para acreditar?

Meu queixo voltou a despencar, meus olhos se enchendo de lágrimas. Uma coisa dessas nem tinha me passado pela cabeça. Eu automaticamente presumira o pior. Empurrei seus ombros para longe de mim.

– Por que não me disse que estava sendo sondado, seu cretino?!

Ele estremeceu, se afastando, enquanto eu começava a dar tapas no seu peito.

– Porque eu não estava esperando grande coisa. Não achava que ela fosse nos escolher... e... – Sua voz foi se silenciando, e eu parei de bater nele. Suspirando, ele segurou minhas mãos e me olhou, com a cabeça baixa. – Não queria desapontar você... se ela não estivesse interessada em nós. Sei que você acha que vou fazer sucesso... e não queria te decepcionar...

Abaixou os olhos, e na mesma hora me senti uma idiota. Passando os braços pelo seu pescoço, eu o apertei com força.

– Meu Deus, Kellan, eu nunca ficaria decepcionada com você... jamais. – Me afastando, segurei seu rosto, meus olhos embaçados de lágrimas. – Tenho o maior orgulho de você, de tudo que você faz, e mesmo que nós terminássemos neste exato momento, eu me sentiria tudo, menos decepcionada com você.

Ele suspirou, parecendo aliviado. Fungando, deu uma olhada no corredor.

– Eu ainda não contei nem para os caras... Não queria que entrasse areia, por isso a gente precisa encontrá-los e subir para assinar os documentos. – Olhou para mim, arqueando uma sobrancelha. – É isso que vai rolar na sala de conferências... não sexo. – Ele me puxou pelos quadris. – Mas, se estiver a fim, depois que todo mundo for embora... eu nunca te diria não.

Riu baixinho, e eu segurei seu rosto, beijando-o com força. Talvez até fosse capaz de aceitar sua oferta. Estava extremamente aliviada por saber que ele não estava tendo um caso com ela. E extremamente orgulhosa pelo que estava fazendo.

Afastando-se de mim, ele se abaixou para pegar minha sacola esquecida.

– Vamos lá, temos que cuidar disso antes de chegar a hora de nos apresentarmos. – Estendendo a mão para mim, sorriu feito um garotinho. – Nós subimos na ordem de apresentação... agora tocamos antes da banda do Justin. Muito maneiro, não é?

Inclinando-me para ele, ri, assentindo.

– Isso é fantástico, Kellan.

Começando a me sentir melhor em relação a várias coisas enquanto atravessávamos os corredores à procura dos D-Bags, relembrei todos os vídeos em que tinha visto Lana. Então era por isso que ela aparecia tanto... porque estava sondando a banda. E essa era a razão pela qual eles pareciam amigos. Ela estava tentando conquistá-lo... num certo sentido. Lana... Parecia um nome bastante respeitável; não que os nomes queiram dizer alguma coisa, mas, enfim...

Enquanto eu assimilava essa nova informação, Kellan sorriu para mim.

– O que você quis dizer quando falou que ela está atrás de mim há semanas? Como sabia disso?

Mordendo o lábio, com olhares tímidos para o seu rosto, respondi:

– Hum, a Rachel montou um site, e os fãs têm postado vídeos dos seus shows. – Mas então me calei, experimentando a estranha sensação de que *eu* era a *stalker* e não o contrário.

– Ah, ela finalmente conseguiu montar o site? Matt vai adorar saber disso. – Soltando minha mão, Kellan passou o braço pelo meu ombro. – Quer dizer que você tem me vigiado?

Olhei para o seu rosto, seus olhos parecendo risonhos enquanto procuravam pelos amigos.

– Não... – Na mesma hora seus olhos azul-escuros se fixaram nos meus, ainda mais risonhos. – Talvez... um pouco.

Inclinando a cabeça, ele me apertou com mais força.

– E eu estava me comportando bem?

Sem saber ao certo o que responder, pois tinha achado que ele andava transando com a representante da gravadora, fiquei vermelha, sem que uma palavra me ocorresse. Felizmente, Griffin e Anna reapareceram, saindo de trás de uma parede. Sorri ao vê-los, o que foi uma reação estranha para mim ao ver Griffin. Anna estava com um sorriso bobo e satisfeito no rosto, arrumando os cabelos e as roupas. Imaginei que eles já tivessem enfrentado o primeiro round... talvez até o segundo.

Dando um tapa no ombro de Griffin, Kellan o pôs a par da situação. Eufórico com a notícia, Griffin saiu à procura do primo, que, pelo visto, estava num cantinho sossegado com Evan, trabalhando numa música. Saber que os dois dedicavam o tempo livre à composição em vez de paquerarem a legião de tietes histéricas da banda me fez sorrir. Rachel tinha razão, Matt só estava interessado na música. E Evan também, num certo sentido.

Kellan nos levou para um elevador bloqueado por um segurança. Pelo visto, o procedimento de admissão nos fundos do teatro não valia para o segundo andar. Com Anna rindo e segurando meu braço, nós três passamos pelo segurança depois que Kellan lhe dirigiu algumas palavras. Ele deu um olhar de aprovação para Kellan, enquanto as portas do elevador se fechavam ás nossas costas, como se achasse que meu namorado estava prestes a ter um *ménage à trois* comigo e minha irmã. Argh.

Enquanto Anna enfiava a mão na sacola para pegar um pirulito (e eu nem quis saber por quê), Kellan soltou minha sacola e passou os braços pela minha cintura. Me beijando de um jeito apaixonado demais, considerando que minha irmã estava olhando, ele murmurou:

— Me desculpe por não ter dito isso antes... mas estou feliz por você estar aqui.

Satisfeita, passei os dedos pelos seus cabelos.

— Também estou feliz por estar aqui. — Todo o estresse das semanas anteriores se dissipou enquanto sua boca explorava a minha. Eu começava a desejar que pudéssemos ter um pouco mais de privacidade quando o elevador parou e as portas se abriram. Com o pirulito enfiado na boca, Anna sorriu para nós antes de sair.

Kellan pegou minha sacola e segurou minha mão.

— E aí — me perguntou bem-humorado enquanto saíamos —, tem alguma coisa que você ande escondendo de mim?

Como disse isso rindo, tive certeza de que não estava sabendo de nada. Anna franziu o cenho e me deu um olhar penetrante. Obviamente, queria que eu contasse a ele. E eu iria contar... deveria contar. Ele deveria saber que Denny reaparecera durante sua ausência. Mas, assim como eu fora obrigada a aguentar aquela multidão de mulheres atiradas no primeiro andar, Kellan teria que confiar em mim.

Respirando fundo, estava prestes a contar a ele, quando seu celular tocou. Franzindo um pouco o cenho, ele enfiou a mão no bolso traseiro, silenciou o celular sem olhar para o número e tornou a guardá-lo no bolso. Olhando para a frente, continuou a caminhar pelo corredor como se nada tivesse acontecido. Relembrando todas as pessoas que eu conhecia na vida de Kellan, eu me perguntava quem poderia ter ligado. Lana esperava na sala de onde nos aproximávamos, e os outros D-Bags já estavam a caminho. Dessa vez, não era Griffin. Aliás, eu tinha quase certeza absoluta de que não fora Griffin daquela.

Todos as boas sensações que eu experimentara brevemente em relação a nós dois se dissolveram quando percebi que ele estava evitando meus olhos. Ainda estava escondendo algo, e eu não fazia ideia do que fosse... ou de quem fosse. Com os olhos ficando úmidos, resolvi calar a boca e não dizer uma palavra sobre o fato de Denny estar em Seattle.

## Capítulo 18
## ESQUECE ISSO

Fiquei olhando para minhas mãos enquanto nos sentávamos ao redor de uma grande mesa de carvalho. Lana, a linda representante da gravadora, distribuiu contratos com um considerável número de parágrafos e cláusulas. Os garotos leram em silêncio, enquanto Lana explicava o texto para eles. Eu me desliguei do que ela dizia, me concentrando na música que chegava do primeiro andar. A banda ainda não estava nem na metade do show, por isso Kellan e os amigos tiveram tempo de sobra para refletir sobre essa oportunidade de dar uma guinada na carreira que lhes era apresentada.

Quando Lana terminou de falar, Kellan olhou para ela, e então para Matt e Evan.
– O que vocês acham? – perguntou em voz baixa.

Tendo acabado de tomar conhecimento do contrato, os dois olharam para ele com uma expressão séria. Ao mesmo tempo, o louro de cabelos espetados e o moreno de cabelos curtos se entreolharam, sorriram e então se viraram para Kellan. Matt assentiu:
– Sim, estamos dentro.

Kellan sorria radiante para os irmãos de banda, enquanto Lana lhes mostrava onde deveriam assinar. Pelo que pude decifrar dos contratos, pareciam bastante justos; os D-Bags não seriam explorados, nem nada do gênero. Ainda manteriam controle sobre as músicas que compusessem e lançassem, por isso Kellan poderia continuar a escrever seu próprio material. Os lucros do primeiro álbum seriam modestos, mas aumentariam consideravelmente com os próximos dois; o contrato era para três álbuns, podendo ser prorrogado, caso fizessem sucesso. E eu tinha certeza de que fariam um sucesso enorme. Ainda estava para conhecer alguém que não gostasse da música dos D-Bags.

Enquanto Kellan assentia e sorria para os amigos, ouvi um resmungo descontente vindo da direção de Griffin. Ainda me sentindo um pouco, digamos, melancólica depois da ligação que Kellan, para minha suspeita, ignorara, olhei para Griffin, que olhava de cara amarrada para uma folha de papel.

— Ô Kell, você leu esse negócio? Não acredito no que essa merda diz!

Matt riu baixinho, murmurando:

— E eu não acredito que você saiba ler...

Griffin fuzilou-o com os olhos, mas pegou um memorando de uma pilha de papéis e o enfiou nas mãos de Kellan, que me deu um olhar rápido e nervoso.

— Hum-hum... eu já li.

Minha curiosidade derrotando o bom senso, perguntei a Griffin:

— Leu o quê?

Griffin exibiu a folha para mim, como se eu pudesse ler aquelas letrinhas minúsculas da distância que nos separava.

— Aqui diz que a gente não pode transar com todas as garotas que ficam ao nosso redor, porque elas vão tentar levar a gente pra cama só pra engravidarem! E aí a gente tem que pagar pelo sustento da criança! Durante dezoito anos!

Ficou olhando para mim com uma expressão totalmente chocada, como se essa ideia jamais tivesse lhe ocorrido. O que eu teria achado cômico, se não estivesse tão mal-humorada. Franzi os olhos para Kellan.

— Eles também te deram um panfleto sobre sexo com fãs?

Ele deu de ombros, estudando os papéis.

— É só um aviso...

Lana interveio, para esclarecer:

— É uma precaução de praxe que damos a todos os nossos artistas, futuras celebridades. Eles serão alvo de todos os tipos de pessoas, e nós os orientamos sobre a melhor maneira de se protegerem... contra a manipulação.

Sorriu para mim, simpática.

— É como a empresa protege o seu patrimônio. Uma prática muito comum hoje em dia. — Rindo um pouco, deu de ombros. — Os atletas são obrigados a assistir a um seminário. — Curvando-se para procurar algo em sua pasta, murmurou: — Mas eles nunca ouvem...

Griffin bufou, atirando a caneta na mesa.

— Mas então de que adianta ser um ídolo do rock, se eu não posso comer as tietes?

Revirando os olhos, eu me peguei murmurando:

— Pensei que fosse por causa da música...

Infelizmente, Griffin ouviu meu comentário ferino e decidiu responder:

— Não, não, tenho certeza de que é por causa das xoxotas.

Corando, eu me recostei na cadeira, cruzando os braços. Babaca. Kellan deu um tapinha na minha coxa. Tive vontade de dar um tabefe na sua mão. O comentário de Griffin pusera o dedo na minha ferida. Ouvi minha irmã dar um pescotapa em Griffin e vi quando ele olhou irritado para ela, esfregando o ponto dolorido.

— Que foi? — murmurou Griffin. Anna revirou os olhos, balançando a cabeça, e Matt riu do primo boçal.

— Cara, aqui não diz que você não deve transar. Só diz que você deve sempre se proteger. — Matt revirou os olhos. — Você ainda pode dormir com quantas mulheres quiser, basta embrulhar o troço. — Sorrindo, balançou a cabeça. — E, por favor, faça isso. A última coisa de que o mundo precisa é de outro Griffin.

Griffin se virou, olhando furioso para Matt.

— Vai se foder, cara. — Parecendo quase derrotado, olhou de novo para Kellan. — Isso é verdade? As mulheres fazem mesmo isso?

Apertando minha perna, Kellan deu de ombros.

— Algumas.

Voltando a pegar a caneta, Griffin se preparou para assinar o contrato.

— Isso é uma puta sacanagem.

Kellan terminou de assinar sua pilha de papéis e os entregou para Lana. Ela lhe deu um sorriso simpático, guardando-os na pasta. Era um sorriso amigável que deixava claro que gostava dele tanto no nível pessoal quanto no profissional. Não fiquei exatamente eufórica com o fato de os dois serem amigos, mas também não me surpreendi. Kellan fazia amigos aonde quer que fosse, mesmo que nem sempre tivesse consciência disso. Parecia achar que estava totalmente sozinho no mundo, mas não era o caso. Mesmo sem mim, ele tinha um amplo círculo de amigos que gostavam dele.

Depois de me dar um beijo no rosto, ele passou os lábios pela minha orelha. Fechando os olhos, eu o ouvi sussurrar:

— Ainda tenho quarenta e cinco minutos de tempo livre... Quer ir para algum lugar mais discreto?

Só pude concordar, um ímpeto de desejo percorrendo meu corpo. Podia ainda ter dúvidas e inseguranças sobre a nossa relação, podia ainda questionar se ele estava sendo um pouco amigável demais com Lana ou alguma tiete, podia ainda estar com vontade de arrancar o celular do seu bolso e ler as mensagens secretas... mas, principalmente, eu o amava, sentia saudades e queria ficar a sós com ele.

Kellan se levantou e disse aos amigos que os veria antes da apresentação. Matt e Evan me deram um olhar cúmplice, sorrindo, e então assentiram. Griffin continuou olhando para o contrato, parecendo extremamente confuso. Anna se inclinou sobre seu ombro. Os seios dela pressionaram seu braço, e o olhar dele se desviou direto para o decote dela. Nesse momento, ele já não parecia mais tão confuso assim. E nem parecia mais estar dando a mínima para o contrato.

Ainda carregando minha sacola, cavalheiresco, Kellan me conduziu para fora do prédio por uma saída secreta que ia dar exatamente nos ônibus estacionados nos fundos do prédio. Empurrando a porta de um deles, Kellan sorriu para mim, meneando a cabeça em direção à porta.

— Vem, deixa eu te mostrar onde estou vivendo.

Ri um pouco, segurando sua mão. Nunca tinha estado no ônibus de uma turnê antes. As poltronas estofadas eram viradas umas para as outras, com pequenas mesas entre elas. Isso me lembrou do interior de um trem, e eu sorri, recordando que minha primeira viagem de trem fora com Kellan... séculos atrás.

Kellan soltou minha sacola numa poltrona vazia e me levou para uma área separada por uma cortina. Essa parte do ônibus não tinha janelas e, quando a pesada cortina voltou para o lugar, vi que a única fonte de iluminação do ambiente eram as luzinhas LED embutidas no chão do ônibus.

Kellan se virou de frente para mim e passou os braços pela minha cintura. Fazia o maior silêncio, nossa respiração o único som que não era absorvido pelas cortinas de tecido pesado. Encostando a testa na minha, Kellan disse baixinho:

— Bem-vinda ao meu quarto.

Minha respiração acelerou quando seus lábios se aproximaram dos meus.

— Seu quarto? — perguntei, minha voz saindo um pouco rouca. A expectativa de transar com ele fazia com que eu me sentisse como se meu corpo fosse de gelatina.

Seus lábios se afastaram da minha boca, indo se esfregar no contorno do meu rosto. Minhas pálpebras tremeram quando senti seu hálito se espalhar por minha pele.

— Meu e do pessoal... — Uma de suas mãos deslizou pelo meu traseiro, enquanto seus beijos iam avançando numa trilha pelo meu pescoço. Respirando com um pouco mais de força, inclinei a cabeça, para que ele pudesse explorar mais embaixo.

Murmurando enquanto descia, a voz tão rouca quanto a minha, ele continuou a descrever o seu lar sobre rodas.

— Nós ficamos espremidos nesses cubículos feito sardinhas. — Chegou à base do meu pescoço e começou a passar a língua de leve pelo centro. Soltei uma exclamação, jogando a cabeça para trás, minhas mãos indo apertar o seu traseiro.

Soltando um gemido profundo e satisfeito ao chegar ao alto, sua mão livre segurou minha face.

— Não é tão espaçoso quanto a cama que você tem em casa, mas tem espaço bastante para dois...

Encostou o rosto no meu, seus lábios tão próximos que estávamos quase nos tocando. Era difícil me concentrar em qualquer coisa além daqueles lábios, mas eu me forcei a olhar para o que ele descrevera. Beliches se alinhavam ao longo das paredes daquele espaço fechado, duas camas por beliche, dois beliches por parede. Cada cama tinha sua própria cortina de privacidade. Elas pareciam minúsculas, do tipo que dá claustrofobia na pessoa.

Kellan apontou para a cama mais baixa do beliche, onde estávamos encostados.

— Essa é a minha — sussurrou. — Meu segundo lar, onde tento dormir com um bando de marmanjos fedorentos roncando ao meu redor. — Riu um pouco, e então suspirou, levando a mão novamente ao meu rosto. Afastando-se para me olhar, seu rosto lindo, destacado pelo brilho suave das luzes no chão, seus olhos escuros buscaram os meus. — Onde eu sonho com você... onde sinto sua falta...

Seus olhos ficaram um pouco úmidos enquanto me observavam, o que levou os meus a se umedecerem também.

Então não pude mais me segurar, e minha mão se enfiou entre seus cabelos, puxando seus lábios para mim. Ele gemeu com a intensidade do meu gesto, e então retribuiu meu beijo apaixonadamente. O espaço silencioso logo se encheu de arquejos rápidos e gemidos altos quando voltamos a nos tocar. Me empurrando contra a estrutura do beliche, Kellan puxou minha coxa até rodear sua cintura. Corri as unhas pelas suas costas enquanto seu corpo se alinhava ao meu. Droga, de repente eu até o deixaria me possuir ali mesmo, pressionada contra o beliche.

Meu desejo crescendo a cada segundo que sua boca passava sobre a minha, comecei a levantar sua camisa. Ele me ajudou quando cheguei à metade, jogando a camisa por cima do ombro. Passei os dedos pelas curvas do meu nome gravado sobre seu peito, e ele sibilou num arquejo erótico, sussurrando algo que soou como *Eu te amo* ou *Que saudade*, ou talvez mesmo *Eu te quero*. Eu estava atordoada demais para ter certeza.

Enquanto ele empurrava os quadris contra os meus, pressionando a rigidez do seu desejo contra a maciez do meu, envolvi sua cabeça com os braços, puxando-o para mim. Cara, como eu tinha sentido saudades dele. Com os lábios colados ao meu pescoço, seus dedos levantaram minha blusa. Quando já tinha suspendido o tecido o bastante, empurrou meu sutiã para o lado e colou a boca quente num mamilo sensível. Um mamilo hipersensível. Um mamilo que sentira muita falta das suas carícias. Só sentir sua boca chupando-o foi o bastante para me deixar à beira de gozar.

Sabendo que estávamos a sós, soltei um longo gemido enquanto sua língua ameaçava me empurrar no abismo. Ele gemeu com os lábios sobre a minha pele como se sentisse meu corpo se retesando para aquele momento maravilhoso. Afastando os quadris, usou apenas uma das mãos para desabotoar minha calça jeans depressa. *Assim*, gemi, seus dedos descendo até o ponto que me faria entrar em órbita de puro êxtase. Por melhores que tivessem sido seus bilhetes eróticos e telefonemas tórridos, nada se comparava a Kellan tocando meu corpo.

Eu agarrava seus ombros e arquejava com todas as forças, à espera de que seu dedo deslizasse dentro de mim... uma única vez... quando, de repente, um clarão de luz entrou no quarto, quase me cegando.

Na mesma hora Kellan tirou a mão da minha calça jeans e soltou meu seio, me ajudando a pôr a blusa no lugar. Foi um balde de água gelada em mim, matando meu quase clímax, e tive que fazer um enorme esforço para acalmar a respiração. A de Kellan também estava ofegante quando ele ficou à minha frente, me escondendo, embora tivesse tirado mais roupas do que eu.

Enquanto olhávamos para o cara que entrara na área de dormir, vindo da direção oposta, onde deviam ficar os banheiros, abotoei a calça às pressas. Segurando os ombros nus de Kellan, dei uma olhada no roqueiro de aparência enxovalhada. O cara tinha uma cabeleira louca, com as mechas apontando para todos os lados – uma imitação barata do alvoroço sexy de Kellan, se pedissem minha opinião. Com aquele excesso de delineador nos olhos, braceletes de corda até os pulsos, anéis de caveiras em cada dedo e unhas pintadas de preto, ele não queria ser confundido com nada além de um roqueiro estereotípico – só precisava tatuar na testa a frase *Sou um rebelde e você nunca vai me compreender* para deixar a mensagem ainda mais clara.

Esperando que o cara não tivesse me ouvido quase gozar, e sabendo que não havia possibilidade de ele não ter ouvido *nada* daquilo, fiquei vermelha feito um pimentão. Mas ele se fingiu surpreso, mantendo a cortina aberta, ainda nos cegando.

– Aí, foi mal, Kellan... não tive intenção de... interromper. – Sorriu para mim, entrando no quarto. – E aí, gatinha, tudo em cima?

Enterrei a cabeça no ombro de Kellan, com vontade de desaparecer. Agora eu morreria de vergonha por estar na presença de dois companheiros de turnê de Kellan. Que maravilha.

Kellan deu um empurrão no ombro do cara, tentando fazer com que saísse da área privada onde estávamos vivendo nosso momento a dois.

– É, acontece, não se preocupe.

O cara cedeu sob a força de Kellan e riu, passando para o outro lado da área separada pela cortina.

– OK, OK, já estou indo. – Abrindo as cortinas, sorriu para Kellan. – Droga, cara, não sei como você sempre consegue pegar as gatas mais gostosas. – Ele me olhou de alto a baixo. – E duas numa só noite, brother... Quem me dera ter a sua energia.

Senti todo o sangue me fugir do rosto quando encarei Kellan. Ele também pareceu empalidecer. Vagamente ouvi o roqueiro dizer:

– Olha só, gata, estou à sua disposição, se quiser transar comigo depois... Não me importo de ficar com as sobras dele... de novo.

Eu estava aturdida demais para responder. Estava aturdida demais para fazer qualquer coisa. Com duas frases, o cara confirmara o meu maior medo. Kellan estava me traindo... sem parar. Ouvindo os risos do roqueiro que se afastava, tirei as mãos do corpo de Kellan. Não sentia mais a menor vontade de tocá-lo. Ele fechou os olhos, engoliu em seco e então os reabriu. Em câmera lenta, virou-se de frente para mim.

O que fiz foi sem reflexão ou deliberação. Foi sem ter consciência do que fazia. Minha mão se afastou por conta própria e bateu no seu rosto. A aliança em volta do meu dedo entrou na sua pele, cortando a face, e uma pequena gota de sangue aflorou.

— Seu filho da puta! — rosnei, me afastando dele o máximo que me permitia aquele espaço apertado.

Ele estremeceu, esfregando o rosto.

— Pelo amor de Deus, Kiera! Será que dá para me deixar explicar, antes de começar a bater em mim?

Seus olhos se fixaram nos meus, furiosos, mas não era nada comparado à minha raiva e consciência de ter sido traída.

— Você pode explicar a frase "pegar as gatas mais gostosas"? Pode explicar "duas numa só noite"? Pode explicar o cara "ficando com as suas sobras... de novo"?

Suspirando, Kellan passou a mão pelo rosto. Quando olhou para mim novamente, parecia menos zangado. Eu não estava.

— Posso, Kiera. Posso explicar, sim.

Enfiando o dedo no seu peito escultural, empurrei-o um passo para trás:

— Você está me traindo?

Segurando minha mão, ele tentou entrelaçar nossos dedos.

— Não, não estou. — Ele se abaixou para me olhar nos olhos, mas eu estava tão furiosa que não podia olhar para ele. — Não estou, Kiera! Já te disse isso antes... aliás, várias vezes.

Respirando fundo para me estabilizar, tentei formular uma pergunta calmamente. Minha voz tremeu enquanto eu tentava controlá-la.

— Então... do que ele estava falando?

Kellan segurou minha outra mão, tentando fazer com que eu abrisse os dedos do punho. Talvez tivesse se dado conta de que, se eu fosse bater nele de novo, dessa vez não seria mais com a palma da mão. Engraçado, eu nunca tinha me considerado uma pessoa violenta antes de conhecer Kellan. Ele trazia esse lado meu à tona.

Quando sua tentativa de me fazer relaxar as mãos não surtiu qualquer efeito, ele segurou meu rosto, me obrigando a olhar para ele. Meus olhos começaram a lacrimejar, e eu funguei para conter as lágrimas. Não queria chorar.

Com o cenho franzido, ele observou o meu rosto.

— Ele estava mentindo, Kiera. Disse aquilo para te magoar. Sabe muito bem quem você é, todos eles sabem. Eu estou toda hora folheando aquele álbum... — Esboçou um sorriso, balançando a cabeça. — Todos eles te acham linda...

Afastei as mãos dele a tapas.

— Por que *ele* mentiria? — Enfatizei o *ele* para que Kellan soubesse que eu estava muito mais inclinada a crer que o mentiroso era ele.

Suspirando, Kellan balançou a cabeça e se manteve a distância.

— Porque nós fomos a última banda a entrar na turnê, e acabamos nos tornando a segunda na ordem de apresentação. Porque Lana quis contratar a nossa banda, e não a dele. — Deu de ombros. — Porque ele é um babaca infantil, imaturo, com raiva de mim, Kiera, e se fazer com que você duvidasse de mim nos levasse a ter uma briga em vez de... — Tornou a suspirar, levantando as mãos. — Porque isto, que está acontecendo neste exato momento, é o que ele queria... Uma vingancinha idiota pelo fato de nossa banda ser melhor que a dele.

Observando a expressão exasperada no seu rosto, abrandei um pouco. Parecia plausível, mas a maior parte das mentiras de Kellan sempre soava plausível. Eu sabia disso. Na época em que estava tendo um caso com ele pelas costas de Denny, costumava saber muito bem quando Kellan estava mentindo, e ele era bom nisso.

— Por que eu deveria acreditar em você? — sussurrei.

Ele tornou a levantar as mãos.

— Eu não fiz nada de errado! Por que você não deveria acreditar em mim?

Nesse momento, como se o destino estivesse tentando nos ferrar mais ainda, o celular de Kellan vibrou no seu bolso; era uma mensagem. Ele fechou os olhos, parecendo maldizer o mesmo destino que eu maldizia. Quando os reabriu, olhou para mim, apático.

Franzi os olhos.

— Precisa atender?

— Não.

Trincando os dentes e fechando as mãos em punhos, perguntei, fumegando:

— Como é que você sabe? Pode ser importante.

Ele soltou um longo suspiro antes de negar com a cabeça.

— Você é importante... Isso pode esperar.

Meus olhos voltaram a ficar úmidos.

— O que pode esperar? — sussurrei, sem saber se sua última frase fora só para me confortar ou não.

Ele avançou na minha direção e, num gesto inconvicto, segurou meu rosto.

— Eu não estou fazendo nada, amor. Eu te amo. Estou sendo fiel a você. — Mostrou a aliança, seu polegar alisando o metal. — Eu prometi... Eu prometo.

Encostou a testa na minha.

— Nós não temos muito tempo juntos. Por favor, esquece isso...

— Esquece o quê? – sussurrei.

Ele suspirou, e então seus lábios desceram até os meus.

— Eu te amo, Kiera... por favor, acredita em mim.

Eu queria objetar, gritar com ele para me contar de uma vez o que estava escondendo, dizer alguma coisa que renovasse minha confiança nele, mas as palavras me saíram da cabeça assim que sua boca percorreu a minha pele com suavidade.

Talvez eu estivesse sendo fraca... talvez apenas não estivesse pronta para saber. Qualquer que tenha sido a razão... eu esqueci o que acontecera.

Depois de alguns momentos me acalmando, Kellan se abaixou e voltou a vestir a camisa, e nós nos deitamos lado a lado no beliche. Era um cubículo embutido na parede, e eu fiquei olhando para os poucos pertences que ele mantinha ao seu redor – os diários que eu lhe dera, o Discman, o álbum de fotos que minha mãe e Anna tinham feito para ele e o carrinho de brinquedo. Engolindo em seco, querendo acreditar nele, passei os dedos pelo *muscle car* de metal, tão miudinho.

Kellan suspirou, beijando meu ombro.

— Eu te amo... – sussurrou.

Segurando o carro de brinquedo, relembrando a conexão que tínhamos experimentado, o jeito como ele se abrira comigo e me deixara entrar na sua vida como ninguém antes, nem mesmo os companheiros de banda, olhei para ele.

— Eu também te amo...

Ele sorriu, seus dedos afastando uma mecha dos meus cabelos para trás da orelha antes de percorrer com o dedo a corrente em volta do meu pescoço. Tirando o colar de baixo da minha blusa, seu polegar percorreu o contorno da guitarra de prata; o diamante no centro reluzia, mesmo à luz fraca do ambiente.

Franzindo o cenho, o sorriso nos seus lábios se desfez, e ele olhou para os próprios dedos.

— Kiera... Preciso te contar uma coisa...

Apavorada com o bolo que imediatamente se formou no meu estômago, detestando saber que ele estava escondendo coisas de mim, na mesma hora relembrei que eu também estava escondendo coisas dele. O sentimento de culpa aliviando a ardência nas entranhas, sussurrei:

— Eu também preciso te contar uma coisa...

Os olhos dele pularam para os meus, se franzindo.

— Contar o quê?

Engolindo em seco, olhando para o seu rosto perfeito, gaguejei, procurando um jeito de lhe contar a verdade. Sabia que ele reagiria mal à notícia de que seu rival voltara para

Seattle. Não que Denny ainda fosse realmente um rival, mas Kellan sempre se sentira como se não chegasse aos pés dele. Parecia achar que eu estaria melhor com Denny. Se soubesse que Denny voltara a entrar na minha vida, ainda mais durante a sua ausência... poderia ser o fim para nós.

Lágrimas de pavor enchendo minha visão, pensei nos estranhas mensagens secretas de Kellan, sobre as quais ele se recusava a falar, a dúvida cruel que um roqueiro imbecil enfiara com a maior facilidade na minha cabeça, os vídeos onde Kellan era tão carinhoso com Lana que me matavam de ciúmes, o pavor nas minhas entranhas do que quer que ele precisasse me contar agora...

Quem sabe nós já não tínhamos terminado, e eu apenas ainda não me dera conta disso?

– Hum, eu...

Enquanto começava a me enrolar, procurando o que dizer, alguém bateu na porta do ônibus e uma voz familiar chegou até nós:

– Kell? Você e a Kiera estão aí?

Ouvir a voz jovial de Evan me levou de volta a uma época mais simples, em que Kellan e eu estávamos tendo um caso secreto pelas costas do meu namorado. Caramba, eu nunca poderia imaginar que algum dia consideraria aquele momento horrível da minha vida como sendo "os bons tempos".

Kellan suspirou, e então se inclinou, respondendo alto:

– Estamos aqui, sim.

Evan veio até a parte do ônibus em que estávamos, e eu o ouvi pigarrear.

– Vocês estão, hum... vestidos?

Kellan riu um pouco, e eu corei.

– Estamos... qual é o babado?

– Vamos entrar daqui a dez minutos, por isso... enfim, a gente precisa se aprontar.

Piscando os olhos, Kellan se apoiou sobre os cotovelos.

– Já? Droga... – Ele se levantou, e então olhou para mim. – Desculpe... é a nossa vez.

Assenti, engolindo em seco.

– Eu sei. – Ele estendeu a mão para mim, sem saber se eu aceitaria ou não. Soltando o ar lentamente, eu me levantei e segurei sua mão. Apesar dos nossos problemas, eu ainda o amava... de corpo e alma.

Soltando um suspiro aliviado, ele beijou minha mão, bem em cima da aliança de compromisso. Estremecendo, dei uma olhada no seu rosto. Ele ainda estava com um arranhão ao longo da face onde a aliança o atingira. Morta de remorsos por feri-lo, eu me inclinei e beijei seu rosto. Os olhos dele ficaram úmidos quando encontraram os meus. Compreendendo meu pedido de desculpas silencioso, ele assentiu.

— Vamos lá... quer assistir ao nosso show?

Com um sorriso exultante no rosto, assenti avidamente e apertei a mão dele com as minhas duas mãos.

— Quero demais. — Se havia uma coisa que conseguia mudar meu humor em uma fração de segundo era ver Kellan cantar. E eu também tinha sentido saudades disso.

Do lado de fora do ônibus, nós nos encontramos com Evan, que passou o braço ao meu redor, simpático. Sorri, me encostando nele. Queria tanto lhe perguntar sobre o segredo de Kellan. Mas não fiz isso. Mesmo porque, provavelmente ele não me contaria, pois Kellan era seu amigo e, num certo sentido, chefe; Evan não iria querer criar problemas se pudesse evitar. Além disso... Kellan escondera nosso caso de todos os amigos, inclusive Evan, que ficara muito surpreso ao descobrir sobre nós. Eu tinha certeza de que, o que quer que estivesse acontecendo com Kellan, os D-Bags estavam tão no escuro quanto eu. Mas precisava confiar que Kellan me contaria quando estivesse pronto, e que, se Deus quisesse, a verdade não iria me magoar... demais.

Voltando pela entrada supersecreta dos roqueiros, nós nos dirigimos às pressas para os fundos do palco. Justin acenou quando passamos; sua banda ia encerrar o show, imediatamente depois que os D-Bags tocassem. Corei, acenando de volta com timidez. Não achei que jamais voltaria a me sentir à vontade na presença dele.

Felizmente não vimos o roqueiro que tinha feito as insinuações sobre Kellan. Com certeza eu teria lhe dado um soco.

Quando chegamos à área de espera ao lado do palco, olhei para a banda que saudava a galera histérica. Fiquei uma pilha de nervos quando Kellan soltou minha mão e pegou a guitarra. Estava ficando ansiosa por ele; a pequena parte do público que pude ver me pareceu imensa, e a barulheira quando o mestre de cerimônias anunciou a banda de Kellan foi simplesmente ensurdecedora — cem vezes mais alta do que no Pete's. Mas Kellan era o retrato da calma enquanto esperava com um pé no degrau, sorrindo para mim.

Quando a gritaria amainou, ele balançou a cabeça para mim, e então se virou e correu para o palco. Se a situação se invertesse, eu teria ficado paralisada naquele degrau, totalmente incapaz de me mover. Os outros D-Bags o seguiram, e eu fiquei assistindo, fascinada. Evan e Matt acenaram, enquanto Kellan e Griffin se abaixavam para tocar algumas fãs sortudas na frente.

O rugido da multidão foi estrondoso, e juro que duas garotas que Kellan tocara começaram a chorar. Era uma coisa tão... surrealista. Mesmo sem eles terem nenhum hit tocando toda hora em cada estação de rádio do país, essas garotas conheciam Kellan e sua banda. Os D-Bags tinham tudo para chegar ao estrelato... inclusive um contrato com a mesma gravadora que lançara o álbum de Justin.

Enquanto eu ruminava sobre o que isso significava para nós, minha irmã passou os braços pela minha cintura.

— Não é irado, Kiera?

Dei uma olhada na beldade cheia de vida, por um momento invejando a simplicidade de sua relação com Griffin. Os dois sabiam exatamente o que eram e o que não eram um para o outro. Não havia farsas, mentiras, ciúmes... nada. Eles davam um ao outro aquilo de que precisavam, quando precisavam, e seguiam em frente quando acabava. Num certo sentido, era uma situação em que ambos saíam ganhando. Embora... soasse um pouco vazia também.

Recostando-me no seu abraço, assenti. Minhas veias se encheram de adrenalina quando vi Evan dar início ao show. Então, Matt entrou, Kellan logo atrás dele, e, de repente, eu me senti como se estivesse de volta ao loft de Evan, assistindo ao ensaio deles. Só que havia uma plateia muito maior assistindo dessa vez.

Meu sorriso era largo enquanto a voz de Kellan enchia o salão. Ele era tão bom nisso. Era tão natural para ele quanto respirar. Eu já o vira cantar bêbado, deprimido, resfriado — pois se já o vira cantar até com dor de estômago! Ele pareceu meio verde aquela noite, mas sua voz... essa sempre soava fantástica.

Como também era o caso da sua presença de palco. Kellan era eletrizante, e sabia como energizar uma multidão. Era uma dessas coisas que aquele roqueiro repugnante no ônibus jamais entenderia. Vestir as roupas não faz de você uma estrela — ou você tem carisma, ou não tem. E Kellan esbanjava carisma. Mesmo que fosse apenas mediano em termos de beleza, ainda teria atraído todos os olhares para si. Ele tinha um magnetismo sobre as pessoas. Ele era simplesmente... especial.

Como eles estavam se apresentando com outras bandas, o show era mais curto do que de costume, mas, mesmo assim, o público pareceu satisfeito. Fiquei aliviada por Kellan não tocar aquela música melancólica que tinha escrito para mim quando estávamos separados. Embora ele a tocasse no Pete's, eu não queria ver o país inteiro cantando "minha música".

Em vez disso, os D-Bags tocaram os seus maiores sucessos, que os fãs de Seattle adoravam. Embora a noite não tivesse saído conforme o planejado, mesmo assim eu estava feliz por ter cedido ao impulso de viajar com minha irmã para assistir ao show. Sabia que me lembraria dessa noite para sempre.

Fazendo uma última reverência, Kellan balançou a cabeça, e então se inclinou para dar um beijo no rosto da menina que ainda chorava. Pisquei os olhos, um pouco surpresa com esse gesto, mas, quando ela se jogou nos braços das amigas como se estivesse desmaiando, não pude deixar de sorrir. Balancei a cabeça diante da loucura daquela cena, enquanto Anna suspirava.

Descendo a escada de dois em dois degraus, Kellan me arrebatou nos braços. Experimentando um óbvio pico de adrenalina, ele me girou em um círculo, rindo enquanto eu dava gritinhos. Seus braços rodeando minhas coxas com força enquanto me mantinha no alto, ele se inclinou para trás e olhou para mim.

— O que achou?

Suspirando, mergulhei os dedos entre seus cabelos e encostei a testa na sua.

— Achei perfeito, Kellan.

Ele me pôs no chão, sorrindo carinhoso para mim. A última banda a se apresentar passou às pressas por nós, e Kellan se virou, dando uma olhada nos caras que corriam para os microfones. Olhando novamente para mim, ele sorriu, arqueando uma sobrancelha.

— Quer ficar para assistir à sua banda favorita?

Corando, dei uma olhada em Justin no palco por uma fração de segundo antes de voltar a olhar para Kellan.

— Segunda banda favorita — corrigi, balançando a cabeça. Kellan riu, e eu passei os braços pelo seu pescoço, deitando a cabeça no seu ombro. — Só quero ficar com você... onde quer que seja ... — sussurrei no seu ouvido.

Afundando o rosto nos meus cabelos, ele assentiu, me abraçando com força.

— Tudo bem — murmurou, antes de sua voz ser abafada pela banda no palco. Enquanto os outros D-Bags se dispersavam, Evan e Matt conversando excitados sobre o contrato que tinham acabado de assinar, Griffin com as mãos por todo o corpo de Anna, Kellan e eu continuamos onde estávamos, nos abraçando, balançando de leve ao som da música ao nosso redor. Se pudesse, teria ficado abraçando-o assim a noite inteira. Teria ficado abraçando-o assim para sempre.

Mas a eternidade não era o que aquela noite reservava para nós e, quando dei por mim, o show tinha acabado e os técnicos estavam indo desmontar o equipamento. Kellan me afastou do caminho deles, em direção à área atrás do palco onde um grupo de fãs esperava que a banda aparecesse.

Sendo o perfeito profissional que era, Kellan ficou e distribuiu autógrafos, enquanto eu sentava num canto e esperava. Ninguém prestou a menor atenção em mim, e não me importei de deixar que Kellan ficasse no centro das atenções.

Depois de um tempo, alguém finalmente apareceu para evacuar o local. O sujeito se aproximou de mim com uma expressão intimidante no rosto.

— Você também, moça... todo mundo pra fora.

Segurou meu braço e, por instinto, eu o arranquei. Ele não gostou.

— Você não pode ficar, as tietes têm que sair.

Franzi os olhos.

— Eu não sou uma tiete.

Ele revirou os olhos, como se ouvisse isso todas as noites. Quando eu já me perguntava como convencer mais um segurança de que eu não era uma dessas periguetes que ficam seguindo as bandas, Kellan interveio:

— Com licença... ela está comigo.

O segurança deu de ombros e me soltou. Kellan entrelaçou nossos dedos e me levou até a saída secreta. Enquanto caminhávamos, um sorriso travesso surgiu no seu rosto.

– Esse pequeno incidente me lembrou de uma coisa... O que exatamente você fez para entrar nos bastidores?

Suspirei, passando a mão no rosto.

– Nem queira saber.

Ele riu baixinho, dando meia-volta para atravessar o corredor na direção contrária.

– Agora eu faço questão de saber. – Arqueou uma sobrancelha para mim, em expectativa.

Sem poder resistir à expressão sensual no seu rosto, murmurei:

– Eu levantei a blusa para o cara na porta.

Kellan parou bruscamente, me levando a esbarrar nele.

– Você o quê? – disse em tom inexpressivo.

Franzindo o cenho, balancei a cabeça, dando um passo para trás.

– Ele não queria deixar a gente entrar, até Anna e eu mostrarmos os peitos para ele. Mas eu não tirei o sutiã... Anna é que estava sem.

Kellan trincou os dentes, a expressão endurecendo. Seu rosto me lembrou da noite em que ele impedira que um tarado passasse a mão em mim, a noite em que levara uma facada nas costelas.

– Como é que ele era? – Seus olhos esquadrinharam o corredor às minhas costas, como se procurassem o sujeito.

Levantei a mão, atraindo seu olhar para mim.

– Ei, está tudo bem. – Fiz uma careta, acrescentando: – Foi vergonhoso e humilhante, mas ele não me machucou, nem nada. Nem mesmo me tocou. – Não mencionei que tinha esfregado Anna um pouco. Também não mencionei que tinha me oferecido a oportunidade de "experimentar um homem de verdade". O primeiro de dois convites indesejados que eu recebera aquela noite... Não é que de uma hora para a outra eu tinha ficado popular?

Kellan suspirou, balançando a cabeça.

– Por que você fez isso? Podia ter me chamado... Eu teria feito vocês entrarem.

Suspirei, acariciando seu rosto.

– Queria fazer uma surpresa para você.

Ele franziu os olhos.

– Você achou que eu estava tendo um caso com a Lana. Queria me fazer uma surpresa... ou me dar um flagra?

Mordi o lábio.

– Não sei – sussurrei.

Balançando a cabeça, Kellan se virou e empurrou com força a porta da saída. Abatida, eu o segui em passos lentos.

## Capítulo 19
## TUDO BEM

Havia uma grande movimentação no estacionamento quando saí. Vários caras guardavam equipamentos nas vans e nos ônibus, e membros de bandas esperavam no local, conversando sobre o show. Até algumas fãs extraviadas estavam por ali. Não vi minha irmã e Griffin em parte alguma, mas Evan parou Kellan a meio caminho do ônibus, e estava lhe entregando sua guitarra, enquanto os dois conversavam por um momento.

Quando alcancei Kellan, ele não parecia mais estar chateado. Sorriu para mim, segurando minha mão. Evan deu um tapinha no ombro dele e entrou depressa no ônibus depois de Matt.

Enquanto os outros músicos começavam a subir nos respectivos ônibus, olhei para Kellan.

— Você vai embora?

Ele olhou para mim, dando de ombros.

— Vou. — Apontou para um motorista de olhos brilhantes, que bebia uma enorme caneca de café. — Os motoristas se revezam para que haja sempre algum pronto para dirigir. Como nós podemos dormir nos ônibus, não ficamos em nenhum lugar, a menos que tenhamos algum show por perto. — Inclinou a cabeça para mim. — Nossa próxima parada é em Reno. — Fazendo uma pausa, arqueou uma sobrancelha para mim. — Tem como você vir comigo? E depois tomar um avião de lá para Seattle?

Pendurando o estojo da guitarra no ombro, passou os braços pela minha cintura. Fiz o mesmo, sorrindo ante a ideia de uma longa viagem de ônibus com ele. Então fiquei séria, refletindo sobre a logística do projeto, além da passagem de volta que queimava um buraco na minha mochila.

— Eu já tenho uma passagem para Seattle, e é daqui...

Dei de ombros, irritada por não saber ser tão impulsiva como minha irmã. Anna não pensaria duas vezes antes de pegar um ônibus rumo a destinos desconhecidos. Kellan franziu os lábios, pensativo.

— E se eu comprar uma passagem de Reno para cá? — Ele se inclinou para mim com um sorriso travesso: — Assim, você não perderia a sua passagem.

Eu me inclinei e dei um beijo no seu rosto, feliz por ele não ter ficado muito chateado com a confissão de que eu não confiara nele.

— Não quero que você gaste seu dinheiro comigo, Kellan.

Ele deu de ombros.

— E com quem mais vou gastá-lo? — Balançando a cabeça, acrescentou: — De mais a mais, isso também seria para mim. — Ele me puxou para si, encostando a testa na minha: — Quero passar mais tempo com você.

Com um suspiro satisfeito, finalmente cedi.

— Tudo bem, mas só se Anna vier também. Não quero deixá-la aqui sozinha.

Kellan abriu um sorriso, e foi logo me levando para o ônibus.

— Tenho certeza de que ela está atracada com o Griffin neste exato momento.

Estremeci, sabendo que provavelmente ele tinha razão... em todos os sentidos.

E não deu outra: assim que voltamos para o ônibus, os gemidos de alguém que parecia estar numa boa chegaram até nós. Corei na mesma hora; Kellan só abriu um sorriso, balançando a cabeça. Enquanto o barulho de algum objeto vibrando se misturava com nítidos sons de prazer, fechei os olhos, horrorizada, lembrando todos os... brinquedos... que Anna trouxera na bolsa.

Ele me levou até a poltrona onde tinha jogado minha sacola horas atrás, colocou sua guitarra ali e indicou com a cabeça a área separada por uma cortina.

— Posso ir pegar meu Discman, se você não quiser ficar ouvindo os dois.

Segurei seu braço, constrangida por Anna, embora provavelmente ela não fosse se importar se a flagrássemos com Griffin.

— Não!

Rindo baixinho, Kellan sentou à mesa ao meu lado, segurando minha mão.

— Tudo bem, eles devem estar no quarto dos fundos.

Olhei para ele com o cenho franzido:

— Tem um quarto dos fundos aqui? — Por que ele não tinha me levado para lá horas antes?

Kellan fez uma careta.

— Tem... Só que o Griffin se apossou dele, por isso achei que você não iria querer... ir para lá.

A mera ideia de fazer qualquer coisa remotamente íntima perto de algum lugar onde Griffin... deitasse seu corpo... era perturbadora.

— Não mesmo, obrigada.

O motorista subiu no ônibus e contou os roqueiros presentes. Franzindo o cenho ao ouvir os sons lascivos de prazer que vinham da traseira do ônibus, o sujeito barrigudo suspirou, comentando:

— Tudo bem, qual deles está lá atrás? Não quero ter que ir olhar... de novo.

Um grupo de rapazes deixou de prestar atenção à traseira do ônibus para dar uma olhada no motorista. Aos risos, um deles respondeu:

— É o Griffin que está lá.

O motorista revirou os olhos, balançando a cabeça.

— Por que será que não estou surpreso? — Suspirando, dirigiu-se à sua poltrona; era sofisticada, mais apropriada para dirigir uma espaçonave elegante do que um ônibus. Quando deu a partida no veículo, o ronco do motor ajudou a abafar os gritos da minha irmã, que implorava por mais, mas não os suprimiu totalmente.

Irritada por ver que todos os caras estavam ouvindo sua gritaria, seus olhos enxergando através do tecido grosso como se tivessem adquirido uma súbita visão de raios X, eu me virei para Kellan. Ele não estava olhando, mas sua cabeça estava baixa e ele sorria consigo mesmo. Esperando que não estivesse visualizando o mesmo que todos os outros caras excitados no ônibus, murmurei:

— Está zangado comigo?

Olhando para mim, seu sorrisinho se desfez, e ele negou com a cabeça. Seu dedo afastou uma mecha dos meus cabelos para trás da orelha, e ele disse em voz baixa:

— Não, não estou. — Suspirando, observou meus olhos. — Eu entendo, Kiera. Entendo que você tem dúvidas, entendo por que faz perguntas... — Fechou os olhos por um segundo, e então olhou para nossas mãos pousadas entre nós. — Gostaria de... — Sem terminar a frase, voltou a olhar para mim. — Tudo bem, eu entendo, e não estou zangado.

Soltei um lento suspiro, assentindo. Então, ele passou o braço pelos meus ombros, e eu me aconcheguei ao seu corpo. Ele beijou a minha cabeça e ficamos olhando pela janela, vendo os postes de luz passarem depressa enquanto avançávamos pelas ruas da cidade.

Quando o suave balanço do veículo já começava a embalar o meu sono, um coro de vivas irrompeu no ônibus. Com um sobressalto, levantei a cabeça do ombro de Kellan a tempo de ver Griffin fazer uma reverência. Pelo visto, ele e Anna tinham terminado a sua transa e finalmente deixado o esconderijo. Saindo da traseira, Griffin deu um *high five* na mão de um cara sentado na poltrona mais próxima.

Para meu nojo, era o mesmo babaca que me flagrara com Kellan. O sujeito deu um riso debochado pelas costas de Griffin, mas parou na mesma hora ao ver Anna saindo; seu queixo quase chegou ao chão. Por algum motivo, isso me fez sorrir... provavelmente porque eu sabia que o idiota jamais teria a menor chance com a minha irmã. Eu podia não compreender sua paixonite por Griffin, mas ela tinha princípios.

E Anna era aquele tipo de mulher que todos os homens querem, a versão feminina de Kellan. Quase todos os queixos presentes despencaram quando a beldade passou. Ela parecia uma estrela de cinema que acabara de fazer uma cena de amor, com os cabelos num alvoroço sexy e a maquiagem impecável. Eu não fazia a menor ideia de como conseguia ter uma aparência tão perfeita depois de uma transa daquelas. Se fosse eu, pareceria... mais que imperfeita.

Anna brindou a galera que a observava com um sorriso sedutor; até mesmo brincou com os cabelos de um dos caras. Um sorriso idiota se estampou no rosto dele enquanto ela passava, rebolando. E todos se inclinaram para olhar o seu traseiro. Isso me fez revirar os olhos, mas eu já estava habituada a esse tipo de coisa. E Anna também... não a incomodava nem um pouco.

Ela seguiu Griffin, que, infelizmente, avançava na nossa direção. Com um suspiro satisfeito, ele sentou numa poltrona à nossa frente, tirando minha sacola de cima e jogando-a sem a menor cerimônia em cima da mesa. Anna sentou ao lado dele, seu sorriso igualmente satisfeito. No mínimo, eles agradavam um ao outro. Se Deus quisesse, isso seria o bastante para satisfazer Anna durante algum tempo.

Griffin sorriu para mim, e então para Kellan.

— O quarto está livre, se vocês quiserem — anunciou.

Eu já começava a balançar a cabeça quando Kellan respondeu:

— Estamos confortáveis aqui, obrigado. — Não havia a menor possibilidade de eu dar uma exibição como a que minha irmã acabara de dar... pelo menos, não totalmente sóbria como eu estava.

Kellan viu alguns dos outros caras se retirando para os seus "aposentos", e olhou para mim.

— Quer dormir um pouco? Você parece cansada.

Griffin riu baixinho, obviamente vendo malícia na pergunta inocente de Kellan. Então, pôs as mãos nos seios de Anna, que estava sem sutiã. Quando murmurou *Não me canso deles* e se abaixou para beijar um, eu estremeci e olhei para Kellan.

— Quero... por favor.

Enfiando os dedos nos cabelos de Griffin, Anna jogou a cabeça para trás e fechou os olhos, curtindo sua atenção. Enquanto Kellan e eu nos levantávamos, ela disse, com voz rouca:

— Até amanhã, mana. — Abrindo um olho, acrescentou: — Divirta-se.

Sorri para ela, resistindo ao impulso de dar um tapa no peito de Griffin. Parando no meio da minha fuga, disse a Anna:

— Nós vamos apanhar um avião amanhã cedo para Boise, e de lá tomamos outro para Seattle.

Ela fechou os olhos, assentindo, sem se importar nem um pouco com o modo como voltaríamos para casa. Suspirei ao me afastar, desejando poder ser tão aventureira como ela.

Alguns caras que ainda estavam acordados assobiaram quando Kellan e eu passamos para a área separada pela cortina, um deles chegando a mesmo a lhe dar um tapinha no ombro. Esperei que não ficassem muito decepcionados ao perceberem que nada iria acontecer. Aliás, pensando bem, depois de ver as caras com que olharam para minha irmã, até torci para que ficassem decepcionados.

Alguns dos beliches estavam tomados, seus ocupantes já roncando, quando Kellan me ajudou a me acomodar no seu leito de baixo. Ri um pouco ao me deitar ali. Era meio parecido com um acampamento de verão... só que superapertado.

Deitei de lado, as costas achatadas contra a parede, para dar a Kellan o máximo de espaço possível. Ele também se deitou de lado, de frente para mim, enroscando as pernas entre as minhas. Puxando um cobertor fino que estava aos nossos pés, nós nos aconchegamos um ao outro do melhor jeito que pudemos. Com as cabeças tão próximas no travesseiro que nossos narizes chegavam a se tocar, sorrimos um para o outro.

Ele me deu um beijo suave, sua mão se emaranhando entre os meus cabelos. Meu pulso acelerou um pouco, a intimidade do momento surtindo efeito sobre mim. Busquei seus lábios em meio à escuridão quase completa, querendo apenas ficar beijando-o durante um tempo.

Leves e lânguidos, nossos lábios se moviam juntos como se jamais tivéssemos nos separado. Afastando-se por um segundo, Kellan sussurrou:

— Senti saudades disso... saudades de você.

Eu me afastei, estudando seu rosto em meio à fraca luminosidade.

— Também senti saudades de você... tantas saudades.

Quando meu coração se enchia de amor, olhando para seus olhos fixos nos meus, uma voz acima de nós disse:

— Menos papo e mais sexo.

Gargalhadas encheram o ambiente, e eu fiquei vermelha, lembrando que não estávamos a sós como parecia. Kellan bateu com o punho no teto da cama:

— Cala a boca, Matt.

Escondi o rosto no peito de Kellan, e ele riu baixinho, esfregando minhas costas. Sussurrou no meu ouvido:

— Eu poderia terminar o que comecei horas atrás... se você quiser...

Sua mão desceu até o meu quadril, esfregando o bolso traseiro da calça, e na mesma hora uma parte de mim quis que ele continuasse. Mas eu sabia que jamais conseguiria ficar em silêncio, do jeito como estávamos espremidos naquele ônibus, e não estava nem um pouco a fim de passar vergonha na presença de cada músico da turnê.

Mordendo o lábio, suspirei e, relutante, fiz que não com a cabeça. Kellan sorriu, sua mão vindo acariciar meu rosto.

— Fica para uma outra vez?

Assenti, puxando sua cabeça, para que pelo menos pudéssemos nos beijar um pouco.

Tive dificuldade de me lembrar onde estava quando acordei. Aliás, não tinha a menor certeza de estar mesmo acordada. Com os braços de Kellan cruzados ao meu redor e minha cabeça pousada no seu peito, eu me sentia como se ainda estivesse sonhando. Não era uma ideia absurda — eu vivia sonhando com Kellan. Passando a mão pelos seus peitorais, fiquei imaginando quando acordaria. Provavelmente, quando chegasse à parte boa do sonho, que era o que sempre acontecia.

Suspirando, beijei o peito dele, desejando que, ao menos uma vez, esse sonho nos permitisse ir até o fim. Com um suspiro satisfeito, seus braços me envolveram com mais força.

— ' dia — sussurrou, a boca nos meus cabelos.

Senti um arrepio me percorrer a coluna, e sorri. Dando uma olhada nele, sussurrei:

— Isto é um sonho, ou estou mesmo acordando ao seu lado?

Ele sorriu para mim, mudando de posição para poder me ver melhor.

— Você costuma sonhar que acorda ao meu lado?

Assenti, me apoiando nos cotovelos para olhar seu corpo sob o cobertor fino. Franzi um pouco o cenho.

— Mas geralmente você está nu nos meus sonhos, por isso devo estar acordada.

Rindo baixinho, ele me puxou para o peito.

— Geralmente você também está nua nos meus sonhos — murmurou, dando um beijo no meu pescoço.

Senti um arrepio de prazer, mas foi interrompido por uma sinfonia de roncos, tosses e um ou outro... som grosseiro ao nosso redor. Kellan ficou sério.

— Desculpe... Um ônibus fedorento cheio de homens... não é exatamente um lugar romântico.

Suspirei, acariciando seu rosto.

— É melhor do que nada. — Sua mão apertou a minha e nos recostamos sobre os travesseiros, virados um para o outro. Relembrando a montanha-russa emocional da noite anterior, passei o polegar sobre o dele.

— Ontem à noite você disse que queria me contar uma coisa... O que era? — sussurrei, sem saber se estava pronta para ouvi-la.

Kellan abaixou os olhos, e então tornou a me observar.

— Eu... — Desviou os olhos para o ponto em que seu celular estava guardado no cubículo. — Eu... — Franzindo um pouco o cenho, ficou olhando meu rosto por um momento, e então, com um sorriso, deu de ombros. — Eu não te contei qual é o lado ruim de assinar um contrato.

Pisquei os olhos, pois não esperava que a conversa fosse nessa direção, e também por ter a terrível sensação de que ele arranjara um jeito esperto de mudar de assunto.

Abaixando os olhos, ele balançou a cabeça.

— Assim que a turnê acabar em maio, eles querem que a gente vá a Los Angeles para gravar o álbum. — Voltou a olhar para mim, sua expressão deixando claro o quanto lamentava o fato. — Nesse meio-tempo, o pessoal e eu vamos passar cada momento livre ouvindo as nossas músicas, escolhendo as melhores, dando retoques nelas. — Deu de ombros. — Temos que estar prontos quando chegarmos lá.

Suspirei, sentindo uma pontada de tristeza.

— Trocando em miúdos, você está me dizendo que não vai ter tempo para ficar comigo... durante alguns meses... é isso?

Ele engoliu em seco, concordando.

— Me desculpe... Nós precisamos fazer isso, de modo que não vou poder te visitar, como estava contando em fazer. Me desculpe.

Foi minha vez de engolir em seco.

— Tudo bem... eu entendo. — Abaixei os olhos, pensando em todos os momentos a dois que já tínhamos perdido e que ainda iríamos perder... Nosso primeiro Dia dos Namorados como casal já tinha passado, e as flores que ele me mandara há muito já haviam murchado. Nosso aniversário de namoro seria dali a duas semanas, em meados de março. O aniversário de Kellan era em abril, o meu em maio. Minha formatura...

Meus olhos se fixaram nos dele, úmidos.

— Será que dá para você voltar em junho?

Ele assentiu, segurando meu rosto.

— Não vou perder sua formatura... aconteça o que acontecer. Não me importo se tiver que sair no meio de uma gravação... mas não vou perder esse momento, Kiera.

Sorri, suspirando, sabendo que pelo menos eu o veria nessa ocasião... dentro de três meses. E depois disso... imaginei que eles fariam uma nova turnê para promover o álbum. Enquanto eu remoía essa pontinha de tristeza, ele me abraçou com força, afagando minhas costas. Num sussurro tão baixo que mal o ouvi, perguntou:

— Mas você tinha uma coisa para me contar, não?

Eu me retesei, sem a menor vontade de fazer isso. Ele nunca iria para Los Angeles se soubesse que Denny tinha voltado à minha vida. Entraria em parafuso se descobrisse que era a *pessoa amiga* com quem toda hora eu estava almoçando. Mas, principalmente, eu não queria contar a Kellan sobre isso... porque sabia, por pura intuição, que ele mentira em relação ao que quisera me contar. Tinha certeza de que a parte sobre não poder me visitar era verdade, e provavelmente fora mesmo algo que ele tivera a intenção de contar, mas também tinha certeza de que não era o que estava na sua cabeça na noite anterior. Estava convicta de que sua viagem para Los Angeles não tinha nada a ver com a pessoa que andava ligando para ele.

Mordi o lábio, sem saber o que responder. Me apoiei no cotovelo para olhá-lo, balançando a cabeça.

— Eu te amo, Kellan, e você não tem com o que se preocupar em relação a mim, mas não acho que seja o momento de te contar isso.

Franzindo o cenho, ele também se apoiou sobre o cotovelo.

— Como assim? Por que não?

Sentindo a culpa tomar conta de mim, balancei a cabeça.

— Você vai ter que acreditar em mim.

Sua boca se entreabriu um pouco, e ele deu uma olhada rapidíssima no celular. Sua boca se fechou, e eu soube que ele entendera. Que sabia que eu tinha consciência de que, na verdade, ele não me contara nada. Que aquilo que brevemente desejara me contar na noite anterior e o que acabara por dizer momentos atrás eram duas coisas totalmente distintas. Meus olhos ficaram úmidos enquanto eu esperava que ele abrisse o jogo, que me dissesse a verdade. Mas, com os olhos ainda mais brilhantes, ele apenas continuou olhando para mim.

Por fim, engolindo em seco, assentiu.

— Tudo bem — sussurrou, para minha tristeza.

Kellan e eu trocamos longas carícias e beijos depois disso, mas não conversamos muito. Senti um abismo entre nós, e me apavorei ante a ideia de deixá-lo com dúvidas na cabeça, sabendo que só se tornariam mais profundas quando nos separássemos. Mas ele não queria se abrir comigo, e nem eu podia me abrir com ele. Não havia como contornar o problema senão cedendo, e eu sabia que nenhum de nós faria isso... não no curto espaço de tempo que tínhamos.

Depois que eu pegara no sono na noite anterior, Kellan reservara passagens num voo para mim e Anna. Quando o ônibus finalmente chegou ao seu destino, ele arranjou para que um carro viesse nos buscar à tarde, a fim de podermos passar o máximo de tempo juntos. Para minha surpresa, quando chegou a hora de partirmos, Griffin também foi ao aeroporto para se despedir de nós. Tentei interpretar isso como um bom sinal, mas de repente Griffin só estava a fim de dar uma volta.

Enquanto nos despedíamos na área de embarque, fiquei olhando para o rosto de Kellan, implorando-lhe em silêncio para que falasse comigo, mas ao mesmo tempo com muito medo de que o fizesse. Segurando meu rosto, ele beijou cada face, e então encostou a testa na minha.

— Não fique zangada por causa do voo — murmurou.

Olhei para ele com uma expressão aborrecida, dando uma espiada no painel de partidas às suas costas. Ele comprara passagens diretamente para Seattle, com isso tornando minha passagem de volta totalmente inútil. Indiferente à minha expressão, ele sorriu.

— Você tem que trabalhar hoje à noite. Não vai querer ter a trabalheira de fazer uma escala, vai?

Suspirei, sabendo que ele tinha razão. Assentindo, dei um beijo nele.

— Tem razão... obrigada.

Retribuindo meu beijo, ele murmurou:

— Valeu cada centavo.

Eu me afastei dele, ignorando Anna e Griffin, que, ao nosso lado, abusavam sexualmente um do outro, e inclinei a cabeça.

— Kellan...?

Ele levantou as sobrancelhas, parecendo um pouco nervoso e muito hesitante.

— Sim?

Quase estendi a mão e pedi que me desse seu celular. Foi o que tive vontade de fazer. Ainda mais depois que tocara aquela manhã enquanto tomávamos café. Ele o ignorou, como sempre fazia, o que me deixou furiosa, como sempre deixava. Mas ficar espionando suas ligações era algo incompatível com o tipo de namorada que eu queria ser. Eu tinha lhe pedido que confiasse em mim; portanto, teria que fazer o mesmo.

Soltando o ar devagar enquanto balançava a cabeça, sussurrei:

— Vou sentir sua falta.

Ele sorriu, parecendo aliviado.

— Também vou sentir sua falta. Te ligo amanhã à noite, OK?

Assenti, dando-lhe um último beijo antes de me dirigir ao portão. Kellan acenou quando atravessei o corredor, arrastando minha irmã comigo. Voltando a se virar depois que os D-Bags desapareceram de vista, Anna riu, se inclinando para o meu lado.

— Viu só, Kiera, eu te disse que ia ser o máximo!

Contive o suspiro frustrado que sentia vontade de soltar. Tinha sido muitas coisas, algumas boas, outras ruins, mas eu não me referiria a nenhuma delas como tendo sido "o máximo". Bem, talvez o show... esse tinha sido muito legal. E abraçar Kellan, beijá-lo, dormir ao seu lado, sentir seu cheiro novamente... isso também tinha sido legal.

Sorrindo para ela, assenti.

— É, você tinha razão. Foi... o máximo, Anna.

Ela passou a viagem quase inteira rindo.

Minha aventura com Anna em Boise me deixou um pouco melancólica, pensando em quanto tempo Kellan ficaria fora, imaginando o que ele estaria escondendo de mim, e como lhe contar o que eu estava escondendo dele.

Denny, ainda se comportando como um amigo atento, notou.

Tomando uma cerveja verde em homenagem ao dia de São Patrício, Denny ficou me olhando durante o meu turno, a preocupação estampada nos seus olhos bondosos. Fazia duas semanas que eu deixara Kellan em Reno, duas semanas sem quaisquer respostas claras da parte dele sobre o que estava fazendo. E Kellan também não me fazia perguntas. Compreendia que, se eu ia pôr as cartas na mesa, por sua vez ele teria que fazer o mesmo por mim. E ele não parecia pronto para fazer isso.

Suspirando enquanto limpava uma mesa já limpa, senti Denny se aproximar às minhas costas. Olhando para ele, que vestia suas roupas de trabalho extremamente elegantes, vi que observava o palco dos D-Bags, onde o Poetic Bliss se apresentava.

— É estranho, não é? Ver outra banda tocando lá?

Sorri e dei uma olhada no palco, vendo Tuesday improvisar um solo na guitarra.

— Sim, certamente é... estranho.

— Você está bem, Kiera? Está parecendo abatida desde a sua viagem. Aconteceu alguma coisa em Boise? — Denny se virou novamente para mim e ergueu as sobrancelhas, me dando um olhar penetrante.

Mordi o lábio, olhando para a mesa. Ninguém mais me fizera perguntas sobre o meu estado emocional. Ninguém sequer notara, nem mesmo Jenny. É claro, ela perdera a viagem de última hora e estava meio chateada com isso. Fiquei um pouco surpresa, pois Jenny era tão tranquila em relação a tudo, mas estava com tantas saudades de Evan quanto eu de Kellan, por isso compreendi que andasse meio ríspida... embora eu me desculpasse por não tê-la convidado sempre que tinha uma chance.

— Não sei — admiti. — Talvez...

Voltei a olhar para ele, com seu cenho franzido e uma expressão sinceramente preocupada no rosto.

— Quer conversar sobre isso? — perguntou com voz suave mas audível, apesar do volume da música.

Sabendo que não tinha mais ninguém com quem pudesse conversar, assenti.

— Quer dar um pulo lá em casa depois que eu sair do trabalho?

Denny sorriu, concordando.

— Claro. Eu te encontro lá. Tenho certeza de que tudo vai ficar bem, Kiera. — Deu um tapinha no meu ombro antes de se virar e ir embora.

Sorri para Denny, encantada com ele, e fiquei vendo-o se dirigir até Sam, que estava tranquilamente encostado na parede mais afastada, para bater um papo. Eu já tinha pensado isso antes, e provavelmente pensaria de novo: Abby era uma mulher de muita sorte por ter Denny.

Quando cheguei em casa, tive a surpresa de ver que Anna já estava dormindo, e então, procurando não fazer barulho, pus uma chaleira de água no fogão para preparar um chá. Geralmente não era muito amiga dessa bebida, mas, com uma boa dose de mel e bastante leite, até que não era tão ruim. Denny, no entanto, adorava chá tanto quanto eu adorava café, por isso tive a ideia de prepará-lo para ele.

Dez minutos depois, uma batida à porta anunciou a chegada de Denny. Sorrindo do seu timing, destranquei a porta e o convidei a entrar. Ele me deu um breve abraço de amigo, que eu retribuí. Sentindo o cheiro do chá, ele se dirigiu à pequena cozinha com um sorriso bobo no rosto.

— Eu estava louco para tomar um chazinho. — Inclinou-se sobre a caneca, aspirando o aroma do Earl Grey. — E é o meu favorito. — Fingiu uma expressão de surpresa. — Como é que você sabia?

Balancei a cabeça para ele, curtindo o jeito como seu sotaque formava frases, esticava sílabas, tornava cada palavra banal interessante.

— Você é um bobo — murmurei, rindo um pouco.

Ele se endireitou, pegando a caneca que não estava com leite até a metade.

— É por isso que você me ama — disse, começando a beber. Dando-se conta do que tinha dito, ele se interrompeu, balançando ligeiramente a cabeça. — Quer dizer, acho que *amava* seria mais exato.

A expressão de Denny endureceu um pouco quando ele pronunciou a palavra, e eu me recostei sobre a bancada, suspirando. Ele poderia dar a impressão de estar ótimo, de já ter superado o que acontecera entre nós, mas não superara, pelo menos não totalmente. Eu não o culpava. Pessoalmente, mal podia acreditar que ele estivesse na minha cozinha.

Sabendo que ele não queria mais ouvir pedidos de desculpas, dei de ombros e disse:

— Não, *ama* ainda é a palavra exata. — Dando um gole na sua bebida, ele me lançou um olhar tão curioso quanto ressabiado. Esclarecendo, continuei: — Você é meu melhor amigo, lembra? E melhores amigos se amam.

Colocando a caneca na mesa, ele sorriu com o canto da boca.

— E então, amiga, o que está havendo com você?

Olhando para minha caneca intacta que esfriava sobre a bancada, engoli a dor e o orgulho.

— Como você soube que eu estava te traindo? — sussurrei, meu coração disparando quando o sentimento de culpa me atingiu como uma muralha. Nunca tinha desejado fazer essa pergunta a Denny, mas, de repente, ela se tornara relevante.

Não pude olhar para ele, mas, pelo seu silêncio, visualizei sua expressão. Foi fácil imaginar seu olhar contemplativo, que deixava transparecer uma certa medida de dor, além de preocupação. Finalmente, seu sotaque encheu o aposento, mais acentuado, como acontecia quando ele estava sofrendo.

— Você acha que Kellan está te traindo?

Olhei para ele, apenas um pouco surpresa. Não fora nada difícil tirar conclusões a partir da minha pergunta... e Denny era brilhante.

— Não sei... talvez. Como você soube? O que eu fiz que te levou a começar a pensar no assunto?

Novamente engoli em seco, enojada com o que estava obrigando-o a me dizer, com o que estava obrigando-o a discutir. Engolindo em seco, ele olhou para sua caneca.

— Hum... não sei como responder a isso, Kiera. — Levantou os olhos escuros, que agora pareciam sombrios. — Foi mais um pressentimento do que algum fato específico. Você andava... distante, cheia de segredos, como se estivesse escondendo alguma coisa de mim, alguma coisa que queria me contar... mas não podia.

Meus olhos ficaram úmidos quando percebi as semelhanças. Denny suspirou.

— Ele está te traindo, não está?

Sem poder responder, apenas dei de ombros, uma lágrima escorrendo pelo meu rosto. Denny a viu cair, mas continuou onde estava.

— Fico muito triste por saber disso, Kiera. Não me surpreende, mas fico triste.

Pisquei os olhos, me endireitando.

— Você achava que ele ia me trair?

Descruzando os braços, Denny passou a mão pelos cabelos. Parecendo desconfortável, ele suspirou.

— Olha, eu sei que você o ama, mas eu o conheço há muito tempo, e ele não é... — Olhou para o teto por um segundo, e então fechou os olhos. Reabrindo-os, voltou a me observar. — Eu gosto do Kellan, gosto mesmo, mas ele não é talhado para ter uma relação com uma única pessoa. Esse nunca foi o estilo dele, Kiera. Lamento por isso estar acontecendo agora, mas, sinceramente, fico ainda mais surpreso por não ter acontecido antes.

Fiquei boquiaberta, olhando para Denny. Era como se ele tivesse atravessado meu coração com um soco. Uma coisa era ter aqueles medos em silêncio, outra coisa totalmente diferente era ouvir um amigo de Kellan confirmando-os. E, embora Denny tivesse boas razões para tentar fazer com que eu odiasse Kellan, esse tipo de manobra psicológica não fazia o gênero dele. Não teria dito o que dissera se não fosse a sua opinião. É claro, Denny não conhecia Kellan tão bem quanto eu. Denny só conhecia uma pequena parcela do passado de Kellan.

Vindo até mim, ele segurou minha mão.

— Me desculpe por ter que te dizer isso, me desculpe mesmo, mas você precisa compreender com quem está envolvida. E Kellan... não sabe ser fiel, Kiera. Simplesmente não sabe.

Sentindo mais lágrimas me brotarem nos olhos, eu me apressei a secá-las.

— Você não o conhece como eu, Denny. Não sabe pelo que ele passou, a dor com que ele luta, o quanto foi torturado. Você pensa que ele apenas apanhava quando era pequeno, mas é muito pior do que isso...

Eu me calei, não querendo revelar mais segredos de Kellan; afinal, não eram meus. Denny franziu o cenho para mim.

— Uma infância infeliz não justifica que o cara seja um... que saia por aí dormindo com qualquer mulher. Você pode ter tido uma família brutal e ainda assim ser uma pessoa decente. Não dá a você passe livre para magoar os outros.

Suspirei, abaixando os olhos.

— Eu sei... Só estou dizendo que há mais na história de Kellan do que você sabe.

— Por exemplo? – murmurou Denny.

Olhei para ele, mas balancei a cabeça.

— Não tenho o direito de dizer. Me desculpe.

Denny assentiu, seus olhos parecendo um pouco tristes ao se dar conta do quanto Kellan e eu éramos íntimos.

— Bem, nesse caso, talvez eu esteja errado. – Suspirando, balançou a cabeça. – Mas, se você acha que ele está te traindo, Kiera... então, provavelmente, está.

Senti outra lágrima me escorrer pelo rosto, e Denny a secou.

— Sinto muito – sussurrou. Assenti, e ele acrescentou: – Você já contou a Kellan que eu voltei para Seattle?

Suspirando, balancei a cabeça e olhei para a mesa de jogos. Um vaso cheio de rosas vermelhas enfeitava o espaço, o buquê recebido uma semana atrás ainda na flor do viço. O presente que Kellan me enviara pelo nosso aniversário de namoro. Ele mandara entregá-las no Pete's, mas, como eu estava me sentindo indisposta, viera para casa mais cedo, por isso não as recebera até a noite seguinte. Também não tínhamos conseguido falar um com o outro no dia do aniversário de um ano de namoro, e o desencontro parecera terrivelmente simbólico.

Denny se inclinou para me olhar nos olhos.

— Por que não contou a ele? E não me diga que foi por querer poupar os sentimentos dele. Talvez em parte tenha sido, mas qual foi a verdadeira razão pela qual você não contou?

Fiquei olhando para Denny, desejando apenas poder fugir dessa conversa dolorosa. Sabendo que não seria possível, dei de ombros e sussurrei:

— Ele está escondendo alguma coisa de mim e, como achou que tinha esse direito... eu também achei que tinha o direito de esconder alguma coisa dele.

Um soluço me escapou quando confessei isso, e finalmente Denny passou os braços pela minha cintura. Eu o apertei com força enquanto as lágrimas de medo e frustração tomavam conta de mim. Com ódio de mim mesma pelo que sentia e por admitir isso para Denny, aproveitei aquele momento para desmoronar totalmente. Denny apenas continuou me abraçando, sem fazer quaisquer comentários enquanto afagava minhas costas. Só pude imaginar que estava agradecendo ao destino pelo fato de seu novo relacionamento não ser tão complicado.

Quando consegui respirar novamente, Denny me soltou e tornou a encher nossas canecas de chá. Indo sentar no sofá com ele, contei tudo que me preocupava – as fãs, a representante da gravadora com uma beleza exótica que poderia ser capa das melhores revistas de moda, as estranhas mensagens e telefonemas que Kellan escondera de mim, o fato de ter notado que eu estava escondendo algo dele... o que ele só deixara passar por não querer revelar seus próprios segredos.

Denny ficou me escutando, sem fazer comentários sobre o comportamento de Kellan. Também não tentou me dissuadir de meus medos acenando com falsas esperanças. Depois de ouvir todos os fatos, em nenhum momento disse que não era nada, ou que tudo ficaria bem, ou que eu estava fazendo uma tempestade em copo d'água. Apenas escutava e assentia, e de repente eu me dei conta da razão por que as pessoas oferecem um conforto infundado umas às outras. Não ouvir a frase "Isso não deve ser nada" da pessoa com quem se está desabafando sobre seus medos faz com que eles pareçam ter fundamento, mesmo que você não tenha provas para baseá-los.

Quando eu não tinha mais nada a dizer, Denny ficou brincando com uma costura no sofá, talvez pensando no que dizer. Fiquei olhando para ele, que parecia apático e cansado. Então ele localizou algo e se inclinou para o feio sofá laranja. Usando ambas as mãos, puxou o que encontrara em um buraco no tecido, um buraco ao qual eu já nem prestava mais atenção.

Quando ele retirou o pedaço de papel, meu coração teimoso deu um tranco. Era um último bilhete de amor de Kellan, uma reminiscência do jogo que tinha preparado para mim quando viajara, tanto tempo atrás que parecia quase uma vida inteira.

Denny o abriu, e meus olhos ficaram úmidos. Ele o leu por um momento antes de entregá-lo a mim. Em voz baixa, disse:

— Acho que é para você.

Com as mãos trêmulas, peguei o papel. Piscando para me livrar das lágrimas que me brotavam nos olhos, prendi a respiração.

*Escondi este na esperança de que você o encontre muito depois de eu viajar. Espero que só o encontre daqui a meses, quando eu ainda estiver na estrada, longe de você. Não posso imaginar o efeito que este período de separação terá surtido sobre a nossa relação. Espero que estejamos mais unidos. Que estejamos mais apaixonados do que nunca. Que, quando eu voltar, você venha morar comigo. Com toda a sinceridade, espero que, quando eu voltar, você concorde em se casar comigo algum dia. Porque é isso que eu quero, é com isso que eu sonho. Que você seja minha para o resto da vida. Espero que sinta o mesmo... porque eu não sei o que faria sem você. Eu te amo tanto. Mas, se por alguma razão não estivermos mais unidos, se alguma coisa tiver nos afastado, por favor, eu te imploro... não desista de mim. Fique. Fique comigo. Resolva as coisas comigo. Mas não me deixe... por favor.*

*Eu te amo, sempre,*
*Kellan*

## Capítulo 20
## AH, MEU DEUS

Quando Denny foi embora, fui dormir com o bilhete apertado entre os dedos. Sabia que Kellan o escrevera no outono, antes de tudo mudar entre nós, mas mesmo assim me senti confortada. Ele sabia, mesmo tantos meses atrás, que alguma coisa poderia nos distanciar enquanto ele estivesse na estrada, e por isso me implorara com antecedência para não deixá-lo. E nem eu queria. Eu queria Kellan. Queria a vida que ele mencionara no bilhete. Só queria confiar nele também.

Meu celular tocou ao lado da cama bem cedo no dia seguinte. Ainda segurando o bilhete entre os dedos, pois não acordara de todo, tateei o barulhento aparelho e consegui apertar o botão de atender pouco antes de cair na caixa postal.

Uma voz carinhosa encheu meu ouvido:

— Feliz aniversário.

Sorri e deitei de costas, imaginando os olhos azul-escuros que acompanhavam a voz.

— Você não precisa ficar me dizendo isso toda vez que telefona, Kellan.

Ele suspirou, o som suave quase abafado pelo rangido de um colchão sendo pressionado.

— Eu sei, mas ainda me sinto muito mal por ter perdido o dia, por não ter podido ir passá-lo com você. Um ano de namoro é uma data importante, e eu queria muito ver você... mas toda hora acontecia alguma coisa.

Mordi o lábio. Ele já mencionara que haviam acontecido imprevistos relacionados ao novo álbum. Justo quando estava achando que poderia se ausentar, os executivos da gravadora resolveram obrigá-lo a assinar uma nova cláusula contratual: agora, a empresa queria aprovar formalmente cada música antes de dar sua permissão para que fosse gravada. Kellan não gostara nada da ideia de a gravadora ficar com a última palavra em relação às suas composições, mas fazer um álbum custa caro, e o estúdio queria se certificar de que seu dinheiro seria investido no melhor material possível. Do ponto de vista financeiro, fazia sentido, mas também tornava o processo de gravação do álbum muito mais complicado. Ainda mais porque eles queriam que todas as músicas fossem aprovadas antes de a banda ir para Los Angeles em maio. O que não deixava muito tempo livre para Kellan e os outros D-Bags.

Eu compreendia tudo isso... mas tinha desejado muito passar o aniversário de namoro com meu namorado, não um vidro de xarope antigripal.

— Você teve boas razões, Kellan. Eu compreendo. De mais a mais, eu estava extremamente indisposta, e você me mandou flores.

Sorri, pensando nelas na sala, mas Kellan tornou a suspirar.

— É, flores que você não recebeu no dia. Me desculpe mesmo por isso. Estava crente que te encontraria no Pete's na noite de sábado.

Foi minha vez de suspirar.

— Está tudo bem, Kellan. Não é nada tão importante assim.

— Para mim é, Kiera. Me desculpe pelo fato de as coisas terem saído assim. Vou te compensar por isso... algum dia... prometo.

Deitando de lado, encostei a cabeça no braço. Kellan e eu ficamos em silêncio. O clima começou a ficar tenso quando pensei em todos os obstáculos físicos e emocionais que havia entre nós. Apertando o bilhete em minha mão, sussurrei:

— Encontrei seu bilhete ontem à noite, o que estava no sofá.

Silêncio, e então um colchão rangendo enquanto ele também mudava de posição.

— Ah... e então?

Senti a incerteza na sua voz, como se ele achasse que tinha ido longe demais ao admitir abertamente que queria se casar comigo. Talvez pensasse que eu não queria isso para nós, que ainda tinha esperanças de me casar com Denny algum dia, já que esse fora nosso plano não oficial.

— Você realmente vê esse futuro para nós?

— Vejo, Kiera... o tempo todo. Você... também?

— Também. — Relembrando os medos que confessara a Denny na noite anterior, medos que Denny consolidara em mim com seu silêncio, uma ideia se impôs à minha resposta. Com minha cabeça gritando *Se acha que ele está te traindo, Kiera, então, provavelmente, está*, eu me apressei a acrescentar: — Talvez... algum dia.

Enquanto Kellan refletia sobre minha resposta aparentemente morna, o silêncio constrangido na linha aumentou ainda mais. Detestando a tensão que se formava em meu estômago, sussurrei:

— Estou com saudades.

Sua resposta foi imediata:

— Eu também. Sei que nós nos vimos há duas semanas, mas não foi o bastante, não chegou nem perto de ser o bastante... Estou morto de saudades.

Percebendo a melancolia em sua voz, franzi o cenho, mordendo o lábio.

— Kellan? Você... está bem?

Meu coração começou a bater mais rápido enquanto eu esperava pela resposta. Embora ele só tenha levado alguns segundos para responder, pareceu uma eternidade.

— Estou... apenas pregado. Nunca tinha me dado conta de como isso seria... exaustivo. Sempre na estrada, sempre longe de casa, sempre tendo que lidar com... pessoas. Eu sei que é cedo para você, e provavelmente você quer voltar a dormir, mas será que dá para ficar na linha um pouquinho? Estou me sentindo... só queria ficar ouvindo você respirar um pouco.

Sentindo meu coração se encher de ternura por ele, desejei poder abraçá-lo, apertá-lo com força... beijá-lo.

— Não tenho nenhum lugar para estar senão aqui com você, Kellan.

Ouvi seu corpo se remexendo enquanto ele soltava um suspiro satisfeito.

— Que bom. Eu te amo, Kiera. Parece que faz uma eternidade que eu te abracei, que fiz amor com você.

Corei um pouco, e então me lembrei que já fazia algum tempo... desde o Natal. A véspera do Natal, na verdade.

— Faz mesmo uma eternidade, Kellan. — Esperando e rezando para que minha última vez com Kellan também tivesse sido a sua última vez, engoli em seco. Em meio ao silêncio, ouvi outro rangido do colchão.

— Onde você está? — perguntei, um calafrio me percorrendo a pele ao pensar que talvez ele estivesse ligando de um quarto de hotel... que não era seu.

Ele soltou um grunhido sensual de satisfação.

— No ônibus, no quarto dos fundos. O pessoal saiu, então eu me apropriei da cama do Griffin. — Deu uma risada. — Não aguentaria passar mais nem um minuto naquele beliche minúsculo.

Imaginando Kellan no mesmo lugar onde Griffin fizera... coisas *griffinescas*, não pude conter uma careta. Então, imaginando-o esparramado com ar sonolento numa cama, sorri. Sentindo uma ponta de desejo, sussurrei:

— Então... você está sozinho? Totalmente sozinho?

Soltando o bilhete na cama, cobri os olhos com as mãos. Não podia lhe pedir para ser íntimo comigo pelo telefone. Não podia. Mas nós estávamos nos afastando cada vez mais... eu sentia isso. E talvez um momento de reconexão fosse tudo de que estivéssemos precisando.

Com o rosto pegando fogo de tanta vergonha, a ponto de estar quente ao toque, perguntei com voz estridente:

— Eu queria... Será que você...?

Enquanto minha garganta secava e o discurso se tornava impossível, Kellan perguntou em voz baixa:

— O que, Kiera?

Mantendo os olhos fechados com força, deitei de costas e fiz de conta que era Anna. Ela não teria qualquer problema para pedir a Griffin que fizesse sexo com ela pelo telefone. Ah, meu Deus, como eu queria nunca ter tido aquele pensamento. Suspirando, forcei as palavras a saírem:

— Eu sinto que nós estamos nos afastando, Kellan, e só quero me sentir mais perto de você...

Ele me interrompeu:

— Me perdoe, Kiera. Eu me sinto como se a culpa fosse minha. Eu só... Eu... Eu devia... A gente devia conversar sobre... Cara, como é difícil...

Com os olhos ficando úmidos, balancei a cabeça. Não, eu não queria que ele me fizesse sofrer naquele momento. Queria que me fizesse sentir melhor. Queria que me fizesse sentir como se estivéssemos em perfeita sincronia, totalmente apaixonados e devotados um ao outro. Queria voltar a me sentir idolatrada, mesmo que fosse apenas naquele único momento.

— Não, Kellan, não se sinta. Não quero conversar agora. Só quero que você me faça sentir bem...

Ele ficou em silêncio por um segundo, e então disse:

— Kiera, você está me pedindo para... Você quer que eu faça amor com você?

Soltei um gemido quando suas palavras atravessaram o meu corpo. Sabia que estava usando o sexo como uma distração, como ele às vezes fazia. Sabia que estava fugindo dos meus problemas, e também sabia que, se insistisse naquele momento, provavelmente até conseguiria que ele fosse honesto. Só que... eu não estava pronta para ouvir os seus pecados. E fazia tanto tempo, e eu sentira saudades... tantas saudades. Se pelo menos pudéssemos fingir...

— Estou – sussurrei, com voz sensual. – Me faz sentir bem, Kellan... me faz sentir como sua esposa...

— Ah, Kiera... Eu te quero tanto...

Passei a mão pelo meu corpo, por lugares que ele gostava de tocar. Com a respiração mais rápida, sussurrei:

— Não sei o que fazer, Kellan.

Ele gemeu no meu ouvido, o som fazendo com que uma súbita ânsia percorresse o meu corpo. Mantendo os olhos fechados com força, percebi que poderia facilmente imaginar que minha mão era dele. Ainda mais com sua voz no meu ouvido, me guiando.

— Tira a blusa, amor. Quero passar a língua por esses seios lindos...

Só meia hora depois ele finalmente me permitiu ter a explosão por que meu corpo ansiava. Ele me mantivera na beira, me provocando enquanto dizia exatamente aonde ir, o que tocar. E sempre dizia que era ele que estava fazendo, por isso não me senti idiota nem constrangida. Se bem que eu deixei de me importar mais ou menos uns cinco minutos depois. Na verdade, parei de me importar quando ele começou a tocar em si mesmo. E sua voz, quando gozou... Nossa, ainda estava ecoando nos meus ouvidos.

Arquejando no telefone, demorei um minuto para perceber que ele estava falando comigo.

— Ei, você ainda está aí?

Deu uma risada, e eu senti o constrangimento começar a voltar. Mas procurei ignorá-lo.

— Estou, desculpe. — Também dei uma risada. — Eu me distraí um pouco.

Ele ronronou no meu ouvido — um som delicioso.

— É, eu sei. Nossa, isso foi incrível, Kiera... você foi incrível.

Sem achar que tivesse feito nada de especial, murmurei:

— Tem certeza de que foi tão bom assim? Foi a minha primeira vez...

Ele suspirou, e então riu.

— Hum, considerando que eu não tinha um orgasmo tão forte sozinho já há algum tempo... sim, foi perfeito. E... também foi a minha primeira vez.

Isso me espantou tanto, que cheguei a sentar na cama.

— Você nunca tinha feito sexo por telefone?

Fiquei vermelha por perguntar isso a ele de maneira tão direta, mas ele apenas riu da minha reação.

— Não... por que essa voz surpresa?

Mordi o lábio, relembrando as palavras quentes que ele usara para incendiar meu corpo, o jeito como me incentivara a fazer o que me parecesse prazeroso. Na hora, tudo saíra de sua boca de um jeito tão natural que, se me dissessem que ele era pago para fazer aquilo profissionalmente, eu até teria acreditado; competência não lhe faltava. Ser uma pessoa extremamente sexual tinha suas vantagens.

— Porque você foi fantástico...

— Fantástico? É mes... — Ele interrompeu o que dizia e soltou um palavrão.

Franzi o cenho.

— Kellan? Está tudo bem?

Como se estivesse se movendo de um jeito afobado, ele murmurou:

— Estou, é que... o pessoal voltou. Tenho que ir... me lavar. Desculpe.

Um incêndio se espalhou pelas minhas faces, quando imaginei a aparência com que ele devia estar naquele momento. Enrolei as cobertas no corpo nu, me sentindo envergonhada à simples hipótese de ser flagrada naquela posição.

— Ah, tudo bem. Eu te amo.

Rindo baixinho, ele respondeu que também me amava, e então desligou. Coloquei o celular na mesa de cabeceira e me espreguicei sob as cobertas, relembrando sua voz gemendo meu nome. Por ora, eu me sentia totalmente satisfeita e relaxada, e esperei que essa sensação durasse.

E, para minha surpresa, durou um bom tempo. Eu me sentia nas nuvens, e passava os dias no maior bom humor. Cheyenne notou, me perguntando durante uma aula de Poesia se isso tinha algo a ver com a rosa que eu girava entre os dedos. Sorri, assentindo para minha animada amiga. Não fazia ideia de como Kellan conseguia fazer isso, mas todos os dias, desde aquele momento intenso ao telefone, eu vinha sendo abordada por estranhos que me davam uma rosa vermelha. Às vezes isso acontecia na faculdade, outras vezes no trabalho. Uma vez, aconteceu no Starbucks. Era quase como se Kellan quisesse ter certeza de que não iria errar meu paradeiro de novo.

Era a quarta-feira depois do nosso telefonema, e eu já tinha um vaso com quatorze rosas em casa. Se ele continuasse nesse ritmo, eu teria que comprar mais vasos. E, provavelmente, teria que me mudar. Minha irmã andava com um gênio do cão nos últimos tempos, cada gesto romântico de Kellan fazendo-a revirar os olhos. Até mesmo comentou que o fedor das flores estava empesteando o apartamento. Ah, é mesmo? Como uma coisa dessas seria possível?

Eu procurava não me gabar muito, já que ele parecia bastante irritada com a omissão de Griffin... em todos os sentidos, mas esperei que seu humor melhorasse em breve. Se isso não acontecesse, talvez eu tivesse que ir morar com Denny.

Ele finalmente encontrara um lugar para morar, e era... impressionante. Ficava numa zona residencial afastada, em Queen Anne Hill. As casas naquela região são excelentes, e Denny desfrutava de uma vista espetacular da cidade. Fiquei boquiaberta quando ele me mostrou os cômodos.

Naquele dia, depois da aula, eu iria ajudá-lo a escolher os móveis. Ele tinha um senso de estilo apurado em termos de decoração (eu sempre achara que isso era uma exigência da publicidade). Mas imaginei que ele tivesse me convidado apenas para ter certeza de que eu estava bem.

Ele não fizera comentários sobre a melhora do meu humor desde a noite em que eu chorara nos seus braços, a noite em que ele encontrara o bilhete de amor de Kellan, mas Denny me observava com olhos de águia, esperando que eu desmoronasse de novo. Eu me sentia péssima por ter cedido na sua presença, admitido meus medos para ele, de modo que exagerava minha alegria quando nos víamos, o que provavelmente fez com que parecesse calculada. Em consequência disso, ele me ligava direto e me chamava para sair com frequência.

Eu não me importava. Gostava da companhia de Denny... sempre tinha gostado.

O bimestre de inverno estava chegando ao fim, e aquela era a minha última aula de Poesia. Dei um abraço em Cheyenne e agradeci a ela por me ajudar a enfrentar a matéria; tinha certeza de que jamais teria decifrado aquela linguagem floreada sem sua ajuda.

— Sem problemas, Kiera. Que tal continuarmos saindo para tomar um café e estudar no último bimestre?

Sabendo que o bimestre de primavera seria tão rigoroso quanto o anterior, soltei um longo suspiro.

— Claro, com certeza. — Quando acenei em despedida para a extrovertida loura, ela me deu um sorriso simpático. Pareceu um sorriso excessivamente afetuoso, o que me levou a franzir o cenho. O sorriso tinha... um pouco de açúcar demais, por assim dizer.

Acenando para os outros colegas de turma, esperei que Cheyenne não estivesse gostando de mim. Não sabia se ela se interessava por homens ou mulheres, já que esse não é o tipo de coisa que geralmente vêm à baila em conversas casuais. Se bem que, quando conversávamos sobre Kellan, ela sempre mencionava um ex-namorado que tivera anos antes, no ensino médio. Eu tinha certeza de que fora um rapaz. De todo modo, não queria magoar mais uma pessoa na minha vida.

Por outro lado, talvez estivesse vendo uma malícia no seu gesto que não existia. Cheyenne tratava quase todo mundo na sala com a mesma simpatia. E nem eu era nenhuma beldade irresistível que todo mundo cobiçasse. Não, Kellan é que fazia esse tipo... não eu.

Rindo de mim mesma, eu me dirigi para o estacionamento onde Denny tinha combinado de se encontrar comigo. Como iríamos fazer compras juntos, eu deixara o "bebê" de Kellan estacionado na segurança do meu prédio, com firmes instruções para que minha irmã não o levasse para um test drive. Parecendo irritada e cansada, ela apenas dera de ombros e murmurara *Tá*.

Saindo do carro quando cheguei, Denny inclinou a cabeça para mim.

— Do que está rindo?

Ainda achando graça da ideia de outra pessoa se apaixonar por mim, balancei a cabeça.

— De perceber que eu me tenho numa conta alta demais.

Franzindo os lábios, Denny balançou a cabeça e revirou os olhos. A expressão foi superfofa, e eu sorri.

— Concordo, sua autoestima é... absurda. — Ele me deu um sorriso bobo fofíssimo. — Você realmente deveria cultivar a sua modéstia.

Dei um tapa no seu ombro, rindo ao abrir a porta do carro. Sentando no sofisticado banco marrom, já antecipando com ansiedade o calorzinho do aquecedor instalado nele, olhei para Denny, que entrava do outro lado. Ele olhou para a rosa na minha mão ao dar a partida no carro.

— É de Kellan?

Arqueou uma sobrancelha escura para mim, enquanto eu punha a rosa no painel do carro.

— É... — respondi em tom um tanto sonhador.

— Então, está... tudo bem?

Percebendo sua preocupação, olhei para ele, seus olhos escuros agora fixos no trânsito.

— Acho que sim. Quer dizer, nós ainda não conversamos, mas sinto que demos um passo que nos reaproximou.

Sem olhar para mim, Denny observou:

— Mas, se vocês ainda não conversaram, nada realmente mudou.

Suspirei, virando a cabeça para olhar pela janela.

— Não, não. Acho que não. Mas não estou a fim de conversar sobre isso, Denny.

Ele suspirou um pouco, e então disse, com voz tranquila:

— Tudo bem, Kiera. O relacionamento é seu, não meu.

Olhando para ele, inclinei a cabeça.

— Por falar no seu... teve alguma notícia sobre quando Abby vai poder vir?

Ele olhou para mim, visivelmente animado.

— Tive, o encargo dela vai acabar em breve. Ela acha que é capaz de estar por aqui lá para o fim de abril.

Os olhos de Denny se encheram de um afeto que até então eu só vira neles em relação a mim. O que me doeu um pouco, ver esse sentimento sendo dedicado a outra mulher, mas, por estranho que parecesse, também fez com que me sentisse bem. Denny era uma parte da minha vida, e eu o amava. Queria vê-lo feliz, e Abby era a razão da sua felicidade. Pousando a mão no seu joelho, esbocei um sorriso para ele.

— Fico feliz, Denny. Tenho certeza de que você tem sentido muitas saudades dela.

Na mesma hora me perguntei se ele tivera conversas eróticas com ela por telefone. Provavelmente, não. Não fazia o gênero de Denny. Por outro lado, também não fazia o meu... e eu tivera uma. Se Abby se parecesse com Kellan, poderia ter aberto Denny para todos os tipos de novas experiências. Sob alguns aspectos, Denny e eu éramos parecidos demais. Provavelmente, era bom que estivéssemos com pessoas cujas personalidades eram tão diferentes das nossas. Os opostos se atraem, e coisa e tal.

Denny olhou para minha mão pousada no seu joelho, e então para mim, e me deu um breve sorriso, mas afastou a perna alguns centímetros. Compreendi, e na mesma hora retirei a mão. Alguns gestos eram íntimos demais. Alguns limites não deveriam mais ser ultrapassados. E, por sermos tão parecidos, ambos compreendíamos isso.

Dando uma volta por cada loja de móveis no centro da cidade, finalmente escolhemos os conjuntos de sala de estar e sala de jantar perfeitos. E, sem dúvida, escolher uma cama com o seu ex-namorado, sabendo que ele vai usá-la com a namorada atual... é meio estranho.

Ambos tínhamos uma expressão constrangida no rosto quando o vendedor fez com que sentássemos juntos em um colchão. Mas então, quando estávamos deitados de costas, refletindo sobre essa situação embaraçosa, nós nos entreolhamos e caímos na gargalhada. Era uma coisa tão bizarra, que chegava às raias do cômico.

Aos risos, deitada no colchão forrado de plástico ao lado de Denny, não pude deixar de me perguntar o que Kellan diria se soubesse onde eu me encontrava e o que estava fazendo. Se pudesse nos ver, entender que havia apenas amizade entre nós agora, talvez até aceitasse. Mas contar isso a ele por telefone... sem nenhuma imagem para acompanhar a explicação, soaria mal, ainda mais porque Denny já estava em Seattle havia vários meses. E, quanto mais tempo ele passava ali, mais difícil ficava de explicar.

Escolhendo um colchão queen size relativamente firme, fomos escolher uma cama para ele. Denny se decidiu por uma linda cama no estilo trenó, que Abby com certeza iria adorar. Passando a mão pela cabeceira do móvel, Denny me contou sobre uma fantasia romântica de Abby: passear de trenó no auge do inverno. Ficar bem aconchegada sob cobertores pesados, com uma parelha de belos cavalos puxando os viajantes por entre bancos de neve branquíssima, com leves flocos pousando nos cabelos... era uma cena que soava maravilhosa para mim também. Esperei que ela pensasse nisso ao ver a cama de Denny... e ter esse pensamento também foi estranho.

Já começava a ficar tarde quando finalmente voltei para o meu apartamento. Depois de fazer os preparativos para que suas compras fossem entregues, Denny resolvera comemorar me levando para jantar. A conversa girou exclusivamente em torno de Abby, e como ele estava ansioso para lhe mostrar sua nova casa.

Sorri por educação, feliz por vê-lo feliz, mas sentindo uma pequena pontada de dor ao ouvi-lo usar a palavra "nossa" para se referir à sua casa. Mas não chegou a me incomodar tanto quanto eu teria imaginado no passado. Provavelmente porque Kellan às vezes chamava sua casa de "nossa", e isso sempre me trazia um sorriso ao rosto. Eu queria que Abby tivesse as mesmas alegrias, embora não nos conhecêssemos.

Entrando na minha sala por volta das dez da noite, qual não foi minha surpresa ao encontrar minha irmã andando de um lado para o outro. Em primeiro lugar, porque ela raramente se irritava a ponto de fazer isso e, em segundo, porque eu tinha certeza de que àquela hora ela já deveria estar no trabalho.

Apontando para ela enquanto colocava a bolsa na mesa, fui logo perguntando por que não estava no Hooters. Mas ela nem me deixou pronunciar a primeira palavra da pergunta. Virando-se para mim, mãos nos quadris, disparou:

— Até que enfim! Por onde você andou? Estou te ligando há séculos!

Dando uma olhada na bolsa, percebi que a bateria do celular devia ter descarregado. Torci para que Kellan não tivesse tentado me ligar.

— Hum, eu saí com Denny. Por quê?

Quando voltei a olhar para ela, vi que me fuzilava com os olhos.

— Não sei por que você sai com esse cara. — Comecei a defendê-lo, mas ela balançou a cabeça e levantou as mãos, me interrompendo: — Olha, eu não quero saber de você e de Denny. — Avançando na minha direção, segurou meus braços. Com os olhos arregalados, disparou: — Eu estou atrasada, Kiera.

Franzindo o cenho, balancei a cabeça.

— Ora, o Honda está aí... você poderia ter ido trabalhar a hora que quisesse! — argumentei, confusa. Anna e eu não brigávamos por causa do carro desde que Kellan deixara o Chevelle comigo, e esse também estava estacionado lá fora, caso ela realmente precisasse sair.

Jogando a cabeça para trás, ela soltou um gemido exasperado.

— Não, Kiera, não esse tipo de atraso! — Sua cabeça se aprumou, seus olhos se arregalando. Com a voz trêmula, repetiu devagar: — Eu estou a-tra-sa-da.

Olhou de relance para a própria barriga, e meus olhos ficaram do tamanho de dois pires.

— Ah, meu Deus, você está grávida!

— Shhh! — fez ela, olhando para o nosso apartamento vazio. Como se não quisesse que as aranhas ouvissem, cochichou: — Eu não sei... mas estou apavorada.

Totalmente aturdida, fiz a ela todas as perguntas que me passaram pela cabeça:

— Quão atrasada? Quando foi sua última menstruação? De quantos meses você acha que está? Quem foi o último cara com quem transou? — Parando por um segundo, arqueei uma sobrancelha: — Você sabe quem é o pai?

Com um olhar furioso, ela soltou meus braços e começou a me encher de tapas.

— É claro que eu sei quem é o pai, sua cretina!

Tentando me proteger dos golpes, dei um passo para trás.

— Desculpe! Poxa, Anna! — Conseguindo me pôr fora do seu alcance, levantei as mãos: — Não me mate por dizer isso, mas você nem sempre transa com o mesmo cara.

Seu lábio ficou trêmulo, e os olhos perfeitamente verdes se encheram de lágrimas. Escondendo o rosto nas mãos, ela começou a chorar. Arrependida, fui logo lhe dar um abraço apertado. Entre soluços, ela conseguiu dizer:

— Eu sei... mas eu... só estive com um nos últimos tempos... e... ah, meu Deus, Kiera... — Voltou a olhar para mim, seu rosto desolado: — O bebê é do Griffin...

Foi a vez do meu rosto ficar desolado.

— Ah, meu Deus, eu estava com medo de que você dissesse isso... — Se havia alguém na Terra que jamais deveria procriar... esse alguém era Griffin. Mas era o que podia ter acontecido e, se fosse o caso, agora minha irmã estava carregando sua semente.

Segurando-a pelo braço, peguei a bolsa e a puxei para a porta.

— Vamos lá, temos que comprar um teste para você.

Para minha surpresa, ela arrancou o braço. Estava balançando a cabeça quando voltei a olhar para ela, seu rosto parecendo sinceramente apavorado.

— Não posso...

Passando a mão pelo seu braço da maneira mais tranquilizadora que pude, murmurei:

— Você precisa saber, Anna. De um jeito ou de outro, você precisa saber.

Ela ainda parecia assustada, mas não discutiu comigo, por isso a empurrei com a máxima delicadeza para a frente. Eu me sentia como se domasse uma égua selvagem que iria desembestar a qualquer movimento brusco ou som estridente. Finalmente, consegui fazer com que a apavorada Anna entrasse no carro de Kellan.

Mas, no momento em que dava a partida, a égua abriu a porta e desembestou. Dando-lhe um olhar severo pela janela, balancei a cabeça:

— Volta para o carro, Anna!

Ela bateu a porta, também balançando a cabeça:

— Vai você, eu espero em casa. — Decepcionada com sua recusa em enfrentar a realidade, assenti e dei marcha a ré, tirando o carro da vaga. Se Deus quisesse, ela estaria em casa quando eu voltasse. Anna era mestra em evitar responsabilidades. Eu nem imaginava o que faria se o bastão do teste ficasse azul.

Na drogaria, peguei todos os tipos de testes, inclusive os que detectavam gestações ainda no começo. Se Griffin era o pai, então só podia ter acontecido em Boise, e isso fora poucas semanas antes. Parecia muito cedo para ela testar positivo, mas, por outro lado, eu não era nenhuma especialista no assunto, portanto deixaria a resposta a cargo do EPT.

Desejando que minha irmã estivesse ali para comprar os testes de gravidez, e também que a pessoa no caixa fosse uma mulher e não um cara de vinte e poucos anos, coloquei minha cesta cheia no balcão, murmurando:

— São para a minha irmã...

O sujeito deu um risinho, mas não disse nada. Tive certeza de que achara que eu estava mentindo. Foi muito estranho, mas senti o impulso de me cobrir, embora já estivesse vestindo uma jaqueta pesada. Sei lá, comprar testes de gravidez era meio como comprar preservativos. Era como se houvesse um letreiro de néon berrante em cima da minha cabeça: *Eu faço sexo!* Quer dizer, no caso, os testes berrariam: *Eu fiz sexo!*

Torci para não esbarrar em nenhum conhecido...

Felizmente, isso não aconteceu, e eu saí da drogaria com o rosto vermelho e o orgulho praticamente intacto. Quando voltei para casa, Anna ainda estava lá. Fui encontrá-la enroscada no sofá, debaixo de um cobertor, tremendo como se tivesse acabado de assistir a um filme de terror. Suspirando, entreguei a ela a sacola de papel. Ela se recusou a pegá-la. Em vez disso, escondeu o rosto nas mãos e começou a chorar de novo.

Ficando de joelhos, escondi a sacola às minhas costas e afastei seus cabelos sedosos para trás das orelhas.

— Ei, vai ficar tudo bem, maninha. — Com o que me pareceu um tom de voz otimista, acrescentei: — Quer dizer, provavelmente você não está grávida. Você não toma pílula? — Eu a tomava religiosamente desde que meu namoro com Denny começara a ficar sério, e tinha presumido que Anna fizesse o mesmo.

Ela olhou para mim, o rosto desolado:

— Quase todos os dias...

Contive a bronca que queria dar nela – você não pode sair por aí pintando o diabo sem se cuidar! –, mas ela estava apavorada, e a última coisa de que precisava era que eu lhe passasse um sermão. Então, apenas sorri, dando um tapinha na sua perna.

— Quer que eu te ajude?

Revirando os olhos, ela dirigiu uma expressão de nojo para a sacola que eu escondia atrás do corpo.

— Não, obrigada. Eu sei fazer xixi sozinha.

Suspirando, fiquei vendo-a se levantar, pegar a sacola e sair da sala a passos duros. Tentei imaginar aquela megera indomável com um barrigão... mas não consegui.

Ela saiu do banheiro alguns minutos depois, segurando cinco bastões em uma das mãos. Ficou olhando para eles, horrorizada, como se fossem começar a chamá-la de mamãe a qualquer momento.

— OK, e agora?

Indo até ela, dei uma olhada nos bastões recém-umedecidos... estavam brancos.

— Bem, acho que você tem que esperar alguns minutos, Anna.

Ela olhou para mim, as faces vermelhas.

— Tenho que esperar? Tenho que sentar e esperar para saber se a minha vida acabou ou não?

— Anna, sua vida não precisa acabar se você estiver gráv...

Ela pôs um dedo sobre os meus lábios:

— Nem pronuncie essa palavra. Não dá sorte. — Revirei os olhos para ela, esperando que tivesse lavado aquele dedo, mas preferi não fazer comentários sobre sua ridícula superstição.

Passando a mão pelos cabelos, Anna continuou olhando para os bastões na palma da outra mão.

— Preciso de uma bebida — murmurou.

Quando já começava a se dirigir para a cozinha, segurei seu braço.

— Anna, você não pode beber, não se estiver gráv... — Ela me fuzilou com os olhos por quase dizer a malfadada palavra de novo, e eu rapidamente emendei para "se estiver esperando um bebê".

Sorri, satisfeita com a emenda, mas Anna franziu o cenho.

— Que se dane! A situação já é bastante ruim.

Tirando os bastões da sua mão à força, obriguei-a a sentar no sofá. Mas seus olhos continuaram nos bastões que eu segurava. Eu quase me sentia como se pudesse hipnotizá-la balançando aqueles troços. E até desejei poder fazer isso, já que de dez em dez segundos ela perguntava: *Alguma coisa?*

E eu, dando uma olhada nos bastões, respondia: *Não, tenha paciência.*

Depois do décimo olhar, notei uma mudança. Quando não dei a Anna uma resposta imediata, ela se levantou. Estendi a mão para afastá-la, tentando me lembrar se, nessa marca em particular, dois traços era um bom sinal... porque eu com certeza estava vendo dois.

— E então? Qual é o veredicto? – perguntou ela, agitada, segurando minha mão que tentava afastá-la.

— Ainda não sei, Anna.

Franzindo os olhos, e esperando que estivesse me lembrando errado da bula, procurei aquela que usava uma linguagem pão-pão-queijo-queijo para revelar o destino da usuária. À medida que as palavras foram ganhando vida diante dos meus olhos, quase tive vontade de chorar.

Minha irmã estava quase frenética de preocupação quando olhei para ela. Com a voz mais alta que pude fazer, sussurrei:

— Você está grávida... os resultados são positivos.

Seus olhos se arregalaram e ficaram úmidos. Soltando meu braço, ela perguntou em voz baixa:

— Todos eles? – Como se, de algum modo, se um dissesse que não, isso invalidasse todos os outros.

Olhei para eles de novo, e então para Anna. Todos os que não tinham palavras eram semelhantes – dois traços, um traço e um sinal de adição, um até mesmo com um smiley. Somando esses ao que exibia alegremente a palavra GRÁVIDA, só poderia querer dizer uma coisa.

Assenti, dando um sorriso triste para ela:

— Todos eles. Parabéns, Anna, você vai ter um bebê.

Ela começou a soluçar... e não era de felicidade.

Quando Anna se recompôs, pareceu convicta de que poderia alterar os resultados da tecnologia.

— Não! – Pegando os bastões, saiu marchando em direção ao banheiro. No meio do caminho, gritou: – Não mesmo! Esses troços estão errados. Eu NÃO estou grávida!

Em passos hesitantes, segui a furiosa vítima do destino, tentando ajudá-la, mas sem correr o risco de ter minha cabeça arrancada. Depois que ela bateu a porta do banheiro, dei uma batidinha tímida:

— Anna? O que está fazendo?

Com a voz trêmula de medo e raiva, ela gritou:

— Estou fazendo os outros testes! Porque aqueles estavam errados! Não existe nenhuma possibilidade de aquele filho da mãe ter me engravidado! Nenhuma!

Suspirei, sem querer dizer a ela que a possibilidade certamente existia. Griffin podia ser um idiota, mas, pelo visto, seus espermatozoides sabiam nadar. Num fio de voz, perguntei:

— Tem certeza de que foi o Griffin?

Estremeci depois de perguntar, sabendo que na certa minha temperamental irmã iria me esganar por insinuar, pela segunda vez, que ela era uma galinha. A porta se entreabriu, e as esmeraldas gêmeas arderam diante de mim:

— Absoluta!

Tornou a bater a porta, e eu estremeci.

— OK, só perguntei...

Depois de um longo período de silêncio, abri lentamente a porta. Anna tinha espalhado os testes por toda a extensão da pequena pia. Eram de todas as cores e estilos, e as telas mostravam vários símbolos ou palavras, mas os resultados eram os mesmos em cada um deles.

Confirmado por uma dúzia de testes diferentes... Anna estava grávida.

Ela olhou para mim com os olhos cheios de lágrimas, sua raiva tendo passado.

— O que vou fazer, Kiera?

Entrei no banheiro e abracei minha irmã, que se sentia tão perdida. Parecia totalmente abalada, e eu jamais a vira assim. Ela tendia a aproveitar ao máximo tudo que a vida lhe dava, pulando alegremente de um lugar para outro, de um homem para outro, de um emprego para outro. Mas uma criança... era uma responsabilidade permanente da qual ela não poderia escapar.

— Você vai fazer o melhor que puder, Anna, e eu vou te ajudar o máximo que puder.

Quando me afastei para olhá-la, ela se desvencilhou de mim, dando um passo para trás no pequeno banheiro. Balançando a cabeça, disparou:

— Pelo amor de Deus, eu trabalho no Hooters! Tudo que tenho é um cabelo bonito e um bom par de peitos. Que diabos eu tenho para oferecer a uma criança?

Lágrimas escorreram pelo seu rosto, e ela tornou a balançar a cabeça:

— Não posso fazer isso... nem quero. Não quero ter filhos, nunca quis. – Passou as mãos pelos cabelos, gemendo. – Ah, meu Deus... papai! Ele vai me matar. Mamãe... nunca mais vai olhar para mim do mesmo jeito...

Fungando, cobriu o rosto por um segundo, e eu dei um tapinha no seu braço.

— Eles... vão superar, Anna. Vão ser avós orgulhosos, e você e o Griffin...

Ela abaixou as mãos, seu queixo despencando.

— Griffin... ah, meu Deus. Griffin vai ser pai! — Disse isso como se só naquele momento tivesse lhe ocorrido qual era o papel dele no drama.

Esfreguei seu braço, carinhosa.

— Pois é... é assim que funciona, Anna.

Balançando a cabeça, o rosto ainda incrédulo, ela disse:

— Griffin não pode ser pai, Kiera. Não pode, e fim de papo. — Apontou para a janela do banheiro, em direção ao lugar em que nossos D-Bags estavam, a milhares de quilômetros de nós. — Ele sopra fumaça de baseado na cara de filhotes de cachorro, Kiera! Dá para imaginar um cara desses perto de uma criança?

Estremeci. Não, nem em um milhão de anos. Tentei exibir um sorriso para acalmá-la, mas Anna notou minha expressão. Numa tentativa de tranquilizá-la, argumentei:

— Bem, mas você conta comigo, com Kellan, com Evan e com Matt, principalmente com Matt, já que ele é da família. Eles... vão manter o Griffin na linha.

Suspirando, ela abaixou o tampo da privada e sentou.

— Griffin... vai pensar que eu fiz isso de propósito, como aquelas tietes de que a Lana falou com ele, dizendo que devia tomar cuidado. — Olhou para mim, novas lágrimas brotando nos seus olhos. — Ele nunca mais vai querer me ver.

Também com lágrimas nos olhos, balancei a cabeça.

— Anna, ele não vai... — Mas me calei. Anna tinha razão. Era exatamente o que ele pensaria. Dei de ombros. — Sinto muito.

Contive as lágrimas que ameaçavam se derramar, morta de pena da minha irmã. O que quer que houvesse entre ela e Griffin, era óbvio que Anna sinceramente gostava dele, talvez até o amasse. Eu não tinha certeza, mas sabia que agora estava tudo terminado, e o fim de um relacionamento é doloroso.

Percebendo minhas emoções conflitadas, Anna se levantou de repente.

— Não estou me sentindo bem... — Fui logo abraçá-la, achando que sua dor era emocional, mas ela estendeu a mão para mim, levando a outra à boca: — Não, eu quis dizer que estou com vontade de vomitar!

Virando-se, levantou o tampo da privada e começou a esvaziar o estômago. Segurando seus cabelos para trás, fiquei esfregando seus ombros enquanto ela apoiava a cabeça no braço. Fungou algumas vezes, respirando com força, e então sua raiva pareceu voltar à tona.

Aprumando-se com ar decidido, limpou a boca com uma toalha. Enquanto eu despejava todas as palavras de encorajamento que me ocorriam, ela pegou a sacola de papel da drogaria e começou a enfiar os testes dentro dela. Quando a sacola estava abarrotada, saiu a passos duros do banheiro.

Curiosa com o novo rumo que minha passional irmã tomaria, eu a segui. Para minha incompreensão, ela entrou no meu quarto.

— Anna... o que está fazendo?

Abrindo uma das gavetas da cômoda, ela enfiou a sacola no seu interior e a fechou. Com uma expressão possessa, voltou a olhar para mim.

— Isso não está acontecendo. É só um sonho doido de que eu vou acordar a qualquer momento.

Boquiaberta, apontei para a cômoda, onde ela guardara a sacola.

— Você não está sonhando, Anna. Isso está acontecendo, sim, e você precisa enfrentar a situação.

Ela me deu um olhar vazio, enquanto se dirigia para o corredor.

— Não sei do que você está falando, Kiera.

Segurei seus ombros quando ela passou por mim. Ela não me olhou.

— Um desejo não tem o poder de mudar a realidade, Anna. Vai acontecer quer você aceite, quer não.

Com o rosto totalmente despojado de emoção, ela finalmente se virou para me olhar.

— Não, Kiera... não precisa acontecer.

Senti todo o sangue me fugir do rosto e do corpo. Ela queria dizer que...? Eu não podia acreditar que minha irmã cogitasse de fazer uma coisa dessas. Sabia que ela estava morta de medo, sabia que estava transtornada, mas... não podia acreditar que sequer cogitasse de... interromper a gravidez.

— Anna... Você não pode...

Ela se desvencilhou bruscamente de mim, uma nota de emoção voltando ao seu rosto.

— Eu ainda não sei, Kiera, OK? Eu só... preciso refletir sobre isso por alguns dias, está bem?

Assenti, engolindo em seco. Refletir era uma boa coisa. Com a cabeça baixa, ela se dirigiu para a porta do quarto. Ao chegar lá, parou e se virou para mim.

— Não conta isso para ninguém, Kiera, por favor. Nem mamãe, nem papai, nem Jenny, nem Kellan, nem Denny... ninguém.

Suspirei, dando um passo em sua direção.

— Anna, você não tem que fazer isso sozinha.

Ela balançou a cabeça, estendendo a mão para me deter:

— Por favor. Se eu decidir fazer um abo... Se decidir interromper isso, não quero que nenhum deles jamais fique sabendo. Jamais. Por favor! Eu não contei o seu segredinho para o Kellan! E aguentei as pontas enquanto você esteve no hospital depois do rolo com Denny e Kellan, e até inventei uma história idiota de que o seu apêndice tinha rompido quando papai recebeu a conta... Você me deve isso.

Sua voz tremia muito, traindo o quanto essa decisão a atormentava. Eu sabia que minha irmã não era uma pessoa fria que seria capaz de destruir uma vida por impulso, mas sabia que a ideia de pôr um bebê no mundo a deixava apavorada, ainda mais por causa de sua situação bizarra com Griffin. Esperando que ela caísse em si se eu lhe desse espaço e ficasse na minha, assenti.

— Tudo bem, prometo que não vou dizer uma palavra... para ninguém.

Ela assentiu e se virou para sair do quarto, mas segurei seu braço:

— Mas você vai ter que me avisar... antes de fazer. — Com lágrimas escorrendo pelo rosto, balancei a cabeça. — Se decidir não ficar com a criança, você vai ter que me dizer antes... e não depois, OK?

Os olhos dela se encheram de lágrimas, que escorreram lentamente, formando rastros por suas faces manchadas. Abraçando-a, acrescentei:

— É minha sobrinha ou sobrinho que está aí dentro. Você tem que me dar pelo menos uma chance de tentar te fazer mudar de ideia. E, se eu não conseguir... você tem que me deixar ir junto... para te dar uma força.

Quando me afastei, rios de lágrimas desciam pelo seu rosto, e ela assentiu, contendo um soluço. Com as faces tão molhadas quanto as suas, segurei seu rosto entre as mãos.

— Eu te amo, Anna. Sei que você vai fazer... o que for melhor.

Concordando, ela finalmente deu as costas e saiu do quarto.

## Capítulo 21
## ESPERANÇA

As semanas seguintes giraram em torno da minha irmã. Passamos minhas férias de primavera enfurnadas no apartamento. Tentei convencê-la a ir a um médico. Ela disse que não, vomitou no banheiro e então chorou na cama por horas.

Sentei ao seu lado e fiquei fazendo cafuné nos seus cabelos. Apontei para o seu calendário do Hooters na parede, relembrando a ela o quanto era bonita, e que esse mês era o seu momento de brilhar. Estávamos em abril, e seu lindo rosto estava ali estampado com muito orgulho para o mundo inteiro ver. Ela se queixou de que já se sentia inchada e gorda, e que seu uniforme justo ficava ainda mais apertado a cada dia que passava; por fim, tirou o calendário da parede e o enfiou na gaveta da mesa de cabeceira.

Esperei que o emprego não influenciasse sua decisão de ficar ou não com o bebê. Ela era a única naquela filial do restaurante que fora selecionada para o calendário, e adquirira um certo prestígio lá em função disso. Eu não sabia se eles permitiriam que ela continuasse trabalhando como garçonete quando a gravidez começasse a aparecer. Nunca vira uma mulher grávida vestindo uma regata e um shortinho superjusto. Mas sabia que, do ponto de vista jurídico, ela tinha direitos e, se usasse o emprego como desculpa para fazer um aborto, eu iria bombardeá-la com uma lista inteirinha deles.

Eu pisava em ovos na presença de Anna, tentando não aumentar sua ansiedade. Ela se estressava por qualquer coisa. Eu não a culpava totalmente por estar com os nervos à flor da pele. Sua situação era séria e complicada, e a inundação de hormônios responsável por suas alterações de humor também não ajudava. Mesmo assim, disse a ela para ir catar coquinhos quando engrossou comigo, dizendo que o cheiro do café lhe dava ânsias de vômito, e que eu precisava parar de trazer o produto para o nosso apartamento.

Ela começou a chorar quando lhe dei uma dura, e na mesma hora me arrependi, decidindo parar de fazer café pelas manhãs. Pensei com meus botões que poderia me abster de cafeína durante alguns dias para acalmá-la, principalmente se isso fosse ajudar a convencê-la de que podia ser mãe. E eu sabia que podia mesmo. Por baixo daquele jeito brincalhão e despreocupado, havia uma mulher com um poço profundo de amor dentro de si. Ela podia ainda não ter encontrado o homem certo para compartilhá-lo, mas eu sabia que estava lá.

Até a convidei para participar de mais um dos cursos de arte de Jenny, que duravam seis semanas. Ignoro por que continuava me matriculando nesses cursos com ela. Talvez por pena, já que ainda me sentia culpada por não tê-la convidado para ir a Boise.

De má vontade, Anna acabou concordando em vir, passando o tempo todo emburrada ao meu lado. Jenny arqueou uma sobrancelha e ficou observando minha normalmente alegre e falante irmã com ar de curiosidade, mas não fez qualquer comentário. Talvez tivesse concluído que Griffin fizera uma das suas com Anna. E ele... certamente fizera uma das suas, apenas ainda não tinha conhecimento disso.

Ninguém tinha. Anna ainda não permitia que eu contasse a ninguém, nem mesmo Denny, que notou a mudança na mesma hora. Ele tinha vindo me buscar para irmos ao cinema, e Anna não lhe deu o olhar azedo de costume. Na verdade, mal olhou para ele quando murmurou para mim: *Divirta-se... Uma de nós duas tem que fazer isso*.

Estava sempre dizendo coisas sombrias desse tipo. Era como se houvesse recebido a notícia de que sofria de uma doença fatal e só lhe restassem nove meses de vida. Fui obrigada a argumentar várias vezes que ela dispunha de uma excelente infraestrutura familiar e que ainda poderia levar uma vida normal depois de dar à luz, mas tive certeza de que ela não me acreditou. No entanto, ainda estava grávida, agora de sete semanas, segundo um calendário de gestações na Internet. Fiquei torcendo para pôr minha sobrinha ou sobrinho no colo por volta do fim de novembro.

Parecendo meio esverdeada, Anna ficou vendo a professora discorrer sobre o objeto da lição daquele dia, e soltou um gemido alto quando viu o que era. Hoje, iríamos desenhar... crianças.

Revirando os olhos, eu maldisse o destino. Por que não podíamos ter uma aula sobre arte abstrata? Anna pareceu concordar comigo, e até chegou a se levantar do banquinho, fazendo menção de ir embora.

Com o rabo de cavalo perfeito balançando às costas, Kate inclinou a cabeça, perguntando a Anna:

— Você está bem? Está com cara de quem vai vomitar.

Os olhos de Anna se arregalaram, mas, recobrando a compostura, ela voltou a sentar e pegou o lápis. Enquanto duas crianças adoráveis de seus dez anos se acomodavam a fim de posar para nós, Anna suspirou, murmurando: *Estou ótima*. Aliviada, agradeci ao destino pelo fato de nosso modelo não ser um bebê adormecido; isso teria feito com que a pobre Anna abrisse um berreiro.

O desenho de Jenny já estava bem adiantado quando o resto da turma finalmente começou. Suspirei ao vê-la fazer, com um traço impecável, o formato básico de uma cabeça humana. A minha mais parecia o Sr. Cabeça de Batata. Eu ainda não tinha pegado o jeito do realismo... embora essa fosse a minha enésima aula.

Jenny sorriu para mim quando soltei um suspiro desanimado.

— Você vai chegar lá, Kiera — disse, carinhosa, qualquer vestígio de hostilidade entre nós já tendo se dissipado.

Jenny não era de guardar ressentimentos por muito tempo, o que era ótimo. O fato de ter viajado para visitar Evan durante as férias ajudou. Ela me convidou por telefone para ir ao Texas com ela e Rachel, mas eu não podia deixar Anna nas condições em que estava. Chateada por perder aquela oportunidade de passar uma semana com Kellan, dei a Jenny uma vaga desculpa para não ir. Não acho que ela tenha entendido minha explicação, mas qualquer ressentimento que ainda alimentasse em relação a mim passou totalmente quando voltou de viagem.

Tornando a suspirar, apaguei uma parte da linha que acabara de traçar.

— Não sei por que continuo frequentando essas aulas com você. Nunca vou levar jeito para isso. — Jenny riu um pouco, e eu a imitei. — Acho que só estou tentando ampliar o meu círculo.

Rindo, Jenny apontou para a figura deformada que eu desenhara:

— Nesse caso, acho que você precisa praticar, porque essa criatura está parecendo oblonga para mim.

Dei um tapa no seu ombro, e então fiquei observando, com assombro, Jenny voltar ao seu desenho de um realismo incrível. Eu era atroz, Kate era razoável, mas Jenny... era fantástica.

No fim da aula, eu tinha criado algo que talvez pudesse se passar por um mamífero. Mas ainda assim estava melhor do que o boneco de palitinhos da minha irmã. O desenho de Kate saiu bom, embora um pouco desproporcional. Mas o retrato de Jenny é que estava um espetáculo. Ela decidira transformar as crianças em bebês.

Não sei se Jenny estava vivendo um momento do tipo "Amo o meu homem e quero ter filhos com ele algum dia", ou se talvez tivera uma intuição inconsciente do estado de Anna, mas o fato é que os bebês em que transformara seus modelos estavam simplesmente perfeitos.

— Uau, Jenny... uau — foi tudo que consegui dizer.

O som de um móvel sendo arrastado pelo chão chamou minha atenção de volta para Anna. Ela tinha afastado seu banquinho do cavalete, e agora observava boquiaberta o desenho de Jenny. Estava com uma mão pousada na barriga, enquanto seus olhos iam pouco a pouco ficando úmidos.

Coloquei a mão na sua coxa, no momento em que Jenny perguntava:

— Você está bem, Anna?

Minha irmã assentiu, sem olhar para a artista.

— Estou. Seu desenho ficou... muito bom, Jenny.

A lourinha simpática abriu um sorriso radiante para o rosto assombrado de Anna:

— Obrigada! Fico feliz que tenha gostado tanto. Quer para você?

Anna finalmente levantou o rosto para Jenny, seus olhos cheios de lágrimas.

— Você me daria?

Jenny deu de ombros, destacando-o do bloco no cavalete.

— Claro, foi só um exercício. — Enrolando a folha, entregou-a para Anna. — Aqui está. Se te comoveu tanto, você tem que ficar com ele.

Anna o recebeu com dedos trêmulos. Achei que seria capaz de ter uma crise de choro convulsiva, histérica, hormonal, mas, engolindo em seco algumas vezes, ela conseguiu se controlar e sorrir para Jenny.

— Obrigada. Adorei.

Inclinando-se para minha irmã, perguntei-lhe em voz baixa se estava se sentindo bem.

— Estou — assentiu. — Olhando nos meus olhos, apontou com o polegar por sobre o ombro. — Estou só meio indisposta. Acho que vou para casa dormir um pouco.

Assenti, dando um tapinha no seu ombro. Quando ela saiu, Kate franziu o cenho, seus olhos cor de topázio parecendo um pouco confusos.

— A sua irmã... está bem?

Relembrando a expressão de Anna ao olhar para os bebês de Jenny, sorri.

— Hum-hum. Acho que ela vai ficar ótima.

Como nenhuma de nós tinha o que fazer até a hora de ir trabalhar, resolvemos dar um pulo em uma das minhas cafeterias favoritas. Desde que Anna banira a bebida de nossa casa, eu vinha sendo obrigada a consumi-la em outros lugares. O que saía muito mais caro, mas, como universitária em tempo integral, com um emprego em tempo integral, inteligente ou não, eu precisava de toda ajuda que pudesse ter.

Kate, Jenny e eu escolhemos um reservado nos fundos, enquanto planejávamos ficar ali por um tempo. Rachel veio se encontrar conosco depois que Jenny mandou uma mensagem para ela, e nosso encontro logo se transformou numa sessão de fofocas sobre os D-Bags. Kate foi quem mais nos provocou, querendo ouvir tudo sobre nossas vidas amorosas, já que, no momento, estava sozinha.

No meu íntimo, refleti sobre minha situação. Pensei em Kellan e nos segredos que estava escondendo de mim. Por duas vezes, quase tinha chegado a revelá-los e, da última vez, antes de nossa sessão íntima por telefone, ficara sem saber como fazer isso.

Suas palavras davam voltas na minha cabeça enquanto Rachel confidenciava em voz baixa que Matt sabia beijar maravilhosamente bem.

*Nossa, como isso é difícil...*

As palavras de Kellan se misturaram com a advertência de Denny na minha cabeça, e eu senti as entranhas ficarem geladas.

*Se você acha que ele está te traindo, Kiera... então, provavelmente, está.*

Finalmente tendo uma chance de pensar no assunto, já que por ora o estresse pela gravidez de minha irmã estava em segundo plano, refleti sobre todas as conversas que tivera recentemente com Kellan. Embora ele sempre parecesse feliz por falar comigo e se mostrasse ansioso para tentar me excitar, por outro lado também parecia... desgastado, exausto, como se carregasse um peso nas costas.

Eu não sabia o que isso significava, mas minha intuição dizia que não era boa coisa. Meu coração dizia que ele se apaixonara por outra pessoa, e não sabia como me contar. Eu compreendia como uma coisa dessas podia acontecer... Afinal, acontecera comigo, mas me fazia um mal horrível pensar que ele estava me cozinhando, ganhando tempo para me dar a punhalada final. Como Denny devia ter pensado em algum momento, seria muito mais fácil se Kellan apenas me contasse... É melhor ficar sabendo de uma vez do que passar o tempo todo se roendo de dúvidas.

Sentindo um poço de desespero começar a me engolir, fiquei olhando para o meu café com creme e ignorei as conversas que se entrecruzavam ao meu redor. Um queixo pousado no meu ombro me trouxe de volta ao presente. Inclinando a cabeça para mim, Jenny perguntou:

— Você está bem? Está com o mesmo ar que sua irmã estava horas atrás.

Dei uma olhada em Rachel e Kate, as duas totalmente absortas num papo sobre quem seria um bom namorado para Kate. Voltando a olhar para Jenny, mordi o lábio, pensando no que deveria responder. Ela estivera com os D-Bags pouco tempo antes. Será que notara algo? Será que Evan dissera algo?

Com a curiosidade me roendo o estômago, finalmente perguntei:

— Quando você visitou o pessoal... como Kellan estava?

Jenny piscou, não esperando a pergunta.

— Hum, acho que estava bem. Por quê?

Voltando a abaixar os olhos, dei de ombros.

— Não sei. Estou com a sensação de que ele... quer me contar alguma coisa...

— Talvez você esteja apenas projetando o seu sentimento de culpa...

Voltei a olhar para ela, que arqueou uma sobrancelha loura.

— Quer dizer, porque você não contou a ele que Denny voltou para Seattle... não foi? — Balançando a cabeça, acrescentou: — Imagino que ele nem desconfie quanto tempo vocês dois passam juntos.

Suspirei, imitando seu gesto.

— Não, ainda não contei a ele, mas vou contar, eu só... — Meus olhos ficaram úmidos, e a expressão severa de Jenny se desfez. — Primeiro, preciso saber o que ele está escondendo — sussurrei.

A expressão de Jenny se abrandou, e ela passou o braço pelos meus ombros.

— Ei, está tudo bem, Kiera. Quer dizer, não notei nada suspeito, e Evan teria me contado se Kellan estivesse... fazendo algo errado.

Engoli em seco, discretamente secando os olhos. Dando uma olhada nas duas amigas à nossa frente, ainda totalmente absortas na sua conversa, murmurei:

— Kellan sabe esconder as coisas quando precisa... Evan nem sonhava que nós dois estávamos tendo um caso, lembra?

Suspirando, Jenny me puxou para o seu ombro.

— Lembro, mas Kellan está tão apaixonado por você... que não te trairia. — Isso foi dito num sussurro, mas minha sensação foi de que as palavras tinham ecoado pelo aposento.

Estremeci, engolindo ainda mais lágrimas. Não queria mesmo ter uma crise de choro na frente de Kate e Rachel. Não queria discutir o assunto com um grupo de pessoas numa mesa de cafeteria. Sinceramente, o que eu queria era empurrá-lo para as profundezas do inconsciente, onde não precisasse pensar nele. Isso seria maravilhoso.

Tentando me alegrar, Jenny disse, animada:

— Além disso, eu só vi Kellan falando no celular com você. Será que ele falaria tanto com você se estivesse de traindo?

Toda a cor desapareceu do meu rosto.

— Ele falava no celular? Toda hora?

Franzindo o cenho, ela assentiu.

— Toda hora... com você... não é?

Balancei lentamente a cabeça. Minha irmã passara tão mal na semana em que Jenny e Rachel estavam no Texas, que eu acabara tendo pouquíssimo tempo para atender o celular, que dirá conversar com Kellan. Na verdade, as únicas ocasiões em que eu *realmente* conversara com ele tinham sido muito tarde da noite, depois que Anna finalmente apagara de exaustão. Jenny certamente devia estar dormindo quando essas conversas aconteceram, de modo que, quem quer que fosse a pessoa com quem ela o vira falar no telefone... não era eu.

Segurando seu braço, eu me inclinei para ela, desesperada:

— O que ele estava dizendo no celular? Parecia... feliz, apaixonado?

Minha voz falhou ao pronunciar a última palavra, e os olhos claros de Jenny ficaram úmidos. Balançando a cabeça, ela murmurou:

— Eu achei que ele estava falando com você...

À beira de uma crise histérica, puxei seu braço:

— O que foi que ele disse?

Ela engoliu em seco, balançando a cabeça.

— Eu não... não estava prestando atenção, mas... ele... — Engoliu em seco mais uma vez, seus olhos agora quase cheios de lágrimas de compaixão. — ... ele estava rindo... Parecia... feliz.

Sentindo-me como se fosse começar a hiperventilar, eu me levantei. Jenny fez menção de me acompanhar, mas ergui a mão:

— Eu só... preciso de um minuto.

E me dirigi depressa para o banheiro, torcendo para que ela e as outras amigas me deixassem desmoronar sozinha. Ela praticamente confirmara o meu maior medo. Kellan estava envolvido com outra pessoa, alguém que o fizera rir. E eu seria capaz de apostar que ela também era linda...

Com a mão cobrindo a boca, contive os soluços enquanto deslizava pela fria parede de azulejos. Sentando no chão, escondi a cabeça nas mãos. Como ele podia ter feito isso comigo? Seria uma vingança, por todas as vezes que eu o magoara? Será que o universo estava me punindo por ter sido tão calhorda com Denny? Ou será que Kellan realmente era viciado em sexo como Candy dissera, portanto a traição era inevitável?

Talvez Kellan tivesse achado impossível passar meses seguidos sem estar fisicamente com uma mulher, e houvesse cedido. Acontecia o tempo todo, e eu não sabia por que me surpreendera tanto. Talvez porque tivesse esperado mais de Kellan... ou esperado *demais* dele.

Soluçando incontrolavelmente, deixei que cada dúvida saísse do meu corpo pelas lágrimas.

— Kiera? Você está bem?

Levantei os olhos e vi uma loura parada na porta, olhando para mim. Mas não era a loura que eu esperava. Não era Jenny... e sim minha amiga da faculdade, Cheyenne. Secando os olhos, eu me apressei a responder que não era nada, e comecei a me levantar.

Ela se aproximou e me ajudou a levantar.

— Tem certeza? Você parece arrasada. — Seus olhos se arregalaram. — Aconteceu alguma coisa ruim? Está tudo bem?

Sentindo-me um pouco estranha, já que meu relacionamento com Cheyenne era essencialmente acadêmico, dei de ombros e repeti que não era nada e que eu estava bem.

Endireitando meus ombros, ela me olhou fixamente:

— É alguma coisa, sim, e você não está bem. — Sua expressão se suavizando, ela disse: — Sei que não nos conhecemos há tanto tempo assim, mas você pode conversar comigo, Kiera.

Sorrindo por seu gesto, confortada pelo carinho de seu leve sotaque, eu me encostei na parede, secando os olhos.

— É... o Kellan. Acho que ele está saindo com outra pessoa. — Só admitir isso para alguém bastou para me fazer sentir como se minhas entranhas tivessem sido cortadas ao meio.

Os braços de Cheyenne na mesma hora me envolveram.

— Ah, Kiera, sinto muito. — Ela se afastou para me olhar, sua expressão carinhosa e receptiva. — Eu sei o quanto você gosta dele. Tem certeza?

Dei de ombros, suspirando.

— Não, não tenho certeza de nada neste momento... só de que os homens não prestam. — Fungando, dei uma risada, mas Cheyenne torceu os lábios para mim.

Recuando, ela passou os dedos pelos cabelos. Parecia quase nervosa, e eu arqueei uma sobrancelha. Engolindo em seco, ela deu uma olhada no banheiro vazio.

— Tudo bem, eu sei que vou parecer uma idiota, mas acho você uma pessoa muito legal, inteligente, com senso de humor, e também sei que você gosta de homens, mas estava pensando se...

Meus olhos se arregalaram enquanto eu ouvia. Será que ela estava dizendo que... se sentia atraída por mim? Será que eu não estava tão enganada assim em pensar que *gostava* de mim? Imaginando qual seria a maneira mais simples de lhe dar um fora, já que eu não tinha qualquer experiência nesse terreno, dei um passo à frente.

— Ah, hum, Cheyenne, eu também te acho uma pessoa legal e gosto de você...

Ela se animou visivelmente e eu comecei a gaguejar, procurando uma maneira de mudar o que acabara de dizer.

— Não, eu quis dizer que gosto de você, como você... mas não... que gosto de você, como você... como você...

Pois é, até eu me enrolei com a explicação, mas Cheyenne não parecia mais se importar; eu tinha dito que gostava dela, e isso bastava. Sorrindo de orelha a orelha, ela exclamou:

— Ah, eu também gosto de você! — E então, segurou o meu rosto.

Eu nem soube como reagir. Não existe nenhum cursinho sobre o que fazer ou dizer numa situação dessas, pelo menos não que eu tivesse feito... mas, de repente, devia.

Ela colou os lábios nos meus, apertando nossos corpos com força antes de começar a investir suavemente contra mim. Tive tempo bastante para pensar *Hum, isso é diferente*, antes de empurrar seus ombros para trás. Ela me encarou com os olhos arregalados. Achei que parecia morta de vergonha do que fizera, e não pude deixar de sentir pena dela. Ser rejeitado não é fácil.

Gaguejando, ela se afastou de mim.

— Me desculpe, Kiera, me desculpe. Eu pensei que você... me desculpe.

Suspirando ao pensar que eu confundia até o meu próprio sexo, balancei a cabeça.

— Não, eu é que peço desculpas. Não tive a intenção de fazer você pensar... — Suspirando, resolvi apelar para a franqueza brutal: — Eu não me sinto atraída por mulheres, Cheyenne. Sem querer ofender, eu gosto de homens... mesmo que sejam mulherengos.

Dei um suspiro triste, e ela corou até a raiz dos cabelos.

– É claro, eu sabia disso... sabia, sim. Você tem um namorado e o ama. Eu... me deixei levar pelo momento, porque estou gostando muito de você já faz algum tempo, e... – Fechou os olhos, jogando a cabeça para trás. – Santo Deus, que idiota que eu sou.

Rindo do fato de sermos tão parecidas, balancei a cabeça.

– Não, você não é uma idiota, e está tudo bem, Cheyenne... sinceramente.

Gemendo, ela olhou novamente para mim.

– Você nunca mais vai querer me ver de novo?

Pisquei os olhos, inclinando a cabeça.

– Por que você acha isso?

Ela indicou com as mãos o ponto onde nosso momento tinha acontecido.

– Porque eu me aproveitei totalmente de você. – Deu um sorriso triste. – Porque eu gosto de você.

Abaixei os olhos, voltando a balançar a cabeça.

– É claro que eu ainda quero ver você... – levantei os olhos – ... como amiga e colega de turma, mas isso é tudo que nós jamais vamos ser... sinto muito.

Seus olhos ficaram úmidos, mas ela sorriu.

– Eu sei. Sempre soube que não rolaria. Acho que... era só uma esperança.

Assenti, sem saber o que dizer. Talvez por já ter tido constrangimento suficiente por um dia, ela pôs a mão na maçaneta da porta.

– Bem, já vou indo. – Abriu a porta, e então arqueou uma sobrancelha para mim. – Nós ainda vamos estudar na semana que vem... não vamos?

Contendo um suspiro, sorri.

– Claro que sim. – Sabia que dali em diante teria que tomar mais cuidado na sua presença. Não queria magoá-la de nenhum modo. Ninguém escolhe por quem se apaixona. Eu sabia disso por experiência.

Ao vê-la ir embora, me ocorreu que o encontro tivera pelo menos um lado positivo – pois uma coisa era certa: o susto que ela me dera interrompera meu momento de desespero. E agora eu já podia riscar "ser beijada por uma mulher" da lista de coisas para fazer antes de morrer.

Ainda me sentia aturdida quando cheguei em casa após meu turno no bar. Não mencionara o beijo para as meninas na mesa da cafeteria e, de todo modo, quando voltei, elas só se preocuparam em saber por que eu tinha saído. Jenny não lhes contara sobre a nossa conversa, e mais tarde lhe agradeci por isso.

Fiquei pensando se Cheyenne passaria a ser um problema na faculdade dali em diante, um novo problema para substituir Candy, já que seu caminho finalmente se desviara do meu. Na verdade, a última notícia que eu tivera dela era que estaria grávida. Pelo visto, um monte de gente resolvera entrar para o clube da barriga na mesma época.

Meu pensamento se confirmou quando abri a porta do quarto e encontrei uma grávida sentada na minha cama. Fiquei surpresa por ver que Anna ainda estava acordada. Ela tinha começado a ir se deitar bem cedo recentemente.

Com o rosto triste mas sereno, ela me olhou quando sentei ao seu lado.

— Já decidi.

— E então? — Prendi a respiração, esperando sua resposta.

Ela observou meu rosto por longos segundos que pareceram uma eternidade. Curvando um canto dos lábios, finalmente anunciou:

— Não sei se vou criar o bebê ou não... mas não vou tirá-lo. — Deu de ombros, olhando para as mãos postas no colo. — Não posso fazer isso — sussurrou, a palma de sua mão indo pousar na barriga.

Com os olhos cheios de lágrimas, passei os braços ao seu redor.

— Fico tão contente, Anna!

Ela assentiu, retribuindo meu abraço, e eu afaguei seus cabelos para acalmá-la, como mamãe costumava fazer quando éramos pequenas e estávamos com medo.

— Vai ficar tudo bem, Anna. Eu estou aqui. Vou te ajudar com tudo.

Ela sorriu para mim quando nos afastamos.

— Eu marquei uma consulta com uma médica para a semana que vem. Você pode ir comigo?

Assentindo, voltei a abraçá-la com força.

— É claro, é claro que vou com você. — Voltando a me afastar, levantei as sobrancelhas. — Agora posso contar para as pessoas? Kellan? Jenny?

Na mesma hora, ela negou com a cabeça:

— Não, ainda não. — Franzi o cenho para ela, que suspirou, seus ombros ficando curvos. — Olha, eu ainda não sei se quero criar o bebê, e não quero saber de um milhão de pessoas me dando suas opiniões neste momento. — Olhou para mim, seus olhos brilhantes de jade parecendo determinados. — Eu quero que a escolha seja minha, e quero poder fazê-la antes que o mundo me condene por ela.

Suspirando, afaguei seus cabelos.

— Tá, tudo bem... Não vou contar nada. — Ela ficou em silêncio por um momento, e eu acrescentei: — Mas você não acha que o Griffin deveria saber? Que deveria participar da sua decisão?

Ela ficou olhando para as próprias mãos, sem coragem de me encarar.

— Eu sei que você não vai aprovar isso, Kiera, mas, se eu decidir pôr o bebê para adoção... — olhou novamente para mim — ...o Griffin nunca vai saber que foi o pai. Eu nunca vou admitir, e vou negar se alguém disser o contrário.

Vendo a firme resolução nos seus olhos, balancei a cabeça.

— Por que, Anna? Por que você não quer que ele saiba?

Desviando os olhos, ela deu de ombros.

— É assim que tem que ser, Kiera, e ponto. — Voltando a olhar para mim, deu de ombros. — Se eu resolver criar o bebê... eu conto a ele, OK?

Concordei, torcendo para conseguir dissuadi-la em relação a isso. Meus sentimentos por Griffin à parte, ele tinha o direito de saber que pusera um filho ou uma filha no mundo. Eu não sabia o que iria fazer com essa informação, mas achava que ele devia saber.

Talvez notando o conflito nos meus olhos, Anna franziu os dela.

— Estou falando sério em relação a isso, Kiera. Você não pode contar a ninguém.

Suspirando, dei de ombros.

— E não vou contar... prometo.

Satisfeita com minha resposta, ela se levantou e me deixou sozinha no quarto, meu coração dando voltas com o drama que parecia gravitar na minha direção, como se eu fosse um planeta cheio de dor, atraindo angústia para a minha órbita.

Mas o humor da minha irmã melhorou ligeiramente, amenizando o estresse na casa. Na semana seguinte, eu me encontrei conforme combinado com Cheyenne, e a convidei para vir me visitar, a fim de fazermos nossos trabalhos juntas. Ela iria fazer aulas de poesia avançada no último bimestre, e eu de escrita expositiva avançada... dureza. Além das outras matérias, eu também teria que batalhar para conseguir três cartas de recomendação e uma amostra de escrita crítica para atender aos requisitos do meu diploma.

Embora eu curtisse a faculdade, era exaustivo, e eu estava louca para que acabasse... dentro de um mês e meio.

Igualmente atolada com a sua carga de trabalho, Cheyenne compreendeu o meu drama. Rindo, fizemos piadas sobre a monografia final de Poesia que eu entregara no bimestre passado, e que mal se qualificava como um texto de nível universitário. Sentada diante de mim à mesinha de jogos bamba, nossos livros e papéis espalhados à nossa frente, Cheyenne suspirou, recostando-se na cadeira.

Eu começava a trabalhar na minha monografia quando ela falou:

— Olha, desculpe por... beijar você na semana passada, tá?

Dando uma olhada nela, o rubor se espalhando pelo meu rosto, balancei a cabeça.

— Não se preocupe com isso.

Ela mordeu o lábio, abaixando os olhos, e voltou a trabalhar nos seus próprios textos.

— Tá, e obrigada por não entrar em pânico e se recusar a falar comigo de novo... Isso teria sido me deixado muito mal.

Achei um pouco de graça do seu comentário, e então balancei a cabeça.

— Eu já fiz tantas coisas impulsivas de que me arrependi depois... — Suspirei. — Entendo perfeitamente, e não iria querer que você se sentisse mal por causa disso.

— Você? Impulsiva? — Ela deu uma risada. — Me conta!

Atirando uma caneta em Cheyenne, franzi o cenho para sua expressão divertida, que me lembrou um pouco a de Kellan.

Minha irmã entrou apressada na sala segundos depois, vestindo uma calça de moletom e uma camiseta largona. Não que já estivesse imensa nem nada, mas estava tentando esconder a barriguinha que começava a aparecer. Eu não fazia ideia de como ela planejava explicar no trabalho quando começasse a ganhar peso. Por ora, seu plano era beliscar o tempo todo na frente dos colegas, para que culpassem sua gula pelo aumento de peso. Sim, era até capaz de funcionar... durante os primeiros meses.

Chupando um pirulito para aliviar a náusea que ganhara numa loja chamada Pregger Pop, ela arregalou os olhos para mim.

— Você foi beijada, Kiera? Vou contar para o Kellan!

Franzi os olhos para ela, dizendo-lhe em silêncio que ela não podia dar uma palavra porque estava me devendo, e ela ficou vermelha, logo se apressando a emendar:

— Ou não.

Cheyenne começou a parecer um pouco desconfortável, e eu dei um olhar daqueles para a minha irmã, desejando que ela tivesse um pouco mais de tato. A pobre mulher já estava se sentindo bastante mal; não precisava que Anna viesse esfregar sal na sua ferida.

Com uma expressão devidamente arrependida, Anna pôs a mão no ombro de Cheyenne.

— Ora, não esquente com isso... todo mundo beija a Kiera.

Dei um tapa no braço de Anna, mas Cheyenne caiu na risada, e respondeu, brincalhona:

— Isso é porque ela é muito fofa.

As duas caíram na gargalhada, enquanto eu só balançava a cabeça. Será que me deixar com vergonha era o passatempo favorito de todo mundo? Vendo minha expressão, Anna se inclinou para mim e deu um beijo na minha testa. Embora eu ficasse feliz por ver que seu astral melhorara, não estava gostando muito que ela voltasse a implicar comigo.

Ela sorriu para mim, e então ficou séria.

— Olha só, está na hora de ir ao meu... negócio.

Deu de ombros, e eu entendi a que se referia — a primeira consulta com a obstetra. Respirando fundo, assenti e comecei a guardar meu material. Cheyenne entendeu a indireta e começou a guardar o dela também. Acompanhando a nós duas até o estacionamento, Cheyenne sorriu ao ver o carro de Kellan quando abri a porta.

— Eta carrão sexy... — disse, com seu sotaque arrastado do Sul. — Te vejo depois, Kiera.

Achei graça do seu comentário e meneei a cabeça em despedida. Sim, o carro era supersexy, e uma delícia de dirigir também. Eu nunca diria isso a Kellan, mas dera vários passeios longos nele.

Anna ficou mais quieta durante o percurso até o consultório, brincando com o zíper da jaqueta leve. Sorri para tranquilizá-la. Ela me lembrou da expressão no meu rosto e de como eu me sentira quando ela me levara, contra a minha vontade, para ver Kellan, mais de um ano antes. Eu estava extremamente apreensiva aquela noite, a noite em que nos reunimos, sem saber se ele quereria me ver, sem saber se eu teria coragem de vê-lo, mas tudo saíra da melhor maneira possível, e eu tinha certeza de que esse também seria o caso da consulta de Anna.

Quando chegamos ao consultório da obstetra, Anna soltou um longo e trêmulo suspiro. Pus a mão no seu ombro.

— Ei... eu estou aqui, Anna.

Ela sorriu para mim, assentindo.

— Tudo bem, caminho da roça.

O *caminho da roça* acabou se revelando um pouco chato, consistindo principalmente em esperar e preencher formulários. Anna pareceu pouco à vontade entre todas aquelas grávidas na sala de espera, e resolveu se concentrar no seu exemplar da *Cosmopolitan*. Fiquei observando as prósperas barrigas ao meu redor, tentando visualizar minha irmã, ou a mim mesma, naquele estado. Nossa vida estava tão caótica, que era difícil nos imaginar tendo bebês naquele momento. Compreensiva, segurei a mão de Anna enquanto esperávamos.

Já no consultório, a espera continuou. Horrorizada, Anna ficou encarando um diagrama na parede que mostrava um bebê dentro de um útero.

— Ah, meu Deus, Kiera, olha só para o tamanhão daquilo! — Virou-se para mim, seus lindos olhos arregalados. — Como é que uma cabeça *daquelas* pode passar por um buraco *destes*?

Apontou para si mesma e eu disse *shhhh*, repreendendo-a pelo comentário que fizera em alto e bom tom.

— Não sei, Anna, mas as mulheres dão à luz todos os dias, de modo que... deve haver algum jeito.

Fechando os olhos, ela se recostou no meu ombro.

— É, e vai doer pra caralho.

Dei um cutucãozinho nela com o ombro.

— Será que dava para moderar o palavreado? Afinal, você está carregando um embrião impressionável.

Ela revirou os olhos.

— Ele não pode me ouvir, ainda não tem ouvidos. — Seus olhos se arregalaram um pouco. — Ou será que tem? — Olhando para a barriga, murmurou: — Desculpe, neném, mamãe é desbocada assim mesmo.

Contive um sorriso, achando graça por ela ter se referido a si mesma como *mamãe*. Nunca fizera isso antes. Mas tive o bom senso de não fazer comentários, por Anna se encontrar tão fragilizada.

Levantei da mesa de exames no instante em que a obstetra entrou, e na mesma hora Anna segurou minha mão, me obrigando a levantar ao seu lado. Respondemos a dezenas de perguntas, e então ela trouxe uma máquina que parecia ser usada em câmaras de tortura... ou vendida em sex shops. Anna ficou olhando para a obstetra com ar curioso.

— Hum, onde é que esse troço entra?

A obstetra exibiu um bastão em formato fálico conectado a um computador portátil.

— Ainda é muito cedo para um ultrassom tradicional, por isso vamos fazer um transvaginal. — Sorriu, enquanto aquecia a máquina. — Está pronta para ver o coração do seu bebê batendo?

Anna se apoiou sobre os cotovelos, amarfanhando o lençol de papel que forrava a mesa.

— Já dá para ver?

A médica assentiu e, curiosa, Anna deixou-a fazer o que quisesse com a estranha máquina. Momentos depois, minha irmã teve o primeiro vislumbre do seu bebê. Cercado por um mar de escuridão, um pontinho cinza minúsculo piscava para nós repetidamente, como se dissesse alô em código Morse. O queixo de Anna despencou.

— Aquilo é...?

A médica assentiu, indicando o pontinho que podíamos ver com a maior nitidez.

— Sim, é o coração, firme e forte... perfeitamente normal.

Meus olhos se encheram de lágrimas enquanto olhava para ele, e Anna apertou minha mão. Quando olhei, ela estava com uma mão na barriga e os olhos cheios de lágrimas também.

— Ah, meu Deus, Kiera... — Olhou para mim, seus olhos arregalados: — Tem uma coisa viva dentro de mim!

Comecei a rir da sua resposta, e lhe dei um breve abraço.

— É, eu sei, Anna. — Me abaixando, dei um beijo na sua testa. — E vai ser linda, igual à mãe.

Ela riu, uma lágrima escorrendo pelo seu rosto. Era a primeira lágrima de felicidade que eu vira em seu rosto nos últimos tempos, e vê-la me encheu de esperança.

## Capítulo 22
## NÃO MINTA

A personalidade efervescente de Anna voltou depois da visita à obstetra. Uma tarde, quando a levei para fazer compras, eu a peguei olhando para roupas infantis e bebês em carrinhos que passavam por nós. Até encontrei um exemplar de *O Que Esperar Quando Você Está Esperando* na cozinha! Claro, fui descobri-lo no freezer, por isso imaginei que alguma coisa ali tinha assustado Anna. Quando éramos pequenas, ela escondia os livros que lhe davam medo. Uma vez, quando eu tinha nove anos, ela escondera um exemplar de *A Coisa*, do Stephen King, na minha gaveta de meias.

Ela ainda não aceitara o fato plenamente, mas, já entrando na nona semana, estava chegando lá. E eu ainda era a única pessoa que sabia da sua gravidez. Tinha a intuição de que ela iria adiar a divulgação da notícia o máximo possível. Não me surpreenderia nada se resolvesse contar aos nossos pais aparecendo à porta deles na manhã de Natal com o bebê no colo. Isso se chegasse a ficar com ele, é claro.

Eu não gostava de pensar na possibilidade de ela decidir o contrário, mas pensar no seu dilema ajudava a me distrair das minhas próprias preocupações. Nos últimos tempos, minhas conversas com Kellan andavam um tanto apagadas. Desde a confissão de Jenny de que ele vinha tendo conversas por telefone com outra pessoa, eu não sabia o que pensar. Claro, Kellan podia estar falando com qualquer um, desde um representante de gravadora até um amigo em Seattle, mas não era isso que meu coração dizia... e sim que era uma mulher.

No entanto, ele não agia como se me amasse menos quando nos falávamos, não se comportava de modo frio ou distante, e sim como se ainda estivesse totalmente apaixonado por mim. Com voz sensual, ele me dizia o quanto me amava e gostaria de poder estar comigo. Até mesmo voltamos a fazer amor pelo telefone. Obviamente não era o mesmo que estar com ele, mas ajudava a fazer com que eu me sentisse mais próxima, mesmo que eu não soubesse se estávamos.

E, desnecessário dizer, eu ainda não contara a ele sobre Denny. Parecia inútil àquela altura, já fazendo tanto tempo que Denny voltara. Eu não sabia o que aconteceria quando a turnê de Kellan acabasse e ele fosse para Los Angeles trabalhar no seu álbum, mas tinha certeza do que iria acontecer comigo e com Denny.

Nada... não iria acontecer nada.

Mesmo que Kellan e eu terminássemos naquele exato instante, o que de coração eu esperava que não viesse a ser o caso, nada aconteceria entre mim e Denny. O sentimento simplesmente não existia mais; nada restara além de amizade e boas lembranças. Até mesmo a amargura de Denny em relação à nossa ruptura, que durara por tanto tempo, finalmente passara.

Éramos apenas... amigos bem entrosados novamente.

Por isso, quando ele chegou ao Pete's na noite de quarta à beira das lágrimas, naturalmente fiquei preocupada por meu amigo. Ignorando minhas obrigações por um momento, sentei ao seu lado à mesa. Entregando-lhe uma cerveja, perguntei em voz baixa:

— Você está bem?

Seus dedos se curvando em torno da garrafa, ele balançou a cabeça.

— Não, não estou.

Fiquei séria ao ver seus olhos escuros, normalmente tão alegres, parecerem tão tristes e pensativos. Colocando a mão com delicadeza no seu braço, dei uma espiada ao redor antes de observar seus olhos.

— Quer conversar sobre isso?

Fungando, ele olhou para mim. Seus olhos se fixaram nos meus por um momento. Coçando os pelos no queixo, suspirou.

— Quero, pensando bem, acho que quero. Posso dar um pulo na sua casa quando você sair do trabalho?

Sorri, dando um tapinha no seu braço.

— Claro. A gente se vê por lá.

Ele assentiu, seu sorriso ainda triste, e, num impulso, eu me inclinei e dei um beijo no seu rosto. Seu sorriso se suavizou quando ele olhou para mim, e eu também sorri, feliz por poder aliviar seu coração, mesmo que só um pouco. Brincando com seus cabelos, mais longos do que eu estava acostumada a ver, levantei e deixei-o tomar sua cerveja em paz.

Jenny estava olhando para mim com uma cara fechada quando me aproximei.

— Eu vi. — Arqueou uma sobrancelha. — Está acontecendo alguma coisa?

Sabendo que ela perguntava se algo além de amizade estava rolando entre mim e Denny, respondi, em tom irônico:

— Não, não está acontecendo nada desse gênero. — Fiquei séria e olhei novamente para Denny. — Ele está triste e eu estava tentando animá-lo.

Ela observou Denny, que tinha os olhos fixos na garrafa de cerveja.

– Hummm... é, ele parece mesmo triste. – Dando as costas para se dirigir a ele, Jenny parou e acrescentou em voz baixa: – Eu sei que as coisas andam... tensas entre você e o Kellan, mas não faça nada... precipitado... "animando" o Denny demais.

Dei um sorriso irônico para ela.

– Eu não ia fazer isso, Jenny, mas obrigada pelo conselho.

Ela sorriu, chupando um pirulito de maçã.

– Não há de quê.

Balancei a cabeça para ela, que se aproximou toda saltitante de Denny e lhe deu um abraço. Ele esboçou um sorriso que se alegrou um pouco quando ela colocou um pirulito na sua mão. Imaginando o que estaria acontecendo com meu ex-namorado, e o que estaria acontecendo com o atual, terminei meu turno profundamente pensativa.

Quando colocava minha bolsa em cima da mesa, bateram à porta. Suspirando baixinho, caminhei até ela e a abri. Com o rosto abatido, Denny olhou para mim. Seus olhos castanhos parecendo ainda mais escuros devido às leves olheiras, ele tinha um ar exausto.

Franzindo o cenho, fiz um gesto para que entrasse. Ainda vestindo o terno de trabalho, ele afrouxou o nó da gravata depois de jogar o paletó nas costas de uma cadeira na cozinha. Passando a mão pelos cabelos, ele se virou para mim.

– Obrigado por me receber, Kiera... Não sei com quem mais conversar.

Seu sotaque se acentuou enquanto ele falava, e eu me aproximei, curiosa.

– O que está havendo, Denny?

Balançando a cabeça, ele fechou os olhos.

– Nada, na verdade... nada com que eu devesse me preocupar.

Segurando seu rosto, fiz com que olhasse para mim.

– Se está te incomodando, você precisa conversar comigo a respeito. Sou sua amiga, Denny. Apesar de tudo, ainda sou sua amiga.

Suspirando, ele sorriu com o canto da boca.

– Sim... eu sei. – Dando uma olhada no meu feio sofá laranja, inclinou a cabeça morena. – Podemos nos sentar?

Soltando o ar lentamente, assenti.

– Quer beber alguma coisa?

Ele fez que não, já se dirigindo para o sofá, por isso apenas o segui. Quando sentou, ele se inclinou para a frente, fincando os cotovelos nos joelhos. Meu coração acelerou um pouco ao ver sua postura e gestos, que me relembraram uma outra conversa que havíamos tido num sofá, uma conversa que fora difícil para nós dois.

Procurando tirar da cabeça a terrível lembrança de Denny me perguntando se eu estava feliz com ele, pousei a mão no seu joelho.

— Está tudo bem... o que é?

Ele me deu um olhar triste.

— É a Abby...

Senti o coração pesar feito chumbo ao pensar em todas as coisas que poderiam ter acontecido entre eles para deixá-lo tão triste. Será que ela o deixara? Que o traíra? Será que mais uma mulher fizera isso? Logo com ele, o homem mais amoroso, mais maravilhoso que eu já devia ter conhecido na vida? A ideia me pareceu ridícula, e na mesma hora meu coração se endureceu contra essa mulher que o fizera sofrer tanto.

Não, a ironia de me sentir desse jeito, quando eu o fizera sofrer mais do que qualquer pessoa, não me passou despercebida.

— Ah, vocês dois... terminaram?

Ele me deu um olhar perplexo, e então balançou a cabeça.

— Não, ela... teve um problema com o visto de trabalho. Ainda não está podendo vir para cá. Vão levar mais algumas semanas para resolver o problema. – Suspirou, olhando para as mãos. – Nós estamos afastados há tanto tempo. Eu só queria... — Quando voltou a olhar para mim, seus olhos estavam úmidos. – ... só queria vê-la.

Meu coração se abrandou quando entendi que ela não o magoara, não intencionalmente. Ele apenas sentia saudades dela; eu ainda era a única que o fizera sofrer. Abby era tudo que ele merecia ter. Pondo o braço na sua perna, segurei sua mão. Ele olhou para os nossos dedos, mas não fez menção de desentrelaçá-los.

— Lamento, Denny. Eu sei o quanto você estava ansioso para que ela visse sua nova casa.

Fechando os olhos, ele assentiu.

— Pois é. Ela devia estar chegando aqui no próximo fim de semana. Eu ia deixar tudo pronto... preparar um jantar especial, encher a casa com as flores favoritas dela, acender um monte de velas...

Olhou para mim como se pedisse desculpas por descrever suas intenções românticas. Senti um ligeiro aperto no estômago, mas lhe dei um sorriso carinhoso para encorajá-lo. Curvando os ombros de tristeza, ele acrescentou em voz baixa:

— Eu só quero que ela chegue logo.

Roçando o polegar no meu, ficou olhando para mim por um longo tempo. Quando finalmente falou, sua voz saiu baixa, o sotaque carregado:

— Eu senti ódio de você quando me traiu... por muito tempo, na verdade. – Senti um aperto no coração e meus olhos ficaram úmidos, enquanto Denny continuava a me encarar. Balançando a cabeça, ele disse: — Mas agora, acho que devia te agradecer.

Boquiaberta, arregalei os olhos.

— Me agradecer? Que é isso, Denny... por quê? Eu fui horrível com você.

Ele sorriu, olhando para as nossas mãos.

— É, foi, sim. – Olhando para mim, deu um de seus sorrisos bobos. – Mas eu nunca teria voltado para a Austrália se você não tivesse me magoado tanto. E, se eu nunca tivesse voltado, nunca teria conhecido Abby. – Olhando para além de mim, seu sorriso aumentou à lembrança da namorada, onde quer que estivesse. – E ela... é um milagre para mim.

Estranhamente, essa frase não me magoou tanto quanto teria magoado alguns meses antes. Na verdade, até me fez sorrir, e ambos ficamos sorrindo um para o outro, com ar bobo.

— Que bom que você está feliz, Denny. É tudo que eu sempre desejei para você.

Ele assentiu, e então ficou sério.

— Bem, eu ficaria mais feliz se pudesse fazer com que ela chegasse logo...

Eu me inclinei para ele, pois me sentia à vontade o bastante para dar um abraço no meu amigo, sabendo que nenhum de nós sofreria com isso. Ele riu um pouco, retribuindo o abraço. Soltando minha mão para poder passar os dois braços pela minha cintura, ele me estreitou com força. Fiquei rindo baixinho enquanto o abraçava, feliz por ainda ser capaz de confortá-lo.

Quando me afastei, disse a ele:

— Se isso faz você se sentir melhor, fui beijada por uma mulher duas semanas atrás.

Abrindo um sorriso malicioso para implicar comigo, ele encostou a testa na minha:

— Você tem minha total atenção. Vamos conversar sobre esse beijo.

Eu estava rindo quando ouvi a porta se abrir. Imaginando por que Anna decidira voltar, afrouxei os braços, olhando para a porta. Parei de rir no momento em que vi quem estava parado lá. Acho mesmo que parei de respirar. Na mesma hora Denny tirou os braços de mim enquanto uma voz gelada enchia a sala:

— Eu me senti culpado por não poder estar com você no nosso aniversário de namoro. Nós tivemos um pequeno intervalo na nossa programação e, embora Matt tenha me dado uma bronca por tomar um avião, eu tinha que vir aqui ver você.

Meu queixo despencou ao ver Kellan parado diante da porta do meu apartamento. Com os olhos franzidos, aquelas profundezas azul-escuras se cravavam em mim e Denny como se quisessem nos queimar vivos.

— Eu queria te fazer uma surpresa. – Com o queixo retesado, perguntou: – Está surpresa...? Porque eu certamente estou.

Na mesma hora me afastei de Denny e me levantei. Sabendo como as aparências nos condenavam, levantei as mãos para Kellan:

— Eu posso explicar.

Entrando na sala, Kellan bateu a porta. Apontou para nós com o buquê de flores que segurava; elas se sacudiam na mão trêmula.

— Ah, pode explicar? – gritou. – Mas explicar o que, exatamente? O fato de ele estar sentado na sua sala e não a milhares de quilômetros de distância, ou o fato de vocês estarem com as mãos em cima um do outro?

Atirando as flores no chão, avançou a passos furiosos pela sala adentro. Na mesma hora pus as mãos no seu peito, com medo de que ele e Denny chegassem perto demais um do outro – com medo de que acontecesse um confronto entre eles. Olhando com ódio para mim, Kellan empurrou minhas mãos com o corpo, sibilando:

– Estou ouvindo... pode começar a explicar!

Minha garganta se fechou totalmente, e Denny se levantou devagar do sofá.

– Kiera... eu te disse para contar a ele... – murmurou.

Os olhos de Kellan pularam para os de Denny.

– Me contar o quê? Sobre o beijo? Foi isso que eu te ouvi dizer? – Seus olhos voltaram para os meus, gélidos, enfurecidos. – É isso que você precisa me contar, Kiera... ou tem mais alguma coisa?

Neguei com a cabeça, as lágrimas embaçando minha visão.

– Não, Kellan, ele não me beijou.

Os olhos de Kellan se franziram, e ele me afastou de si.

– Então foi você que o beijou?

Engoli em seco, desejando que isso fosse apenas um pesadelo. Devia ter contado a ele, e logo no dia em que esbarrara em Denny.

– Não, Kellan, eu não beijei ninguém...

Kellan se aproximou, me pressionando com o corpo até minhas pernas ficarem imprensadas contra o sofá. Mesmo sabendo que ele estava totalmente furioso, mesmo cheia de culpa e medo por nosso relacionamento, sua proximidade me excitou. Com a respiração tão ofegante quanto a sua, resisti ao impulso de tocá-lo quando ele se inclinou para mim e perguntou, feroz:

– Mas alguém beijou você? Quem?

Denny avançou para Kellan, pondo a mão no seu braço:

– Kellan... calma, companheiro.

Kellan virou a cabeça de estalo para Denny, empurrando-o para trás com força:

– Não se atreva a me chamar de "companheiro"! Por que diabos você está com a *minha* namorada?

A ênfase ciumenta no pronome foi tão clara que chegou a vibrar no espaço. Pus a mão no peito de Kellan para acalmá-lo, mas ele a ignorou, concentrando-se em Denny. Tropeçando ao recuar um passo, Denny conseguiu recuperar o equilíbrio antes que caísse. Endireitando-se devagar, olhou para Kellan com uma expressão severa:

– Exatamente... *sua* namorada.

Kellan bufou, seu queixo se flexionando com força, junto com o punho. Pressentindo que uma briga estava prestes a acontecer, segurei o rosto de Kellan, obrigando-o a olhar para mim.

– Foi uma amiga da faculdade que me beijou! OK?

Kellan piscou os olhos, sua expressão relaxando.
— Uma amiga? — Franzindo o cenho, observou meu rosto. — Sério?
Suspirando, dei de ombros.
— É, uma amiga. Denny e eu não fizemos nada de errado. Você flagrou uma cena que é muito fácil de tirar do contexto. — Acariciando sua face e vendo que sua expressão começava a relaxar, murmurei: — Mas eu não correspondi ao beijo. Não beijei ninguém... além de você.

Seus olhos azul-escuros observaram os meus pelo que pareceu uma eternidade, e então ele me deu um sorrisinho com o canto da boca:
— Você foi beijada por uma mulher, e eu perdi essa cena?

Balançando a cabeça, dei um tapa no seu peito. Pigarreando, Denny aproveitou o pequeno momento de leveza para bater em retirada:
— Vou deixar vocês dois resolverem isso.

Talvez lembrando que Denny estava presente, Kellan voltou a prestar atenção nele.
— O que está fazendo aqui? — perguntou, um pouco mais calmo do que antes.

Denny suspirou, balançando a cabeça.
— Olha, eu não quero me envolver nisso. Estou em Seattle a trabalho, nada mais. Eu venho dizendo a ela desde fevereiro para contar a você que eu tinha voltado, mas ela estava com medo de... — Suspirou, parecendo constrangido. — Mas isso é entre vocês dois, e eu não quero estar aqui para ver vocês discutirem o assunto.

Kellan se endireitou, e então fez que sim para Denny, parecendo respeitar sua honestidade. Denny se esgueirou por ele, sem em nenhum momento tirar os olhos dos seus. Uma vez longe de Kellan, olhou para mim.
— Obrigado por me ouvir, Kiera. Eu te ligo amanhã.

Voltou a olhar para o amigo, e então se virou para pegar o paletó e saiu em silêncio do apartamento. Soltando o nó de tensão com um suspiro, agradecida por pelo menos não ter saído outra briga, esperei que Kellan tornasse a se virar para mim. Quando ele fez isso, seu rosto estava novamente tenso.
— Ele vai te ligar amanhã? O que é isso? Vocês agora... são amiguinhos?

Balançando a cabeça, consciente de ter feito mais uma besteira, passei a mão pelo seu peito. O estômago dele se contraiu quando meus dedos percorreram seu abdômen, mas o rosto ainda não deixava transparecer nada além de irritação.
— Somos, sim... e peço desculpas por não ter contado que Denny está em Seattle. — Dei de ombros. — Não sabia como você reagiria.

Ele pôs as mãos nos quadris, seu queixo se retesando.
— Não sabia como eu reagiria, ou como *você* reagiria? — Cutucou meu peito com o dedo. — Talvez tenha pensado em voltar para ele. — Inclinou-se para mim, o rosto novamente furioso, os lábios a uma distância tentadora. — Talvez tenha até desejado fazer isso.

Tentei empurrá-lo para trás, mas só consegui cair sentada no sofá. Kellan continuava parado à minha frente, me encarando, fumegando de raiva. Embora eu odiasse a situação enquanto olhava para ele, tinha estado ausente por tanto tempo, que por um momento fiquei pasma de ver como era bonito, principalmente quanto estava zangado...

Umedecendo os lábios, murmurei:

— Não aconteceu nada, Kellan, e nem eu queria que acontecesse. Denny e eu somos apenas amigos... juro a você.

Ele ficou estudando minha reação, e então se inclinou para me levantar novamente. Cada parte do meu corpo se pressionou contra o dele quando voltei a me erguer. Depois de tantos meses afastados, eu me sentia inundada de desejo por poder tocá-lo novamente, por estar com ele, por pensar em fazer amor com ele. Sabia que era estranho sentir isso quando ele estava tão zangado comigo, mas não podia deixar de sentir. Eu estava quase arquejando enquanto ele me olhava.

— Não minta para mim, Kiera — pronunciou as palavras devagar, seus lábios vindo pairar bem acima dos meus.

Com o coração disparando, balancei a cabeça.

— Não estou mentindo, Kellan... juro. Em nenhum momento toquei em Denny desse jeito. Dei um abraço nele porque está triste com o fato de a namorada ainda não ter podido sair da Austrália, mas nunca houve nada além de amizade entre nós durante a sua ausência... juro.

Eu me inclinei para ele enquanto falava, meu corpo inconscientemente pressionando o seu. Minhas mãos deslizaram até seu peito, e pude sentir seu coração disparando também. Ele encostou a testa na minha.

— Kiera... não, não minta para mim... por favor...

Soltei um gemido, enquanto sua outra mão passava para a minha cintura, seus dedos apertando o meu traseiro.

— Não estou mentindo, Kellan... — Meus dedos se emaranharam entre os seus cabelos, e eu choraminguei, meus lábios na sua boca entreaberta: — Por favor... acredite em mim...

Sua boca se entreabriu ainda mais, e ele ficou respirando sobre a minha pele. Sua mão lentamente subiu pelo meu peito e ele fechou os olhos, gemendo ao passar a palma da mão sobre meus seios. Inspirei por entre os dentes, sibilando, apertando-o com força.

— Kellan, por favor... me possui...

Ele gemeu, zerando a curta distância que separava nossos lábios. Gemi entre nossas bocas, sua língua entrando na minha, me reivindicando, possessiva. Eu adorei, apertando ainda mais seus cabelos entre os dedos. Suas mãos me levantaram pelas coxas para me carregar, e eu cruzei as pernas ao redor da sua cintura. Nossos fôlegos frenéticos, nossas bocas furiosas, ele se virou, me levando para o quarto.

Eu não me importava com mais nada, apenas querendo sentir mais daquela rigidez pressionada contra o meu abdômen. Tentei esfregá-la enquanto ele caminhava, e Kellan gemeu, se encostando na parede ao tropeçar em seus passos.

— Meu Deus, eu te quero tanto...

Murmurei algo semelhante em resposta, e então voltei a encontrar sua boca. Fazia semanas que sentia falta dela, e não podia perder mais nem um segundo.

Ele me pôs no chão e bateu a porta do meu quarto quase em um único movimento. Então o frenesi de nossos beijos deu lugar ao frenesi com que nos despimos. Arranquei sua jaqueta, e ele a minha blusa. Meu sutiã por pouco não se rasgou em dois quando ele o arrancou, sua boca na mesma hora começando a me chupar. Um laivo agudo de desejo me perfurou as entranhas e eu gritei, puxando minha calça jeans. Parando por um momento, ele as retirou com força, e então fez o mesmo com minhas outras roupas.

Eu já estava encharcada de desejo quando ele me empurrou na cama. Nossas bocas ainda se atacando, ele passou para cima de mim. Respirando com força, parou o corpo diante da minha entrada. Me contorcendo debaixo dele, exclamei para que fosse em frente, para que me possuísse. Retesando o maxilar, ele mergulhou dentro de mim, me tomando com possessividade, como se realmente quisesse me reivindicar.

Empurrando nossos corpos com força e velocidade um contra o outro, em segundos já estávamos gozando. Minhas pernas trançadas em volta dele, estremeci quando a explosão me atingiu. Ele também tremeu quando seu corpo inundou o meu. Suados, ficamos sentindo a intensidade ir morrendo, gemendo à medida que passávamos por cada nível.

Quando terminou, ele relaxou sobre o meu corpo. Fiquei arquejando, cobrindo os olhos com a mão enquanto me recuperava. Saindo de mim devagar, ele se deitou ao meu lado.

— Desculpe, não era assim que eu queria que fosse a nossa primeira vez depois de tanto tempo...

Eu me virei para olhá-lo quando ele se deitou de costas, olhos fixos no teto. Depois de um longo momento de silêncio, perguntei:

— Você acredita em mim? Em relação a Denny?

Ele fungou, sem olhar para mim. Mas então, suspirando, finalmente fixou os olhos nos meus.

— Sim, eu acredito em você. — Não parecia satisfeito por acreditar, mas pelo menos acreditava. Assenti, e então me inclinei para beijá-lo.

Trocamos um beijo leve, e então, ao me afastar, sussurrei:

— Estou feliz por você estar aqui. Senti saudades...

Ele sorriu de um modo carinhoso pela primeira vez desde que aparecera de surpresa.

— Também senti saudades... se é que você não notou. — Riu um pouco, indicando o corpo nu com a mão.

Mordi o lábio, examinando a extensão de pele à minha frente, e então lhe dei outro beijo rápido.

— Vou escovar os dentes e vestir o pijama. Já volto. — Sentei na cama, e então olhei para ele. — Você não vai embora, vai?

Ele fez que não com a cabeça.

— Vou ficar bem aqui, Kiera.

Sorri, levantei depressa, peguei o pijama na gaveta da cômoda e então saí do quarto, sentindo os olhos de Kellan em mim. Entre atordoada, nervosa, eufórica e culpada, corri para o banheiro a fim de terminar de me aprontar.

Depois de escovar os dentes, eu me debrucei sobre a pia e soltei um longo suspiro para me acalmar. Por um triz a noite não culminara numa tragédia. E, embora Kellan tivesse dito que por ele estava tudo bem, que acreditava em mim, não era o que parecia. Ele parecia... magoado. E eu tinha jurado que jamais o magoaria de novo — uma promessa que fora uma das minhas resoluções de Ano-Novo.

Mas eu o magoara. Não contando a verdade desde o começo, escondendo um fato que sabia que o aborreceria, eu o magoara novamente. E justo quando eu começava a acreditar que eu não era um lixo como ser humano.

Fechando os olhos, procurei não pensar na expressão do seu rosto quando me flagrara. Ele estava tão furioso... E, embora tivesse dito que estava surpreso, não parecera realmente se sentir desse jeito e sim resignado, como se soubesse que mais cedo ou mais tarde eu o trairia.

Meus olhos se abriram de estalo quando ouvi uma porta bater. Minha cabeça se virou bruscamente quando percebi que tinha sido a porta do quarto que fora batida com violência. Escancarando a porta do banheiro, passei para o corredor, onde vi Kellan de costas, se afastando... não, voando feito um furacão para longe de mim.

— Kellan? O que está fazendo?

Ele me ignorou. O único sinal que deu de ter me ouvido foi o fato de suas mãos se fecharem em punhos ao longo do corpo. Totalmente vestido de novo, ele se dirigiu para minha mochila de livros e começou a vasculhar seu interior. Quando retirou a mão, vi o brilho das chaves do carro nela. Enfiando-as no bolso da jaqueta, ele se dirigiu para a porta da sala. Estava indo embora? A simples ideia bastou para pôr meus pés em movimento, e eu disparei pelo corredor.

Consegui chegar à porta antes dele, ficando na sua frente para que não pudesse fugir de mim sem uma explicação.

— Você está indo embora?

Ele continuou parado à minha frente, seu olhar me atravessando, os dentes trincados. Acho que, se eu fosse outra pessoa, ele teria me agarrado e jogado no chão, me retirando fisicamente do caminho. Seus olhos estavam franzidos, o fôlego curto. Ele estava uma fera... de novo.

Eu me recostei na porta, balançando a cabeça diante de sua completa falta de reação à minha pergunta.

— Por quê? Por causa de Denny? Eu já disse a você que nada...

Seus olhos pularam para os meus, me interrompendo com a eficiência de um grito. Com uma voz tensa e fria, ele debochou:

— Nada? Você deve achar que sou algum idiota. — Franzindo ainda mais os lábios, balançou a cabeça. — Posso não ser tão "brilhante" quanto Denny, mas também não sou nenhum burro, Kiera. — Pôs a mão no meu braço e me puxou com força. — Agora, sai da minha frente!

Resisti ao puxão, voltando a balançar a cabeça.

— Não até você falar comigo. Por que está tão furioso?

Seu queixo despencou, e ele deu um passo para trás.

— Você só pode estar brincando! — Frustrado, recuou ainda mais, passando as mãos pelos cabelos.

Acreditando que ele iria gritar comigo em vez de apenas fugir, eu me afastei um pouco da porta.

— Tudo bem, eu devia ter te contado que Denny voltou. Eu sei disso, mas nós não fizemos nada.

Kellan fechou os olhos, seu corpo tremendo um pouco, a mais pura raiva tomando conta dele. Apertando os olhos com a máxima força, disse lentamente:

— Eu preciso ir para longe de você. Por favor, sai da frente para eu não ser obrigado a fazer uma besteira.

Então, quem fez uma besteira fui eu. Segurei seu rosto, obrigando-o a olhar para mim. Tocar nele foi o que bastou para fazê-lo perder o pouco controle que ainda tinha. Afastando minhas mãos, ele empurrou meu corpo para trás, me fazendo bater com as costas na porta. Furioso, tentou acalmar o ânimo, enquanto me encarava.

Ignorando o fato de seus dedos estarem cravados nos meus braços, balancei a cabeça.

— Não! Fala comigo!

Trincando os dentes, ele negou com a cabeça e recuou um passo. Isso fez com que meu gênio transbordasse. Ele estava escondendo alguma coisa de mim. Guardando segredos de mim. Como se atrevia a ficar zangado comigo por não falar de Denny, quando estava mentindo na maior para mim?! Pelo menos, meu segredo não envolvia traição, e eu tinha certeza de que o dele sim.

A raiva irrompendo no meu peito, empurrei seu corpo para longe de mim.

— Seu filho da puta! Não, você não vai fugir de mim. Você está sempre tentando fazer isso! — Voltei a empurrar seu peito, e ele recuou um passo. — Mas não desta vez. Desta vez... você vai falar comigo! Nós resolvemos nossos problemas com o diálogo, lembra?

Ele empurrou minhas mãos, finalmente alcançando a maçaneta às minhas costas. Girando-a, conseguiu abrir a porta até a metade. Jogando meu ombro contra a porta, consegui fechá-la novamente. Olhando com ódio para mim, ele continuou com a mão na maçaneta.

— Eu não tenho nada para te dizer. Sai da minha frente!

A raiva e a dor se misturavam no meu coração, transformando-se em lágrimas nos meus olhos e embaçando minha visão. Funguei para impedir que caíssem, me recusando a chorar.

— Nada para me dizer? Depois de tudo que fez comigo?

Seus olhos se arregalaram de incredulidade. Caramba, como ele era bom ator...

— Eu? O que foi que eu fiz com você? — Seu rosto voltando a se endurecer, ele empurrou meu corpo com o dele. — Você está trepando com o seu ex, e eu é que sou o vilão? É esse o jogo que você está tentando fazer, Kiera?

Empurrei-o com força para longe de mim. Sua mão saiu de cima da maçaneta, e eu fiquei na frente dela. Com as mãos fechadas em punhos, neguei com a cabeça.

— Eu... não... estou... dormindo com Denny! E sim, você me...

No momento em que eu estava prestes a acusá-lo de tudo que temia, ele me afastou da frente da porta. Com os braços envolvendo minha cintura, girou o corpo e me atirou do outro lado. Uma vez livre de mim, voltou a abrir a porta.

Vendo que ele iria mesmo embora, usei os dois braços para segurar o dele e puxei-o com todas as minhas forças. Ele virou a cabeça bruscamente para mim, seus olhos enfurecidos.

— Me solta, Kiera! Para mim, acabou! Não quero mais ficar aqui!

Sentindo as lágrimas mais pesadas do que antes, prestes a se derramarem, disparei:

— Não tinha acabado dez minutos atrás, quando você estava me dando a trepada do século!

A dor se estampou no seu rosto, seus olhos ficando úmidos.

— Aquilo... foi um erro.

Engoli em seco várias vezes, sem poder acreditar que isso estivesse de fato acontecendo.

— Você disse que acreditava em mim — sussurrei.

Fungando, ele negou com a cabeça.

— E você disse que não mentiria para mim. Adeus, Kiera.

Fiquei tão atônita ao ouvi-lo dizer essas palavras, que soltei seu braço. Com as lágrimas que não podia mais conter escorrendo pelo rosto, sussurrei:

— Você disse que não haveria despedidas entre nós...

Fechando os olhos, ele abaixou a cabeça. Quando voltou a levantá-la, uma lágrima escorreu pelo seu rosto.

— Eu disse muitas coisas que não eram verdade...

Sentindo as entranhas geladas, tornando meu fôlego curto, eu me vi fazendo uma pergunta que não dera à boca permissão para fazer:

— Você está terminando comigo?

Seus olhos úmidos observaram meu rosto. Outra lágrima escorreu por sua pele, e eu quis secá-la. Quis apertar sua cabeça contra mim e lhe dizer que não precisava ficar zangado, que nada acontecera com Denny, que eu fora fiel a ele... que o amava, mais do que a tudo. Mas não pude. Não conseguia me mover.

Seus olhos começaram a percorrer meu corpo, e então voltaram bruscamente para os meus. Ele respirou fundo, e então sussurrou:

— Estou.

Ouvi um soluço escapar de mim, embora também não tivesse me dado permissão para isso. Na mesma hora Kellan deu as costas à minha dor e desapareceu pela porta da rua. Enquanto soluços de desespero me sacudiam, continuei onde estava, paralisada no mesmo lugar. Então ouvi o ronco do motor a distância, e caí de joelhos, escondendo o rosto nas mãos.

Isso não tinha acontecido... tinha? Ele não voltara para Seattle de uma hora para a outra, fizera amor comigo e então me dera um fora... ou será que sim? À medida que o som de seu carro ia se tornando cada vez mais fraco, os sons de meus soluços se tornavam cada vez mais altos. Ah, meu Deus... tinha acabado de acontecer, sim.

Eu o perdera... finalmente o perdera.

## Capítulo 23
### NADA A PERDER

Não sei quanto tempo continuei sentada no chão, refletindo sobre a guinada de cento e oitenta graus que minha vida acabara de dar. Antes de a turnê começar, eu estava convencida de que Kellan e eu éramos almas gêmeas, destinadas a ficar juntas para sempre. Embora tivesse medo de que ele finalmente caísse em si e percebesse que poderia se dar muito melhor sem mim, ao mesmo tempo me agarrava à ideia de que ele jamais me abandonaria, por ter sido a primeira pessoa que deixara entrar no seu coração. Eu acreditava que isso selava a nossa união, que a cimentava. Mas talvez só tivesse servido para marcar o corpo dele. Talvez meu nome tatuado no seu peito tivesse sido o bastante, uma representação simbólica de como eu o fizera se abrir, de como o libertara para amar a si mesmo... e aos outros.

E, agora que havíamos terminado, eu tinha certeza de que ele amaria novamente. Tinha certeza de que voltaria a cair na estrada, transando com tietes a torto e a direito até superar a dor de cotovelo, e então finalmente a encontraria. Ela seria doce, talvez tímida, e teria plena confiança nele. Porque a relação dos dois não começaria como a nossa.

Nós tínhamos começado com uma traição. Ambos tínhamos visto um ao outro mentir para pessoas amadas. Ambos tínhamos visto um ao outro dormir com outras pessoas, estando o tempo todo apaixonados um pelo outro. Desesperadamente apaixonados. Assistir a esse tipo de traição, participar dela... é uma coisa que marca a pessoa.

Ambos sabíamos do que éramos capazes. Talvez estivéssemos condenados desde o início. Talvez eu fosse a culpada por isso. Quando Denny voltara de Tucson, eu deveria ter lhe contado o que acontecera durante a sua ausência. Teria sido o fim para nós, mas, de todo modo, já tínhamos terminado mesmo. Teria sido um corte limpo, um corte honesto. Talvez então, Kellan e eu pudéssemos ter uma chance.

Olhando para o teto do quarto, sem poder dormir, eu segurava o celular, esperando que Kellan me ligasse para dizer que fora tudo da boca para fora, que não terminara comigo. Mas ele não ligou, e eu sabia que em breve iria se reunir com a banda... e eu nunca mais voltaria a vê-lo.

Mordendo o lábio, refleti se deveria dar o braço a torcer e ligar para ele. Mas o que diria? O que poderia dizer? Só poderia protestar minha inocência, mas Kellan parecia não acreditar em mim. Até acreditara, por um breve momento, mas então... toda a confiança que depositava em mim desaparecera. E eu não fazia a menor ideia da razão.

Passando as mãos pelos cabelos, pensei em ligar para Anna e lhe pedir que voltasse para casa. Ela ia dormir na casa de uma amiga, finalmente se sentindo bem o bastante para voltar a frequentar seu círculo social. Mas eu não queria em hipótese alguma arrastá-la de novo para o fundo do poço com a minha depressão. Quem sabe eu não podia ligar para Jenny?

No momento em que já pensava em digitar os números, meu celular avisou que havia uma mensagem de texto. Esperando, contra todas as probabilidades, que Kellan fosse falar comigo, olhei para a tela.

Suspirei. Era de Denny, não de Kellan. Mordendo o lábio, abri a mensagem.

*Só queria saber de você... está tudo bem?*

Sem saber se alguma coisa voltaria a ficar bem, respondi:

*Não... Kellan terminou comigo.*

Pelo menos, acho que foi o que escrevi. As lágrimas que embaçavam minha vista não me deixaram ter certeza. Pela resposta de Denny, devo ter escrito direito.

*Estou aí em cinco minutos.*

Eu queria objetar, dizer a ele que não precisava abrir mão de uma noite de sono por minha causa, já que teria de ir trabalhar em algumas horas. Mas não respondi, porque não queria ficar sozinha.

Fungando no travesseiro, fiquei esperando que o buraco no meu coração parasse de doer, esperando não me sentir como se minha vida tivesse acabado. Mas era só o que eu sentia... que estava tudo acabado. Toda a felicidade que jamais viria a ter na vida, eu já a tivera. Cada alegria, eu já a sentira. Pensei em cada uma das vezes que Kellan e eu tínhamos feito amor. Se eu soubesse que tudo terminaria de maneira tão abrupta, talvez tivesse apreciado cada momento um pouco mais.

Mas então, eu me dei conta... de que os tinha apreciado. Eu sempre catalogara cada segundo com ele. Memorizara cada traço seu, cada palavra que dizia, cada parte do meu corpo que tocava. Eu sempre soubera. Alguma parte assustada e insegura de mim sempre soubera que nós não daríamos certo... por isso, saboreava cada vez com ele. Meus soluços recomeçaram.

A porta do quarto se entreabriu algum tempo depois, e um suspiro baixo me chegou aos ouvidos. Eu me apoiei sobre o cotovelo, vendo Denny parado diante da porta. Em meu sofrimento, devia ter esquecido de trancar a porta da sala depois que Kellan fora embora. Por outro lado, mesmo que estivesse raciocinando direito, provavelmente não teria sido capaz de trancar a porta após sua saída. Eu nunca seria capaz de trancar Kellan do lado de fora daquele jeito.

Denny pareceu cansado ao olhar para mim, seus olhos escuros cheios de compreensão. Com um sorriso calmo, sentou na beira da minha cama, a cama onde Kellan e eu tínhamos acabado de fazer amor.

— Sinto muito, Kiera... Sinto muito mesmo.

Assenti, passando os braços pelo seu pescoço. Ele suspirou nos meus cabelos, esfregando minhas costas. Enquanto eu o abraçava com força, fiquei esperando sentir... alguma coisa... por ele. Mas não senti. Mesmo em minha dor, mesmo sabendo que estava tudo terminado entre mim e Kellan, não senti nada por Denny, além de uma necessidade extrema de sua amizade.

Aliviada por me sentir assim, apertei-o com mais força.

— Ele foi embora, Denny. Disse que para ele já chegava. Disse adeus... e estava falando sério.

Denny tornou a suspirar, retribuindo meu abraço firme.

— Isso tudo foi por minha causa... ou por causa do que Kellan está escondendo de você?

Pisquei os olhos, me afastando para olhá-lo. Denny deu de ombros.

— Talvez ele se sinta culpado pelo que fez. Talvez quisesse um pretexto... e você lhe deu um.

Funguei, secando meu rosto no cobertor.

— Não sei... ele não quer falar comigo. — Senti uma súbita raiva ao pensar que talvez toda aquela cena tivesse sido causada pelo sentimento de culpa de Kellan em relação a alguma vadia, e não por ter me flagrado na companhia de Denny.

Trincando os dentes, soltei:

— Ele disse que acreditava quando falei que você e eu éramos apenas amigos. Até transou comigo. De repente, sem mais nem menos, me deu um fora! Quem faz uma coisa dessas?!

Fiquei vermelha por explicar o que acabara de acontecer entre mim e Kellan com tanta franqueza, mas ele apenas suspirou, balançando a cabeça.

— Não sei, Kiera... Sinto muito.

Enquanto os olhos de Denny observavam meu rosto, preocupados, vi o mesmo sentimento de amizade que sentia por ele refletido de volta para mim. Era só o que havia entre nós para ele também. Abby era a dona do seu coração, e provavelmente jamais faria com ele o que Kellan acabara de fazer comigo. Mas por que fizera? Se Kellan não confiava em mim, se não acreditava em mim, então por que não terminara comigo, simplesmente? Por que transara comigo primeiro? Uma "saideira"? Santo Deus, isso me deixou... louca da vida.

Eu me afastei de Denny, franzindo o cenho.

— Será que você poderia me fazer um favor enorme?

Ele assentiu, a expressão confusa mas ansiosa para ajudar.

— Sim, claro, qualquer coisa.

Afastei as cobertas e me levantei.

— Preciso de uma carona, e Anna está com o carro.

Denny se levantou, um tanto hesitante, me olhando com ar ressabiado enquanto eu vestia de qualquer jeito um suéter por cima da regata do pijama.

— Hum, uma carona para onde, Kiera? — Seu sotaque arrevesou a pronúncia do meu nome, a pergunta sendo formulada de modo lento e cauteloso.

Enfiando os pés num par de sapatilhas, torci os cabelos e os prendi num rabo de cavalo frouxo.

— Para a casa de Kellan.

Denny suspirou, dando a impressão de que já temia ser esse o local aonde eu queria ir.

— Kiera, será que você não deveria deixar isso pra lá...?

Na mesma hora eu me empertiguei, dando um olhar duro para ele:

— Não posso... deixar pra lá, Denny. Eu o amo e, se ele terminou comigo, então quero saber por quê. Vou descobrir a verdade. — Segurando o braço de Denny, comecei a puxá-lo pela porta. — Mesmo que precise bater nele para falar... — murmurei.

Denny suspirou novamente.

Ele passou o percurso até a casa de Kellan em silêncio, provavelmente imaginando como me dissuadir da conversa que eu estava prestes a ter. Eu esperava ter forças para ela, mas, na verdade, não tinha nada a perder. Kellan e eu havíamos terminado; o que ele poderia me dizer agora que me magoasse mais do que isso?

Esperei que estivesse em casa. Ele podia ter ido direto para o aeroporto, tentando imediatamente pegar um avião de volta para... onde quer que a banda estivesse. Rezei para que tivesse precisado de um minuto para se recuperar. Se Deus quisesse, o fim do nosso namoro teria sido o bastante para lhe dar uma pausa, para levá-lo a precisar de um momento de solidão.

Senti um alívio enorme ao ver o seu Chevelle na entrada para carros quando chegamos. Ele estava em casa. Pelo menos isso. Então, comecei a me sentir nervosa. Ele estava em casa... e nós teríamos que ter a conversa que havíamos adiado por tanto tempo. Senti um aperto no estômago, e na mesma hora quis voltar para casa. Mas, em vez disso, abri a porta.

Denny também abriu a dele e eu hesitei, balançando a cabeça.

— Não, só vai tornar as coisas ainda piores se você entrar. — Suspirando, acrescentei: — Obrigada por me trazer... mas, agora, pode ir para casa.

Suas sobrancelhas escuras se franziram, e ele ficou olhando para o meu rosto.
– Kiera, eu não acho que...
Pousei a mão no seu braço:
– Eu vou ficar bem, Denny, e você já fez o bastante. Aliás, mais do que o bastante. – Sorrindo, inclinei a cabeça para ele. – Vai para casa dormir um pouco enquanto pode... – sorri ainda mais – ... ou ligar para a Abby e dizer a ela o quanto se sente grato por tê-la. Tenho certeza de que ela vai adorar ouvir isso. – Dei uma risada, sem achar a menor graça.

Denny sorriu, abaixando os olhos.
– OK, talvez eu faça isso. – Olhando para mim de novo, seus olhos se franziram. – Me liga... quando tiver acabado.

Arqueou uma sobrancelha e ficou esperando até eu responder:
– Tá... pode deixar. – Dei um beijo no seu rosto. – Obrigada, amigo.

Ele sorriu, enquanto eu empurrava a porta do seu carro esportivo alugado.
– Sempre que precisar... companheira.

Abri um sorriso ao ouvir o termo que ele jamais usara comigo, e então saí e esperei na frente do carro. Acenando para ele, que dava marcha a ré, tornei a lhe agradecer em voz baixa. Não pude ver sua resposta pelo vidro do carro, mas tive certeza de que ele balançara a cabeça para mim, desejando boa sorte, mas me achando louca por ter vindo.

Quando me virei para a casa de Kellan, comecei a concordar com ele. Talvez eu fosse mesmo louca por ter ido lá, ainda mais quando Kellan deixara bastante claro que estava tudo terminado entre nós, mas eu precisava saber. Ele tinha descoberto o que eu escondera... e agora eu tinha que descobrir o que ele estava escondendo.

Soltando um suspiro trêmulo, caminhei até a porta da frente. Não querendo usar minha chave, já que, teoricamente, não devia mais fazer isso, apenas dei uma batidinha na porta. Não esperei que me ouvisse, por isso já me preparava para bater com mais força quando a porta se entreabriu.

Os olhos frios de Kellan me espiaram pela fresta, e então ele os revirou e bateu com a porta na minha cara. Não esperando essa reação, pisquei, olhando para a madeira pesada que ocupava o meu campo visual. Ele tinha mesmo acabado de bater com a porta na minha cara?

Com a irritação tomando conta de mim, abri a porta. Para minha surpresa, estava destrancada. As costas de Kellan foram a primeira coisa que notei – suas costas se afastando de mim novamente. Depois de entrar, bati a porta. Ele estremeceu e se virou para me olhar.

Suspirando, passou a mão pelos cabelos revoltos.
– Não vou fazer isso, Kiera. Não vou ter essa conversa de novo... está tudo terminado entre nós.

Voltou a se virar, mas eu segurei seu braço:

— Não, não está, Kellan! Não até você me dizer a verdade!

Ele se virou para me encarar, seus olhos carregados de fúria.

— Você primeiro!

Suspirei, soltando seu braço. Levantando as mãos, disparei:

— Mas eu já disse! Já disse a você a verdade sobre Denny. Não aconteceu nada! Que droga, por que você não acredita mais nisso? Ou será que nunca chegou realmente a acreditar? Foi uma mentira só para transar comigo uma última vez?

Empalidecendo, ele ficou de queixo caído.

— Você pensa que eu já sabia que ia terminar com você antes de transar com você? Pensa que eu sequer tocaria em você se soubesse o que sei agora? — Seus olhos percorreram meu corpo, e eu corei, furiosa.

— E que diabos você pensa que sabe?

Com uma expressão de nojo, ele se afastou de mim.

— Você ainda não consegue ser honesta, não é? — Trincando os dentes, empinou o queixo, desafiador: — Eu vi, Kiera. Eu vi os testes... os testes positivos. — Com o rosto ficando sombrio, deu um passo na minha direção. — Você os enfiou na *minha* gaveta, junto com as *minhas* roupas, para eu encontrá-los! Será que achou mesmo que eu ia continuar com você quando isso acontecesse?

Com o queixo despencando, dei um passo para trás.

— Do que você está falando?

Com os nervos me saindo pela pele, comecei a juntar as peças e entender por que ele estava tão zangado. Mas ele não me deixou refletir por muito tempo. Com as mãos apontando para o meu corpo, gritou:

— *Eu sei que você está grávida, Kiera, por isso para de agir como se fosse inocente, porra!*

Fiquei totalmente sem palavras, olhando para ele. Eu me lembrava claramente de Anna, ainda em fase de negação, enfiando a sacola de papel cheia de testes de gravidez positivos numa gaveta da minha cômoda... a gaveta de Kellan. Ele devia ter resolvido vestir roupas limpas depois da nossa transa. Devia ter aberto a gaveta, visto os testes... e concluído que eram meus.

É claro que ele tinha que chegar logo a essa conclusão. Por que não chegaria? Os testes estavam no meu quarto, na gaveta que eu tinha separado para ele. Meu Deus, será que ele pensava mesmo que eu seria capaz de lhe participar uma coisa tão séria desse jeito? Que tipo de pedra de gelo achava que eu era?

Balancei a cabeça, e seu olhar se tornou ainda mais ameaçador:

— Nem tente negar! Não agora que você sabe que eu sei. Admita, Kiera. Admita a verdade... pela primeira vez na vida. — Sua expressão se abrandou, e eu vi a tristeza nos seus olhos. Ele pensava que eu estava grávida. Pensava que Denny me engravidara durante sua ausência...

Voltei a balançar a cabeça, indo até ele.

— Não, Kellan, Denny e eu não...

Ele me interrompeu, me empurrando quando tentei tocar nele.

— Chega, Kiera! Não me venha com mais uma meia-verdade! Você mentiu quando não me contou que Denny estava aqui! — Balancei a cabeça, e ele acrescentou: — Sim, Kiera, uma omissão também é um tipo de mentira! — Inclinou-se para mim. — Você devia saber disso melhor do que ninguém — sussurrou.

Fiquei vermelha e engoli em seco, querendo garantir a ele que não era eu que estava grávida, mas sem saber como fazer isso àquela altura. Ele não acreditaria em nada que eu dissesse no momento. Sem fazer ideia do que dizer, eu me peguei sussurrando:

— Eu só estive com você...

Ele curvou os lábios num sorriso debochado.

— Até o dia de hoje, nós não tínhamos transado desde dezembro. — Seus olhos se fixaram na minha barriga. — Eu sei que ainda não dá para notar porque te vi nua, de modo que você deve estar grávida de quatro ou cinco meses no máximo. — Seus olhos cheios de ódio se fixaram nos meus. — Não sou nenhum burro, Kiera... Eu sei que a criança não é minha.

Engoli em seco e tentei lhe dizer que não estava grávida, mas ele não me deixou falar. Com o rosto a centímetros do meu, sibilou:

— Se ainda vai tentar negar que dormiu com Denny, então vai em frente, Kiera... dá a última desculpa que ainda te resta... dizer que foi estuprada. — Seus olhos brilharam, a raiva neles poderosa o bastante para fazer com que meus joelhos começassem a tremer. — Quero ver! — acrescentou.

Fiquei boquiaberta ao perceber para onde ele estava levando a conversa. Começando a me enfurecer, minha mão se levantou para lhe dar um tapa. Estava a centímetros do seu rosto quando a contive. Não podia culpá-lo por dizer o que dissera, por pensar o que pensava. Era o seu passado vindo à tona e me usando como bode expiatório. A mãe dele fizera isso com o pai, que odiara Kellan ainda no útero da mulher.

Kellan nem sequer estremeceu diante da ameaça de um tapa. Apenas continuou me encarando. Abaixei a mão, e ele deu um sorriso desdenhoso. Balançando a cabeça, disse em voz baixa:

— Pode ir embora agora.

Com os olhos se enchendo de lágrimas, sussurrei:

— Você está tão enganado...

Ficando de costas para mim, ele se dirigiu para a sala.

— Estou? — disse, sem se virar.

Fechando as mãos em punhos, comecei a segui-lo.

— Está, sim, está totalmente por fora. Eu não dormi com Denny, nem com ninguém. Não sou eu que...

Nesse momento, o celular dele, que estava no bolso da jaqueta pendurada no cabideiro ao meu lado, começou a tocar, assinalando uma nova mensagem de texto. Lembrando por que eu realmente fora até lá – para arrancar a verdade daquele hipócrita –, corri até a jaqueta. Ele arregalou os olhos ao perceber o que eu estava fazendo.

– Não, Kiera!

Avançou na minha direção, mas fui muito mais rápida. Já tinha tirado o celular e estava com a mensagem na tela antes de ele chegar perto de mim. Balançando a cabeça, li o texto em voz alta para ele:

– "Me liga. Preciso te ver." – Minha voz tremeu em minha súbita raiva.

O rosto de Kellan estava pálido enquanto seu olhar se alternava entre mim e o celular, como que temendo o que eu poderia fazer. Estendeu a mão trêmula para mim:

– Por favor, me dá isso aqui, Kiera.

Segurando o celular com mais força, o corpo trêmulo agora que seu segredo começava a vir à tona, neguei com a cabeça.

– Não, não, acho que vou mandar uma resposta para a piranha. – Comecei a digitar uma mensagem, mas Kellan... perdeu a cabeça.

Correndo até mim, arrancou o celular e me empurrou pelo ombro contra o cabideiro, uma súbita ardência na pele indicando que um dos ganchos me arranhara. Estremeci, esfregando o braço. Os olhos de Kellan se abrandaram, arrependidos, mas ele apertou o celular contra o corpo, aliviado.

Balançando a cabeça, os olhos cheios de lágrimas, cobrei, ríspida:

– Quem é o mentiroso agora, Kellan?

Ele fez que não, o rosto ainda pálido.

– Isso é diferente. Não tem nada a ver com nós dois.

Pus as mãos nos quadris, confusa:

– Então me conta a verdade. O que está escondendo?

Seus olhos pousaram no meu corpo, voltando a endurecer.

– Não é da sua conta, nem eu tenho mais que te dizer nada.

Teimosa, lágrimas de raiva escorrendo pelo meu rosto, joguei as mãos para o alto.

– Tudo bem... fique com seus segredos de merda, Kellan. – Ele piscou os olhos, perplexo ao me ouvir usar um palavrão, coisa que raramente fazia, mas então trincou os dentes.

Sabendo que nada de bom aconteceria se eu continuasse lá, eu me virei para a porta da rua. Ele não me impediu de abri-la. Com o frio ar noturno refrescando meu rosto, parei para observar a noite vazia. Me sentindo igualmente vazia por dentro, disse, sem me virar:

– E fique você sabendo, seu babaca, que não sou eu que estou grávida, é Anna. Griffin engravidou minha irmã em Boise, e ela está apavorada.

Com essas palavras, saí da casa, batendo a porta atrás de mim.

Já estava na metade da rua, sem fazer ideia de para onde ir, já que não sentia vontade de ir a parte alguma, quando Kellan abriu a porta.

— Kiera, espera aí! — gritou para que eu parasse, mas não fiz isso. Estava tudo terminado entre nós. Eu não tinha mais que ouvi-lo... e estava muito pê da vida.

Já estava do outro lado da rua quando ele finalmente me alcançou. Respirando com força, ele agarrou meu braço para me fazer parar. O vento da noite fustigava a calça de pijama leve que eu usava, mas eu mal sentia frio. Estava com adrenalina demais na corrente sanguínea.

Com seu lindo rosto parecendo tão chocado como se eu tivesse dito que agora os porcos tinham asas, ele ficou me encarando, boquiaberto.

— Anna? Anna está grávida?

Arranquei meu braço, empinando o queixo:

— Está. — A resposta saiu curta e rasteira, o som da palavra o mais seco possível.

Ele estremeceu ao ouvir meu tom, e então, carinhoso, tentou pousar a mão no meu braço. Eu a arranquei, não querendo que ele tocasse em mim.

— Por que não me disse? — sussurrou.

Suspirei, sentindo o poder de atração do amor na minha alma quando seus olhos tristes pousaram no meu rosto. Tive vontade de perdoá-lo por tudo, mas não pude. Não confiava nele.

Ele endireitou o corpo. Olhei para o seu rosto, o vento leve despenteando seus cabelos. Seus olhos estavam ressabiados.

— Ela não... Ela não vai...?

Engoliu em seco, sem concluir a pergunta. Fiz que não com a cabeça, compreendendo.

— Não, ela está levando a gravidez adiante, apenas ainda não sabe se vai... optar pela adoção. — Tornei a suspirar, torcendo para que minha irmã não tomasse esse rumo. Mesmo que cinquenta por cento dos genes fossem de Griffin, eu queria conhecer minha sobrinha ou sobrinho. Mas a escolha não era minha, e eu a apoiaria, qualquer que fosse a sua decisão.

Kellan soltou um suspiro.

— Ah, que bom, eu ficaria bolado se...

Ele se interrompeu, mordendo o lábio, e eu fiquei observando seu olhar pensativo. Kellan poderia ter sido um bebê abortado, pois sua mãe tivera motivos de sobra para tanto. Imaginei que ele tivesse uma opinião radical sobre o assunto. E me perguntei o que pensaria da adoção, que poderia ter representado uma infância mais fácil para ele. Então, voltei a endurecer meu coração. Não importava o que ele pensasse... não mais.

No momento em que Kellan revirava os olhos, murmurando *Droga, Griffin... Eu vou matar aquele cara*, eu me virei para continuar caminhando rumo a lugar nenhum.

Kellan não me deixou dar cinco passos antes de voltar a segurar meu braço.

— Espera... por favor. — Relutante, voltei a olhar para ele, que deu de ombros. — Me perdoa, Kiera... Por favor, não vai embora.

Meus olhos se umedecendo de dor e raiva, tirei sua mão da minha.

— Resumindo a ópera, você me chamou de puta e disse que nunca mais queria me ver. Por que eu não deveria ir embora?

Abaixando a cabeça, ele deu de ombros.

— Não sei. — Deu uma espiada em mim. — Eu pensei... quando vi que Denny estava aqui... e depois... aqueles testes... — Engoliu em seco, fechando os olhos. — Eu achei... achei que a mesma coisa que tinha acontecido com meu pai estava acontecendo comigo. Achei que você estava carregando um filho de outro homem. Eu fiquei... furioso. Nunca me senti tão mal... — Abriu os olhos, inclinando a cabeça. — Me perdoe por não ter acreditado em você.

Assenti, compreendendo como ele chegara àquela conclusão. Seu rosto relaxou quando aceitei suas desculpas. Ele já ia começando a passar os braços pela minha cintura, mas eu me retesei, empurrando-o. Ele franziu o cenho e eu levantei a mão, exibindo a aliança de compromisso que rodeava meu dedo.

— Eu cumpri minha promessa... fui fiel. — Apontei o polegar para a casa, onde o celular dele estava guardado em segurança. — E você?

Seus olhos relancearam a casa, e ele mordeu o lábio. Voltando a olhar para mim, seus olhos se fixaram no metal ao redor do meu dedo, e então na aliança idêntica na sua mão.

— Kiera... não é o que você pensa.

Segurei seu rosto, forçando-o a olhar para mim.

— Não sei o que pensar, porque você não quer falar comigo. O que significa aquele texto? — sussurrei.

Seu rosto estava frio na brisa da noite, mas pareceu ainda mais frio quando ele me encarou com os olhos cheios de medo.

— Não posso... Acho que não conseguiria...

Gaguejou, procurando o que dizer, e eu balancei a cabeça, zangada.

— Você tem que me contar agora, Kellan, porque isso está nos separando. — Apontei para o sinal de PARE que indicava o fim da rua. — Me conta agora... ou eu vou continuar caminhando, e aí vai estar tudo terminado entre nós mesmo.

Ele fez que não, com lágrimas nos olhos.

— Por favor, não me deixe.

Embora seu rosto me fizesse ter vontade de ceder, embora eu quisesse mais do que tudo passar os braços pelo seu pescoço, beijá-lo, implorar para que me levasse para o seu quarto e fizesse amor comigo novamente, mas devagar dessa vez, eu me obriguei a continuar dura na queda e manter meu ultimato. Era agora ou nunca.

Levantei as sobrancelhas, esperando. Ele engoliu em seco, e então esfregou os olhos.

— Que droga... — resmungou. Fechando os olhos, respirou fundo algumas vezes. Quando os reabriu, pareceu... resignado. — Tudo bem, eu vou contar. — Olhou ao redor da rua deserta. — Mas não aqui, OK? Vamos voltar a entrar...

Soltei um suspiro trêmulo, também resignada. Qualquer que fosse o problema entre nós, finalmente viria à luz... e eu não estava nem um pouco animada com isso. Kellan segurou minha mão e me levou de volta para sua casa. Manteve a cabeça baixa o caminho inteiro, e vi quando um calafrio percorreu seu corpo. Imaginei que não fosse por causa da brisa leve.

Já de volta, ele indicou o sofá encaroçado enquanto fechava a porta com cuidado. Era a primeira vez em algum tempo que uma porta se fechava sem estrondo na nossa presença. Sentei, e ele começou a andar de um lado para o outro na minha frente. Isso começou a me dar nos nervos, e desejei que ele sentasse. Mas ele parecia precisar do movimento como válvula de escape, por isso continuei em silêncio.

Indo para lá e para cá, ele secou as palmas das mãos nervosamente na calça jeans. Era estranho vê-lo nesse estado; Kellan raramente ficava nervoso. Dando uma olhada em mim cada vez que mudava de direção, nem então ele falou. Pensando que não iria conseguir, tentei começar a conversa:

— De quem era a mensagem no celular?

Ele parou, apertando com os dedos o espaço entre os olhos.

— Não, eu não posso... começar por aí, Kiera.

Mordi o lábio, assentindo e esperando que ele começasse por onde pudesse. Suspirando, ele parou de caminhar e parou na minha frente. Passando a mão pelo rosto, a expressão tão cansada que achei que seria capaz de desmaiar a qualquer momento, ele balançou a cabeça.

— Um dia, em dezembro, uma moça veio me procurar nos bastidores.

Senti um aperto no estômago quando ele se interrompeu. Então o problema era *mesmo* uma mulher? Gostaria de poder dizer que fiquei chocada... mas não foi o caso. Vendo minha expressão, os ombros de Kellan se curvaram um pouco.

— Ela me disse...

Quando ele se interrompeu para engolir em seco, tive uma súbita intuição. Era tão óbvio. Não sabia por que não pensara nisso antes. O medo e a tristeza me assaltaram quando entendi perfeitamente.

— Ela te disse que você tem um filho... certo? Em algum momento da sua vida, você se descuidou... e agora, em algum lugar do mundo, você tem um filho.

Lágrimas brotaram nos meus olhos quando minha visão de um futuro com Kellan sofreu uma mudança irreversível. Ele nunca fecharia as portas para um filho, e eu teria que compartilhar um pedaço dele com outra mulher... para sempre. Senti uma tristeza avassaladora por saber que não seria a mãe do seu primogênito, e uma lágrima solitária me escorreu pela face.

Ao vê-la, ele se agachou na minha frente. Segurando meu rosto, balançou a cabeça.

— Não, Kiera... não é nada disso. — Suspirando, encostou a testa na minha. — Não há nenhuma versão em miniatura de mim em parte alguma, Kiera... OK?

Secando as lágrimas embaixo dos olhos, franzi o cenho, ainda mais confusa do que antes.

— Então o que é, Kellan? Porque eu não estou entendendo nada.

Ainda agachado, ele abaixou a cabeça.

— Eu sei que não. E sei que estou dando a impressão de estar escondendo um caso... — Olhando para mim, deu de ombros. — Será que você realmente não adivinha, sabendo o que sabe a meu respeito, o que poderia me levar a... mentir para você?

Senti uma pontada de dor ao ouvi-lo admitir com todas as letras que mentira. Com mais lágrimas escorrendo pelo rosto, neguei com a cabeça. Ele suspirou, parecendo um tanto derrotado por ser obrigado a me dizer, já que eu não fora capaz de adivinhar. Fechando os olhos, sussurrou:

— Ela disse que queria que eu conhecesse... o pai dela.

Quando ele voltou a abrir os olhos, estavam úmidos. Pisquei, surpresa.

— O pai dela? Que... estranho.

Kellan sorriu, triste, assentindo.

— Bem, ela parece achar que... ele poderia ser meu pai também.

Disse isso numa voz tão baixa que demorei um momento para assimilar as palavras. Quando finalmente compreendi, meu queixo despencou.

— Seu pai também? Então ela é sua...? — Pisquei os olhos, minha mente ainda processando a informação. — Espera aí... seu pai? Seu pai biológico? É isso? E ela é... sua irmã?

— Exatamente. Ela me mostrou um antigo retrato dele e, ainda que a semelhança não bastasse para tornar o nosso parentesco óbvio... eu já tinha visto aquele retrato. Minha mãe me mostrou uma vez... — Kellan engoliu em seco, seus olhos ficando rasos d'água enquanto os mantinha fixos em mim. — E eu não posso, Kiera, simplesmente não posso me encontrar com ele... Não posso.

Eu estava tão atônita que não tinha nada a dizer. Fiquei olhando para ele, em estado de choque. Em todos os cenários que eu criara em torno do segredo de Kellan, ele me escondia a verdade porque se sentia culpado por causa de alguma mulher. Nunca, nem uma única vez, eu imaginara que pudesse estar escondendo coisas de mim por sofrimento, por não conseguir enfrentar uma situação.

Não podia imaginar nada que alterasse mais a vida de Kellan do que entrar em contato com o homem que o gerara. Sim, o gerara, e então o abandonara a um destino que nenhuma criança deveria ser obrigada a suportar. Não podia imaginar como Kellan devia estar se sentindo naquele momento — confuso, magoado? Ou talvez ainda não estivesse sentindo nada. Talvez estivesse passando por um processo de negação capaz de pôr o da minha irmã no chinelo.

Imaginando se essa seria a razão por que não me contara desde o começo, eu me inclinei e segurei seu rosto entre as mãos. Seus olhos pulavam entre meus dois olhos, como se ele fosse um animal ferido, preso numa armadilha de que queria desesperadamente fugir.

— Por que não me disse nada?

Na mesma hora ele começou a balançar a cabeça:

— Eu te conheço. Você iria querer que eu me encontrasse com ele. Iria querer que eu... vivesse um momento do tipo "laços de família" com ele... e eu... eu não posso, Kiera.

Suspirando, acariciei seu rosto com o polegar.

— Ele é seu pai, Kellan...

Kellan ficou de pé em um segundo.

— Não, ele não é nada para mim! — Passando as mãos pelos cabelos, começou a olhar ao redor de sua casa, o lar de seus pais. — Ele me abandonou. Deu o fora e me abandonou. Ele me deixou ser criado por... *aquelas*... pessoas. — Seu corpo começou a tremer, seu queixo se retesando. — Não quis ter nada a ver comigo... por isso também não quero ter nada a ver com ele...

Sua voz falhou em meio à raiva, e eu me levantei, me aproximando de seu corpo trêmulo, passando a mão pelo seu peito, seu queixo. Os músculos fortes ainda estavam contraídos com força enquanto Kellan olhava em todas as direções, menos para mim.

— Ele não sabia em que situação estava te deixando. Como poderia saber? Talvez tenha achado que estava te fazendo um favor indo embora, para não desunir de uma vez uma família que ele já tinha... prejudicado demais.

Os olhos de Kellan pularam para os meus.

— Um favor? Meu pai me dava surras de cinto quando se zangava! Ele batia com tanta força que eu tinha que dormir de bruços durante dias. E eu aprendi ainda cedo que fugir só piorava as coisas quando ele me encontrava. Por isso eu tinha que ficar lá, feito um cachorro, e deixar que ele batesse em mim. Como isso poderia ser... um favor?

Os olhos de Kellan ficaram úmidos ao me contar mais um horror que jamais revelara antes. Engoli o nó na garganta, balançando a cabeça.

— Ele não sabia... Talvez você devesse vê-lo para contar a ele, para poder finalmente conversar sobre esse assunto com alguém.

Ele passou bruscamente por mim, fazendo que não com a cabeça.

— Não preciso conversar sobre esse assunto, Kiera. Estou ótimo. — Olhou para mim, voltando a andar de um lado para o outro. — E também não preciso vê-lo... nunca. — Empinou o queixo. — Além disso, eu tenho uma família, sim. Tenho uma tia que me despreza tanto quanto minha mãe desprezava. Mas não me importo. Não preciso deles. Estou muito bem sozinho.

Sabendo que Kellan não suportava ficar sozinho, balancei a cabeça e dei um passo à sua frente, interrompendo o ciclo de movimento.

— Pois é exatamente isso, você não está mais sozinho. Há pessoas na sua família que querem conhecer você. — Ele ia abaixar o rosto, mas fiz o mesmo para manter os olhos fixos nos dele. — Você tem uma irmã, Kellan... não quer conhecê-la melhor?

Suspirando, ele parou, desviando os olhos para além de mim.

— Hailey me disse que eu também tenho um irmão...

Sorri ao pensar que sua família estava ficando cada vez maior. Ele fora sozinho por tanto tempo, que talvez isso fosse uma bênção, não o pesadelo que ele parecia achar que era.

— Hailey? A sua irmã?

Kellan assentiu, e então voltou a olhar para mim. Dando de ombros, disse:

— Eu dei a ela o número do meu celular quando ela se identificou, e nós estamos em contato desde então. — Esboçou um sorriso, e uma risada curta lhe escapou. — Ela é muito engraçada. Inteligente também. Temos batido altos papos ultimamente... ela é uma boa menina.

Meus olhos se arregalaram quando mais uma peça se encaixou no quebra-cabeça.

— Foi com ela que Jenny viu você falando no celular quando foi visitar Evan? Com sua irmã, não foi?

Franzindo o cenho para mim, ele balançou a cabeça.

— Jenny? No Texas? — Desviou os olhos, confuso, e então me olhou de novo, uma resposta nos olhos. — Foi por isso que você pensou que eu estava te traindo? Porque Jenny me viu rindo no telefone com outra pessoa?

Assenti devagar. Apontando para sua jaqueta pendurada no cabideiro ao lado da porta, franzi o cenho.

— Isso, e mais todas as mensagens misteriosas que você não me deixou ver. Você tem que reconhecer que era meio suspeito.

Minha voz deixou transparecer a mágoa que sentia pela forma como ele tentara me excluir da sua vida e, suspirando, Kellan segurou meu rosto.

— Me perdoe... Eu jamais quis que nada disso te magoasse. É que eu não estava pronto... — Abaixou a cabeça, engolindo em seco. — Tantas vezes eu quis te contar... mas não conseguia tomar coragem para pronunciar as palavras.

Voltando a olhar para mim, deu de ombros.

— Era como se... no momento em que te contasse... a coisa fosse se tornar real... e eu queria fingir que não era. — Fechou os olhos, balançando a cabeça. — Só queria ignorar tudo... ignorar a existência dele... — Sua voz se endureceu e começou a tremer. — Mas Hailey deu o meu número para ele, e ele me manda mensagens todo dia... todo santo dia...

Abrindo os olhos, soltou meu rosto e apertou o espaço entre os olhos.

— Todos os dias ele me manda mensagens, e todos os dias eu as ignoro. — Suspirando, levantou a cabeça para o teto. — Estou ficando tão cansado disso tudo... só queria que ele me deixasse em paz.

Olhando para a frente, soltou um suspiro exausto.

— Até pensei em trocar de número, pois assim ele não poderia mais ficar atrás de mim, mas... queria continuar podendo falar com você. E não poderia te avisar que queria trocar de número sem... explicar por que queria fazer isso. — Deu de ombros. — Por isso, eu recebo todos os dias aqueles textos insuportáveis que tento esquecer.

Kellan suspirou de novo, e eu vi o cansaço na sua expressão. O tormento estava começando a afetá-lo. Achei que até podia entender por que ele queria se esconder do pai; por que, por despeito ou ódio, jamais quisera vê-lo, mas não podia acreditar que deixaria aquela tortura remoê-lo desse jeito. Vendo-o tão exausto à minha frente, tentei visualizar o cara cheio de energia que embarcara naquela fatídica turnê. Eram quase duas pessoas diferentes agora.

Ele fungou e esfregou os olhos, num óbvio esforço para não chorar, e eu afaguei seu ombro.

— Isso está acabando com você, Kellan, será que não percebe?

Ele me deu um olhar sarcástico, como se achasse que eu estava exagerando, mas isso porque não percebia a pessoa desgastada que se tornara em questão de meses.

— Está, sim — insisti. — Está roendo você... Posso ver isso agora. Você já conversou sobre o assunto com alguém? Com o pessoal? Evan? Está enfrentando tudo isso sozinho... há todo esse tempo?

Curvando os ombros, ele foi sentar no sofá.

— Para quem eu poderia contar, Kiera? Todo mundo pensa que meu pai morreu junto com minha mãe. — Olhando para mim, deu de ombros. — Você é a única pessoa a quem já tive coragem de contar que meu pai... não era o meu pai verdadeiro. — Engoliu em seco. — Não consigo falar sobre o assunto com outras pessoas. — Inclinando a cabeça, ele me deu um olhar triste. — Só com você...

Sentando ao seu lado, pus a mão no seu joelho.

— Mas esse lance do seu pai verdadeiro querer entrar em contato... você precisava esconder isso de mim?

Ele desviou os olhos.

— Eu não queria, e até tentei te contar algumas vezes... — Olhou novamente para mim. — Mas era tão difícil... tão recente. — Abaixando a cabeça, sussurrou: — Me perdoe por ter te magoado...

Apertando e embalando sua cabeça contra o peito, senti as lágrimas me fugirem dos olhos.

— Tudo bem... eu entendo. – Quando ele soltou o ar e passou os braços pela minha cintura, sussurrei: – No dia de Natal... aquele mensagem era mesmo do Griffin?

Kellan se retesou nos meus braços, e então se afastou. Com os olhos úmidos, balançou a cabeça.

— Não... era dele. – Segurando meu rosto, seus olhos azul-escuros buscaram os meus. – Me perdoe por ter mentido... Eu apenas não queria que você fizesse perguntas... Eu não estava pronto.

Assenti, mais lágrimas escorrendo pelo meu rosto.

— Todos aqueles textos?

— Eram dele, juro. – Encostando a testa na minha, ele me deu um beijo leve. – Todos dele. Eu te deixo dar uma olhada se quiser, se não acredita em mim, mas era só isso que eu estava escondendo... juro. – Voltou a me beijar. – Juro...

Deixando que todos os meus medos e dúvidas se dissipassem, colei os lábios aos dele.

— Eu acredito em você – sussurrei. E acreditava mesmo.

Seus dedos passaram do meu rosto para o pescoço, envolvendo-o e me puxando para o beijo que compartilhávamos. Eu estava tão certa de que jamais teríamos esse tipo de intimidade novamente, que degustei o seu doce sabor, o seu cheiro intoxicante. Mas, à medida que nossas bocas começavam a passar para outro tipo de conversa, essa bem mais física, senti o corpo dele tremer com os restos do tormento que estava sofrendo.

Eu me afastei de suas mãos por um segundo para observar seu rosto. A paixão estava lá, como sempre que estávamos juntos, mas a dor também.

— Você precisa vê-lo, Kellan. Precisa virar essa página, para poder seguir em frente.

Ele negou com a cabeça, se inclinando para me beijar, para se distrair com a única coisa que conhecia para bloquear a dor... sexo. Eu me obriguei a afastá-lo novamente, embora uma parte de mim quisesse ceder.

— Você precisa fazer isso – reiterei.

Com os olhos se franzindo, ele fechou a boca com força. Respirando fundo, voltou a negar com a cabeça.

— Era exatamente por isso que eu não queria te contar. – Comecei a protestar, argumentando que conversar com o homem que o gerara, e depois o abandonara, ajudaria a curá-lo, mas ele não me deixou dizer uma palavra.

Com a boca fechada numa linha firme, olhos duros e resolutos, ele voltou a balançar a cabeça.

— Não, guarde seus argumentos lógicos e pontos de vista filosóficos para si mesma. Eu nunca vou me encontrar com aquele cara. Entendeu?

Ato contínuo ele se levantou e se afastou, encerrando a conversa ao bater a porta com tanta força, que minha cabeça chegou a trepidar. Kellan não estava pronto, e nem achei que algum dia estaria.

## Capítulo 24
## TENTANDO NOVAMENTE

Deixei que Kellan tivesse alguns momentos de paz para se recompor, e então saí à sua procura. Fui encontrá-lo no seu quarto, sentado na cama, olhando para a parede. Não sabia o que ele estava pensando, o que estava sentindo. Seu rosto estava apático, sem expressão, e achei que talvez estivesse tentando não sentir nada.

Eu me recostei no batente da porta, olhando para ele por longos segundos. Ele não acusou minha presença, apenas continuando a observar a parede. Contendo um suspiro, murmurei:

— Posso entrar?

Ele suspirou, olhando para mim. Assentindo, voltou a observar a parede. Dando uma olhada no ponto onde ele mantinha os olhos fixos, notei uma coisa pela primeira vez. Havia uma parte circular onde o gesso era liso, não texturado como no resto da parede. Era do tamanho de um punho. Mordi o lábio, chocada com a ideia de que Kellan se machucara abrindo um buraco a murros na parede. Não acontecera quando eu morava lá, de modo que o hábito devia ser antigo... talvez da época em que seus pais haviam falecido.

Sentando ao seu lado na cama, encostei a cabeça no seu ombro. Ele não reagiu a princípio, mas então suspirou e encostou a testa na minha.

— Me desculpe por ter sido grosseiro, Kiera. Eu estou... Olha, não força a barra em relação a isso, OK?

Sabendo que essa fora a exata razão pela qual ele fizera segredo do assunto, concordei, a cabeça ainda no seu ombro.

— Tudo bem, Kellan.

Ficamos encostados um no outro, em silêncio, por vários minutos. Fiquei escutando sua respiração regular, por tanto tempo ausente do meu ouvido. Pousei a mão sobre o seu coração, apenas para sentir as batidas estáveis. Fechando os olhos, sussurrei:

— Quanto tempo você tem até ter que voltar? — Sabia que ele viajara bruscamente, apenas para me fazer uma surpresa, e também que estava extremamente ocupado preparando o novo álbum. Só podia imaginar que não teria muito tempo ao seu lado.

Ele confirmou minha suspeita com um longo suspiro.

— Meu voo sai pela manhã, quer dizer, dentro de algumas horas.

Senti lágrimas me brotarem nos olhos. Quase chegava a ser mais cruel que ele tivesse voltado apenas para ir embora novamente. Mas até que não. Nós precisávamos desse intervalo. Apertando sua camisa sob os dedos, desejei que as coisas fossem diferentes e ele pudesse ficar comigo.

— Gostaria que você não precisasse ir...

Ele afastou o rosto do meu, e eu o observei. Balançando a cabeça, ele franziu o cenho.

— Você ainda quer ficar comigo? — sussurrou, parecendo ter medo da resposta.

Piscando, eu me afastei para olhar seu rosto.

— É claro. — Passei a mão pela sua face. — Estou apaixonada por você. É claro que ainda quero ficar com você.

Ele sorriu, abaixando os olhos.

— Eu sei que não sou uma pessoa muito fácil de se amar... Achei que talvez você já estivesse farta...

Será que ele estava brincando? Observei seus olhos baixos, tristes, e percebi que não. Ele realmente não via nada de valor em si mesmo para ser amado. E por que veria, quando as pessoas que mais amara — e eu acreditava sinceramente que ele amara os pais, apesar das crueldades dos dois — haviam sido incapazes de lhe dar uma gota de amor em troca? Às vezes, a família é a mais cruel forma de amor que existe, pois ninguém pode nos ferir mais do que as pessoas que nos geraram.

Forçando-o a levantar a cabeça e olhar para mim, dei um sorriso carinhoso para ele.

— Amar você, Kellan, é tão fácil, que chega a ser natural. — Seu sorriso espelhou o meu, e então fiquei séria, suspirando. — Confiar em você... é que é a parte difícil.

Ele suspirou, abaixando os olhos.

— Nós estragamos tudo, não foi?

— Como assim?

Olhando para mim, ele deu de ombros.

— O jeito como ficamos juntos, as mentiras, as traições... nós nos condenamos antes mesmo de começarmos. — Balançou a cabeça. — Nós nos amamos muito... mas não confiamos nada um no outro.

Ouvir os medos que eu sentira por tanto tempo sendo confirmados em voz alta fez com que meus olhos ficassem úmidos e eu sentisse um aperto no estômago. Será que ainda era possível ficarmos juntos? Talvez não devêssemos fazer isso. O amor... nem sempre é o bastante. E amor sem confiança... será que chega a ser amor? Talvez desejo fosse tudo que tínhamos.

Imaginar minha vida sem ele, imaginar tudo acabando entre nós, me fez hiperventilar. Não podíamos terminar... simplesmente não podíamos. Nós nos amávamos. Não era apenas desejo. Eu o amava tanto que o sentimento quase me deixava de joelhos.

Passei os braços por ele, nossa respiração saindo em haustos curtos.

— Não me deixe — implorei, quando encontrei ar para falar.

Kellan me abraçou com a mesma força. Com a voz falhando, murmurou:

— Não vou... Eu sou seu, Kiera, pelo tempo que você me quiser.

Eu me afastei, segurando seu rosto.

— Para sempre. Eu te quero para sempre.

Olhando para mim, uma lágrima finalmente escorreu pelo seu rosto e pelos meus dedos.

— Eu também te quero, Kiera.

Levei os lábios aos seus, precisando sentir o amor por trás da nossa intensa conexão, não apenas o fogo. Ele se espalhou por mim na mesma hora, crescendo no meu peito até quase doer. Em meio ao silêncio que apenas nossos lábios e soluços de vez em quando rompiam, nós despimos um ao outro.

Quando ele me deitou sobre os lençóis, seus olhos percorreram toda a extensão do meu corpo. O calor que seu olhar costumava provocar em mim não estava lá. Eu ainda o queria, intensamente, mas naquele momento o que ardia no meu corpo, na minha alma, era a necessidade de me conectar com ele. De confortá-lo. De lhe mostrar que alguém no mundo se importava com ele. Queria me dar a ele de uma maneira que me deixasse totalmente exposta e aberta. E queria que ele fizesse o mesmo por mim.

Segurando seu rosto, fiz com que passasse para cima de mim. Nossos olhos se fixaram enquanto minhas pernas rodeavam seu corpo. Quando ele lentamente me penetrou, ambos abrimos nossas bocas, mas nenhum de nós fechou os olhos. Ele observava meu rosto quando, em silêncio, começamos a nos mover juntos. Senti as lágrimas nos olhos ao sussurrar:

— Eu te amo, Kellan... só você.

Seus olhos ficaram úmidos e ele os fechou por um momento. Quando os reabriu, murmurou:

— E eu só amo você... Sempre só vou amar você.

Abaixou a cabeça para me beijar, nossos corpos ainda se movendo num ritmo lento e regular. Quando senti o acúmulo do meu amor por ele chegar ao auge, segurei sua mão e a apertei com força. Ele também me estreitou com a mesma intensidade. Diminuindo nosso ritmo ao invés de acelerá-lo, comecei a tremer, à beira da iminente liberação.

Kellan segurou meu rosto, aspirando pela boca enquanto me beijava depressa.
— Eu te amo. Meu Deus, eu te amo tanto...
Soltou um suspiro rápido, seu corpo tremendo ao gozar. Eu o apertei com força quando a intensidade se espalhou pelo meu corpo. Soltei alguma frase incoerente sobre amá-lo mais do que a própria vida, e apertei o corpo ao redor do seu enquanto a felicidade inundava cada músculo, cada nervo, cada célula do meu corpo.
Ainda formigando de prazer, relaxamos no corpo um do outro. Sem palavras, Kellan fez com que trocássemos de posição e se aconchegou a mim. Beijando meus cabelos, sussurrou:
— Prometo que nunca mais vou esconder nada de você.
Assenti, retribuindo seu beijo, as lágrimas voltando a brotar nos meus olhos.
— Também prometo que não vou esconder nada de você.
Ele assentiu, e nos abraçamos. Tentaríamos de novo. Era tudo que podíamos fazer.

Acordei com a coisa de que mais gostava no mundo, uma caneca fumegante de café, praticamente debaixo do meu nariz. Kellan estava agachado ao lado da cama, estendendo-a para mim, com um sorriso contente no rosto, e eu reconsiderei qual era a coisa de que mais gostava no mundo. Sorrindo, ignorei a caneca e me estendi em sua direção.
— Oi — sussurrei, meus lábios roçando os seus de leve.
— 'dia — sussurrou ele.
Ri ao ouvir o cumprimento de que sentira tantas saudades, e então, com cuidado, tomei a caneca da sua mão.
— Você é uma bênção — murmurei, dando um gole.
Rindo, ele passou a mão pelos meus cabelos.
— Você e o seu amigo Café... — brincou.
Fiquei vermelha, afastando a caneca dos lábios. Lutando contra um resto de sono, pois não tinha dormido muito na noite passada, dei uma olhada no relógio.
— A que horas sai o seu voo?
Olhei de novo para ele, que sorriu ainda mais.
— Tenho que sair daqui a pouco. — Foi só então que notei que ele já estava vestindo sua jaqueta, e as pontas dos cabelos estavam ligeiramente úmidas de um banho recente. Nossa, eu devia estar mesmo me sentindo extremamente cansada. Terminar um namoro faz isso com a gente.
Quando me sentei na cama, derramei um pouco de café pela borda da caneca.
— Bem, vou me vestir. Vou com você.
Tirando a caneca das minhas mãos frenéticas, Kellan a colocou na mesa de cabeceira e balançou a cabeça para mim.
— Não, quero que fique aqui e relaxe. — Franzi o cenho, mas ele sorriu. — Todas as nossas separações parecem ser longas e dramáticas, como se nunca mais fôssemos nos

ver. – Passou as costas da mão pelo meu rosto. – É como se... degustássemos cada momento por sabermos que pode ser o último.

Mordi o lábio, concordando; eu já tinha pensado a mesma coisa. Kellan abriu um sorriso, vendo que eu concordava.

– Portanto, vamos romper esse ciclo. – Respirando fundo, sentou mais aprumado. – Tchau, amor. Tenho que ir trabalhar.

Sorrindo para ele, dei de ombros.

– Até mais.

Rindo, ele balançou a cabeça e se inclinou para me beijar.

– Deixa a cama quente para quando eu voltar – murmurou, sua boca junto à minha. Eu estava rindo quando ele se afastou. – Te ligo assim que chegar.

Assenti. Como se tivéssemos combinado, seu celular tocou. Dei uma olhada na sua jaqueta, arqueando uma sobrancelha. Kellan revirou os olhos e suspirou. Tirando o celular do bolso, deu uma olhada no número.

– Deve ser meu pai, com uma das suas mensagens matinais. – Arqueou uma sobrancelha para mim. – Aposto que vai haver uma à tarde e uma à noite também.

Apertou o botão de "terminar" sem nem mesmo lê-la. Franzi o cenho.

– Você nem mesmo as lê?

Fungando, ele guardou o celular no bolso.

– Não, nunca, e também não respondo. – Abaixando a cabeça, olhou para mim. – Foi por isso que fiquei apavorado quando achei que você ia responder. Não queria que ele se sentisse... encorajado. Quero mais é que pare com isso de uma vez por todas.

Mordi o lábio com força, querendo objetar mas sabendo que Kellan não mudaria de ideia, e ficaria furioso se eu começasse a tentar convencê-lo novamente. Assenti, e então uma pergunta me escapou antes que pudesse contê-la:

– O que a sua irmã acha de você ignorá-lo?

Kellan suspirou, vindo sentar na cama ao meu lado.

– Ela acha que estou sendo teimoso. Ela não entende por que o estou magoando ao me recusar a... – Parou de falar, voltando a tirar o celular do bolso. – Ela me pede para dar uma chance a ele, toda vez que falo com ela.

– Moça inteligente – murmurei.

Kellan me ouviu e arqueou uma sobrancelha. Não querendo começar uma briga, estendi a mão para o celular.

– Posso ler? – Kellan franziu os olhos, e eu me apressei a acrescentar: – Não vou responder. – Dei de ombros. – Só acho que alguém devia pelo menos ler as mensagens.

Kellan refletiu por um momento, e então lentamente estendeu o celular. Tive vontade de pular de alegria pelo nível de confiança que ele acabara de demonstrar. Talvez ainda houvesse esperança para nós. Não querendo trair essa confiança, segurei o celular com uma das mãos. fui para a caixa de mensagens e abri o texto perdido. Então, segurei o celular na palma da mão, todos os dedos com que eu poderia digitar bem longe do aparelho.

Fiquei vendo as mensagens que Kellan se recusara a ler, e meus olhos ficaram cheios de lágrimas. *Por favor, fale comigo hoje. Há tantas coisas que preciso lhe contar.*

Mordendo o lábio, passei para outra. *Eu sei que você está zangado, mas, por favor, não se recuse a falar comigo.*

E mais uma. *Posso vir a ser uma parte da sua vida, se você deixar. Por favor, me ligue.*

Passei por mais algumas, e eram todas parecidas: *Preciso conversar com você. Por favor, me ligue. Quero me explicar.* E havia até mesmo uma, perto do fim das mensagens salvas no celular de Kellan, que dizia: *Eu me arrependo por ter ido embora. Me deixe compensar você por isso... filho.*

Tive que secar uma lágrima ao ler essa. Era a mensagem datada da manhã de Natal. Se Kellan tivesse me deixado lê-la... todos esses meses de segredos e verdades escondidas não teriam acontecido, e a tensão entre nós não teria chegado nem perto do nível a que chegara.

Ao ver minha reação, Kellan sussurrou:

— O que... o que ele disse?

Suspirando, balancei a cabeça, devolvendo o celular. Ele nem olhou para a tela antes de guardá-lo no bolso.

— Ele só quer uma chance de se explicar. Quer conhecer você. — Pus a mão no seu rosto. — Ele se arrepende de ter te abandonado, Kellan.

Seus olhos ficaram úmidos, e ele assentiu. Engolindo em seco algumas vezes, finalmente se levantou.

— Preciso ir.

Olhando para ele, para o temperamental, lindo e sensível homem que ele era, sorri e torci para que deixasse seu pai entrar na sua vida... algum dia. Parecendo profundamente pensativo, Kellan estava saindo do quarto quando chamei seu nome. Ele olhou para mim, esparramada na cama, nua sob o lençol leve que se enrolava ao redor do meu corpo, e sorriu, contente.

— Só queria te desejar boa sorte no final da sua turnê, e te dizer que... — Mordi o lábio, e ele sorriu ainda mais. Vendo sua felicidade, mesmo em meio à sua confusão atual, comecei a rir. — ... vou estar aqui quando você voltar. — Movi os olhos, indicando a casa.

Seu olhar seguiu o meu, e ele abriu um sorriso radiante para mim. Dando um passo para dentro do quarto, perguntou:

— Você vai voltar a morar comigo?

Assenti, rindo ainda mais enquanto abraçava as pernas. Tinha tomado a decisão no instante em que ele viajara, mas os acontecimentos recentes... tinham consolidado a decisão. Ele balançou a cabeça para mim, e então tirou a jaqueta. Fiquei olhando para ele, confusa, enquanto ele tirava a camisa e começava a desabotoar a calça.

— O que está fazendo? Achei que você tinha que ir...

Com um largo sorriso, ele subiu de joelhos na cama e engatinhou até mim, me fazendo voltar a deitar quando seu corpo se estendeu sobre o meu.

— Tenho cinco minutos.

Sua boca se colou à minha, e eu ri sob seus lábios.

— Cinco? — perguntei, ofegante, enquanto seus dedos começavam a explorar meu corpo.

Jogando os sapatos no chão, ele murmurou:

— Tudo bem, quinze. — Tirando a calça jeans, entrou depressa debaixo do lençol comigo. Ri de prazer quando seu corpo quente e rijo encostou no meu. Se na noite anterior tínhamos feito silêncio, fomos à forra àquela manhã.

Ele acabou se atrasando quase meia hora... mas valeu a pena.

Nem sei por quanto tempo continuei na cama de Kellan depois que ele saiu. Fiquei lá, estendida, imaginando onde poderia guardar todas as minhas coisas, quando ouvi o telefone fixo tocar no andar de baixo. Lembrando que tinha deixado meu celular em casa, pensei que talvez o avião de Kellan já tivesse chegado e ele estivesse querendo me avisar que estava bem.

Enrolando o lençol em volta do corpo, desci a escada correndo até a cozinha. Torcendo para chegar a tempo, atendi sem fôlego:

— Alô? — disse, ofegante.

— Kiera... você está bem?

Um sotaque conhecido alegrou meu coração, e eu sorri.

— Oi, Denny. Estou bem, sim.

Seguiu-se uma longa pausa.

— Tem certeza?

Lembrando meu beijo de despedida em Kellan, suspirei.

— Absoluta.

Denny riu um pouco, e imaginei que devia estar balançando a cabeça. Provavelmente dava graças a Deus, mais uma vez, por seu namoro não ser tão complicado. Às vezes eu também gostaria que o meu não fosse; volta e meia, sua torridez queimava a nós dois. Mas eu não trocaria o amor que Kellan e eu tínhamos por nada no mundo. Eu já tivera um relacionamento estável e confortável, e não fora o bastante. Complicados ou não, Kellan e eu precisávamos um do outro.

Enquanto Denny ria baixinho, suspirei, acrescentando:

— Kellan e eu tivemos uma chance de conversar sobre tudo na noite passada... foi uma boa conversa. Nós... voltamos, e agora os segredos acabaram.

— Que bom, fico feliz por ouvir isso. Estou um pouco surpreso. A sensação que tive ontem foi a de que estava te deixando no meio de uma zona de guerra. – Riu de novo, e eu o imaginei passando a mão pelo queixo. – Eu estava muito preocupado com você agora de manhã, ainda mais porque você não respondeu às minhas mensagens. Quando cheguei à conclusão de que provavelmente você tinha deixado o celular em casa, pensei em tentar ligar para aí.

— Ah, sim, eu saí meio às pressas de casa ontem... – Mordi o lábio. – Olha só, Denny, muito obrigada pela força que você me deu. Significou muito... Significa muito para mim que você ainda... se importe. Que, depois de tudo que aconteceu, você ainda se importe.

Um suspiro baixinho chegou ao meu ouvido.

— Eu sempre vou me importar com você, Kiera. Nós podemos não estar mais juntos, mas ainda sou a pessoa que você pode chamar quando estiver... perdida... combinado?

Sorri, enrolando o fio do telefone no dedo.

— Combinado... e saiba que é recíproco, Denny. Você sempre pode contar comigo.

— Eu sei. – Sua voz, tão carinhosa e tranquilizadora, parecia totalmente livre de estresse. Ele realmente estava bem. Nós dois estávamos. A voz de Denny adquiriu um tom de curiosidade quando ele perguntou: – Kellan está? Talvez eu devesse falar com ele, agora que as coisas se acalmaram.

Balancei a cabeça, suspirando um pouco.

— Não, ele saiu cedo agora de manhã. Teve que tomar um avião de volta.

Denny suspirou, parecendo um tanto aliviado. Talvez não achasse realmente que Kellan se acalmara, pelo menos não no que dizia respeito a ele. Provavelmente achava que ouviria gritos de novo se falasse com Kellan. Fora muito corajoso da parte dele até mesmo ligar para lá.

— Visita de médico – comentou.

— É, ele é um cara ocupado. – Sorri ao dizer isso, pensando nas próximas aventuras na vida de Kellan... aventuras que talvez compartilhássemos.

Percebendo o contentamento na minha voz, o sotaque de Denny soou mais carregado quando ele perguntou:

— Vocês dois estão mesmo bem agora? Depois de apenas uma conversa?

Fiz uma pausa, refletindo.

— Vai ser preciso mais de uma conversa, mas... – dei de ombros – ... estamos conversando, e não vamos parar. Nós dois queremos que dê certo, e vamos lutar por isso.

Embora Denny não pudesse me ver, eu tinha retesado e empinado o queixo ao fazer essa declaração otimista. Denny pareceu impressionado, e o imaginei sorrindo e balançando a cabeça.

— Você mudou... amadureceu. — Rindo baixinho, soube que ele estava me dando o sorriso bobo que era sua marca registrada. — A maturidade cai bem em você.

Franzi os lábios, desejando que ele estivesse na minha frente para poder lhe dar um tapa no peito pelo comentário, e então ri junto com ele, achando que talvez eu não tivesse amadurecido tanto assim.

— Bem, preciso ir, se não quiser chegar atrasada na faculdade. — Dei um suspiro dramático, lembrando que tinha obrigações e não podia passar o dia inteiro de bobeira na cama de Kellan, por mais que quisesse. — Alguns de nós ainda precisam batalhar para conseguir um diploma.

Sorri de orelha a orelha ao lembrar que estava muito perto de dizer adeus às pressões e ao estresse da vida acadêmica. Só precisaria me preocupar com as pressões da profissão a que me dedicasse pelo resto da vida...mas, como todos os formandos, eu lidaria com isso mais adiante.

Rindo do meu comentário, Denny concordou e me desejou boa sorte.

Nós nos despedimos, e eu desliguei o telefone. Depois de tomar um longo banho quente, vesti algumas roupas extras que tinha deixado na casa de Kellan. Enfiando os dedos nos bolsos da calça jeans, encontrei algo no fundo de um deles. Balançando a cabeça, retirei uma tirinha de papel de caderno. Nele, com sua letra supercertinha, Kellan escrevera um último bilhete.

*Lembre-se hoje que eu te amo.*

Sorrindo feito uma idiota, enfiei o lembrete no bolso e terminei de me vestir para ir à faculdade.

Tanta coisa acontecera nas últimas horas, que até uma coisa tão mundana quanto uma aula de redação me pareceu estranha. Meu segredo sobre Denny fora revelado. O segredo de Kellan sobre o pai fora revelado. Eu teria que confiar nele e aceitar a legião de vadias que viviam ao seu redor, e ele teria que confiar em mim e aceitar minha amizade com Denny.

Era um lance meio... histórico... para nós, um passo gigantesco na direção certa. Talvez ainda fosse cedo demais, mas eu me sentia bem em relação ao futuro. Minto... eu me sentia ótima.

Caminhando aos pulinhos até a porta, parei e peguei as chaves do Chevelle. Kellan as atirara na mesinha em formato de meia-lua que costumávamos usar para deixar as chaves do carro quando tínhamos vivido juntos, séculos atrás.

Tranquei a casa de Kellan, dei a partida no carro e voltei ao meu apê para pegar os trabalhos da faculdade. Quer dizer, meu apê por enquanto. Eu teria que contar a Anna que agora ela teria um quarto extra para o bebê. Não sabia se isso tornaria sua decisão de ficar com ele mais fácil ou não. Por um lado, ela teria mais espaço, mas, por outro, ficaria sozinha. Quer dizer, só até certo ponto. Eu nunca a deixaria totalmente sozinha.

Ela estava na cozinha quando entrei. Tendo tomado coragem, estava novamente lendo o livro sobre gravidez. Só pude deduzir, pelo sorrisinho no seu rosto e a mão pousada na barriga, que não estava lendo nada de apavorante.

— Oi, maninha. — Sorri para ela.

Ela levantou o rosto do livro, com lágrimas nos olhos.

— Oi, Kiera. Sabia que a minha neném está mais ou menos do tamanho de uma uva, e que os dedos dos pés e das mãos já estão se formando?

Indo dar uma olhada no livro que ela estava lendo, contive um sorriso.

— *Sua* neném? — perguntei com naturalidade, ao perceber o pronome feminino.

Agitando a mão no ar, ela arqueou uma sobrancelha para mim.

— É, eu vou ter uma filha. — Balançou a cabeça. — Não poria outro Griffin no mundo nem em mil anos.

Não escondi mais meu sorriso, achando hilário que ela acreditasse ter qualquer poder de decisão sobre o assunto. Mas esperava que tivesse razão; um miniGriffin não era uma perspectiva agradável. A certeza de sua afirmação também me deixou feliz. Ela dissera *Eu vou ter uma filha*, personalizando a gravidez de um jeito inédito até então. Estava criando laços com o bebê que crescia na sua barriga. O que, sem sombra de dúvida, era ótimo.

Sem dizer nada que pudesse incliná-la para qualquer um dos dois lados, peguei minha mochila na mesa da sala de jantar. Senti seus olhos me observando, e notei que eu estava com um sorriso derretido no rosto. Fazia tempos que não me sentia tão bem assim em relação ao meu namoro com Kellan.

Pondo o livro na mesa, Anna cruzou os braços sobre o peito... turbinado pelos hormônios da gravidez.

— Você só está chegando em casa agora? Onde passou a noite? — Franziu os olhos, como se tivesse certeza de que fora com Denny.

Sorrindo ao pensar de quem eram os braços que tinham me envolvido, dei de ombros.

— Na casa de Kellan.

Ela piscou os olhos.

— Ah... sozinha?

Sorrindo ainda mais, balancei a cabeça.

— Não...

E me calei, relembrando os dedos de Kellan no meu corpo, seus lábios no meu pescoço... Anna interpretou minha expressão satisfeita como significando uma única coisa — e me deu um pescotapa.

— Que droga, Kiera. Você transou com Denny, não transou?

Esfregando a nuca, fechei a cara, pensando em devolver o mimo. O bebê na sua barriga foi a única coisa que segurou minha mão.

– Não, não transei, muitíssimo obrigada. – Quando ela franziu o cenho para mim, seus lábios cheios formando um beicinho perfeito, revirei os olhos, esclarecendo: – Kellan tomou um avião para Seattle ontem para me fazer uma surpresa. Foi com ele que eu passei a noite.

Fiquei vermelha ao dizer isso, nossa noite tórrida ainda viva na memória. Anna piscou de novo.

– Ah... ah! – E me deu um abraço. – Ah, estou tão aliviada. Eu ia te matar se você tivesse se metido em um triângulo amoroso de novo. – Revirando os olhos, balançou a cabeça. – Principalmente, se fosse o mesmo triângulo. – Sorrindo, acrescentou: – Já que faz questão de ser idiota... pelo menos, diversifique!

Dessa vez eu dei um tapa nela, mas no braço.

Ao pensar em Kellan e tudo que tínhamos discutido, senti o rubor se espalhar pelas minhas faces. Tinha havido uma parte da noite anterior de que Anna não ia gostar, uma parte que eu não tivera a intenção de contar a Kellan, mas fora obrigada, para me defender.

Ao me ver mordendo o lábio, Anna franziu o cenho.

– Que foi? – perguntou, cautelosa.

– Não fica zangada...

Ela ficou zangada na mesma hora. Levantando as mãos, começou a gritar:

– Você contou para ele! Kellan é o melhor amigo do Griffin, e você contou para ele? Kiera!

Recuei ao ouvir seus gritos, mas então franzi o cenho.

– Kellan é o melhor amigo do Griffin? Sério? – Kellan sempre tinha parecido... tolerar o baixista, no máximo.

Anna escondeu o rosto nas mãos.

– Que droga, Kiera, você prometeu.

Constrangida, pus a mão no seu ombro.

– Desculpe, mas eu tive que contar.

Ela olhou com raiva para mim por entre os dedos:

– Teve que contar?

Suspirando, tirei a mão do seu ombro.

– Kellan achou aquela sacola com os testes... – Lembrando a expressão dele ao terminar comigo, fiquei séria. – Ele pensou que eu estava grávida...

Na mesma hora Anna deu o piti por encerrado, suas mãos cobrindo a boca ao soltar uma exclamação.

– Ah, meu Deus, Kiera... Desculpe. Eu não achei que... Desculpe mesmo. – Esbocei um sorriso para ela, que pôs a mão no meu ombro, seu rosto agora mostrando apenas preocupação. – Vocês dois estão bem? Ainda estão... juntos? – perguntou em voz mais baixa.

Relembrando o sorriso dele ao se despedir, concordei.

– Estamos, nós... conversamos muito. – Conversamos, nos acusamos, choramos, gritamos... fizemos amor.

Suspirando de alívio, ela sorriu.

– Ah, que bom, eu me sentiria mal se achasse que eu... – Seu rosto voltou a se endurecer quando ela lembrou a situação em que se encontrava. – Ele não vai contar nada para o Griffin, não é? Você disse a ele para não fazer isso, não disse?

Inclinei a cabeça, tentando lembrar se chegara a pedir a Kellan com todas as letras para não dizer nada ao futuro pai.

– Hum, bem, os ânimos estavam meio exaltados, e eu acho que não cheguei a...

Ela deu um empurrão no meu ombro.

– Kiera?

Irritada com suas alterações de humor, balancei a cabeça.

– Eu disse a ele que você estava pensando em pôr o bebê para adoção, por isso tenho certeza de que ele não vai falar nada com o Griffin até você decidir.

Ela ficou boquiaberta, pousando a mão sobre a barriga num gesto inconsciente.

– Você disse a ele que eu estava pensando em me desfazer dela? Por que fez isso, criatura?!

Interessada na sua reação, respondi:

– Ele precisava entender por que eu não tinha dito logo a ele que você está grávida. – Balancei a cabeça. – As coisas estavam muito tensas entre nós, e eu não podia mentir. Me desculpe, mas tive que dizer a verdade a ele.

Ela assentiu, e então sentou na cadeira dobrável diante da mesa. Na mesma hora lágrimas começaram a encher seus olhos.

– Kellan agora está me achando um monstro, não é? Me desfazer do meu bebê...

Engoliu em seco, tentando conter um soluço enquanto eu me agachava à sua frente. Segurando suas mãos, balancei a cabeça.

– Não, é claro que não. Kellan... compreende. – Não tinha certeza se era mesmo esse o caso, mas não podia dizer outra coisa para Anna, que estava à beira de um ataque de nervos.

Ela balançou a cabeça algumas vezes, as lágrimas começando a escorrer dos olhos. E então, como um pêndulo, seu humor se moveu na direção contrária. Foi tão rápido, que quase me deu um torcicolo. Ela se levantou, sua expressão na mesma hora parecendo exaltada:

– Você precisa ligar para o Kellan e dizer a ele para ficar de boca fechada!

Seu movimento brusco me fez perder o equilíbrio, e eu despenquei no chão.

— Como é...?

Vasculhando minha mochila, Anna encontrou o celular e o atirou para mim:

— Liga para ele! Faz tudo que for preciso! — Indicou meu corpo com o dedo. — Faz aquele lance da respiração ofegante e dos gemidos que eu escuto pelas paredes o tempo todo... o que for preciso! — Apontou para mim, acrescentando: — ... mas dá um jeito de fazer com que o cara fique de boca fechada!

A minha se escancarou quando ouvi isso. Ah, meu Deus! Ela tinha ouvido nossas sessões de sexo por telefone? Como eu me sentiria feliz quando saísse desse apartamento. Abri o celular e digitei o número de Kellan. Tocou algumas vezes, e então... *Oi, aqui é o Kellan. Devo estar no meio de um show, ou então dando um amasso na minha namorada. Deixe sua mensagem que eu ligo de volta... se estiver a fim.*

Sorri ao ouvir a mensagem que não cansava de pedir a ele para trocar.

— Oi, Kellan, sou eu. Hum, Anna está dando o maior piti, com medo de que você conte para o Griffin... — Anna me fuzilou com os olhos, e eu concluí às pressas: — Me liga de volta, OK?

Fechando o celular, balancei a cabeça.

— Ele foi se encontrar com a banda de novo. Deve estar no avião, ou prestes a aterrissar sei lá onde.

Ela soltou um suspiro irritado e eu me levantei do chão, pensando se deveria tentar confortá-la ou fugir dela. Achando que seu humor não poderia piorar muito mais, resolvi arriscar e lhe dar a boa notícia. Pegando a mochila, pois tinha que ir para a faculdade, comecei a me afastar.

— Eu tento falar com ele mais tarde, está bem? — Anna assentiu, voltando a cruzar os braços. Sabendo que era agora ou nunca, acrescentei depressa: — Preciso te avisar, para você ter bastante tempo para se programar... eu vou voltar a morar com o Kellan.

Esperei até que seu queixo despencasse, e então meti a mão na maçaneta e tratei de dar o fora mais depressa que imediatamente. Tive a impressão de ouvir um palavrão enquanto saía correndo pelo corredor.

Kellan retornou minha ligação no momento em que eu desligava seu carro no estacionamento da universidade. Vendo meus colegas transitarem de um lado para o outro a caminho de suas respectivas salas de aula, não pude deixar de me perguntar se suas vidas seriam tão melodramáticas quanto a minha.

Uma chuvinha fina de abril batia no meu para-brisa, formando círculos que escoavam em longas cachoeiras. Da solidão do meu carro eu podia ver as flores que desabrochavam ao longo do acostamento, as pétalas abertas dando boas-vindas à umidade. Quando eu chegara a Seattle, detestava a garoa, preferindo o tempo quente e seco, mas agora tinha tantas lembranças felizes de dias de chuva, que acabara por aceitá-la tão bem quanto os habitantes da cidade.

O celular encostado ao meu ouvido se encheu com a risada carinhosa de Kellan. Esse som, combinado com o leve tamborilar dos pingos no teto do Chevelle, me trouxe uma imagem de Kellan à mente – seus cabelos molhados se colando aos olhos, as gotas escorrendo pelos lábios...

– Oi, acabei de chegar – disse ele. – Já está com saudades?

Com essa imagem extremamente erótica na cabeça, dei uma risada rouca, sensual.

– Sempre.

– Você disse que sua irmã está apavorada?

Suspirei, passando a mão pelos cabelos.

– Pois é, ela tem medo de que o Griffin fique sabendo... antes de ela estar pronta para contar a ele.

Kellan também suspirou.

– Eu não contaria... o segredo não é meu para compartilhar.

Sorri ao ouvir esse comentário. Significava que ele entendia meus motivos para ter omitido a informação.

– Bem, eu acho que ela vai contar a ele, e também que vai ficar com o filho... com a filha, melhor dizendo, já que Anna está convencida de que vai ter uma menina.

Kellan riu baixinho.

– Vamos esperar que sim. Acho que uma garotinha para mimar é exatamente do que o Griffin precisa.

– Você gostaria de ter uma filha um dia? – perguntei, para logo em seguida estremecer. Não era minha intenção lhe perguntar sobre filhos ainda. Um passo de cada vez, Kiera.

Ele ficou em silêncio por um momento, e então respondeu:

– Gostaria... Uma menina, ou um menino, seria ótimo, mas... sim, eu quero muito ter filhos.

Ri baixinho.

– Eu também – sussurrei. Um silêncio confortável se fez entre nós, e, lembrando que precisava mesmo ir para a aula, suspirei.

– Tenho que ir... Está tudo bem entre nós?

Kellan riu baixinho.

– Quer dizer então que eu não te convenci disso antes de ir embora? É mesmo? Você... parecia convencida. – Senti uma ardência queimar minhas faces enquanto ecos da minha... convicção... reverberavam na minha cabeça. Antes que pudesse responder, Kellan disse: – Estamos, Kiera... Na verdade, acho que estamos melhor do que jamais estivemos.

Sorrindo, perguntei:

– Mesmo com Denny tendo voltado para Seattle? – Detestava tocar no assunto, mas era preciso. Kellan e eu não podíamos mais fugir dos assuntos difíceis. E Denny não precisava ser um assunto difícil.

Kellan suspirou, o som deixando transparecer seu contentamento.

– Sim, mesmo com Denny em Seattle. Sei lá, Kiera, mas Denny não me preocupa mais. Talvez... talvez eu realmente confie em você.

Suspirei, aliviada por sentir esse peso saindo de cima dos meus ombros.

– Ah, como eu fico feliz de ouvir você dizer isso, Kellan, porque realmente não há mais nada entre mim e ele. Ninguém... ninguém se compara a você, Kellan. Ninguém sequer chega perto.

Ele gemeu.

– Meu Deus, você está fazendo com que eu deseje ainda estar na cama, falando essas coisas. – Ri, sentindo o rosto arder, mas o calor que senti foi bom dessa vez. Rindo, ele acrescentou: – Eu me sinto do mesmo jeito, Kiera. Ninguém chega perto de você aos meus olhos... ninguém.

Fechei os olhos, confortada por suas palavras e por seu coração, para além de todas as dúvidas.

– Te amo. Te vejo dentro de algumas semanas.

– Tudo bem, também te amo.

## Capítulo 25
### NADA DE DÚVIDAS

Talvez tenha sido por causa da dissolução das dúvidas no nosso relacionamento, mas as semanas seguintes passaram voando. Quando dei por mim, era fim de maio e a turnê de Kellan tinha acabado. Os garotos voltaram a Seattle para comemorar durante um fim de semana antes de embarcarem na aventura da gravação do álbum em Los Angeles. Fiquei muito surpresa quando Kellan me ligou para dizer que ia voltar para casa. Quando ele me falara do álbum, dera a entender que iria direto para Los Angeles. Fiquei ainda mais surpresa, e morta de vergonha, quando ele contou que Justin e sua banda iriam com eles. Pelo visto, os dois grupos tinham mesmo ficado amigos na estrada. Não era de admirar, pois Kellan era uma pessoa muito acessível, para homens e mulheres.

Era noite de terça, e eu estava conversando com Jenny e Kate diante do balcão quando os D-Bags chegaram. Estremeci ao ouvir as portas da frente sendo empurradas. Na mesma hora meus olhos pularam para eles, e a excitação tomou conta de mim.

Griffin irrompeu pelas portas como costumava fazer quando era uma das atrações do Pete's. Mas não foi a visão dele parado como um rei perante a sua corte que acelerou o meu coração... e sim saber quem entraria momentos depois do egomaníaco.

Quando a gritaria no bar diminuiu, Griffin exclamou:

— Seu amo voltou... Podem me idolatrar à vontade!

Gargalhadas irromperam no salão, e o zum-zum recomeçou no meio da multidão que dava as boas-vindas aos roqueiros que voltavam. Griffin levou um empurrão violento de Matt. Dando um olhar duro para o primo, Matt levantou a mão em saudação, seu nome sendo gritado por todo o bar. Em seguida ele se dirigiu à velha mesa da banda, esforçando-se ao máximo para sair do centro das atenções.

Griffin ficou fuzilando Matt com os olhos até encontrar uma mesa de universitárias para perturbar. Evan passou pelas portas de vaivém com Kellan, os dois sorrindo. Os frequentadores deram vivas histéricos quando viram que os quatro membros da banda estavam de novo entre eles. Kellan correu os olhos pelo salão, cumprimentando a todos com um aceno e um meneio de cabeça. Evan balançou a dele, como se ainda não conseguisse acreditar no que estava acontecendo. Em seguida, ele avistou a namorada.

O roqueiro que tinha os braços cobertos de tatuagens e usava piercings alargadores nas orelhas se derreteu quando Jenny pulou nos seus braços. Houve mais gritos, risos e animação geral diante do reencontro dos dois.

Eu também estava rindo quando deixei Kate diante do balcão para dar um banho de amor no meu homem (antes que as outras mulheres presentes chegassem primeiro). Ele avançava em minha direção a passos largos, seu sorriso tão radiante quanto o meu. Quando me encontrou, segurou meu rosto, puxando minha boca para a dele. Seu cheiro me atingiu segundos antes de seus lábios quentes tocarem os meus. Ele ficou me abraçando, sua boca se movendo em sincronia com a minha, sua língua entrando e roçando a minha. Meus dedos se emaranharam entre os seus cabelos alvoroçados, revirando as grossas mechas castanho-claras.

Enquanto suas mãos mergulhavam nos meus cabelos, seu corpo pressionando toda a extensão do meu, pouco a pouco fui me lembrando de que estávamos em um lugar público. Mas não parei de beijá-lo. Até consegui ignorar os gritos e assobios da galera que nos observava. Foi só quando as mãos de Kellan começaram a descer pelo meu corpo para apertar meu traseiro que eu me afastei.

Sorrindo, sem fôlego, arqueei uma sobrancelha em advertência. Também sem fôlego, ele deu de ombros, como se não pudesse se conter. Rindo, dei um beijinho leve nele, aceitável em público.

— Você está aqui — disse, ofegante.

Ele devolveu meu beijo.

— Não havia nenhum outro lugar onde eu quisesse estar.

Sabendo que ele teria muito a fazer nas próximas semanas, preparando o primeiríssimo álbum da banda, concordei, sorrindo. Talvez percebendo que nosso momento de intimidade tinha acabado, os frequentadores do bar começaram a se aproximar de Kellan, parabenizando-o pelo sucesso da banda. Ele trocou apertos de mão, sorrisos e amabilidades como se jamais tivesse chegado a ir embora.

Sorrindo comigo mesma, deixei-o fazer isso. Kellan estava recebendo um abraço de urso de Sam no momento em que as portas da frente voltaram a se abrir. Como eu estava parada bem na frente delas quando isso aconteceu, recuei depressa para não levar uma portada. Ao ver quem tinha acabado de entrar no bar, fiquei sem saber se virava uma estátua ou saía correndo para me esconder. Sabendo que estava exagerando, e que pessoas são apenas pessoas, apesar do seu status de celebridade, tratei de abrir um sorriso e me aproximei do segundo grupo de ídolos do rock que chegava ao bar.

— Oi, Justin. É bom ver você de novo. — Observando os cinco caras na faixa dos vinte e poucos anos à minha frente, sorrindo ao darem uma geral no bar, perguntei:
— Posso trazer alguma coisa para vocês beberem?
Os olhos claros de Justin encontraram os meus, e ele assentiu.
— Hum-hum, a gente tomaria uma jarra de chope, ou o que você tiver. Valeu, Kiera. — Deu um tapinha no meu ombro ao passar por mim.
Extremamente orgulhosa de mim mesma por falar mais como uma adulta do que como uma adolescente, fiquei assistindo ao encontro das duas bandas. Kellan e Justin trocaram um aperto de mão e sentaram lado a lado na mesa favorita dos D-Bags. Os outros músicos se espalharam ao redor da mesa, conversando com os fãs ou entre si. Mesmo com a banda de Justin presente, parecia muito natural ver os D-Bags ali, e ao mesmo tempo muito estranho, por eles terem ficado ausentes durante tanto tempo. Eu estava adorando vê-los de volta.
Repassei o pedido para Rita, que encarava Kellan e Justin como se estivessem sentados totalmente nus à mesa. Algumas coisas nunca mudam. Enquanto eu esperava que ela preparasse a bebida deles às cegas, já que não tirava os olhos do grupo, senti que alguém se aproximava de mim.
Segurando meu braço, Kate me puxou para si:
— Kiera, você sabe quem é aquele cara que está com o Kellan?
Sorrindo ao ver seu rosto impressionado, assenti.
— Sei, já estive com ele algumas vezes... É um cara legal.
Maiores do que seus olhos cor de topázio ficaram, impossível. Observando a jarra que Rita colocava em câmera lenta na minha bandeja, ela gaguejou:
— Você tem que me apresentar a ele... sério.
Indiquei a bandeja com a cabeça, sugerindo que ela mesma a levasse.
— Sem problemas, é só me seguir.
Peguei a garrafa de Kellan, já que ele preferia a cerveja assim, enquanto Kate me seguia com a jarra e os copos. Com uma confiança que surpreendeu até a mim mesma, levei Kate até os roqueiros e a apresentei à banda visitante. Ela ficou tão nervosa e gaguejou tanto quanto eu quando os conhecera. Isso fez com que eu sorrisse ao sentar no colo de Kellan, totalmente à vontade.
Uma ou duas horas depois, todo mundo no bar estava contente, os risos e conversas circulando tão livremente quanto as bebidas. Alguém pôs para tocar umas músicas rápidas na jukebox, e um grupo de garotas tirou Justin e os companheiros de banda para dançar. Não demorou muito para que Rita mandasse suas obrigações para o espaço e se juntasse a eles em uma ou duas músicas. O jeito como aquela mulher casada, de meia idade, bronzeada demais e com os cabelos superoxigenados, ficou se esfregando no roqueiro foi a coisa mais constrangedora do mundo. Kellan tinha razão... há mulheres que fazem qualquer coisa para chamar a atenção.

Kellan e eu estávamos dançando um pouco à margem da multidão, quando senti um tapinha no ombro. Ao ver Griffin parado ali, na mesma hora senti um frio no estômago. Ele não estava tentando me interromper, estava?

Fungando, o mal-humorado Griffin deu uma olhada no bar.

— E aí, cadê sua irmã?

Segurando a mão de Kellan, mordi o lábio. Quando Anna soubera que os D-Bags viriam passar alguns dias em Seattle antes de irem para Los Angeles, ficara apavorada. Sua gravidez estava começando a aparecer, e agora ela já não poderia escondê-la tão facilmente de Griffin. E, como ainda não contara a ele, não queria vê-lo. Por isso, pegara um avião e fora para Ohio. Pois é, ela tinha preferido contar aos nossos pais a contar para o namorado.

Kellan olhou para mim, arqueando uma sobrancelha. Eu sabia que ele queria que Griffin soubesse, mas tínhamos concordado que era Anna quem devia contar a ele. Apenas dei de ombros, dizendo:

— Desculpe, mas ela teve que ir passar alguns dias com nossos pais em Ohio.

Griffin franziu o cenho, e então afastou os cabelos que lhe chegavam até o queixo para trás das orelhas.

— É mesmo? Mas logo agora? — Balançou a cabeça, seus olhos claros parecendo confusos. — Eu disse a ela que a gente vinha passar este fim de semana em Seattle. Ela não podia esperar?

Suspirei, chateada por não poder contar a ele.

— Desculpe, mas é assunto de família. — Griffin revirou os olhos, parecendo decepcionado por ver que sua "foda amiga", como tinha se referido a Anna, não estava disponível. Irritada por ele, de um certo modo, ter usado minha irmã, murmurei: — Mas tenho certeza de que você pode encontrar outra pessoa para... passar o fim de semana.

Griffin deu de ombros, ainda parecendo desolado.

— Posso, claro... mas Anna é a melhor. Ela sabe do que eu gosto. — Com uma expressão emburrada, deu uma olhada nos grupinhos de mulheres espalhados pelo bar. — Essas gurias são tão... sem noção. Às vezes eu acho isso um saco.

Surpresa por ouvir essas palavras saindo da boca de Griffin, eu, por minha vez, pronunciei outras que jamais, em toda a minha vida, imaginara que fossem um dia sair da minha:

— Você poderia passar o fim de semana comigo e com Kellan... que tal?

Na mesma hora quis retirar o que dissera. Kellan virou a cabeça para mim, igualmente surpreso com o meu convite. Com o cenho franzido, balançou a cabeça de um jeito quase imperceptível. Ouvi com a maior clareza a pergunta que não tinha feito: *Por que diabos você resolveu convidar o Griffin para passar o fim de semana com a gente? Ficou louca?*

Mordi o lábio, achando que devia ter ficado louca mesmo. Mas Griffin olhou para Kellan com um ar emburrado.

— Não, obrigado. — Dando um tapinha no peito de Kellan, resmungou: — Prefiro ficar sozinho a aturar esse empata.

Kellan piscou os olhos, seu lindo rosto parecendo sinceramente perplexo.

— Que mal eu te fiz?

Griffin franziu os olhos, seus lábios finos se apertando.

— New Jersey... aquelas duas gatas gostosas, lembra?

Arqueei uma sobrancelha, mas não me permiti ter uma reação ciumenta ao comentário. Era preciso dar um desconto a tudo que Griffin dizia. De mais a mais, Kellan não faria nada que me magoasse; eu finalmente acreditava nisso.

Kellan mordeu o lábio, como se estivesse se contendo para não soltar uma gargalhada na cara do outro.

— Hum... Griff... Eu estava te fazendo um favor.

— Um favor é o cacete. — Ele cutucou o peito de Kellan. — Você estava era com inveja porque resolveu se meter nesse lance de monogamia. Pra que você foi se meter a empata-foda? E logo quando as coisas estavam começando a ficar interessantes!

Kellan deixou escapar uma risadinha.

— Griffin...

Balançando a cabeça, Griffin se virou e foi embora. Kellan ainda disse, entre risos, para o amigo já de costas:

— Eu tentei te avisar... que não eram mulheres, cara. — Griffin levantou o dedo médio, fazendo Kellan rir mais ainda. Balançando a cabeça, olhou de novo para mim. — De repente, eu devia ter deixado que ele descobrisse por conta própria.

Rindo do idiota que estava prestes a ter um filho com a idiota da minha irmã, balancei a cabeça. Kellan me deu um sorriso carinhoso, passando os braços pela minha cintura.

— "Lance de monogamia"? — perguntei, inclinando a cabeça.

Ele sorriu mais ainda, encostando a testa na minha.

— Pois é, viu só? Eu te disse que estava sendo fiel.

Rindo, dei um beijo leve nele.

— Eu sei que estava. — Suspirando, balancei a cabeça. — Quem diria que algum dia uma conversa com o Griffin me faria sentir confortada?

Sorrindo com o canto da boca de um jeito que me fez desejar que o turno tivesse acabado, Kellan murmurou:

— Pequenos mistérios da vida.

Mergulhando a mão no alvoroço perfeito daquela cabeleira, um estilo que só Kellan podia exibir, suspirei. O tom raro dos seus olhos azul-escuros, o arco perfeito das suas sobrancelhas, a inclinação do nariz, a curva sedutora dos lábios, o ângulo forte do contorno do queixo, o porte elegante do corpo – fisicamente, ele era o emblema do homem ideal. Mas seu coração, sua alma, sua dor, seu humor, sua música... eram o que, essencialmente, me fazia ansiar por ele.

Eu queria dar tudo a ele. Queria lhe dar o mundo. Mas não podia. Não tinha esse tipo de poder. No entanto, havia uma coisa que eu podia fazer... uma coisa em relação à qual poderia ajudá-lo. E sabia que era algo que ele queria, mesmo que lutasse contra isso.

Eu fizera uma coisa aquela manhã. Uma coisa de que, tinha certeza, ele não ia gostar nada. Mas eu tinha que fazê-la. E também tinha que contar a ele que fizera, mesmo que isso fosse deixá-lo muito zangado.

Pigarreando, dei uma olhada no bar lotado de testemunhas. Bem, pelo menos ele não poderia me matar depois que eu lhe contasse.

– Hum, Kellan, já que nós adotamos uma política de honestidade a qualquer preço, tenho uma coisa para confessar.

Ele abriu um sorriso, seus braços apertando ainda mais minha cintura.

– Você assaltou um banco enquanto eu estava viajando?

Com um sorriso altivo, balancei a cabeça.

– Não.

Ele se inclinou para mais perto, arqueando uma sobrancelha:

– Uma sex shop?

Ficando vermelha, desviei os olhos.

– Não, eu não assaltei ninguém. – Rindo, olhei para ele, que ainda exibia um sorriso endiabrado, na certa me imaginando em uma sex shop. Com o rosto começando a arder, dei um tapa no seu peito e disparei: – Para de imaginar que eu estou... nesse lugar onde você está me imaginando.

Rindo, ele deu um beijo no meu rosto.

– Tá, então o que foi?

Sentindo que a conversa começava a ficar séria, mordi o lábio.

– Tudo bem, você vai ficar furioso, mas me ouve antes de começar a gritar.

O sorriso no seu rosto imediatamente se desfez, e ele franziu os olhos.

– O que foi que você fez? – perguntou, cauteloso.

Engolindo em seco, comecei a traçar as letras do meu nome na sua camisa. Seguindo as linhas tatuadas que se escondiam por baixo do tecido, eu lhe relembrava sutilmente que ele me amava... para o caso de ter esquecido em três segundos.

– Convidei o seu pai e a sua família para a minha festa de formatura no Pete's.

Kellan na mesma hora me afastou, franzindo o cenho.

– Você fez o quê? Kiera, eu te disse que não queria ter qualquer contato com ele! Por que você fez isso?

Suspirando, voltei a me aproximar.

— Porque você precisa deles, Kellan.

Na mesma hora ele começou a negar com a cabeça, mas interrompi seu protesto:

— Não, você não acredita que precisa... mas precisa, Kellan. — Voltando a pousar a mão no seu peito, balancei a cabeça. — Eu ouvi você falando da sua irmã. Você gosta dela. E o seu irmão? Você ainda nem o conhece... Não quer conhecer?

Levantei as sobrancelhas e esperei um segundo. Num gesto quase imperceptível, Kellan assentiu e, me sentindo vitoriosa, continuei:

— E o seu pai... como você sabe o que vai sentir em relação a ele, se nunca lhe der uma chance? — Pondo a outra mão no seu rosto, acariciei a pele lisa com o polegar. — Você pode estar perdendo uma boa coisa... porque está com medo.

Ele abaixou os olhos.

— Kiera...

Levantei seu rosto, fazendo-o olhar para mim.

— Eu vi você na manhã de Natal, Kellan. Você queria aquele vínculo, aqueles laços de família... e você pode tê-los. Só precisa ser corajoso. — Sorri, achando graça de logo eu, a mais nervosa de nós dois, estar dizendo a ele, o que raramente parecia sentir vergonha, para ser corajoso. Sorrindo ainda mais, acrescentei: — Você é um rock star inteligente e bonito, com uma namorada que te adora. Não tem nada a temer... jamais.

Ele abriu um sorriso ao ouvir essa variação de suas próprias palavras sendo agora dirigida a ele. Olhando para mim com ar de adoração, balançou a cabeça.

— Quando foi que você se tornou tão inteligente?

Com um sorrisinho altivo, dei de ombros.

— Como você sabe, sou uma recém-formada.

Kellan devolveu meu sorriso:

— Ainda não.

Rindo, aliviada por ele não ter se zangado demais, passei os braços pelo seu pescoço.

— Mas estou muito perto.

Com uma expressão que era o retrato da perplexidade, ele perguntou:

— Mas afinal, como você conseguiu o número do meu pai?

Olhei para ele, pasma.

— Está brincando? O número está gravado na minha memória desde dezembro.

Sem graça, ele fez uma careta, abaixando os olhos.

— Sei. Desculpe por aquilo.

Eu me inclinei para ele, dando-lhe um beijo.

— Tudo bem... agora eu entendo.

Notando que os clientes do bar começavam a olhar para os copos vazios, pensei que já tivera um intervalo longo demais e que devia voltar ao trabalho. Segurando a mão de

Kellan, puxei-o pela mão comigo até o balcão. Como Rita ainda estava dançando na maior indecência com Justin, talvez Kellan pudesse ser o bartender.

Brincando, perguntei se ele se importaria de assumir o lugar de Rita. Seus olhos se iluminaram, e na mesma hora ele subiu no balcão e passou para o outro lado. Pela expressão eufórica no seu rosto ao vistoriar os suprimentos do bar, qualquer um pensaria que eu lhe dera as chaves do paraíso. Fiquei pensando se ele sabia fazer alguma coisa. Bem, ele tinha me ajudado a me preparar para esse emprego, na época em que eu chegara, de modo que devia ter aprendido uma ou outra coisa.

Sorrindo diante da visão adorável de Kellan amarrando um avental na cintura, balancei a cabeça. Ele ia ganhar um monte de gorjetas. Seria bom juntarmos todas elas no fim da noite. Enquanto eu começava a atender aos clientes com sede, Pete saiu do seu escritório para investigar.

O cansado homem de meia-idade olhou para a movimentação frenética no bar numa noite que geralmente era tranquila, e sorriu. Vendo sua bartender na pista de dança com os roqueiros, franziu o cenho, e então virou a cabeça grisalha para o balcão. Eu sabia que Pete gostava de Kellan, pois a relação profissional dos dois já vinha de muitos anos, mas não sabia se gostaria de ver Kellan servindo os clientes. Mas Kellan já começava a chamar atenção em seu novíssimo ofício. Uma fila se formava até o bar, enquanto ele sorria e paquerava ao atender aos pedidos.

Sorri, impressionada com ele. Não havia muitas coisas que Kellan não soubesse fazer bem, e servir bebidas não era exceção à regra. Eu podia facilmente imaginar uma vida alternativa para Kellan em que ele não fosse um rock star; podia facilmente imaginá-lo ali, trabalhando ao meu lado, servindo bebidas todas as noites. Era uma ideia intrigante, mas eu sabia que o coração de Kellan estava na música; o caminho em que ele estava era o certo para ele.

Fiquei assistindo enquanto ele atirava uma garrafa para o alto, no estilo de *Cocktail*, e então vi quando quase a deixou cair. No último momento conseguiu equilibrá-la, impedindo-a de se estilhaçar no chão. As garotas gritaram e bateram palmas, e Kellan, sempre um showman, fez uma reverência teatral.

Pete balançou a cabeça, mas notei o sorrisinho no seu rosto quando viu as notas sendo guardadas no caixa. Imaginei que, depois disso, ele aceitaria que Kellan fizesse praticamente o que quisesse.

Kellan olhou para mim, rindo um pouco da atenção que estava recebendo. Achei graça, e então soprei um beijo. Faria meu pedido depois... na casa dele... na nossa casa, já que eu tinha levado minhas coisas para lá no fim de semana anterior.

Enquanto eu me lembrava de Jenny, Kate e Cheyenne me ajudando a carregar caixa após caixa para a casa de Kellan — minha irmã apenas "supervisionando", já que de uma hora para a outra resolvera assumir sua condição, alegando que estava carregando uma vida, e por isso não podia carregar caixotes –, um rosto familiar entrou no bar.

Abri um largo sorriso ao ver Denny. Ele agora se tornara um frequentador assíduo, pois costumava aparecer duas vezes por semana para jantar. No entanto, estivera misteriosamente ausente aquela semana; eu nem mesmo recebera um telefonema seu. Ao notar que dava a mão a alguém que entrava no bar logo atrás dele, de repente compreendi por que sumira da face da Terra.

Acenei para Denny e sua namorada, Abby, que finalmente chegara da Austrália. Denny passou o braço pela cintura dela, abrindo um largo sorriso de orgulho. Sentindo-me extremamente feliz por ele, fiz um gesto indicando uma mesa vaga na minha seção. Concordando com a cabeça, ele a levou naquela direção.

Voltando a atender um trio de universitárias que estava em uma das minhas mesas, servi a elas uma segunda rodada de margaritas. Quando me endireitei, disse, apressada:

– Mandem ver. Bom divertimento, e me chamem se precisarem de mais alguma coisa.

Uma das garotas estava com os olhos colados em Kellan, enquanto chupava seu canudinho.

– A gente quer *ele* pra viagem, por favor – disse com voz arrastada, as amigas ao seu redor soltando risadinhas.

Dei uma olhada em Kellan, que ainda estava atrás do balcão. Ele também notara a entrada de Denny, e o observava enquanto enchia uma caneca de chope. Não pude decifrar a expressão de Kellan, por isso não soube se já aceitava minha amizade com Denny ou não. Mas Kellan também vira quem estava em companhia de Denny e, se ainda tinha quaisquer dúvidas nesse terreno, a visão da loura de braços dados com ele deve tê-las dissipado.

Olhando de novo para minhas clientes, balancei a cabeça:

– Desculpe, mas ele não está a venda... já é meu. – Todas me encararam, chocadas, e eu senti um sobe e desce no estômago por ter acabado de confessar um detalhe pessoal para estranhas. Logo eu, com minha tendência a fugir das atenções, agora tinha a completa atenção da mesa. Senti o rosto arder de vergonha enquanto elas me encaravam, mas a súbita lembrança de meu amor por Kellan a esmagou.

Sorrindo, exibi a aliança de compromisso, alisando-a com o polegar:

– Ele está fora de circulação.

Elas olharam para a aliança, e então para Kellan. Por fim, a que estava bêbada disse com sua voz arrastada:

– Que droga... – Olhou para mim, sorrindo. – Boa pescaria.

Revirando os olhos, comecei a rir. Sim, Kellan tinha sido uma boa pescaria. Nem sempre era fácil estar com ele, mas sempre valia a pena. Eu tinha muita sorte. Pedindo licença, fui até o balcão falar com ele, que deixou de olhar para Denny quando me aproximei.

Procurando me manter de costas para Denny, para que Kellan soubesse o que já deveria saber – que eu era sua e de mais ninguém –, eu me debrucei sobre o balcão. Sorrindo com o canto da boca, ele se inclinou para mim. Meus olhos se fixaram na sua camisa vermelho-escura, naquele peito maravilhoso que o tecido não conseguia esconder. Sem pressa, deixei que meu olhar vagasse até seus olhos, bebendo-o com tanta avidez quanto as universitárias tinham virado suas margaritas.

Seu olhar foi amoroso e tranquilo quando nossos olhos se encontraram. Meneando a cabeça em direção ao casal a que eu dava as costas, ele disse:

– Preciso ir lá cumprimentar o Denny. Da última vez que nos vimos, eu não fui muito... simpático.

Fizemos uma careta. Sim, aquele não fora o melhor dos reencontros depois de uma separação tão longa. Mas poderia ter sido muito pior. Se Kellan estivesse um pouco mais zangado e Denny tivesse feito um pouco mais para provocá-lo, dessa vez era Denny quem poderia ter acabado com um braço na tipoia.

Olhando para Denny sentado à mesa com Abby, assenti.

– É, eu também preciso falar com ele. Ainda não tive chance de conhecer a Abby.

Denny olhou para o bar e franziu o cenho. Depois de dar uma palavra com a namorada, começou a se levantar, como se também quisesse vir falar conosco. Na minha opinião, havia algumas coisas que *todos nós* deveríamos discutir. Abby olhou para mim, sorriu brevemente, e então pôs a mão no braço de Denny. Ele olhou para ela e voltou a sentar.

Eu me virei para Kellan no momento em que alguém beliscava o seu traseiro. Ele estava tão preocupado com Denny e Abby, que não notara Rita chegando de fininho por trás dele. O inesperado do gesto fez com que ele levasse um susto e desse um passo para o lado, se afastando. Rita, ainda eufórica por sua dança proibida com Justin, abraçou-o pela cintura.

– Eu sabia que ainda te pegaria de novo atrás desse balcão, benzinho – sussurrou, com a voz rouca de quem fuma demais.

Fiquei vermelha ao ouvir a referência à noitada dos dois, e então, para minha surpresa, comecei a rir. Kellan tentava se desvencilhar dela, mas, toda vez que conseguia afastar uma de suas mãos, ela plantava a outra no seu traseiro. A frustração no rosto dele me fez rir ainda mais, e ele franziu os olhos ao ver que eu estava me divertindo com a sua saia justa. Quando Rita encostou a cabeça no peito dele e fechou os olhos com ar satisfeito, Kellan suspirou. Balancei a cabeça para ele, com uma expressão que dizia: *Ora, meu amigo, a gente colhe o que planta.*

Notando a minha expressão, ele começou a rir. No passado, ver outra mulher naquele chamego com ele teria provocado em mim uma crise de ciúmes. Concluí que finalmente confiava nele também. Kellan se recompôs e, segurando os ombros de Rita com firmeza, empurrou-a para trás.

Seus olhos se abriram bruscamente ante o gesto inesperado e ela ficou encarando Kellan, boquiaberta. Abaixando a cabeça para olhá-la nos olhos, ele disse em tom calmo:

— Eu sei que nós tivemos um encontro, mas isso foi anos atrás, e eu já estou noutra. Nós dois estamos noutra. — Seus olhos relancearam a aliança de casada na mão dela. — Agora eu estou com a Kiera, e essa sua mania de passar o tempo todo dando em cima de mim não pega nada bem. Nem a mania de ficar contando para todo mundo as coisas que fizemos. Eu agradeceria se, no futuro, você parasse de fazer as duas coisas... por favor.

Rita ficou olhando para ele, que soltou os ombros dela. Também fiquei olhando para ele, atônita. Kellan nunca tinha dado um fora daqueles em ninguém antes. Pelo menos, não que eu já tivesse visto. Ele não disse mais uma palavra, apenas contornando o balcão e vindo ficar ao meu lado. Desamarrando o avental, entregou-o para Rita, que ainda parecia atordoada.

— Obrigado, Rita, foi muito legal.

Não tive certeza se ele se referia aos momentos em que ocupara seu lugar no balcão ou à única vez em que os dois haviam estado juntos, mas seu tom deixava claro que as duas coisas tinham acabado. Rita pegou o avental que ele lhe estendia, com o rosto abatido. Fiquei com um pouco de pena ao vê-la, mas ela estava pedindo, e há muito tempo. Rita sempre tinha alimentado o desejo de dormir com ele de novo, e isso jamais iria acontecer. Pelo menos, enquanto ele estivesse comigo. E eu tinha planos para que ele ficasse comigo por muito, muito tempo.

Satisfeita por vê-lo defender nosso relacionamento, segurei sua mão e o puxei em direção a Denny. Foi quando quase demos um esbarrão. Denny, de mãos dadas com Abby, tinha finalmente decidido vir falar conosco também. Rimos um do outro quando Denny e eu quase perdemos o equilíbrio, tentando evitar o encontrão. Recobrando o equilíbrio, Denny sorriu, passando o braço pela cintura de Abby.

— Kiera, Kellan, essa é a minha namorada, Abby.

Enquanto Abby estendia a mão para mim, dei uma estudada discreta nela. Tinha um tipo superfofo, com lábios cheios e duas covinhas quando sorria. Com cabelos louros compridos e olhos cinza-claros, ela era quase o meu oposto em termos de aparência. Mas éramos parecidas em termos de talhe e estatura, de modo que me senti em pé de igualdade com ela quando trocamos um aperto de mão.

— Oi, Kiera, é um prazer finalmente conhecer você.

Seu sotaque era tão encantador quanto o de Denny. Na mesma hora me perguntei se Denny e Abby achavam o sotaque um do outro interessante. Ou talvez, já que o sotaque era o mesmo, se chegavam a notá-lo. Seria uma pena se eles nem percebessem aquela inflexão maravilhosa.

Vi que ela analisava minhas feições com a mesma atenção com que eu analisava as dela. Seus olhos atentos observaram a minha calça jeans básica e a camiseta vermelha do Pete's do mesmo jeito como eu observava seu bonito tailleur cinza com saia estruturada. Não pude deixar de pensar que, se nossos papéis se invertessem, eu me sentiria extremamente desconfiada e de pé atrás em relação a ela. A despeito do quanto confiasse em Denny, ele passara meses sozinho com a ex-namorada, uma ex-namorada com quem chegara a pensar em se casar. Isso não podia deixar de estressar o mais forte dos relacionamentos. Era uma das razões por que eu não contara a Kellan que Denny tinha voltado. Mas Abby apenas me deu um sorriso simpático e despreocupado. Ela confiava plenamente em Denny, e isso fez com que eu confiasse nela. Se ela tinha plena confiança na fidelidade dele, então também devia ter plena confiança em si mesma de que jamais o trairia.

— O prazer é meu, Abby. Denny fala de você o tempo todo. — O comentário fez Denny corar um pouco, e eu sorri para ele.

Denny podia ser supermeloso, e, depois de se recuperar do choque provocado pela notícia de que a chegada de Abby ainda demoraria mais algumas semanas, tinha começado a se abrir mais sobre ela sempre que nos encontrávamos. E era só elogios nessas ocasiões. Denny não deixava de ter razão quando dissera que nossa ruptura desastrosa fora uma bênção disfarçada — ele estava perdidamente apaixonado pela mulher que se encontrava ao seu lado, e eu me sentia extremamente feliz por ele.

Quando Abby e eu nos afastamos, Kellan estendeu a mão.

— Prazer em conhecê-la, Abby. — Para minha surpresa, Abby não olhou para Kellan com aquela atração escancarada com que as outras mulheres o encaravam sem o menor pudor. Claro, ela olhou para o rosto dele, mas foi a única parte de seu corpo em que prestou atenção. E com ela, tive a sensação de que não estava ignorando a beleza de Kellan em respeito a Denny ou a mim. No seu caso, a impressão que tive foi de que não estava mesmo interessada.

Quando apertou a mão de Kellan, um pouco insegura, deu uma olhada em Denny. Deve ter sido um momento estranho para ela, apertar a mão do homem que ficara entre seu namorado e o ex-amor da vida dele. Nem podia imaginar o que ela estivesse sentindo, a não ser, talvez, alívio por jamais ter magoado Denny como eu. E eu também me sentia aliviada por isso.

Denny deu um ligeiro meneio de cabeça, e Abby olhou de novo para Kellan.

— O prazer é meu, Kellan. Denny fala... muito bem de você.

O queixo de Kellan despencou de espanto, as mãos dos dois se soltando. Franzindo o cenho, balançou a cabeça, perguntando a Denny:

— Você fala bem de mim? Por quê? Eu fui um sacana com você...

Kellan parecia sinceramente espantado com o fato de Denny ainda lhe dirigir a palavra, que dirá falar bem dele. Denny olhou para o chão por um segundo, antes de encarar novamente a pessoa de quem fora grande amigo um dia.

— E eu quase te matei. — Denny suspirou, passando a mão pelos cabelos. — No fim das contas... qual de nós cometeu o maior crime?

Kellan balançou a cabeça, desviando os olhos. Sentindo que o clima começava a ficar tenso, pus a mão no peito de Kellan. Ele olhou para mim antes de voltar sua atenção novamente para Denny.

— Mesmo assim, eu roubei uma coisa que não era minha. Ainda que você se sinta culpado pela briga... não devia nunca mais me dirigir a palavra.

Kellan fixou os olhos nas botas, sem conseguir enfrentar os olhos de Denny. O sentimento de culpa me assaltou, e também abaixei a cabeça. Apesar do final feliz, Kellan e eu éramos dois sacanas.

Para minha surpresa, Denny começou a rir. Kellan e eu olhamos para ele. Com um largo sorriso, ele enlaçou Abby com força e ficou olhando para nós dois.

— Vocês deviam ver só as caras que estão fazendo. — Seu sotaque arrevesou as palavras enquanto ele abria seu sorriso bobo.

Kellan e eu nos entreolhamos, igualmente perplexos, e Denny riu mais um pouco. Dando um tapa no ombro de Kellan, balançou a cabeça.

— Olha, eu sei que a sua vida foi difícil, e entendo que a Kiera deve ter sido uma... tábua de salvação... para você. — Ergueu as sobrancelhas. — Eu entendo. Não gostei, mas entendo.

Kellan esboçou um sorriso para ele, e Denny voltou sua atenção para mim.

— E você... — Mordeu o lábio, suspirando. — Eu sei que pus o meu emprego em primeiro lugar. — Neguei com a cabeça, mas Denny me interrompeu: — Não, eu pus, sim, Kiera. — Apontou para o chão. — Eu viria para Seattle com ou sem você. Eu iria para Tucson com ou sem você. E, embora tenha entrado em pânico e voltado correndo quando achei que tinha te perdido... eu ainda estava com a cabeça no trabalho... e não em você. — Engoliu em seco. — E eu peço perdão por isso. Não culpo mais você por ter se apaixonado por alguém que te deu a atenção que você queria, a atenção que merecia ter.

Engoli em seco, assentindo, lágrimas me brotando nos olhos. Fez-se silêncio entre nós quatro. Finalmente, foi Abby quem o rompeu:

— Ah, meu Deus, querem por favor se abraçar de uma vez, vocês três?!

Olhamos para ela e sorrimos. Secando os olhos, eu me aproximei de Denny e lhe dei um abraço carinhoso de amiga. Ele passou os braços por mim, e ambos murmuramos desculpas. Kellan suspirou, passando os braços por nós dois.

Aninhada na segurança dos dois homens que quase tinham me dividido em duas, senti que uma parte de mim começava a cicatrizar. Sentia a culpa pouco a pouco me deixando. Estávamos todos bem. Todos tínhamos sobrevivido. E, o que era mais surpreendente, todos ainda éramos amigos.

Quando nós três nos separamos, Kellan e eu nos abraçamos. Sorrindo, ele deu um beijo na minha testa. Abby ficou abraçada com Denny, e eu sorri para ela, feliz por ver que ele encontrara uma pessoa tão humana, carinhosa e compreensiva quanto ela parecia ser.

Kellan apontou para a mesa de Denny e Abby, que já começava a ser ocupada por um grupo de rapazes que mal pareciam ter atingido a maioridade.

— Alguém se apropriou da mesa de vocês. — Passando a mão pelos cabelos, Kellan deu de ombros. — A mesa da banda está com duas cadeiras vagas... Gostariam de vir sentar com a gente?

Denny e Abby se entreolharam por um segundo, e então Denny assentiu.

— Claro, com prazer... companheiro.

Kellan sorriu, deu mais um beijo na minha testa e um tapinha nas costas de Denny. Quando se dirigiam para a mesa onde Matt e Evan batiam papo, todos sorrindo de orelha a orelha por estarem de volta a Seattle, vi Kellan se inclinar e murmurar:

— E me desculpe também por ter sido tão grosseiro semanas atrás. Aquilo foi um... mal-entendido.

Sorrindo para ele, Denny deu um tapinha nas suas costas.

— Não se preocupe com isso. Já estou habituado com as suas grosserias.

Abby deu uma risadinha, segurando a mão de Denny. Kellan balançou a cabeça, mas, por fim, riu também. A visão dos dois voltando a ser amigos me trouxe lágrimas aos olhos. Nunca tinha achado que a amizade deles voltaria a entrar nos eixos. Era preciso ser uma pessoa com um espírito muito nobre para conseguir enxergar além da dor e da traição. Mas Denny... tinha um espírito muito nobre.

Denny e Abby foram embora por volta de uma hora depois. Na verdade, Jenny e eu praticamente obrigamos a maioria dos caras a irem para casa. Justin, em particular, parecia a fim de ficar até o dia seguinte. Isso era tão típico de um cara da idade dele, que na mesma hora me senti mais relaxada na sua presença. Era só mais um bêbado, como todos os bêbados que eu já tinha encontrado. Quando Matt e Evan tiveram que ajudá-lo a entrar na van de Griffin, eu me perguntei por que já me sentira nervosa na sua presença.

O meu D-Bag foi o último a sair. Sentado na beira do balcão, Kellan ficou batendo papo com o exausto dono do bar enquanto eu limpava a bagunça que o pessoal fizera. Dando um tapa no ombro de Kellan, Pete lhe agradeceu mais uma vez por arranjar a nova banda. E a banda de Rain estava mesmo começando a atrair público – de ambos os sexos. Pelo que Cheyenne me confessara uma tarde, sua nova paixão era Meadow, a baterista do Poetic Bliss. Fiquei aliviada por saber que ela não estava mais apaixonada por mim, e também por não ter se apaixonado por Tuesday. Eu nunca teria conseguido conversar sobre ela sem cair na risada.

Quando terminei de limpar as poças de bebida e encher os saleiros, dei um tapa na coxa de Kellan e desejei boa-noite para Pete. Ele se despediu de nós com um aceno e resmungou algo sobre eu não deixar mais Kellan ficar no balcão, já que não trabalhava no bar. Mas, pelo jeito como disse isso, ficou claro que contrataria Kellan na mesma hora se ele mostrasse interesse.

Acenando para Pete, Kellan ignorou o comentário e quaisquer ofertas implícitas de emprego. Ele tinha um emprego, um emprego que estava prestes a estourar. Apertando com força meus dedos entrelaçados aos seus, Kellan cantarolou uma música enquanto nos dirigíamos para o seu carro.

Adorando a tranquilidade na sua voz e a alegria nos seus olhos, eu me recostei no seu corpo. Seus olhos se iluminaram quando nos aproximamos do seu "bebê". Conforme prometera, eu cuidara muito bem dele. Só usava a melhor gasolina quando enchia o tanque e até dera uma encerada no capô na véspera, preparando-o para a volta de Kellan. As luzes cor de laranja do estacionamento lançavam seu brilho sobre o carro, que reluzia sob elas.

Passando a mão pelo metal preto polido, Kellan sorriu feito um menino para mim.

— Obrigado por não destruí-lo.

Dando um beijo na sua face, murmurei:

— Eu sei o que ele significa para você... por isso cuidei bem da criança. — Soltando Kellan, contornei o carro em direção ao meu lado. — Só passei de cem por hora uma única vez.

Kellan ficou boquiaberto, seus olhos começando a inspecionar o Chevelle com mais atenção. Balançando a cabeça, entrei no lado do passageiro. Kellan me olhou com o cenho franzido quando ocupou seu lugar favorito — atrás do volante.

— Não tem a menor graça — resmungou.

Sorri e me inclinei para lhe dar um beijo, mas ele se afastou. Quando franzi o cenho, ele sorriu.

— Feliz aniversário, Kiera.

Eu já ia corrigi-lo, dizer que ainda não era meu aniversário, quando então me dei conta de que já era, sim. O dia só começara havia algumas horas, mas, tecnicamente, já era meu aniversário.

— Obrigada, você é a primeira pessoa a me dar parabéns.

Sorrindo, ele se inclinou para mim.

— Eu sei... tomei minhas providências para que isso acontecesse.

De repente, seus lábios estavam sobre os meus, macios e provocantes, se movendo contra eles. Sua língua deslizou pelo meu lábio e eu estremeci, me deliciando com aquela sensação. Segurando meu rosto, ele posicionou a boca de modo a cobrir a minha totalmente. Com a respiração mais rápida, entreabri a boca para que sua língua entrasse, e gemi ao senti-la roçando a minha. Já fazia semanas desde o nosso último encontro físico. Meu corpo ardia para que ele me tocasse.

Inspirando seu aroma maravilhoso, eu me afastei dos seus lábios. Com a boca entreaberta e os olhos ardentes, ele me encarava com intensidade, como se quisesse me devorar. Meu Deus... como eu o desejava.

— Me leva para casa, Kellan. — Pousando a mão na sua coxa, sussurrei no seu ouvido: — Me leva para *a nossa* casa.

Ele gemeu. Mordendo o lábio, fechou os olhos por um segundo e parou de se mover, parou até de respirar. Eu me afastei, inclinando a cabeça para ele.

— Kellan? Você... está bem?

Abrindo um dos olhos, ele conseguiu sorrir enquanto mordia o lábio ao mesmo tempo; foi o sorriso mais atraente do mundo. Assentindo, disse:

— Estou, só preciso de um minuto.

Dando uma risadinha, eu me inclinei novamente para beijá-lo.

Ele dirigiu até sua casa mais depressa do que jamais dirigira. Nos beijando enquanto entrávamos na sala, tirou a jaqueta e a atirou no cabideiro sem olhar. Ouvi quando ela caiu no chão. Ele fechou a porta empurrando-a com a bota, e então rodeou minhas coxas e me levantou. Seus lábios percorrendo meu pescoço, murmurou:

— Hummm, que cômodo vamos batizar primeiro?

Caí na risada, jogando a cabeça para o lado, a fim de que ele pudesse explorar plenamente a pele sensível.

— Nós não chegamos a fazer muito na área de serviço...

Na mesma hora ele se dirigiu para o corredor que vinha depois da cozinha e ia dar no pequeno espaço onde ficavam a máquina de lavar e a secadora. Aos risos, eu me contorci toda, esbarrando nele sem querer.

— Eu estava brincando! Na cama, Kellan... — Segurei seu rosto e dei um beijo leve nele. — Quero explorar você na cama.

Com um olhar cheio de amor e surpresa, ele deu meia-volta e se dirigiu comigo para a escada, eu beijando seu pescoço enquanto ele caminhava, seus polegares acariciando minhas coxas em círculos. Ele me pôs no chão quando ficamos diante das três portas no segundo andar da casa – dois quartos e um banheiro. Todas as três estavam abertas. Uma raridade, já que a do quarto que eu dividia com Denny costumava ficar sempre fechada. Mas eu tinha "dado uma limpa" nele enquanto Kellan estava viajando.

Puxando-o pelo braço, decidi lhe mostrar o resultado. Ele me olhou sem entender, e então me seguiu. Quando cruzamos a porta, eu me afastei para que ele pudesse dar uma olhada. Ele sorriu ao ver o que eu fizera. Eu tinha finalmente tirado toda a mobília de Joey – cama, mesa de cabeceira e cômoda – tudinho. Imaginei que se a ex-roommate e ex-amante de Kellan não voltara em quase dois anos para buscá-la, não iria mais fazer isso. E, de todo modo, havia muitas lembranças ruins associadas àqueles móveis. Eu queria me desfazer deles, para limpar o astral da nossa casa.

Mas o que eu pusera no seu lugar não era o que se esperaria ver num segundo quarto de dormir. Não havia uma cama, um armário com roupas de inverno ou uma tevê. No seu lugar, eu pusera uma estante lotada com os cadernos de Kellan, meu velho futon, dobrado como sofá, e a primeira guitarra de Kellan, agora um objeto de arte nostálgico pendurado na parede. Também acrescentara uma pequena escrivaninha abaixo da janela, emoldurada por um par de cortinas grossas. No canto, uma velha mesinha de centro abrigava um CD-player, com os CDs favoritos de Kellan espalhados ao redor. Era o lugar perfeito para ele relaxar e criar novas obras-primas para a sua banda.

Balançando a cabeça, Kellan murmurou:

– Isso é para mim?

Pondo as mãos no seu peito, assenti.

– Hum-hum... Já que você não precisa mais de um quarto para um roommate, tive a ideia aproveitar melhor o quarto extra. – Dando um beijo no forte contorno do seu queixo, acrescentei: – É todo para você, para a sua arte.

Ele esboçou um sorriso para mim, e eu franzi o cenho, apontando o polegar para trás:

– Menos o closet. Eu precisava de um lugar para guardar minhas roupas. – E também tinha a esperança de um dia poder guardar um cercadinho ali; queria estar preparada para o caso de Anna decidir ficar com o bebê.

Rindo, Kellan me abraçou com força.

– É perfeito, obrigado.

Ele se afastou, e então olhou para mim com ar de estranheza:

– Espera aí, é o seu aniversário. Não deveria ser eu a te dar um presente?

Sorri ao ver seu beicinho.

– Bem, nós deixamos de comemorar o seu aniversário no mês passado, então você pode considerar isso como um presente de aniversário atrasado. – Mordendo o lábio, indiquei com a cabeça a porta do outro quarto. – Mas tem uma coisa que você pode fazer por mim. – Comecei a puxá-lo pelo corredor.

Com um sorriso, seus olhos percorreram meu corpo de alto a baixo, fazendo o desejo se espalhar por mim.

– É...? E o que seria?

Quando já estávamos dentro do nosso quarto, fechei a porta e dei uma prensa nele, que ficou boquiaberto ao me ver pressionar as curvas suaves do meu corpo contra o seu. Nossos quadris colados, pude sentir sua resposta. Imaginando o jeito como ele me excitaria, passei o nariz pela sua face. Ele engoliu em seco, suas mãos apertando meus quadris, me puxando para sua virilidade rígida.

Jogando a cabeça para trás quando cheguei ao seu queixo, ele soltou uma exclamação quando estiquei o pescoço e passei a língua pelo seu lábio superior. Com a respiração mais pesada, gemeu o meu nome:

— Kiera...

Eu me contorcia contra o seu corpo, passando a boca pelo contorno do seu queixo. Tive que ficar na ponta dos pés para alcançar a sua orelha. Enfiei a língua depressa dentro dela e ele inspirou pela boca, sibilando. Eu me sentia invencível nos seus braços, como se pudesse fazer qualquer coisa no calor do seu amor. Kellan sempre levantava o meu astral, me encorajando a ser a pessoa que via quando olhava para mim. E, protegida em seus braços, eu estava começando a me sentir desse jeito.

Sabendo que normalmente uma coisa dessas faria com que eu me escondesse num canto, morta de vergonha, sussurrei algo que finalmente me sentia confiante o bastante para dizer. Era uma prova do quanto eu confiava nele e, embora parecesse obsceno, não era. Era uma coisa bonita e honesta.

— Coloquei um par de algemas debaixo do seu travesseiro... se quiser usá-las em mim.

Seus olhos estavam imensos quando me afastei. Ele fizera a sugestão brincando, para implicar comigo, e não acho que tenha imaginado que eu algum dia concordaria. Sinceramente, até eu fiquei surpresa. Mas... eu confiava nele e o amava. E sabia que ele jamais me magoaria ou degradaria. Apenas me faria sentir amada, confortada... e satisfeita. Além disso, era mais um item que eu já podia riscar da minha lista de coisas para fazer antes de morrer.

Nossa, como eu tinha amadurecido desde que conhecera Kellan...

Seus olhos se acalmaram quando ele compreendeu o que eu estava lhe oferecendo. Com um beijo leve, murmurou:

— Eu te amo, Kiera. Feliz aniversário.

Assenti, voltando a buscar seus lábios com avidez.

## Capítulo 26
## NOVOS COMEÇOS

Kellan e os amigos tiveram que ir para Los Angeles na manhã de segunda. Nós nos encontramos no Pete's para uma festinha de despedida. Lana, a representante da gravadora, apareceu na elegante limusine que os transportaria para o aeroporto. Griffin ficou em êxtase ao abrir a porta e dar uma espiada no interior do automóvel. Sorrindo para Kellan, exclamou:

— Tem champanhe lá dentro, Kell!

Kellan balançou a cabeça para Griffin e se virou para mim.

— Ainda não consigo acreditar que ele vai ser pai — sussurrou, revirando os olhos.

— Então somos dois. — Suspirei.

Anna ainda estava na casa de nossos pais. Liguei para ela e tentei convencê-la a voltar para Seattle mais cedo para se despedir de Griffin, mas ela se recusou. Então meu pai pegou o telefone e começou a me dar uma bronca por não ter contado a eles no momento em que descobrira que Anna estava grávida. Tentei lhe explicar que eu jurara a ela guardar segredo, mas ele não se importava muito com pactos de irmãs quando a saúde e o bem-estar da filha estavam em jogo. Quando finalmente terminou de fazer seu sermão, mamãe entrou na extensão e os dois passaram mais de uma hora me advertindo sobre as consequências de seguir os passos da minha irmã.

Tive que garantir a eles várias vezes que eu estava tomando precauções, mas isso só os levou a exaltar as virtudes da abstinência antes do casamento. Por fim, aceitaram a contragosto a ideia de Kellan como meu marido em potencial. Como eu estava na cama com Kellan quando a conversa aconteceu, pareceu uma coisa meio cômica e absurda para mim. E, embora talvez não devesse ter feito isso, escolhi aquele exato momento para lhes dar a notícia de que tinha me mudado para a casa de Kellan. Juro que pude ouvir os gemidos de decepção.

Quando Griffin desceu da limusine, Matt e Evan deram uma olhada no interior. Nas nuvens, Griffin veio rebolando até Kellan e passou o braço pelo seu ombro.

– Isso vai ser o máximo, cara. Dá para acreditar? Gatas, dinheiro, mansões... Não há nada que a gente não possa ter.

Com a expressão aborrecida, Kellan arqueou uma sobrancelha para o baixista.

– Gravar um disco não significa que nós vamos automaticamente ficar famosos, Griffin. Provavelmente vamos continuar sendo os mesmos manés de sempre... só que manés com uma gravadora fazendo pressão para compensarem os custos da gravação.

Griffin bufou, passando a mão pelos cabelos claros.

– Não, isso não vai acontecer. A gente tem uma coisa que nenhum desses caras têm.

Morta de curiosidade, perguntei:

– E o que é?

Com um sorrisinho maroto, Griffin deu um tapa no peito de Kellan:

– Ele.

Kellan balançou a cabeça e abaixou os olhos, enquanto Griffin se afastava e ia dar um pescotapa no primo. Eu me recostei no corpo de Kellan, curtindo o quente ar da primavera, limpo e refrescante, e sorri para ele.

– Ele tem razão. – Fechando os olhos, murmurei: – Mal posso acreditar que acabei de concordar com o Griffin.

Kellan riu baixinho. Abri os olhos e vi que ele me observava.

– Vocês dois são ridículos – sussurrou, dando um beijo no meu rosto.

Abraçando Kellan com força, vi Evan envolver Jenny num abraço apertado. Matt passou os braços por Rachel de um jeito mais reservado, mas o amor sendo vivido com mais discrição pelos dois era igualmente claro. Griffin olhou ao redor à procura de alguém para abraçar, mas as únicas pessoas presentes, além de Lana – que já entrava na limusine para esperar que seus talentos terminassem de se despedir –, já tinham seus pares. Triste, Griffin ficou olhando em volta por um momento, e então entrou na limusine sozinho. Mais uma vez, desejei que Anna estivesse ao seu lado. Por mais estranho que isso fosse, os dois pareciam dar certo juntos.

Depois que os casais se separaram, dei um breve abraço em Matt. Ele sorriu, retribuindo o abraço, e então alguém me abraçou por trás. Dei um gritinho de surpresa quando Evan me levantou, quase me jogando por cima do ombro. Kellan riu do amigo e se virou para abraçar Jenny quando Evan me pôs no chão. Os dois amigos de longa data trocaram algumas palavras que não pude ouvir, e então um breve abraço. Depois disso, Kellan deu em Rachel um abraço mais cerimonioso, enquanto Jenny dava um tapinha nas costas de Matt.

Em seguida, os D-Bags entraram na limusine para seguir rumo à estrada da fama. E, como Griffin, eu tinha certeza de que eles a encontrariam. Kellan era incrivelmente talentoso e bonito. Estava destinado para a fama, e tudo que pude fazer foi segurar sua mão e lhe dizer que era digno dela.

Fiquei com lágrimas nos olhos ao ver a limusine se afastar. Mas não eram lágrimas de preocupação ou de tristeza dessa vez. Não, eu estava extremamente orgulhosa dele. Quantas pessoas tinham uma oportunidade dessas e chegavam a aproveitá-la? Eu só podia supor que apenas um número muito reduzido delas tentava realizar seus sonhos, não importando quão impossíveis parecessem.

E, quando Kellan estivesse na segurança de um estúdio de gravação, gravando as músicas que logo estariam incendiando a alma de fãs nos quatro cantos do planeta, voltei a pensar nos meus próprios sonhos, nos meus próprios objetivos. Eu iria me formar dentro de algumas semanas, e finalmente sabia o que queria fazer da minha vida.

Eu queria escrever. Queria ser uma autora, com meu nome na capa de uma história que eu mesma tivesse criado. Queria isso mais do que qualquer outra coisa.

Descobri que todas as horas que passara fazendo os intermináveis trabalhos da faculdade haviam aberto algo em mim. Eu curtia os momentos tranquilos em que podia deixar meus pensamentos se derramarem no papel, em vez de mantê-los represados. Depois que Kellan e eu tivéramos uma discussão honesta sobre o quanto havíamos condenado nosso relacionamento permitindo que começasse a partir de uma traição... eu começara a escrever sobre o assunto. No começo, foram apenas algumas anotações enquanto tomava café com Cheyenne ou Jenny. Mas, por fim, eu mergulhei de cabeça na tarefa.

Comecei a reviver o passado ao escrever sobre ele. Foi como assistir a um filme na minha cabeça, um filme que às vezes eu queria poder interromper nas partes mais dolorosas. Mas o processo também foi terapêutico. Não omiti qualquer detalhe. Foi uma volta na montanha-russa emocional, de coração aberto, por tudo que havia acontecido entre mim e Kellan. Nosso progresso passo a passo, nossos encontros passionais, nossas tentativas de esconder o que sentíamos um pelo outro por trás de uma muralha de amizade, nossas discussões violentas – eu joguei tudo no papel.

Imaginei que seria vista como a vilã da história, que seria odiada e apedrejada por trair um homem tão bom quanto Denny. Se ele fosse um tipo frio, agressivo ou ciumento, seria diferente, mas não era. Denny era o cara certo, por isso eu sabia que seria considerada cruel. Mas tudo bem. Eu fizera o que fizera, e tinha que suportar as consequências. Além disso, eu não era mais a mesma pessoa. Meu convívio com Kellan me amadurecera. Eu aprendera muito sobre mim mesma e o ser humano que queria me tornar. Ainda estava lutando com minhas inseguranças, e sabia que teria de fazer um grande esforço para superá-las, mas eu *chegaria* lá.

A mulher confiante que sacudira o traseiro para o namorado enquanto dançava pela cozinha comendo pizza... estava em algum canto dentro de mim, pronta para sair.

O tempo voou enquanto eu me preparava para enfrentar minha vida de recém-formada. Com o trabalho, as provas finais e a volta de minha irmã a Seattle, mal tinha tempo para dormir. Mas, de algum modo, consegui conciliar tudo e, quando dei por mim, já estávamos em meados de junho... e eu prestes a me formar pela Universidade de Washington.

Conforme prometido, Kellan veio de Los Angeles para assistir à formatura. Sentado na nossa cama, ele me distraía contando detalhes sobre o álbum enquanto eu revirava as gavetas atrás de algo apropriado para vestir. Enquanto ouvia Kellan discorrer sobre os aspectos técnicos de uma gravação, sentia um sobe e desce de excitação no estômago. Eu tinha conseguido. Dera um trabalhão, e eu tivera que pagar um preço alto, mas conseguira me formar. E agora tinha que ficar sob a luz dos refletores.

Esse era, sem a menor sombra de dúvida, o lado negativo de se formar. Mas, por estranho que parecesse, eu estava ansiosa para que a cerimônia chegasse logo. Talvez porque soubesse que Kellan, Anna e meus pais estariam lá. Até Denny dissera que iria. Todos que eu considerava como sendo parte da minha família estariam na plateia para me dar força. Isso me encheu de coragem.

Segurando uma calça preta e uma camisa cinza, eu me perguntei se a produção tinha a cara de uma "formanda". Uma voz na porta chamou minha atenção.

— Não, essas aí não. — Anna estava recostada no batente, balançando a cabeça. Entrando no quarto, estendeu a mão para mim. — Toma, veste isso. — Suspirando, revirou os olhos. — Deus sabe que não vou poder usá-lo durante algum tempo.

Pegando o pequeno pedaço de tecido da sua mão, sorri ao ver sua barriguinha saliente. Anna estava no quarto mês, já quase na metade da gestação, estando seu parto previsto para fins de novembro. Em mais um mês, ela poderia descobrir se sua previsão estava correta, se teria uma menina ou um menino. Sua barriga agora estava bastante visível, e muito fofa. Ela resolvera assumir suas curvas, deixando de escondê-las sob calças baggy e blusas largas. O tecido rosa-claro de seu chemisier de grávida contornava os seios e a barriga avolumados pela ação dos hormônios, chegando justo aos quadris. Era o mais sedutor que um vestido de futura mamãe poderia ser.

Para sua surpresa, os amigos no trabalho lhe deram a maior força quando ela finalmente resolveu contar que estava grávida. A gerente providenciou um uniforme do Hooters maior para ela, afirmando que sua gravidez não era um problema; as funcionárias da cadeia de restaurantes engravidavam todos os dias. Embora eu tivesse dito a Anna que eles não poderiam fazer isso, pois não teriam qualquer respaldo legal para tanto, ela ficou aliviada por saber que não a demitiriam.

E ficou ainda mais aliviada quando a gerente confessou que tivera os mesmos medos que ela quando engravidara na época em que ainda era garçonete. Em seguida, a mulher de cabeça feita começou a ensinar à minha irmã os macetes por trás dos bastidores. Por incrível que pareça, Anna adorou. E se revelou boa nisso também. Acho que lhe deu confiança, poder se apoiar em algo que não dependesse da sua aparência. Não que minha irmã precisasse de muita ajuda em termos de confiança.

Sorrindo ao pensar em minha inconsequente irmã tentando ser uma adulta responsável, desdobrei o vestido que ela tinha acabado de me entregar. Era um tubinho preto, curto e colante, daquele tipo que é perfeito para todas as ocasiões. Coloquei-o na frente do corpo, franzindo os lábios. Anna se vestia de um jeito muito mais provocante do que eu, e desconfiei que muitas partes de meu corpo ficariam à mostra.

Ainda deitado na nossa cama, Kellan murmurou sua aprovação:

— Esse... é perfeito.

Dei uma olhada nele. Seus olhos azul-escuros estavam fixos nos meus seios. O decote do vestido era quadrado e baixo, e ficaria pouco acima de onde precisava ficar. Eu duvidava muito de que fosse poder usar um sutiã com ele. Anna riu baixinho e eu me virei, vendo-a esfregar a barriga. Ela me deu um sorriso carinhoso.

— Você vai ficar linda, maninha.

Respirei fundo e endireitei um pouco a postura. Já me sentia linda, só por estar perto de pessoas que me amavam. E, embora o vestido me deixasse morta de vergonha, eu o usaria, e com muito orgulho. Porque aquele era um dia de coragem. E eu estava cercada por modelos dessa coragem. Anna era corajosa todos os dias, aceitando sua gravidez. E ainda na semana anterior... ela comprara um berço. Eu a ajudara a montá-lo no meu antigo quarto, e ela chorara ao vê-lo pronto. Eu confiava que sua coragem incluiria ficar com o bebê... e, algum dia, contar a Griffin.

E Kellan também estava sendo corajoso. Não por gravar um álbum em Los Angeles. Não, acho que isso nem sequer o perturbou. Kellan estava sendo corajoso porque iria comigo ao Pete's, para comemorar minha formatura... e seu pai estaria presente. Eu já recebera uma mensagem dele confirmando que chegara a Seattle. O rosto de Kellan não deixava transparecer seu tumulto interior ao sorrir bem-humorado para mim, mas ele estava uma pilha de nervos.

E Kellan também estava sendo corajoso... por permitir que meus pais se hospedassem conosco.

Ouvi os passos pesados de meu pai avançando pelo corredor e vindo ficar ao lado de Anna. Pousando a mão no seu ombro, ele deu uma olhada no quarto e franziu o cenho ao ver o vestido provocante que eu segurava contra o corpo. Então se forçou a transformar a expressão séria num sorrisinho.

— Muito bonito, querida. Sua mãe e eu estamos muito orgulhosos de você... mesmo que esteja se formando pela Universidade de Washington, e não pela nossa Alma Mater.

Papai suspirou ao mencionar minha escolha acadêmica, e Anna encostou a cabeça no ombro dele, que alisou seu braço e envolveu seus ombros. A gravidez surpresa fora um grande choque para os meus pais – segundo Anna, papai até chorou –, mas, passado o susto inicial, eles logo se transformaram nas pessoas carinhosas e compreensivas que eu sabia que seriam. Até ofereceram a Anna um quarto e todas as despesas pagas, se quisesse voltar para Ohio. Ela recusara, decidindo ficar em Seattle. Talvez fosse por causa de Griffin, talvez por minha causa, ou talvez porque Anna finalmente se sentisse... em casa.

– Obrigada, pai.

Agora todos olhavam para mim, e eu senti o rubor começar a se espalhar pelo meu rosto. Então ri, para espantar a vergonha.

– Posso... trocar de roupa agora? – perguntei ao meu pai e à minha irmã.

Rindo, Anna se afastou, puxando papai pelo braço.

– Vem, pai, vamos comer alguma coisa... estou morta de fome.

Papai franziu o cenho, resistindo ao puxão de Anna. Olhou para Kellan, ainda escarrapachado com todo o conforto sobre a nossa cama.

– Kellan, meu filho, será que podia me dar uma mãozinha aqui com... uma coisa? – perguntou ele, um pouco sem graça.

Balancei a cabeça, percebendo com clareza sua desajeitada tentativa de tirar Kellan do quarto para eu poder trocar de roupa sozinha. Pobre homem. Ainda não aceitava a ideia de sua filhinha ter se tornado uma mulher adulta. Devia saber, já que Kellan e eu dividíamos o quarto, que Kellan já me vira nua antes... Pois se Kellan até já me prendera à cabeceira da cama e passara uma pluma por cada centímetro do meu corpo! Não que meu pai precisasse saber disso, é claro.

Abrindo um sorriso para ele, Kellan se levantou.

– Claro, sem problemas.

Parou para me dar um beijo na testa antes de sair, e sussurrei *Obrigada* por fazer a vontade de meu pai. Talvez papai tenha percebido o respeito que Kellan estava lhe demonstrando, pois deu um tapinha no seu ombro quando saíram juntos do quarto. Não pude conter um sorriso ao ouvir papai falando de beisebol com ele. Estava se esforçando para ficar seu amigo, e isso significava muito para mim.

Kellan me levou para a universidade quando terminei de me aprontar. Fiquei puxando o vestido apertado para cobrir as coxas, brincando com o pingente de prata em formato de guitarra pendurado no pescoço e girando a aliança de compromisso no dedo. Não conseguia parar de me remexer. O nervosismo e a excitação tomavam conta do meu corpo. Quando recomecei o ciclo de movimentos, Kellan segurou minha mão, me acalmando com seu apoio silencioso. Funcionou também.

Quando chegamos, minha mãe resolveu abrir um berreiro. Ver a versão mais velha de mim e de minha irmã aos prantos fez com que eu começasse a fungar, mas consegui me controlar ao abraçá-la. Papai a rebocou dali, e Anna me deu um rápido abraço. O bebê chutou quando nossas barrigas se encostaram, e eu fiquei olhando para a dela.

— Você sentiu isso?

Anna riu da pergunta, esfregando a barriga.

— A ginastazinha? Claro, sinto o tempo todo. — Com um sorriso satisfeito, balançou a maravilhosa cabeleira castanho-escura. — Fico feliz que não tenha acertado a minha bexiga.

Kellan riu do comentário, passando o braço pela minha cintura. Anna me deu um beijo rápido no rosto, e então se afastou em passos pesados em direção a mamãe e papai. Como sempre, Kellan ficou do meu lado e me levou aonde eu precisava ir. Com os olhos fixos no palmo de coxa que o vestido revelava, eu me encostei ao seu corpo.

— Adoro o jeito como você toma conta de mim — disse a ele.

Olhando para mim, ele arqueou uma sobrancelha.

— Você não me acha... grudento? Sempre querendo estar perto de você?

Ri, olhando para ele.

— Não... acho que você desempenha esse papel muito bem.

Ele sorriu com o canto da boca, e então, levantando os olhos, fez com que eu parasse de caminhar. Sem entender a razão, levantei os olhos também. Uma ruiva de cabelos encaracolados estava parada a poucos passos de nós. Candy. Um dos... mil e um casos de Kellan. Estava de costas para nós, conversando com um grupinho de amigas, suas duas espiãs entre elas. Pensei em passar direto pelo grupo, mas ela já estava se virando na nossa direção e eu pisquei os olhos, surpresa. Sua barriga abrigava uma nova vida, e ela estava bem maior que minha irmã. Estava mesmo grávida.

Kellan arqueou uma sobrancelha ao ver seu estado, mas não fez qualquer comentário. Quando Candy notou que olhávamos para ela, fez o ar mais espantado do mundo. Suspirei ao vê-la se afastar das amigas e caminhar em nossa direção. E eu aqui pensando que me formaria sem voltar a vê-la. Mas tudo bem. Talvez pudéssemos ter aquela apresentação formal que jamais tivéramos.

Kellan ficou olhando com ar impassível enquanto ela se aproximava. Candy abaixou os olhos, parecendo um pouco triste. Antes que eu pudesse dizer qualquer coisa, ela se dirigiu a mim:

— Olha só, eu queria me desculpar... por ter te infernizado por causa de Kellan.

Deu uma olhada em mim, e então em Kellan. Suas faces sardentas ficaram rosadas quando Kellan franziu o cenho. Balançando a cabeça, ela deu de ombros.

— Acho que eu queria atenção. — Voltou a abaixar os olhos. — Ninguém ligava para mim quando eu estava no ensino médio, e a sua companhia me dava um certo... prestígio... por aqui. — Seus olhos tristes voltaram a se fixar nele. — Desculpe. Foi uma atitude muito frívola da minha parte.

Kellan lhe deu um meio sorriso, balançando a cabeça.

— Não importa. — Seus olhos desceram até a barriga dela, e então voltaram para mim. — Você e eu não somos mais aquelas pessoas, Candy. — Ele olhou novamente para ela. — Não se preocupe com isso.

Sorri por ele finalmente se lembrar do nome dela. Candy assentiu, e então, passando a mão na barriga, se afastou. Fiquei curiosa para saber quem seria o pai, mas não perguntei. Corriam boatos de que era o nosso professor de Ética. O nosso professor de Ética *casado*. Mas, como eu sabia, boatos podiam estar errados. Por outro lado, também podiam estar certos.

Tratando de esquecer o drama que, pela primeira vez, não me dizia respeito, segurei a mão de Kellan e fomos procurar a única mulher que eu queria apresentar a ele. Cheyenne estava saindo do banheiro quando me viu. Ela soltou um gritinho e me envolveu num abraço apertado, me separando de Kellan.

— Kiera, dá para acreditar? Nós conseguimos! — A excitação deixava seu leve sotaque sulista ainda mais carregado. Então, seus olhos claros pareceram notar que eu não estava sozinha. Ela observou Kellan, e abriu um sorriso simpático que fez seus olhos brilharem. — Você deve ser o namorado.

Kellan assentiu, estendendo a mão.

— Kellan.

Apertando a mão dele, ela murmurou para mim:

— Agora entendo por que você é hétero. Acho que ele é capaz de fazer qualquer mulher reconsiderar a sua orientação.

Kellan, que ouvira o comentário, arqueou uma sobrancelha. Então abriu um sorriso endiabrado e me olhou fixamente. Vi que acabara de entender que Cheyenne fora a mulher que me beijara. Revirando os olhos ante aquele sorriso de uma atração enlouquecedora no seu rosto, dei um empurrão no ombro dele.

— Por que não vai sentar com meus pais?

Sorrindo, Kellan olhou para Cheyenne e para mim.

— Tem certeza? Você está... bem... aqui?

Riu um pouco, seus lábios se curvando de um jeito sedutor. Revirando os olhos novamente, comecei a girar seu corpo, obrigando-o a dar meia-volta e se afastar. Ele ainda olhou mais uma vez para nós antes de contornar uma parede — exibindo um sorriso mais indecente, impossível. Homens.

Cheyenne riu um pouco ao se virar para mim.

— Kellan parece ser... legal.

— Legal... — respondi, balançando a cabeça — ... não é a melhor palavra para descrevê-lo. — Fantástico, atraente, sexy, sensível, talentoso, complexo, brincalhão, temperamental, carinhoso e, às vezes, gentil, sim... mas "legal"? Bem, talvez a palavra fosse adequada para ele.

A cerimônia passou num borrão para mim. Eu estava tão empolgada e emocionada que só consegui me lembrar de fragmentos dela. Sei que vi minha família nos bancos – minha mãe chorando, meu pai discretamente secando os olhos, Anna assobiando com os dedos na boca, e Denny e Kellan sentados lado a lado, sorrindo radiantes para mim. Lembro-me vagamente dos discursos e da música. E também do meu nome sendo anunciado e dos gritos ensurdecedores do meu fã-clube. E então, acabou, e estávamos novamente no carro de Kellan, indo para o Pete's.

Mamãe, papai e Anna saíram do carro assim que Kellan o estacionou, ansiosos para dar início à comemoração. Vi minha irmã abraçar Jenny e Kate no estacionamento, Cheyenne vindo ao encontro delas alguns segundos depois. Quando meus pais e meus amigos passaram pelas portas duplas, desafivelei o cinto de segurança, pronta para me reunir a eles.

– Você não vem? – perguntei, entreabrindo a porta do carro.

Kellan não se movera desde que estacionara o carro; suas mãos ainda estavam coladas no volante. Com os olhos fixos na imagem do bar no espelho retrovisor, ele murmurou:

– Vou estar lá em um segundo.

Pálido, ele parecia ser capaz de dar a partida no carro e sair dirigindo por ali afora assim que eu saísse. Fechando a porta, eu me virei novamente para ele.

– Você está bem?

Relutante, ele deixou de olhar o espelho para me observar. Com os olhos muito abertos, sussurrou:

– Não acho que vou conseguir fazer isso, Kiera.

Pus a mão no seu rosto, observando seus olhos.

– Vai, sim. Você pode fazer qualquer coisa. – Ele negou com a cabeça, e eu pressionei os lábios nos dele. No começo, ele não me beijou. Assustado ou nervoso demais para conhecer o pai biológico, seus lábios continuaram rígidos contra os meus. Recorrendo a tudo que ele me ensinara ao longo dos anos, eu provoquei, lambi e chupei sua boca até se render. Momentos depois, ele estava me beijando com vontade, o nervosismo tendo passado.

Quando ele segurou meu rosto, parecendo prestes a me deitar no banco da frente, empurrei seu peito. Com os olhos queimando os meus, ele respirava, ofegante. Mordi o lábio ao olhar para esse homem insanamente erótico, mas ainda assim profundamente sensível.

– Vamos, o pessoal está esperando por nós. Vamos lá falar com eles.

Ele balançou um pouco a cabeça enquanto eu abria a porta. Com os olhos parecendo mais descontraídos, franziu o cenho para mim.

– Você me excitou... isso é desonesto.

Aos risos, desci do carro. Quando ele saiu do outro lado, balancei a cabeça.

– E quando é que eu não excito você?

Sorrindo por me ver reconhecer meu poder de atração, ele fechou a porta.

— Bem, finalmente você entende o problema que me atormentou desde o primeiro dia.

Estendendo a mão para ele, esperei que chegasse até mim.

— Entendo, sim. — Quando nossas mãos se encontraram, eu me inclinei para mordiscar sua orelha. — E eu vou resolver seu probleminha mais tarde, prometo.

Ele me deu um sorriso provocante enquanto me levava para o bar.

— Vamos acabar logo com isso.

Kellan ficou tenso e prendeu a respiração ao passar pelas portas duplas. Ao encontrar os mesmos rostos de sempre e não uma versão mais velha de si mesmo, relaxou. Quando as pessoas reunidas ao redor das portas me saudaram, minhas faces começaram a arder. Mas mantive a cabeça reta, orgulhosa da minha realização, aceitando os elogios e homenagens de meus amigos, parentes e colegas de trabalho.

Como se fosse tarde de sábado, a equipe do turno da manhã estava trabalhando. Troy sorriu para Kellan quando nos dirigimos ao balcão, e Kellan retribuiu o sorriso. Enquanto a pessoa que se sentisse atraída por ele me tratasse com respeito, Kellan era sempre era cordial com ela, até mesmo os homens. Fofinha e Gracinha, as garçonetes grisalhas que eram as donas do pedaço durante o dia, transitavam pelo salão, levando refrigerantes e água para o pessoal. E Sal, o sócio do Pete e cozinheiro do turno da manhã, veio trazer ele próprio pratos e mais pratos de comida. Todo mundo estava comemorando.

Olhei para o mar de rostos conhecidos no bar aconchegante que eu tão bem conhecia. As paredes cor de creme pareciam tão vibrantes como na noite em que eu entrara lá pela primeira vez. As tábuas corridas estavam igualmente gastas. Mais alguns letreiros de néon coloriam as paredes e janelas, mas, no geral, o Pete's parecia exatamente o mesmo, embora agora os instrumentos que ocupassem um lugar de honra no palco às escuras fossem rosa-choque, roxo-escuro e azul-petróleo; um deles até estava coberto por adesivos da Hello Kitty. Mas o retrato que Jenny fizera dos nossos D-Bags continuava atrás dos instrumentos femininos, garantindo a posição da banda no bar, mesmo que essa posição tivesse se tornado secundária.

Amigos e companheiros de estudos vieram me dar afetuosos abraços de parabéns. Eu os retribuía e desejava boa sorte aos recém-formados. Cheyenne me deu um abraço, seguida por Meadow. A roqueira com um nome único ia tocar no bar à noite com a sua banda, mas, pelo jeito como segurava a mão de Cheyenne, era óbvio que estava ali por sua causa. Sorri para a colega de faculdade que salvara minha pele em inúmeras ocasiões quando eu tivera problemas com a poesia, e então sorri para sua lírica namorada. Os cabelos de Meadow eram da cor de um pôr do sol profundo, os olhos tão escuros quanto os de Denny, mas o sorrisinho nos seus lábios era idêntico ao de Cheyenne, e fiquei encantada por ver que minha doce amiga tinha finalmente encontrado o amor.

Quando Kellan se dirigiu ao balcão para buscar algumas bebidas para o pessoal na nossa mesa, Denny e Abby entraram no bar. Kellan os cumprimentou primeiro, dando um tapa no ombro de Denny e apontando para mim. Ao ver que meus pais já estavam acomodados confortavelmente, levantei depressa para dar um abraço em Denny.

Ele era todo sorrisos quando terminamos de nos abraçar.

— Eu consegui, Denny!

Inclinando a cabeça morena, ele me deu um sorrisinho com o canto da boca:

— E em algum momento você achou que não conseguiria?

Com um sorriso tão largo quanto o seu, assenti.

— Achei... Houve ocasiões em que a faculdade era uma das últimas coisas em que eu pensava.

Denny e eu nos viramos para Kellan, que estava diante do balcão, conversando com Troy. Sorrindo, Denny se virou novamente para mim.

— É, eu sei. — Quando eu começava a sentir uma pontinha de culpa se insinuando em mim, ele riu. — É um milagre que você tenha se formado.

Seu humor esfriando meu ânimo, dei um soco no seu peito.

— Cala a boca.

Rindo de mim, ele abraçou Abby e deu um beijo na sua testa. Então, Abby me deu um breve abraço e me parabenizou. Balancei a cabeça, olhando para o carinhoso e... generoso... casal, e abri espaço para eles na minha mesa, na companhia de meus pais. Minha mãe olhava para mim, Denny e Kellan com uma expressão extremamente confusa. Devia ter concluído o que de fato acontecera entre nós três, e provavelmente se perguntava como ainda podíamos ser amigos. Eu mesma me fazia essa pergunta às vezes... Eu era muito abençoada.

Enquanto Kellan trazia os refrigerantes para a mesa, tentei fazer com que minha irmã ficasse o mais confortável possível. Até peguei um travesseiro na sala dos fundos para ela se recostar, já que é notório que cadeiras de bar não são confortáveis.

Quando ela estava rindo e me agradecendo, as portas se abriram com grande estardalhaço.

Boquiaberta, eu me virei e vi Griffin e os outros D-Bags entrando no bar. Não sabia que eles tinham voltado com Kellan. Fiquei comovida, mas então lembrei que eles tinham tantas razões para voltar quanto Kellan.

Os olhos de Evan se fixaram em Jenny uma fração de segundo antes de ela se jogar nos seus braços e enchê-lo de beijos. Matt balançou a cabeça para Evan e olhou para Rachel, que passava pelas portas logo atrás dele. A beldade latino-asiática segurava a mão do guitarrista louro, os dois gritando seu amor em silêncio com um único olhar. Os corações de todos os D-Bags estavam em Seattle. Até o de Griffin... se ele algum dia parasse para pensar no assunto.

No momento, ele olhava ao redor do bar lotado à procura de alguém... que se chamava Anna. Ela se retesou na cadeira, seu rosto ficando branco feito papel. Ainda não tinha contado a ele que estava grávida. Também não contara a Matt nem Evan, e fazia cada pessoa que via seu estado prometer que não contaria a Griffin. Queria ser ela mesma a fazer isso, embora a ideia a aterrorizasse.

E agora... o momento havia chegado. Ele estava ali, ela estava ali e, com seu vestido justo e colante, nem mesmo Griffin deixaria de perceber o fato de que ela estava obviamente grávida.

Ela se levantou mais depressa do que eu a vira se mover em muito tempo, pois gostava de fazer o papel de grávida indefesa. Respirando mais rápido do que o normal, seus olhos percorreram o salão, frenéticos, procurando uma saída. Kellan foi cumprimentar os companheiros de banda, e eu segurei os braços de Anna, obrigando-a a ficar onde estava.

— Me solta, Kiera — rosnou ela.

— Não, você precisa contar a ele, Anna. Ele tem o direito de saber.

Ela trincou os dentes, olhando com raiva para mim, mas era tarde demais para fugir — Kellan já trazia os amigos para a mesa. Com nossos pais observando nosso diálogo com curiosidade, eu a soltei. Ela começou a tremer quando Griffin se aproximou.

No começo, ele não notou. Um sorrisinho de canto de boca no rosto, caminhou até ela e, com a maior naturalidade, enfiou a língua na sua boca. Anna soltou um leve gemido, seus joelhos parecendo ficar meio bambos. Meu estômago se embrulhou ao assistir àquela cena. Meu pai parecia prestes a matar Griffin.

Atrás de Griffin, Evan e Matt observavam Anna de olhos arregalados. Era óbvio que tinham notado o que Griffin não notara. Os dois olharam para mim. Acenei para eles, e então assenti em resposta à pergunta que não precisaram fazer: sim, ela estava mesmo grávida; sim, o imbecil que a estava beijando era o pai. Os dois ficaram boquiabertos, e olharam para Griffin.

Concluído o amasso com Anna, ele passou os braços por ela. Foi quando pareceu notar que agora havia mais dela para abraçar. Abaixando os olhos, seu cenho se franziu, confuso.

— Hum, Anna? — Afastando-se, deu uma cutucada na sua barriga. — O que aconteceu com você?

Anna empurrou a mão dele, seus lábios se apertando numa clássica alteração de humor hormonal.

— Você aconteceu comigo... seu pastel.

Griffin torceu os lábios como se não entendesse. Matt deu um pescotapa nele:

— Cara, eu te disse para usar camisinha! Será que você nunca me ouve?

Griffin soltou um riso desdenhoso ao ouvir a voz do primo às suas costas.

— Do é que você tá falando, porra?

Estremeci ao ver Griffin sendo tão grosseiro na frente do nosso pai. Papai, o rosto pálido ao se dar conta de quem era o outro genitor do seu neto, se levantou. Com os cabelos ralos parecendo ficar mais brancos a cada minuto, cutucou o ombro de Griffin. Aborrecido, Griffin se virou para ele.

Levantando o queixo, nosso pai calmamente disse ao baixista:

— Trate de moderar o palavreado na presença da minha filha, principalmente enquanto ela estiver carregando o seu filho. — Arqueou uma sobrancelha para Griffin, deixando a informação bem clara, para o caso de Griffin ainda não ter entendido.

Griffin balançou a cabeça, e então a luz finalmente se fez. Com os olhos se arregalando, ele ficou encarando a barriga de Anna com uma expressão do mais puro horror.

— Você está grávida?

Anna deu uma risada sarcástica, revirando os olhos.

— Só posso torcer para que a nossa filha herde a inteligência da Kiera... se não, está frita.

A expressão de Griffin se suavizou, seus olhos fixando os de Anna.

— Filha? Nós vamos ter uma filha?

Um leve sorriso começou a se esboçar no seu rosto, e os olhos de Anna ficaram úmidos. Ela balançou a cabeça.

— Ainda não sei. Eu apenas sinto... que nós fizemos uma menina.

Com o rosto mais sério do que eu jamais vira, Griffin lentamente estendeu a mão para a barriga de Anna. Os olhos dela ficaram tão cheios de lágrimas que duvidei que ainda pudesse enxergar o pai de seu filho. Para minha surpresa, os olhos de Griffin também estavam úmidos, enquanto acariciava o volume com o polegar. Torci com todas as forças para que o bebê aproveitasse a oportunidade para dar um chute, para que ele pudesse senti-lo.

Todos os presentes ficaram em silêncio, enquanto Griffin olhava para a barriga de Anna. Então, numa voz tão baixa que mal o ouvi, Griffin murmurou:

— Uma menininha... eu vou ter uma menininha?

Com as lágrimas começando a escorrer pelo rosto, Anna sussurrou:

— Ainda não sei se vou ficar com ela.

Minha mãe deu um passo à frente ao ouvir Anna confessar isso; ainda não confessara para ninguém além de mim. Papai logo segurou o braço de mamãe, que lançava um olhar penetrante para Griffin, impedindo-a de avançar. Mamãe mordeu o lábio, parecendo estar doida para fazer um sermão quilométrico; afinal, era o seu primeiro neto.

Griffin levantou a cabeça bruscamente:

— O quê?! Você não pode dar a minha filha! — Correu os olhos pelo bar até encontrar Kellan, que assistia à cena atrás de Matt e Evan. — Ela não pode fazer isso, não é, Kell? Eu não tenho o direito de participar da decisão?

Engoli o nó na garganta ao ver a expressão no rosto de Griffin. Nunca o tinha visto... num pânico tão completo. Era como se tivessem lhe oferecido uma coisa que ele desejava muito, para logo em seguida tomá-la de volta. Ele parecia apavorado.

Kellan começou a responder, mas Anna levou os dedos ao rosto de Griffin, forçando seus olhos a voltarem aos dela. Griffin estava tremendo quando ela falou:

— Eu não vou fazer isso... se você quiser ficar com ela... se quiser criá-la comigo... eu não vou desistir dela.

Prendi o fôlego, esperando a resposta dele. Notei que meus pais se apertavam as mãos, também esperando. Todos queríamos esse bebê, mas a escolha não era nossa. Pelo visto... era de Griffin.

Ele engoliu em seco, e então tornou a olhar para a barriga de Anna. Depois do que pareceu uma eternidade, olhou novamente para ela.

— Podemos dar a ela o nome da minha avó?

Anna começou a soluçar, e então assentiu e passou os braços pelo pescoço dele. Griffin sorriu, respirando fundo enquanto a abraçava. Os outros membros da banda se entreolharam, sorrindo. Por entre minhas próprias lágrimas e soluços, ouvi o cochicho de Matt para Rachel ao seu lado:

— Um de nós vai ter que contar a ela que o nome da avó dele era Myrtle.

Ri por entre os soluços, agradecida por saber que pelo menos Griffin contaria com os amigos mais sensatos para ajudá-lo a criar o filho. Graças a Deus por isso.

Deixei de olhar para o feliz casal quando ouvi Griffin murmurar:

— A gente pode trepar enquanto você estiver desse jeito? — Notei um grupo de pessoas que haviam entrado em silêncio no bar durante aquele momento dramático. Fiquei boquiaberta ao encará-los.

Um homem de meia-idade estava parado com ar um tanto constrangido ao lado do balcão. Usando uma bonita camisa de colarinho preto e calças cáqui, poderia se passar por alguém a caminho de um dos inúmeros clubes de golfe da região. Esguio e musculoso, com cabelos castanho-claros e cheios, era um desses homens que se vê que envelhecerão bem. Ele ainda seria atraente aos sessenta. Mas não foi isso que me fez prender a respiração. Foi o fato de ele ser Kellan cuspido e escarrado. Ou melhor, Kellan é que era ele cuspido e escarrado. A semelhança era... inegável. O queixo, o nariz, as sobrancelhas... tudo... até o mesmo tom dos olhos azul-escuros.

Eu estava olhando para o pai de Kellan... seu pai biológico.

O homem notou que eu o encarava e me cumprimentou com a cabeça, erguendo a mão num breve aceno. Acenei de volta, e então notei as duas crianças ao seu lado. Bem, um ainda era criança, a outra provavelmente apenas alguns anos mais jovem do que eu. A menina, Hailey, era a irmã de Kellan. Tinha os mesmos cabelos castanho-claros e olhos azul-escuros de Kellan e do pai. Ao ver o pai acenar para mim, ela fez o mesmo. Um sorriso se abriu no seu rosto quando avistou o meio-irmão. O sorriso era parecidíssimo com o de Kellan. Fiquei só olhando, perplexa.

Ao lado dela estava um menino de seus dez anos. Como o resto da família de Kellan, tinha cabelos claros e olhos azuis, embora os seus fossem de um azul-claro mais comum. Ele olhava para as costas de Kellan com uma expressão de assombro no rosto. Tive a impressão de que devia ter ouvido falar muito do irmão mais velho nos últimos tempos. Era óbvio que já o idolatrava.

Meus olhos lentamente voltaram para Kellan. Ele estava conversando com Evan, provavelmente sobre ficarem de olho em Griffin na presença do futuro filho. Ainda não notara sua família. Sentindo que eu o olhava, ele levantou os olhos para mim. Como eu não conseguia desfazer minha expressão chocada, Kellan franziu o cenho. Então, pareceu se dar conta do que me chocara tanto, e seu rosto empalideceu.

Ele fechou os olhos, controlando-se para não dar as costas. Na mesma hora me dirigi até ele, passando por entre as pessoas que davam parabéns a Griffin e Anna. Chegando a ele, segurei seu rosto.

– Kellan... está na hora.

Ele balançou a cabeça, os olhos ainda fechados.

– Não posso, Kiera. – Abrindo os olhos por um segundo, estremeceu. – Pede a eles para voltarem outra hora... no momento, não tenho a menor condição.

Discordei com a cabeça, passando os polegares pelo seu rosto.

– Você pode fazer isso sim, Kellan... eu sei que pode.

Ele soltou um suspiro trêmulo, e então começou lentamente a virar a cabeça. Sua respiração acelerou quando finalmente viu o homem que o gerara. Recuando, segurou minha mão, apertando-a com força. Todo o seu corpo começou a tremer enquanto ele olhava para as três pessoas que tinham virado sua vida de cabeça para baixo. O pai de Kellan levantou a mão, e então a abaixou ao ver que Kellan não reagia.

Kellan virou a cabeça para mim.

– Eu não posso... não posso fazer isso... por favor, vamos embora. – Virando-se para mim, segurou meus braços. – Eu vou para qualquer lugar que você queira. Vamos sair pelos fundos, e aí a gente pode fazer o que você quiser...

Respirando fundo, olhei séria para Kellan. Ele parou de falar sobre todos os lugares a que podíamos ir e todas as coisas que podíamos fazer e olhou para mim. Quando estava mais calmo, sussurrou:

– Eu estou com medo...

Assenti, com lágrimas nos olhos.

– Eu sei... mas estou aqui, e vou te ajudar. Além disso, qual é a pior coisa que poderia acontecer?

Ele engoliu em seco, murmurando algo que soou como *Eu poderia gostar dele*. Fechando os olhos, balançou a cabeça. Esperou um minuto antes de enfrentar o pai. Quando fez isso, estava parecendo mais forte. Na verdade, sua força parecia crescer a cada passo que ele dava em direção àquele homem. Eu não sabia se estava tirando sua coragem de mim, mas esperei que sim, já que ele sempre me dava coragem.

Quando seus pés estavam quase tocando nos do outro homem, ele parou. O pai de Kellan sorriu; foi um sorriso triste.

— Oi, filho — sussurrou.

Kellan se retesou, apertando minha mão e assentindo, mas não disse nada. O clima começou a ficar tenso enquanto pai e filho se encaravam. A semelhança entre os dois era tão incrível que não pude deixar de imaginar que agora todos no bar sabiam que o homem que morrera num acidente de carro anos antes não tinha qualquer vínculo genético com Kellan. Esse homem diante dele... obviamente tinha.

Quando eu já me perguntava como fazer um dos dois caladões dizer alguma coisa, Hailey se adiantou. Suspirando, olhou para o meio-irmão e para o pai, e então pôs a mão no braço de Kellan, que olhou para ela, toda a sua postura relaxando; senti o sangue voltar às pontas dos meus dedos.

Pondo a mão no braço do outro irmão, ela o apresentou:

— Kellan, esse é Riley. Ry, esse é o nosso irmão mais velho... Kellan.

Ainda aturdido, Riley estendeu a mão para Kellan.

— Uau, eu vi alguns dos seus shows na Internet. Você... é fera. Comecei a aprender a tocar guitarra há pouco tempo, mas espero ser tão bom quanto você algum dia. — Deu um sorriso afetuoso e encabulado para Kellan, que riu um pouco.

Fazendo uma festinha nos cabelos do menino, ele murmurou:

— Talvez eu possa te ensinar alguns macetes qualquer dia desses.

Ao ver Kellan começando a se entrosar com a família que jamais tivera, senti lágrimas me brotarem nos olhos, fechando minha garganta. Tratei de engoli-las, enquanto o pai de Kellan pigarreava. Obviamente, também estava emocionado.

Kellan olhou para ele, tímido, e Hailey, antevendo o começo de uma conversa séria, começou a puxar Riley em direção às mesas de bilhar.

— Vem, Ry, vamos deixar os dois conversarem. — Pensei em fazer o mesmo, mas Kellan voltou a apertar minha mão com rigidez cadavérica quando tentei soltá-la. Pousando a outra mão no seu braço, procurei lhe dar todo o apoio que podia quando seu pai começou a falar:

— Olha, eu sei que você tem raiva de mim... por ter te abandonado, e não te culpo, mas eu era jovem e inconsequente, e só queria que você me desse uma chance de te compen...

Kellan interrompeu o homem que era uma versão mais velha de si mesmo com uma pergunta ríspida:

— Você sabe o que eles fizeram comigo?

O pai franziu o cenho.

— Quem? Seus pais?

Kellan assentiu, o queixo rígido.

— Sabe o que eles fizeram... como me criaram... quando você foi embora? Sabe que tipo de gente eles eram?

Seu pai continuou olhando para ele sem entender.

— John e Susan? Do que você está falando? — Seus olhos se franziram, e ele ficou olhando Kellan, cauteloso.

Kellan estremeceu ao ouvir os nomes dos pais sendo pronunciados, e então deu um passo em direção a Gavin. Quando respondeu à sua pergunta, seu corpo, os músculos de seu queixo... todo ele estava contraído.

— Você sabia que me deixou com pessoas que me brutalizavam sem dó nem piedade... todo santo dia? — Com a voz trêmula, perguntou: — Você... sabia... disso?

O rosto do pai empalideceu ao finalmente compreender o que Kellan estava lhe contando, o que tivera de suportar ao ser criado naquele inferno. Pelas lágrimas nos seus olhos e o horror no seu rosto, não achei que tivesse qualquer conhecimento desses fatos. Às vezes, as pessoas que você pensa conhecer muito bem são aquelas que não conhece em absoluto.

— Kellan... não... eu não fazia a menor ideia. Achei que... — engoliu em seco, seus olhos rasos d'água — ... achei que estava deixando você em um lar feliz, ou pelo menos mais feliz do que eu podia te oferecer na época. — Enquanto Kellan tremia, o pai pousou a mão no seu braço. — Eu sei que você não vai entender, mas eu estava péssimo naquela ocasião. Não sabia o que estava fazendo. Eu fiquei enredado numa situação com a sua mãe que... — suspirou — ... foi um erro terrível. — Apressou-se a acrescentar: — Não que você tenha sido um erro, não, a situação...

Kellan suspirou, parecendo já ter se acalmado quando me olhou.

— Sim, eu acho que entendo essa parte. — Manteve os olhos fixos nos meus, e pude ver o sentimento de culpa neles, pelo que fizera com Denny ao ficar comigo. Se Kellan tivesse me engravidado na época... o que teria feito? Tentaria criar o filho comigo? Ou o deixaria com a pessoa que supunha ser um pai mais responsável, no caso, Denny?

Honestamente, eu não sabia o que Kellan teria feito. E ele também parecia não saber, a ideia de que poderia ter feito a mesma escolha levando-o a abrandar um pouco em relação ao pai. Kellan assentiu e, suspirando de alívio por ver que o filho, de algum modo, compreendia, Gavin sorriu; o sorriso era tão bonito quanto o de Kellan.

— Eu tentei ver você uma vez, sabe? Quando você tinha mais ou menos a idade do Riley.

Kellan ficou olhando para ele, pasmo.

— Não, mamãe nunca mencionou que...

Seu pai abaixou os olhos.

— É, ela me disse que você não sabia da minha existência, que acreditava que John era o seu pai. — Olhou novamente para Kellan. — Isso é verdade?

— Não, eu sempre soube que era filho bastardo.

O pai estremeceu ante a crueza do termo, e então balançou a cabeça.

— Ela me convenceu de que eu te magoaria se aparecesse sem mais nem menos na sua vida. Que era melhor que me mantivesse à distância... e foi o que fiz.

Engolindo a emoção crescente, o pai de Kellan voltou a balançar a cabeça.

— Ela estava me manipulando porque eu a tinha magoado. Eu nunca deveria ter dado ouvidos a ela. Deveria ter lutado mais para ver você... Me perdoe.

Kellan desviou os olhos, e vi uma lágrima escorrer do canto de seu olho quando os fechou.

— Eu nunca soube que você pensava em mim — sussurrou, a voz ainda trêmula.

Seu pai pôs a mão no seu braço.

— É claro que pensava. Que pai esqueceria o filho, logo o seu primogênito? — Quando Kellan voltou a olhar para ele, o homem cansado suspirou. — Eu me afastei pelos motivos errados, achando que estava protegendo você ao te deixar acreditar na mentira, mesmo depois da morte deles. — Engasgou ao pronunciar a palavra *morte* e pigarreou. — Mas agora estou aqui, e gostaria de te conhecer melhor.

Abrindo um sorriso espontâneo, o mesmo sorriso que Kellan tantas vezes dava, quase na mesma hora ele estendeu a mão:

— Olá. Meu nome é Gavin Carter, e eu sou seu pai.

Kellan sorriu, e então balançou a cabeça, soltando minha mão para apertar a do outro homem.

— O meu é Kellan Kyle... e acho que sou seu filho.

Rindo enquanto os dois trocavam um aperto de mão, Gavin disse:

— Estou feliz por finalmente poder te conhecer, Kellan.

Kellan assentiu.

— Hum-hum... eu também.

Eu já estava contendo os soluços quando Gavin pôs a outra mão em cima das duas mãos que se apertavam.

— Não quero te pressionar, mas a nossa casa na Pennsylvania também é sua, Kellan. No dia em que tiver vontade de nos visitar, será muito bem-vindo.

Sequei as lágrimas do rosto, enquanto Kellan fungava, assentindo. Pondo a mão no seu ombro, Gavin perguntou:

— Posso te pagar uma cerveja?

Kellan olhou para mim, mas abri um sorriso, concordando. Ele precisava disso. Precisava deles. Mesmo que preferisse pensar que estava muito bem sozinho, uma parte de Kellan tinha faltado desde o seu nascimento. Ele preenchera a lacuna com a música, com o sexo, e até mesmo comigo. Mas do que realmente precisava era o que a vida agora lhe oferecia: uma família.

Dando um beijo no seu rosto, eu o deixei, para que começasse a se entrosar com os seus. Ainda estava secando os olhos quando voltei para a mesa onde meus pais tinham uma conversa séria com Griffin e Anna; pelo que pude perceber, estavam tentando vender para os dois a ideia de se casarem. Griffin olhava para eles com um ar totalmente desligado, e imaginei que sua cabeça estivesse mais ocupada com o que poderia fazer com o corpo de Anna quando a levasse para casa. Na mesma hora me senti aliviada por não morar mais com ela.

Denny se aproximou de mim quando me aproximei do grupo. Com um olhar curioso para Kellan, perguntou:

— Está tudo bem? O que foi aquilo?

Olhando para o pai e o filho, sorri.

— Está tudo ótimo, maravilhoso.

Quando voltei a olhar para Denny, ele estava com o cenho franzido, encarando Gavin, como se tentasse identificá-lo. Deu para perceber no minuto em que isso aconteceu. Com os olhos escuros mais abertos, ele virou a cabeça bruscamente para mim.

— Aquele homem é...? Ele é... parente do Kellan?

Assenti, mordendo o lábio.

— É o pai dele, o pai verdadeiro.

Denny fechou os olhos, anos de compreensão parecendo tomar conta das suas feições.

— Meu Deus... isso explica... muita coisa. – Abrindo os olhos, franziu o cenho, preocupado. – O Kellan... está bem?

Sorri ao ver que Denny ainda se importava com Kellan.

— Hum-hum, acho que ele vai ficar ótimo.

Dando o braço a Denny, olhei para todas as pessoas da minha vida – Evan e Jenny no maior chamego numa cadeira, Matt e Rachel conversando baixinho num canto, Anna e Griffin rindo enquanto meus pais diziam que nunca era tarde demais para se praticar a abstinência. Rita entrou e, parecendo sem graça, acenou para mim num cumprimento educado. Kate estava mostrando a Abby uma mensagem de texto que tinha recebido de Justin, que, pelo visto, gostara dela. Os irmãos de Kellan estavam rindo, jogando bilhar, enquanto o irmão de quem haviam passado anos separados punha os assuntos em dia com o pai. E Kellan... estava rindo, encostando a garrafa de cerveja na do pai em um brinde.

— Acho que nós todos vamos ficar ótimos, Denny — acrescentei, sorrindo para o primeiro amor da minha vida que, de algum modo, tinha se transformado no melhor amigo da minha vida.

Sorrindo para mim, Denny concordou, com um daqueles sorrisos bobos que eram os meus favoritos.

— Acho que talvez você tenha razão.

Quando a festa começou a esfriar, as pessoas pouco a pouco saindo do bar para terminarem a noite com mais privacidade, Kellan e eu dançamos uma música lenta perto do palco. O Poetic Bliss acabara de encerrar o seu show, e as vibrantes meninas estavam espalhadas ao redor do palco, batendo papo com seus fãs, cada vez mais numerosos. Kellan e eu as ignoramos e continuamos dançando ao som de um ritmo inexistente.

Com os braços em volta da minha cintura, Kellan sorria, olhando para mim. Seu pai fora embora havia algum tempo, mas eles iriam se encontrar pela manhã para tomar café da manhã juntos. Fiquei feliz por ver Kellan dando uma chance a ele. Todo mundo merece pelo menos uma chance.

Inclinando a cabeça com os cabelos arrepiados, Kellan sorriu com o canto da boca.

— E aí, recém-formada... o que vem em seguida?

Respirei fundo, sorrindo.

— Qualquer coisa... tudo.

Inclinando-se, ele pressionou os lábios nos meus. Saboreei o calor e o amor que senti nessa conexão. Sua mão envolveu meu pescoço, intensificando o momento entre nós. Senti o fogo já meu conhecido começar a arder dentro de mim, mais intenso do que nunca, fortalecido pela confiança e o compromisso que consolidávamos a cada dia.

Separando nossos lábios, Kellan encostou a testa na minha.

— Vou ter que ir embora logo, para terminar o álbum.

Suspirei, acariciando seu rosto.

— Eu sei — sussurrei.

— E depois disso... vai haver outra turnê... para promover o álbum. — Curvou o canto dos lábios em um sorriso triste.

Beijei o canto da sua boca, fazendo com que seu sorriso aumentasse.

— Não tem problema... A gente vai achar um jeito de se encontrar, como fez nas últimas semanas.

Kellan assentiu, seu rosto abatido ao pensar na frequência com que nos separaríamos. Ele detestava se separar de mim tanto quanto eu dele, e pelas mesmas razões — sentíamos saudades um do outro. Embora Denny fosse meu melhor amigo, Kellan era minha alma gêmea, e ficarmos separados era... doloroso.

Continuamos dançando em silêncio, levemente oscilando os corpos, enquanto as pessoas passavam ao nosso redor. Por sobre o ombro de Kellan, vi quando Evan e Jenny saíram do bar de braços dados, Matt e Rachel logo atrás deles. Anna e Griffin tinham ido embora pouco depois do seu reencontro. Eu não queria nem pensar no que estariam fazendo naquele momento. O único casal que ainda estava no bar eram Denny e Abby. Estavam diante do balcão, rindo, parecendo perfeitamente felizes no seu mundinho.

Suspirando, encostei a cabeça no peito de Kellan, agradecida por saber que pelo menos ainda tinha aquela noite para passar com ele. Beijando minha cabeça, ele sussurrou, a boca nos meus cabelos:

— Vem comigo.

Eu me afastei, franzindo o cenho.

— O quê? Ir com você... para onde?

Olhei para as portas do bar, achando que talvez ele estivesse pronto para ir para casa. Torci para que, quando chegássemos lá, meus pais já estivessem dormindo. Eles tinham ido embora horas antes, de modo que as probabilidades de ser esse o caso eram altas. Mas o fato era que as probabilidades de meu pai, sempre superprotetor, estar esperando que eu voltasse para casa eram igualmente altas.

Kellan riu baixinho, balançando a cabeça. Afastando uma mecha de meus cabelos para trás da orelha, murmurou:

— Tão fofa... — Observando seus olhos risonhos, franzi o cenho. Ele sorriu ainda mais. — Vem comigo na turnê. Para Los Angeles.

Piscando os olhos, balancei a cabeça.

— Mas a minha... — Logo me calei, percebendo que o que me mantinha presa a Seattle não existia mais. Eu não precisava ficar na cidade. Claro, não queria abandonar minha irmã, mas, se quisesse fazer viagens mais longas a outros lugares... eu poderia.

Vendo que eu começava a compreender isso, Kellan passou os braços pela minha cintura.

— Suas aulas na faculdade acabaram. Você pode fazer o que quiser.

Franzi o cenho.

— Eu não deveria ter aspirações mais altas do que ser uma *roadie*?

Kellan riu, balançando a cabeça.

— Você não var ser uma *roadie*, se eu estou te convidando para vir com a gente. — Ele abaixou a cabeça, seus olhos fixos nos meus. — Quando é que você vai ter outra chance dessas, Kiera? Você tem o resto da vida para arranjar um emprego... ou para nunca arranjar um. Por mim, não haveria o menor problema.

Torci os lábios.

— Meus pais vão ficar muito orgulhosos.

Kellan deu de ombros.

— Pode jogar a culpa em mim. Eles me detestam mesmo.

Sorrindo, balancei a cabeça.

— Eles não detestam você... tanto assim.

Kellan me deu um beijo leve, e então suspirou.

— Não me importo com o que você faça, Kiera, só quero você comigo. — Ele se afastou. — Além disso, você não quer ser escritora? Não vai escrever um livro sobre nós, sobre a nossa vida a dois?

Arqueei uma sobrancelha; não sabia que ele estava a par desse fato. Não que eu o estivesse escondendo... apenas ainda não estava pronta para lhe mostrar o texto. Ele sorriu, dando de ombros.

— Jenny mencionou... e eu adoraria lê-lo, quando ficar pronto.

Mordendo o lábio, franzi o nariz. Partes dele eram dolorosas para mim; tinham sido particularmente dolorosas para Kellan. Mas... transparência e honestidade era a nossa política. Assenti.

— Quando ficar pronto.

Sorrindo, ele inclinou meu corpo para trás, e eu ri quando me puxou de volta.

— Bem, escrever é uma coisa que se pode fazer em qualquer lugar, e para ser a melhor escritora possível, você vai ter que fazer muitas pesquisas. — Deu de ombros. — E que melhor pesquisa você poderia fazer, do que atravessando o país comigo... e Griffin?

Estremeci, mas então caí na risada. Kellan me apertou com força, encostando a testa na minha.

— Você poderia voltar sempre que quisesse para visitar Anna e os seus amigos, mas eu gostaria que nós fizéssemos isso juntos dessa vez.

Meus braços rodeando seu pescoço com mais força, dei um beijo leve nele.

— Tudo bem, está combinado.

Seus lábios se abriram num sorriso diante do meu, mas então ele franziu o cenho.

— Só tem um problema.

Fiquei séria.

— Qual?

Suspirando, ele abaixou a cabeça.

— Eles não deixam as namoradas viajarem no mesmo ônibus que a banda...

— Ah... — Meus ombros se curvaram quando entrou areia na excitante e assustadora perspectiva de passar meses a bordo de um ônibus numa turnê com um bando de caras alvoroçados. A regra me pareceu meio estranha, mas talvez fosse uma exigência típica das gravadoras... para proteger seus valiosos músicos, ou coisa parecida. Será que eu ia ter que segui-los na Vanagon de Griffin?

Quando eu já me perguntava por que Kellan sugerira um plano impossível, ele começou a rir baixinho. Vendo seus lábios se torcerem num sorriso travesso, franzi o cenho. Que moda ele iria inventar agora?

Dando de ombros, ele acrescentou:

— Eles só deixam as esposas viajarem no ônibus.

Meu queixo despencou até o peito. Kellan o levantou com o dedo, sorrindo enquanto fechava minha boca.

— Esposa? — sussurrei. Será que ele estava falando sério? Será que estava mesmo me pedindo em casamento?

Sorrindo, ele passou o dedo pela minha face.

— Nós fomos o mais devagar que eu podia ir, Kiera. Eu te amo. Tenho certeza de que quero você na minha vida para sempre. — Dando de ombros, balançou a cabeça. — E você, tem certeza em relação a mim?

Observando os olhos azul-escuros que podiam me hipnotizar por horas, assenti.

— Absoluta — sussurrei, sem sentir qualquer dúvida.

Ele abriu um sorriso, e então me beijou. Tentei aprofundar o beijo, mas ele se afastou. Retirando minhas mãos do seu pescoço, ele segurou a direita. Franzi o cenho ao vê-lo tirar a aliança de compromisso que rodeava um dos meus dedos. Com o sorriso mais largo que eu já vira no seu rosto, ele a deslizou pelo meu dedo esquerdo. Em seguida, fez o mesmo com a sua.

Levantando minha mão esquerda junto com a dele, sorriu radiante para mim.

— Pronto, agora estamos casados.

Com lágrimas nos olhos, balancei a cabeça para ele.

— Tenho certeza absoluta de que não é assim que funciona, Kellan.

Ele deu de ombros.

— Semântica. — Com um sorriso tranquilo, pousou minha mão esquerda sobre o seu coração, e sua mão esquerda sobre o meu. — Estamos casados... Você é minha esposa. — Assentiu, olhando fixamente para mim.

Com as lágrimas finalmente escorrendo pelas faces, também assenti.

— E você é meu marido...

Suspirando de alívio, ele segurou meu rosto, selando o compromisso com um beijo de parar o coração. Eu sabia que nosso casamento não era legítimo, mas tudo não passava de um detalhe legal que poderíamos mudar a hora que quiséssemos. Nos nossos corações, estávamos casados e, no fim das contas, essa é a parte do casamento que mais importa.

Quando finalmente nos afastamos, a essa altura ambos chorando, acenei para que Denny e Abby se aproximassem. Precisava contar a alguém que acabara de me casar. Abby ficou com lágrimas nos olhos quando lhe mostrei nossas alianças de "casados", e nos abraçou. Denny balançou a cabeça, contendo um sorriso divertido, pois sabia que o nosso "casamento" era simbólico, na melhor das hipóteses. Mas também deu um abraço em Kellan.

— Parabéns, companheiro. — Dando um tapa nas suas costas, riu um pouco. — Fico feliz por estar aqui para receber a notícia.

Kellan riu, olhando para o chão.

— Eu também. Parece... — voltou a olhar para Denny — ... apropriado.

Sorrindo, Denny assentiu. Então, me deu um abraço. Tive que secar o rosto com um guardanapo que Abby me deu, de tanto que chorava. No meu ouvido, Denny sussurrou:

— Confesso que estou surpreso por ver vocês chegarem até aqui. — Ele se afastou para me olhar. — Mas fico feliz que isso tenha acontecido.

— Obrigada... de coração.

Comecei a soluçar de novo, e Kellan me abraçou. Sorrindo, ficou me embalando.

— Que tal irmos para casa comemorar? — Meneou as sobrancelhas sugestivamente, e eu ri. Abby também riu.

Balançando a cabeça, respondi:

— Não... vamos alugar um quarto no melhor hotel da cidade. — Kellan arqueou uma sobrancelha, e eu ri. — Não vou passar minha noite de núpcias com meus pais dormindo no quarto ao lado.

Rindo, Kellan assentiu, e esperei que meu pai não matasse meu marido quando voltássemos para casa no dia seguinte. Minha mãe... iria ficar furiosa por ter perdido esse momento, embora eu tivesse certeza de que poderia convencer Kellan a termos uma cerimônia formal, apenas para agradar a ela. Pessoalmente, eu não fazia questão. Nosso momento discreto, na pista de dança do bar onde tínhamos posto os olhos um no outro pela primeira vez... fora perfeito.

Kellan já ia me conduzindo para a porta, quando se virou para Denny e Abby, que começavam a dançar juntinhos na pista vazia. Fiquei observando-os por um segundo, feliz por eles, feliz por mim. Kellan riu baixinho, e então disse para os dois:

— Posso descolar um par de alianças, se vocês estiverem a fim de se casar também!

Dei um soquinho no peito de Kellan, e Denny caiu na risada. Abby arqueou uma sobrancelha:

— Ah, não, eu não vou me casar num bar. Quero véu, grinalda e tudo a que tenho direito. — Denny olhou para ela, que arqueou a outra sobrancelha, quase como se o desafiasse a contradizê-la. Sensato, Denny achou melhor não dizer nada, apenas sorrindo e abraçando-a com força.

Kellan riu, e então balançou a cabeça. Segurando minha mão, ele me levou para fora do bar, rumo a um futuro que parecia cheio de possibilidades. Éramos jovens...

apaixonados... e estávamos prestes a embarcar no desconhecido, criando um tesouro de histórias que poderíamos contar aos nossos filhos algum dia. Assim, eu abracei o mar de mudanças à minha frente, pois havia algo que jamais mudaria, e era o mais importante de tudo.

Kellan era meu, e eu era dele... para sempre.

**Papel**: Offset 75g
**Tipo**: Bembo
**www.editoravalentina.com.br**

Impressão e acabamento: